Susanne Seitz wurde am 21. Februar 1964 in Wertingen geboren. Schon mit 13 begann sie zu schreiben. »Wer ohne Sünde ist...« war ihre erste Buchveröffentlichung. Mittlerweile liegt ein zweiter Roman von ihr vor, »Portrait einer Fremden«. Im Herbst 1991 erschien bei Droemer Knaur ihr dritter Roman »Die Kaufmannstochter«.

Von Susanne Seitz ist außerdem erschienen:

»Portrait einer Fremden« (Band 3260)

Vollständige Taschenbuchausgabe 1989
Droemersche Verlagsanstalt Th. Knaur Nachf., München

Umschlaggestaltung Werner Rebhuhn
unter Verwendung des Gemäldes
»In freier Natur« von Richard Riemerschmid
Druck und Bindung brodard & taupin
Printed in France 10 9 8 7 6 5
ISBN 3-426-02956-1

Susanne Seitz:
Wer ohne Sünde ist...

Roman

Knaur

Für
Hans-Peter H.
zur Erinnerung

Erstes Buch
Vinzenz

Erstes Kapitel

Eine tiefe Stille, so als wäre jeder Laut gefroren, verharrte über dem klaren Winternachmittag. Unter der Last des Neuschnees beugten sich die Äste der Bäume bis zur Erde. Die ganze Nacht hatte es geschneit. Jetzt brachte der kalte Sonnenglanz die weißübertünchte Landschaft zum Glitzern. Kein Windhauch regte sich. Die Welt schien den Atem anzuhalten.

Ab und zu flogen Krähen krächzend über die Felder und stießen ihre klagenden Schreie in die Luft, manchmal knackte es im Dickicht, das den Weg säumte. Der Fluß schwieg unter einer dicken Eisschicht. Dort, wo sein Gefälle zunahm, war das Eis gebrochen und das Wasser quoll lebendig und frisch, aber winterkalt.

Reitfelden, die Kleinstadt an der Reitach, schien unter der weißen Winterdecke zu schlafen. Es war Sonntag. Die Sägemühle stand still. Die Apotheke, die drei Bäckereien, die beiden Metzgereien, die vier Kramläden, der Friseur, der Hutsalon, das Bekleidungshaus und die zwei Schuhgeschäfte hatten geschlossen. Nur Sängers Café hatte geöffnet.

Man schrieb das Jahr 1903 – eine Zeit, als nur »feine Leute« ins Kaffeehaus gingen. Sonderlich viele »feine Leute« gab es in Reitfelden jedoch nicht. Man zählte den Apotheker, den Doktor, den Amtsgerichtsrat, Frau Kibitz, die Inhaberin des Putzmacherladens, und Fräulein Kalmann, allgemein nur die Erbin genannt, zu ihnen.

Herr Sänger ärgerte sich schon lange, in seine einstmals kleine Konditorei so viel Geld investiert zu haben, um das Café so auszustatten, wie es wohl nach München oder Augsburg, sicher aber nicht nach Reitfelden paßte. Die Reitfeldener hatten für seine Samtvorhänge, Seidentapeten und Plüscheinrichtungen nicht viel übrig.

Diese Fehlkalkulation hatte den alten Sänger wohl ein wenig mürrisch gemacht. Nur wenige Lichtblicke vermochten seinen Gesichtsausdruck aufzuhellen. Zu diesen Lichtblicken zählte es, wenn Amalie Holzgartner sein Café betrat.

Die Holzgartners kamen von Reitenau, einem weitläufigen Landgut, keine zwanzig Minuten Fußweg von Reitfelden entfernt. Ihnen gehörten ein paar Häuser in Reitfelden, außerdem die Sägemühle, Anteile an einer Augsburger Brauerei und natürlich ein großer Wald-

und Grundbesitz. Außerdem hielten sie sich Reitpferde. In den Augen Herrn Sängers gehörten die Holzgartners zu den Leuten, vor denen es einen Diener zu machen galt – besonders vor Amalie. Sie war immer erlesen elegant gekleidet, immer sehr blaß, immer sehr ernst und immer voller »Noblesse«. Keine andere Frau weit und breit war so vornehm und von solch kühlem Charme wie sie, die Berlinerin, die Exotin.

Herr Sänger war ein bißchen in sie verliebt, aber das gab er natürlich nicht zu. Amalie Holzgartner war für ihn ohnehin fast heilig. Man konnte sich in einen so überirdischen Engel nicht einfach verlieben, sondern ihn nur bewundern und ehrfürchtig bestaunen, weil er so unerreichbar fern war, daß allein die Unerreichbarkeit ihm einen leuchtenden Nimbus verlieh.

An diesem Nachmittag nun sah Herr Sänger zum Fenster hinaus. Es war fast niemand in seinem Café, und er dachte über die Leute vom Gut nach...

Hinter der Sägemühle am südlichen Ortsende lag die Bahnstation. Ein Mädchen, dreizehn oder vierzehn Jahre alt, stieg eben aus dem Nachmittagszug und band sich das Kopftuch fester unterm Kinn. Dann nahm es die offensichtlich schwere Tasche wieder auf, grüßte freundlich den Bahnhofsvorsteher, der einen Triller durch die Pfeife ließ, ehe der Zug sich wieder in Bewegung setzte, und lief eilig den Feldweg entlang des Flusses hinunter.

Jetzt, in den letzten Dezembertagen, war der Boden hartgefroren und gefährlich glatt. Das Mädchen rutschte einige Male fast aus, stürzte aber nicht, sondern hielt lachend die Balance.

Die Bäume und Sträucher zu beiden Seiten der Reitach sahen nicht mehr so kahl und nackt aus wie noch vor ein paar Wochen. Der spät und plötzlich hereingebrochene Winter hatte ihnen ein majestätisches Kleid gebracht. Selbst die Weiden in ihrer trauernden Haltung bargen in diesem Märchengewand ein neues Geheimnis. Ihre feinen Zweige reichten bis in den Fluß hinein und waren manchmal im Eis festgefroren.

Das Mädchen hatte kaum einen Blick für den weißen Zauber, sondern hastete, manchmal in Schneewehen einsinkend, weiter in Richtung Reitenau.

Kurz vor der Koppel bog ein Weg ab und trennte sich vom Fluß, den er bis hierher begleitet hatte. Die Reitach verschwand in einer bewaldeten Niederung.

Hinter der Koppel erhob sich stolz das Herrenhaus, dahinter lagen die leerstehenden, teilweise als Schuppen dienenden Stallungen und der großflächige Obstgarten, dem sich ein Streifen Wald anschloß.

Ganz im Süden, wo der Hang bereits wieder flach wurde, befanden sich die Gesindehäuser.
An diesem Sonntagnachmittag war es auch auf Reitenau ganz still. Die Holzgartners saßen im Wohnzimmer und wollten eben den Pfarrer verabschieden – das heißt, Lorenz, zweiter Sproß des Hauses, hätte ihn gern hinauskomplimentiert, weil er Geistliche im allgemeinen langweilig fand und außerdem im Zuge des Erwachsenwerdens und Sichauflehnens mit atheistischen Gedanken kokettierte.
Amalie erzählte unterdessen von der Apfelernte, die dieses Jahr ausnehmend gut gewesen sei, während Jenny – Johanna Maria getauft – ein Plätzchen nach dem anderen aus der Schale nahm. Heute schien Amalie davon nichts zu merken, denn sie strafte Jenny mit keinem mahnenden Blick.
Innerlich seufzte Lorenz auf. Es sah nicht so aus, als würde der Pfarrer schon gehen. Dabei hatte er eben Anstalten gemacht aufzustehen. Lorenz hätte sich gern zurückgezogen, aber seine Mutter bestand an Sonntagnachmittagen, noch dazu, wenn Besuch im Hause war, auf seiner Anwesenheit.
Also unterdrückte Lorenz ein Gähnen und schaute zu seinem Vater, der eben einen tiefen Schluck aus dem Bierkrug nahm. Auch Vinzenz hatte zu lauer Konversation keine große Neigung. Es klang deshalb etwas provokativ, als es Matthias Morell, den neuen Reitfeldener Pfarrer, fragte: »Sagen Sie mal, junger Mann, was hat Sie eigentlich zu uns verschlagen?«
Unter dem Tisch trat Amalie ihrem Mann sacht auf den Fuß. Daß er nicht damit aufhören konnte, den Priester junger Mann zu nennen! In Amalies Gedanken blieb Morell immer der Pastor, das klang ihr heute noch vertrauter in den Ohren als Pfarrer.
Matthias Morell war tatsächlich noch sehr jung, höchstens Ende Zwanzig. Blond und blauäugig war er, und eigentlich wirkte er noch jünger, als seine Jahre ihn auswiesen. Für einen Pfarrer sah er in der Tat zu jung aus – und zu gut.
Reitfelden war die erste ihm anvertraute Pfarrei. Einige böse Zungen orakelten bereits, das wunderschöne Drama um seinen Vorgänger, der aus Gründen plötzlicher Vaterschaft zwangsversetzt worden war, könne sich wiederholen. Man mißtraute ihm. Morell wußte, daß ganz Reitfelden auf der Lauer lag. Er saß noch lose im Sattel. Der Argwohn seiner Gemeinde schien ihn jedoch zu belustigen. Irgendwie wurde Vinzenz den Eindruck nicht los, daß der junge Mann sich über sehr vieles einfach amüsierte. Vinzenz hatte für Kirchliches wenig übrig, und Pfaffen konnte er nicht leiden. Am wenigsten hatte er diesen Erzheuchler Kleberg gemocht, den er über zwölf lange Jahre hinweg

aus der Distanz beobachtet hatte. Vinzenz beobachtete gern. Wer jedoch schließlich die Sache mit der Näherin vors Ordinariat gebracht hatte, wußte er nicht, aber er hatte sich nicht ohne Schadenfreude die Hände gerieben.

Auch Kleberg war, auf Drängen Amalies, des öfteren auf Reitenau Gast gewesen. Amalie hatte sich auch um ihn sehr bemüht. Oh, nicht daß sie überwältigend religiös gewesen wäre, das sicher nicht. Auch war sie nur dem Namen nach inzwischen zum Katholizismus übergetreten, blieb im Grunde ihres Herzens jedoch immer eine Protestantin. Nein, ein Priester war einfach eine Person von Rang und Würde. Ränge und Würden beeindruckten Amalie. Sie war so erzogen.

Vinzenz sah diese Dinge wesentlich nüchterner. Er interessierte sich für Menschen, doch tat er dies nicht aus humanitären Gesichtspunkten heraus, sondern aus purer Neugier. Für gewöhnlich sah er schnell hinter die Fassaden. Gern hätte er auch hinter die des neuen Pfarrers gesehen. Aus Kleberg war er seinerzeit überaus schnell klug geworden, doch Morell war – sofern er dies war – nicht auf dumme Weise scheinheilig. Er ließ sich nicht ganz fassen. Das machte ihn interessant. Vinzenz liebte es, mit interessanten Leuten Katz und Maus zu spielen.

Auf die Frage, was ihn nun ausgerechnet nach Reitfelden verschlagen habe, sowie auf die Anrede »junger Mann« reagierte Morell mit einem Lächeln. Diplomatie? Sein Lächeln war nicht ohne Charme.

»Sie wissen, daß ich mir mein Wirkungsfeld nicht aussuchen konnte. Ein Priester bekommt seinen Betätigungskreis zugewiesen, was ich übrigens für eine sehr gute Einrichtung halte. Es wäre sehr einfach, dort zu wirken, wo man wirken will.«

»Wollen Sie damit sagen, daß Sie sich, hätten Sie die Wahl gehabt, nicht für unser Idyll entschieden hätten?« fragte Vinzenz.

Morell nahm überraschenderweise Stellung: »Ja, das kann man sagen.«

»Warum?«

»Vinzenz«, bat Amalie gequält. Sie haßte seinen Hang zur Sezierererei. Wie es aussah, hatte er in Morell ein neues Opfer für seine hungrige Neugier gefunden.

»Reitfelden ist genau das, was jeder junge Priester sich wünscht«, meinte Morell.

»Nur Sie nicht?«

»Die Pfarrei ist weder zu groß noch zu klein, sie ist wunderbar gelegen, dabei übersichtlich – und ein Pfarrer genießt hier größtes Ansehen«, fuhr Morell fort.

»Aber Sie vermissen die Herausforderung?«

»Wenn Sie so wollen.«
Vinzenz lachte sein tiefes, lautes Lachen. »Auch hier sterben Leute, auch hier wird geheiratet, geboren und gebeichtet.«
Morell lächelte wieder. Vinzenz zog eine Braue hoch. Ein wacher Glanz war in seine Augen getreten.
»Sie sind noch sehr jung«, meinte er. »Wenn man jung ist, glaubt man, das Gewöhnliche sei nicht genug. Man will Berge versetzen – um hinterher nicht mehr zu wissen, wofür. Man meint, zu allem Kraft zu haben, und hat nur Angst, diese Kraft brachliegen lassen zu müssen. Doch unterschätzen Sie unser kleines Reitfelden nicht! Die Prüfungen, die Sie hier suchen, werden Sie hier alle finden.« Gern hätte Vinzenz jetzt Morells Gedanken gelesen. Er stieß jedoch nur auf ein freundliches Lächeln in Morells Gesicht, das sich nicht festlegen ließ.
Amalie meinte: »Es muß wirklich schön sein, eine tiefe Berufung zu fühlen.« Und dann: »In die große Welt scheint es Sie nie gezogen zu haben. Das ist selten so bei jungen Menschen.«
Jetzt lächelte Morell nicht mehr. Jetzt lachte er. Sein Lachen klang sehr frei und etwas jungenhaft.
»Ich habe nie verstanden, was die große Welt sein soll. Wer weiß, was passiert wäre, hätte ich es begriffen.«
»Jaja, mehr Schein als Sein«, sagte Amalie jetzt pflichtbewußt.
Lorenz stieß einen weiteren inneren Seufzer aus. Er wäre jetzt viel lieber nach Neuherrenach hinübergeritten. Um sein Gähnen zu verbergen, hielt er die Hand vor den Mund.
Jenny griff nach einem weiteren Plätzchen.
Obwohl sich Vinzenz' gutgelaunter Gesichtsausdruck nicht verändert hatte, konnte man spüren, daß etwas in ihm kühl wurde. Und wenn Vinzenz kühl reagierte, war er verärgert. Wirklich fühlte er einen Hauch Verachtung in sich aufsteigen. Daß Amalie sich nach der großen Welt, nach Bällen, Teestunden, Gesellschaften und Kultur sehnte, hätte er ihr ohne weiteres zugestanden und verziehen, ihr in diesem Punkt vielleicht einige Wünsche erfüllt; nicht verzeihen und nicht zugestehen konnte er ihr allerdings ihre Unaufrichtigkeit. Heuchelei verzieh er nie.
Deshalb sagte er ganz ruhig: »Es gehört sich nicht, einen Priester anzulügen.«
Amalie blickte ihn über den Tisch hinweg entsetzt an. Das war so typisch für Vinzenz, daß es ihr die Sprache verschlug. Immer war sie auf Seitenhiebe gefaßt, doch das war einfach zuviel. Vinzenz Holzgartner war nur scheinbar ein Mann der Widersprüche, in Wahrheit jedoch aus einem Guß. Er besaß sehr viel Fingerspitzengefühl, wenn

es darum ging, sich zum Inneren eines Menschen vorzuarbeiten, ohne den Menschen dabei anzufassen. Er wußte genau, welche Reaktionen sein Verhalten provozierte, und zuzeiten spielte er mit seinem Wissen um diese Dinge. Immer blieb er auf Distanz, doch wurde diese Distanz kaum spürbar, denn auf der anderen Seite war Vinzenz ein Mann des Volkes, mit vielen per du, urwüchsig und erdverbunden, einer, dem man auf die Schultern klopfte und der derbe Witze riß. Seine Intelligenz lebte nicht in philosophischen Unnahbarkeitsregionen, sondern in der praktischen Realität, wenn ihm auch tiefschürfende Überlegungen nicht fern lagen. Vinzenz hatte Charme, wenn er Charme haben wollte, was nicht oft vorkam.

Amalie erinnerte sich noch dunkel, diesem mit sehr viel Vehemenz und Willen gewürzten Charme in einer Sommerfrische vor mehr als fünfundzwanzig Jahren wonnig erlegen zu sein. Heute sagte sie: Er hat einfach keine Manieren. Ihre Verwandtschaft hatte das bereits vor mehr als fünfundzwanzig Jahren gesagt.

Vinzenz hatte durchaus Manieren. Er zeigte sie nur selten. Manieren, befand er, seien etwas sehr Nützliches und gut zu opportunistischen Zwecken zu gebrauchen, solange es um die Verwirklichung ehrgeiziger Ziele, um gesellschaftlichen Aufstieg oder um Frauen gehe, im Alltagsleben habe das alles jedoch keine Bedeutung mehr, seien Manieren verzichtbar. Denn: »Wenn ich keinen Baum fällen will, nehme ich keine Axt mit in den Wald.«

Das war für Amalie zu prosaisch. Schon immer war ihr die Doppelnatur ihres Mannes ein Rätsel gewesen – am Anfang ein durchaus faszinierendes. Daß die zweite, bauernhafte Seite seines Charakters aber inzwischen dominierte, mißfiel ihr.

Vinzenz war Herr auf Reitenau. In Sängers Hierarchie gehörte er zu den »feinen Leuten«. Dabei war Vinzenz ausgesprochen volkstümlich und ganz ohne das, was Sänger verzückt »Noblesse« nannte. Er ging im Trachtenanzug auf Volksfeste, war bei jedem Bieranstich dabei, setzte sich mit den Bauern der Umgebung an einen Tisch, statt sich mit dem Herrn Amtsgerichtsrat zu unterhalten, tätigte Geschäfte per Handschlag, sprach mit den Leuten aus Reitfelden wie mit seinesgleichen, als was er sie auch zu betrachten schien, und dachte nicht daran, seine Sprache zu kultivieren, wie Amalie es gern gesehen hätte, da sein schwäbisch gefärbtes Bayerisch ihr ordinär in den Ohren klang. Er ging mit Axt und Säge in den Wald, wenn abgeholzt wurde, und hielt es für selbstverständlich, während der Erntezeit zur Heugabel zu greifen.

Zu keiner Zeit war er das, was Amalie und wohl auch Herr Sänger einen feinen Herrn genannt hätten.

Fein sicher nicht – Herr auf alle Fälle.
Vinzenz Holzgartners Wort war Befehl. Auch für seine Frau. Eben dies, das Herrsein in jeder Situation, machte seine Dominanz aus. Allein sein Ton duldete keinen Widerspruch.
In diesem Ton auch hatte er gesagt: »Es gehört sich nicht, einen Priester anzulügen.« Verunsichert, aber entschlossen, sich zur Wehr zu setzen, fragte Amalie, nachdem sie ihre Sprache wiedergefunden hatte: »Wie meinst du das?«
»Wie ich es gesagt habe.« Amalie wurde rot. Belustigt merkte Vinzenz, daß er sie immer noch dazu bringen konnte, zu erröten, wenn auch mit anderen Mitteln als früher. Kurz erinnerte er sich an die junge Emily mit dem honigblonden Haar und den grünschillernden Augen. Die Haare waren noch immer honigblond und die Augen immer noch grün. Doch für Vinzenz schillerte nichts mehr.
Amalie war jetzt vierundvierzig Jahre alt und noch ebenso schlank wie mit achtzehn. Gertenschlank sogar. Für ihr Alter war sie eine bemerkenswert hübsche Frau. Wenn sie nur vom Genießen etwas mehr verstanden hätte. Aber Amalie genoß nur den eigenen Anblick im Spiegel. Um sich diesen Anblick schön und jugendfrisch zu erhalten, schreckte sie vor nichts zurück. Sie aß sehr wenig, in erster Linie gedünstetes Gemüse – äußerst suspekt für einen Sinnenmenschen wie Vinzenz –, trank niemals mehr als ein Glas Wein, ging recht früh schlafen, kleisterte sich Erde ins Gesicht und vermied es, dessen Züge lebhaft zu verändern, um Falten zu verhindern. Mit achtundzwanzig Jahren, nach Jennys Geburt, hatte sie sich geweigert, das Schlafzimmer länger mit Vinzenz zu teilen: aus Angst um ihre Figur. Schon damals hatte sie begonnen, ihr jugendliches Aussehen zu stilisieren.
Nun, von Anfang an hatte Vinzenz gewußt, eine Frau mit Capricen geheiratet zu haben, nicht jedoch, daß diese Capricen dermaßen ausufern würden. So war der Tag gekommen, an dem er genug davon gehabt hatte, mit Gewalt in Amalies Schlafzimmer einzudringen und mit Gewalt zu nehmen, was ihm das Gesetz zusprach. Amalies verborgene Sinnlichkeit hatte es freilich lange genau auf diese Gewalt angelegt. Wie in anderer Hinsicht war Vinzenz auch sexuell sehr direkt. Die Erotik seiner Frau schien ihm dekadent, denn er war der Ansicht, daß man nur ein Recht auf Erfüllung seiner Wünsche bekommt, wenn man bereit ist, diese Wünsche zuzugeben und zuzulassen. Über Amalies natürlichsten Wünschen lagen jedoch Berge von Schuld- und Anstandsgefühlen.
Im stillen und geheimen seufzte Amalie oft darüber, daß jener Vinzenz, den sie geheiratet hatte – aus Neigung, wie sie immer

betonte –, ein ganz anderer geworden war. Wo war er geblieben, jener zwar nicht sonderlich große, nicht wirklich gutaussehende, aber so draufgängerisch-schneidige, athletische junge Vinzenz mit dem dichten dunklen Haar und den blitzenden braunen Augen?
Heute saß ein zwar immer noch muskulöser, jedoch übergewichtiger, gedrungen wirkender Mann in den mittleren Jahren mit zu wenigen, einen Halbkreis schwarzer Locken um den Kopf bildenden Haaren an diesem Tisch, trank zuviel Bier, nannte den Pfarrer »junger Mann« und warf der eigenen Frau Heuchelei vor.
Auch Lorenz war aus seinen Gedanken hochgefahren. Manchmal tat ihm seine Mutter leid. Sein Vater hätte eine Frau gebraucht, die mit denselben Waffen wie er zu kämpfen wußte, keine so zaghafte Person wie Amalie. Aber meistens verwarf Lorenz diese Einsicht schnell wieder, denn eigentlich war ihm seine Mutter recht fremd. Obwohl sie keineswegs beherzt war, keine Courage hatte, konnte sie Strenge zeigen und Zähigkeit. Was sie fühlte, zeigte sie nicht.
Trotzdem oder gerade deswegen erweckte sie in Lorenz dieses Gefühl des Mitleids.
Im tiefsten Herzen bewunderte Lorenz dagegen seinen Vater. Sehr heimlich nur, denn auf der anderen Seite hatte er auch Angst vor Vinzenz, dessen Kraft und zwingende Persönlichkeit ihn wohl beeindruckten, die er aber auch als Drohung wahrnahm. Lorenz selbst war von ganz anderer Natur: in allen Belangen sehr verspielt, hitzköpfig, traumtänzerisch und hungrig ohne Ziel. Seinen jugendlichen Leichtsinn untermauerte er mit Lässigkeit, er gab sich oft betont erwachsen und männlich und fühlte sich doch wie ein Löwe im Käfig, im strengen Griff des Dompteurs. Es war manchmal nicht leicht für Lorenz, Anfang Zwanzig zu sein und noch kein Ziel vor Augen zu haben – nicht einmal ein Ziel zu suchen –, während sein um ein paar Jahre älterer Bruder Rudolf mit Ehrgeiz daranging, sich politisch zu profilieren. Lorenz stand nicht nur im Schatten seines mächtigen Vaters, er stand auch noch im Schatten Rudolfs.
Jenny saß noch immer da und aß Plätzchen. Ihrer Naschsucht und ihres unkontrollierten Heißhungers wegen zog Lorenz sie ständig auf. Jenny wenigstens war ihm unterlegen. Die vielen Süßigkeiten hatten sie wie einen Hefeteig auseinandergehen lassen. Außerdem war ihr Gesicht von Pickeln und Hautunreinheiten übersät. Jenny fühlte sich häßlich und uninteressant und lag deswegen mit Gott und der Welt im Hader. Obwohl sie bereits sechzehn war, spielte sie noch immer mit Puppen. Manchmal wiegte sie Bärbelchen, ihre Lieblingspuppe, eine Weile im Arm, schleuderte den sägemehlgefüllten Puppenkörper dann jedoch in die nächste Ecke und fauchte böse: «Ich

mag dich nicht! Bleib nur so liegen und rühr dich nicht! Ich mag nicht, wenn du mich so treuherzig anschaust. Ich mag dich überhaupt nicht. Mich mag ja auch keiner.«
Tatsächlich nagte seit jeher das Gefühl in ihr, recht ungewollt auf der Welt zu sein. Dieses Gefühl trog sie nicht. Ihre Mutter hatte schon vor ihr kein Kind mehr haben wollen. Noch heute war sich Amalie ständig bewußt, daß Vinzenz ihr dieses Mädchen aufgedrängt hatte. Sie nahm an Jenny auch nur so weit Anteil, daß sie über deren pustelige Haut und die Taille, die keine war, den Kopf schüttelte. Dagegen liebte sie Lorenz, und Rudolf vergötterte sie – auf ihre Weise.
Das Empfinden, stets daneben und nie dabei zu stehen, hatte aus Jenny ein stilles, schüchternes, in sich zorniges, unzugängliches junges Mädchen gemacht, das sich und seiner Unzufriedenheit Luft verschaffte, indem es eine Puppe gegen die Wand warf oder ihr gar den Kopf abriß, den ein Hausmädchen danach wieder aufnähen mußte.
Still saß Jenny auf dem Sofa, stopfte sich mit Gebäck voll und beobachtete schweigend den Zweikampf ihrer Eltern. Eigentlich war ihr der Vater recht gleichgültig, aber sie haßte ihre Mutter. Deshalb war ihr der Sieg des Vaters in diesem Moment ein Triumph. Amalie trug die Auseinandersetzung nämlich nicht aus, sondern lenkte das Gespräch in andere Bahnen und fragte den Pfarrer, ob er mit seinen Bemühungen, den Bau eines neuen Schulhauses genehmigt zu bekommen, schon erfolgreich gewesen sei.
Morell antwortete, daß die Sache noch verhandelt werde und offenstehe, er sich aber nun verabschieden müsse, da er sich auf die Abendmesse vorzubereiten habe.
Lorenz erhob sich sofort, als Morell aufstand. Er warf einen kurzen Blick auf die Uhr. Es blieb immer noch Zeit, zu Christian hinüberzureiten.
Am Fenster stehend, zog er kurz die Brauen zusammen und beugte sich vor, um das Mädchen, das den Weg entlanglief, besser sehen zu können.
Plötzlich rief er: »Da kommt ja Lisa!«

»Wer kommt?« fragte Amalie verwirrt und sah Vinzenz an.
Vinzenz' Schmunzeln verriet, daß er von Lisas Kommen gewußt hatte.
Schärfer, als es ihrem gewöhnlichen Ton entsprach, sagte Amalie: »Warum weiß ich nichts davon? Nichts ist vorbereitet!«
»Was sollte auch vorbereitet sein?« gab Vinzenz zurück. »Das Gästebett ist schnell bezogen.«
Amalie kniff die Lippen zusammen. Nun gut! Als Morell sie ansah, entspannten sich ihre Züge wieder.

»Du freust dich doch auch, wenn wir Lisa hier haben«, meinte Vinzenz in ruhigem Ton. Dennoch konnte man seiner Stimme einen Hauch von Drohung entnehmen.
Im Grün von Amalies Augen blitzte es kurz auf. Leben kam in ihr Gesicht, erlosch aber sogleich wieder, als der kämpferische Stachel verschwand.
Lorenz war hinausgegangen, um Lisa in Empfang zu nehmen. Jenny sah ihm mit verengtem Blick nach. Auch das noch: Lisa!
Hilflos kam es unterdessen von Amalie: »In drei Tagen ist Silvester.«
»Was hat das eine mit dem anderen zu tun?« wollte Vinzenz wissen, und eine sonderbare dämonische Heiterkeit war in seinem Lachen. Zu Morell gewandt, erklärte er: »Lisa ist in den Sommermonaten unser Pflegekind – genau genommen ist sie mein Mündel. Ihre Mutter war früher bei uns Magd und bekam Lisa ledig. Lisa lebt im Fischingener Waisenhaus der Karmeliterinnen, verbringt aber die Sommerferien bei uns. Heuer habe ich sie über Neujahr eingeladen. Bei uns kommt es ja nicht darauf an, ob fünf oder sechs Personen am Tisch sitzen.«
Amalie lächelte zustimmend und sah den Priester an.
Der reichte ihr und dann Vinzenz die Hand – Vinzenz bemerkte nicht zum erstenmal den überraschend festen Griff –, bedankte sich für die Gastfreundschaft und sagte zu Jenny:
»Ich hoffe sehr, dich im Kirchenchor wiederzusehen, Jenny. Deine Stimme fehlt uns. Da du die Grippe überstanden hast, wirst du hoffentlich kommen. Du weißt doch noch: Am Donnerstag um fünf ist Probe. Bis Donnerstag also!«
Jenny war ein bißchen rot geworden, wie immer, wenn jemand sie ansprach. »Ja, ich komme«, versprach sie rasch, stand auf und knickste.
»Auf Wiedersehen, Hochwürden.«
»Kommen Sie, junger Mann«, sagte Vinzenz zu Morell. »Ich bringe Sie hinaus.«
Jenny blieb mit ihrer Mutter allein zurück. Sie schwieg, immer noch rot im Gesicht. Ihre Stimme fehlte... Seit sie aus dem Mädchenpensionat in Augsburg zurück war, gehörte sie dem Reitfeldener Kirchenchor an. Sie sang gern und auch sehr gut, was sie aber nicht wußte. Sie glaubte nicht an sich und schon gar nicht an ihre Stimme. Aber der Pfarrer sagte, ihre Stimme würde fehlen...
Das war nett von ihm!
Plötzlich merkte Jenny, wie still es im Raum war. Ihr Blick fiel auf den leicht gebeugten Rücken ihrer Mutter. Einen Moment lang konnte sie die Einsamkeit dieser Frau sehr deutlich spüren.

Vom Korridor drang Gelächter ins Speisezimmer.
Amalies Finger klopften rhythmisch gegen die Tischplatte. Eine ihrer schöngeschwungenen, schmalen Brauen hatte sich gehoben.
»Die Suppe wird kalt!« rief Vinzenz vom Tisch aus vergnügt in den Flur.
Amalie schwieg. Dieses Kind hatte keine Erziehung und sicherlich auch alle mühsam erlernten Tischmanieren wieder vergessen. Woher sollte Lisa auch Tischmanieren haben?
Bestimmt nicht aus dem Waisenhaus und auch nicht von Vinzenz, der ein Hühnerbein einfach in die Hand nahm und bei Weißwürsten völlig vergaß, daß es so etwas wie ein Besteck überhaupt gab.
Der Lärm im Korridor – er kam nur von Lisa und Lorenz, die miteinander blödelten – dröhnte in Amalies Kopf lauter, als er tatsächlich war. Sie spürte, wie sie Kopfschmerzen bekam.
Jenny verhakte unterm Tisch die Füße ineinander. Die Suppe stand bereits auf dem Tisch. Jenny hatte Hunger. Eigentlich hatte sie immer Hunger. Flädlesuppe – Pfannkuchensuppe, wie ihre Mutter immer sagte – mochte sie besonders gern. Ungeduldig warf sie einen Blick zur Tür. Nach Vinzenz' Aufforderung waren die beiden Polterer sofort hereingekommen.
»Da sind wir schon«, sagte Lorenz, der nun offensichtlich doch keine Lust mehr gehabt hatte, nach Neuherrenach hinüberzureiten. »Was gibt's zu essen?«
»Setz dich, dann siehst du's«, meinte Vinzenz. »Na, Lisa, hungrig?«
»Und wie! Ein Wolf ist nichts dagegen.« Strahlende, violette Augen funkelten Vinzenz an. Lisa setzte sich neben Jenny, warf Lorenz über den Tisch hinweg einen verschwörerisch-munteren Blick zu und legte im Bewußtsein, von Amalie beobachtet zu werden, artig die Hände auf den Tisch.
Lina, das Hausmädchen, teilte die Suppe aus. Lisa sah ihr aufmerksam zu. Bedient zu werden war immer eine großartige Sache. Zwar vertrat Vinzenz die Meinung, jeder halbwegs fähige Mensch müsse dazu imstande sein, sich selbst Suppe zu nehmen, aber in Fragen der Etikette hatte sich Amalie durchgesetzt, als er noch verliebt in sie gewesen war.
»Morgen muß ich gleich zu Krispin gehen«, plapperte Lisa drauflos. »Und zu den Pferden natürlich auch. – Heute hat Lo mich nicht mehr gelassen. Er sagt, man riecht unangenehm, wenn man aus den Boxen kommt. Man kann mit diesem Geruch nicht am Tisch sitzen. Was sagst du dazu, Onkel Vinzenz?«
Pferdegeruch wäre in Amalies nippesüberladenem, plüschigem und ein wenig an Sängers Café erinnerndem Wohnzimmer tatsächlich ein

Stilbruch gewesen. Lisa wußte, weshalb sie sich mit ihrer Frage an Vinzenz wandte. Vinzenz erlaubte sich gelegentlich einen solchen Fauxpas.
»Du wärst dazu imstande gewesen«, sagte Lorenz, als sein Vater es bei einem kleinen Schmunzeln beließ.
»Pah! Du hast letzten Sommer drei Tage lang nach Jauche gerochen! War das feiner, hm?«
Lorenz räusperte sich und schielte nach seiner Mutter. Er ließ sich vor Amalie nicht gern an diese Sache erinnern, obwohl alles im Grunde recht lustig gewesen war. Auf dem letzten Jahrmarkt hatte er sich nämlich ein Bier zuviel geleistet. Als irgendwann ein paar Leute aus einem später nicht mehr ersichtlichen Grund mit einer Rauferei anfingen, war Lorenz hineingeraten und schließlich in der Mistgrube des Rauchhofs gelandet. Bis auf Amalie hatten ganz Reitfelden und ganz Reitenau darüber gelacht – am lautesten Lisa.
Vinzenz schmunzelte noch immer, und Lorenz sagte zu Lisa: »Ich werd' dich gleich mal in eine Odelgrube werfen! Mal sehen, wie das Parfüm bei dir wirkt.« Damit wollte er das Thema beendet wissen, um seiner Suppe die Ehre zu geben.
Lisa hielt übrigens tatsächlich den Löffel falsch, nämlich so wie ein Messer, und stützte den linken Ellbogen auf die Tischkante. Als sie Amalies eindringlichen Blick spürte, legte sie den Unterarm der freien Hand brav neben den Teller und nahm mit der anderen den Löffel vorschriftsmäßig. Amalie lächelte, Lisa lächelte zurück.
»Was hat dein Lehrer dazu gesagt, daß du drei Tage lang die Schule schwänzen wirst?« fragte Vinzenz.
»Nix. Wenn ich sage, ich darf nach Reitenau, läßt er mich gehen. Schwester Adolfa hat's auch erlaubt. Und überhaupt sagt Herr Wedelich immer, daß ich sowieso so gut bin und drei Tage gar nichts ausmachen.«
»Es freut mich, wenn du gute Zensuren hast«, lobte Amalie sie. »Wie mir scheint, bist du sehr fleißig.«
»Die und fleißig, daß ich nicht lache!« frotzelte Lorenz.
Lisa zog das Näschen hoch. »Das ist Begabungssache«, versetzte sie kühl.
»Oho!« machte Lorenz.
Lisa wandte sich nun an Vinzenz: »Du, Onkel Vinzenz, darf ich an Silvester bis Mitternacht aufbleiben? – Ja? Bitte!«
Ehe Vinzenz etwas sagen konnte, erklärte Amalie: »Wir haben Gäste an Silvester. Dafür bist du noch ein bißchen zu jung.«
Noch immer hing Lisas Blick bittend an Vinzenz' Lippen, als wisse sie genau, wer hier das letzte Wort hat. Vinzenz schmunzelte.

»Nun ja«, meinte er vage.
»Wir werden einen Ball haben«, erläuterte Lorenz. »Da gehören kleine Kinder ins Bett.«
Lisa trat ihn unterm Tisch. Er zwickte sie in die Seite. Sie quietschte leise.
»Ein richtiger Ball!« rief sie dann. »Oh, Onkel Vinzenz, ich darf doch! Da wird bestimmt getanzt!«
Vinzenz lachte jetzt. »Meinetwegen!«
Befremdet sah Jenny Lisa an. Jenny mußte auf diesem Ball ihr Debüt geben und fürchtete sich schon ganz schrecklich davor. Sie war überzeugt, sie werde jedem Mann beim Tanzen auf die Füße treten, kein Wort herausbringen und den ganzen Abend mit rotem Kopf herumlaufen – schlimmstenfalls sogar herumstehen. Wie um alles in der Welt konnte man sich auf einen Ball freuen?
»Lisa hat doch nichts anzuziehen«, gab Amalie zu bedenken.
Vinzenz winkte ab. »Ach was! Eines von Jennys alten Kleidern wird schon passen, wenn du deine Näherin kommen und es abändern läßt. Außerdem denke ich, daß Lisa keine große Aufmachung braucht. Sie ist hübsch genug.«
Lisa strahlte, aber Lorenz belehrte sie: »Wenn ein Mädchen gesagt bekommt, daß es hübsch ist, muß es genierlich tun und rot werden.«
»Lorenz!« ermahnte ihn Amalie sogleich.
Schmunzelnd und nicht ohne Schalk in den Augen sagte Lisa: »Ich weiß aber, daß ich hübsch bin. Der Peter aus Fischingen hat's mir auch schon gesagt. Aber ich bin nicht rot geworden!«
»Tapfer«, bemerkte Vinzenz. Und zu Amalie: »Wenn die kleine Dame heute bereits Verehrer hat, kann sie ruhig den Großen beim Tanzen zuschauen. Aber verdreh keinem der jungen Herrn den Kopf, Lisa-Mädchen! Wie geht der alte Spruch? ›Früh übt sich…‹«
»Was du dem Mädchen alles erzählst!« sagte Amalie pikiert und ließ das Hirschragout kommen.
Lisa klatschte in die Hände. »Das riecht gut!«
»Iß nicht soviel«, zog Lorenz sie auf, »sonst wirst du so dick wie Jenny, dann bist du nicht mehr hübsch, und dein Peter sagt dir keine Komplimente mehr, und das mit dem Köpfeverdrehen ist dann auch vorbei.«
»Eine schöne Frau entstellt nichts«, meinte Lisa mit Würde.
Alles lachte, auch Amalie mußte lächeln. Jenny wurde rot.
»Denk dir nichts«, sagte Vinzenz zu ihr. »Du bist hübscher als so manche dumme Gans, die sich weiß Gott was auf sich einbildet.«
Und wieder zu Lisa: »Woher hast du denn *den* Spruch?«
»Aus einem Buch.«

»So hört er sich auch an.«
In sich hineinlachend, nahm sich Lisa noch etwas von den Preiselbeeren und fragte plötzlich: »Wo ist eigentlich Rudolf?«
»Dem kannst du den Kopf nicht verdrehen. Der denkt nicht an junge Mädchen«, kam es prompt von Lorenz, der sie, ganz sein Vater in diesem Moment, von der Seite her inspizierte.
»Haha!«
»Der gute Rudolf ist in Berlin und besucht die Verwandtschaft«, fuhr Lorenz süffisant fort.
»Man sagt nicht ›der‹, wenn man von jemandem spricht, schon gar nicht, wenn vom eigenen Bruder die Rede ist«, tadelte ihn Amalie. »Außerdem will ich nicht, daß du in diesem Ton über Rudolf redest. Du weißt sehr gut, daß er keineswegs zum Vergnügen unterwegs ist. Er arbeitet und schafft sich Beziehungen.«
Lorenz feixte. »Wahrscheinlich«, sagte er mit einem belustigten Blick Richtung Vinzenz.
Vinzenz wischte sich mit der Serviette über den Mund.
»Bitte!« sagte Amalie nur.
»Wieso?« fragte Vinzenz. »Amalie, du glaubst doch nicht, daß ein junger Mann wie Rudolf, und wenn er noch so ehrgeizig ist, in einer Stadt wie Berlin nur die große Politik im Kopf hat!«
Nun schwieg Amalie. Sie haßte es, wenn Vinzenz solche Reden führte, gleich gar, wenn Lorenz, und noch mehr, wenn Jenny und Lisa am Tisch saßen.
»Wer weiß«, meinte Lisa kokett und spielte mit ihrem Wasserglas, »vielleicht verdreh' ich ihm doch noch eines Tages den Kopf.«
Es sah aus, als wollte Amalie etwas sagen, doch sie blieb stumm. Prüfend und nachdenklich sah sie Lisa an.
Amalie mochte ihre Eigenarten haben, dumm war sie ganz entschieden nicht. Sie wäre sogar eine sehr geistreiche Frau gewesen, wenn sie sich erlaubt hätte, über Konventionen hinauszudenken. Einen guten Instinkt hatte sie auf alle Fälle.
So merkte sie, daß Lisa über alle Dinge sehr harmlos sprach und dachte; so harmlos, daß es schon wieder charmant wirkte. Etwas jedoch war an dem Mädchen, das Amalie seit jeher daran gemahnte, vorsichtig zu sein. Schon als kleines Kind hatte Lisa etwas Besonderes an sich gehabt, jetzt war sie kein richtiges Kind mehr, aber auch noch weit davon entfernt, eine Frau zu sein, und dieses namenlose Besondere war noch spürbarer geworden. In zehn Jahren… Amalie mochte gar nicht daran denken.
Ohne Zweifel würde Lisa eines Tages eine Schönheit werden. Sie war heute schon hübscher, als es gut für sie sein konnte, und vor allem war sie es auf eine Art, die Amalie nicht recht gefiel.

Amalie war durch und durch eine Ästhetin, und doch beunruhigte sie Lisas Aussehen. Schon jetzt stand eine kaum zu verhehlende Herausforderung in ihrem Gesicht, und das Leuchten in den großen, violetten Augen verriet Lebendigkeit und Lebensdurst. Es sah aus, als würde Lisas Temperament sie eines Tages den Stier gern bei den Hörnern packen lassen.
Der kindliche Zug in ihrem Gesicht und die Grübchen in den Wangen milderten die Wirkung des vollen Schmollmunds etwas ab, aber dieser Mund sprach für sich. Er war viel zu sinnlich für ein knapp vierzehnjähriges Mädchen. Aus der Linie der Lippen sprach zudem Unentschlossenheit und Weichheit, was den lebhaften Augen und dem energischen Kinn widersprach und deshalb um so reizvoller aussah. Lisa hatte eine sehr glatte, sehr zarte Haut, eine Haut, von der Jenny nur träumen konnte, und dichtes, brünettes Haar, das sich wellte und im Sonnenlicht immer aussah, als wäre es von goldenen Fäden durchzogen.
Elisabeth Wagner war die Tochter einer Bauernmagd, aber nicht einmal in ihrem derben Wollkleid und der Pferdeschwanzfrisur sah sie so aus.
Amalie erinnerte sich an die sechsjährige Lisa. Damals war das Mädchen im Sommer zum erstenmal auf Vinzenz' Betreiben nach Reitenau zurückgekommen, an der Hand von Pfarrer Kleberg: schüchtern, dünn, blaß, mit großen, ängstlichen Augen. Und doch: Schon damals hatte Amalie gespürt, daß von dem Kind eine Gefahr ausging, auch wenn sie diesen Gedanken sofort zu verwerfen versuchte. Welche Gefahr konnte ein sechsjähriges Kind schon darstellen?
Nun, Lisa hatte sich innerhalb kürzester Zeit zum Wirbelwind und aufgeweckten Mittelpunkt Reitenaus entwickelt. Vinzenz ließ es amüsiert zu. Einmal sagte er sogar: »Die ist richtig, die ist nach meinem Geschmack. Schneidig und wild wie ein Junge, gescheit, nicht auf den Mund gefallen – und lachende Augen hat sie auch.«
Von Lisa ging etwas aus, sie schien die Fähigkeit zu besitzen, Menschen anzuziehen. In der Küche war sie ebenso beliebt wie in den Pferdeboxen oder in den Reitfeldener Geschäften. Und das war es, was Amalie zu fürchten begonnen hatte: Lisas Magnetismus.
Auf Lisa reagierte man mit Ablehnung oder Begeisterung. Dazwischen schien es nichts zu geben. Wer Lisa nicht mochte, fürchtete sich meistens vor ihrer Anziehungskraft. Jenny zum Beispiel mochte Lisa nicht, weil sie sich der immerhin um fast drei Jahre Jüngeren unterlegen fühlte. Auf Männer wirkte bereits jetzt schon die Frau Lisa, eine Kindfrau freilich noch. Lorenz war sich dessen nicht bewußt, aber ein bißchen hatte er sich in Lisa verliebt.

Intuitiv spürte Amalie, daß Lisa nichts als Schwierigkeiten ins Haus bringen würde. Die Idee, Lisa jedes Jahr nach Reitenau kommen zu lassen, schien von Vinzenz nicht gründlich überdacht.
In mancher Hinsicht war er ein Spieler. Es gefiel ihm, mit seiner nächsten Umgebung regelrechte Schachpartien auszutragen. Ob auch Lisa für ihn eine Schachfigur war? Amalie wurde nicht schlau aus ihm.

Die Dunkelheit zog sich langsam hinter die Wälderfront zurück, als Lorenz laut »Verdammt!« sagte und durch den Schnee stapfte, den der Nachtwind verweht hatte. Am Horizont hellte sich der Himmel auf. Noch immer schneite es. Dicke, flauschige Flockenwolken fielen auf Lorenz' Mantel. Lorenz war auf dem Weg zum Holzschuppen. Manchmal sank er knietief im Schnee ein, da er den Pfad nicht mehr sah; alles war glatte, weiße Ebene.
Nasse Füße bereits am Morgen! »Herrgott Sakrament!« fluchte er, und dann rief er unwillig: »Lisa!«
Im Sommer hatte man sie überhaupt nicht aus dem Bett gebracht, doch bei solch sibirischen Temperaturen trieb sie sich in aller Frühe draußen herum. Lorenz wäre jetzt lieber gemütlich bei Kaffee und Kuchen im warmen Speisezimmer gesessen, statt in der Morgendämmerung nach Lisa zu suchen. Wiederholt rief er ihren Namen. Leute, die nicht rechtzeitig zum Frühstück erschienen, sollten auch keines bekommen...
Amalie hatte ihn jedoch nach Lisa geschickt.
Als seine Rufe keine Antwort fanden, bahnte sich Lorenz unwirsch den Weg zum Holzschuppen, einer mit Brennholzscheiten bis zum Dach gefüllten Hütte, wo Krispin, der alte Knecht, im Winter immer saß und schnitzte.
Als Lorenz die Tür zum Schuppen aufstieß, fand er Lisa tatsächlich bei Krispin sitzen. Sie sah dem Alten zu, wie er Zaunlatten zuspitzte, die er im Frühling einsetzen wollte, und lauschte seinen Erzählungen. Krispin war der Märchenerzähler Reitenaus. Mehr Geschichten als Scheherezade schien er zu kennen, und außerdem verstand er es, selbst den kleinen Vorkommnissen des Alltags einen okkulten Beigeschmack zu geben. Lisa hatte eine Leidenschaft für Geister- und Hexenmären und horchte mit großen, runden Augen und halboffenem Mund auf Krispins Worte. Sie saß auf einem Holzstoß, ohne von Lorenz Notiz zu nehmen.
Wirklich erinnerte Krispins Habitus an einen alten Zauberer. Er sah etwas zerlumpt aus und hatte einen brustlangen, schlohweißen Bart. Seine hellen, überwachen, funkelnden Augen unterstrichen die Aura

des Magischen. Manchmal hob er seinen dünnen, mageren Zeigefinger, blitzte dämonisch mit den Augen und brachte mit meckernder Stimme das nötige Gruseln in seine Schauergeschichten.
Lorenz, für Gruselschauer weniger empfänglich als Lisa, mußte lachen, wie er die beiden so sitzen sah: Krispin, der ab und zu mit dem Schnitzmesser in der Hand an den Zaunlatten arbeitete, und Lisa, fest in ihr Wolltuch gewickelt und sichtlich in seinem Bann.
»Schau sich das einer an! Du wirst doch nicht gar einmal still sein können, Lisa? – Guten Morgen, Krispin! Erzähl ihr nicht soviel! Sie wird nur ganz verrückt davon.« Er griff nach Lisas Hand, um sie vom Holzstoß hochzuziehen. »Mutter hat nach dir gefragt. Wir frühstücken. Es ist acht vorbei. Sie sind ein wenig erschrocken, als sie dich nicht im Bett gefunden haben.«
Lisa versuchte, ihm ihre Hand wieder zu entziehen. »Ich muß doch wissen, was aus dem Andi wurde, der... der im Moor versunken ist!«
In den hellen Augen des Alten funkelte es. »Mußts wissen, jaja. Rauszogn hams ean, wos 's Moor trockn glegt ham. Ausgsehn hotr, als wear 'r zamgschrumpft. Ganz schwarz und dürr is'r gwen.«
»Krispin!« Lorenz lachte. »Mach ihr doch nicht solche Angst!«
»Vielleicht wills Angst ham?«
Lisa tat, als fröstelte sie. »Ich und was fürchten! Daß ich nicht lache! Ich fürchte so schnell nix.«
Sie hatte sich von Lorenz nun doch zur Tür ziehen lassen.
»Bis bald, Krispin! Ich komm' wieder. Du mußt weitererzählen.«
»Wollwoll«, brummte Krispin, was soviel heißen sollte wie »jaja«.
Lisa trat mit Lorenz in den Schnee hinaus. »Puh, kalt! Und so dunkel!«
»Ja, kalt. Komm, Mamsell Eigensinn! Wegen dir mußte ich in diese unwirtliche Eislandschaft hinaus. Jetzt beeil dich wenigstens!«
Lisa bemühte sich, mit ihm Schritt zu halten. »Du, Lo, wann gehen wir denn mal nach Reitfelden?«
»Wieso?«
Die Schneesenken waren passiert. Sie hüpfte jetzt munter neben ihm und hakte sich bei ihm unter.
»Was willst du denn dort?«
»Eine Crêpe Suzette!« kam es wie aus der Pistole geschossen.
Lorenz blieb stehen. »Ach, zum Sänger willst du?«
»Das schmeckt doch so gut. Da ist Schnaps dran, hm?«
Lorenz lachte.
»Gehen wir bald? Lo, bitte!«
Ehe Lorenz zustimmen konnte, ließ ein Geräusch ihn aufhorchen.

»Ein Motor«, sagte er langsam. »Hört sich tatsächlich wie ein Motor an... Das ist ein Motor! Das ist ein Automobil!«
»Oh«, sagte Lisa bloß. Sie kannte seine Begeisterung für alles, was in Gang kam, ohne geschoben oder gezogen zu werden. Tatsächlich tuckerte ein graphitgrauer Benz »Spider« die Einfahrt herauf.
»Großer Gott!« stieß Lorenz aus. »Das ist ja Rudolf!«
Das offene Gefährt war ziemlich eingeschneit. Graue Wolken stiegen vom Auspuff auf. Das ganze Fahrzeug schien zu schwitzen und zu schnaufen und schwer erschöpft zu sein.
Die Wagentür ging auf, und Rudolf stieg aus.
Er grinste. Er grinste nicht ohne Stolz. Weitaus weniger ermattet als sein Wagen, meinte er heiter: »Grüß dich, Lo! Auch schon auf den Beinen? Es ist erst kurz nach acht. Ist irgend etwas passiert, oder bist du krank?«
Er hatte sich die fingerlosen Handschuhe abgestreift, kam auf Lorenz zu und schlug ihm auf die Schulter. Anerkennend stieß dieser seinen Bruder in die Seite. Dann vergaß er Rudolf und ging zu dem Benz. Seine ganze Aufmerksamkeit galt nur noch diesem Ding, das Automobil genannt wurde und zum Beeindruckendsten gehörte, das er sich denken konnte.
»Gehört der dir?« fragte er schließlich.
»Das ist aber eine Begrüßung! ›Gehört der dir?‹ fragt mich der Träumer!« Belustigt, aber auch stolz fügte er hinzu: »Natürlich gehört er mir. Ich komme mit ihm direkt aus Berlin.«
Überrascht blickte Lorenz hoch. »Aus Berlin... Den ganzen Weg herunter... Was ist das für ein Wundergefährt?«
»Oh, es war immerhin eine Zwei-Tage-und-zwei-Nächte-Reise mit einigen unerwünschten Unterbrechungen. Sehr abenteuerlich. Daß ich nicht in die Luft geflogen bin, ist schon erstaunlich.«
Rudolf klopfte sich den Schnee vom Mantel und schien jetzt erst Lisa zu bemerken, die ihn herausfordernd ansah, ganz so, als wollte sie sagen: Ob du's glaubst oder nicht, ich bin auch noch da! Man sagt doch wohl grüß Gott!
Ihr violetter Blick irritierte ihn. Obwohl er sich fragte, was dieses Gör schon wieder hier wollte, sagte er freundlich: »Na, Lisa, auch im Lande? Groß bist du geworden. Aber etwas dünner, hm? Na, die werden dich hier schon wieder herausfüttern.«
Lisa schwieg. Noch immer redete er mit ihr wie mit einem kleinen Kind, mehr noch, er schien sich innerlich zu ihr herabzubeugen, wenn er mit ihr sprach. Lisa mochte seine kühle Nonchalance nicht. Sie mochte den ganzen Rudolf nicht. Aber das wurde ihr erst an diesem kalten Dezembermorgen bewußt.

»Mensch, Rudolf, du willst doch nicht sagen, daß du mit dem Ding da von Berlin herunter gekommen bist!« erregte sich Lorenz weiter an dem Wunder der Technik.
»Einfach war's nicht.« Mit einem Achselzucken wandte Rudolf sich wieder Lorenz zu. Er lächelte. Lisa fand selbst dieses Lächeln arrogant und zog eine Braue hoch. Eine Weile sah sie gar nicht wie ein Kind aus.
»Sag mal, seit wann neigst du denn zu Abenteuern?« zog Lorenz Rudolf auf. Jeder kannte Rudolfs besonnene Zurückhaltung.
»Du kennst mich eben nicht, Sportsfreund!«
Lorenz hatte längst vergessen, wie kalt es war. Er ging um den Wagen herum, beschnupperte ihn, betastete ihn ganz vorsichtig, strich mit der Hand über die kantige Kühlerhaube und besah sich die Karosserie von allen Seiten, wobei sich ein nahezu ehrfürchtiger Ausdruck im Gesicht abzeichnete.
Lisa unterdrückte das Lachen, mußte sich aber eingestehen, das Ding ebenfalls sehr interessant zu finden, was sie jedoch nicht zeigen wollte – nicht vor Rudolf.
Der stand unterdessen zufrieden neben ihr und sah Lorenz bei seiner Objekterforschung zu.
»War nicht ganz billig«, meinte er schließlich und spielte damit auf seine Möglichkeiten an, Möglichkeiten, die Lorenz nicht hatte, da er noch völlig abhängig von seinem Vater war. Aus solchen Abhängigkeiten hatte sich Rudolf befreit. Ihn hatte es ins Mecklenburgische verschlagen, zur mütterlichen Verwandtschaft. Er verwaltete das Gut seines Onkels, das Reitenau flächenmäßig mehr als ein dutzendmal »einstecken« konnte. Vinzenz hatte ihn gehen lassen, obwohl er der Meinung war, Agraringenieure hätten Besseres zu tun, als ihre Zeit in Bürostuben totzuschlagen. Natürlich wußte jeder, daß Rudolf höhere Ziele verfolgte, als irgendein Gut zu verwalten. An Jahren mochte Rudolf wohl noch jung sein, doch er war kein Phantast, kein Himmelsstürmer, keiner, der Flausen nachjagte wie Lorenz. Rudolf wußte, was er wollte, und er war seit einiger Zeit dabei, sich die Steine aus dem Weg zu räumen. Sich mit dem Reichstagsabgeordneten Maternus – seinem Onkel – gutzustellen war ja erst ein Anfang.
Manchmal schien es, als mangele es Rudolf an jugendlicher Spontaneität; früh war er ein ernsthafter, gesetzt wirkender junger Mann geworden. Ein richtiges Kind war er wohl nie gewesen. Sein Verlangen nach Klarheit und Rationalität hatte das Holzgartnersche Heißspornerbe ziemlich erstickt. Wenn er es darauf anlegte, konnte Rudolf durchaus unterhaltend sein. Er hatte Witz, er war geistreich. Seine Mutter liebte ihn abgöttisch.

Rudolf war sehr groß und sehr schlank, ein bißchen eckig sogar. Sein Äußeres erinnerte nicht an die zur Korpulenz neigenden Holzgartners, sondern an die nordische Schmalheit seiner Mutter. Mit seiner distanziert abwartenden, ironisch kühlen Art wirkte er durchaus männlich und keineswegs jungenhaft.
Amalie hatte ihn jetzt gesehen. Sie stand am Fenster und winkte. Rudolf winkte zurück. Er lächelte. Sein Lächeln konnte, wenn es nicht von Selbstgefälligkeit überschattet wurde, sehr klar und frei sein und ihn verjüngen; der kühl sezierende Blick wich dann aus seinen Augen. Doch Rudolf lächelte nicht oft.
»Kommt!« sagte er und nickte seiner Mutter zu. »Es dürfte Frühstückszeit sein. Ich bin hungrig. He, Lo, du kannst dir den Wagen anschauen, wenn es hell geworden und der Motor abgekühlt ist. Falls du ein paar Runden drehen willst...«
»Das ist ein Wort!« Widerwillig riß sich Lorenz von dem »Spider« los und folgte seinem Bruder, der aufs Haus zusteuerte.
Lina rief bereits im Flur: »Der junge Herr! Der Herr Rudolf ist da!«

Rudolf stand am Fenster und sah in die Nacht hinaus.
Merkwürdig kam es ihm vor, hier zu stehen und über Reitenau hinwegzublicken. Ein Gefühl des Zuhauseseins, dieses ihn immer wieder aufs neue überfallende und Verwunderung hervorrufende Empfinden der Zugehörigkeit, hatte ihn, den ewigen Rationalisten, auf einmal überkommen. Vor ein paar Tagen noch waren Reitenau und alles, was damit zusammenhing, unendlich weit entfernt gewesen. Jetzt stand er hier, jetzt fühlte er sich wohl, und er war weicher und zufriedener gestimmt.
Wirklich zufrieden war er nie. Da er immer alles sehr klar und nüchtern sah, erkannte er auch stets alle Mängel. Was ihn anstachelte, was ihn Stufe um Stufe vorwärtstrieb, war sein Verlangen nach Perfektion, ein Verlangen, das sich nie stillen ließ, weil er nie auf Vollkommenheit stieß – auch nicht bei seinen eigenen Entschlüssen und seinem eigenen Handeln. Rudolf war immer selbstkritisch, denn er war ehrgeizig. Er wollte zum Gipfel, und wenn er es auch nie aussprach: Sein Ziel war der Reichstag.
Obwohl er sich über politische Prinzipien keine Illusionen machte, trieb es ihn zur Macht. Schon immer hatte er gern die Fäden in der Hand gehabt. Er hatte nie »Träume«, er hatte immer »Vorstellungen«, und unverwirklichte Vorstellungen galten ihm weniger als bloße Träume. Es arbeitete, es hungerte und es verlangte in ihm. Nach außen machte er immer einen bedachten, kühlen Eindruck, doch in seinem Inneren war es nie wirklich ruhig, nur geordnet und diszipliniert.

Ruhe empfand er nur in Momenten wie diesem, wenn eine tiefe Stille in ihm zu wachsen anfing und schließlich seinen ganzen Körper ausfüllte. Reitenau gab ihm diese Stille.

Die letzten Wochen in Berlin waren anstrengend gewesen. Es war ihm klar, daß er seine Mutter verletzt hatte, als er über Weihnachten nicht nach Hause gekommen, sondern zu den Maternus nach Berlin gefahren war. Doch sein Onkel würde ihm früher oder später jene Tür öffnen, die seine Mutter nicht öffnen konnte. Das mußte sie eben einsehen.

Amalie wollte sein Bestes und gab ihm immer nach. Richtig verstanden fühlte sich Rudolf freilich nur von seinem Vater. Er konnte sich nicht recht erklären, wieso. Im Grunde war Vinzenz sein Gegenpol – oder etwa doch nicht?

Amalie liebte ihn und weckte in ihm Schuldgefühle, da er ihr immer auswich, gerade so, als wollte er gar nicht geliebt werden. Anerkennung schien ihm zu genügen, Anerkennung, wie Vinzenz sie ihm entgegenbrachte. Besitzergreifenden Gefühlen entzog er sich ganz instinktiv.

Plötzlich mußte er lächeln. Die Fahrt von Berlin nach Reitenau hatte ihm Spaß gemacht. Manchmal, wenn er sich von Verpflichtungen gedrängt und eingeengt fühlte, brauchte er für eine kurze Zeit wieder das Gefühl, frei zu sein, und tat dann Dinge, die nach der Meinung anderer nicht zu ihm paßten. Rudolf war bereits als Zwanzigjähriger sehr sachlich, diszipliniert und ernst gewesen, und er hatte seine Studienzeit wirklich in Hörsälen und nicht in diversen Lokalen verbracht. Zwischendurch hatte aber auch er sich diese oder jene kleine Eskapade erlaubt. Richtig über die Stränge geschlagen hatte er allerdings nie. Für ihn war Selbstkontrolle keine lästige Pflicht, sie gab ihm vor allem Sicherheit. Rudolf ging den Abgründen in sich gern aus dem Weg.

Es war ein gutes Gefühl gewesen, so ganz ohne Verpflichtungen im Nacken die Landstraße entlangzusteuern, auch wenn plötzlich Rauchwolken vom Motor aufgestiegen waren und ihn zu ein paar Pausen gezwungen hatten. Es war zu kalt gewesen, um einfach zu »löschen«; das vereiste Wasser hätte den Motor einfrieren können.

Noch immer stand Rudolf am Fenster und sah auf den Obstgarten und die Wälderfront hinunter. Die Nacht lockte ihn. Früher war er um diese Zeit gern im Wald spazierengegangen. Im Dunkeln konnte er am schärfsten nachdenken. Einsamkeit war zudem eine Erfahrung, die er – ohne ersichtlichen Grund – manchmal dringend brauchte. Rudolf war ein ausgesprochener Einzelgänger. Nur wenn er mit sich allein war, fühlte er sich wirklich wohl.

Es war jetzt kurz vor Mitternacht. Im Haus war es still.
Langsam wandte er sich vom Fenster ab, ging durch das dunkle Zimmer den Flur hinaus und trat ganz vorsichtig auf, als er die Treppe hinunter stieg. Er zog sich warm an und verließ, um niemanden zu wecken, durch den Dienstboteneingang das Haus.
Eine klare, kalte Nacht empfing ihn. Längst hatte es aufgehört zu schneien, doch der Schnee lag hoch. Gelb und klar saß der Mond über dem Wald. Von leuchtenden Punkten übersät, glich der Himmel einem golddurchwirkten Abendschal.
Rudolf schöpfte tief Atem. Schon als kleiner Junge hatte er die Stille einer Winternacht als unbeschreiblich wohltuend und erlösend empfunden. Langsam, während unter seinen Füßen der Schnee knirschte, schlenderte er an der Umzäunung der Koppel vorbei und bog dann in den Waldweg ein. Hier war der Boden fast schneefrei, aber hart gefroren. Rudolfs Schulter streifte einen Fichtenzweig. Staubähnliches Weiß rieselte auf ihn nieder. Im Wald war die Stille noch tiefer, die Nacht noch dunkler. Nur sein eigener Atem schien zu leben.
Das endlose Schweigen wurde nicht einmal von dem Schrei eines Käuzchens oder einem Rascheln im Unterholz durchbrochen.
Aber plötzlich Schritte im Schnee. Rudolf sah eine Gestalt hinter den Bäumen verschwinden.
»Hallo!« rief er, und sein Herz tat einen zusätzlichen Schlag.
»Wer ist denn da?«
Lauschend blieb er stehen. Wer um alles in der Welt mochte um diese Zeit noch draußen sein? Nach einer Weile trat die Gestalt wieder aus dem Schutz der Bäume.
Unsicher hörte er Lisas Stimme: »Rudolf?«
»Lisa! Was soll das denn?« Sein Ton war vielleicht um eine Spur zu barsch.
Er trat auf das Mädchen zu und sah neugierig in das fragende Gesicht. Ihr offener, fast um Verzeihung bittender Blick nahm ihm etwas von seinem Unmut darüber, in seiner Einsamkeit gestört worden zu sein. Er lächelte schwach.
»Du siehst aus wie ein Schneemann«, meinte er belustigt.
Der Schnee taute rasch in ihrem Haar, und Tropfen fielen ihr ins Gesicht.
»Du sagst nichts, ja?« kam es hastig von ihr, denn sie hatte keine Lust, sich von Amalie wegen dieses nächtlichen Ausflugs schelten zu lassen. Amalie war streng, ihr Ärger hatte aber auch immer eine jammernde Komponente.
»Was machst du hier?« wollte Rudolf wissen, ohne auf ihre Bitte einzugehen.

»Dasselbe wie du. Spazierengehen.«
»Mitten in der Nacht?«
»Das tust du doch auch!«
»Du gehörst ins Bett. – Fürchtest du dich denn nicht?«
»Fürchtest du dich?«
Ihre Art, ihm zu erwidern, klang provozierend. Gelassen meinte er: »Wenn ich mir Krispins Schauermärchen anhören würde, hätte ich Angst.«
»Hast du keinen Schutzengel?«
Einen Augenblick kam es ihm vor, als machte sie sich über ihn lustig. Sie fuhr jedoch ganz selbstverständlich fort: »Ich habe einen Schutzengel. Wenn er da ist, muß ich mich nicht fürchten. Wenn er nicht da ist, schon. Jedenfalls im Dunkeln. Man spürt aber immer, ob er da ist oder nicht.«
»Ein recht unzuverlässiger Kumpan, muß ich sagen.«
Lisa zog die Unterlippe zwischen die Zähne und wußte nun ihrerseits nicht, wie er das meinte. Schließlich kam sie zu der Erkenntnis, daß er sie nicht ernst nahm.
»Ein Schutzengel ist immer da, aber wenn du nicht an ihn glaubst, merkst du nichts von ihm, weil er sich dir nicht zeigt. So ist das.« Ihr Tonfall klang belehrend. Dann war sie eine Weile still. Etwas schien sie zu beschäftigen. Plötzlich kam die Gretchenfrage: »Glaubst du an Gott?«
»Nein«, sagte er, noch immer belustigt.
Beiläufig gab sie zurück: »Das dachte ich mir. Schade.« Und dann lachte sie und schüttelte sich das Haar aus der Stirn. Übergangslos fragte sie: »Du fährst doch morgen mit Lo nach Neuherrenach?«
Ihr Gedankensprung irritierte ihn kurz. Bereits an ihrem bittenden Ton erkannte er, was kommen würde.
»Du, Rudolf, kann ich mitkommen?«
»Das wird sicher langweilig für dich werden.«
»Aber wir fahren im Automobil?«
»Ja.«
»Ja!«
»Und wir fahren nicht morgen, sondern übermorgen.«
»Das macht nichts.«
»Großzügig von dir.«
»Dann kann ich mitkommen?«
»Also gut. Du läßt mir ja sonst doch keine Ruhe. Aber jetzt ab mit dir ins Bett! Es ist spät.«
»Und du?«
»Ich geh' noch ein Stück.«

»Warum darf ich nicht mitkommen?«
»Willst du nun übermorgen mit nach Neuherrenach, oder nicht?«
Lisa lachte. Dann drehte sie sich um und lief davon. Er sah ihr nach, bis er sicher war, daß sie aufs Haus zurannte. Ein seltsames Kind...
Als er zum Fluß hinunterging, verlor er Lisa jedoch schnell wieder aus seinem Gedächtnis. Er war allein mit sich selbst, allein mit seinen Überlegungen, allein mit seinem Gefühl, frei zu sein.

Was für eine Woche!
Lisa ließ sich von Krispin Geschichten erzählen, hörte sich am Ofen in der Küche Dienstbotenklatsch an, ging mit Vinzenz durch die Pferdestallungen, alberte mit Lorenz herum und ärgerte Jenny.
Seit jeher weckte Jenny in Lisa eine Lust zur Bosheit. Das Schlimme war, daß man mit Jenny um alles in der Welt nicht streiten konnte. Jenny verschanzte sich hinter beharrlichem Schweigen. Außerdem spielte sie ja noch mit Puppen. Lisa lachte sie deswegen aus. Jenny ließ es sich gefallen.
Am Mittwochmorgen fand auch die versprochene Spritztour nach Neuherrenach statt. Lorenz bekam von Rudolf seine erste Fahrstunde und steuerte den »Spider« mit gefährlichem Leichtsinn über die schmalen Landstraßen. Immer wieder sagte er: »Da wird Christian aber Augen machen!«
Auch Lisa war der Meinung: »Aufregender als Zugfahren.«
Nur Jenny schien sich zu fürchten. Lorenz fuhr ihr zu gewagt. »Du ewiger Angsthase!« spottete Lisa und knuffte Jenny in den Arm. Schneller, schneller, schneller! Die ganze Zeit war Jenny in Gedanken bei der Chorprobe. Hatte der Pfarrer wirklich im Ernst gemeint, daß ihre Stimme fehlte... ?
Es hatte Startschwierigkeiten gegeben. Der Benz war trotz minutenlangen Kurbelns nicht angesprungen, schien jetzt jedoch seinen Rhythmus gefunden zu haben. Mit großen Augen betrachtete Lisa die vorbeiziehenden Bäume und lachte, wenn Lorenz mit vollem Gas die Kurve ansteuerte. Rudolf blieb ganz ruhig und gab zum zehntenmal dieselben Ratschläge. Früher war er manchmal im Zorn recht heftig geworden. Lisa erinnerte sich, von Rudolf ihre erste und einzige Ohrfeige auf Reitenau bekommen zu haben, als sie frühmorgens auf dem Korridor mit einem nassen Schwamm nach ihm geworfen hatte. Ob er heute überhaupt noch böse werden konnte? Leise kicherte sie in sich hinein.
Alles schrie erschrocken »Lo!«, als der Wagen von einer Allee auf die Hauptstraße zufuhr und unerwarteterweise auf Gegenverkehr in Form zweier Kutschen traf. Lorenz bremste, die ganze Gesellschaft

im Wagen wurde zurückgeworfen, der Motor gab seinen Geist auf, und der Benz »Spider« stand still. Beinahe wären die Pferde der kleineren Kutsche durchgegangen. Der Kutscher machte empörte Gesten mit der Hand und rief Lorenz etwas zu, das niemand verstand.

Nachdem ihm der Schreck wieder aus den Gliedern gefahren war, meinte Lorenz vergnügt: »Wieso müssen mir auch diese idiotischen Kastanien die Sicht nehmen!«

»Wieso bist du nicht vom Gas gegangen?« fragte Rudolf amüsiert.

»Ich darf kurbeln!« rief Lisa, kletterte aus dem Wagen und mußte ihre ganze Kraft aufbringen, um den Motor wieder in Gang zu bekommen. Zuerst fing der Wagen zu röcheln an, dann tuckerte es wieder unter der Haube, und endlich setzte sich das Gefährt wieder in Bewegung. Als Lisa wieder eingestiegen war, gab Lorenz sofort forsch Gas.

»Nicht so heftig!« empfahl Rudolf. »Du würgst ihn ja gleich wieder ab.«

»Ach, paß auf, daß ich nicht gleich dich abwürge. Mußt du mir dauernd dreinreden?«

Also zuckte Rudolf die Achseln und schwieg. Er schwieg auch, als Lorenz wieder einmal nicht vom Gas ging, während er in eine Kurve einbog, dann die Bremse nicht fand und an der richtigen Abzweigung vorbeirauschte und schrie: »Rudolf, Rudolf, was ist denn nun los?«

Lisa lachte Tränen.

In Neuherrenach wurden die vier mit Torten und Kaffee empfangen. Herr Landgraf war nicht da. Es hieß, er sei zur Jagd gefahren – im Dezember. Dafür erwies sich Frau Landgraf als vollendete Gastgeberin und unterhielt sich lange mit Rudolf.

Unterdessen freundete sich Lisa mit Cordula an. Sie fand Cordula sehr hübsch und mußte sie dauernd anschauen. Es schmeichelte ihr natürlich, daß Cordula, obwohl bereits sechzehn, dazu bereit war, sich mit ihr abzugeben, und sie kicherten gemeinsam, wenn Jenny, unablässig Kuchen essend, unter jedem Blick Christians feuerrot anlief.

Christian, der beste Freund von Lorenz, war ein landgesichtiger, farbloser junger Mann. Er hatte einen sehr direkten Blick, was Jenny offensichtlich nicht gut vertrug.

Zum Abschied, spät am Abend, flüsterte Cordula Lisa ins Ohr: »Na dann, bis zu eurem Ball! Ich komme ganz in Weiß. Debütierst du auch dieses Jahr?«

Lisa nickte. Sie wußte nicht, warum. Einen Moment ärgerte sie sich,

erst vierzehn zu sein. Cordula hatte sie offensichtlich für älter gehalten.
Die Sache mit dem Älter-sein-Wollen vergaß Lisa jedoch wieder, als Rudolfs Wagen im Dunkeln über Land fuhr. Es war glatt, ab und zu kam der Benz ins Schleudern, aber da die Straßen leer waren, wurde auch dies zu einer großen Gaudi.

Am Vormittag des Silvestertags nahm Lorenz Lisa mit nach Reitfelden, wo er zum Friseur ging, um sich ballreif herausputzen zu lassen. Lisa durfte sich Locken drehen lassen. Da sie vor ihm fertig wurde, wartete sie nicht auf ihn, sondern schlenderte im Vollgefühl der eigenen Schönheit und prächtigen Locken durch die Stadt. Sie hatte eine Mark in der Tasche und kaufte sich Marzipan, Lakritze, Bonbons, Schokolade und Meringen für jeweils zehn Pfennig. Alle Schaufenster sah sie sich an, doch vor dem Hutmachersalon blieb sie lange stehen. Sie bekam eiskalte Füße, ohne es zu merken, so fasziniert war sie von dem Wagenradmodell im Schaufenster. Was für ein Hut! Bisher hatte sich Lisa noch nie für Kleider oder Hüte interessiert. Dieser Traum aus Pappe, überzogen mit weißem Taft, zur Zierde einen weißen Tüllschleier über der Augenpartie, garniert mit einer entzückenden schwarzen Reiherfeder, nahm ihr jedoch den Atem.
Lorenz mußte ihr auf die Schulter tippen, als er mit frisch gelegten rehbraunen Wellen und nach oben geschwungenem Schnurrbart vor dem Schaufenster anlangte. Sie sah nichts mehr, nur noch den Hut.
»Siehst du!« rief sie auch gleich, ohne Lorenz anzusehen. »Siehst du, was das für ein Hut ist!«
Natürlich kaufte ihr Lorenz das Ding, nicht ohne sie ihrer erwachenden Eitelkeit wegen gebührend aufzuziehen. Die Rechnung für den Hut würde er ohnehin seinem Vater präsentieren, denn er besaß niemals einen Pfennig zuviel. Solange er zurückdenken konnte, war er knapp bei Kasse gewesen.
Frau Kibitz, eine kleine, mollige, französisch aussehende Person, war zuckerfreundlich, denn immerhin stand sie im Begriff, ihr exklusivstes und darum auch teuerstes Modell an den Mann zu bringen. Da machte es auch nichts, daß ausgerechnet ein Holzgartner der Käufer war. Nebenbei bemerkt, wäre auch niemand anders in Reitfelden auf die Idee gekommen, so einen ausgefallenen Hut zu kaufen. Frau Kibitz mochte jedenfalls die Holzgartners nicht. Seit Jahren versuchte sie, Herrn Sänger von ihrer Attraktivität zu überzeugen, aber der sah ja nur diese kalte Berlinerin. Dabei war sie, Mathilde Kibitz, doch mindestens ebenso elegant und vornehm.

»Entzückend«, sagte nun die Kibitz, als Lisa den Hut auf dem Kopf hatte. »Wie eine junge Mademoiselle!« Und dann tupfte sie sich mit den Handflächen rund um die Frisur, wie immer, wenn sie ein wenig nervös war.
»Du siehst aus, als säßest du unter einem Sonnenschirm«, spöttelte Lorenz. »Willst du etwa so auf die Straße gehen?«
»Ich lasse ihn gleich auf.« Verliebt strahlte Lisa ihr Spiegelbild an. Sie hatte gar nicht gewußt, daß sie so schön war. Zuerst die Locken, und dann dieser Hut!
Frau Kibitz räusperte sich diskret. »Das... das ist eigentlich ein Hut für die warme Jahreszeit.« Wieder strich sie sich um die dunkle Haarpracht. »Vielleicht sollte ich ihn einpacken?«
»Ich lasse ihn auf«, wiederholte Lisa unbeeindruckt. Dieser Hut mußte es sein. Nicht im Sommer, sondern jetzt.
Draußen sahen sich die Leute nach ihr um. Lorenz trug ihre Wollmütze in der Hand, und sie bekam kalte Ohren.
»Haben wir noch Zeit für eine Crêpe Suzette?« fragte sie mit einem koketten Augenaufschlag, als Lorenz auf den Rauch-Hof zumarschieren wollte, wo er den Einspänner abgestellt hatte.
»Du willst wohl dein Wagenrad ausführen?«
»Jetzt passe ich doch in ein feines Café, oder?«
»Na, dann komm ...«
Als sie mit der Neuerwerbung auf dem Kopf eine Stunde später auf Reitenau ankam, löste der Hut unter der Dienerschaft, die ihn sofort vorgeführt bekam, Entzücken aus. Amalie meinte jedoch, der Hut sei eher für eine Dreißigjährige gedacht, und Vinzenz sagte lachend: »Laß sie doch damit spielen!«
Amalie schwieg. Sie fand den Hut frivol.
Natürlich erriet Vinzenz ihre Gedanken: »Was hast du nur? Lisa hat den richtigen Mund für so einen Hut. In zehn Jahren wird sie in dieses Prachtexemplar hineingewachsen sein.«
Unsicher musterte Amalie Lisa. Ja, vermutlich...
Den ganzen Tag legte Lisa ihren Hut nicht mehr ab. Sogar Krispin mußte ihn sehen.
Inzwischen hatte Amalie ein Kleid Jennys enger nähen lassen, damit es Lisa paßte. Sie rief sie zur Anprobe. Als Lisa dann in ihrem neuen Kleid vor dem Spiegel stand, veränderte sich etwas in ihrem Gesicht. Das rosarote Kleid war hübsch, aber es war kein Ballkleid. Cordula würde ein Ballkleid tragen, weiß, sicher mit vielen Rüschen.
»Wieso schaust du so unglücklich?« forschte Amalie. »Es ist eines der besten Kleider, die Jenny je hatte. Taft.«
»Ja.«

»Es paßt jetzt auch wie angegossen.«
Noch während sie nickte, stieß Lisa hervor: »Aber ich bin kein Kind mehr!«
Nachsichtiges Lächeln malte sich auf Amalies Züge. »Was denn sonst? Du bist doch kaum vierzehn, Lisa.«
Nachdenklich betrachtete Lisa ihr Gesicht im Spiegel. Dann glitt ihr Blick an ihrem Körper hinunter, der sich unter dem rosaroten Taft verbarg. Ein bißchen Busen war schon da. In einem ausgeschnittenen Kleid würde man ihn sehen. Aber so... Ob der Busen allein das Erwachsensein ausmachte? Lisa seufzte. Wahrscheinlich nicht.
Aber erwachsen sein – wollte sie das überhaupt?
Sie war verwirrt.

Zweites Kapitel

Langsam leerte sich die Kirche. Es wurde still. Das Rascheln und Flüstern ebbte ab. Ein letztes »Auf Wiedersehen, Hochwürden!«, dann kehrte Schweigen ein. Die schwere Eichentüre fiel ins Schloß. Bloß Jenny war noch auf der Empore damit beschäftigt, die Notenblätter einzusammeln und zu ordnen. Morell sah ihr eine Weile abwartend und freundlich zu. »Danke, Jenny, lieb von dir. Aber nun laß gut sein. – Es freut mich übrigens, dich wieder hier zu sehen. Wenn du so weitermachst, wirst du eines Tages das Solo singen.«
Obwohl er sehr leise sprach, warfen die hohen Kirchenmauern seine Stimme zurück. Reitfelden besaß eine sehr schöne Barockkirche, deren Reste gotischer Strenge die überladene Verspieltheit milderten. Die hochstrebenden Säulen und die schmalen Fenster weckten in Jenny immer ein Gefühl der Ehrfurcht, die Stuck- und Puttenverzierungen sowie die Vergoldungen dagegen ein Wohlgefühl.
Hier roch es immer so gut nach Weihrauch. Jedes Geräusch kam geheimnisvoll als Echo von den Wänden zurück. Etwas Namenloses, tief Mystisches, etwas Jenny tief Beruhigendes und doch jeden Nerv in ihr Berührendes, schien von den Kirchenmauern umschlossen zu sein. Sie kam gern hierher. Am liebsten saß sie allein auf der Empore. Allein fühlte sie sich geschützt. Bei Gottesdiensten störten sie die vielen Leute, deren prachtvolle Hüte alles »verweltlichten« und die wie Fremdkörper in diesen Ort der Stille eindrangen und ihm sein Geheimnis nahmen.
Die lobende Bemerkung des Priesters hatte Jenny rot werden lassen. Das Solo war ihr größter Traum. Natürlich würde sie es nie singen,

aber immerhin konnte sie nun davon träumen... Ihre Stimme ganz allein in der kühlen Stille...
Noch immer stand sie bei den gestapelten Notenblättern und tat, als wäre sie mit ihnen beschäftigt. In Wahrheit wollte sie sich bloß nicht zu Morell umwenden, ehe die Röte in ihrem Gesicht nachgelassen hatte. Die Stille zwang sie jedoch, sich umzudrehen. Morell war taktvoll genug, jetzt an ihr vorbeizuschauen.
Groß und schlank, fast körperlos stand er in seiner würdevollen schwarzen Soutane an der Brüstung und blickte zu den Bankreihen im Kirchenschiff hinunter, als wäre er in Gedanken.
»Komm!« meinte er dann, sich aufraffend, als koste es ihn heute Mühe, seine Gedanken zu sammeln. »Gehen wir hinunter! Ihr habt doch heute einen großen Ball. Es ist bereits nach sechs. Sicher wartet Krispin schon auf dich. Wir sollten ihn nicht zu lange in der Kälte sitzen lassen.«
Krispin holte Jenny nach den Chorproben immer mit dem Einspänner ab, damit sie nicht allein den dunklen Feldweg nach Hause gehen mußte.
»Ach«, sagte Jenny, ohne aufzusehen, »eigentlich wäre es mir lieber, es gäbe keinen Ball.«
Die Vorbereitungen, die seit Tagen im Gange waren und heute ihren Höhepunkt erreicht hatten, machten sie nervös. Der Ball ängstigte sie maßlos. Sie wollte nicht tanzen, denn sie war überzeugt, sich ungeschickt dabei anzustellen. Schon im Pensionat hatte man ihr immer wieder gesagt, sie bewege sich ohne Anmut. Die Vorstellung, dann auch noch auf diverse Füße zu treten! Am ärgsten peinigte sie allerdings der Gedanke, womöglich keinen Tänzer zu finden und den Abend als Mauerblümchen am Parkettrand verbringen zu müssen. Der ganze Ball war ihr verleidet, ehe er überhaupt begonnen hatte.
»Ich weiß«, sagte Morell ruhig und sah sie aufmunternd an.
»Du hast Angst davor, nicht wahr?«
Jenny nickte stumm.
»Weißt du, Jenny, wenn man sich vor etwas fürchtet, wird man innerlich ganz steif, und erst dann passiert all das, wovor man Angst hat, weil man sich hineinsteigert.«
»Ich kann nicht gut tanzen.«
»Du bist doch ausgesprochen musikalisch. Musikalische Menschen sind meistens auch gute Tänzer. Du hast nur Angst, nicht tanzen zu können, und in der Aufregung machst du dann tatsächlich die falschen Schritte. Denk dir nur die ganze Zeit, daß alles gutgehen wird, dann geht es auch gut. Dir fehlt gar nichts – nur eine gute Portion Selbstvertrauen.«

Aufmunternd lächelte er ihr zu. Dann ging er die Treppe hinunter. Sie knarrte unter seinen Füßen. Jenny folgte ihm. Zwei Kerzen brannten noch. Zwei Kerzen und das Ewige Licht. Sonst war es dunkel. Das Ewige Licht faszinierte Jenny seit jeher. Ein Licht, das nie erlöschen durfte...

»Cordula Landgraf wird dasein«, meinte Jenny plötzlich. »Sie ist so hübsch.«

Wieder glitt ein Lächeln über Morells klassische Züge.

»Du willst damit sagen: hübscher als du?«

Jenny nickte. »Alle sind hübscher«, sagte sie dann und schämte sich sofort, überhaupt davon angefangen zu haben.

Aufmerksam und freundlich und auch etwas überrascht forschte Morell in ihrem Gesicht. Überrascht, weil Jenny von sich aus zu reden angefangen hatte, noch dazu über sich selbst. Normalerweise beließ sie es bei Antworten, die über »ja« und »nein« nicht hinausgingen.

»Du weißt aber selbst, daß das Hübschsein nicht wichtig ist, nicht wirklich wichtig. Dabei hast du schöne Augen, Jenny, und du bist auf eine Art hübsch, die nur nicht allen ins Auge sticht. Weißt du, wie ich das meine?«

Jenny nickte. Sie merkte, daß er sie trösten wollte. »Für mich interessiert sich niemand«, entgegnete sie nahezu trotzig und blickte zu Boden.

»Nicht die Blinden. Wer dich gern hat, hat dich wirklich gern. Du mußt dich dann nicht wie andere Mädchen fragen, ob wirklich du gemeint bist oder nur dein äußeres Hübschsein. Das ist auch eine Chance, Jenny – eine Chance für dich und deine Persönlichkeit. Laß den Kopf nicht hängen! Glaub mir, du bist viel hübscher, als du dich selber siehst. Das hat auch wieder mit Selbstvertrauen zu tun.«

Noch immer zu Boden starrend, biß sie sich auf die Lippen. Ganz verlegen war sie geworden. In ihren Augen glühte es, doch sie hielt die Lider gesenkt. Morell wollte sich schon abwenden, als er merkte, daß sie noch etwas sagen wollte, nur den Einstieg nicht recht fand.

Unerwartet und hastig stieß sie hervor: »Ich glaube, ich gehe ins Kloster.«

»Aber Jenny!« Das klang heiter und weich – und doch auch ein bißchen müde.

Verwirrt blickte Jenny auf. Sie hatte gedacht, ihm damit eine Freude zu machen. Er verstand sie doch, wenigstens er, wenn auch niemand sonst. Verunsichert irrten ihre Augen über sein Gesicht.

»Sie sind doch Priester! Sie sind doch *gern* Priester!«

Ein ernster, nachdenklicher Zug schlich sich in seine Miene. Kurz

nur, aber lang genug, um von Jenny wahrgenommen zu werden. Sanft erklärte er ihr: »Ich bin nicht Priester geworden, damit ich nicht tanzen muß. Weltflucht ist nur eine Erklärung, nie eine Rechtfertigung – und kein gültiges Argument für deinen Entschluß.«
Jenny schluckte hart. Dann wagte sie doch zu fragen: »Warum sind Sie Priester geworden, Hochwürden?«
Sein Lächeln war weich und voll nachdenklicher Reminiszenz.
»Aus Sehnsucht. Kind. Aus Sehnsucht nach Gott.« Er schien noch etwas hinzufügen zu wollen, hielt es dann jedoch für besser, die Dinge so stehen zu lassen.
»Kann es nicht sein, daß ich diese Sehnsucht auch habe?« bohrte Jenny weiter, ohne sich der ihr fremden Hartnäckigkeit bewußt zu sein. Jetzt hatte sie ihm ihr Innerstes geöffnet, und er wollte es wieder schließen.
»Jeder hat diese Sehnsucht, Jenny. Du natürlich auch. Aber nicht jeder weiß es. Der eine spürt ein vages Drängen und Ziehen, ohne zu wissen, wohin er gedrängt oder gezogen wird. Der andere muß überhaupt erst lernen, ein Gespür dafür zu bekommen. Jeder hat die Zeit, die er braucht, auch wenn es oft nicht so scheint. Dazu sind wir hier: uns und unsere einzig wirkliche Sehnsucht zu erkennen und ihr zu folgen. Auch du. Du hast so viel Zeit, Jenny. Solange du nicht tief im Innern weißt, daß es diese und keine andere Sehnsucht ist, die in dir lebt, steht zwischen dir und Gott noch zu viel Weltliches. Das ist nichts Schlechtes, es bedeutet nur, daß du der Welt noch mehr zugetan bist als dem Herrn. Du würdest dich irgendwann zerrissen fühlen, wenn du diesen Schritt überstürzt. Man darf auch in sich selbst nichts erzwingen, sondern muß warten, bis es reift. Die Sehnsucht, von der ich spreche, muß stärker sein als alles andere. Erst dann kann sie dich glücklich machen. Du bist jetzt sechzehn, nicht wahr? Da ist noch sehr viel ungewiß. Warte, bis es gewiß wird!«
»Wann war es bei Ihnen gewiß, Hochwürden?«
Er wirkte einen Moment lang sehr müde. Die Frage verharrte im Raum. »Zur rechten Zeit«, antwortete er schließlich. »So, nun mußt du aber gehen. Wir wollen den guten alten Krispin nicht verärgern.«
Er reichte Jenny die Hand, die zu küssen er ihr abgewöhnt hatte, und fügte noch hinzu: »Einen schönen Abend wünsche ich dir natürlich – trotz oder wegen deiner Bedenken. Denk daran, daß du gefallen kannst!«
Jenny knickste. »Ich werde daran denken. Gute Nacht, Hochwürden!«
Schon hatte sie sich umgedreht und war hinausgestürzt. Morell sah ihr kurz nach. Ein sonderbares Mädchen, so einsam und verwundbar.

Er lächelte. Gedankenverloren kniete er sich in die hinterste Bank. Sein Lächeln erstarb. Um ihn war es still und dunkel. Er kniete lange so, die Stirn auf die gefalteten Hände gestützt, und er seufzte lautlos, während seine Lippen Worte formten, die an diesem Tag wenig Inhalt für ihn hatten.

Amalie überprüfte die Gedecke für das Festessen. Sie war etwas nervös. Jahrelang hatte Reitenau keine so große Gesellschaft mehr erlebt. Meistens kamen nur die Landgrafs von Neuherrenach herüber, ab und zu ließ sich Fräulein Kalmann, die Erbin, sehen. Ein wenig erbittert stellte Amalie fest, daß Vinzenz an dem mageren Gesellschaftsleben, das man hier führte, schuld war. Daran und überhaupt... Heute jedoch wurden über dreißig Gäste erwartet, über dreißig! Was für eine Aufregung! Amalie fühlte sich schon seit dem frühen Morgen beschwingt wie ein junges Mädchen. Selbst in ihren Augen war Glanz.
Hoffentlich traf das Orchester rechtzeitig ein! Immerhin würden die ganze Dillinger Creme sowie die Vogels aus München und alle Neuburger Bekannten zu Gast sein. Wer wußte denn, ob der junge Vogel nicht auf Jenny aufmerksam zu machen war? Mit etwas Geschick... Jennys Mitgift konnte sich allemal sehen lassen. Wenn sie sich bloß heute abend keine Blöße gab!
Vinzenz saß währenddessen im Wohnzimmer, genehmigte sich eine Zigarre und ein Bier – auf Amalies Anweisung hin würde es nachher nur noch Wein, Sekt, Sherry und derartiges »Gesöff« geben – und lauschte auf den Lärm im Haus. Ein angenehmer Duft von gebratenem Wild zog bereits durch die Zimmer. Das stimmte Vinzenz freundlicher.
Christian Landgraf war bereits in den Nachmittagsstunden herübergeritten. Jetzt schallte Gelächter aus Lorenz' Zimmer. Rudolf war seit dem Mittagessen noch nicht aus dem seinen gekommen. Er schrieb Briefe. Dieses Jahr hatte er mindestens ebenso viele Glückwünsche zu Weihnachten und Neujahr versandt wie seine Mutter, um seinen Namen im Gedächtnis wichtiger Leute zu verankern. Das Schreiben, an dem er allerdings im Moment feilte, war mehr – wenn auch nicht ganz – privater Natur. Es war an Irene Mankopf gerichtet, und Rudolf war bemüht, den richtigen Ton zu treffen: nicht zu vertraulich, aber auch nicht zu kühl. Dabei fing das Gelächter aus dem Nebenzimmer an, ihm auf die Nerven zu gehen.
Während die Bediensteten in der Küche schwitzten, stand Lisa vor dem Spiegel. Nein, sie war nicht über Nacht erwachsen geworden. Schnell erwachsen zu werden hatte sie sich gewünscht. Mit geschlos-

senen Augen hatte sie sich dreimal um die eigene Achse gedreht und dreimal gesagt: »Ich werde erwachsen.« Danach war sie zu Bett gegangen, etwas einsam und sehr sehnsuchtsvoll. Heute morgen jedoch war sie dieselbe gewesen wie gestern abend. Selbst wenn sie den neuen Hut aufsetzte, blieb sie das Lisa-Mädchen.
Von der durchs Haus zitternden Nervosität angesteckt, stand sie etwas zögernd im Unterrock da und schielte wenig begeistert nach Jennys abgelegtem und abgeänderten Kleid. Sicher, es war sehr hübsch... Unbeherrscht stampfte sie mit dem Fuß auf. Plötzlich war es ganz furchtbar, ein Kind zu sein. Wenn sie nur schon sechzehn wäre wie Jenny und dabei so hübsch wie Cordula und ein Tanzkärtchen und viele Verehrer hätte!
Um erwachsen zu werden, mußte man sich verlieben. Sie hatte gehört, wie eines der größeren Mädchen im Heim zu einem anderen gesagt hatte: »Christl wird nun auch erwachsen. Sie hat sich verliebt.« Es hatte altklug geklungen, und Lisa hatte in sich hineingelacht über die Dummheit der Großen. Nun lachte sie nicht mehr. Vielleicht war es wirklich so.
In wen sich also verlieben? Lisa fiel niemand ein, der ihr gut genug gefiel. Vielleicht in Peter aus Fischingen, der ihr mal gesagt hatte, sie sei hübsch? Ach, der war ja selbst zu jung... Michael, der Reitenauer Hausknecht, war recht hübsch, aber der würde bald dick werden, das sah man jetzt schon. Der Postbote hatte Humor, doch besonders gescheit erschien er Lisa nicht. Dann waren da noch die Jungen in der Schule, im Klassenzimmer nebenan. Auch die taugten alle nicht zum Sichverlieben... Lorenz war nett. Man konnte es ja mal ausprobieren. Lorenz war fesch und konnte lachen. Ja, in Lorenz konnte sie sich bestimmt verlieben.
»Die Musik ist da!« hörte man Lina durchs Haus rufen. Sofort wurde es unten im Flur laut. Alles schien durcheinanderzulaufen. Christian und Lorenz jagten die Treppe hinunter. Kurz darauf waren die dissonanten Geräusche der Instrumente zu hören, die gestimmt wurden. Lisa ging zur Tür, um hinauszulauschen. Unruhe schlug ihr entgegen. Überall lärmte es, von überall her drangen Melodie- und Wortfetzen zu ihr herauf. Sie hörte Schritte, einen Paukenschlag, ein gequältes Aufstöhnen der Trompete, Gelächter, sägende Quietschlaute einer Violine, Kleidergeraschel.
Leise drückte sie die Tür wieder zu und kehrte zum Spiegel zurück. Korkenzieherlocken ringelten sich um ihr Gesicht. Heute morgen, frisch vom Friseur, war sie noch ganz begeistert über die lustigen Kringel gewesen, sie sahen niedlich aus. Älter machten sie jedoch nicht.

Nun denn! Widerwillig stieg Lisa in das rosarote Kleid mit den Spitzenbesätzen. Eine neue, weiße Taille war eingesetzt worden und raffte nun den Rock. In dem zugeknöpften, bis zum Hals hinauf geschlossenen Kleid kam der Busen überhaupt nicht zur Geltung. Dabei hatte sie doch schon so etwas wie einen Busen! Das sollte man doch sehen!
Plötzlich riß sie sich die weiße Spange aus dem Haar und schleuderte sie an die Wand. Nein, nein, nein! So wollte sie nicht aussehen. Das Mädchen im Spiegel wollte sie nicht sein. Alles ging auf einmal durcheinander. Sie war sich fremd und platzte fast vor Gereiztheit. Es kam ihr vor, als wäre sie gezwungen, in einem Körper zu leben, den sie nicht haben wollte, und Gedanken zu denken, die nicht aus ihr selbst kamen.
Zornig und ratlos zugleich ließ sie sich aufs Bett fallen. Sie hatte keine Lust mehr, sich unter die Ballgäste zu mischen, sie hatte keine Lust, den anderen zuzuschauen. Alle Vorfreude zerfloß, als wäre sie mit einem Eimer Wasser fortgeschwemmt worden.
Lisa beschloß, Kopfschmerzen vorzugeben. Amalie sagte auch immer, sie habe Migräne, wenn sie sich vor etwas drücken wollte. Was Amalie durfte, konnte sie sich auch erlauben.
Wie lange sie am Bettrand saß und sich auf diese Weise schlecht fühlte, wußte Lisa nicht mehr. Das innere Unbehagen weitete sich tatsächlich zu einer körperlichen Dissonanz aus: Ihre Stirn wurde heiß. Sie fröstelte.
Unterdessen kam Jenny von der Chorprobe zurück. Lisa hörte sie in das gegenüberliegende Zimmer gehen, gefolgt vom Küchenmädchen Marie, die ihr beim Fertigmachen helfen würde. Eine Zeitlang wurde es stiller im Haus. Auch Amalie und Vinzenz schienen sich nun anzukleiden.
Doch schon trafen die ersten Gäste ein.
Als die Kutschen vorfuhren, lief Lisa zum Fenster. Von neuem erwachte das Haus zu geschäftigem, lautem Leben. Während die Gäste nach und nach ankamen, schien man Lisa vergessen zu haben. Obwohl sie sich am liebsten im Bett verkrochen hätte, fühlte sie sich vernachlässigt. Wieso sah niemand nach ihr? Sie mögen mich nicht. Niemand mag mich, steigerte sie sich in ihr Verlassenheitsgefühl hinein. Fast hätte sie losgeheult. Eigentlich konnte sie gar nicht sagen, weshalb ihr so elend zumute war. Ungeliebt kam sie sich oft vor, auch einsam und verloren, aber heute hätte sie doch glücklich sein müssen.
Plötzlich klopfte jemand an ihre Tür. »Ich bin's, Jenny. Mach auf!«
»Laß mich in Ruh'!«
Da Lisa nicht abgesperrt hatte, drückte Jenny vorsichtig die Klinke.

Im weißen Debütantinnenkleid sah sie recht passabel aus, als sie in der Tür stand. Böse starrte Lisa sie an.
»Sie essen schon«, fing Jenny hilflos an. »Papa sagt, du sollst endlich kommen. Sonst gibt's nichts mehr.«
»Ich will nicht.«
»Warum?«
»Weiß nicht.«
»Jetzt komm schon!«
»Nein.«
»Na schön. Ich geh' jetzt wieder runter. Du kannst ja nachkommen, wenn du's dir anders überlegt hast.«
Als Jenny draußen war, fing Lisa zu weinen an. Sie fühlte sich überflüssig und verlassen wie noch nie, und jede Sekunde, die verstrich, ohne daß jemand kam, erschien ihr als eine quälende Ewigkeit. Unten spielte das Orchester bereits den ersten Walzer, als endlich Schritte draußen auf dem Korridor zu hören waren. Wieder klopfte es.
»Onkel Vinzenz?« fragte Lisa hoffnungsvoll. Sicher würde alles besser werden, wenn Onkel Vinzenz sich ein bißchen zu ihr setzte.
»Nein. Ich bin's. Lo.« Die Tür ging auf. Er kam herein. »He, Lisa, was ist denn mit dir los? Du weinst ja! Was hast du denn?«
»Nichts.« Lisa schüttelte den Kopf. Seine Gegenwart beruhigte sie ein wenig. Ganz so jämmerlich war ihr gar nicht mehr zumute – aber ein bißchen jämmerlich schon noch.
»Warum sitzt du dann hier oben? Wir haben wundervoll diniert! Rehrücken, Fasan, Wachteln. Es gab zwar keine Crêpes, aber das Sektsorbet war auch nicht von Pappe. – Hallo, Lisa!«
»Ich hab' keinen Hunger.«
»Keinen Hunger? Du? Hast du Fieber?«
»Nein.«
»Mit dem Essen sind wir sowieso fertig. Da schaust du ins Ofenrohr. Man tanzt. Hörst du die Musik? Komm, sei jetzt kein Frosch! Wofür haben wir Jennys Kleid ändern lassen!«
Gerührt versuchte sie, Lorenz anzulächeln. Es gelang nicht ganz. Dann wollte sie doch wissen: »Ist Cordula da?«
»Natürlich.«
»Sieht sie hübsch aus?«
»Und wie!«
»Wirst du mit ihr tanzen?«
»Ich hoffe doch!«
Lisa nickte. Nachdenklich kratzte Lorenz sich hinterm Ohr. Er wußte nicht recht, was er noch tun sollte. Fremd und verändert

erschien sie ihm. Kein Funke Heiterkeit leuchtete in ihren Augen. Plötzlich ging er zur Tür zurück und riß sie weit auf. Deutlich war von unten die Musik zu hören. Die beschwingten Walzertakte drangen auffordernd an Lisas Ohr.
»Schön, hm?« lockte Lorenz.
»Wenn man tanzen kann.«
»Ach, das ist ganz einfach. Komm!«
Schnell faßte er nach ihren Handgelenken, zog sie vom Bett hoch und hielt sie wie eine Tanzpartnerin. »So, paß gut auf! Mach immer, was ich auch mache! Und eins-zwei-drei. Und eins-zwei-drei. Und eins-zwei-drei. Ja! Nicht übel! Laß dich führen! Geh einfach mit! Eins-zwei-drei! Eins-zwei-drei... Halt, bleib im Takt, nicht so schnell! Eins-zwei-drei! Eins-zwei-drei! Au, das war mein Fuß! Eins-zwei-drei...«
Lisas Miene hatte sich aufgehellt. Sie fing zu lachen an. Immer schneller schien die Musik zu werden. Ihr war, als berührte sie mit den Fußspitzen nur noch flüchtig den Boden, als flöge sie mit Lorenz durch die Luft. Die Gesetze der Schwerkraft schienen aufgehoben. Eins-zwei-drei. So einfach war das.
Lorenz mußte sie eng im Kreis führen, denn das Schlafzimmer war kein Ballsaal. Ihr wurde ganz schwindlig dabei, aber der Schwindel führte sie in eine namenlose Euphorie. Und rechts herum: Eins-zwei-drei...
»Oh«, sagte sie traurig, als die Musik aussetzte und Lorenz sie losließ. Ein wenig außer Atem, aber mit glänzenden Augen blickte sie zu ihm auf.
»Du hast's aber im Blut«, neckte Lorenz sie nicht ohne Respekt. »Für den Anfang: oh, là, là!«
»War das heut' abend dein erster Tanz?«
»Der erste, ja. Wie fühlt man sich als Auserkorene?«
»Mir wird gleich übel.«
»Na, warte!« Sie wollte ihm davonlaufen, aber er erwischte sie am Rock, zog sie zu sich heran und gab ihr einen Klaps.
Lisa quiekte.
»So, und jetzt komm runter!«
»Tanzen sie in der Halle?«
»Ja, natürlich.«
»Ich schau lieber von oben zu, ja?«
»Warum? Du kannst doch ruhig mit hinunterkommen!«
Lisa schüttelte den Kopf. »Lieber nicht. Sag Onkel Vinzenz, er soll nicht böse sein. Ja?«
Lorenz nickte, obwohl er eigentlich nichts verstand. Er drängte sie

jedoch nicht mehr, sondern ließ sie allein und kehrte ins Ballgetümmel zurück.
Lisa stellte sich ans Geländer im oberen Stock und beobachtete von dort aus das bunte Treiben, den Tanz, das Gelächter und die Flirts. Irgendwann brachte Vinzenz ihr ein Glas Sekt hinauf. Während sie an ihrem Sekt nippte und Cordula zusah, wie sie galant einem jungen Mann mit dem Fächer über den Arm strich, dachte sie: Den ersten Tanz hat er mit mir getanzt. Den ersten Tanz des Abends.
Jetzt war sie fast erwachsen. Und da drüben stand Lorenz und unterhielt sich mit einer jungen Dame. Vielleicht merkte auch er bald, daß sie nun erwachsen wurde – wenn nicht heute, so doch irgendwann.

»Daß du dich gestern nicht gezeigt hast, wundert mich schon sehr«, bemerkte Vinzenz am nächsten Morgen beim Frühstück und sah Lisa neugierig an. »Die kleine Landgraf hat ein paarmal nach dir gefragt.«
Lisa zuckte mit den Achseln.
»Mir war nicht wohl«, wich sie aus und stieß Lorenz unterm Tisch mit dem Fuß, weil er sich mit einem breiten Grinsen über sie lustig machte.
»Nicht wohl, soso«, erwiderte Vinzenz ironisch. Und dann: »Mir scheint, ihr seid heute alle recht schweigsam.« Er selbst war tatsächlich der einzige, der einen munteren, ausgeschlafenen Eindruck machte. »Gestern war das ganz anders.«
Er sah Lorenz an, der das Grinsen aufgegeben hatte, da es ihm Kopfschmerzen verursachte.
Leise lachte Vinzenz in sich hinein. Gestern abend hatte sein »Junger« viel Wesen um Veronika Liebchen aus Neuburg gemacht und war dabei Christian Landgraf ins Gehege gekommen. Gegen Mitternacht hatte dann Christian die Schlacht gewonnen, und Lorenz war es als das Bessere erschienen, sich nur noch an den Sekt zu halten, der ständig herumgereicht wurde.
Wenn sie spät ins Bett gekommen war, fühlte sich Amalie am nächsten Morgen immer etwas unwohl. Dabei war sie sehr fröhlich ins neue Jahr getanzt, fast wie früher. Nun ja, der distinguierte Charme des Herrn Vogel...
Jenny hatte zumindest Anstandstänzer gehabt und sich im großen und ganzen wacker geschlagen. Jedenfalls war es ihr gelungen, sich durch den Abend zu lächeln: besser, als ständig schnattern und Unsinn von sich zu geben. Vinzenz hatte für solch ewig plappernde Gänschen wie Veronika Liebchen, von der Lorenz so beeindruckt war, nicht viel übrig. Aber Vinzenz fand die meisten jungen Mädchen nichtssagend, besonders jene aus den sogenannten besseren Kreisen. Er mochte diese grazilen, zerbrechlich wirkenden Geschöpfe nicht, denen ständig übel

wurde, denn er liebte üppige Proportionen, weshalb er auch für das ständige Figurgehabe seiner Frau nur ein müdes Lächeln übrig hatte. Nein, zu blaßgesichtigen jungen Nymphchen verspürte er keinen Hang. Die Frauen, mit denen er Amalie betrog, gehörten nie zu dem, was seine Frau Gesellschaft genannt hätte. Er hielt nichts von Damen. Lieber schlief er mit einer Magd, die zwar nicht nach Sandelholz oder Rosenwasser, dafür aber nach Weib roch – und auch ein Weib war. Seine Söhne schienen in diesem Punkt anders zu denken: Lorenz lief hübschen Lärvchen nach, in Vinzenz' Augen alles saft- und kraftlose Zimmerpflänzchen, die sich nur in Szene zu setzen wußten, indem sie echauffiert in Ohnmacht fielen und mit ihrer Zartheit kokettierten. Und Rudolf ließ sich nicht in die Karten blicken. An ihm war die erdhafte Sinnlichkeit der Holzgartners scheinbar vorbeigegangen. Das kühlere Blut der Maternus floß wohl in seinen Adern, wenn auch Amalie nicht wirklich unsinnlich zu nennen war.
Mit einem abschätzenden Seitenblick maß Vinzenz seinen älteren Sohn. In letzter Zeit war er um den Mund ein wenig hager geworden. Er aß zuwenig. Schon als Kind war er ein schlechter Esser gewesen. Die harten Linien gaben Rudolfs Gesicht jedoch etwas Zwingendes, Unantastbares. Als Rudolf den Blick seines Vaters spürte, hob er den Kopf. Er wurde aus seinen Gedanken gerissen. Am Montag wollte er einen Vortrag über Lasalle halten, und er fragte sich jetzt, wer wohl unter den Zuhörern sitzen würde. Seine Rede war gut und schneidig, das wußte er. Er köpfte die Sozialdemokraten, vor allem die Sozialisten, aber er köpfte sie nicht mit revolutionärer Plumpheit, sondern ironisch und nuanciert, womit er sich fast den Anschein von Liberalität verlieh. Rudolf wußte, wen es anzusprechen und auf sich aufmerksam zu machen galt. Er war ein Opportunist mit feinnervigem Kalkül. Mankopf würde sicher dasein. Sein Onkel natürlich auch. Und dazu noch ein paar interessante Leute. Ohne Mankopf wäre seine Rede ziemlich zwecklos, denn an seinem Wohlwollen war ihm gelegen. Mankopf war wichtig, sehr wichtig. Strieber – nun, Strieber konnte auch ganz dienlich sein. Er hatte Verbindungen zu Hindenburg. Wer mit dem General Hindenburg gut stand, hatte auch Verbindungen zum Militär.
Rudolf war inzwischen der Ansicht, daß er besser die Offizierslaufbahn eingeschlagen hätte, statt zu studieren. Ein hoher militärischer Rang öffnete früher oder später Türen und Tore. Nun, *er* würde sich Tür sowie Tor eben aufstoßen müssen.
Am Dienstagabend würde er Irene Mankopf in die Philharmonie begleiten – natürlich mit Irenes Anstandstante im Schlepptau; dagegen hatte er allerdings nichts. Mittwochs würde er auf Gut Darma

nach dem Rechten sehen und einige Verwaltungsangelegenheiten regeln. Donnerstags hatte das Zentrum eingeladen, und außerdem mußte der Artikel für das »Tageblatt« fertig sein. Freitags dann ... Hier hatte der abwägende Blick seines Vaters seine Gedankengänge unterbrochen.

Amalie räsonierte gerade über das künstlerische Niveau des Orchesters vom Vorabend, als Vinzenz sagte: »Wie ich annehme, fährst du heute wieder zurück, Rudolf. Dann kannst du ja Lisa bei den Karmeliterinnen abliefern. – Ich habe übrigens einen Brief an Schwester Adolfa geschrieben, Lisa. Ich möchte, daß du im nächsten Jahr zu den Englischen Fräulein wechselst.«

Langsam erstarrten Amalies Bewegungen. Sie saß da, die Kaffeetasse am Mund, und schaute Vinzenz ungläubig ins Gesicht. Sehr ruhig meinte sie dann: »Seit wann hältst du etwas von Schulbildung?«

Vinzenz lachte auf, sah aber bloß Lisa an. »Ich halte nichts davon«, gab er zurück. »Doch Lisa wird so etwas wie Bildung vielleicht einmal brauchen können. Aber ich warne dich, Lisa-Mädchen, komm mir nach drei Jahren ja nicht als hohle, wortreiche, zimperliche Gans zurück!«

Überrumpelt schluckte Lisa das Stück Marzipankuchen, das sie noch im Mund hatte, hinunter. Rudolf zog die Stirn in Falten.

»Zu den Englischen Fräulein nach Augsburg?« fragte Lisa, als könnte sie es nicht glauben, und blickte zu Jenny, die das Institut aus Heimweh nach zwei Jahren verlassen hatte. In ihrem Kopf ging jetzt alles durcheinander. Ihr war wirklich nicht sehr wohl. Sie hatte Bauchschmerzen, ins Waisenhaus wollte sie auch noch nicht zurück... und jetzt kam Onkel Vinzenz mit dieser Eröffnung!

»Wie gefällt dir das?« fragte er abwartend.

Lisa lachte. Sie lachte übers ganze Gesicht. »Gut gefällt mir das!« rief sie. »Das ist ja einfach... also, das ist...« Sie wußte gar nicht, was sie sagen sollte. Zwar war sie eigentlich noch ein Kind, doch sie wußte, was es hieß, zu den Englischen Fräulein gehen zu dürfen. Perspektiven ungeahnten Ausmaßes taten sich plötzlich vor ihr auf. Als sie Vinzenz in die Augen sah, wagte sie damit einen ersten, scheuen Blick in die Zukunft.

An eine Zukunft, an ein Später, hatte sie früher nie gedacht. Zukunft war für sie nicht das, was unweigerlich kommen würde, sondern etwas Großes, Bedeutendes. Das Große, Bedeutende würde nun seinen Anfang nehmen. Sie durfte nach Augsburg gehen... und später... und später...

Ganz neue Gedanken begannen, durch Lisas Kopf zu spazieren. Weil so viel in ihrem Kopf vorging, blieb sie nach außen hin recht

schweigsam und in sich versunken. Zu Mittag wollte sie gar nichts essen.
»Du bist blaß«, sagte Amalie besorgt. »Aber nun geh dich umziehen! Es ist kalt draußen.«
Rudolf war schon hinaufgegangen, um sein Gepäck herunterzuholen. Folgsam glitt Lisa vom Stuhl und ging ebenfalls nach oben. Ihr war richtig schwindlig.
Marie hatte ihr blaues Wollkleid hergerichtet. Im Vergleich zu Jennys Kleidern sah es schäbig aus, obwohl es Lisas Sonntagsstaat war. Sie zog sich aus und wollte sich eben das Wollene überstreifen, als sie merkte, daß es zwischen ihren Beinen ganz warm und feucht geworden war. Rasch zog sie das Höschen herunter. Alles rot. Dunkelrot. Mein Gott, dachte Lisa. Sie erschrak, obwohl sie von den älteren Mädchen im Heim wußte, daß dieses Blut ganz natürlich war und jede Frau damit zu tun hatte. Trotzdem starrte sie eine Weile ganz verstört auf den sich bräunlich färbenden, großen Fleck in ihrem Höschen und wünschte, es wäre nicht wahr. Dann ist man eine Frau, klang ihr die Redeweise der anderen Mädchen in den Ohren. Eine Frau. Endlich. Hatte sie das nicht sein wollen? Und doch…
Auf dem Flur hörte sie Schritte. Was tun? Es Amalie sagen? Unmöglich! Lisa stürzte zu ihrem Nachttisch und riß ein paar Taschentücher aus dem Schubfach, die sie sich schnell ins Höschen legte. Hastig zog sie sich danach an, stopfte ihre Sachen in die große Tasche und lief gleich hinunter, um auf Rudolf zu warten.
Vinzenz kam und drückte ihr den Brief an die Oberin des Waisenhauses in die Hand. Auch Rudolf war bald fertig und drängte zum Aufbruch. Draußen war es kalt. Noch immer hatte Lisa Bauchschmerzen.
Lorenz, in den sie jetzt verliebt sein wollte, schüttelte ihr die Hand. Amalie sagte irgend etwas Langweiliges, und Vinzenz klopfte ihr auf die Schulter und meinte, sie solle nur den Kopf immer hochhalten. Dann saß sie auch schon eingemummt neben Rudolf im Wagen.
Ihr ungewohntes Schweigen empfand Rudolf als durchaus angenehm. Trotzdem fühlte er sich nach einer Weile verpflichtet zu fragen: »Na, was ist mit dir, Lisa?«
»Was soll sein?«
»Du bist so ernst heute.«
»Vielleicht bin ich erwachsen geworden!« So, wie sie das sagte, klang es schnippisch, geradeso, als erklärte sie ihm etwas ganz Offensichtliches, das allein ihm entgangen war.
»Na, entschuldige«, zog er sich überrascht zurück.
Schweigend nagte Lisa an ihrer Unterlippe. Ihr war, als könnte sie

jeden Tropfen Blut, der aus ihr in die Taschentücher sickerte, deutlich spüren. Teilnahmslos schaute sie in die verschneite Landschaft hinaus. Wolken zogen über den Himmel. Ein scharfer Wind fegte über das Land. Es brauste in den Bäumen, die sich demütig zur Erde neigten. Im offenen »Spider« war es sehr kalt.

»Du kannst auf der Landstraße an Fischingen vorbeifahren und mich an der Kreuzung rauslassen«, sagte sie auf einmal.

Rudolf stutzte. »Du mußt noch gut fünfzehn Minuten laufen, wenn ich dich an der Kreuzung absetze.«

Lisa schwieg. Sie fühlte sich immer recht jämmerlich, wenn sie von Reitenau ins Waisenhaus zurück mußte. Es war immer dasselbe, und es half nichts zu wissen, daß es immer dasselbe war. Wenn sie mit dem Zug fuhr, hatte sie mehr Zeit, sich von dem einen zu lösen und sich innerlich wieder auf das andere einzustellen. Neben Rudolf gelang ihr das nicht. Der Wechsel erschien ihr zu unvermittelt. Außerdem flößte ihr Rudolf ein Gefühl der Unterlegenheit ein. Ihm gegenüber war ihr immer, als müßte sie sich schämen, dabei wußte sie nicht, wofür. Und wenn sie sich schlecht fühlte, war sie ihm nicht gewachsen. Sie fürchtete ihn dann sogar ein bißchen.

»Willst du eine Viertelstunde lang die schwere Tasche schleppen?« hörte sie ihn fragen.

Ihre Kleider wogen nicht schwer, aber die nachträglich überreichten Weihnachtsgeschenke taten das Ihre. Amalie hatte ihr Plätzchen mitgegeben und etwas Schinken, außerdem waren ein Buch, eine neue, warme Jacke, ein Paar neue Schuhe, eine – wenn auch leere – Schmuckkassette und ein elegantes Handtäschchen im Gepäck. Den neuen Hut hatte sie auf Reitenau gelassen. Den hätte Schwester Adolfa sicher nicht gern gesehen.

»Ich komme schon hin«, knurrte sie unwillig und hatte keine Lust, ihm die Sache zu erklären. Sie fühlte sich jetzt wieder recht einsam.

Rudolf schaute zu ihr hinüber. Ohne es zu wollen, sagte sie: »Ich mag nicht zurück.«

Wie konnte sie auch zurückwollen? Rudolf fragte sich, ob seinem Vater denn völlig entging, zwischen welche Welten er Lisa stellte. Wieso tat er das? Die alte Frage. Und jetzt auch noch die Englischen Fräulein! Lisa war sehr hübsch, aber trotzdem dazu bestimmt, einmal irgendeinen Bauerntölpel zu heiraten, zehn Kinder großzuziehen und sich dabei schnell zu verbrauchen. Die Tochter irgendeiner Magd... War sie auch die Tochter seines Vaters?

Anders ergab das Ganze überhaupt keinen Sinn. Und doch: Würde Vinzenz Amalie so demütigen? Ihr das zumuten? Würde er so weit gehen?

Der Satz »Ich mag nicht zurück« klang ihm noch in den Ohren, als er sie beruhigte: »Es ist ja nur noch ein Jahr. Dann hast du's hinter dir.« Lisa seufzte. Plötzlich lehnte sie sich zur Seite und legte ihren Kopf an seinen Arm. Ganz dringend brauchte sie jetzt das Gefühl, nicht so allein zu sein, wie sie sich vorkam.
Ihr Kopf fühlte sich fremd an seinem Arm an. Rudolf mußte sich fast dazu zwingen, ihr seinen Arm nicht zu entziehen. Obwohl er körperlichen Berührungen gern auswich, hatte er einen flüchtigen Moment lang den Eindruck, genau zu wissen, was sie empfand. Einsamkeit war ihm etwas Vertrautes. Er war sein Leben lang einsam gewesen. Er flüchtete sich sogar in die Isolation und spürte sie gleichzeitig als Schmerz. Sein Rückzug hatte manchmal etwas Zwanghaftes. Er war verletzlich, wollte sich aber nicht verletzen lassen. Während Lisas Kopf an seinem Arm lag, während er ihr Anderssein, ihr Offensein, ebenso deutlich wahrnahm wie den Funken Gleichklang zwischen sich und ihr, überkam ihn eine leise Ahnung von sich selbst.
»Besser?« fragte er betont heiter, als sie sich wieder aufsetzte. Die Kreuzung nach Fischingen tauchte vor dem Kühler auf.
»Ja«, sagte Lisa und lächelte ihn an. Über die sanfte Heiterkeit in ihren Augen überrascht, lächelte er zurück.
Gleichzeitig stiegen sie aus. Rudolf holte ihre Tasche vom Sitz und überreichte sie ihr. »Vergiß nicht, den Brief abzugeben«, sagte er.
»Vergess' ich nicht.«
Rudolf nickte ihr zu. Noch immer lächelte er. Wieder fiel Lisa auf, daß sein Lächeln seine Augen nicht erreichte. Er lächelte oft nur mit dem Mund. Dabei sah er so jung aus, wenn seine Augen heller wurden.
»Na dann, mach's gut!« meinte er. »Sollten wir uns vorher nicht mehr sehen, wünsch' ich dir bei den Englischen Fräulein viel Glück. Sei fleißig!«
Sie gab ihm die Hand. »Auf Wiedersehen, Rudolf.«
Noch einmal nickte er ihr zu und stieg dann wieder in den Wagen. Obwohl sie nicht wußte, warum – sie konnte ihn ja gar nicht leiden –, winkte sie ihm nach, bis der Benz »Spider« hinter den Bäumen verschwunden war.

»Ich hätte Sie gar nicht mehr erkannt«, sagte Matthias Morell, der neben Lisa den Fluß entlangging, die Hände im Rücken verschränkt, das vertraute schwerelose Lächeln im Gesicht.
Lisa lachte auf. »Wieso auch? Wir haben uns ja nur einmal gesehen, und das ist drei Jahre her. Da war ich noch ein Kind. Wahrscheinlich kennen Sie mich vom Hörensagen. Spricht er ab und zu von mir, der Onkel Vinzenz?«
»Natürlich tut er das.«
»Ich hoffe, er sagt nur Gutes.«
»Das Beste. – Kommen Sie, lassen Sie sich die Tasche tragen helfen.«
Verdutzt starrte sie ihn an, blieb stehen und begann zu lachen. »Du meine Güte... Ich wußte gar nicht... Sie sind ja lustig!« Sie lachte noch immer.
»Warum bin ich lustig?«
»Sie sind doch Priester.«
»Und?«
»Da können Sie mir unmöglich mit der Tasche helfen. Wissen Sie, was ich in der Schule gelernt habe? Wenn ein Mann einer Frau behilflich ist, so ist das eine Aufmerksamkeit und ein Kompliment und spricht ihre Weiblichkeit an. Das dürfen Sie ja gar nicht, Hochwürden!«
Er schmunzelte, ohne darauf einzugehen, was sie sagte, aber es schien ihn zu amüsieren, denn in seinen Augen glänzte es ironisch. Dann fragte er: »Sie waren bei den Englischen Fräulein?«
»Ja. Die reine Freude war es nicht, das kann ich Ihnen sagen.« Lachend warf sie den Kopf in den Nacken und strich sich dabei das Haar aus der Stirn. Natürlich merkte er, daß sie ein wenig mit ihm flirtete, und auch das belustigte ihn. Die Tasche ließ er sie jedoch selber tragen.
Weil er schwieg, fragte sie neugierig: »Mache ich Sie jetzt verlegen?«
Nun mußte er doch lachen. Sein Lachen klang frei und unbekümmert und jung. Lisas Selbstbewußtsein machte ihm Spaß. Ihre Unbefangenheit gefiel ihm. Als sie den Kopf zurückgeworfen hatte, war ihr der Strohhut in den Nacken gefallen, und ihr hellbraunes Haar leuchtete jetzt goldschimmernd in der Sonne. Sie war auffallend hübsch geworden.Schön – dachte Morell, um sich gleich zu korrigieren: schön wohl nicht, dazu war sie noch zu jung, zu unfertig. Aber sie war auf dem Weg dazu, schön zu werden. Unwillkürlich fiel ihm Jenny ein. Mit nur einem Bruchteil von Lisas Ungezwungenheit würde auch sie ihr Mauerblümchendasein überwinden können.
Als könnte sie seine Gedanken lesen, wollte Lisa wissen: »Nun, was

machen die Holzgartners? Wie geht es vor allem Jenny? Onkel Vinzenz hat geschrieben, daß Sie sich ein wenig um sie kümmern. Singt sie noch im Kirchenchor?«

»Sehr gut sogar. Sie ist unsere beste Sopranistin.« Es wunderte Morell, daß Vinzenz über Jenny schrieb, aber das sagte er nicht.

»Ja? Ich bin musisch auch sehr begabt«, kam es sofort von Lisa. »Wollen Sie wissen, was ich werden möchte? Malerin!«

Erneut mußte er lächeln. Alles, was Lisa sagte, klang so frei und spontan. Woher hatte sie das bloß? Rousseausche und Pestalozzische Erziehungsthesen waren ihm vertraut. Er hatte sich lange mit ihnen beschäftigt und im Lauf der Zeit erfahren, daß Charakter auch eine Folge von Erziehung war. Erst die Erziehung schien den Charakter hervorzubringen. Von ein paar kaum ins Gewicht fallenden Sommerwochen abgesehen, war Lisa nicht mit den besten Voraussetzungen verwöhnt worden. Vermutlich hatte man auch in den letzten drei Jahren alles versucht, jeden Wildwuchs einzudämmen. Ganz sicher waren die Umstände, die Lisa im bisherigen Leben begleitet hatten, nicht glücklicher zu nennen als jene, unter denen Jenny litt. Die Verschiedenheit der Menschen war eine Sache, die Morell oft durch den Kopf ging. Der Mensch, das Ebenbild Gottes – ein sonderbares Ebenbild. Und außerdem...

Morell hätte diese Überlegung gern fortgeschoben. Er wollte jetzt nicht ins Grübeln kommen, denn seine Gedanken beschäftigten sich seit langer Zeit mit dieser Frage, und sie bewegten sich im Kreis. Viel hatte er darüber gelesen, nichts hatte ihn zufriedengestellt.

Manchmal haßte er seine Neigung, stets Zusammenhänge, Wurzeln und Ursachen zu suchen. Er fragte sich jedoch immer wieder, wie sich göttliche Gerechtigkeit erklären lasse, wenn es Menschen gab wie Jenny, voller Ängste und Unsicherheiten, und solche wie Lisa, frei, offen, voller Leichtigkeit und Charme. Wie konnte es sein, daß zwei Menschen in ähnlich prägende Verhältnisse hineingeboren wurden, der eine den Verhältnissen jedoch unterlag und der andere ihnen zu entrinnen schien? Wie konnte es überhaupt sein, daß die Umstände jedes Menschenlebens so extrem variierten? Das war alles sehr widersprüchlich. Gottes Wege sind wunderbar – diese Antwort befriedigte Morell nicht. Selbst der Tod, jener Bote der Versöhnung und Gerechtigkeit, war ihm keine Antwort auf das Vorher.

Morell zweifelte nicht an Gott, nicht an der Existenz dieses Gottes, in dessen Dienst er sich gestellt hatte. Doch er zweifelte manchmal an der Natur dieses Gottes, er wußte oft nicht, ob dieser Gott wirklich gut war – und dies mochte eine viel ruchlosere Blasphemie und eine größere Bürde sein, als überhaupt nicht an ihn zu glauben. Natürlich

zweifelte Morell auch an vielen Glaubenssätzen der Kirche, die ihm häufig wie Provisorien erschienen.
Wurde der Mensch vielleicht doch unschuldig geboren? Das war der Kernpunkt seiner Überlegungen. Oder gab es da etwas, das ihn bereits vor seinem ersten Erdenschrei festlegte und ihn zuwies? Ferner: Welcher Mechanismus zeichnete dafür verantwortlich, wie verschieden die Wege ausfielen, die diese gleich unwissend und unschuldig geborenen und schuldig werdenden Menschen wählten? Bisher hatte ihm niemand eine zufriedenstellende Erklärung zur Frage der Erbsünde anbieten können. Schuld konnte sich nicht in eine Seele schleichen, die kaum dem Mutterleib entbunden war. Schuld lud sich der Mensch auf. Wann?
Die Vorstellung, die Kinder könnten die Sünden der Väter weitertragen, kam Morell absurd vor. So würden aus Freien von Anfang an Unfreie werden. – Ja, dachte er manchmal, wir wissen zu wenig, so viel ist provisorisch. Und dann bezichtigte er sich seines alten, unbelehrbaren Fehlers, dem Wissen höheren Rang als dem Glauben einzuräumen, und konnte doch nicht umhin, nach dem Wissen zu streben. Sein Beichtvater Bruder Martin hatte einmal zu ihm gesagt: »Dein Verstand ist eine Tür zur Oberfläche, eine trügerische Tür, hinter der du mehr vermutest, als ist. Du glaubst, du würdest sie brauchen, doch in Wahrheit verschließt sie dir die Weisheit, die nicht hinter ihr, sondern in einer ganz anderen Welt zu finden ist. Laß von dieser Tür ab!«
Weisheit, Erkenntnis – dorthin war es weit. Manchmal kam es Morell so vor, als sei dieser Weg *zu* weit für ihn.
»So, Malerin wollen Sie werden«, unterband er seinen Gedankengang. »Das klingt sehr bestimmt.«
»Ist es auch. Ich werde mit Onkel Vinzenz darüber reden.«
»Ob er von Ihren Plänen sehr angetan sein wird?«
Lisa zuckte mit den Achseln. Darüber wollte sie jetzt nicht nachdenken. Ihr Lachen klang wegwischend, als fürchtete sie sich vor der eigenen Courage. Jetzt wollte sie aber erst einmal heimkommen. Sie war etwas verwirrt, als sie sich dieses Gedankens bewußt wurde. Reitenau war irgendwie ihr Zuhause, das einzige, das sie hatte.
Sanft strich der Sommerwind über Lisas und des Priesters Haar und flüsterte in den Bäumen – ganz wie früher. Es war nicht heiß, doch der Tag duftete nach Sommerfülle. Sein helles Licht ließ den Fluß glitzern, in dessen Wasser sich die Sonnenstrahlen brachen. Die Fische standen stumm zwischen den Algen und zuckten weg, wenn sie am Ufer eine heftige Bewegung wahrnahmen. Im Laub sangen die Vögel, die Grillen zirpten am Wegrand, roter Klatschmohn leuchtete

an den Feldrainen. Trotz der schweren Tasche, die sie trug, drehte sich Lisa um die eigene Achse, fühlte sich unbeschreiblich lebendig und wach und hatte das tiefe Gefühl, nun könne ihr Leben beginnen. Irgendwo klapperten plötzlich Hufe. Lisa wandte sich um. »Oh«, sagte sie, »wenn ich mich nicht irre, prescht da Rudolf höchstpersönlich heran.«
Auch Morell war stehengeblieben.
»Sie haben scharfe Augen.«
»Ich seh's an der Haltung. Lo sitzt lockerer im Sattel.«
Wenn sie ehrlich war, mußte sie sich eingestehen, enttäuscht zu sein. Sie hatte gehofft, zuerst Lorenz zu begegnen. Der Gedanke hatte ihr ein bißchen Herzklopfen gemacht. Wie es wohl sein würde, dieses Wiedersehen nach drei Jahren? Während sie bei den Englischen Fräulein gewesen war, hatten andere Dinge sie beschäftigt, und Lorenz war ihr nur selten in den Sinn gekommen. Auf dem Weg hierher war ihr jedoch vieles wieder eingefallen. Ob sie wohl noch in ihn verliebt war?
Das Pferd schnaubte, als Rudolf es in leichten Trab zwang. Langsam tänzelte es näher.
»Ah, guten Tag, Hochwürden! Es scheint Sie diese Woche des öfteren zu uns zu ziehen.«
Überraschend schwungvoll sprang er aus dem Sattel und nahm die Stute an der Trense. Im schwarzen Reitanzug sah er Morell figürlich überaus ähnlich: Er hatte die gleiche hohe, überschlanke Gestalt, die gleichen schmalen Hüften... Was für dünne Beine die beiden haben müssen, überlegte Lisa und kicherte im stillen. Rudolf wirkte elegant, wie sie ihn in Erinnerung hatte, aber nicht mehr ganz so steif. Oder war er ihr früher nur steifer erschienen, als er in Wirklichkeit war?
»Sie bringen Lisa wohl gleich mit?«
Endlich geruhte Rudolf, sie zur Kenntnis zu nehmen. Da er zuerst Morell gegrüßt hatte, obwohl er sie doch viel länger nicht mehr gesehen hatte, fühlte sie sich zurückgesetzt, und ein aggressives Blitzen schlich sich in ihre Augen. Rudolf ging darüber hinweg. Er bot sich auch nicht an, ihr die Tasche abzunehmen. Lisa quittierte sein Benehmen, indem sie eine Braue anhob. Und so etwas wollte ein Mann von Welt sein, also bitte!
»Nun, wie war's in der Stadt?« erkundigte sich Rudolf, noch immer in jenem Ton, den man Kindern gegenüber anschlägt, wenn man sich nicht auf Kinder versteht.
»*Mir* mußt du keine Höflichkeitskonversation anbieten«, kam es prompt zurück.
Eines seiner Lider zuckte. »Es war nur eine Frage«, sagte er kühl.

»Ja, und was für eine herablassende.«
Angriffslustig lachten ihre violetten Augen ihn aus, obwohl ihr Mund ernst blieb. Erstaunt über ihre Dreistigkeit, sah Rudolf sie erst jetzt richtig an. Dem Ästheten in ihm fiel auf, wie hübsch sie geworden war. Es überraschte ihn, obwohl es ihn nicht hätte überraschen sollen. Sie hat intelligente Augen, dachte er, und einen auffallenden Mund. Mehr dachte er nicht.
»Ich hoffe, du wirst noch etwas zugänglicher werden«, meinte er beiläufig. »Vater wird neugierig sein.« Dann wandte er sich wieder an Morell: »Sagen Sie bloß, daß Jennys Novizinnenträume Sie dermaßen beschäftigen, daß Sie deswegen erneut der Weg zu uns führt! Sie wissen doch, Jenny würde vor Heimweh sterben, wenn sie länger als eine Woche fort sein müßte.«
»So schnell stirbt man nicht.«
»Heimweh würde sie jedenfalls haben.«
Heimweh? Wirklich? Morell verkniff sich ein Lächeln. Weniger Heimweh als viel mehr die Angst vor dem Neuen war der Grund für Jenny, sich zu Hause zu verkriechen.
»Ja«, sagte er trotzdem, »sie würde Heimweh haben.« Und betont beiläufig fügte er hinzu: »Seltsam genug.«
Belustigt biß Lisa sich auf die Lippen. Sie wußte, daß auch Rudolf der deutliche Seitenhieb nicht entgangen war.

»Mein Gott – Lisa!« war das erste, was sie von Lorenz gehört hatte. Jetzt, bei Tisch, war seine erste Verwunderung etwas gewichen. Lisa redete wie ein Buch. Vergnügt und aufmerksam hörte Vinzenz ihr zu, und Amalie verstieg sich sogar dazu, Lisas Tischmanieren zu loben. Lachend fragte Lisa Vinzenz: »Bin ich nun eine hohle, wortreiche, zimperliche Gans geworden?«
Alles lachte, und Vinzenz gab zurück: »Du bist selbst für hartnäckige Englische Fräulein zu hartgesotten.«
Später saßen alle im Wohnzimmer. Durch die geöffneten Verandatüren duftete laue Sommerluft herein, und die Schatten der Dämmerung senkten sich über das Land.
Jenny häkelte. Obwohl Amalie sich bequem zurückgelehnt hatte, sah sie etwas verspannt aus. Weil sie den Rauch so schlecht vertrug, war Rudolf mit seiner Zigarre auf die Veranda hinausgetreten.
»Dann hast du dich also tapfer geschlagen«, spielte Vinzenz auf Lisas Zeugnis an, das wirklich recht ordentlich war und auf eine starke Sprachbegabung schließen ließ. In Französisch, Englisch und Deutsch hatte sie »sehr gut«, sonst nur »gut« und ein »ausreichend«.
»Für das ›ausreichend‹ kann ich nichts. Das habe ich nicht verdient,

wirklich nicht. Aber diese elende Zimtzicke konnte mich nicht leiden und hat mich immer viel strenger geprüft als die anderen. Ich bin wirklich gut in Geographie!«
»Wie nennst du deine Lehrerin?« fragte Amalie, die ihre schlimmsten Befürchtungen erneut bestätigt sah.
»Zimtzicke«, gab Lisa ruhig zurück. »Weil sie eine ist. Ich hasse sie – jawohl!«
Vinzenz schmunzelte. Lisa sah es aus den Augenwinkeln und nahm sich dann von den Erdbeeren, von denen eine Schale voll auf dem Tisch stand.
»Sie wird dich demnach auch nicht gerade geliebt haben«, meinte Lorenz.
»Nein. Nie. Wir waren im Krieg. Die ganzen drei Jahre. Eine furchtbare Person – und so dumm! Aber sonst war es bei den Englischen Fräulein ganz nett. Schade, daß ihr Vicky nicht kennt. Vicky Summerhay ist meine beste Freundin.« Sie wandte sich an Vinzenz: »Ich habe dir doch von Vicky geschrieben? In den Ferien war ich immer mit ihr bei Frau Steinach, ihrer Tante, in Berchtesgaden. Eigentlich kommt Vicky ja aus London. Stell dir vor, ihr Vater ist ein echter Lord im englischen Oberhaus! Das Oberhaus ist so was wie bei uns… ich glaub', wie bei uns der Reichstag. Jetzt ist Vicky wieder zu Hause in London. Sie hat mich aber eingeladen. Ich darf sie besuchen kommen.«
In der Pause, die Lisa einlegte, um sich eine neue Erdbeere in den Mund zu stecken, sagte Amalie: »Wenn ich mir nur sicher wäre, daß die neuen Möbel rechtzeitig kommen. Wirklich, renommierfähig sind unsere Gästezimmer nicht mehr, Vinzenz.«
Lorenz seufzte. Seit Tagen ging seine Mutter ihm und allen übrigen Hausbewohnern mit dem Gejammere um die Möbel auf die Nerven.
Kopfschüttelnd meinte Vinzenz: »Im Notfall wird die junge Dame auch in einem Bett aus Kirschbaumholz nicht sterben.«
»Mahagoni ist aber gerade sehr modern. Fräulein Mankopf wird an solchen Komfort gewöhnt sein. Was soll sie denn für einen Eindruck von uns bekommen!« verteidigte sich Amalie.
Gleich wollte Lisa wissen: »Wer ist das?«
»Rudolfs Flamme«, erklärte Lorenz flapsig und wurde sofort von Amalie mit einem mahnenden Blick bestraft.
»Sie ist seine Braut«, korrigierte sie ihn.
»Noch nicht ganz«, widersprach Lorenz eigensinnig, und Lisa erfuhr: »Die Verlobung findet erst auf dem Sommerball der Landgrafs statt. Ich hoffe, du hast inzwischen tanzen gelernt.«
»Freilich!«

»Im Herbst sollen für Rudolf dann die Glocken läuten«, fuhr Lorenz fort. »Der Abschluß einer langjährigen Romanze.«
»Was höre ich dich da fabulieren?« Rudolf hatte seine Zigarre zu Ende geraucht und kam wieder herein.
»Von deiner Romanze mit der zukünftigen Frau Holzgartner ist die Rede«, sagte Lorenz und grinste.
Sehr nachsichtig sah das Lächeln aus, zu dem Rudolf sich jetzt herabließ. »Geht mit meinem kleinen Bruder schon wieder die Phantasie durch?«
»Besser, sie geht mit ihm durch, als er hat keine«, warf Lisa mit violettem Unschuldsblick ein und registrierte belustigt, wie Rudolf beide Brauen hochzog.
Auch Jenny blickte auf. Sie fand Lisa frech, irgendwie bewunderte sie diese Frechheit jedoch.
Amalie hielt es für besser, sich nicht dazu zu äußern. Da hatte man diesem Mädchen eine erstklassige Schulbildung angedeihen lassen, doch herausgekommen war nichts außer einer sehr früh aufbrechenden Neigung zur Mehrdeutigkeit. Zwar hielt Lisa inzwischen das Besteck richtig, konnte sich im Englischen wie im Französischen ausdrücken und war mit der Tochter eines Londoner Aristokraten befreundet – aber von Herzensbildung kein Hauch.
Für Anzüglichkeiten hatte Amalie noch nie etwas übrig gehabt, schon gar nicht, wenn sie aus dem Munde einer Siebzehnjährigen kamen; und die Bemerkung, die Phantasie solle besser mit einem durchgehen als gar nicht vorhanden sein, war in ihren Augen eine Anzüglichkeit. Amalie stieß den Atem aus und dachte: Sie kann wirklich nicht verleugnen, woher sie kommt, auch wenn sie nicht danach aussieht. Sie kann nicht abstreifen, wer ihre Mutter war. O ja, Vinzenz täte gut daran, sich an jene Elisabeth Wagner zu erinnern, die mit mehr Männern als nur dem Vater ihres Bankerts im Heu gelegen hatte! So, genauso würde auch ihre Tochter werden: schamlos, verdorben und ohne Rücksicht.
Was jedoch hinter Vinzenz Holzgartners hoher Stirn vorging, war Amalie seit jeher ein Rätsel. Man konnte nur warten und sich von seinen Einfällen überraschen lassen. Da Amalie aber gern vorausdachte, machte dieses Warten auf Unberechenbares sie nervös.
»An Phantasie scheint bei dir ja kein Mangel zu herrschen, Lisa«, meinte Rudolf gutgelaunt. »Oder gibt es auch phantasielose Malerinnen?«
Erstaunt sah Lorenz Lisa an. Dann lachte er. »Was? Malerin? Dieses Gör?« neckte er sie wie früher.
Lisa spürte, daß Vinzenz sie neugierig anschaute. Einen Moment lang

wußte sie nicht, wie sie sich der Situation stellen sollte. Böse funkelte sie Rudolf an. Da gab es gar nichts zu frotzeln! Die Sache war ihr ernst. Sie hatte Pläne. Wollte Rudolf diese Pläne durchkreuzen? Er war auf dem besten Wege dazu. Sie hatte selbst mit Vinzenz darüber sprechen wollen – nicht jetzt, nicht heute, aber bei passender Gelegenheit. Sich in Gegenwart Rudolfs und Amalies, sich überhaupt in Gegenwart anderer darüber auszulassen, danach stand ihr nicht der Sinn.

»Lach nicht«, wies sie Lorenz zurecht und hatte das Gefühl, nicht mehr zurückzukönnen. »Ich will wirklich malen lernen.« Ein bißchen war sie ärgerlich auf Morell. Nur von ihm konnte Rudolf davon wissen. Als sie vorausgelaufen war, hatte Rudolf sich mit Morell unterhalten, und da mußte Morell geplaudert haben. »Dieser Pfarrer!« entfuhr es ihr.

Jenny entfiel fast die Häkelnadel.

»Was hast du gegen Morell?« erkundigte sich Vinzenz, der neugierig geworden war.

»Ich habe ihm erzählt, daß ich Malerin werden will. Und er mußte gleich alles Rudolf verraten. Ich wollte es dir selbst sagen, Onkel Vinzenz.«

Nun zog Vinzenz die Stirn in Falten. Es schien ihm zu dämmern, daß die Künstlerträume Lisas mehr waren als die Vorstellung, mit Lust und Liebe draufloszupinseln.

Spöttisch meinte Rudolf: »Entschuldige! Mir war nicht bewußt, mit dieser Bemerkung ein Staatsgeheimnis zu lüften.«

Lisa lächelte gelassen, obwohl ihr nicht ganz wohl war. Sie hatte damit spekuliert, Vinzenz langsam um den Finger zu wickeln und ihm ihre konkreten Pläne erst dann darzulegen, wenn sie ihn »soweit hätte«. Ihr war, als hätte Rudolf ihre Strategie durchschaut. Die neugierigen, wohl auch etwas befremdeten Blicke drängten sie dazu, etwas zu artikulieren, das sie bisher nur mit Vicky besprochen hatte. Von der besten Freundin durfte man erwarten, verstanden und unterstützt zu werden. Wer würde sie hier verstehen? Es klang ja auch zu gewagt! Heilige Mutter Gottes!

»Ich will nach München gehen«, rückte sie heraus und merkte schon, während sie die Worte aussprach, daß sie die Sache plump angefangen hatte. »Ich will nach München gehen und eine Malschule besuchen.«

Emsig häkelte Jenny weiter. Nun hatte es Lisa also wieder geschafft, im Mittelpunkt des Interesses zu stehen. Es war ihr sogar gelungen, Rudolfs Verlobung in den Hintergrund treten zu lassen. Malen lernen! In München! So etwas Verrücktes!

Lisa bemühte sich unterdessen, ihrem Ton einen beiläufigen, selbst-

verständlichen Klang zu geben: »Fräulein Wedebrecht, meine Zeichenlehrerin, hat gesagt, ich sei außergewöhnlich talentiert. Es wäre schade um mein Talent, wenn ich es verkümmern ließe, hat sie gesagt. Andererseits hat sie aber auch gesagt, ich müsse noch viel lernen. Das kann ich aber allein nicht. Das geht nicht in Reitfelden. Dazu muß ich... Alle großen Künstler haben irgendwo gelernt. Umsonst heißt es nicht: aus flämischer Schule oder so... Daran hat sich nichts geändert. Die berühmten Maler in Paris stehen am Montmartre und schauen voneinander ab und reden über ihre Bilder und... Also... irgend etwas muß ich schließlich werden. Warum nicht Malerin?«
Warum muß sie irgend etwas werden? Jenny war überrascht. Auch Lorenz schien diese Überlegung nicht nachvollziehen zu können. Langsam schüttelte er den Kopf. Ja, irgend etwas muß sie werden. Dumm ist sie jedenfalls nicht, dachte Amalie und kam schnell auf den Punkt: Vinzenz hat eine junge Dame aus ihr machen lassen – das ist sie jetzt, wenn auch bestimmt nicht in Vollendung, im Äußeren aber gewiß. Trotzdem ist sie ein Niemand und Nichts. Niemals wird sie eine gute Partie machen können, wenn die Dinge so bleiben, wie sie heute stehen. Einen kleinen Bauern kann sie aber auch nicht mehr heiraten. Da sie nichts ist, muß sie etwas werden, aus eigener Kraft. Aber Malerin? Könnte es nicht wenigstens Lehrerin sein? Laut sagte sie: »Malerin! Aber Kind! Du könntest doch zum Beispiel auch Klavierlehrerin werden oder Gouvernante – und wenn du ehrgeizig bist, kannst du sogar das Lehrerinnenseminar besuchen. Das würdest du doch auch unterstützen, Vinzenz?«
Ehe Vinzenz etwas erwidern konnte, erklärte Lisa mit Bestimmtheit: »Dazu bin ich nicht berufen.«
Das Wort »berufen« rief Jenny auf den Plan. Sie konnte nicht anders, sie mußte es sagen: »Man kann nicht immer tun, wozu man berufen ist.« Sie wurde rot, als sie merkte, wie anklagend das klang. Niemand achtete jedoch darauf.
»Das... das ist eine Frage der Intensität der Berufung«, behauptete Lisa kühn.
Vinzenz unterband die Diskussion: »Wir sprechen noch darüber. Später.«

Jenny saß auf ihrer Schaukel im hinteren Teil des Obstgartens, als Lisa einen Tag später mit Staffelei, Pinseln und Farben kam und sie aus ihrer Stille riß.
»Hallo.«
»Das ist *meine* Staffelei«, meinte Jenny feindselig. Irgendwann hatte sie diese Malutensilien zum Geburtstag bekommen, sie aber nie

benutzt, obwohl es unter jungen Mädchen als schick galt, sich der Sonntagsmalerei zu verschreiben.
»Du brauchst sie doch nicht, oder? Sie stand auf dem Dachboden, ganz verstaubt. Lorenz hat sie mir runtergeholt.« Sie stellte das sperrige Ding auf.
Ungeduldig schaukelte Jenny vor und zurück. Konnte Lisa nicht anderswo malen, wenn es schon sein mußte? Eine Weile war sie versucht, das Feld zu räumen, aber dann wuchs der Trotz in ihr. Hatte nicht sie die älteren Rechte? Matthias Morell sagte immer: Nicht davonlaufen, Jenny!
Unterdessen hantierte Lisa bereits mit Palette, Pinseln und Tuben und ging schließlich daran, die Farben zu mischen.
»Wenn du so sitzen bleibst, ist es gut. Du kommst mit aufs Bild.«
»Ich will nicht gemalt werden«, widersprach Jenny.
»Wieso nicht?«
»So halt.«
»Ach, komm, stell dich nicht so an! Ich bin zwar nicht Degas, aber jeder fängt irgendwann mal an.«
Jennys ungewohnter Widerstand wunderte Lisa, aber sie hatte keine Zeit, länger über Jenny nachzudenken. Der Pinsel glitt flugs übers Papier.
»Wer ist Degas?« fragte Jenny und versuchte, ihren Widerwillen gegen das Gemaltwerden zu überwinden.
»Ein französischer Maler. Der Größte! Fräulein Wedebrecht hat mir Drucke gezeigt. So richtig berühmt ist er eigentlich gar nicht, aber trotzdem ein Genie. Wie das wohl ist, ein Genie zu sein, an das niemand glaubt? Ob man da sehr an sich zweifelt?«
»Mag sein.«
Lisa war zurückgetreten, musterte Jenny und den Hintergrund aus Bäumen und Licht kritisch, legte den Kopf zur Seite und betrachtete dann das noch fast leere Blatt Papier.
»Vielleicht«, spann sie den Faden weiter, »erntet er eines Tages großen Nachruhm. Was, glaubst du, ist besser: ein wirklich großer, aber zu Lebzeiten völlig verkannter Künstler zu sein oder ein hochgejubelter Kleckser, der eine Zeitlang in Mode und berühmt und reich ist, aber nach zehn Jahren vergessen wird?«
Die Sonne schien direkt auf den Zeichenblock. Lisa rückte die Staffelei etwas in den Schatten. Dann versuchte sie sich an kleinen, wie hingeflüsterten Pinselstrichen. Daß Jenny auf ihre Gedanken nicht einging, bekümmerte sie nicht. Eigentlich hatte sie ohnehin mehr zu sich selbst gesprochen.
Obwohl sie gerade versuchte, gleich dem vergötterten Degas die

zarte, verspielte Ätherleichtigkeit der Szene einzufangen, blieb ihre Pinselführung kühn – zu kühn, um Degas nahezukommen.
»Halt still!«
Jenny gehorchte. Lange saß sie ganz ruhig auf der Schaukel, ohne sich zu rühren. Dann, als wäre es ihr eben wieder eingefallen, wollte sie wissen: »Und du möchtest wirklich Malerin werden, eine richtige Malerin? Du willst davon leben?«
»Natürlich.«
»Es gibt keine berühmten Malerinnen.«
»Noch nicht.«
»Ach?« Fast klang dieses hingeworfene Ach ironisch.
»Ich kann ja den Anfang machen«, erwiderte Lisa leichthin.
»Du, aha.« Wieder Ironie. Jetzt richtige.
Lisa wurde von diesen zwei Worten fast hochgerissen. Einen Moment lang sah sie Jenny verwirrt an, dann aber malte sie weiter, ohne etwas zu sagen. Sie konzentrierte sich so, daß sie nichts mehr um sich herum wahrnahm. Eine weltentrückte Fremdheit stand in ihrem Gesicht. Sie hörte nicht, wie Jenny klagte: »Ich kann nicht mehr so sitzen.«
Hörte sie nicht? Wollte sie nicht hören? Jenny war vom Ausdruck in Lisas Gesicht fasziniert. Sie sah ihr zu, beobachtete, wie sie manchmal zurücktrat, um ihr Werk zu prüfen, wie ihre Augen sich kritisch verengten, wie sie wieder zur Staffelei ging und ab und zu einen Blick auf das warf, was sie malte. Es war, als sei sie völlig in ihre Assoziationen versunken.
Erst nach über einer halben Stunde, die Jenny, da sie nicht mehr ruhig sitzen konnte, unendlich lang vorkam, schien Lisa wieder aufzutauchen. Seufzend und mit kühler Distanz betrachtete sie ihre Schöpfung. Es war eine Temperaskizze, aber schon die bloße Skizze verriet, daß ihr Degas' Malweise wohl nicht sehr lag. Seit langem versuchte sie, den schwerelosen Champagnerhauch in ihre Bilder zu zaubern, der es ihr in den Werken des großen Vorbilds so angetan hatte. Sie versuchte es eifrig, aber bei aller Liebe zum Detail konnte sie nie lange genug verweilen; sie hatte eine zu unruhige Hand, wurde zu schnell ungeduldig und fahrig, und das Entstandene wirkte stets irgendwie ohne Feinheit. Kühn stachen ihre Farbkompositionen hervor, und kühn war auch ihr in zarte Verspieltheit gezwungener Strich. Was bei Degas so leicht und hingelächelt aussah, war in Wahrheit mühevoller Kleinarbeit entsprungen – und dazu fehlten Lisa der Langmut und die innere Ruhe.
»Nicht ohne Charme«, sagte jemand hinter ihr. »Aber die Seile sind zu rot. Man sieht zuerst die Seile.«
Als Lisa sich umdrehte, sah sie, daß Lorenz ihr Bild musterte.

»Es ist noch nicht fertig«, beschied sie ihn sofort. Sie haßte es, kritisiert zu werden. Um allen Einwänden vorzubeugen, gab sie immer vor, »noch nicht fertig« zu sein, wenn jemand ihr über die Schultern sah.
»Und welchen Titel trägt das Meisterwerk?«
»Ich weiß nicht. Noch keinen.«
»Was hältst du davon: ›Die Seile‹?«
»Idiot!«
»Das paßt nicht?«
Lorenz lachte, Lisa lachte mit.
»Dann nenn es doch einfach ›Das Mädchen auf der Schaukel‹. Das klingt so schön klassisch.«
»Aber phantasielos. Du sagst einfach, was du siehst. Wie gefällt dir dagegen ›Der träumende Tag‹... oder ›Der geträumte Tag‹?«
»Großer Gott!«
»Wieso?«
»Sehr poetisch.«
»Und?«
»Findest du dein Bild poetisch?«
Skeptisch warf Lisa einen Blick auf das farbenstrahlende Papier. »Auf seine Weise ist es poetisch. Aber das sieht nur der, der ein Gefühl dafür hat. Für den Impressionismus braucht man Gefühl.«
»Davon verstehe ich nichts.«
»Richtig.«
Im geheimen mußte Lisa sich eingestehen, daß »Der träumende Tag« nicht unbedingt in die impressionistische Schublade paßte. Das sagte sie aber nicht.
»Eigentlich wollte ich dich fragen, ob du Lust hast, mit mir einen flotten Galopp zu wagen«, sagte Lorenz.
Lisa stimmte sofort zu. »Ich bin hier ohnehin fertig. Willst du mitkommen, Jenny?«
»Ach, du weißt doch, Jenny-Kind fürchtet sich vor Vierbeinern.«
Jenny schnitt Lorenz eine Grimasse.
»Du wirst mit mir allein Vorlieb nehmen müssen, Lisa. Also, komm!«
Lisa beugte sich nieder, pflückte ein Gänseblümchen, steckte es Lorenz mit kokettem Augenaufschlag ans Jackett und rannte lachend davon. »Worauf wartest du!« rief sie zurück.
Sofort lief er hinter ihr her. »Wieso hast du's denn so eilig?«
»Ich hab's immer eilig.«

Lorenz ritt voraus in Richtung der Stallungen, als Lisa Vinzenz sah,

der mit dem Pferdewagen aus Reitfelden kam. Auf Alabaster, ihrem Lieblingspferd, näherte sie sich ihm im Trab. »Onkel Vinzenz! Grüß dich! Wo kommst du denn her?«
»Vom Schweinemarkt, junge Dame. Immerhin erwarten wir hohen Besuch. Da muß für alles gesorgt sein.«
Lisa warf einen fast mitleidigen Blick auf die arme Sau, die hinten auf dem Wagen im Holzkäfig quiekte. Dann wandte sie sich wieder an Vinzenz. »Hoher Besuch! Wie das klingt! Als käme Kaiser Wilhelm selber.«
»So kommt es mir auch schon vor.« Vinzenz lachte und schnalzte mit der Zunge, um den Gaul anzutreiben. Wohlwollend schaute er Lisa an. Sie war verschwitzt, das Haar hing ihr feucht in die Stirn, einzelne Strähnen hatten sich aus der Zopffrisur gelöst, ihre Wangen waren rot, und ihre violetten Augen leuchteten. Natürlich saß sie wieder im Herrensattel, obwohl sie ein Kleid anhatte, noch dazu barfuß, weil sie in ihre alten Stiefel nicht mehr hineingekommen war. Ihre nackten Beine baumelten frei. Da sie ohnedies weder Hut noch Handschuhe trug, sah sie in diesem luftigen Aufzug recht verwegen aus. So gefiel sie Vinzenz am besten. »So, wie du aussiehst, muß das ja ein stürmischer Ritt gewesen sein.«
»War es auch.«
»Na, ein Hasenfuß warst du ja noch nie.«
»Ich fürchte Tod und Teufel nicht!« Strahlend warf sie den Kopf zurück, um sich das schweißfeuchte Haar aus dem Gesicht zu schütteln. Mit schelmischem Augenaufschlag räumte sie ein: »Wenn mir manchmal ein wenig... nun, ein wenig seltsam ist, dann sag' ich mir, das sind Manschetten. Das klingt weniger nach Angst und macht schon wieder Courage. Durch manche Sachen muß man halt durch. Ich mach' die Augen zu und stürz' mich rein. Alles geht vorbei, sag' ich mir, und dann wird es wieder hell – nach den Manschetten.« Der Schalk in ihren Augen verstärkte sich. »Wenn ich zur Schwester Oberin gerufen wurde, hatte ich im Internat immer Manschetten, aber vermutlich hat sie nichts davon gemerkt.« Plötzlich wirkte sie nachdenklich. »Weißt du was, Onkel Vinzenz?«
»Was?«
»Daß man es mit dem Mutigsein viel schwerer hat, wenn man nachdenkt. Wenn man nicht denkt, kriegt man auch keine Angst, weil man keine Bilder vor sich hat. Leute, die keine Angst haben, sind entsetzlich dumm.«
Vinzenz kam es so vor, als wollte sie ihm etwas ganz Bestimmtes sagen. Er fragte: »Angst, meinst du, ist also ein Gefühl, das aus dem Verstand kommt?«

»Sagen wir, es ist ein vernünftiges Gefühl, ja. Aber ab und zu...« Sie redete nicht weiter, lachte wieder und schien mit sich zu kämpfen, ob sie sagen solle, wozu es sie drängte. Die dunkle, feuchte Hitzeröte war aus ihrem Gesicht gewichen. »Momentan hab' ich schon ein wenig Manschetten«, kam es plötzlich.
»Wovor?«
Knarrend rollten die eisenbeschlagenen Wagenräder über den steinigen, unebenen Feldweg. Wieder quiekte die Sau.
Lisa hielt sich dicht neben Vinzenz. »Ich weiß noch immer nicht, was du von München hältst«, meinte sie endlich zögernd.
»Von München, von deinen Bohemienträumen oder der Malerei?«
Lisa blickte zur Waldlichtung vor der Koppel, um Vinzenz nicht anschauen zu müssen. Daß er es ihr nicht leichtmachen würde, war klar. »Es sind keine Bohemienträume«, verteidigte sie sich und versuchte, jede Spur von Rechtfertigung zu vermeiden, sondern ruhig zu bleiben, obwohl sie sich beherrschen mußte, so sehr brannte es in ihr. Wenn sie bei diesem Gespräch nicht den kürzeren ziehen wollte und er ihre Pläne nicht als Kindereien behandeln sollte, mußte sie kühl und sachlich bleiben. »Alle meint ihr, daß ich nur an Künstlerfeste und Atelierzauber denke und die Malerei ein reiner Vorwand ist.«
»Das meine ich durchaus nicht.«
Lisa wandte ihm jetzt das Gesicht zu. Wieder jammerte die Sau. »Aber dann... du als mein Vormund... Ach, Onkel Vinzenz!«
Kurz sagte er: »Du bist zu jung.«
Lisa mußte schlucken. Unduldsam schlug sie mit den Fersen in Alabasters Seiten, hielt ihn aber streng am Zügel und tätschelte, wie um Entschuldigung bittend, seinen Hals. Es war ihr klar, heute verloren zu haben. Redete Vinzenz einmal in so entschiedenem Ton, war nichts mehr zu retten. Wollte man weiter in dieselbe Kerbe schlagen, träfe man ins eigene Fleisch und machte alles nur noch aussichtsloser. Sie hatte es verpatzt. Angefangen hatte sie es diesmal nicht schlecht, aber dann... Ja ja, sie war selber schuld.
Später würde sie einen neuen Anlauf nehmen. Später...
Wie sie dieses ewige Später haßte!
Obwohl es ihr schwerfiel, die Niederlage, den leisen Zorn und auch die Spur Verlegenheit hinunterzuwürgen, fragte sie fröhlich: »Na, wie ist sie denn, diese Irene Mankopf? Ich bin ja schon sehr gespannt. Magst du sie?«
Vinzenz ging auf den Wechsel des Themas ein. Ihr Gespür für Situationen imponierte ihm. Lisa ihrerseits atmete auf. Die Sache mit München blieb also noch offen, das letzte Wort war noch nicht gesprochen.

»Du wirst lachen«, sagte er, »ich kenne meine künftige Schwiegertochter noch gar nicht. Rudolf will uns vor vollendete Tatsachen stellen und sie erst vorführen, wenn die Karten bereits ausgeteilt sind.«
Und die Mahagonimöbel waren noch nicht da! Lisa biß sich belustigt auf die Unterlippe.
»Gibt es ein Bild von ihr? Wie sieht sie aus? Ist sie sehr hübsch?«
»Muß sie hübsch sein?«
»Es würde mich wundern, wenn sie's nicht wäre. Rudolf ist da sicher sehr eigen... Alles muß stimmen. Auf der anderen Seite natürlich... ich meine, um den Goldtaler zu kriegen, verzichtet er sicher lieber auf den Silberpfennig.«
»Ah, da schau an! Nicht schlecht. Dann laß dich mal überraschen!«
»Heiraten die zwei auch hier?«
»Nein. Dieses Ereignis bleibt Berlin vorbehalten.« Vinzenz mußte daran denken, daß Amalie ihm für die Hochzeit, die im September stattfinden sollte, eine völlig neue Garderobe zusammengestellt hatte, immer mit dem Hinweis: »Die Mankopfs kommen.«
Die Vorstellung, nach Berlin reisen zu müssen, empfand Vinzenz nicht als sehr angenehm. Er hätte gern eine »ordentliche« Hochzeit auf Reitenau gehabt. Für Rudolf konnte es jedoch von Bedeutung sein, in Berlin vor den Traualtar zu treten, schon allein im Hinblick auf die Gästeliste. Obwohl er sich natürlich seine Gedanken machte, die nicht immer mit den Überlegungen seines Sohnes übereinstimmten, dachte Vinzenz nicht daran, ihn in irgendeiner Art und Weise zu beeinflussen. Rudolf war ein erwachsener Mann. Lorenz, Jenny und irgendwie auch Amalie wurden von Vinzenz wie Kinder behandelt, nicht direkt natürlich, nicht einmal immer bewußt, aber spürbar. Nur mit Rudolf verkehrte er auf derselben Ebene.
»Berlin«, sagte Lisa gedehnt.
»Da würdest du wohl gerne hinfahren.«
»Ich würde überall gern hinfahren! Ob ich je einmal große Reisen machen werde? Was meinst du, Onkel Vinzenz?«
»Das wird sich finden. Zuerst wirst du einmal zum Sommerball der Landgrafs ›reisen‹.«
»Wer sagt das?«
»Ich.«
»Bin ich denn eingeladen?«
»Dafür wird gesorgt sein.«
»Oh! Du bist großartig!« Schnell beugte sie sich zur Seite hinab und küßte Vinzenz auf die Schläfe. Dann sagte sie unvermittelt: »Vicky hat mich eingeladen. Nach London.«

Jetzt wurde Vinzenz aufmerksam, er ließ sein Pferd noch langsamer gehen. »Von ihr war also der Brief, der heute ankam?«
Lisa nickte.
»Möchtest du sie besuchen?«
»Natürlich möchte ich! Sehr sogar! Ein paar Wochen in einer so großen und so fremden Stadt sind sicher lustig. Aber Vicky meint, gleich für ein Jahr oder so. Ich soll dann bei ihr wohnen, bei ihr und ihrem Vater und ihrem Bruder... Aber ein Jahr ist mir zu lang.«
»Manschetten?« fragte Vinzenz augenzwinkernd.
Lisa lachte. »Auch. Ja. Aber nur ein bißchen. Wegen der Sprache. Ich war zwar sehr gut in Englisch als Wahlfach, aber es ist doch etwas ganz anderes, wenn... Du weißt schon. Und ihr Vater ist doch ein echter Lord! Außerdem... also, im Grunde...«
»... willst du keine Zeit versäumen und möglichst bald nach München gehen.«
Lisa wurde rot. Sie ärgerte sich, die Einladung überhaupt ins Gespräch gebracht zu haben. Also war sie froh, daß gerade in diesem Moment Lorenz auf sie zugesprengt kam. »He!« rief er bereits von weitem. »Da bist du ja! Ich dachte, du wärst mir abhanden gekommen. Du hast übrigens deine Staffelei im Obstgarten stehen lassen. Komm mit, wir holen sie! Was habt ihr zwei denn Wichtiges miteinander?«
»Ich komm' schon!« rief Lisa, zwinkerte Vinzenz zu und drückte Alabaster in die Seiten, um mit Lorenz zu den Stallungen zu reiten. Als ihr Lorenz dort aus dem Sattel half, behauptete sie: »Wärst du ein Gentleman, hättest du die Sachen längst geholt.«
»Daraus sollst du lernen, dich nie auf Vermutungen zu verlassen, mein Kind.«
»Ich bin kein Kind!«
Sie übergab Lorenz die Zügel Alabasters. In ihrem Blick war eine ihr ganz unbewußte Herausforderung.
Lorenz wartete auf Krispin, der ihm die Pferde abnehmen sollte, und sah ihr zu, wie sie sich aufs Gatter schwang.
»Ich hoffe, du erweist mir auch bei Landgrafs als erstem die Ehre«, erinnerte er sie unwillkürlich an den über drei Jahre zurückliegenden Silvesterball.
Ihr koketter Blick überraschte ihn etwas. Sie saß auf dem Gatter, wie er es sonst nur von Fanny Pröller kannte, deren Vater er auf Geheiß Vinzenz' beim Betrieb der Sägemühle unterstützen sollte. Das verunsicherte ihn. Noch mehr verunsicherten ihn plötzlich ihre nackten Beine, die unter dem zu kurz gewordenen Rock hervorsahen, und es ärgerte ihn, daß er hinschauen mußte und dabei rot um die Nase wurde.

»Wem soll ich wohl sonst den ersten Tanz geben?« fragte sie unschuldig.
»Ich weiß nicht.«
Alabaster stand still und schien seine Reiterin zu beobachten. Es war, als spürte auch das Pferd, daß plötzlich etwas Laszives von Lisa ausging. Lorenz hielt das Tier an der Trense fest und tätschelte seine Blesse, um nicht ständig auf Lisas Beine schauen zu müssen. Er wußte im Augenblick nicht, was er sagen sollte.
Auf einmal war etwas Fremdes zwischen ihnen. Auch Lisa fühlte es. Nach kurzem Schlucken meinte sie lächelnd und betont kumpelhaft, als müßte sie der Situation einen Dämpfer verpassen: »Also, bringen wir die Pferde zu Krispin, wenn er schon nicht herkommt! Und dann ab in den Obstgarten!«

Irene Mankopf war hübsch, aber nicht schön und insgesamt eher unauffällig. Ins Auge stachen in erster Linie ihre modischen, teuren Kleider.
Lisa hatte sich die Frau, die Rudolf heiraten würde, anders vorgestellt: markanter. Sah man Irene an, dachte man, daß sie hübsch aussehe, wandte man jedoch den Blick ab, vergaß man ihr Gesicht sofort, als hätte es keine festen Konturen. Alles war hell in diesem Gesicht: das blonde, seidige Haar, die zarte, rahmweiße Haut, die wasserblauen Augen, die rosafarbenen Lippen – alles. Irene wirkte zerbrechlich, obwohl sie nicht klein war, und ihre an Rudolf gemahnende Schlankheit ließ sie filigran erscheinen. Eigentlich war sie nicht schlank, sondern mager, was jedoch ihre Kleider mit den eingenähten Rüschen vertuschten. Erst wenn sie lachte, bekam Irene Profil. Dann mußte man sie verblüfft ansehen und den Widerspruch auf sich wirken lassen. Ihr Lachen klang keineswegs hell, mädchenhaft, silbrig, sanft, wie man es erwartet hätte, sondern dunkel, laut, fast männlich. Wenn Irene redete, merkte man noch nichts vom dunklen Timbre dieses Lachens, von dem man nicht glauben konnte, daß es aus der Kehle einer solchen Elfe kam. Ihr Lachen war es denn auch, das Vinzenz gewann, denn es war keine hohle Koketterie darin, sondern eine Mischung aus Herbheit und Wärme.
Amalie fand Irenes Lachen selbstverständlich ordinär; sie war pikiert. Freilich hatte sie Takt genug, darüber hinwegzugehen. Lisa merkte dies jedoch und kicherte in sich hinein. Sie fand Irene langweilig und konnte deren Vater, den Rudolf so hofierte, von Anfang an nicht leiden, obwohl er sehr freundlich zu ihr war, sie Fräulein Elisabeth nannte und ihr die Hand küßte. Er war dick, aber seine Beleibtheit signalisierte keine Gemütlichkeit. Seine Augen verrieten ihr, daß er ein kaltes, berechnendes Verhältnis zur Macht hatte.

Solange Lisa mit Irene und Rudolf zusammen war, versuchte sie herauszufinden, ob Rudolf in seine Braut wirklich verliebt war, doch nichts ließ sich erkennen. Für Lisas Geschmack war Irene zu wohlerzogen und auch gedanklich zu dressiert, keines großen Geistes Kind, aber wenigstens nicht töricht; ein wenig borniert schien sie allerdings zu sein.
Ihr Vater kalkulierte ebenso sachlich wie Rudolf. Die Welt, so dachten beide, braucht besonnene Männer mit Weitblick und diplomatischem Geschick; nur solchen Männern konnte es gelingen, die Macht des Reichstags auszuweiten. Dabei war Mankopf wie Rudolf kein reinrassiger Demokrat. Er hielt das Volk für unmündig, wußte aber, daß man sich diese richtungslose Unmündigkeit zunutze machen und sie für seine Zwecke in Anspruch nehmen konnte. Mankopf war Patriot, auch wenn er so gut wie nichts von den Geistesgaben des Kaisers und seiner Hofkamarilla hielt. Das machte ihn zum Demokraten – oder eher zum Republikaner.
Mankopf kannte die Faszination der Macht, doch er war ihr nie erlegen. Auch Rudolf, das hoffte er, würde ihr nicht erliegen. Nur wer Herr der Macht blieb, statt sich ihr zu unterwerfen, konnte sie auskosten. Mankopf war Botschafter und Diplomat gewesen, hatte aber trotz allen politischen Einflusses nie ein Ministeramt bekleidet. Dazu war er zu eindeutig Bismarck-Anhänger gewesen; so etwas wurde längst nicht mehr gern gesehen. Rudolf war frei von solchen Makeln der Vergangenheit. Obwohl er bereits kein Unbekannter mehr war, galt er als unbeschriebenes Blatt. Mankopf gedachte, ihn auf einen Ministersessel zu hieven. Dies stand in seiner Macht. Das Zentrum war auf sein Betreiben hin bereits an Rudolf herangetreten. Rudolf oblag es jetzt nur noch, geschickt zu taktieren. Er würde Karriere machen, soviel stand fest. Die erste Sprosse war genommen – die erste Sprosse jener Leiter, die nach Mankopfs Freund, dem Reichstagsabgeordneten Maternus, einem alten Philosophen und Zyniker, ins »farbige Nichts« führen sollte.
Momentan war die politische Landschaft ruhig, wenngleich gespannt. Mankopf sah eine Zeit des Klassenkampfes herannahen, den seines Erachtens nur eine Demokratie auffangen konnte. Nicht daß er demokratischen Wahlen eine tatsächliche Bedeutung beimaß, es ging ihm darum, der Masse Scheinrechte zu verleihen. Die Bismarcksche Beschwichtigungspolitik würde bald kein Damm mehr sein, da die ganze Sozialgesetzgebung dabei war, den Neuheitsglanz zu verlieren. Ja, ein Mann wie Bismarck...
Die Mankopfs wollten zwei Wochen auf Reitenau bleiben. Zwei Wochen! Selbst Rudolf fragte sich, ob dieses Vorhaben gut über die

Bühne gehen würde. Irene war nicht an beschauliche Landruhe gewöhnt und noch nie zwei Wochen ununterbrochen mit ihm zusammengewesen. Nun würde sie den ganzen Tag um ihn sein und ihn erst allein lassen, wenn sie zu Bett ging.

Am Anreisetag zog Irene sich früh zurück. Rudolf brachte sie bis vor die Schlafzimmertür und küßte sie dort. Es wunderte ihn wieder, daß er überhaupt kein sinnliches Begehren nach ihr empfand. Sie war doch hübsch und küßte sehr leidenschaftlich; schon als er sie zum erstenmal geküßt hatte, war ihm ihr Temperament aufgefallen. Damals war sie ganz rot geworden und hatte sich für ihre »Selbstvergessenheit« entschuldigt. Unwohl hatte sich Rudolf gefühlt, sehr unwohl. Wenn er mit ihr zusammen war, kam er sich wegen seiner Unterkühltheit manchmal schuldig vor. Er küßte sie, weil es dazugehörte, seine Verlobte zu küssen, empfand sich dabei aber mehr gedrängt denn als Drängender. Jedesmal, wenn er über Irene und sich nachdachte, versicherte er sich, daß er Irene gern hatte – der Rest würde sich finden. Wenn sie erst einmal verheiratet wären, hätten sie einen geregelten Tagesablauf, und Irene hätte in Berlin die ersehnte Abwechslung, könnte Bälle, Soireen und Theateraufführungen besuchen, während er... Nun, sie wußte von seinen hochgesteckten Zielen und war sicher intelligent genug einzusehen, daß er nicht übermäßig viel Zeit für seine Familie haben würde. Sicher würden sie miteinander zurechtkommen.

Was ihm hätte zu denken geben können, war, daß Irene sich für kaum etwas recht interessierte, schon gar nicht für die Dinge, die ihn beschäftigten. Sie war eben eine Frau, er durfte nichts anderes von ihr erwarten; auf der anderen Seite besaß er kein Talent zur Galanterie, um sich die Zeit mit endlosen Komplimenten zu vertreiben.

Hier auf Reitenau gab er sich jedoch Mühe, und er sagte Irene viele nette Dinge. In Amalies Augen warb ihr Sohn formvollendet um Irene. Zu formvollendet, fand Vinzenz, der aber zu nichts etwas sagte. Er beobachtete.

»Es ist immer dasselbe, wenn zwei Leute heiraten, die sich nicht kennen«, ließ er Amalie eines Abends dennoch wissen.

»Wie ist das denn?« fragte Amalie nahezu spöttisch.

»Langweilig«, war die Antwort.

Unterdessen tat Irene ihr Bestes, sich mit Jenny anzufreunden, hatte dabei aber kein Glück. Jenny war höflich, doch nie mehr als höflich. Gegenüber Lisa blieb Irene distanziert. »Sie ist eingebildet«, beschwerte sich Lisa bei Lorenz, als er draußen auf der Veranda eine Zigarre rauchte – von Rudolf geschnorrt –, während drinnen von Mahagonimöbeln die Rede war.

»Nicht so laut!« sagte Lorenz gedämpft.
Lisa war zu einer Verandasäule getreten und lehnte sich dagegen.
»Zehn Pfennige für deine Gedanken!« kam es von Lorenz.
Lisa lachte. Ihr Lachen mischte sich mit dem Gelächter, das jetzt aus dem Wohnzimmer drang.
»Ich denke daran, daß ich morgen mit zum Heuwenden hinausfahren werde«, sagte sie.
»Wie bitte?«
»Ich fahre mit Onkel Vinzenz ...«
»Warum?«
»Einfach so. Mir ist danach.«
»Seit wann bist du der bäuerlichen Passion verfallen?«
»Ach, hör auf!«
»Du willst Punkte sammeln.«
Schnell warf Lisa Lorenz einen überraschten Blick zu, der sich dann zu einem entwaffnenden Lächeln wandelte. Ihr Blick verlor sich in der grillenzirpenden Nacht.
Lorenz wollte den Faden nicht loslassen. »Einwickeln und weichkriegen willst du ihn, damit er dir erlaubt, nach München zu gehen.«
Unbestimmt zuckte Lisa mit den Achseln und kehrte dann ganz in Gedanken, vielleicht auch in Träumen ins Haus zurück.

Es gibt Tage, an denen man erwacht und ohne offensichtlichen Grund von einem sonderbaren, warmen, alles erfassenden Glücksgefühl umströmt wird. Man fühlt sich wunderbar frei und unbelastet und liebt die Welt ebenso wie sich selbst.
So ein Tag brach für Jenny an. Normalerweise erschrak sie schon während des Erwachens aus Angst vor irgend etwas Unangenehmem, das der Tag ihr bringen könnte. Wachsein bedeutete für sie immer, irgendeine Form wahren zu müssen.
Diesmal spürte sie schon, als sie die Augen noch geschlossen hielt, daß dies ein besonderer Tag werden würde. Vielleicht hatte sie gut geträumt. An einen Traum konnte sie sich allerdings nicht erinnern. Sie fürchtete ihre Träume, die zu Ende dachten, woran sie bei Tag bewußt nicht zu rühren wagte. Langsam setzte sie sich im Bett auf. Es dauerte eine Weile, bis sie begriff, daß sie sich frei fühlte – einfach frei. Frei wovon? War nicht alles noch so, wie es gestern gewesen war? Sie wollte fort, hinaus ... Etwas trieb sie an. Es war ihr danach, einfach irgendwohin zu fahren ... in die Stadt vielleicht. Die Stadt, das war für sie immer Augsburg, nie Reitfelden. Sie und in die Stadt fahren! Pah! Aber wieso eigentlich nicht? Sie könnte bummeln, sich in ein Café setzen, ein Stück Sahnetorte bestellen und ... ach was!

Lina klopfte an die Tür, um sie zum Frühstück zu rufen. Jenny ließ sich rücklings wieder ins Bett fallen.
»Aufstehen, Fräulein Jenny, es sind schon alle unten«, sagte Lina.
»Ja«, rief Jenny und beschloß: Heute fahre ich in die Stadt. Es reizte sie, etwas zu tun, das man nicht tun durfte – das man zumindest nicht tun sollte. Es gehörte sich nicht für ein junges Mädchen, sich allein in ein Café zu setzen. Aber wer würde sie kennen? Die wenigen Augsburger Bekannten würden ihr schon nicht über den Weg laufen. Und wenn? Was war dabei!
Vor Aufregung wurde Jenny ganz rot im Gesicht. Der bloße Gedanke, selbständig irgend etwas zu unternehmen, ängstigte und belebte sie gleichermaßen. Warum sollte sie nicht endlich auch mal etwas erleben? Etwas, das sich nicht gehörte! Lisa und Lorenz taten ständig Dinge, die sich nicht gehörten. Jenny wußte, daß Lorenz sich mit Fanny Pröller von der Sägemühle traf. Sie wußte einiges. Wenn sie gleich nach dem Frühstück aufbrach, konnte sie den Zug um neun Uhr zweiunddreißig noch erreichen. Und dann... Mit einem Ruck befreite sich Jenny von der Bettdecke und sprang aus dem Bett.
Unterdessen traf man sich unten bereits am Frühstückstisch. Vinzenz und Lisa waren schon frühmorgens »ins Heu« gefahren, was Amalie ziemlich peinlich war. Mankopf tat jedoch, als stieße er sich nicht daran, und begab sich guter Laune zu Tisch. Irene atmete fast ein bißchen auf, denn Vinzenz schüchterte sie stets ein. Er war etwas völlig Fremdes, Unberechenbares, Uneinteilbares für sie. Manchmal fürchtete sie sich auch etwas vor Rudolf, aber das war eine andere Art, sich zu fürchten, ein Fürchten, das Herzklopfen verursachte und das sich genießen ließ.
»Du wirst unseren Gästen heute natürlich Reitenau zeigen«, forderte Amalie Rudolf auf.
Irene versicherte rasch, sehr neugierig zu sein, und setzte hinzu: »Bei uns ist alles viel größer, aber dies hier hat seinen ganz eigenen, besonderen Charme.«
Nun erschien auch Jenny. Daß sie heute so viel Wert auf ihr Äußeres gelegt hatte, freute Amalie. Sonst neigte Jenny eher dazu, sich zu vernachlässigen.
»Du kannst Irene das Haus zeigen«, schlug Amalie gleich vor, weil ihr daran gelegen war, daß Irene und Jenny sich anfreundeten.
Jenny wurde rot. Es kostete sie Mühe, nicht zu stottern, als sie erklärte: »Es tut mir leid, ich kann nicht. Ich habe dem Pfarrer versprochen, die Lieder für Sonntag mit ihm zusammenzustellen... und Fräulein Kalmann hat mich auch eingeladen.«
»Fräulein Kalmann!« Lorenz lachte. »Die fürchtest du doch! Die hat dich schon oft eingeladen, und nie bist du hingegangen.«

»Diesmal hab' ich zugesagt.« Das klang spitz.
Argwöhnisch und brauenlüpfend meinte Amalie: »Davon weiß ich ja gar nichts.«
Jenny kam in Fahrt: »Jetzt weißt du's.«
Als sie eine Stunde später zum Bahnhof hinunterlief, warf sie plötzlich den Kopf in den Nacken und lachte. So einfach war das alles.

Es war heiß, unerhört heiß, an diesem sich dem Mittag nähernden Erntetag. Lisa stieß die Heugabel in die Erde und wischte sich mit einem Zipfel ihrer Schürze über die Stirn. Sie merkte, daß sie nicht mehr viel Ausdauer hatte. In früheren Sommern war ihr der Schweiß nicht so schnell ausgebrochen. Trotzdem bemühte sie sich, mit den anderen Schritt zu halten. Etwas fremd fühlte sich der Holzstiel der Gabel in ihrer Hand an, die ersten Blasen schmerzten bereits.
Lisas Blick glitt über die Wiese. Mit dem Westhang waren sie bereits fertig, und jetzt, im Tal, brannte die Sonne erdrückend.
Als Vinzenz ihr auf die Schulter tippte, drehte sie sich um. »So, junge Dame, wie wär's mit einer Brotzeit?«
»Meine Rettung!«
Er grinste. »Meine Frau würde sagen, du siehst angegriffen aus. Ganz schöne Hitze heute, was?«
Lisa, die krebsrot im Gesicht war, folgte ihm lachend in den Schatten der Bäume. Krispin hatte Brotzeit gebracht. Es gab frisches Brot, Preßsack, Leberwurst, Schweinskäse und Bier aus Flaschen.
Lisa ging zuerst zum Fluß hinüber, um sich Hände, Füße und Gesicht zu kühlen. Das tat gut! Eine Weile plätscherte sie mit den Beinen im Wasser, sie genoß den Schatten der Weiden und hörte die Knechte und Mägde miteinander scherzen.
Erfrischt, mit nassen Armen und Beinen, kam sie dann hinter den Büschen hervor. Sie wollte sich zu den anderen gesellen, aber Vinzenz sagte: »Komm!« und führte sie, einen Brotzeitkorb am Arm, ein Stück die Reitach aufwärts, um sich dann etwas abseits von den anderen mit ihr niederzulassen.
Herzhaft griff Lisa zu. Sie hatte einen Bärenhunger und Durst für zehn. Angenehm kalt rann ihr das Bier die Kehle hinunter.
Als sie sich gesättigt hatte und mit einem wohligen Seufzen zurückfallen ließ, fing Vinzenz plötzlich an: »So, und jetzt sag mir mal, was du im Schilde führst!«
Durchschauten sie jetzt alle?
»Was ich im Schilde führe? Ich möchte Heu riechen und die Erde spüren – ich muß doch fühlen, was ich male. Und das Licht ist um diese Jahreszeit so schön, ganz unvergleichlich. Ich suche das Licht,

weißt du, wie Renoir. Renoir ist der größte Maler, den es gibt, größer als Degas – glaube ich jedenfalls. Er sucht das Licht. Lach nicht! Er sucht es wirklich, oder besser: die Auflösung in Licht.«
»Soso«, brummte Vinzenz.
Was es hieß, wenn Vinzenz »soso« sagte, wußte Lisa. Es klang immer ironisch und so, als wisse er mehr, als sie ahnte.
Drüben bei den Landarbeitern und den Mädchen wurde gelacht und gealbert, einer schlief, ein anderer sah in die Luft. Neugierig blickte Lisa hinüber. So konnte es auch sein, so einfach. Wieso brachte sie das nicht fertig, sich nur dem Moment hinzugeben und den Augenblick zu leben, ohne Träume von eigener Größe und bedeutenden Taten? Nachdenklich nahm sie noch einen Schluck aus der Bierflasche. Der Alkohol hatte sie müde gemacht und ihren Gedanken die Klarheit genommen. Etwas blieb jedoch lebhaft in ihrem Bewußtsein: daß sie nicht so leicht satt zu machen war, daß sie mehr wollte als viel, daß sie nach der Fülle, dem Ganzen verlangte.
Eine Zeitlang sah sie auf ihre nackten, noch immer feuchten Füße, die jetzt wieder in Sandalen steckten, und sie beobachtete einen Käfer, der an ihrem Bein hochkletterte. Ganz intensiv roch es nach frischem Heu und Sommererde. Herb und harzig duftete es vom Wald herüber, Vögel sangen, Bienen surrten, und in der Ferne klopfte ein Specht. Im Gesträuch raschelte ein Eichhörnchen, und trotz all dieser Geräusche war da eine tiefe Ruhe. Vor ihr breitete sich die abgemähte Wiese aus, und dahinter leuchteten gelbe Ährenfelder in der Sonne.
Vinzenz hatte »soso« gesagt. »Du hast doch sicher auch immer irgend etwas gewollt und versucht, es zu bekommen, Onkel Vinzenz. Sonst... sonst wäre doch alles so leer. Verstehst du, was ich meine? Dir ist Reitenau wichtig. Du bist damit verwachsen, du würdest nie auf die Idee kommen, etwas anderes sein zu wollen als ein – nun, ein Bauer. Und ich will nur malen! Glaub mir doch, daß es keine flüchtige Schwärmerei ist! Ich will es wirklich, ganz und vollkommen. Alles andere würde mich unglücklich machen. Frag mich nicht, wieso das so ist, aber ich spür's.«
»Du willst mit der Malerei Geld verdienen?«
Bildete sie sich nur ein, seinem Ton Ironie zu entnehmen? »Irgendwann einmal, wenn ich gut genug bin. Ja. Aber darum allein geht es nicht...«
»Und wenn es nicht reicht, Lisa? Wenn dein Ziel immer nur ein fernes Ziel bleibt? Es ist einfacher, Heu zu ernten, als als Malerin Lorbeer zu erringen. Und ungefährlicher. Du bist siebzehn. Wie stellst du dir das vor? Du kannst unmöglich allein in München wohnen. Das ist dir doch bewußt?«

Mit einem hochgezogenen Mundwinkel sah sie an ihm vorbei. Natürlich, er war ihr Vormund, er konnte es nicht verantworten, er wollte nur ihr Bestes. Wild schlug sie nach einer Bremse. Wenn sich ihre Träume nun in Luft auflösen mußten? Verstand hier denn niemand, daß eine große Sehnsucht in ihr brannte? Fast ärgerlich sagte sie: »Ich dachte es mir so schön!«

»Aber du hast es nicht *durchdacht.* Wenn du einmal alt genug bist, selbst über dich zu entscheiden, lege ich dir nichts in den Weg, doch noch bist du ein halbes Kind. – Ja, ich weiß, davon willst du nichts hören. Wie du dir denken kannst, finde ich persönlich deinen ausgefallenen Wunsch nach Künstlerruhm nicht sehr begrüßenswert. Du hast es ja gesagt: Ich bin ein Bauer. Hochfliegende Phantasien liegen mir nicht. Wenn das Muß jedoch so tief in dir sitzt, wenn du wirklich glaubst, daß es dich dorthin zieht, dann wird dies auch noch in ein paar Jahren so sein. Und bis dahin hast du durchaus Zeit, dich mit anderen Möglichkeiten zu beschäftigen.«

»Aber... aber andere Mädchen in meinem Alter gehen doch auch fort, irgendwohin in die Stadt, manchmal nach München...«

»Diese Mädchen gehen in Stellung, in irgendeinen Haushalt, sie werden Stubenmädchen oder Gouvernante – ein schrecklicher Beruf, ich weiß! – und vergnügen sich nicht auf irgendwelchen Atelierfesten.«

»Sie sitzen statt dessen jeden Abend zu Hause, gehen früh schlafen, lassen sich von der Herrschaft jede Fingerbewegung diktieren und vom jungen Herrn schwängern.«

Vinzenz brach in sein tiefes, echtes Lachen aus. »Auf Draht bist du«, gab er zu, »und auch nicht auf den Mund gefallen – bei Gott nicht.«

»Warum verstehst du dann bloß nicht, daß ich weiß, was ich will?«

»Weil du das noch nicht wissen kannst. Schön, vielleicht ahnst du heute, was du in fünf oder zehn Jahren ernsthaft wissen wirst. Vielleicht wirst du Malerin werden. Vielleicht auch nicht. Du kannst malen, soviel du willst. Aber München – da muß noch einiges reifen.«

Obwohl Lisa sehr unsicher war, klang ihre Stimme forsch, als sie wissen wollte: »Was hast du eigentlich mit mir vor?«

»Mit dir vor?«

Die Sonne hatte sie eingeholt. Lisa rückte dem Schatten nach. In der Mittagsstille zirpten die Grillen sehr laut.

»Ja, mit mir vor«, beharrte sie fast hart, als käme ihr eben zu Bewußtsein, daß sie sich fügen mußte, so oder so.

»In vier Jahren wirst du volljährig. Wenn dir irgend etwas einfällt,

das ich billigen kann, sei es dir unbenommen…« Vinzenz schien nachzudenken. Schließlich fragte er: »Wie heißt gleich wieder deine englische Freundin?«
»Vicky?«
Nickend knüllte Vinzenz sein Brotzeitpapier zusammen und warf es in den leeren Korb. »Du hast doch selbst gesagt, daß du sie gern besuchen würdest.«
Fast schnippisch kam es zurück: »Ich dachte immer, du hättest für die feine Gesellschaft nichts übrig.«
Natürlich merkte sie, worauf das hinaussollte. Gewiß, London reizte sie. Vicky war ihre einzige Freundin. Freilich wollte sie Vicky wiedersehen. Aber das andere in ihr, dieses große Verlangen nach Freiheit und Künstlertum und Sichausprobieren, war stärker. Sie würde vermutlich in London sitzen und die ganze Zeit von einem anderen, ungebundenen, ganz, ganz neuen Leben träumen…
»Es kann nie schaden, mal etwas anderes zu sehen. Die Welt besteht nicht nur aus Fischingen, Reitfelden – oder München. Überleg es dir einfach! Natürlich kannst du die Einladung ausschlagen.«
»Mit welchen Aussichten?«
»Das mußt du selbst wissen.« Vinzenz stand auf und klopfte sich die Hose aus, ehe er zu seinen Leuten zurückging.
Ja, mit welchen Aussichten? Gedankenverloren spielte Lisa mit einem Gänseblümchen. Weder wollte sie das Lehrerinnenseminar besuchen noch Gesellschafterin oder Klavierlehrerin werden. Etwas jedoch mußte kommen. Sie konnte nicht wie Irene Mankopf darauf warten, geheiratet zu werden. Wer würde sie haben wollen? Es genügte nicht, hübscher zu sein als andere, wenn man »von so einer« stammte und hoch hinaus wollte.
Vier Jahre… Ach, sie wollte nicht vier Jahre ihres Lebens vertrödeln! Keine Sekunde wollte sie vergeuden. Vier Jahre warten? Was für eine Kerkerstrafe!
Sie wollte alles, und sie wollte es jetzt. Jetzt! Nicht erst in vier Jahren, die länger dauern würden als die Ewigkeit. Blieben denn ihre Hoffnungen und Erwartungen tatsächlich nicht in den ihnen vorgegebenen Grenzen?
Lisa sprang auf. Grenzen? Pah! Nieder damit!
Sie war zornig. Sehr zornig. Eine ganze Weile stand sie mit rotem Kopf und geballten Fäusten da und hätte brüllen mögen, aber nach einiger Zeit fühlte sie sich plötzlich klein und hilflos.

Die Nacht war dunkel und schwül. Am verhangenen Himmel blitzte kaum ein Stern. In der Ferne zuckte Wetterleuchten und erfüllte für Sekundenbruchteile den ganzen Horizont mit Licht.
Unruhig und laut zirpten im Gras die Grillen. Obwohl es sonst still war, spürte man keinen Nachtfrieden. Drohend wurde die Dunkelheit von der Gewitterstimmung durchtränkt. Wie in Totenstarre schien die Welt den Atem anzuhalten. Kein Windhauch regte sich in den Baumwipfeln.
Irene lag seit einer Stunde im Bett und wälzte sich von einer Seite auf die andere, ohne richtig zu schlafen. Sie döste, wurde wach, hielt jedoch den Faden des Traums fest, schlief wieder ein, warf sich erneut auf die andere Seite und durchschwitzte ihr seidenes Nachthemd.
Amalie hatte überhaupt noch kein Auge zugetan und litt unter Kopfschmerzen. Mit einem feucht-kalten Tuch auf der Stirn lag sie im Bett und lauschte den Grillen. Vinzenz neben ihr schlief tief und fest. Sein leise pfeifender Atem verriet angenehme Träume.
Mankopf schwitzte schweißlos und lag nachdenklich wach, während Lorenz der Gedanke an Fanny nicht schlafen ließ. Er hatte sie jetzt fünf Tage nicht mehr gesehen und wurde zunehmend unruhiger. Sie war ein Biest, eine richtige kleine Hexe, aber er hätte sich in dieser Nacht gern von einer Hexe wie Fanny Erleichterung von seinen schwülen Gedanken verschaffen lassen.
Auch Jenny schlief nicht. Nach so einem aufregenden Stadtabenteuer konnte man abends nicht einfach ins Bett fallen und einschlafen.
Das Haus lag in Dunkelheit. Selbst das Personal war zu Bett gegangen. Allein Rudolf stand noch auf der Terrasse und ließ das Unerklärliche auf sich wirken. So richtig als er selbst fühlte er sich erst, wenn es dunkel wurde. Als hätte er etwas zu verbergen gehabt... Die Finsternis übte einen starken, fast zwanghaften Reiz auf ihn aus. Nie waren seine Sinne so wach und scharf wie nachts, wenn alle Laute deutlich einzeln aus der Stille traten und die rationale Klarheit des Tages aus der Distanz noch durchsichtiger wurde.
Wie ein Murmeln im Schlaf hörte sich weit aus der Ferne das Wettergrollen an. Für einen kurzen Augenblick lag das Land um Reitenau in gleißendem Licht, so hell, daß man die schwer und tief hängende Wolkendecke am Himmel sehen konnte.
Obwohl die Atmosphäre von einer unsäglichen Spannung erfüllt war, spürte Rudolf, wie sein Atem freier und er selbst lockerer wurde. In Momenten wie diesem wurde ihm immer bewußt, wie angespannt, wie verspannt er in Wirklichkeit war. Normalerweise glaubte er

immer, daß er die Dinge des Lebens ganz unverkrampft und ruhig angehe. Freilich hielt er sich für zurückhaltend, aber die Zurückhaltung entsprach ja auch seinem Naturell. Erst wenn er spürte, wie seine Körperhaltung entspannter wurde, wenn er nicht mehr bewußt atmete, sondern den Atem einfach gehen ließ, wenn er dastand, ohne sich über sein Dastehen klar zu sein, wenn er ein seltsames Gefühl dafür bekam, einfach zu *sein*, erkannte und erspürte er sich selbst und seine Herrschaft über sich. Ihm war dann, als ließe in ihm etwas los, als gäbe er sich selber frei. Immer gelang ihm das nicht; erreichte er aber den Zustand inneren Entspanntseins, genoß er ihn wie etwas ganz Außergewöhnliches. Er fühlte sich frei und konnte Gedanken denken, die ihm sonst nie kamen. Ein ganzer Kosmos schien sich vor ihm aufzutun.

Extrem sensibilisiert, spürte er in diesem Zustand sofort, daß jemand kam. Er war nicht mehr allein. Langsam, widerwillig drehte er sich um, und er fühlte einen Anflug von Unmut über die lästige Störung. Noch ehe seine Augen den Eindringling erfaßt hatten, wußte er, daß es Lisa war.

»Du kannst wohl nicht schlafen«, sagte er und wandte sich wieder von ihr ab.

»Du auch nicht«, gab sie unbekümmert zurück. Sie trug einen alten Morgenrock von Jenny und sah darin wie ein Kind aus. Obwohl sie inzwischen körperlich eine Frau geworden war, überspielte der weitgeschnittene Mantel ihre Formen. »Magst du Gewitter?« wollte sie wissen.

»Ja«, sagte er nur – und erinnerte sich an eine Winternacht, in der sie ihn ebenfalls aus seiner Nachtstimmung gerissen hatte.

Sie hatte sich nun in einen Rohrsessel gesetzt und schwieg. Dennoch war sie da. Ihre Anwesenheit verstimmte ihn und holte ihn in die Gegenwart zurück. Ein erster Luftzug strich über ihre Haut, deren Poren sich zusammenzogen. Die Härchen an ihren Armen stellten sich auf.

»Kennst du Edgar Allan Poe? Meine Freundin Vicky und ich haben ihn heimlich gelesen, im Bett, mit einer Kerze. Es hat uns dann immer sehr gegruselt, und weil wir Manschetten bekamen, schliefen wir immer in einem Bett. Wenn man uns dabei erwischt hat, gab es drei Tage lang kein Abendbrot.«

Rudolf entgegnete nichts. Der aufziehende Wind brachte sein Haar durcheinander. Er strich es wieder glatt, aber der Wind wühlte sich erneut hinein. Langsam wurde aus dem fernen Grollen ein nahes Dröhnen. Während es in der Ferne immer noch hell aufflammte, schnitten sich bereits helle Blitze durch den Himmel.

Lisa sagte plötzlich: »Du magst mich nicht, wie?«
»Wie kommst du denn darauf?«
Sie lächelte. Sie wußte, daß er auszuweichen versuchte, wenn er Fragen mit Gegenfragen beantwortete. »Ich habe dich gestört«, stellte sie kühl fest. »Ich störe dich überhaupt. Ich bin etwas Unangenehmes für dich.«
»Hör mit diesem Unsinn auf!«
Rudolf merkte, daß sie recht hatte. Er mochte sie wirklich nicht. Allerdings gehörte er zu jenen Menschen, die über Fragen wie jemanden zu mögen oder nicht zu mögen keine Gedanken verloren. Etwas war an Lisa, das spürte auch er, das Menschen anzog und fesselte, ihn stieß es jedoch zurück. Obwohl er jetzt erstmals darüber nachdachte, konnte er diesen Umstand nicht näher erklären. Es kam selten vor, daß Rudolf etwas nicht analysieren und rational auswerten konnte. Er drehte sich wieder zu Lisa um. Erneut lebte der Wind auf, und Rudolf sagte leichthin: »Du bist sehr von dir überzeugt. Woher kommt das?«
Sie war aufgestanden und trat zu ihm an das Terrassengeländer. Die Luft war jetzt in Aufruhr. Unbeherrscht fauchten Windstöße über das Gras und die Baumkronen, die sich tief zur Erde neigten. Ein Brausen brandete auf, versiegte fast, erstarb zu einem sonderbaren Singen, machte drohender Stille Platz, erhob sich wieder und brachte auch die letzten Grillen zum Schweigen.
Lisa hielt ihr offenes Haar fest, als sie erwiderte: »Dasselbe könnte ich dich fragen.«
Daß sie seine Unnahbarkeit sozusagen mit Impertinenz überwand und daß er solche Töne nicht gewohnt war, wußte sie. Rudolf hob tatsächlich die Brauen. Alle hatten vor ihm Respekt, alle bewunderten ihn, für alle war er etwas Besonderes, nur für sie nicht.
Lisa dachte: Im Grunde ist er doch eher langweilig. Wie schnell man ihn irritieren kann! Was bleibt schon übrig, wenn er keine schriftlich ausgefeilte Rede vor sich liegen hat?
Rudolf schien keine Lust zu haben, sich mit ihr zu unterhalten. Er umfaßte mit beiden Händen das Geländer und sah dem Wettertoben zu.
Einen Schritt hinter ihm blieb Lisa stehen. Er konnte ihre Präsenz physisch spüren. Sie bewegte sich nicht, und er sah sie auch nicht. Dennoch wußte er, daß sie bebte. Langsam trat sie einen Schritt vor und stand nun neben ihm. Von der Seite her sah er sie an. Ihre Augen sprühten Funken. Sie schien Teil dieses Gewitters zu sein, das sich nun laut und wild und leidenschaftlich über Reitenau entlud.
Mein Gott, dachte Rudolf, warum regnet es nicht endlich? Er stand

plötzlich unter einer unerhörten Spannung. Regen, Wolkenbruch, Hagel – irgend etwas!
Der Himmel schien Rudolfs Gedanken erhört zu haben. Direkt über der Terrasse krachte es, als bräche das Firmament auseinander, und in diesem Moment fing es zu regnen an. Groß und schwer klatschten die Tropfen auf die dürstende Erde. Ganz allmählich wurde es Rudolf wieder leichter.
Lisa rührte sich noch immer nicht. Sie überließ sich der Gewalt der Elemente, und Rudolf, der ihr klares Profil sah, den halb geöffneten Mund, die großen violetten Augen und die fliegenden Haarsträhnen, war sich sicher, daß sie jetzt nichts dachte, daß es ihr wahrhaftig gelungen war, gedankliche Leere zu erreichen und dabei ganz in der Wirklichkeit aufzugehen.
Ganz fremd und leise klang ihre Stimme vor dem Brausen des Windes und den niederprasselnden Regenmassen: »Großer Gott – ist das herrlich!«
Erneut überfielen Rudolf merkwürdige, zwiespältige Gefühle. Plötzlich empfand er eine namenlose, ganz fremde Zärtlichkeit für dieses junge, wilde Geschöpf, und er war versucht, sanft ihr Haar zu berühren. Gleichzeitig hätte er sie aber auch schlagen können, und er wußte nicht, welches Verlangen im Augenblick dominierte.
Das eigene Befremden widerstrebte ihm, mehr noch, es erschreckte ihn. Sehr aufgeräumt sagte er: »Gute Nacht. Ich gehe jetzt nach oben. Du solltest das auch tun. Es ist frisch geworden.«
Tatsächlich fröstelte Lisa. Der Regen fiel jetzt ruhiger. Sanft spielte ein kühler Wind in den Baumkronen.
»Ich komme gleich«, sagte sie.
Rudolf nickte, ehe er sie allein ließ.
Sie lehnte sich gegen die Terrassensäule und lächelte – ein Lächeln, zu wissend für ihre Jahre.

Wie der Morgen nach der Gewitternacht duftete!
Jenny lehnte sich weit zum Fenster hinaus. Alles roch jung und frisch und neu. Hämisch dachte sie: Dann war Lisa also umsonst beim Heuwenden. Alles ist wieder naß. Jenny wußte selber nicht recht, woher dieser gehässige Gedanke kam. Er verflüchtigte sich auch gleich wieder und machte einem Wohlgefühl Platz: Welch ein Tag war das gestern gewesen! Hatte sie sich je so frisch und ungebunden gefühlt? Es war ihr tatsächlich gelungen, sich in ein Café zu setzen und selbstbewußt Kaffee und Kuchen zu verlangen – wie eine erwachsene Dame. Die Leute hatten sie angesehen und sich gewundert, vielleicht auch den Kopf geschüttelt. Und trotzdem oder gerade

deshalb war sie mit sich und der Welt zufrieden gewesen. Ja, sie, Johanna Maria Holzgartner, hatte allein in einem Kaffeehaus gesessen und es genossen! Dann war sie durch die Straßen flaniert, beschwingt vor sich hin summend, und die ganze Welt hatte ein neues Gesicht gehabt. Ob sie... ob sie es Matthias Morell erzählen sollte?
Lachend drehte sich Jenny um die eigene Achse, ehe sie sich wieder zum Fenster hinausbeugte, dem frischen Morgen entgegen. Grün lag die Koppel im Licht, und alles war strahlend hell und lebendig.
Jenny lief zum Spiegel. Sie war zu dick. Sie war eindeutig zu dick. Heute erschrak sie dennoch nicht so sehr wie sonst vor ihrem Spiegelbild. War ihr Gesicht nicht eigentlich recht hübsch, nur zu voll, besonders unterm Kinn? Aber – konnte man das nicht ändern? Mit einem Mal war Jenny wild entschlossen abzunehmen. Einfach keine Süßigkeiten mehr! Und auch sonst kleinere Portionen.
Ihr war an diesem Morgen, als müßte sich jetzt alles, alles ändern. Wie immer, wenn irgend etwas sie bewegte, sehnte sie sich danach, es Morell erzählen zu können. Ja, noch heute würde sie nach Reitfelden gehen. Noch heute! Was er wohl sagen wird?
Leuchtende Augen sahen ihr aus dem Spiegel entgegen, braune, leuchtende Augen. Fast bekam sie Angst vor der eigenen Courage, die sie dazu drängen wollte, das Leben an den Hörnern zu packen, wie ihr Vater in seiner kernigen Entschlossenheit es wohl genannt hätte. Heute fühlte Jenny sich frei von Ängsten. Sie hörte, wie das Haus sich langsam belebte und auf Treppen und Gängen gedämpfte Schritte hörbar wurden. Jenny beeilte sich mit ihrer Toilette, zog ihr hübschestes Kleid an und hüpfte mehr, als sie ging, die Stufen hinunter. Im Korridor stieß sie auf Amalie, die ihr verwundert entgegenblickte, als spürte sie bereits die Veränderung.
»Guten Morgen, Jenny«, sagte Amalie. »Du hast ganz rote Wangen. Fehlt dir etwas?«
»Nein. Ganz im Gegenteil. Guten Morgen, Mama!«

Am Nachmittag kamen Cordula, von allen Cora genannt, und Christian Landgraf von Neuherrenach herüber.
»Bei all den Ballvorbereitungen können sie uns zu Hause nicht brauchen«, meinte Cordula vergnügt. »Es ist wirklich nicht mehr zum Aushalten. Mama macht das ganze Haus nervös.« Und zu Lisa sagte sie: »Wie hübsch du geworden bist!«
Lisa fühlte sich sehr geschmeichelt, fand Cora allerdings nicht mehr ganz so unwiderstehlich wie noch vor drei Jahren.
Als Lorenz vorschlug, zu einem Picknick aufzubrechen, waren Christian, Cordula und Lisa sofort dabei. Irenes Miene verriet, daß auch

sie gern mitgekommen wäre, um der Langweiligkeit eines Nachmittags in Gesellschaft Amalies zu entrinnen, aber sie wollte Rudolfs Pläne nicht durchkreuzen und wagte es nicht, sich anzuschließen.
Cordula fragte Jenny: »Kommst du mit uns?«
»Nein.« Jenny schüttelte den Kopf. »Ich habe etwas anderes vor.« Mißtrauisch suchte Amalie ihren Blick, aber Jenny wich aus.
Gleich wurde Lina geheißen, einen Picknickkorb herzurichten, und wenig später fuhren vier gutgelaunte junge Leute lachend im Fuhrwerk ins Grüne. Während ihnen Irene noch nachwinkte, setzte Jenny ihren breiten Sonnenhut auf und machte sich auf den Weg zum Pfarrhof.
Nach einer guten Viertelstunde erreichte sie das Städtchen. Sie passierte den Bahnhof und die Mühle, drehte sich aber nicht nach Fanny Pröller um, die provozierend und hüftschwingend an ihr vorbeistolzierte, sondern schritt geradewegs auf den Pfarrhof zu. Hier roch es streng nach Eiben, aber der herbe Geruch wurde vom zarten Duft der Heckenrosen gemildert, die über den Gartenzaun hingen.
In der Nähe hörte man Kinder zanken, ein Kreisel rotierte geräuschvoll über den Pflasterboden, zwei alte Frauen hielten im Schatten der Kirchenmauern einen Plausch.
Vorsichtig drückte Jenny die Klinke des Tors, das in den Pfarrgarten führte. Eine gewisse Selbstverständlichkeit lag bereits in diesem Tun, aber Jenny war sich dessen gar nicht bewußt. Sie besuchte Morell recht oft.
Heute erschrak sie allerdings ein bißchen, als sie den Priester mit Fräulein Weinbuch, der neuen Lehrerin mit dem strengen Mund, im Schatten zweier stämmiger Eichen sitzen und Kaffee trinken sah. Es war ihr peinlich zu stören, und am liebsten hätte sie gleich wieder kehrtgemacht, aber Morell hatte sie schon gesehen und fragte freundlich: »Na, Jenny, so früh schon heute? Was führt dich her?«
»Grüß Gott, Hochwürden. Fräulein Weinbuch!« Jenny knickste und reichte beiden die Hand.
»Setz dich doch zu uns!« forderte Morell sie auf, und Jenny gehorchte.
»Ich... ich kam nur zufällig vorbei«, rechtfertigte sie ihre Anwesenheit sofort, als müßte sie sich entschuldigen, »und da dachte ich, ich könnte kurz bei Ihnen vorbeischauen.« Sie wurde rot – wie üblich –, ärgerte sich darüber und wurde deshalb noch röter.
Fräulein Thekla, die Pfarrköchin, brachte ein zusätzliches Gedeck und eine Dose mit Gebäck. Ganz automatisch begann Jenny zu naschen, hörte aber sofort auf, als sie an ihre Vorsätze dachte.
»Sie kennen ja nun meinen Standpunkt«, beendete Fräulein Wein-

buch, ungeachtet Jennys Gegenwart, ihre Ausführungen. »Ich hoffe, Sie nehmen sich der Sache an. Jetzt muß ich aber gehen. Die Pause ist vorüber. Vielen Dank für den Kaffee! Auf Wiedersehen, Hochwürden!«

Als sie gegangen war, schmunzelte etwas in Morells Gesicht, obwohl seine Miene ernst blieb. Er hatte nicht die Absicht, »sich der Sache anzunehmen«. Er selbst hatte nichts gesehen. Auf das Geschwätz von Dritten gab er nichts, und was die Weinbuch sagte, blieb eigentlich immer Geschwätz. Ganz im stillen fand er außerdem, Fannys Sünde sei eine sehr läßliche – wenn es überhaupt eine war. Wenn er allen jungen Mädchen wegen eines verstohlenen Kusses Vorhaltungen machen müßte – Gott im Himmel!

»Na, Jenny, du siehst heute so gelöst und strahlend aus. Was willst du mir denn erzählen?« wandte er sich freundlich an das Mädchen, obwohl er am liebsten mit einem Buch allein geblieben wäre. Heute kam wirklich ein Besuch nach dem anderen! Aber immer, wenn er etwas gereizt war, zwang er sich zu besonderer Freundlichkeit und Offenheit, da ihn nichts unzufriedener stimmte als die eigene Schwäche.

»Ich war gestern in Augsburg«, brach es sofort aus Jenny.

»Du?«

»Ja. Ganz allein.«

»Diese Exkursion hat dich ja mächtig aufgewühlt. Du leuchtest ja vor lauter neuen Eindrücken. War's so schön?«

»Schöner noch!«

Klar und sehr blau sahen seine Augen in die ihren. Man war immer versucht, in sie hineinzusinken und sich in ihnen aufzulösen. Jenny vergaß fast, was sie alles erzählen wollte, doch dann nahm sie sich zusammen und entzog sich dem Bann seines Blicks.

»Ich war in einem Café und dann ganz allein spazieren. Aber zu Hause habe ich gelogen und gesagt, ich besuche Fräulein Kalmann. Ist das schlimm?«

»Zumindest nicht lobenswert.«

»Machen Sie sich darüber lustig?«

»Das tue ich doch nicht, Jenny. Ich finde es nur sehr schön, daß du anfängst, dich über irgend etwas zu freuen.«

Sie merkte, daß er immer noch wie zu einem Kind mit ihr sprach. Das gab ihr kurz einen Stich. Andere Mädchen ihres Alters waren manchmal schon verheiratet, und Grete Ulrich, mit der sie zur Schule gegangen war, hatte sogar bereits ein Kind.

»Was soll denn ›schlimm‹ daran sein, Jenny?«

»Nichts... eigentlich nichts.«

»Siehst du. Du weißt selber sehr gut, was richtig und was falsch ist. Eigentlich brauchst du doch gar keine Rückversicherung mehr, oder?«

Eine Weile schwieg sie. Dann sagte sie plötzlich: »Kennen Sie Lisa Wagner?«

»Ja, natürlich. Warum?«

»Sie will Malerin werden.«

»Und?«

»Was… was halten Sie denn davon?«

»Was soll ich davon halten? Das ist eine Frage der Begabung und des Willens.«

»Sie finden es nicht… nicht unanständig?«

»Wenn jemand malen will? Aber Jenny!«

Jenny schluckte. Sie war versucht, nach einem Plätzchen zu greifen, ließ es aber sein. »Sie will nach München gehen. Ganz allein. Das ist mutig, nicht wahr?«

»Mutig, ja.«

»Und gefährlich«, betonte Jenny und fügte schnell hinzu: »Das wäre nichts für mich. Aber ich möchte sowieso in ein Kloster eintreten.«

»Ist das immer noch in deinem Kopf?«

Jenny nickte. Sie hatten lange nicht mehr darüber gesprochen, weil seine Einstellung sie eingeschüchtert hatte. Wieso sie gerade jetzt wieder auf diese Frage kam, wußte sie selbst nicht. Gestern nachmittag war das Kloster weit fort gewesen, aber jetzt… Immer, wenn sie Morell sah, mußte sie an ihren Entschluß denken, der so tief in ihr verwurzelt war, als hätte sie ein Gelübde abgelegt.

Morell wiederum hatte schon angenommen, die Sache sei vom Tisch. Er durchschaute Jennys Gründe nur zu gut. Es ging ihr nicht oder zumindest nicht mehr um Weltflucht, sie wollte *ihm* nacheifern, *er* war ihr großes Vorbild, ihr Traum, ihr Gott. Einmal hatte sie ihn gebraucht, doch sie wollte nicht einsehen, daß es nun an der Zeit war, sich von dieser Abhängigkeit zu lösen, um erwachsen zu werden. Manchmal vermittelte sie ihm das Gefühl, ihn aufsaugen zu wollen. Er spürte ihre Eifersucht. Selbst wenn es ihr nicht bewußt war, war sie doch eifersüchtig auf jeden, mit dem er sprach, mit dem er sich auseinandersetzte, dem er ebenfalls ein Trost war. Und nicht nur das, auch auf seinen Gott, dem sie beizukommen versuchte, indem sie sich mit Ihm verbünden wollte, war sie eifersüchtig. Vermutlich glaubte sie, wenn dieser Gott erst ihr Bundesgenosse wäre, könnte Er für sie kein Objekt der Eifersucht mehr sein. Früher hatte Morell immer geglaubt, im Laufe der Zeit würde Jenny ihre wahren Wünsche erkennen und einsehen, daß ihr Novizinnentraum einer Jugend-

schwärmerei entsprungen war. Aber nun war klar, daß sie hartnäckig bleiben würde.
Morell fühlte sich an dieser Situation durchaus mitschuldig. Vorhin, als sie durch das Gartentor gekommen war, hatte er ein Lachen in ihren Augen gesehen, das ihm gefiel, ein lebhaftes, glückliches Mädchenlachen, das sie früher nie gehabt hatte. Er fühlte, daß sie erdhafter war, als sie wußte, und keineswegs auf dem Weg zu spirituellen Erkenntnissen. Morell verstand sich auf Menschen. Nur zu gut spürte er, was in Jenny vorging. Deshalb versuchte er auch, sie zu leiten, ihr eine vernünftige Richtung zu geben – doch sie schien mehr auf die eigenen Wünsche zu hören.
Obwohl er sich selbst gegenüber streng war, neigte er zu der Ansicht, daß alles Verborgene im Menschen ans Licht mußte, um ausgelebt zu werden und eines natürlichen Todes zu sterben. Sich selbst überwand er oft, anderen riet er von Zwängen ab. Kein Wunsch, keine Sehnsucht – so seine Überzeugung – war wegzuzaubern, höchstens zu verstoßen, und Verstoßenes lebte weiter. Es sollte aber auf natürliche Weise absterben. Das naturgegebene, erdgebundene Aus-sich-herausleben-Müssen jedoch konnten gedankliche Selbstzucht und strenge geistige Selbstüberwachung erst ablösen, wenn man einmal auf dem Weg war, auf diesem langen, steinigen Weg zu dem, das gemeinhin Gott genannt wurde. Jenny mußte noch viel »leben«. Sie stand noch sehr verwirrt und richtungslos in der Welt und wollte sich, um endlich eine Richtung zu haben, der Kirche anvertrauen.
»Sie wollen mich nicht verstehen«, sagte sie nun.
Morell sah sie weich an. »Ich bin nicht dein Wegweiser«, sagte er. »Du mußt anfangen, deinen eigenen Weg zu finden. Eines Tages wirst du wissen, was dein Weg ist. Laß dir Zeit, Jenny!«
Ja, laß dir Zeit, dachte sie. Das sagt er immer!

Während Jenny sich mit Morell im Pfarrgarten unterhielt, saß Lisa im Gras, mit dem Rücken an einer Buche. Die Hände vors Gesicht geschlagen, konnte sie vor Lachen kaum mehr an sich halten. Die Tränen liefen ihr über die Wangen, und sie glaubte, vor dem Ersticken zu stehen. Die anderen wurden von diesem Ausbruch angesteckt. Ein Witz Christians, der nahe an der Grenze zur Zote gewesen war, hatte ihn hervorgerufen.
Cordula, darauf aus, Lorenz den Kopf zu verdrehen, lachte mit. Ihre Augen aber beobachteten die anderen argwöhnisch. Daß Christian frivol wurde, war sie gewöhnt, und Lorenz ließ sich gern mitziehen. Jetzt schienen beide jedoch in den Bannkreis von Lisas Magnetismus geraten zu sein. Was Christian anging, so war ihr seine Reaktion auf

das auffallend hübsch gewordene Mädchen völlig einerlei. Christian brauchte Strohfeuer. Auf dem Nachhauseweg würde sie ihn allerdings daran erinnern müssen, daß Lisa Vinzenz Holzgartners Mündel und deshalb nicht so zu behandeln war wie all die kleinen Wäscherinnen, Krämerstöchter und Nähmädchen. Die etwas derbe Art von Humor, die Christian Lisa gegenüber an den Tag legte, ließ jedoch den Schluß zu, daß er Lisa keineswegs mit Veronika Liebchen in eine Reihe stellte. Nicht gleichgültig war Cordula aber, zusehen zu müssen, wie Lorenz ständig versuchte, mit Lisa zu flirten. Lisa ging immer wieder kurz darauf ein, reizte ihn dann aber mit einer koketten Bemerkung zu Christian. Sie schien diesem Spiel Geschmack abzugewinnen.

»Nein, nein!« rief sie jetzt. »Keine Witze mehr! Ich sterbe!« Wie zufällig fiel ihr Kopf an Lorenz' Schulter.

Die Tage bis zum großen Ball verliefen äußerst lebhaft. Cordula und Christian kamen fast jeden Tag nach Reitenau, und manchmal fuhr Lorenz mit Lisa nach Neuherrenach. Ein wenig erbost war Lorenz darüber, daß sein Vater ihn daran gemahnte, »Verpflichtungen« in der Sägemühle zu haben. Lorenz ließ sich zur Zeit nicht eben oft dort sehen. Es paßte ihm nämlich überhaupt nicht, daß Lisa Gelegenheit haben sollte, mit Christian allein zu sein, und so schlug er alle Mahnungen seines Vaters in den Wind. Noch nie in seinem Leben war Lorenz eifersüchtig gewesen – höchstens neidisch. Das Gefühl des Neids war aber, wie er jetzt erkannte, dem der Eifersucht sehr verwandt.

Zu Fanny sagte er, sie solle Geduld haben, momentan sei alles recht schwierig. Als er doch einmal in der Sägemühle auftauchte, fragte sie im Vorbeigehen: »Du hast mich wohl vergessen, was?«

»Wir haben Besuch. Ich muß zu Hause sein«, log Lorenz frech und gab ihr einen Klaps aufs Hinterteil. »Mein Bruder verlobt sich. Da ist viel los bei uns.«

Er hatte Fanny durchaus nicht vergessen, aber im Augenblick wußte er nicht so recht, was er wollte. Als er Fanny stehen ließ und davonhastete, sah sie ihm nach: Wenn Blicke töten könnten...

Wieder wurde das Wetter heiß und schwül. Sie schienen unter einer feucht-warmen Glocke zu leben, auf dem richtigen Nährboden für dampfende Gefühlswallungen.

Eines Nachmittags, als Lisa genüßlich an einem Stück Krokant knabberte und die Vierergesellschaft zusammen am Fluß saß, wandte sich Christian zum erstenmal direkt an sie: »Sie sind sehr schön, wenn Sie sinnlich sind.«

Lorenz hätte ihn am liebsten geohrfeigt – und fühlte sich gleichzeitig sehr unterlegen, weil er solche Sachen nie mit so viel Selbstverständlichkeit hätte sagen können.
Cora zwang sich zu einem Auflachen, und Lisa konnte es nicht verhindern, ein bißchen rot zu werden.
»Da Sie immer schön sind«, fuhr Christian draufgängerisch fort, »konstatiere ich, daß Sie sehr sinnlich sind.«
Seine Schwester hielt den Atem an. Das ging zu weit, sogar entschieden zu weit!
»Wie charmant du sein kannst!« spottete Lorenz mit heißen Ohren.
Lisa schob sich den Rest des Krokants in den Mund und zermalmte ihn geräuschvoll. »Das ganze Leben ist Sinnlichkeit«, meinte sie, nachdem sie hinuntergeschluckt hatte. »Alles andere ist hohl.« Sie kam sich dabei sehr philosophisch, sehr gescheit und sehr avantgardistisch vor.
Zynisch fragte Cora: »Ach, glaubst du das?«
»Ein Bonmot auf Kosten der Wahrheit«, kam es bissig von Lorenz.
Lisa war aufgesprungen. Lachend tanzte sie zwischen den Bäumen über die Wiese. »Habt ihr heute schlechte Laune?« zog sie die anderen auf, kam dann aber wieder zurück und ließ sich neben Christian ins Ufergras fallen. Sie schlug den Rock bis zu den Knien hoch, zog sich Schuhe und Strümpfe aus und badete ihre Waden im Wasser, wohl wissend, überaus wohlgeformte Beine zu haben. Nicht zum ersten mal starrte Lorenz diese Beine fasziniert an. Fannys Beine waren bei weitem nicht so schlank und lang.
Christian, der noch immer weiblichen Reizen gegenüber die größere Ruhe bewahrte, grinste in sich hinein, während Lorenz wohl erst jetzt richtig aufging, *welche* Reize das waren und wer mit ihnen spielte. Lisa hatte ja nicht nur aufregende Beine, sie hatte inzwischen auch einen aufregenden Busen, der die Blicke auf sich zog. Cordula mochte wohl schlanker sein als Lisa, dafür war sie aber recht flachbrüstig. Lorenz erschrak bei dem Gedanken an Lisas Brüste so, daß er rot wurde, und das nicht nur um Ohren und Nase, sondern im ganzen Gesicht. Auf einmal war da eine Frau, hinter der das Kind Lisa vollkommen zurücktrat.
Christian, dem Lisa weniger vertraut war, sagte unverschämt: »Sie geizen wohl nicht mit Ihren Vorzügen?«
Wieder hätte Lorenz ihn ohrfeigen mögen. Er empfand aber auch Zorn über Lisa. Sie war es doch, die Christian zu solchen Unverfrorenheiten herausforderte!
»Sollte ich?« fragte sie jetzt auch noch keß zurück.
Cora war die Situation unaussprechlich peinlich. Wie konnte sich ein

Mädchen nur so eine Blöße geben! Wie konnte man so schamlos sein! Sie drehte sich um und lief weg.
»Geh und beruhige sie!« sagte Christian, der gerade seine Hände ins Wasser tauchte, zu Lorenz. »Sie ist ein bißchen empfindlich.« Lorenz sah unentschlossen aus, ging Cora aber dann doch nach, um sie zurückzuholen. Sie zierte sich.
Christian hatte nun Zeit für Lisa. Er sagte: »Sie haben meine Schwester ganz schön schockiert.«
»Ja?« Obwohl Lisa ruhig und gelassen zu lächeln versuchte, hatte sie plötzlich Herzklopfen. Es war ihr nicht wohl. Während sie ihren Rock wieder über den Knien glättete, wünschte sie sich, Lorenz wäre dageblieben. Statt dessen sah Christian sie neugierig an. Dann wußte er Lorenz' Abwesenheit zu nutzen. Lisa bekam ihren ersten Kuß.
So ist das also, dachte sie erstaunt, als sein Mund ihre Lippen öffnete und seine Zunge die ihre umkreiste. Da am frühen Nachmittag sein Bart schon wieder sproß und er sie recht hart geküßt hatte, brannten ihre Lippen.
Im Gebüsch raschelte es, und man hörte Lorenz mit Cora reden. Als die beiden zurückkamen, lehnte sich Christian sofort lässig zurück und sah von einer Fortsetzung der Lektion ab. Lisa war sehr verblüfft; einesteils war sie verärgert, andererseits wieder erleichtert, nicht mehr mit Christian allein zu sein.
»Na, wo habt ihr zwei denn gesteckt?« ermahnte sie die beiden mit erhobenem Zeigefinger. Daß Lorenz eifersüchtig war, merkte sie natürlich. Sie genoß es. Allerdings war es an der Zeit, sich zu fragen, ob sie überhaupt in ihn verliebt war. Christians Nähe war aufregender, kribbelnder. Bei Lorenz verspürte sie davon kaum etwas. Und trotzdem mochte sie ihn mehr. Ach, vielleicht war sie einfach in beide verliebt!
Es war aufregend, sich als Frau zu fühlen. Es war aufregend, sich dieses Frausein bestätigen zu lassen. Trotzdem wollte sie ihre »Berufung« auf keinen Fall vernachlässigen.
Am Samstag, ganz früh am Morgen, schleppte sie die gesamten Malutensilien samt Staffelei zum Fluß hinunter – wegen des berühmten Morgenlichts. Sie hatte sich eine weiße Küchenschürze umgebunden und ging sofort ans Werk. Tautropfen schimmerten im Gras, das Licht brach sich in ihnen wie in tausend Kristallen, und die Luft fühlte sich noch kühl und feucht an. Ein helles Jubilieren schwang in der Morgenfrische, und Lisa hatte das intensive Empfinden, diese Stunde festhalten zu müssen. Sie war vollkommen bei der Sache und vertiefte sich in ihre Lichtstudie. Deshalb war sie überrascht, Irene sagen zu hören: »So früh schon Inspirationen?«

Erschrocken drehte sie sich um. »Ach, Sie sind's. Guten Morgen, Fräulein Mankopf.« Und fast spöttisch: »Auch schon auf den Beinen?«
Irene trat ein paar Schritte auf Lisa zu. Bisher war sie ihr ja eher aus dem Weg gegangen. Was war nur heute los? Ein gelangweilter Zug beherrschte ihr Gesicht. Sie sah aus, als würde sie schmollen, es aber zu verbergen suchen. Das Städtisch-Feine, das Elegante war einer kindlichen Unsicherheit gewichen. Sie hatte einen weißen Hut auf dem Kopf und weiße Handschuhe an. Lisa hätte über den übertriebenen Aufzug lachen können.
»Das also ist Rudolfs Leben«, fing Irene plötzlich an und lehnte sich gegen einen Kastanienbaum, der vor der Sonne stand und durch dessen Zweige Lichtpfeile blitzten.
»Wenn Sie stehenbleiben, kommen Sie noch aufs Bild«, meinte Lisa, die seit Jenny kein Modell mehr gehabt hatte, und pinselte weiter. »So, ja«, sagte sie noch, und erst nachdem sie mit den Konturen der Kastanie fertig war, fragte sie, als hätte sie eben erst verstanden: »Wie ist Rudolfs Leben denn?«
Irene seufzte. Die Antwort kam überraschend ehrlich, gerade so, als wäre es höchste Zeit, einem überforderten Herzen Luft zu machen: »Langweilig.«
Ganz erwachsen und in verständigem Ton versuchte Lisa zu erklären: »Reitenau ist ja nur ein Teil seines Lebens. Ein kleiner Teil außerdem – doch sicher der... nun, der schönste. Rudolf hängt mehr an Reitenau, als er zugibt. Das sollte Ihnen klar sein. Aber er kommt ja nur noch ein paar Tage im Sommer und irgendwann um Weihnachten herum hierher. Sonst gehört er nach Berlin wie Sie auch. In Berlin ist doch sicher alles anders – auch Rudolf.«
Wieder seufzte Irene. Einen Moment schien sie zu zögern, sich Lisa anzuvertrauen. Sie war ihr immer distanziert gegenübergestanden, ohne genau zu wissen, weshalb. Wohl ganz intuitiv. Oder weil Rudolf einen lapidaren Satz über Lisas Herkunft hatte fallen lassen? Nun, egal: Jetzt war ihr jeder Gesprächspartner recht. Außerdem schien diese Lisa eine wesentlich interessantere Person zu sein als Jenny, mit der ja gar nichts anzufangen war.
»Ich fürchte, Rudolf ist immer so«, sagte sie leise. »So unnahbar. Er geht auch nicht gern aus. Lieber sitzt er über seinem Papierwust.«
»Na, Sie werden genug Zerstreuung haben. Da gibt es doch Bälle, große Gesellschaften, Premieren, Ausstellungen, Gartenfeste...«
»Ich weiß«, gab Irene zu. »Aber er genießt es nicht. Nichts davon. Was er wirklich genießt – oder was er zu genießen scheint; ich weiß ja nicht, was wirklich in ihm geschieht –, das ist... ist dieser Schlaf hier.

Entschuldigen Sie, Fräulein Lisa, aber diese Beschaulichkeit fängt an, unerträglich für mich zu werden. Ich könnte es hier nicht lange aushalten.«
Lisa unterzog Irene einem genauen Blick und fing dann an, sie zu skizzieren.
»Ich verstehe, wenn es Sie nach München zieht«, fuhr Irene fort. »Waren Sie schon mal dort?«
»Nein.«
»München ist nicht wie Berlin, aber ich glaube, in München würde es mir auch gefallen. Da gibt es Abwechslungen, interessante Leute... Ich will nicht sagen, daß die Leute hier uninteressant sind, aber man kennt nur wenige und...«
Ohne aufzusehen, leise und gedehnt, da sie die Linie von Irenes Arm nachzeichnete, entgegnete Lisa: »Ich weiß gut, was Sie meinen.«
»Sind Sie hier zu Hause?«
»Ja.« Lisa dachte nicht über diese Frage nach. Auf Reitenau fühlte sie sich zu Hause.
Geduldig hielt Irene still und schwieg wieder. Kräftiger brachen nun die Sonnenstrahlen durch die Äste. Es wurde wärmer. – Und diese idiotischen Wasserfarben warfen das Papier auf und flossen an den falschen Stellen ineinander! So würde das nie einen vernünftigen Schatten geben. Ölfarben müßte man haben! Ölfarben und eine richtige Leinwand. Und natürlich einen Lehrmeister und Kritiker, der vom Fach kam. Lisa war klar, daß es ihr an technischem Wissen und technischen Feinheiten mangelte. Sie wußte nicht, wie man mit Farben umgehen mußte. Mit Ölfarben kannte sie sich so gut wie gar nicht aus. Sie hatte nichts – nur ihre Phantasie, ihre Begabung und ihre Leidenschaft. Sie glaubte an ihr Talent, obwohl sie sich durchaus in Frage stellte und die Ungeschliffenheit in ihren Arbeiten und all die vielen Unzulänglichkeiten erkannte, die sich einschlichen. Sie wußte einfach zuwenig und hatte zuwenig gelernt.
»Da kommt Rudolf«, hörte sie Irene sagen.
»Guten Morgen!« rief er schon von weitem. Er schien gut gelaunt zu sein. »Stehst du Modell, Irene?« Er kam auf sie zu und küßte den weißen Stoff über ihrem Handrücken. »Und du? Schon eifrig am Werk, Lisa?«
Lisa schwieg und schien nicht gewillt zu sein, sich stören zu lassen.
»Darf man dir über die Schultern schauen?« fragte er.
Seine Penetranz, die sie sich vielleicht nur einbildete, mißfiel ihr. Kühl entgegnete sie: »Ich mag nicht, wenn man unfertige Sachen von mir anschaut.«

Rudolf hörte nicht darauf, ließ Irenes Hand los und trat hinter Lisa, die ihm einen giftigen Blick sandte.

»So ätherisch heute morgen?« Er sah die zarten Pastelltöne: helles Blau, hingehauchtes Grün, weiches Braun, verschattetes Weiß und den weißgelben Schimmer Sonnenlicht über der Szenerie. Für gewöhnlich bevorzugte Lisa trotz ihrer Sehnsucht nach dem Zarten und Hauchhaften kräftige, leuchtende Farben und harte Konturen. In diesem Bild war jedoch alles im Fluß, herrschte ein Zustand der Auflösung, verschmolzen Farben und Inhalte zu einer vieldeutigen abstrakten Kontemplation. Selbst Rudolf spürte die starke Ausstrahlung, die von diesem Bild ausging.

»Ich weiß, daß es dir nicht gefällt«, versuchte Lisa gleich, ihm den Wind aus den Segeln zu nehmen. Ihre Worte klangen aggressiv. Schon streckte sie die Hand aus, um das Blatt Papier von der Staffelei zu lösen. Rudolf hielt sie aber am Handgelenk fest.

»Nicht!« sagte er schnell. »Warum denn so zornig? Mein Urteil ist zwar nicht von Bedeutung, weil ich von Kunst nur wenig verstehe, so viel aber immerhin, um sagen zu können, daß dieses Bild etwas ausdrückt.« Er deutete auf das von den Wasserfarben aufgequollene Papier. »Ich denke, daß du durchaus in der Lage bist, einen eigenen, unkonventionellen Weg zu gehen. Das ist es doch, was du eigentlich willst – trotz Degas und Renoir. Das Neue um des Neuen willen lehne ich zwar ab, aber wer weiß, was daraus wird? Ich sage keineswegs, daß mir das Bild nicht gefällt.«

»Du sagst aber auch nicht das Gegenteil.«

Rudolf zog einen Mundwinkel hoch. Lob genügte ihr nicht. Sie wollte gefeiert werden. Er jedoch schätzte klare Umrisse, das Eindeutige, das Unmißverständliche.

»Ich müßte mich erst daran gewöhnen.«

»Du würdest es nicht aufhängen. Du brauchst nicht freundlich zu sein, Rudolf!«

Ganz kühl kam es zurück: »Der Barock war eine große, künstlerisch sehr wertvolle Epoche, und ich würde mir trotzdem kein barockes Gemälde ins Wohnzimmer hängen.« Rudolf war ein Anhänger der Renaissance. Wer ihn kannte, wußte das.

Auch Irene kam jetzt näher. »Malen Sie nur Landschaften?« fragte sie, um der auf Konfrontation zusteuernden Debatte eine Wendung zu geben.

»Hauptsächlich, ja. Mit Porträts habe ich noch Schwierigkeiten.« Lisa fällte durchaus kritische Eigenurteile. Aus dem Mund jedes anderen hätte sie solche Worte nicht akzeptieren können. Selbstzweifel genehmigte sie sich jedoch, solange andere diese Zweifel nicht teilten.

»Kommt schon noch«, sagte Rudolf jetzt mit beruhigend-väterlicher Wohlgestimmtheit.
Unsäglich gereizt von seinem nachsichtigen Ton bohrte sich ihr Blick durchdringend und tief in den seinen. »Ich werde mir einen Namen machen, Rudolf«, versicherte sie kalt, »und vielleicht ist dieser Name eines Tages größer als der deine.«

Einen Großteil des anschließenden Tages verbrachte Lisa mit dem Aussuchen von Kleidern. Amalie war einverstanden, anläßlich des Landgrafschen Sommerballs für Lisa ein altes Ballkleid Jennys ändern zu lassen. Zuerst hatte Lisa naserümpfend an das Spitzenkleid gedacht, das sie vor drei Jahren an Silvester getragen hatte, doch als sie schließlich sah, wie hübsch Jennys damaliges weißes Debütantinnenkleid mit der verengten Taille und dem breiten, rosaroten Taillenbund aussah, war sie entzückt. Sie bekam auch ein Korsett, und Amalie wies Lina an, Lisa fest zu schnüren. »Sonst paßt du nicht ins Kleid. Du bist voller geworden um die Mitte«, begründete Amalie diese Notwendigkeit.
Lisa war beleidigt, ließ sich aber trotzdem von Lina einschnüren, die freilich so stark anzog, daß Lisa fast keine Luft mehr bekam. Das Ergebnis aber war hinreißend, war überwältigend: Über der auf sechsundsechzig Zentimeter verengten Taille saß ein voller, hoher Busen, und da Lisa zudem breite Hüften hatte, wirkte die Taille noch wespenhafter.
Staunend betrachtete sich Lisa im Spiegel. Ihre Brüste sahen noch üppiger aus als sonst, und der an den Hüften gebauschte Rock überspielte die hinuntergeschnürten Polsterchen. Was für eine Figur! Das Korsett, dieses rippenbrecherische Monstrum, fing Lisas Schokoladerundungen geschickt auf. Das Kleid war hinten und vorn tief ausgeschnitten und ließ die Schultern frei. Mit ellbogenlangen Handschuhen, das hellblonde Haar hochgesteckt und mit Blumen geschmückt, posierte Lisa vor dem Spiegel. Sie hatte nicht gewußt, daß sie so schön war, sie hatte nicht gewußt, so ganz und gar wie eine Frau auszusehen. Ja, sie war schöner als Cordula und schöner als Irene und sogar schöner als Amalie auf den alten Bildern. Sie hatte einen pfirsichfarbenen Teint – vielleicht um eine Spur zu sonnengebräunt –, dazu schwarzbewimperte, tiefviolette Augen und einen weichen, vollen Mund.
Fasziniert von sich selbst, konnte Lisa gar nicht ablassen von ihrem Spiegelbild. Das sollte wirklich sie sein? Eine ganze Weile hielt sie mit diesem Gegenüber Zwiesprache, und sie verliebte sich restlos in sich selbst.

Der Flirt mit der eigenen Schönheit wurde gestört, als jemand an die Tür klopfte.
»Ja, wer ist da?«
»Ein junger Herr möchte Mademoiselle seine Aufwartung machen«, hörte sie Lorenz mit verstellter Stimme sagen.
»Der Herr möge eintreten!«
Lorenz drückte die Tür auf. Er sah entschlossen aus, grinste aber selbstironisch. »Läßt du alle jungen Herrn in deinem Schlafzimmer ein und aus gehen?«
»Wer weiß!« Lachend drehte sie sich vor ihm im Kreis. »Gefalle ich dir?« fragte sie kokett.
»Och... mein Gott, wie man's nimmt... Es geht, ja.«
Lisa lachte, und Lorenz lachte auch. Sie wußte, daß seine Flapsigkeit gespielt war und daß sie ihm *sehr* gefiel. Es wäre ihr unwahrscheinlich vorgekommen, jemandem nicht zu gefallen – so schön, wie sie jetzt war. Tatsächlich wußte Lorenz kaum noch, was er sagen sollte. Diese elegante, unglaublich schöne Frau war also Lisa. Er war dauernd versucht, auf ihren Busen zu starren.
Durchs offene Fenster flatterte ein Schmetterling herein. Lisa blies ihn an, aber er ließ sich nicht wieder hinaustreiben. »Du dummes Ding, du«, sagte sie leise und fächelte mit den Händen Luft heran, um den Falter zum Fenster zurückzulenken. Lorenz versuchte, ihr zu helfen, machte mit den Armen eine Menge Wind und verschreckte damit das arme Tier vollends. Wieder mußten beide lachen, und irgendwie kam Lorenz hinter Lisa zu stehen und griff nach ihren Armen. Sie spürte seine warmen, etwas feuchten Hände und war einen Augenblick versucht, sich umzudrehen und einen Spaß aus dieser noch ungewohnten Berührung zu machen, aber das Spiel mit dem Feuer war aufregender. Ihr Herz schlug jetzt wie gestern bei Christian am Fluß und wollte schier das Korsett sprengen. Atemlos hielt sie still und wartete ab. Plötzlich drehte Lorenz sie zu sich herum. Sie legte den Kopf ein wenig zur Seite, ein ganz gezielter Versuch zu verführen, und lächelte verspielt und zärtlich.
Seine Stimme klang heiser und darum sehr fremd, als er sagte: »Als du noch klein warst, haben wir hier den ersten Walzer zusammen getanzt.«
Die Verwirrung, die er nun empfand, die Siebzehnjährige im Arm, die Vierzehnjährige im Kopf, übertrug sich auf Lisa. Er zögerte, aber dann beugte er sich doch zu ihr hinunter. Scheu war sein Kuß. Er zog sie nicht an sich, sondern hielt ihre Arme fest und berührte ihren Mund mit dem seinen. Das sinnenhaft-weiche Sichfügen ihrer Lippen machte ihn ganz schwindlig. Sie küßte nicht wie Fanny, nicht so raffiniert, und auch nicht so schüchtern wie Cora. Sie küßte...

Ehe er herausfand, wie sie küßte, hörte er Amalie rufen: »Lisa, wo steckst du denn? Wir müssen doch noch den Saum herauslassen. Lisa!«
Sofort ließ Lorenz sie los. Er lief aus dem Zimmer, damit ihn seine Mutter nicht erwischen konnte. Ehe er verschwand, bestand er nochmals darauf: »Der erste Tanz gehört morgen mir!«
Sie lächelte. »Vielleicht«, meinte sie verspielt.
»Du mußt es mir versprechen!«
»Deine Mutter ist schon auf der Treppe!«
»Du mußt...«
»Scht!« sagte sie lächelnd. Mehr als ein vages Vielleicht wollte sie sich nicht entlocken lassen.

Was für ein Abend! Lisa hatte das Gefühl, ganz in ihrem Element zu sein. Beim Essen war Christian ihr Tischherr. Er hatte persönlich diese Tischordnung arrangiert und darauf geachtet, daß Lorenz möglichst weit vom Schuß saß, was diesen freilich wurmte, da er die Strategie sofort durchschaute. Und Christian wollte sein bester Freund sein!
Also flirtete Lisa während der ganzen Speisefolge mit dem Herrn zu ihrer Rechten, der zwar nicht mehr allzu jung und auch nicht eben schön, dafür aber ausgesprochen geistreich war. Lorenz dagegen schoß böse Blicke über den langen Tisch. Lisas weibliches Selbstbewußtsein stieg und stieg und erklomm schwindelnde Höhen, als sie später die Tänzer umschwärmten.
Zwar gewährte sie Lorenz gnädigerweise den ersten Tanz, aber dann war sie lange, lange Zeit vergeben. Jedesmal, wenn Lorenz kam, um sie aufzufordern, meinte sie keck: »Der Tanz gehört Christian.« oder: »Ich habe bereits einen Tänzer.«
Lisa tanzte sehr gut. Sie vereinigte in sich Temperament und Anmut und kannte das Geheimnis des »schwebenden Schritts«. Der junge Vogel fragte Christian: »Kannst du mir sagen, was an ihr *nicht* wunderbar ist?«
Christian setzte eine zynische Miene auf und sagte dann: »Ihr männlicher Geist – und ihre Herkunft.«
»Ach, ist sie gar keine Holzgartner?«
»Ihre Mutter war eine Schlampe, und ihr Vater... nun, darüber redet man besser nicht.«
»Weiß man es nicht?«
Christian beließ es bei einem schmalen Grinsen, ehe er auf Jenny zusteuerte, um seinen Pflichten Genüge zu tun.
Da ein befrackter Kellner ständig Getränke anbot, war Lisa dabei,

sich mit dem Sekt anzufreunden, und auch der Erdbeerbowle war sie recht zugetan.
Das Haus der Landgrafs war groß. Salon und Halle fungierten als Tanzsaal. Lorenz versuchte stets, mit Lisa ins Billardzimmer oder in die Bibliothek zu tanzen, aber jedesmal, wenn er Anstalten dazu machte, entzog sie ihm die Führung und bugsierte ihn in den Salon zurück.
Christian hielt sich zurück. Nur einmal, im Vorbeitanzen, flüsterte er ihr zu: »Hüten Sie Ihren Mund! Er ist zu einladend.«
Lachend warf Lisa den Kopf in den Nacken. Das gefiel ihr! Obschon es ihr erster Ball war, jonglierte sie sehr souverän über die Klippen des Abends. Sie war sich ihrer selbst bewußt wie nie zuvor. Sie wußte, daß sie schön war, sie wußte, daß sie den anderen Mädchen den Rang ablief, sie wußte, daß jede Menge Blicke an ihr hingen, sie wußte, daß man sich für niemanden mehr interessierte als für sie.
Auch Vinzenz tanzte mit ihr. »Alle Achtung«, sagte er. »Aber auch Vorsicht, mein Kind. Hörst du, Lisa-Mädchen? Ich bin stolz auf dich.«
»Ach«, erwiderte sie, »ich komme mir vor wie Aschenputtel auf dem Ball. Nur der Prinz fehlt. Sonst stimmt alles.«
»Du warst nie ein Aschenputtel«, widersprach Vinzenz.
»Verglichen mit heute abend schon!«
Rudolf tanzte nicht gern. Er wußte, daß er auf diesem Parkett steif wirkte und kein Paradetänzer war. Deshalb war er froh, als er die obligaten Tänze absolviert hatte. Im Laufe des Abends sollte seine Verlobung offiziell bekanntgegeben werden. Noch einen Tanz – dann wollte er zur Tat schreiten, wußte er doch, daß Irene, die er heute allen Anwesenden vorgestellt hatte, mit glühenden Augen dem Moment entgegenbrannte.
Die Kapelle spielte vor allem Walzer und Polonaisen. Die beschwingten Melodien von Strauß Vater und Sohn verströmten Heiterkeit, und die Stimmung der Gäste war entsprechend. Sogar Jenny sah fröhlich aus. Immerhin hatte sie heute abend einen Verehrer, der nicht von ihrer Seite wich, einen recht gutaussehenden noch dazu. Rudolf fragte sich gerade, wer der junge Mann sein konnte, als sein Blick auf Lisa fiel.
Sie stand an der Treppe, fächelte sich mit ihrem Papierfächer Luft an die geröteten Wangen und schob ab und zu eine Locke, die sich aus der komplizierten Steckfrisur gelöst hatte, hinters Ohr zurück. Sie sprach mit einem jungen Mann, der ihr eben ein Glas Sekt gereicht hatte, gestikulierte mit den Händen und drohte ständig den Inhalt ihres Glases zu verschütten. Man sah, sie genoß es: den Abend, das

Tanzen, die Musik, die Unterhaltungen, den Mann an ihrer Seite, das Schönsein, sich selbst. Da fiel Rudolf ein, daß er noch nicht mit ihr getanzt hatte. Er wußte, wie schnell sie beleidigt war, und sagte sich, er müsse mit ihr tanzen, ehe er seine Heiratsabsichten bekanntgab. Hinterher würde er keine Zeit mehr haben, weil sicher jeder mit ihm reden wollte.
Er gab Irene ein kurzes Zeichen; sie nickte zurück. Wenig später verstummte die Musik. Gemurmel machte sich breit, und die Tanzfläche leerte sich. Erst als das Orchester »Wiener Blut« anstimmte, ging Rudolf zu Lisa hinüber, um die sich gerade mehrere junge Herren scharten.
»Darf ich?« sagte er mit jener Souveränität, die er immer dann besaß, wenn er ein Ziel vor Augen hatte, und nahm Lisas Hand. Die Verehrer traten freundlich zurück, und Lisa fügte sich.
Erst auf dem Tanzparkett fragte Rudolf: »Du hast doch nichts dagegen?«
Mit einem vielsagenden Augenaufschlag antwortete sie: »Ich habe nie etwas gegen stürmische Männer. Wie kommt es, daß *du* heute so stürmisch bist, Rudolf?«
»Bestimmt – nicht stürmisch. Tue ich denn heute nicht den ersten Schritt aus dem Junggesellendasein?« Sein Lachen steckte heute sogar seine Augen an und klang ganz frei.
Mit einer schnellen Kopfbewegung warf sich Lisa eine unbändige Haarsträhne aus dem Gesicht. Dank ihrer Musikalität erwies sich Rudolf als passabler Tänzer, doch zu einem wirklich guten Tänzer fehlte ihm das nötige Maß an Exhibitionismus.
»Na«, neckte sie ihn, »wie fühlt man sich kurz vor der offiziellen Fesselung?«
»Zu einem letzten Aufbäumen verpflichtet«, gab er gutgelaunt zurück. Doch im Innersten merkte er wohl selbst, daß es ihn nicht dazu trieb, sich mit Irene zu verloben. Die letzten Tage waren anstrengend für ihn gewesen, anstrengender als so manch arbeitsreicher Monat. Er hatte sich Irene gegenüber ständig verpflichtet gefühlt, während sie gemeint hatte, sich der Ruhe anpassen und sie würdigen zu müssen. Die geplante Verbindung mit ihr zog Rudolf jedoch nie in Zweifel; es gab über seine persönlichen Gefühle hinaus bedeutendere Prioritäten.
»Und mir schenkst du den letzten Tanz in Freiheit?« versuchte Lisa mit ihm zu flirten. Noch nie waren sie so verspielt und freundschaftlich miteinander umgegangen. Lisa wunderte sich, daß er auf ihren kokett-neckenden Ton überhaupt einging.
»Äußere dich nicht so abfällig über die Ehe, Lisa! Es wird nicht lange dauern, bis du mit Brautstrauß und Schleppe dastehst.«

Amüsiert schüttelte sie den Kopf. »So bald nicht!«
Es war faszinierend, wie sie den Kopf zurückwarf und sich an der eigenen Ausgelassenheit freute. Die luftige, lebensverliebte Musik, in die sich doch ein ganz leiser, unterschwelliger Zug Melancholie mischte, war ihr in die Glieder gefahren und sprach aus ihrem Gesicht. Seltsam, wie dunkel ihre Augen jetzt aussahen, schwarz fast... und darüber die dunklen Wimpern, über die sich ebenso dunkle Brauen wölbten, deren Enden an den Schläfen ein wenig aufstiegen, was den Augen etwas Katzenhaftes verlieh und der Weichheit von Lisas Gesichtszügen widersprach. Rhythmisch stieß sie den erregten Atem aus der zartflügeligen Nase, und die vollen Lippen bebten ein bißchen.
Rudolf kam eine Charakterisierung in den Sinn, die er sogleich wieder verwarf. Er dachte: Sie ist rassig. Genauso, wie sie sich dem Gewitter hingegeben hatte, gab sie sich nun dem Tanz und der Musik und ihm hin.
Als der Tanz zu Ende war, brachte Rudolf Lisa zu den Herrn zurück, denen er sie zuvor entführt hatte. Dann verschwand er, als scheute er den endgültigen Schritt zum Ja, in Richtung Veranda.
Lisa schaute zu Irene hinüber, die sich mit ihrer künftigen Schwiegermutter unterhielt und Rudolf aus den Augenwinkeln nachsah. Lisa entschuldigte sich bei ihren Verehrern und lief eilig über die leere Tanzfläche zur offenen Verandatür.
Doch ehe sie, einem Impuls folgend, hindurchschlüpfen konnte, faßte Lorenz sie am Arm. »Teufel noch mal, Lisa! Wo steckst du bloß!« Freundlicher meinte er dann: »Komm, laß uns ein bißchen hinausgehen!«
»Ich habe keine Lust.«
»Es ist so heiß hier drinnen.«
»Du meinst, es sind zu viele Leute da.«
»Ich – ich mag deine Herumflirterei gar nicht.«
»So?«
»Du machst jedem schöne Augen.«
»Wem denn?«
»Dem jungen Vogel, den Kerlen da drüben, Bernhard Bierweil, Wolf, Christian...«
»Darf ich das nicht?«
Vorsichtig schaute sie herum. Es war offensichtlich, daß Lorenz, der sie immer noch am Gelenk festhielt, nahe daran war, sich danebenzubenehmen. In Halle wie Salon, die mit Stimmengewirr erfüllt waren, sahen die Leute schon zu ihnen herüber.
»Laß mich bitte los!«

»Ich will dich heiraten.«
Lisa lag schon eine schnippische Bemerkung auf der Zunge, als sie begriff, was er eben gesagt hatte. »Heilige Mutter Gottes«, sagte sie tonlos.
Lorenz schien selbst überrascht zu sein und diesen spontanen Heiratsantrag keineswegs geplant zu haben, denn er gab sie sofort frei. Lisa blieb ihm die Antwort schuldig und stürzte auf die Veranda hinaus.
Draußen stützte sie sich mit den Armen am Geländer ab, um sich über den Garten hinauszubeugen. Die Nacht war klar. Wie in den sentimentalen Liedern des Herrengesangvereins funkelten die Sterne am Himmel. Hin und wieder streifte ein kühler Luftzug Lisas Haut. Auch hier draußen war es schwül; nach dem Gedränge im Haus hatte man allerdings das Gefühl, mehr Luft zu bekommen. Dieser wunderbare Duft! Sommer, Sommer, Sommer schien es von überall her zu flüstern. Da ihre Gedanken immer noch bei Lorenz' Heiratsantrag waren, merkte sie nicht gleich, daß Rudolf noch nicht ins Haus zurückgekehrt war. Sie erschrak, als er aus einer dunklen Ecke hervor in den Schein der Lampions trat.
Rudolf lächelte. Er hatte eine brennende Zigarre zwischen den Fingern. »Wovor bist du davongelaufen?« erkundigte er sich belustigt. Der Zigarrengeruch stieg ihr jetzt deutlich in die Nase. Mit einer für sie typischen wilden Bewegung warf sie den Kopf zurück. Ein weiteres Löckchen löste sich aus der Frisur. Im Licht der Lampions konnte er sehen, wie ihre Nackenhärchen sich aufstellten. Sie hielt sich weiterhin am Geländer fest, lehnte sich aber weit zurück, so daß sie Rudolf mit ihrem Rücken fast berührte.
»Mir ist schwindlig«, flüsterte sie. »Alles dreht sich... Habe ich einen Schwips?« Ihr Lachen klang hell und nicht mehr sehr nüchtern. Sie wußte jedoch nicht, ob der Sekt oder alles andere sie in diesen taumelnden Zustand getrieben hatte. Plötzlich brach ihr Lachen ab. Leise klang ihre Stimme, als sie ansetzte: »Ein Traum, ein Traum ist unser Leben auf Erden hier... Wie Schatten auf den Wogen... ja, Schatten auf den Wogen... leben und schwinden wir... und... und... ich glaube, ich weiß nicht mehr weiter.«
Dunkel sahen ihre Augen ihn an. Das Lampionlicht mochte schmeicheln, doch Rudolf konnte in diesem Moment nur denken, daß sie schön war, unglaublich schön. Zum erstenmal in seinem Leben begriff er den Zauber ästhetischer Vollkommenheit, den Bann der Schönheit. Er war sich fremd in diesem Moment, und doch wußte er gleichzeitig mehr als sonst über sich.
Etwas in ihm riet ihm, jetzt hineinzugehen. Irene würde warten.

Aber vor ihm stand Lisa, stumm und ernst und melancholisch – und schön. Ihr Blick ließ ihn nicht mehr los. Obwohl er nur in ihre Augen sah, wußte er, wie tief ihr Kleid ausgeschnitten war.
Lisa wollte etwas sagen, aber da sah sie, wie Rudolfs Gesicht sich dem ihren näherte. Sie stand wie erstarrt und spürte plötzlich, wie seine Hände nach ihr griffen. Etwas verwundert merkte sie, wieviel Kraft auf einmal in seinen Händen und seinem Körper war, und noch mehr überraschte sie, wie wild sich seine Lippen zwischen die ihren drängten. War das wirklich Rudolf, der so küßte?
In diesem Augenblick gab es weder in ihrem noch in seinem Kopf einen wirklichen Gedanken – ein Zustand, der gerade für Rudolf nicht alltäglich war.
Lisa merkte, daß sich alles in ihr ihm entgegenwarf, daß ihre Hände über seine Schultern tasteten, daß sie ihn gar nicht nah und fest genug spüren konnte, obwohl er sie nicht enger hätte halten können. Und sie merkte, daß sie nicht mehr aufhören konnte, ihn zu küssen. Sie fühlte kaum noch ihren Mund, wußte nicht mehr, welche Lippen ihr und welche ihm gehörten, und küßte, küßte, küßte.
Ganz abrupt ließ Rudolf sie los, stieß sie fast von sich. Einen kurzen Moment lang sah sie seine nackten Augen. Sie wirkten verstört und fremd. Er trat einen Schritt zurück und strich sich den Anzug glatt. Schweigend trat er die Zigarre aus, die er hatte fallen lassen.
»Entschuldige«, sagte er ganz aufgeräumt. »Das war nicht meine Absicht, und die deine sicher auch nicht. Wir sollten wieder hineingehen.«
Angesichts seiner Sachlichkeit zuckten ihre Brauen. Er wartete nicht auf sie, sondern kehrte nach einem betont unverbindlich-freundlichen Nicken in den Salon zurück. Lisa blieb stehen und lehnte sich mit zitternden Knien an das Geländer.
Von hier aus hörte sie auch, wie Rudolf fünf Minuten später seine offizielle Verlobung bekanntgab.

Schlaftrunken drehte sich Jenny im Bett um. Sie schlief nicht mehr, war aber auch noch nicht wach. Sie wollte gar nicht aufwachen und ihren Traum verlassen. Jedesmal, wenn sie ganz wach zu werden drohte, klammerte sie sich an einen Zipfel ihres Traums, um ja wieder in den seligen Döszustand hinabzugleiten.
Das Nachthemd war ihr bis zur Brust hochgerutscht. Irgend jemand streichelte sie. Sie wußte nicht, daß sie es selbst war. Ihre Hand glitt über ihre Hüften zu ihren Schenkeln und dann zwischen ihre Beine, wo sie in sanftem Rhythmus zu kreisen begann, zuerst streichelnd und langsam, dann schneller und härter. Jenny erwachte von ihrer

eigenen Erregung. Ihre Augen hefteten sich an den Riß an der Zimmerdecke, und ihre Hand bewegte sich weiter zwischen ihren geöffneten Schenkeln. Jenny blieb ganz still dabei, nur ihr Atem wurde heftiger. Nach einer Weile stieß sie einen Seufzer der Erleichterung aus, drehte sich auf die Seite und zog die Beine an. Obwohl sie noch benommen war, begann sie bereits, sich zu schämen. Wieder hatte sie an Morell gedacht.
Manchmal mußte sie gar nichts dazutun, es widerfuhr ihr einfach im Traum, noch ehe sie erwachte. Im Traum war es schöner, denn da fühlte sie sich nicht schuldig – erst wenn sie danach aufwachte, ein wenig. Im Traum war es meist noch intensiver, eigentlich gar nicht mehr auszuhalten, so schön.
Sie hatte sich vorgenommen, es nicht mehr zu tun, wenigstens nicht mehr bewußt. Gegen Träume konnte man sich ja nicht wehren. Der Vorsatz wurde aber immer wieder gebrochen. Und doch: Wollte sie Morell zuliebe nicht rein sein wie die Heilige Jungfrau? Sie hatte es ja versucht... Sicher war es eine Todsünde, so etwas zu tun, eine noch größere aber, sich dabei vorzustellen, Matthias Morells Hand zwischen den Beinen zu fühlen. Jenny versteckte ihr Gesicht unter der Bettdecke, als schämte sie sich vor dem Tageslicht. Sie würde es beichten. Gleich am Samstag. Ganz genau wußte sie eigentlich nicht, was sie eben und so viele andere Male schon getan hatte – aber es war sündig. So viel wußte sie. Eine sonderbare Lust lag jedoch in dem Gedanken, es in vagen Andeutungen Morell wissen zu lassen.
Es dauerte eine Weile, bis sie sich dazu überwinden konnte, einen Blick auf die Weckuhr zu werfen. Es war kurz vor zehn. Heute konnte jeder zum Frühstück kommen, wenn es ihm gefiel. Der Ball hatte so lange gedauert, daß alle erst in den frühen Morgenstunden ins Bett gekommen waren. Jenny stand auf, wusch sich und zog sich an. Als sie hinunterkam, hörte sie im Frühstückszimmer schon Stimmen. Vinzenz und Rudolf saßen am Tisch.
Rudolf hatte eben seine Serviette beiseite gelegt und wollte aufstehen. Lina kam und brachte frischen Kaffee für Jenny. Bereits im Stehen trank Rudolf seine Tasse leer, da sagte Vinzenz: »Kommst du dann bitte für einen Augenblick in die Bibliothek? – Lina, klopfen Sie doch bei Lorenz und sagen Sie ihm, er soll sich beeilen, wir würden in der Bibliothek auf ihn warten.«
Ohne sich seine Überraschung anmerken zu lassen, ging Rudolf vor Vinzenz in die Bibliothek hinüber. Kaum allein, stützte Jenny den Kopf auf die Hände. Auf einmal fühlte sie sich wieder grenzenlos einsam. Ihr war sterbenselend. Am liebsten hätte sie geweint. Wenn nur Matthias käme! Ach, wäre nur jetzt Matthias da!

Vinzenz stand am Schreibpult in der Bibliothek. Der Raum hatte ihm in der letzten Zeit häufig als Schreibzimmer gedient, da er hier seine Büroarbeiten zu erledigen pflegte. Stehend blätterte er nun in Pachtverträgen.
Rudolf hatte auf der Chaiselongue Platz genommen und rauchte eine Zigarre. Mit kritischer, wägender Neugier sah er zu Vinzenz hinüber und harrte der Dinge, die da kommen sollten. Jetzt hörte man auch Lorenz die Treppe heruntersteigen. Er sprach mit Irene, und Vinzenz horchte kurz auf. Rudolf war in Gedanken bereits bei der bevorstehenden Woche. Noch heute würde er mit Irene und ihrem Vater nach Berlin aufbrechen.
»Irene hat sich gestern recht nett amüsiert«, sagte er zu Vinzenz, der noch immer am Pult stand und flüchtig durch Papiere ging, die ihn offenbar nicht sonderlich interessierten.
»Freut mich«, sagte er dennoch, ohne aufzusehen.
Lorenz kam zur Tür herein.
»Hat dich Lina tatsächlich zur Eile antreiben können?« Rudolf schmunzelte.
Lorenz sah verschlafen aus. Das Hemd war so verdrückt, als hätte er darin geschlafen, und auch seinem Haar hatte er heute noch keine Sorgfalt gegönnt.
»Morgen«, brummelte er. »Was ist das hier für eine Konferenz? Noch dazu um diese Zeit!«
»Setz dich!« sagte Rudolf amüsiert. »Es sieht so aus, als hätte Vater uns etwas mitzuteilen.«
»Scheint mir auch so.« Müde ließ sich Lorenz in den Ohrensessel fallen und streckte die Beine von sich.
Vinzenz warf noch einen kurzen Blick aus dem Fenster, dann wandte er sich seinen Söhnen zu. Sein Gesichtsausdruck verriet Gesammeltheit, und aus seiner Haltung sprachen Ernsthaftigkeit und Würde. Rudolf erinnerte sich, daß Vinzenz früher, als sie noch Kinder waren, oft hier gestanden und gewartet hatte, genau hier hinterm Pult. Meist war eine Strafpredigt gefolgt. Stämmig, breitschultrig und fest stand Vinzenz da, in ausgesprochener Herrschaftspose.
»Du machst es aber spannend«, bemerkte Rudolf.
Vinzenz nickte. »Mir ist nicht recht wohl dabei«, fing er an und legte dann eine Pause ein, die länger wirkte, als sie tatsächlich dauerte, weil Lorenz wie Rudolf sich fragten, wobei ihrem Vater denn nicht wohl sei. »Die Sache wäre an sich erst in ein paar Jahren spruchreif geworden«, fuhr Vinzenz fort, »wenn die Dinge sich einfacher entwickelt hätten. Aber man soll wirklich nie langfristige Pläne machen; sie gehen nicht auf. Kurz: Die Situation zwingt mich dazu, euch eine Eröffnung zu machen, die euch nicht gefallen wird.«

Was für eine Ouvertüre! dachte Rudolf. Auch Lorenz war jetzt ganz wach, obwohl er in seiner Magengegend ein flaues Gefühl hatte. Eine sonderbare Beklommenheit lag in der Luft.
Ruhig sagte Vinzenz: »Es wird Zeit, über Lisa zu sprechen. Daß du, Lorenz, seit geraumer Zeit in sie verliebt bist, habe ich beobachtet, aber gehofft, es würde sich verflüchtigen. Du bist ja noch jung. Natürlich wird sich diese Schwärmerei in Dunst auflösen, aber ich will auf alle Fälle verhindern, daß du dich in das Unmögliche verrennst: Du solltest dich mit dem Gedanken vertraut machen, in deine Schwester verliebt zu sein – in deine Halbschwester, um genau zu sein.«
Es war still in der kleinen Bibliothek. Die vielen Buchrücken schienen Vinzenz' Worte verschluckt zu haben. Lauter als sonst tickte die Standuhr. Lorenz hatte das Gefühl, an etwas zu ersticken. Es würgte ihn. Er steckte den Zeigefinger zwischen Hals und Kragen und verrenkte den Kopf. »Sauber«, sagte er dann. Mehr nicht.
Rudolf zog eine Braue hoch. Auch ihm schien nichts Besseres einzufallen. Er behielt die Braue lange oben.
»Ich wollte ursprünglich nicht, daß ihr – oder sonst irgend jemand – über diesen Umstand aufgeklärt seid, ehe Lisa selbst die Wahrheit weiß. Sie soll sie an ihrem einundzwanzigsten Geburtstag erfahren. Elisabeth – Lisas Mutter – wollte es so. Lisa sollte als mein Kind aufwachsen oder nichts mit mir zu tun haben. Für Elisabeth gab es immer nur ein Entweder-Oder. Sie wollte sogar geheiratet werden – aber das ist eine andere Geschichte. Nun, wie gesagt, entweder sollte ich mich zu Lisa bekennen und sie ins Haus nehmen oder sie der Fürsorge überlassen. Es ist euch ja bekannt, daß Elisabeth Wagner im Kindbett gestorben ist. Ich wollte Lisa einerseits nicht anerkennen, mich von ihrer Mutter aber auch nicht erpressen lassen. Ich hatte Elisabeth angeboten, für Lisa zu sorgen. Das genügte ihr nicht. Also kam Lisa ins Waisenhaus. Elisabeth war noch nicht lange tot, da beantragte ich die Vormundschaft für Lisa. Nie ließ mich der Gedanke los, daß sie ja meine Tochter ist und irgendwelchen fremdverschuldeten Umständen ausgeliefert war. Im Geburtenregister bin ich nicht als ihr Vater eingetragen. Natürlich wurde damals viel geredet, aber Genaues wußte man nicht – mich und Amalie natürlich ausgenommen. Irgendwann fing ich an, Lisa ein paar Sommerwochen lang zu Besuch kommen zu lassen. Man tuschelt viel, ich weiß, aber ihr scheint bis heute noch nichts zu Ohren gekommen zu sein. So soll es auch bleiben. Abgesehen davon, daß ich Amalie Stillschweigen versprochen habe, sollte man Komplikationen vermeiden Vielleicht lösen sich die Dinge einfacher auf, als man heute denkt. – Nun gut,

Lisas Zukunft liegt mir also am Herzen. Es hat schon früh so ausgesehen, als würde sie etwas Besonderes werden. Daß sie jedoch bereits mit siebzehn soweit sein würde, ihren Brüdern den Kopf zu verdrehen, konnte ja niemand ahnen!«
»Mich kannst du da ruhig ausnehmen«, kam es gelassen von Rudolf. Einen Moment lang saß Vinzenz der Schalk in den Augen. »Dazu besteht kein Anlaß«, sagte er dann gleichmütig. »Wißt ihr«, fügte er hinzu, »ich war lange der Überzeugung, ihr würdet dieses Versteckspiel ohnedies durchschauen. Was ginge mich Lisa an, wenn sie wirklich die Tochter einer Magd und eines Tagelöhners wäre?«
Blaß war Rudolf geworden, verdächtig blaß. Dann schien er etwas abzuschütteln, und er fragte: »Und das hast du Mutter all die Jahre zugemutet?«
Vinzenz' Miene wurde hart. »Ja«, sagte er kalt, »das habe ich eurer Mutter all die Jahre zugemutet.«
»Mein Gott, Vater!« fuhr Rudolf ärgerlich auf. Ohne es zu wissen, hatte er seit jeher das Gefühl, seiner Mutter beistehen zu müssen, weil sie sich allein nicht behaupten konnte – nicht gegen einen Mann wie Vinzenz Holzgartner.
»Was, Rudolf? Moralische Entrüstung? Du bist sehr ernsthaft für dein Alter, aber doch noch recht jung und in vielen Dingen sehr unerfahren. Sei du erst ein paar Jahre verheiratet, dann wirst du manches verstehen, was du jetzt nicht verstehen kannst. Eins sollte dir klar sein: Amalie weiß, weshalb. Doch sei ehrlich, Rudolf: Du hast dir über Lisa doch schon vor Jahren deine eigenen Gedanken gemacht.«
Rudolf lachte auf. Dann nickte er. »Natürlich habe ich das.«
»Dann dürftest du jetzt nicht mehr überrascht sein.«
»Oh, ich bin nicht überrascht, nicht eigentlich. Sagen wir es so: Nie Ausgesprochenes bleibt ein Konjunktiv. Etwas gilt als hochwahrscheinlich, bleibt aber, weil es unter den Tisch gekehrt wird, ohne Leben.«
Lorenz schüttelte bloß noch den Kopf.
Weiterhin sehr gelassen gab Vinzenz noch zu verstehen: »Ich wünsche nicht, daß Lisa Grund und Inhalt dieser Unterredung erfährt. Lisa nicht und auch sonst niemand. Hast du mich verstanden, Lorenz?«
Lorenz sprang auf. Etwas, das mehr war als Verzweiflung und größer als Zorn, ließ ihn rufen: »Das... das ist ja pervers.« Und wild setzte er hinzu: »Wenn das so ist, verlasse ich Reitenau.«
Vinzenz blieb ruhig. Für Sekundenbruchteile funkelte sogar wieder schalkhaftes Amüsement in seinen Augen auf. Doch Lorenz war

bereits zur Tür gelaufen. »Das ist nicht nötig«, rief Vinzenz ihm nach. »Lisa wird für einige Zeit nach London gehen.«
Schnell drehte sich Lorenz um. Sein Gesicht brannte, aber er kämpfte um Beherrschung. »So«, sagte er, »nach London also.« In das darauffolgende Schweigen hinein schrie er: »Ja, Vater, ich sehe, du ziehst die Fäden prächtig – wie immer! Nur zu! Nur zu! Aber paß auf, daß nicht mal einer kommt und dir die Fäden abschneidet!«
In ohnmächtiger Wut stieß er die Tür auf und gab ihr, als er draußen war, einen Fußtritt, daß sie krachend ins Schloß fiel.
Langsam setzte sich Vinzenz in den Sessel, von dem Lorenz aufgesprungen war. »Er wird wieder zu sich kommen«, meinte er mit Bestimmtheit. »In ein paar Wochen haben sich die Wogen geglättet.«
Wieder war es still. Als würde er sich gewaltsam beherrschen, warf Rudolf seine Zigarre mit Nachdruck in den Aschenbecher. Noch nie hatte er eine Frau geküßt, wie er gestern nacht Lisa geküßt hatte... ausgerechnet Lisa. Als er spürte, daß ihn sein Vater neugierig beobachtete – er hatte diesen ruhig-sezierenden Blick nie leiden können, obwohl er ihn selbst anwandte –, schlug er die Beine übereinander, um von seinem Gesicht abzulenken. Dann meinte er zustimmend: »Es wird Lisa ganz guttun, etwas von der Welt zu sehen. So eine Gelegenheit wird sie so schnell nicht wieder bekommen. Fährt sie zu der kleinen Summerhay?«
»Ja. Die Dinge fügen sich.«
Rudolf lächelte. »Für Lorenz dürfte dies ein schwüler Sommer gewesen sein«, meinte er wie nebenbei. »Vielleicht wird er dadurch ein bißchen erwachsener. Wie macht er sich eigentlich bei Pröller?«
Noch immer war Vinzenz ganz Beobachter. Zuerst nickte er in sich hinein, schließlich sagte er: »Du bist ein guter Schauspieler und ein noch besserer Taktiker, mein Junge. Das wird dich weit bringen.«
»Und du bist ein guter Schachspieler«, gab Rudolf kühl zurück. »Du verstehst es glänzend, die Figuren zu schieben.«
»Du auch, Rudolf, du auch. Zwar gerätst du sonst eher nach deiner Mutter, doch das Talent zum Schachspielen hast du von mir. Das hoffe ich jedenfalls für dich.«

Fünftes Kapitel

Lisa stand am Fenster und blickte in den Regen hinaus. Unter ihr lag London – oder vielmehr ein Teil von London: Belgrave Square. Dies also war London! Lisa staunte weniger über den vornehmen Stadt-

teil Belgravia, sie staunte über die bloße Tatsache, dies alles zu sehen. Mein Gott, dachte sie, es kann gar nicht wahr sein!
Sie drehte sich zum Toilettenspiegel um. Das cremefarbene Kleid, das sie trug, war nicht mehr von Jenny und sündteuer. Vinzenz hatte sie völlig neu einkleiden lassen. Sie wendete sich hin und her. Es war nicht zu fassen! Auf dem Bett lagen die anderen Kleider, die sie mitgebracht hatte. Auf was für einem Bett aber! Es war ein richtiges Himmelbett mit weißen Seidenvorhängen und Bordüren und Spitzen, das in einem Zimmer stand, das selbst die Eleganz von Neuherrenach in tiefsten Schatten stellte. Alles sah so vornehm aus, daß Lisa sich fast scheute, es anzufassen.
Die Wände waren mit Teakholz getäfelt, am Fenster stand ein Sekretär mit goldfarbenen Beschlägen, sein Holz glänzte, schwere braune Brokatvorhänge umrahmten die weißen, weich wallenden Gardinen, Teppiche bedeckten den Boden, und wertvoll anmutende Bilder schmückten die Wände. Sie kam sich vor wie eine Märchenprinzessin und wußte nicht mehr, wieso sie zunächst gar nicht nach London gewollt hatte.
Natürlich war sie ein wenig befangen. Gott sei Dank hatte sie Frau Steinach, Vickys Tante, schon von den Ferienaufenthalten in Berchtesgaden her gekannt. Trotzdem hatte sie während der ganzen Fahrt mit Frau Steinach Herzklopfen gehabt und das Neue, das da kommen sollte, ein bißchen gefürchtet, obwohl sie ihm gleichzeitig, je näher sie ihm gekommen war, wild entgegengefiebert hatte.
Ja, alles war neu! Es war fremd und einschüchternd und trotzdem so herausfordernd. Lisa hatte erkennen müssen, daß ihr Schulenglisch weitaus weniger perfekt war, als sie geglaubt hatte. Obwohl im Hause Summerhay gepflegtes Oxford-Englisch gesprochen wurde, hatte sie Mühe, den Unterhaltungen zu folgen. Deshalb hatte sie sich schon bei der Begrüßung entschuldigt. Die Situation war so seltsam gewesen. Alle hatten vor ihr geknickst oder sich ein wenig verbeugt, ganz schrecklich förmlich war das gewesen, und Lisa hatte sich nicht wohl gefühlt und war sich wie eine Hochstaplerin vorgekommen. Es lagen eben doch Welten zwischen Reitenau und Belgravia. Gottlob gab es Frau Steinach. Frau Steinach war eine nette ältere Dame mit freundlichen Augen und einer gutmütigen Stimme. Und: Sie war der deutschen Sprache mächtig; schließlich war sie mit einem Deutschen verheiratet gewesen, inzwischen aber verwitwet.
Die ganze Englandreise kam Lisa jetzt wie ein sehr aufregendes Abenteuer mit ungewissem Ausgang vor. Verunsichert hatte sie vor allem Howard Summerhay, Vickys Bruder. Er sah nicht nur unverschämt gut aus, er hatte auch den Witz und den Zynismus eines Oscar

Wilde zu bieten. Doch Lisa konnte nicht parieren, da schon hier die ersten sprachlichen Barrieren auftraten. Howard war viel zu arrogant, um auf Lisas Handikap Rücksicht zu nehmen – und Lisa fühlte sich in ihrem Stolz verletzt, denn sie haßte es, »dumm dazustehen«, was sie Howard – zumindest kam es ihr so vor – recht oft tun ließ. Er sah jeden, der ihm über den Weg lief, an, als wollte er sagen: Müssen Sie mir denn so nahe kommen? und sein allgemeiner Gesichtsausdruck schien nur zu sagen: Wie unangenehm!
Lisa nahm sich verärgert vor, es ihm schon noch zu zeigen. Er war ja doch bloß ein eingebildeter Dandy, immer um eine Spur zu modisch gekleidet und immer um eine Idee zu elitär.
Lisa hatte das Gefühl, sie müsse in London überhaupt noch eine Menge lernen. Während sie am Fenster stand, einen Blick in den Toilettenspiegel warf und über all das Fremde, das ihr bereits begegnet war, nachdachte, warf sie mit der für sie typischen Trotzbewegung den Kopf in den Nacken. Nun denn! Auf ins Unbekannte!
Es war kurz vor fünf: *tea-time*. Vicky klopfte an die Tür und stürzte herein. Ihr quirliges Lachen füllte das Zimmer. Sie lief auf Lisa zu, umarmte sie, wobei ihre Korkenzieherlocken nur so flogen, und rief lachend: »Es ist herrlich, dich wiederzuhaben!«
Als sie angekommen war, hatte Vicky Lisa recht förmlich begrüßt. Lisa war das angesichts der neuen Eindrücke nicht aufgefallen. Vicky war den ganzen Tag über, auch bei Tisch und später beim Plausch im Salon, sehr zurückhaltend gewesen, aber jetzt war sie übermütig und rief damit die alte Vertrautheit zurück.
»Ach, Vicky«, sagte Lisa gedankenlos auf deutsch, denn es war ausgemacht, nur Englisch zu sprechen, damit sie sich schnell an die neue Sprache gewöhnen konnte. »Ich bin ja so aufgeregt! Irgendwie habe ich nie zu glauben gewagt, daß ich einmal bei dir in London sein würde!«
Vicky schmunzelte. »Du hast ja nur von Künstlerlorbeeren geträumt!« Sie zog Lisa aufs Bett. »Komm!« forderte sie stürmisch. »Erzähl! Was ist alles passiert? Was hast du inzwischen erlebt? Wie war die Saison?«
»Fashionable!« Lisa lachte.
»Hast du dich verliebt?« wollte Vicky gleich wissen.
Beide lachten. Natürlich mußte Vicky das fragen. Sie hatte sich nie ernstlich für andere Dinge als fürs Verliebtsein interessiert. Die Romanzen, von denen sie träumte, deutete sie immer in andere Leute hinein, und hinter jedem Wort, das ein männliches an ein weibliches Wesen richtete, vermutete sie gleich eine Affäre.
In Lisas Augen blitzte es auf. Vielsagend wiegte sie den Kopf.

Vicky, klein und drahtig, mit einem nicht besonders hübschen, aber lustigen sommersprossigen Gesicht, drückte Lisas Arm und quiekte vor Vergnügen.
»Wie ist er?« wollte sie gleich wissen. »Sieht er gut aus? Ist er charmant? Wird er auf dich warten?«
Lisa wollte ihr schon von Lorenz erzählen, aber dann merkte sie, daß es da nicht viel zu erzählen gab. Christian fiel ihr ein; da hätte sie schon mehr sagen können. Doch dann mußte sie an Rudolf denken und daran, wie er sie geküßt hatte. Der Gedanke an Rudolf versetzte ihr einen Stich. Sie schüttelte ihn ab. Sie hatte Rudolf nie leiden können, sie mochte ihn immer noch nicht. Nein, er war arrogant und eingebildet und langweilig! Sie spürte die alte Aggressivität gegenüber Rudolf wieder auflodern. Nun gut, inzwischen hatte er dieses fade Geschöpf geheiratet. Was ging er sie noch an? Was war er sie je angegangen? Und dann Irene... Na, viel Glück!
»Was ist?« forschte Vicky, die vor Neugier kaum mehr an sich halten konnte, denn auch sie hatte einiges zu erzählen.
Lisa lachte sich über die sonderbare Augenblicksstimmung hinweg und stand auf. »Später«, sagte sie vergnügt, »alles später. Ich will deinen Herrn Papa nicht verärgern. Der Lord hat gesagt, wir sollen um fünf zum Tee unten sein.«
Vicky erhob sich einsichtig. »Ja, da ist er sehr korrekt... Aber heute nacht mußt du mir mehr erzählen! Unbedingt!« Sie lief voraus zur Tür und streckte die Hand nach Lisa aus. »Komm! Wir wollen Papa nicht warten lassen!«

Der ganze London-Aufenthalt sollte Lisa als eine Vielzahl verwirrender Eindrücke im Gedächtnis bleiben, denn er fiel in eine Phase ihres Lebens, während der sie alles als Abenteuer empfand. Lisa stand ganz im Bann der Ereignisse.
Sie war dabei, erwachsen zu werden, und hatte das Gefühl, jeden Tag als eine andere aufzuwachen. Sie war verliebt in sich selbst und für sich selbst das größte Abenteuer.
Vorerst galt es jedoch erst einmal, den Fünf-Uhr-Tee zu meistern. Als sie mit Vicky in den Salon kam, waren Frau Steinach, Lord Summerhay, Howard und dessen Freund Steve Porter schon da und warteten. Lisa konnte kaum etwas essen. Den Tee, den sie ohnedies nicht mochte, was ja im ehrwürdigen London eine Sünde war, trank sie mit Todesverachtung. Sie konzentrierte sich ganz auf die Unterhaltung, immer bemüht, sich gut und fehlerfrei auszudrücken. Da Howard anwesend war, empfand sie es als sehr peinlich, hin und wieder nachfragen zu müssen. Es ärgerte sie, daß Howard sie so einschüchterte.

Dabei waren alle so nett zu ihr. Unbekannte Wörter übersetzte ihr Frau Steinach ins Deutsche. Lisa war das unangenehm, sie bedankte sich aber höflich. Frau Steinach war schon während der Anreise so aufmerksam gewesen, und lustig war sie auch mit ihrer verschnörkelten Lorgnette vor den kurzsichtigen, immer verwundert dreinblikkenden Augen. Selbst Lord Summerhay, hochgewachsen und ein bißchen beleibt, sehr würdig anzusehen und mit freundlichen Augen, war sehr herzlich und nicht unbedingt so, wie Lisa sich einen Vertreter des Oberhauses vorgestellt hatte. Früher mußte er sehr gut ausgesehen haben, denn Howard war die jüngere Ausgabe seines Vaters: groß, aber noch sehr schlank, mit gescheiten blauen Augen, einem energischen Kinn und einer feinen, dünnen Nase, die das Gesicht zwar nicht beherrschte, aber prägte. Während jedoch Lord Summerhays Augen Wärme ausstrahlten, traf einen aus Howards Augen der Blick eines ironischen Snobs voll frühreifer Menschenverachtung. Zunächst hatte Howard Lisa an Rudolf erinnert, aber was bei Rudolf abwartende, vom Intellekt bedingte Distanz war, wurde bei Howard zu spöttischer Überheblichkeit. Rudolf war kühl, Howard dagegen trug seine Unterkühltheit bewußt zur Schau.
Natürlich fühlte sich Lisa von Howard herausgefordert und damit auch angezogen. Kühle Männer hatten es ihr angetan. Ihr war es lieber zu erobern, als sich erobern zu lassen, denn beim Erobern ließen sich Grenzen suchen, konnte sie sich selber entdecken und ihre Wirkung auf andere ausprobieren. Howard schien erobert werden zu müssen. Sie musterte auch seinen Freund kurz. Mit dem Stempel »nichtssagend« hatte sie ihn jedoch schnell erledigt. Er war ganz einfach zu nett, um interessant zu sein.
Eine Lady Summerhay gab es nicht. Die Gattin des Lords hatte bereits vor über einem Jahrzehnt das Zeitliche gesegnet. Ein Bild von ihr hing über dem Kamin. Der Kleine Salon der Summerhays war sehr geschmackvoll eingerichtet und trotz des herumstehenden Zierats nicht überladen. Nüchterne Eleganz beherrschte die Szene, und das war viel beeindruckender als die mit jeder Menge Nippes vollgestopften Räume, die Amalie so liebte.
Lisa ließ ihren Blick unauffällig durch das Zimmer schweifen, versuchte aber, sich nichts von ihrer Bewunderung anmerken zu lassen. Das herrliche, dunkle Holz der Möbel, der chinesische Gobelin, die Landschaftsbilder an der Wand, der große offene Kamin, um den eine zartblau gepolsterte Sitzgarnitur arrangiert war, das alles hätte Amalie sicher neidisch werden lassen.
Lisa sprach an diesem Nachmittag und auch beim Dinner recht wenig. Trotzdem merkte sie, daß sie mit jedem Wort sicherer wurde.

Sie war dennoch dankbar, als Lord Summerhay vorschlug, sie könne sich gleich nach dem Essen zurückziehen, da sie sicher übermüdet sei. Und müde war sie wirklich.
Sie lag kaum im Bett und war fast schon eingeschlafen, als Vicky im Nachthemd zur Tür hereinhuschte.
»Lisa?« flüsterte sie. »Lisa? Bist du noch wach?«
Lisa setzte sich im Bett auf. »Ja?«
Vicky drückte kichernd die Tür hinter sich ins Schloß und kroch schnell zu Lisa ins Bett. Wie im Internat machte Lisa bereitwillig Platz.
»Hast du ihn gesehen? Wie gefällt er dir?« platzte Vicky gleich heraus.
»Wer?« fragte Lisa, die zwar eine dumpfe Ahnung hatte, aber nicht vorschnell danebentappen wollte.
»Steve!«
Lisa stützte ihren Kopf auf die Hand und sah Vicky an. Sie war wieder ganz munter geworden. »Nicht wahr!« rief sie.
»Pst!« Vicky legte ihr den Finger auf den Mund. »Doch wahr! Er ist so alt wie Howard, weißt du, und er kennt mich schon, seit ich noch ein kleines Kind war. Howard hält mich für ein kleines Kind, und Steve tut das auch. Weißt du, Howard ist mit einer Dreiundzwanzigjährigen verlobt. Die Wedebrecht bei den Englischen Fräulein hätte gesagt: kapriziös!«
»Wie alt ist dein Bruder?«
»Sechsundzwanzig.« Vicky zwickte Lisa in die Seite. »Gefällt er dir?«
»Nein.«
»Was ja heißt!«
»Unsinn!«
»Haha! Da lache ich aber. Ich weiß noch, wie das war, damals, am Valentinstag, als wir geschlossen von der Kirche kamen und dieser große Dunkle immer hinter uns herging. Er hat dich dauernd so komisch angesehen, und du hast gelacht und gesagt, er sei dir lästig – aber dein Taschentuch hast du dann doch fallenlassen.«
»Diese alten Geschichten! Da waren wir sechzehn.«
»Du warst erst fünfzehn.»
»Um so schlimmer!«
Vicky lachte. »Bist du immer noch so verwegen?« wollte sie wissen.
Lisa zog vielsagend einen Mundwinkel hoch.
»Ich nicht«, stöhnte Vicky. »Ich bin einfach zu schüchtern. Drum nimmt mich Steve ja auch nicht zur Kenntnis. Männer machen mich immer verlegen.«
»Ich liebe Männer.« Lisa sagte dies in ihrem dunkelsten Tonfall, so, wie sie sich vorstellte, daß eine erfahrene Frau über das andere

Geschlecht sprach. Dann fing sie zu kichern an, und Vicky kicherte mit.

Schließlich warf Vicky die Bettdecke zurück und zog ihr Nachthemd bis zum Hals hoch. »Schau! Aus meinem Busen ist immer noch nichts geworden. Ich muß mir dauernd Rüschen in die Kleider nähen lassen. Wenn ich einen Busen hätte wie du, bräuchte ich auch nicht so schüchtern zu sein.«

Lisa betrachtete Vickys tatsächlich etwas kindlichen Brüste sehr kritisch. Ihr Blick glitt weiter zu Taille und Schoß. »Dafür hast du keine überflüssigen Polster.«

»Du auch nicht.«

»Doch, schau her!« Lisa lüpfte nun ihrerseits das Nachthemd und kniff sich in den Bauch. »Siehst du, was das ist? Speck ist das!«

»Männer mögen das«, sagte Vicky altklug, und unter Gelächter zogen sie ihre Nachthemden wieder hinunter.

»Hast du ihn schon geküßt?« wollte Lisa beiläufig wissen, obwohl sie Vickys Antwort schon kannte. Sie war bloß bestrebt, das Thema aufs Küssen zu bringen.

»Steve? Steve Porter? Ach wo!« Und seufzend: »Der nimmt mich doch nicht ernst. – Hast du schon einen Kuß gekriegt?«

»Freilich«, sagte Lisa stolz.

»Und?« forschte Vicky fast ehrfürchtig.

»Beim ersten war's überraschend, beim zweiten ganz nett und beim dritten – ich weiß auch nicht. Man kann's einfach nicht beschreiben.«

»Was? Er hat dich gleich dreimal hintereinander geküßt?«

Lisa lachte. »Du Schaf! Es waren drei verschiedene Männer!«

Vicky schlug die Hand vor den Mund. »Du hast aber die Zeit gut genützt, das muß man dir lassen!«

Lisa lächelte. Sie kam sich jetzt sehr verrucht vor und genoß das.

»Und sonst?« Vicky war jetzt auf alles gefaßt. »War sonst noch etwas, das ich wissen sollte?«

Lisa zog die Unterlippe zwischen die Zähne und war versucht, ein bißchen anzugeben, doch sie entschied sich, ehrlich zu sein. »Nein, sonst noch nichts.«

»Na, Gott sei Dank!« Vicky schien aufzuatmen.

»Was heißt hier Gott sei Dank?« fragte Lisa keck. »Ich weiß nicht, ob ich *damit* bis zur Hochzeitsnacht warten werde.«

»Lisa!«

»Willst du denn gar nicht wissen, wie das ist? Ich meine, wenn man... wenn man mit einem Mann zusammen in einem Bett liegt und er dich anfaßt... Das ist sicher ganz anders, als wenn wir beide zusammen im Bett liegen.«

»Das möchte ich meinen!«
»Na und? Das interessiert dich nicht?«
»Doch, schon... Aber wenn du ein Kind dabei kriegst? Du weißt doch, daß man dabei ein Kind kriegen kann.«
»Natürlich weiß ich das.«
»Na schau!«
Lisa lachte und zog die Decke über sich und Vicky. Es war August, aber London lag unter kühlen Regenschauern.
»Ich bin da sehr neugierig«, sagte Lisa.
»Neugierig wäre ich auch. Aber ich bin zu feig für so was.«
»Wieso denn? Bis sie verheiratet sind, warten ja die meisten. Glaubst du, ich will zu den meisten gehören? Im Leben nicht!«
»Wenn du's wirklich vorher tust, mußt du aber sicher sein, daß er dich danach auch heiratet. Du mußt wenigstens verlobt sein, dann kann er nicht mehr zurück. Er ist dir verpflichtet. Das ist Ehrensache.«
»Ehrensache, ja«, wiederholte Lisa, wenig beeindruckt. Während sie noch darüber nachdachte, ob Vicky recht haben könnte, schlief sie allmählich ein. Sie hörte gar nicht mehr, wie Vicky in ihr eigenes Zimmer hinüberging.

Die Zeit verging wie im Fluge.
Lisa schloß zahlreiche neue Bekanntschaften und schrieb begeisterte Briefe nach Reitenau. Manchmal hatte sie ein bißchen Heimweh, eine leise Sehnsucht nach Vinzenz und Lorenz, nach Lina und Krispin. Und ab und zu dachte sie auch an Rudolf, aber nie lange, denn das verwirrte sie, und außerdem ließ London ihr wenig Zeit für Sentimentalitäten.
Manchmal schämte sie sich ein bißchen, weil sie ihre Herkunft verschleierte und Vinzenz als ihren leiblichen Onkel ausgab. Ich habe, dachte sie dann, ein richtiges Talent zur Hochstaplerin. Doch sie genoß die amüsante Seite des Hochstaplerdaseins. Natürlich sorgte man dafür, daß sie London gründlich kennenlernte. Selbst Howard, mit Steve und Vicky im Schlepptau, nahm sich einmal ihrer an. Sie lernte auch Alice kennen, Howards Zukünftige. Alice war hübsch, zerbrechlich, porzellanhäutig und affektiert. Vinzenz hätte sicher gesagt: »Etwas schwindsüchtig, die Kleine.« Alice war genauso kühl wie Howard und paßte recht gut zu ihm. Trotz ihres schwindsüchtigen Aussehens konnte sie witzig sein, denn sie war recht intelligent.
Lisa war es gewohnt, bei jungen Männern Erfolg zu haben. Die wenigen Erfahrungen in dieser Hinsicht hatten sie verwöhnt. Des-

halb war sie ziemlich überrascht, daß Howard sie so gut wie übersah. Er war nie unfreundlich zu ihr, nur sehr ironisch und oft betont von oben herab, aber schlimmer war, daß er eben nicht wirklich Notiz von ihr nehmen wollte. Er sah sie überhaupt nicht richtig an. Er konnte sie noch gar nicht richtig angesehen haben, sonst hätte er sie längst zur Kenntnis genommen! Davon war Lisa überzeugt.
»Schade«, meinte Vicky eines Nachmittags, als sie neben Lisa durch den Tower ging, um ihr die Kronjuwelen zu zeigen, die ihre Freundin allerdings wenig beeindruckten.
»Was ist schade?«
»Wenn du Howard heiraten würdest, könnten wir immer zusammen bleiben.«
Lisa lächelte. Was für ein Kind Vicky doch war! »Howard?« fragte sie von oben herab und ging doch auf Vickys Vorstellung ein.
»Ja, Howard.«
»Entschuldige, Vicky, aber ich habe nicht die geringste Lust, deinen Bruder zu ehelichen. – Schau mal, was für ein schreckliches Collier!«
Es war herbstlich geworden; der Nachsommer schimmerte in sanftgoldenem Licht über London. In den Parks begannen sich die Bäume zu verfärben, aber der Himmel war von einem klaren, leuchtenden Blau, und die Sonne schien mit zärtlicher Milde über das Treiben der Menschen unter ihr hinwegzulächeln. An einem dieser weich-sonnigen Septembertage stand Lisa allein auf dem Balkon des Summerhayschen Stadthauses. Howard, wie immer in einem hocheleganten Flanellanzug, trat nach einer Weile zu ihr hinaus. Er wirkte gelangweilt wie stets und fragte wie nebenbei: »Können Sie reiten?«
Mit einem überraschten Lachen wandte sie ihm das Gesicht zu. »Und gar nicht schlecht.«
»In ein paar Tagen fahren wir zur Jagd nach Schottland. Gut, wenn Sie sich auf einem Pferd zu halten wissen. Es würde sonst langweilig für Sie werden.« Damit ließ er sie stehen. Lisa zog die Brauen hoch. Jagd. Schottland. Das klang ja hochinteressant.
Später sprach sie mit Vicky darüber. Vicky legte die Stirn in Falten. »Mir graut vor Schottland. Ich hab' dir nichts davon erzählt, weil ich... Also, Pferde mag ich nicht gerade gern. Papa und Howard vergnügen sich jeden Herbst bei Jagden im Hochland.«
»Du meinst, wir sollten lieber dableiben?«
Vicky schwieg. Dann sagte sie: »Nicht, wenn dir etwas daran liegt. Außerdem schließen sich die Porters an, so daß ich Steve während dieser Zeit sehen könnte.«
»Soll ich Amor spielen?«
»Untersteh dich!«

»Du bist feig!«
»Wieso?«
»Weil du im romantischen Schottland vielleicht Gelegenheit hättest, Steve einiges zu verstehen zu geben.«
»Das geht doch nicht!«
»Weil du ihn lieber aus der Ferne anbetest, ich weiß.«
»Sei nicht so gemein!«
Lisa hakte sich schnell bei Vicky unter.
»Onkel Vinzenz hat Geld geschickt. Ich glaube, ich investiere einen Teil davon in ein Reitkostüm.«

Später sollten von jener Fahrt zur Fuchsjagd nur noch Schemen in Lisas Gedächtnis zurückbleiben. Sie erinnerte sich an während der Zugfahrt vorbeirauschende Landschaften und daran, viel gelacht zu haben. Alles war heiter. Der regnerische Sommer schien einem farbenfrohen Herbst Platz gemacht zu haben.
Während der ganzen Zugreise zu dem bei Dumfries gelegenen Landsitz mußte Lisa sich zwingen, nicht ständig Howard anzustarren, wofür sie keine konkrete Erklärung fand. Wenn er sie direkt ansprach – das geschah nicht allzu oft –, wurde sie sogar rot. Doch dann kamen sie nach Foxhight.
Foxhight war ein beeindruckendes Gebäude, sehr weitläufig angelegt und sehr majestätisch. Der Landsitz hatte etwas von einem alten, einsamen, sagenumwobenen Schloß an sich. Obwohl viele Gäste anwesend waren, blieb die Hälfte der Räume unbenutzt. Seitwärts von Waldungen flankiert, stand der Bau auf einer Anhöhe, von vier zackigen Türmen umrahmt. Foxhight wirkte sehr »englisch« auf Lisa.
»Bestimmt spukt es hier«, flüsterte sie beim Eintreten Vicky ins Ohr.
»Darum hasse ich es ja so«, flüsterte Vicky zurück. »Es macht mir Angst.«
Foxhight war schon ein paar hundert Jahre alt und mochte früher tatsächlich ein ritterliches Schloß gewesen sein. Wie alle mittelalterlichen Gebäude war es von einer düstren Schwere durchdrungen und barg viel Vergangenheit im Gemäuer. Lisa liebte so etwas. Ein sehr alter Geist schien hier zu atmen und Foxhight in Geheimnisse zu hüllen.
Eine breite Treppe führte ins Obergeschoß. Die Wand entlang der Stufen schmückten Bilder der Ahnengalerie. Die Vorfahren Vickys konnten Lisa jedoch nicht das Fürchten lehren. Sie war entzückt: von Foxhight ebenso wie von der Weite der Landschaft. Der Wind blies wild über das Gras. Die Gegend wirkte nicht lieblich und verspielt,

sie war ursprünglich, und an stürmischen Tagen recht rauh. Die Hügel um Reitenau wölbten sich in weicheren Wellen. Welch ein Gegensatz auch zum allzu gepflegten, kurzgemähten Rasen in Belgravia!

»Ihnen wird es hier gefallen«, sagte Steve zu Lisa.

»Warum?« fragte sie ihn.

»Ich weiß nicht, nur so ein Gefühl«, gab er zurück. Und Howard, einen Mundwinkel spöttisch hochgezogen, meinte nur: »Soso« – und ging seiner Wege.

Steve fühlte sich verpflichtet, seinen Freund zu entschuldigen: »Howard ist momentan ein wenig gereizt.«

Da Vicky dabeistand, hielt es Lisa für klüger, Steve nicht zu liebenswürdig anzulächeln.

Am darauffolgenden Tag reisten die letzten Jäger an. Eine fröhliche, wenn auch gesetzte Gesellschaft war nun versammelt. Lisa vergaß später die Leute recht bald wieder, auch den verrückten Frazier, Lord Summerhays Freund und Rechtsberater, der sogar über das Wetter und die Windstärke Wetten abschloß, auch Lady Gray mit ihren aufsehenerregenden Hüten, auch Sir Ableton und dessen amüsante Gesprächsbeiträge, die meist nur aus einem mißbilligenden oder einem zustimmenden Hüsteln bestanden.

Howard war tatsächlich leicht gereizt. Seine Spötteleien hatten einen noch spitzeren Stachel als sonst, und er war nicht bereit, auch nur das kleinste Lächeln anzudeuten. Er wirkte fast melancholisch, und Lisa merkte, daß er dem Portwein recht zugeneigt war.

Sie selbst streifte mit Leidenschaft durch die geschichtsträchtigen Gänge und Räume von Foxhight. Wer hier schon alles gelebt und geliebt hatte? Sie hätte stundenlang »schnüffeln« mögen. Das Alte faszinierte sie, denn die Vergangenheit schien aus alldem zu sprechen, und weil es so alt war und eigentlich sich selbst überlebt hatte, war es auch ein bißchen dekadent. Ob Poe sich wohl das Haus der Ushers auch so vorgestellt hatte? Auch hier knarrte manchmal ein Balken, und wenn man sich in den verwaisten, spinnwebenbenetzten, staubigen, nach vergangenen Jahrhunderten riechenden Turmzimmern aufhielt und das Gemäuer anfaßte, rieselte Steinstaub zu Boden.

Hier müßte man malen können, dachte Lisa und beugte sich aus dem Turmfenster. Hier könnte man träumen, träumen und von der eigenen Phantasie überwältigt werden! Draußen erstreckten sich Wälder, grüne Hügel und Ebenen, und es blies ein Wind, der nach der nahen See roch.

»Was machen Sie denn da?« fragte plötzlich eine Stimme hinter ihr. Lisa fuhr zusammen und schrie auf, als habe ein Gespenst sie ange-

sprochen. Als sie sich umdrehte, stand Howard da und schaute sie ausdruckslos an.
»Ich schaue aus dem Fenster«, erwiderte sie schnippisch, »wenn Sie nichts dagegen haben?«
»Ich habe Sie gesucht. Wir essen.«
»Ich komme gleich. Ich – ich bin hier ins Träumen geraten.«
»Ja?« Komisch, daß alles, was aus seinem Mund kam, so spöttisch klang.
»Ja! Sie träumen wohl nie?«
»Ich vermeide es.«
»Und versäumen viel.«
»Was sollte ich versäumen? Es gibt zu wenig, das es wert ist, *nicht* versäumt zu werden.«
»Woher haben Sie nur Ihre... Ihre...«
»Abgeklärtheit?«
»Ja, danke.«
»Sie sind ein Kind, Lisa.«
Da wurde sie zornig. Ihr Gesicht rötete sich. Sie warf einen Blick aus dem geöffneten Fenster. Noch immer wehte draußen ein scharfer Wind. Ebenso scharf fuhr sie Howard an: »Sie werden schon noch merken, daß ich das keineswegs bin.«
»Nur Kinder träumen. Kommen Sie jetzt bitte mit hinunter!«
Lisa durchmaß mit großen, festen, etwas zornigen Schritten das Turmzimmer, dessen Einrichtung mit weißen Laken abgedeckt war. Ja, sie hatte geträumt. Wie schrecklich mußte es sein, nicht träumen zu können!
»Sie tun mir leid«, sagte sie zu Howard, als sie an ihm vorbei nach unten ging. Howard äußerte sich nicht dazu. Er trat zum Fenster und schloß es.

Am nächsten Tag sammelte sich die Jagdgesellschaft in den frühen Morgenstunden vor Foxhight. Lisa hatte sich bereits am Vortag mit den Summerhayschen Pferden vertraut gemacht und sich für eine Stute namens Pearl entschieden, einen temperamentvollen Rotfuchs von Rasse.
Lisa trat in ihrem neuen, engsitzenden Reitkostüm, den Zylinder keck auf dem Kopf, die Gerte locker in der Hand, vor Pearl und betrachtete skeptisch den Damensattel. Der Reitknecht Jeremy hielt das Pferd, das bereits nervös tänzelte, mühsam in Zaum. Lisa war ihr ganzes Leben noch in keinem Damensattel gesessen. Sie hatte aber gehört, es sei schwieriger, aus einem Damensattel als aus dem Herrensitz zu fallen, was ihr beim Anblick des fremdartigen Gebildes

nicht sehr glaubwürdig erschien. Sie fürchtete, keine sonderlich gute Figur zu machen. Steve ging an ihr vorbei und wünschte ihr Waidmannsheil. Lisa nickte zurück, ohne Steve wirklich zu sehen, und ließ sich endlich von Jeremy in den Sattel helfen. Was für ein Sitzgefühl! Lisa war überzeugt, nach einer halben Stunde ein gebrochenes Kreuz zu haben. Wie unnatürlich! Sie fühlte sich nicht wohl und schielte verstohlen nach der Haltung der anderen Damen.
Man war bereit zum Aufbruch. Das Kläffen der Hunde wurde aufgeregt. Sie schlugen wild mit den Ruten und schienen ihren Jagdtrieb kaum noch beherrschen zu können. Pearl wieherte und schnaubte. Auch sie war unruhig und ungeduldig. Die Nervosität der Tiere übertrug sich auf die ganze Jagdgesellschaft. Auch Lisa spürte ein sonderbares Beben. Sie wußte nicht viel über die englische Fuchsjagd, sie freute sich vor allem auf einen flotten Galopp. Die erregte Atmosphäre ließ sie jedoch ahnen, daß eine Hetzjagd mehr sein würde als nur ein wilder Ritt.
Vicky stand ein wenig verloren zwischen den vielen Vierbeinern. Sie beteiligte sich nicht an der Jagd. Es schien sie sogar Überwindung zu kosten, Pearl am Hals zu tätscheln. Zu Lisa sagte sie zaghaft: »Na dann, viel Vergnügen!«
»Du solltest mir Waidmannsheil wünschen«, meinte Lisa lachend und hatte Mühe, die nervöse Stute zu bändigen.
Es war ein strahlend klarer Oktobermorgen. Die Luft roch frisch und würzig. Tau hing im Gras. Es war kalt.
»Die Hunde stellen die Beute, nicht du«, erklärte ihr Vicky. »Vielleicht hast du den Anschluß längst verloren, wenn es soweit ist.«
»Daß ich nicht lache!« Übermütig warf Lisa den Kopf zurück. Gesprächsfetzen drangen an ihr Ohr. Das Wortgeplänkel sollte nur die Zeit bis zum sehnsüchtig erwarteten Aufbruchssignal vertreiben. Als dann der Hörnerklang alle anderen Geräusche übertönte, verstummten die Unterhaltungen sofort. Die Pferde bekamen die Sporen. Lisa dachte noch: Mein Gott, dieser Sattel! Nie würde sie das Getöse des Aufbruchs vergessen. Verschwommen nahm sie das wilde Gebell der Hunde wahr, hörte die vielen Pferdehufe auf die Erde schlagen, fühlte den scharfen Luftzug und ließ Pearl davongehen. Der zielstrebige Lauf der Hunde, die ihre Beute früh zu wittern begannen, zeigte den Reitern, daß der Fuchs in der Nähe sein mußte.
Während es Lisa war, als flöge sie, ohne die Erde zu berühren, über die grüne Weite, während sie allmählich ein Gefühl für den fremden Sattel bekam und eine ekstatische Lust an der Geschwindigkeit empfand, während es ihr vorkam, als würden Reiterin und Pferd eine Einheit und in wunderbarer Harmonie ineinander übergehen, er-

wachte langsam ein diabolischer Trieb in ihr, der bereits vor dem Aufbruch von den anderen Jägern ausgegangen war. Wald, Wiesen, Sträucher, alles um sie herum wurde zu einem einzigen Streifen Grün. Die ineinander verschmelzenden Farben und Geräusche gerannen zu einem stürmischen Crescendo. Lisa wurde von einem Hochgefühl mitgerissen, das der Manie nicht mehr fern war. Wie durch feinen Nebel sah sie Howards Gesicht. Sie sah die Lust am Kampf und am Animalischen darin, die diabolische Lust am Töten. Sie sah zum erstenmal etwas Lebendiges, Feuriges in diesem Gesicht, und ihr Herz tat ein paar zusätzliche Schläge. Dann stob Howard vor, und sie sah nur noch seinen Rücken: stolz, gerade, schmal. Ihr war, als stiege ihr Blutgeruch in die Nase. Sie gab Pearl die Sporen, als ginge es um Leben und Tod.

Der Fuchs hatte sich in den Wald gerettet. Mit heiserem Gebell hetzten die Hunde hinter ihm her, schnuppernd und schnüffelnd immer seiner Fährte nach. Auch die Reiterschar drang in den Wald ein und verlangsamte das Tempo. Lisa sah die Meute davonstürzen und merkte gar nicht, daß sie Pearl die Sporen tiefer in die Seiten trieb. Erst als sie nur noch vorbeisausende Baumstämme sah, merkte sie mit Entsetzen, daß sie das Pferd nicht mehr in der Gewalt hatte. Jetzt empfand sie auch wieder den Sattel, der sie seitlich zu sitzen zwang, als Hindernis. Sie zog an den Zügeln, zerrte an ihnen, beugte sich seitwärts und zurück, bückte sich bis hinunter zum Pferdekopf, um den Ästen auszuweichen, und wurde ohne eigenes Zutun von Pearl über einen querliegenden Baumstamm getragen. Die Stute stürzte zwischen den Bäumen hindurch, völlig verwirrt und außer sich, erreichte wie durch ein Wunder eine in Helligkeit getauchte Lichtung, blieb stehen, bäumte sich auf und trat mit den Vorderhufen in die Luft. Sie wieherte in Panik, warf den Kopf hin und her und wurde endlich ruhiger. Lisa zitterte am ganzen Leib. Ihr war schwindlig. Bebend, ohne zu wissen, was sie tat, glitt sie aus dem Sattel. Erleichtert fand sie festen Boden unter den Füßen.

»Du verrücktes Ding, du Verrücktes!« flüsterte sie Pearl zu und lehnte sich gegen den Hals des Pferdes, dessen Ohren zuckten und das nervös schielende Blicke nach seiner Reiterin warf. Aus der Ferne klangen die Geräusche der Jagd herüber. Der Wald schien die Laute zu verschlucken.

Da kam Howard auf seinem schwarzen Vollblüter herangeprescht. Als er Lisa sah, fiel er in leichten Trab, und als er sie erreicht hatte, stieg er ab. In der Vormittagssonne war es nahezu friedlich. »Sind Sie verrückt?« herrschte er Lisa gereizt an. »Ich dachte, Sie können reiten. Haben Sie die Bäume nicht gesehen?«

Lisa schwieg. Ihr war zum Heulen.
»Ich habe Ihnen gleich gesagt, daß Pearl ein nervöses Temperament hat. Wieso haben Sie nicht auf mich gehört und ein ruhigeres Pferd genommen?«
»Schreien Sie doch nicht so!«
Sein Mund verzog sich spöttisch. »Ich schreie nicht«, sagte er ruhig, obwohl er gerade sehr wohl geschrien hatte.
»Mir ist übel«, bekannte Lisa, die sich erst jetzt der Angst bewußt wurde, die sie ausgestanden hatte. Sie lehnte sich mit dem Rücken gegen den nächsten Baum und versuchte, sich von dem Schrecken zu erholen.
Howard sah sie nicht gerade mitleidsvoll an. »Sie werden sich jetzt in den Sattel setzen und zurückreiten. Finden Sie den Weg?«
Lisa wischte sich mit dem Handrücken über die feuchte Stirn. Langsam fühlte sie sich besser. »Jetzt seien Sie doch nicht so böse! Sie hätten mich wirklich nicht ›retten‹ müssen! Wie Sie sehen, komme ich gut allein zurecht. Reiten Sie wieder zu den anderen! Ich möchte Ihnen nicht die Jagd verderben. Los! Ich habe Sie nicht aufgefordert, mir zu folgen!«
Howard maß sie mit einem kühl prüfenden Blick. Dann sagte er belustigt: »Sie sind einfach unglaublich.« Er griff nach ihrem Arm und führte sie zu Pearl zurück, die nun friedlich wartend dastand. Er wollte Lisa in den Sattel helfen, da lehnte sie sich einfach gegen ihn. Sie tat einen heftigen Atemzug; dann schmiegte sie ihren Kopf in seine Halsbeuge. Sie konnte nicht sehen, daß er seine Brauen hochzog. Als sie auch noch die Arme um seinen Hals legte, während er, die Hände am Rücken, bewegungslos ausharrte, machte sich auf seinem Gesicht ein amüsiertes Lächeln breit.
In der Stille zwitscherten Vögel. Im Schatten der Bäume dampfte ein Nebelfeld. Eine Krähe krächzte klagend. Die Sonne lächelte mild.
Die Vorstellung, jemand könne sie so überraschen, belustigte ihn. Die Situation war recht eindeutig. Alice hätte sich bestimmt kompromittiert gefühlt.
»Was halten Sie davon, mich wieder loszulassen?« fragte er.
Lisa zuckte zusammen. Sie hatte sich wieder beruhigt. Seine Nähe hatte ihr ein eigenartiges Wohlgefühl vermittelt. Als sie ihn jedoch ansah, schien sein Lächeln sie zu verspotten. Schnell zog sie ihre Arme zurück.
Er wollte sich niederbeugen, um ihr beim Aufsitzen zu helfen, aber da kam es rasch: »Howard, ich liebe Sie!«
Obwohl ihm sonst seine Gemütsregungen nicht am Gesicht abzulesen waren, sah er erstaunt aus. Lisa kam es so vor, als wollte er die

Situation auskosten, denn er schwieg lange und sah sie bloß neugierig an.
Als auch sie nichts hinzuzufügen hatte, fragte er: »Was tun Sie?« Und dann, mit hochgezogenen Brauen: »Imponierend.« Entweder, überlegte er, hat sie verdammt viel Courage, oder sie ist wirklich noch sehr verwirrt. Außerdem: Ihr Mund ist durchaus verlockend.
Sie hatte die Lider gesenkt, als wartete sie darauf, geküßt zu werden. Howard schien es sich zu überlegen. Dann sagte er aber doch: »Wollen Sie jetzt endlich die Güte haben aufzusitzen?«
Lisa riß die Lider hoch. Wie erstarrt schaute sie ihn an und konnte nicht einmal schlucken. Langsam wurde ihr bewußt, daß Howard ihr einen Korb gegeben hatte. Noch nie in ihrem Leben hatte sie sich so gedemütigt gefühlt.
»Entschuldigen Sie!« sagte sie, so kalt sie konnte, und wäre am liebsten in den Boden versunken. Ihr Gesicht glühte. »Ich habe vergessen, daß Sie sich mit Kindern nicht abgeben. Ich will Ihre kostbare Zeit nicht stehlen. Ich reite allein zurück. Bemühen Sie sich nicht!«
Sie nahm Pearl an den Zügeln. Howard wollte ihr nochmals beim Aufsteigen helfen, aber sie stieß ihn weg. Allein kam sie aber nicht hinauf. Dieser elende Damensattel! Howard lachte und ließ sie über seine verschlungenen Hände in den Sattel steigen.
Kaum war sie oben, hatte sie keinen Blick mehr für ihn und gab Pearl die Sporen.

»Du bist so komisch«, sagte Vicky. »Seit wir aus Schottland zurück sind, bist du so schweigsam.«
»Ach«, sagte Lisa, »das bildest du dir ein.«
Tatsächlich hatte seit dem Vorfall auf der Lichtung jedes Zusammentreffen mit Howard einen peinlichen Beigeschmack. Lisa kam sich liederlich vor. Ihr Selbstbewußtsein war ziemlich ramponiert. Doch Vickys Neugier prallte an Lisa ab, die keine Lust hatte, irgend jemandem zu erzählen, wie sie sich Howard Summerhay an den Hals geworfen hatte. Die Losung hieß darum: Ablenkung!
Aber die Begegnung mit Howard blieb wie ein Schatten immer gegenwärtig. Lisa fing an, ihn zu hassen, und Alice haßte sie noch mehr. Sie fragte sich zum erstenmal, ob sie vielleicht zu direkt, zu unweiblich war, und hatte plötzlich Hemmungen, sich in einen Flirt ziehen zu lassen. Außerdem mußte sie immer daran denken, wie anders alles hätte kommen können, wenn Howard sie auf der Lichtung tatsächlich geküßt hätte. Warum hatte er es nur nicht getan? Ihr war, als hätte sie hier versagt. Was sie nicht haben konnte, erschien ihr

als besonders erstrebenswert, und Howard konnte sie offensichtlich nicht haben.
Daß Vicky bei vielen Unternehmungen die Initiative übernahm, kam ihr daher sehr gelegen. Vicky schleppte Lisa mit zu Einkaufsbummeln – Lisa mußte an Onkel Vinzenz schreiben, daß sie kein Geld mehr hatte –, nahm sie zu Picknicks und Teestunden mit und zeigte ihr alles, was sie für sehenswert hielt. Als sie eines Nachmittags, mit einer Hutschachtel am Arm baumelnd, neben Vicky am Hyde Park Corner vorbeikam, wurde Lisa auf eine Menschenansammlung aufmerksam, die sich um eine auf einem kleinen Podest stehende junge Frau scharte. Die Rednerin kämpfte laut gegen einen Strom erboster und empörter Widerworte und Zurufe an. Während sie tapfer ihre Proklamation in die Welt hinausrief, teilte eine andere junge Frau mit auffallend kurz geschnittenem Haar Flugblätter aus; auch sie mußte sich Anzüglichkeiten gefallen lassen.
»Was ist denn da los?« erkundigte sich Lisa bei Vicky.
»Das sind Suffragetten«, erwiderte Vicky desinteressiert. »Aber wir sollten hier verschwinden. Wo Suffragetten sind, gibt es immer Krawall, und meistens kommt die Polizei.«
Lisa wich nicht von der Stelle. Die Sonne blendete sie. Sie hielt sich die Hand schützend vor die Augen, um mehr sehen zu können. Vicky wurde ungeduldig und ließ die Mundwinkel hängen. Wenn Lisa sich mal in etwas verbiß...
»Komm, gehen wir näher hin!« sagte Lisa prompt und setzte sich auch schon in Bewegung. Vicky marschierte kopfschüttelnd hinter ihr her.
»Bleib da, Lisa! Das ist doch lauter Blödsinn, was die da oben sagt. Das sind Verrückte.«
»Warum? Was machen die denn?«
»Steine werfen, Fenster zertrümmern, Wände bemalen, Männer auf offener Straße überfallen, Blockaden in den Straßen errichten...«
»Männer überfallen?« Lisa lachte. »Oho!«
»Komm jetzt!«
»Nein. Ich will zuhören.«
Lisa hatte sich vorgearbeitet. Aber die Frau stieg schon von der Kiste und hatte es plötzlich recht eilig. Die Flugblattverteilerin lief an Lisa vorbei, bemerkte deren Neugier und drückte ihr einen Zettel in die Hand.
»Ich dachte, hier kann jeder reden, der reden will«, meinte Lisa verblüfft angesichts der Reaktion des Publikums. Die Leute zerstreuten sich langsam, indem sie sich über die Rednerin lustig machten, Zoten rissen und debattierend ihren Mißmut und ihre Mißbilligung äußerten.

VOTES FOR WOMEN! stand in großen Lettern auf dem Papier in Lisas Händen. WOMEN FOR VOTE!

»So was!« murmelte Lisa. Der Gedanke, daß Frauen das Wahlrecht fordern könnten, ja überhaupt auf die Idee kamen, ein solches stehe ihnen zu, war ihr fremd. Sie überflog den Aufruf, der allerdings nicht mehr sagte, als schon die Überschrift verriet. Außerdem enthielt er die Einladung zu einer Versammlung, zu der nur Frauen Zutritt hatten.

»Da, schau!« sagte Vicky zu Lisa. »So ein Unsinn!«

»Wieso Unsinn? Ich finde es lustig. Hier: Im ›Red Ballon‹ ist morgen abend ein Vortrag. Bloß für Frauen. Haben wir morgen abend etwas vor?«

Vickys Augen wurden rund wie Kugeln. »Du willst da doch nicht etwa hingehen?« fragte sie fassungslos.

»Wieso nicht?«

»Das... das ist... – also, das ist unschicklicher und schlimmer, als beim Heiraten keine Jungfrau mehr zu sein.«

Lisa prustete sofort los. Der Vergleich gefiel ihr. »Schlimmer?« fragte sie belustigt.

»Mindestens genauso schlimm.«

»Da sich niemand geopfert hat, um mich von meiner Unschuld zu befreien, sollte ich wenigstens zu dieser Veranstaltung gehen. Ach, Vicky, sei kein Feigling! Das wäre doch so aufregend, besonders weil es sich nicht gehört.«

»Aufregend«, sagte Vicky abfällig. Sie identifizierte sich überhaupt nicht mit diesen »wild gewordenen Fanatikerinnen«, wie die ehrwürdige »Times« sich einmal dazu geäußert hatte. »Sie treffen sich bestimmt an einem verrufenen Ort«, wehrte sie ab. »›Red Ballon‹! Wie das schon klingt!«

»Um so aufregender! Wir gehen heimlich hin!«

Vicky wand sich innerlich. Die Idee mißfiel ihr.

»Du bist wirklich feig«, sagte Lisa.

»Geh doch allein hin!«

Lisa lachte: »Dazu bin *ich* zu feig. Weißt du, wo der ›Red Ballon‹ ist?«

»Natürlich nicht.«

»Wir nehmen eine Mietdroschke. Der Kutscher findet ihn sicher. – Mach kein solches Gesicht, Vicky! Wir schauen ja bloß rein, hören uns das mal an und gehen wieder nach Hause.«

»Was sage ich aber meinem Vater?«

»Dein Vater ist doch morgen abend im Club. Howard will mit Steve ausgehen. Wer sollte da etwas erfahren?«

»Und Evans?«

»Ich bitte dich: Was geht euren Butler an, wo du abends hingehst?«
»Aber wir können doch nicht zu zweit, ohne Begleitung... also Lisa!«
»Mein Gott, bist du ein Häschen!«
Vicky preßte die Lippen zusammen. Häschen? Sie war nicht so ängstlich, wie Lisa glaubte.
Mit feinakzentuiertem Spott hörte sie Lisa hinzufügen: »Und spießig.«
Das ging nun doch zu weit! »Gut«, sagte Vicky. »Also, gehen wir hin. Aber du mußt mir versprechen, daß wir vor zehn zurück sind. Zuerst besuchen wir Tante Winnie, als Alibi, falls jemand fragt. Und dann zu den Suffragetten!«
Lisa klatschte in die Hände. Die Hutschachtel schlenkerte. »Fein!« rief sie und hakte sich mit dem freien Arm bei Vicky unter.

Vicky fühlte sich nicht gerade wohl, als sie am nächsten Tag neben Lisa auf einem wackeligen Holzstuhl saß, in dem sie die Würmer nagen zu hören glaubte. Sie hatte dauernd Angst, von einer Anwesenden erkannt zu werden.
»Die würde es aber nie verraten« trat Lisa mit entwaffnender Logik der Angst entgegen. »Die säße ja selber in der Tinte.«
Es roch muffig im Kellerraum des »Red Ballon«, einem Quartier der von Emmeline Pankhurst gegründeten Bewegung Women's Social and Political Union. Alles wirkte auf Vicky vulgär und provisorisch. Es roch nach Bier.
Vor den Stuhlreihen war aus einfachen Kisten eine Art Podium errichtet, auf dem ein zum Rednerpult umfunktionierter Wirtshaustisch stand. An die zwanzig Frauen hatten sich eingefunden. Die meisten kannten und begrüßten sich. Der Ton war sehr geschäftig und verschwörerisch.
Lisa sah sich neugierig und aufgeregt um und kam sich bereits wie eine tapfer kämpfende Urchristin in der Katakombe vor. Alles schien ihr sehr geheimnisvoll und bedeutend. Sie schaute in die einzelnen Gesichter und fand dort jenen an Fanatismus grenzenden Eifer, der die Würde eines religiösen Auftrags ausstrahlte. Mancher Frau sah man allerdings an, daß sie eher deshalb hergekommen war, um die Misere mit einem Mann an der gesamten Männerwelt zu rächen, und eine Dunkle im Taftkleid, fand Lisa, gehörte eher zu den verschmähten und daher rachedürstenden Mauerblümchen als zu den politisch Überzeugten.
Gemurmel belebte den Raum. Offensichtlich wartete man auf jemanden. Lisa wurde unruhig. Das dauerte ihr alles zu lang. Um so

überraschter war sie, als sie Vickys Gesicht sah. Deren Augen hatten ihre verwunderte Ängstlichkeit verloren. Vicky schien dieses Abenteuer jetzt interessant zu finden.

Und dann, endlich – Lisa hatte schon angefangen, am Daumen zu knabbern – endlich kam sie, auf die alle warteten. Natürlich nicht die Pankhurst persönlich, denn die saß mal wieder hinter Gittern. Dafür kam eine gewisse Annie Roper, deren Erscheinen mit Beifall quittiert wurde.

Annie Roper lächelte nicht. Mit fast heiligem Ernst im Gesicht schritt die kleine, dunkelhaarige Person zum Podium. Dort angekommen, wartete sie, bis der Beifall nachließ. Dann beugte sie sich über den Tisch, sah sich die Gesichter an und sagte in bedeutungsschwangerem Tone: »Freundinnen und Mitstreiterinnen der gerechten Sache! Ich begrüße euch recht herzlich zu unserer heutigen Versammlung. Ihr wißt, es ist keine gewöhnliche Zusammenkunft – nicht heute.«

In Lisa begann es zu prickeln. Vereinzelt wurde wieder geklatscht.

»Wir haben lange genug geschwiegen und gewartet. Wir haben auf unsere Regierung und deren Versprechungen vertraut. Diese Versprechungen wurden bis heute nicht eingelöst. Unsere Führerin, Emmeline Pankhurst, darbt derzeit im Gefängnis. Wir sind um keinen Schritt weitergekommen!«

Buhrufe, Pfiffe, Zwischenrufe. Lisa sah sich erstaunt in dem Kellerraum um.

»Wir haben uns lange genug an unsere Zusagen gehalten. Wir haben uns beherrscht, was uns im Hinblick auf die unverändert ungerechten Zustände nicht leichtgefallen ist, wir haben unser Äußerstes gegeben, um unsere Sache friedlich zu lösen. Freundinnen, Mitkämpferinnen, wir haben es satt, lächerlich gemacht und beleidigt zu werden! Eine namenlose Beleidigung ist es, wenn im Oberhaus über die Lichter an den Pferdewagen gesprochen wird, um zum Tagesordnungspunkt *Votes for women* nicht mehr zu kommen! Wie lange wollen wir uns solch einen Zynismus noch gefallen lassen? Jetzt werden wir kämpfen, wie wir noch nie gekämpft haben. Unsere Militanz soll unser Stolz sein und uns nicht mehr mit heimlicher Scham erfüllen! Sie soll uns ein neues Selbstverständnis geben und dem Patriarchat zeigen, daß auch wir mit männlichen Waffen zu kämpfen wissen...«

Ein unerhört wortgewaltiger Redestrom ergoß sich über die Zuhörerinnenschar. Die Idee war begeisternd. Im Lauf der Zeit bekam Lisa jedoch das Gefühl, Annie Roper zerredete diese Idee, um sich an der eigenen Begeisterung hochzuschwingen. Sie ging zurück bis zu Elisabeth I., ließ auch die gute alte Victoria nicht aus, predigte Selbstbewußtsein, Freiheit, Selbständigkeit und politisches Engagement,

prangerte die finanzielle Abhängigkeit der Frau vom Mann an, leitete davon die politische Unmündigkeit der Frauen ab, die allein ein morbides System am Leben erhalte, sprach sich für die Berufstätigkeit der Frau aus, forderte gleichen Lohn für gleiche Arbeit und setzte sich immer wieder für die aktive Rolle der Frau in der Politik ein; die Voraussetzung dafür, erklärte sie, sei natürlich das Wahlrecht.
Wieder fiel Lisa Vickys Interesse auf, und sie merkte, daß ihre Freundin den Emanzipationshunger entdeckt hatte. Vicky war ganz bei der Sache.
Annie Roper schloß unterdessen ihren aufrüttelnden Vortrag mit der Aufforderung: »Wer Mut hat, wer bereit ist, mit den Waffen der Gegenseite zu kämpfen, wird sich morgen abend wieder hier einfinden. Mehr kann ich jetzt nicht dazu sagen. Wer die W. S. P. U. kennt, wird verstehen, worauf ich hinauswill. Verrat lauert an jeder Ecke! Was in der Nacht von Samstag auf Sonntag geschehen wird, ist von langer Hand organisiert. Kommt oder bleibt zu Hause! Es gibt nur ein Für oder ein Gegen uns. Dazwischen gibt es jetzt nichts mehr, denn morgen brennt London!«

Lisa konnte es kaum fassen: Vicky war Feuer und Flamme für die W. S. P. U. Es war, als hätte es in ihrem Kopf plötzlich einen Knall gegeben. Den ganzen nächsten Tag redete Vicky von nichts anderem mehr.
»Früher hast du nur von Steve gesprochen, jetzt erzählst du nur noch von den Suffragetten. Was ist denn mit dir los?« fragte Lisa.
»Was soll schon los sein? Es hat sich eben einiges geändert. Einmal muß ja auch ich erwachsen werden«, entgegnete Vicky.
»Und du wolltest zuerst gar nicht zu den Suffragetten gehen.«
»Aber ich war dort! Gott sei Dank. Annie Roper hat mir die Augen geöffnet. Wieso soll ich weiter nach Steve Porter schmachten? Eine Roper würde darüber bloß lachen. Als gäbe es kein anderes Ziel im Leben, als Steve zu heiraten!«
Lisa lachte. »Vicky, ich kenne dich nicht wieder.« Sie überlegte, daß sie es in all den Jahren nicht fertiggebracht hatte, Vicky derart zu begeistern und aus ihren Liebesträumen aufzuschrecken. Und dieser eine Abend hatte nun ganz andere Vorzeichen gesetzt.
»Ich weiß, was sie vorhaben«, fuhr Vicky eifrig fort. »Wir müssen dabeisein!«
Sie saßen beide im Nachthemd in Vickys Schlafzimmer auf dem Bettrand. Lisa bürstete sich das Haar. Sie fühlte sich ganz ruhig und entspannt und konnte mit Vickys Aufregung gar nichts anfangen.
»Sie wollen Häuser überfallen«, platzte Vicky heraus.

»Häuser?«
»Ja, Häuser. Heute wird die Strategie festgelegt. Ich habe gestern, ehe wir gingen, die Frau neben uns ausgefragt. Die Häuser von Politikern sollen brennen! Das haben die von der W. S. P. U. früher schon getan, aber nicht in diesem Ausmaß, wie es morgen nacht geplant ist. Damit wollen sie den Scheinfrieden mit der Regierung brechen.«
»Und wozu?«
»Aus Protest. Um auf sich aufmerksam zu machen. Ist das nicht großartig?«
»In der Tat. Bist du dir darüber im klaren, daß dieses Haus hier ebenfalls brennen wird?«
Vicky blickte verdutzt drein. Dann sagte sie naiv: »Vater wird ja morgen abend zu Hause sein.«
Lisa lachte. »Du glaubst doch nicht im Ernst, daß diese aufgeregten Hühner alle Häuser, in denen Politiker wohnen, in Brand setzen werden?«
Vicky sah zornig aus. »Das sind keine Hühner, Lisa! Außerdem sollen nur jene Häuser in Brand gesteckt werden, in denen Politiker wohnen, die sich mit uns angelegt haben.«
»*Uns*?«
»Lisa, wir müssen dabeisein! Wenigstens zuschauen müssen wir. Bitte!«
»Willst du etwa Fensterscheiben einschlagen?« fragte Lisa kühl, aber sehr angetan von der abenteuerlichen Vorstellung.
»Nein. Aber zuschauen will ich schon.« Vicky nahm Lisa die Bürste aus der Hand. »Nur zuschauen!«
»Und wenn die Polizei kommt?«
»Haben wir nichts getan.«
»Und wie sollen wir das im allgemeinen Durcheinander beweisen?«
»Was hast du nur heute, Lisa? Wir werden wieder eine Mietdroschke nehmen, in der wir sitzen bleiben. Niemand kann auf uns aufmerksam werden. Wenn es uns zu heiß wird, lassen wir den Kutscher weiterfahren.«
»Aber morgen…«
»Da gehen wir nicht hin.«
»Hm?«
»Ja, das Kostümfest bei Sir Southwood. Wir lassen es sausen. Wir tun nur so, als gingen wir hin.«
»Steve wollte uns doch begleiten.«
Vicky schien nachzudenken. »Ich sage ihm ab.«
»Wenn es dein Vater mitbekommt?«

»Ach, der erfährt schon nichts. Wenn ich Steve bitte, nichts zu erzählen, hält er bestimmt den Mund.«
»Vicky«, sagte Lisa bloß, und beide begannen zu kichern.

Die Kutsche stand in einer Seitenstraße von Belgravia, also nicht weit vom Summerhayschen Wohnsitz. Vicky hatte prophezeit, daß sich die Hauptattacken in dieser Gegend ereignen würden: »Belgravia und Downing Street – du wirst sehen.«
Weder Lisa noch Vicky fühlten sich ganz wohl in ihrer Haut, und der Kutscher schien die beiden Mädchen, die nachts in einer Seitenstraße in einer Mietkutsche warteten, für verrückt zu halten. Er dachte aber nicht weiter darüber nach, sondern döste auf seinem Kutschbock dahin. Es war kalt und ein bißchen neblig; man sah keinen Stern am Himmel.
»Sir Southwood wohnt ganz in der Nähe«, sagte Vicky. »Schade, daß wir all die bekannten Gesichter nicht sehen, wenn sie in ihrer Maskerade aus dem Haus laufen.«
»Das Geschrei werden wir schon hören.«
»Da drüben wohnt doch Lord Carrington?«
»Ich weiß.«
»Er kennt dich, Vicky.«
»Das weiß ich auch. Aber der sitzt jetzt sicher bei seinem Port oder seinen Austern. Sag mal, hörst du etwas? Es ist so still.«
Dabei hatten sich die kampfeslustigen Wahlrechtsstreiterinnen längst, zu Gruppen formiert, hinter Bäumen, Sträuchern und Gartentoren versteckt. Ab und zu kläffte irgendwo ein Hund. Sonst war es ruhig. Trotzdem spürten Lisa und Vicky, daß etwas in der Luft lag. Plötzlich zerschnitt ein Pfiff die Stille. Vicky und Lisa hielten den Atem an. Der Tumult brach los.
»Scherben«, flüsterte Vicky aufgeregt. Hinter bislang unerleuchteten Fenstern wurde es hell. Da in der engen Seitenstraße viel zu hören, aber nur wenig zu sehen war, stieß Vicky hektisch den Verschlag der Kutsche auf. »Komm«, sagte sie heiser und zog Lisa mit auf die Straße. Dem Kutscher rief sie zu: »Warten Sie hier!«
»Wo willst du hin?« fragte Lisa erstaunt. Wußte Vicky nicht, was sie tat? Ihr Ruf war völlig ruiniert, wurde sie bei einer Suffragettenschlacht gesehen! Doch Vicky strebte unbeirrbar dem Herd der Unruhe zu. Sie bog um die Ecke, Lisa hinter sich. Ehe sie sich's versahen, standen sie mitten im Getümmel. In einem Haus brannte es bereits. Die Vorhänge hatten Feuer gefangen. Frauen warfen mit brennenden Pechfackeln, zertrümmerten Fensterscheiben mit schweren Steinen, bewarfen verwirrt aus der Tür tretende Hausbe-

wohner mit faulen Eiern, schrien sich Schlachtrufe zu und schrieben mit roter und blauer Farbe die Parolen der W. S. P. U. an Mauern und Wände.
Ein Hausdiener versuchte, eine kurzhaarige Frau aufzuhalten, die mit dem Farbeimer an ihm vorbeistürzte, und bekam einen Schlag ins Gesicht ab. Da der Täterin ein paar Genossinnen zu Hilfe kamen, blieb der tapfere Bedienstete ohne Chance. Von ihrer Botschaft durchdrungen, doch ohne ein Bewußtsein, das über den Augenblick hinausreichte, schienen die Frauen in einer Art religiöser Verzückung zu handeln, fortgerissen von ihrer missionarischen Tat. *»Votes for women!«* dröhnte es von allen Seiten. Es war ein einziger Rausch der Rache, der Auflehnung und der Zerstörung.
Jemand drückte Lisa einen Stein in die Hand. Sie verharrte regungslos, den Stein mit den Fingern umschließend. Dann sah sie, wie Vicky, ebenfalls mit einem Stein bewaffnet, ausholte und nach einer noch heilen Fensterscheibe zielte, warf und traf.
»Was soll denn das?« Ein Mann im Brokatmorgenrock tauchte hinter der zersprungenen Scheibe auf, und schon schlug ihm ein Bombardement von Abfällen entgegen.
»Los!« kreischte eine Frauenstimme. »Gebt es ihm! Gebt es ihnen allen! Gebt es diesen elenden Schweinen!«
Vicky schrie: *»Women for vote!«* und griff nach einem neuen Wurfgeschoß.
Lisa mußte an Howard denken und wie er gesagt hatte, sie solle endlich aufsitzen, da krallten sich ihre Finger fester um den Stein, den sie noch immer in der Hand hielt. Die aggressive Stimmung schwappte auf sie über. Sie empfand eine ebenso heftige, nach einer befreienden Tat verlangende Manie wie während der Fuchsjagd, als sie hinter Howard hergestoben war. Plötzlich stieß sie einen Schrei, einen tief aus der Seele kommenden, ohnmächtig-wütenden Schrei aus. Sie dachte an nichts mehr und hörte nur noch Annie Ropers Appell: »Wir haben es satt, lächerlich gemacht und beleidigt zu werden!«, und mit wilder Entschlossenheit warf sie sich in dieses wüste Durcheinander brodelnder Emotionen, in diesen Strom der Begeisterung, Verbissenheit, Wut und Verwirrung. Lisa schleuderte ihren Stein.
Die ersten Rufe nach der Polizei wurden laut: »Was geht hier vor?« – »Holt denn niemand die Polizei?«
»Stimmrecht für Frauen!«
»Schon wieder diese wildgewordenen Weiber!«
»Es lebe die W. S. P. U!«
»Unverschämtheit!« – »Pöbel!« – »Proletariat!« – »Das sind ja wirklich Frauen!«

Ein junger Mann im Abendanzug stand plötzlich vor Vicky, der irgend jemand einen Korb in die Hand gedrückt hatte. Vicky kannte den jungen Mann, der junge Mann erkannte Vicky, denn er kam von Southwoods Maskenball.
»Aber Fräulein Victoria...«
Vicky sagte nichts. Sie entnahm dem Korb ein Ei und drückte es dem Herrn an den Kopf. Die gelbe Soße rann über seine Wange. Zu verdattert, um zornig zu werden oder überhaupt zu reagieren, starrte er Vicky an.
Im Hintergrund war ein tiefes Lachen zu hören, dann die Bemerkung: »Die hat's dir aber gegeben, Larry!«
Und dann der gellende Schrei: »Die Bobbies! Die Bobbies kommen!«
Eine Frau riß Lisa herum. »Machen Sie, daß Sie wegkommen, wenn Sie nicht im Gefängnis aufwachen wollen!«
Auf die Warnung vor den Bobbies hin verschwanden die meisten. Eine grelle Stimme schrie noch: »Gebt die Pankhurst frei!« Dann wurde es ruhiger.
Lisa ließ den Stein fallen, den sie in der Hand hatte, und wollte nach Vicky greifen, aber die war im allgemeinen Durcheinander bereits von ein paar anderen Frauen mitgezogen worden. Panik erfaßte Lisa. Einen Moment stand sie reglos da, dann fing sie zu laufen an. Sie sah noch ein paar Röcke, sah brennende Vorhänge und Farblachen auf dem Boden, erinnerte sich nur noch dumpf an den Standort der Kutsche – und merkte, daß sie am Gelenk gefaßt wurde.
Erschrocken blickte sie hoch und sah in Howard Summerhays Gesicht. Er trug einen Cut, weiße Handschuhe, den Zylinder und einen weißen Schal, und er wirkte sehr fremd.
»Merkwürdiger Maskenball, auf dem Sie da waren«, bemerkte er kühl und musterte Lisa mit unverfrorener Überheblichkeit.
»Lassen Sie mich los! Sie sollen mich loslassen!«
»Seien Sie still! Ich habe keine Lust, auf offener Straße mit Ihnen herumzustreiten. Die Polizei rückt an. Kommen Sie mit, und sagen Sie mir, wo Vicky ist!«
»Das weiß ich nicht.«
Er hatte ihr Handgelenk fest im Griff und zog sie von der Straße auf den Bürgersteig. Sie mußte bereits ein gutes Stück gelaufen sein, denn hier war es still, und es roch nach Gärten und Herbst. Niemand war auf der Straße zu sehen. Nur von fern hörte man Lärm und aufgeregte Stimmen.
»Ich bringe Sie nach Hause«, sagte Howard.
Lisa riß sich los. »Nichts dergleichen werden Sie tun!« schrie sie. Sie wußte gar nicht, woher dieser unkontrollierte, eruptive Zorn jetzt

kam. »Ich weiß, was ich tue. Zweifeln Sie nicht immer an meinem Verstand!«
»Sie zwingen mich dazu«, sagte er und umfaßte wieder ihr Handgelenk.
»Lassen Sie mich los! Hände weg! Sie haben ja keine Ahnung, was ich täte, wenn ich meinen Verstand nicht mehr beisammen hätte! Ich würde... aber was geht Sie das an?«
Erneut machte sie sich los, warf den Kopf mit der für sie so typischen Trotzbewegung in den Nacken und rannte davon.
»Sie laufen direkt der Polizei in die Hände!« hörte sie ihn noch rufen, aber sie achtete nicht darauf. Sie rannte dorthin zurück, woher sie gekommen war.
»So, kleine Lady, dann kommen Sie mal mit!« sagte da eine Männerstimme. »Dort drüben im Wagen treffen Sie Ihre Freundinnen wieder.«
Rauhe Hände faßten sie an. Jede Bewegung tat ihr weh, so hart war der Griff.
»Lassen Sie mich los!« schrie sie, aber sie erntete nur Gelächter. Die Hände an ihren Armen griffen noch fester zu.

Sechstes Kapitel

Herbststürme fegten über Reitenau. Vinzenz wartete. Er saß in der Bibliothek und las zum wiederholten Male einen vor zwei Wochen eingetroffenen Brief. Wie immer war es hier drinnen sehr still. Wenn die Windstöße nachließen, konnte man in die Einfahrt hinauslauschen.
Der Brief war von Lisa. Vinzenz legte ihn weg und nahm die Zeilen zur Hand, die ihm Lord Summerhay vor sechs Tagen geschrieben hatte. Dann hörte er Krispin mit dem Einspänner vorfahren. Vinzenz nickte vor sich hin. Ein höflicher Brief von einem höflichen Mann. Zu höflich, für Vinzenz' Geschmack. Nun, er gedachte nicht, sich mit anderer Leute Höflichkeit aufzuhalten. Vinzenz ärgerte sich im nachhinein, überhaupt ein Wort über den Vorfall verloren zu haben. Amalie hatte sich sehr aufgeregt, und Lorenz soll in schadenfrohes Gelächter ausgebrochen sein. Lorenz war jetzt auf Gut Darma. Er hatte Rudolfs Verwaltertätigkeit übernommen. Rudolf war mit Irene in ein großes Haus in Berlin gezogen, um den ersten Fuß in den Reichstag zu setzen.
Auf dem Flur erklangen Schritte, die Vinzenz aus seinen Gedanken rissen, zaghafte Schritte. Dann ging die Tür auf. Lisa stand da.

Ihr Lächeln wirkte ungewohnt scheu. Vinzenz sah sie lange an. Er hatte nicht mehr daran gedacht, daß sie so hübsch war. In ihrem altrosa Kleid mit der Rosenstickerei und den weißen, wallenden Chiffonärmeln sah sie sehr kindlich aus. Verlegenheit stand in ihrem Gesicht. Mehr als ihr Hübschsein wunderte ihn ihre Zerbrechlichkeit.
Sie sagte nichts als: »Grüß dich, Onkel Vinzenz!« Dann lächelte sie. Vinzenz dachte: Schau an, sie setzt auf Charme! Laut sagte er: »Komm rein, Lisa, und mach die Tür zu!«
Sie kam ganz herein, blieb aber an der Tür stehen.
Vinzenz stand auf und trat auf sie zu. »Laß dich anschauen, Mädchen! Blaß bist du. Blaß, aber gesund.«
»Ja«, sagte Lisa leise. Dann, wie aus der Pistole geschossen, fing sie an: »Es tut mir schrecklich leid, Onkel Vinzenz!«
Vinzenz schmunzelte und setzte sich auf die Chaiselongue. »Das denke ich mir. Komm, setz dich!«
Lisa gehorchte. »Ich bin da reingeschlittert, wirklich. Du mußt mir glauben, es war keine Absicht dabei. Vicky und ich... wir wollten ja bloß zuschauen. Wir fanden es so aufregend. Ich habe wirklich keinen Stein nach dem Summerhayschen Haus geworfen...«
»Es genügt, daß du andere Häuser mit Steinen beworfen hast.«
»Ach, wenn ich nur rechtzeitig weggekommen wäre! Aber da stand plötzlich Vickys Bruder – und alles hat sich verwirrt. Vicky hat einfach besser reagiert.«
»Besser reagiert, soso. Wie ist es denn in einem englischen Gefängnis?«
Lisa schluckte. Sie wollte nicht daran denken. Sie hatte sich nicht ausweisen können, mit Akzent gesprochen, und keiner hatte ihr geglaubt, daß sie Gast bei den Summerhays war. Man hatte den Lord erst nach drei Tagen verständigt. Währenddessen war sie mit zehn anderen Frauen in einer schmutzigen Zelle gesessen, bis Lord Summerhay eine Kaution für sie hinterlegte. Vicky hatte bloß noch geheult, auch beim Abschied.
»Nicht amüsant«, sagte Lisa. »Bist du – bist du mir sehr böse?«
Vinzenz lachte. Sein Lachen zauberte wieder ein Lächeln auf ihr Gesicht. Sie atmete auf.
»Vorbei«, sagte er. »Es wird dir hoffentlich eine Lehre sein.« In einer solchen Situation war es nicht seine Art, eine Strafpredigt zu halten. Er hielt es für besser, Konsequenzen aus Fehlhandlungen zu ziehen und diese wirken zu lassen. Es kam für Lisa sehr plötzlich, als er nur sagte: »Du wirst in den nächsten Tagen nach Bad Wörishofen reisen.«
»Nach... Bad Wörishofen?«

»Ja.«
»Was soll ich da?«
»Du wirst dort eine Stelle als Gesellschafterin antreten.«
»Was?«
»Du hast richtig gehört. Ich habe mit Herrn Vogel gesprochen. Du kennst doch die Vogels aus München? Sie fahren regelmäßig zur Kur in Dr. Rohweins Sanatorium. Dr. Rohwein braucht eine neue Gesellschafterin für seine kränkelnde Frau, seine gelangweilte Schwiegermutter und seine beiden zwölf- und vierzehnjährigen Töchter. Auf den Einwand hin, du würdest erst achtzehn werden, hielt ich entgegen, daß du durchaus in der Lage seist, wie eine Fünfundzwanzigjährige zu denken. Ich hoffe, ich habe nicht zuviel versprochen. Bei Dr. Rohwein kannst du dir keine Eskapaden à la London leisten.«
»Aha«, sagte Lisa bloß.
Während ihrer Rückreise hatte sie sich immer an den Sicherheitsanker geklammert: Wenn alle Stricke reißen, wird mich Lorenz schon heiraten. Doch gleich als sie angekommen war, hatte Amalie ihr mitgeteilt, daß nur Jenny im Haus sei; Lorenz arbeite auf Darma. Lisa konnte sich das Bild zusammenfügen: Genauso, wie sie nach London abgeschoben worden war, schob man sie jetzt nach Wörishofen ab. Sie spürte ganz genau, daß sie keine Wahl hatte, nicht die geringste – außer durchzubrennen. Und danach stand ihr nach allem, was passiert war, nicht der Sinn.
Sehr ruhig fragte sie also: »Wann muß ich fahren?«
»Spätestens in drei Tagen. Sie wollen heute meine endgültige Zusage, daß du am Montag eintriffst.«
»Aha«, sagte Lisa noch einmal.
Vinzenz blickte ihr ungerührt in die Augen. »Das ist keine Strafe, Lisa«, sagte er leise. »Das ist eine zweite Chance, nachdem du die erste vertan hast. Mehr kann ich im Augenblick nicht für dich tun.«
»Sehr wohl könntest du das! Du willst nicht.«
»Vielleicht. Ich will, daß du auf deinen eigenen Beinen stehst, und das heißt unter anderem auch, daß du eigenverantwortlich handelst. Das hast du nicht getan. Ich weiß, du bist noch blutjung, aber du hast noch über drei Jahre vor dir, bis...«
»Bis was?«
»Bis du volljährig bist und tun kannst, was du willst«, schloß Vinzenz, und Lisa war, als hätte er etwas ganz anderes sagen wollen.
»Du machst es mir nicht leicht, Onkel Vinzenz«, sagte Lisa ernst.
»Du machst es dir selbst nicht leicht. Darin stimme ich mit Morell überein: Niemand ist Opfer der Umstände, die Umstände sind das Ergebnis unserer Handlungen.«

Es kam ihr vor, als spräche er nicht nur zu ihr, sondern auch zu sich selbst.
Sie nickte. »Ich fahre gleich morgen«, sagte sie.

Sie wollte nicht nach Bad Wörishofen. Alles in ihr sträubte sich dagegen, und je näher der Zug der Endstation kam, desto unmutiger fühlte sich Lisa. In London, da hatte sie Vicky gehabt, und alles war wie ein Spiel gewesen. Wörishofen jedoch war eine ernste Prüfung, und sie war allein und kannte niemanden. Diesmal fand sie den Wechsel ihrer Lebensumstände durchaus nicht abenteuerlich. Außerdem war sie tief verletzt. Sie kam sich von Gott und der Welt verlassen vor – und schon war der alte Trotz wieder da. Nun denn: Rohweins, ich komme!
Sie kam an einem regnerischen Novembernachmittag an. Da sie die Nacht vorher unruhig geschlafen hatte, war sie übermüdet und gereizt. Der Empfang war in jeder Hinsicht kühl. Dr. Rohwein war nicht am Bahnhof. Ein Dienstbote holte Lisa vom Zug ab. Im Hause Rohwein angekommen, wurde sie noch im regennassen Überzieher von Charlotte Rohwein, der demonstrativ kränkelnden Gattin, empfangen. Charlotte hüstelte in einem fort recht künstlich vor sich hin, was schnell an Lisas Nerven zu zerren begann. Man nahm ihr den Mantel ab, brachte die Koffer auf ihr Zimmer – welch ein Kontrast zu dem Zimmer am Belgrave Square! – und beorderte sie dann ins nippesüberladene Wohnzimmer, wo Charlotte und deren Mutter bereits warteten. Erstaunt sah Lisa sich um. Alles erinnerte sie an ein Puppenhaus. Auf Sofa und Sessellehnen, auf allen Sitzgelegenheiten lagen hellblaue Häkeldeckchen. In der Ecke stand eine Zimmerpalme, die überhaupt nicht zum Inventar paßte, und alles sah so gewollt traulich aus, daß es Lisa insgeheim schüttelte.
»Setzen Sie sich!« sagte Charlotte Rohwein freundlich und ein wenig gequält.
Die Mutter, für ihre siebzig oder mehr Jahre erstaunlich schlank, thronte kerzengerade auf dem Stuhl und unterzog Lisa aus stahlblauen Augen einem prüfenden Blick. Das weiße Haar sowie der blasse Teint unterstrichen die eisige Wirkung dieser Augen, und Lisa erwiderte den Blick erschrocken und etwas eingeschüchtert, während sie auf recht umständliche Weise Platz nahm.
»Wir wollen Sie heute nicht mehr lange aufhalten und mit Fragen belästigen«, fuhr Charlotte in nachlässig freundlichem Ton fort. »Sie haben eine anstrengende Fahrt hinter sich. Es ist kalt, nicht wahr? Man holt sich schnell Rheuma bei diesem naßkalten Wetter. – Trotzdem glaube ich, es Ihnen schuldig zu sein, Sie gleich jetzt über Ihre Aufgaben aufzuklären.«

Lisa lächelte mühsam. Der starre, eindringliche Blick der alten Dame, die mit Frau Endress angeredet wurde, lenkte ihre Aufmerksamkeit ab.
»In unserem Haushalt leben fünf Personen, Fräulein Wagner. Meinen Mann und unsere Töchter werden Sie beim Abendessen kennenlernen. Meiner Mutter darf ich Sie gleich vorstellen.« Lisa und die Endress lächelten sich an: die eine gezwungen, die andere kalt. »Jasmin und Sabine, meine Töchter, brauchen eine straffe, aber nicht zu harte Hand. Jasmin muß in der Schule besser werden. Ich hoffe, Sie sehen, was da auf Sie zukommt. Meine Mutter sieht sehr schlecht. Ihr müßten Sie vorlesen und andere kleine Gefälligkeiten erweisen. Mein Mann ist selten zu Hause. Ich selbst leide an Migräneanfällen und Rückenschmerzen. Sie werden sich dann ein wenig um mich kümmern, nicht wahr?«
Lisa nickte mechanisch. Es gefiel ihr hier nicht; es gefiel ihr hier überhaupt nicht. Sie war noch keine Viertelstunde in diesem Haus und wollte schon wieder fort.
»Man hat mir gesagt, Sie hätten eine gute Erziehung genossen«, sagte Charlotte und warf einen kurzen, verständigenden Blick nach der schweigenden Kurzsichtigen mit den schrecklichen Augen.
»Nun«, fing Lisa an, »ich war drei Jahre bei den Englischen Fräulein in Augsburg und einige Monate in London im Hause Lord Summerhays, dessen Tochter ich im Internat kennengelernt habe. Ich spreche fließend Englisch, recht gut Französisch, verstehe ein bißchen etwas von Literatur, auch die anderen Musen, besonders die der Malerei, sind mir vertraut, ich...«
»Sehr gut, sehr gut«, meinte Frau Endress, die zum ersten Mal aktiv ins Gespräch eingriff.
Charlotte strich sich mit der flachen Hand über das dunkle Haar, dehnte die schmalen Lippen zu einem Lächeln und setzte dazu: »Meine Mutter reist einmal im Jahr zur Erholung nach Bath. Sie spricht allerdings nicht Englisch. Sie werden sie begleiten.«
Das ist immerhin eine Aussicht, dachte Lisa, und das Lächeln in ihrem Gesicht wurde echter.
»Ich zweifle nicht an Ihrer Bildung, Fräulein Wagner. Für Ihre Fähigkeiten werden Ihre Zeugnisse sprechen, die ich morgen gern ansehen würde. Was Sie hier jedoch zuallererst brauchen, ist Herzensbildung, das heißt Diskretion, Manieren, Umgangsformen, Konversationstalent, Kultur, Unaufdringlichkeit und doch stete Präsenz.«
Lisa hatte sich zwar unter Herzensbildung bisher etwas anderes vorgestellt, sagte jedoch nichts.

Charlotte fuhr fort: »Ich nehme an, wir können bei Ihnen auf diese Qualitäten zählen. Herr Vogel hat Sie uns wärmstens empfohlen, obwohl wir uns natürlich eigentlich eine etwas ältere Dame vorgestellt haben. Meine Töchter sind nicht wesentlich jünger als Sie. Ich möchte Sie daher bitten, ihnen gegenüber trotz aller Zuneigung Distanz zu wahren und ein Vorbild zu sein. Sie verstehen mich?«
Respektsperson sollte sie werden? Ach, Onkel Vinzenz, wie konntest du nur!
»Sie können jetzt nach oben gehen und sich fürs Abendessen umkleiden. – Ach ja, wir legen auf eine gepflegte, aber unauffällige Erscheinung Wert.« Charlotte warf einen vielsagenden Blick auf Lisas cognacfarbenes Seidenkleid, das man ihr für London hatte nähen lassen.
Als Charlotte aufstand, erhob sich auch Lisa. Charlotte reichte ihr die Hand.
»So seien Sie uns willkommen, Fräulein Wagner! Ich hoffe, wir werden uns gut verstehen.«
Die schmalen Finger fühlten sich in Lisas Hand, die sie schnell zurückzog, kühl an. Dann neigte sie ein wenig den Kopf, unschlüssig darüber, ob ein Knicks geboten war. Sie verbannte aber schon den bloßen Gedanken an eine solche Formelhaftigkeit und ging zur Tür hinaus – gemessenen Schrittes, wie es sicher von ihr erwartet wurde.
Als sich die Tür hinter ihr geschlossen hatte, sagte Frau Endress zu ihrer Tochter: »Sie ist zu hübsch.«

Beim Abendessen lernte Lisa den Rest der Familie kennen. Sabine war die jüngere Tochter, wirkte sehr scheu, maß Lisa mit schüchternen, vorsichtig fragenden Blicken und schien abzuwägen, ob man vor der Neuen Angst haben mußte. Dabei stand sie offensichtlich unter der Kuratel ihrer älteren Schwester Jasmin, die der Mutter äußerlich sehr ähnlich war: recht gut aussehend, aber mit charakteristisch schmalem Mund. Sabine hatte weichere Gesichtslinien, Jasmin sah markant aus.
Dr. Rohwein kam spät, ein großer, imposanter, aber nicht dicker, sanft wirkender und trotzdem Autorität ausstrahlender Endvierziger mit einem lustigen Zwicker auf der Nase, den er selbst bei Tisch nur ungern abnahm und der rote Furchen in seinen Nasenrücken gegraben hatte. Am Hinterkopf zeigten sich bereits die ersten Anzeichen einer zukünftigen Glatze, doch da Rohwein sein schütteres Haar locker nach hinten kämmte, machte es einen täuschend vollen Eindruck. Er hatte ein sehr freies, herzliches, tiefes Lachen, das Lisa gleich sympathisch war. Vinzenz konnte auch so lachen.
»Na, wie denken Sie sich das, Fräulein Wagner? Trauen Sie sich zu,

mit meinen Gören fertigzuwerden?« fragte er Lisa, die sich in seiner Gegenwart endlich ein bißchen wohler fühlte.
Jasmin, immerhin schon vierzehn, warf ihrem Vater ob dieser Bemerkung einen vornehm-beleidigten Blick zu.
Lisa mußte lachen: »Das wird sich herausstellen«, sagte sie. »Aber ich glaube nicht, daß es hier ums ›Fertigwerden‹ geht, Herr Doktor.«
»Sondern?« Rohwein sah interessiert aus.
»Jasmin und Sabine sind ja keine kleinen Kinder mehr. Unser Auskommen ist eine Frage der Vernunft. Wenn ich vernünftige Entscheidungen treffe und sie so vernünftig sind, vernünftig zu reagieren, sehe ich keinen Anlaß zu Machtkämpfen.« Lisa schaute Sabine aufmunternd an, und Sabine lächelte erleichtert zurück. Dabei wußte Lisa ganz gut, daß es so einfach nicht werden würde, jedenfalls nicht mit Jasmin, die sehr aufmüpfig zu ihr herüberblickte: Die Machtkämpfe waren bereits angesagt.
Charlotte wollte wissen, welche Erfahrungen Lisa in Erziehungsfragen bereits gesammelt habe.
»Keine«, gab Lisa bereitwillig zu. »Ich wurde ja als Gesellschafterin, nicht als Erzieherin angestellt. Daß das eine das andere mit einschließt, verstehe ich natürlich.«
Lisa vermied es, Charlotte anzusehen, und beugte sich über den Sauerbraten. Nein, hier würde man es ihr nicht leichtmachen. Die Vorstellung, in diesem Haus längere Zeit »das Fräulein« zu spielen, behagte Lisa immer noch nicht.
Und es wurde tatsächlich nicht einfach. Schwierig war ja nicht nur der Umgang mit den Mitbewohnern, schwierig war auch Lisas Stellung im Hause Rohwein. Sie zählte weder zu den Dienstboten noch zur Herrschaft. Weder den Rohweins noch dem Hauspersonal gegenüber waren ihr Vertraulichkeiten erlaubt. Zu spüren war dieser Umstand vor allem dann, wenn Charlotte Rohwein Einladungen gab. Manchmal durfte Lisa dabeisein, manchmal nicht. War es ihr erlaubt dazuzukommen, wurde ihr ein schlichtes Kleid – »am besten das kleine Braune, Fräulein Wagner« – ebenso zur Auflage gemacht wie Zurückhaltung in der Konversation, das hieß, sie durfte nur reden, wenn sie gefragt worden war. Lisa empfand das als Erniedrigung, war sie doch immerhin die Freundin von Vicky Summerhay und das Mündel von Vinzenz Holzgartner.
Wie früher von Jenny bekam sie jetzt die abgelegten Kleider von Charlotte, weshalb sie der Mode um ein paar Jahre hinterherhinkte. Während man Jennys Kleider allerdings hatte enger nähen lassen müssen, mußten die von Charlotte, die fast keinen Busen hatte, weiter gemacht werden.

Mit Sabine kam Lisa schnell zurecht. Die Kleine war sehr zugänglich, »richtig lieb«, wie Lisa immer sagte, und vor allem offensichtlich sehr froh, sich vor Lisa nicht fürchten zu müssen. Mit Lisa konnte sie reden wie mit einer großen Schwester. Außerdem nahm Lisa sie vor Jasmins spitzer Zunge in Schutz. Man konnte Lisa alles beichten, sie schien nichts allzu ernst zu nehmen und wurde auch nie wirklich böse. Außerdem tratschte Lisa nichts aus, wenn man mal etwas angestellt hatte. Ja, Sabine war richtig froh, Lisa zu haben. Vom Waisenhaus her war Lisa gewohnt, mit Kindern umzugehen. Es fiel ihr nicht schwer, sich auf Jüngere einzustellen, zumal Sabine sehr wohl zu spüren schien, wenn das Fräulein in Ruhe gelassen werden wollte, und sich trotz aller Liebesbedürftigkeit nicht aufdrängte. Sabine hatte sensible Antennen für ihre Umwelt und große Angst vor Zurückweisung. Lieber sagte sie nichts als ein Wort zuviel. Lisa war überrascht und gerührt, als Sabine einmal zu ihr trat, während sie am Fenster stand und mit melancholischem Blick ins Schneetreiben hinaussah, sie am Ärmel zupfte und sagte: »Nicht traurig sein!«
Sabine war ein Schmusekind, das man liebhaben mußte. Man mußte sie in den Arm nehmen, ihr übers Haar streichen und ihr abends, wenn sie im Bett lag, eine Gute-Nacht-Geschichte erzählen, durfte dann aber das Licht nicht löschen, wenn man hinausging, weil Sabine sich vor der Dunkelheit fürchtete.
Charlotte sah es gar nicht gern, daß Lisa Sabine in dieser Angelegenheit nachgab. »Sie muß sich an die Dunkelheit gewöhnen«, behauptete sie. »Wenn Sie so weitermachen, wird sie sich ihr Leben lang nur bei Licht ins Bett wagen!«
Lisa dagegen war der Meinung, das würde sich schon geben, man müsse Sabine nur Zeit lassen. Sie hatte keine Lust, im Bett zu liegen und zu wissen, daß die Kleine Todesängste ausstand und sich vor jedem Schatten im Zimmer fürchtete. Von Kinderängsten verstand Charlotte allerdings nichts. Sie schien nie ein Kind gewesen zu sein und hatte wenig Phantasie.
Mit Jasmin war alles schwieriger. Jasmin war nur knappe vier Jahre jünger als Lisa und dachte nicht daran, sich vom Fräulein etwas sagen zu lassen. Lisa hatte nicht die Absicht, sich mit Jasmin anzulegen, aber nach vier Wochen wurde ihre Geduld zum erstenmal hart auf die Probe gestellt.
Lisa machte mit Sabine Hausaufgaben und fragte sie gerade die deutschen Flüsse und ihre Mündungen ab, während Jasmin über einem Aufsatz brütete. Die Wintersonne schien kalt zum Fenster herein. Lisa war bereits ungeduldig und hatte vor, nach den Hausaufgaben einen Spaziergang mit den Mädchen zu machen. Vom Studier-

zimmer aus konnte man sehen, wie der Wind die verkrüppelten Äste des Ahorns zittern ließ. Es lag Schnee, und es war kalt. Winterkalt. Ob Krispin auf Reitenau wieder Zaunlatten schnitzte?
Lisa zwang sich, sich auf die deutschen Flüsse zu konzentrieren, und sah dann Sabines Schulhefte durch. Sabine war eine mittelprächtige Schülerin, die man viel loben mußte, wenn man gute Noten sehen wollte. Beim Rechnen tat sie sich schwer. Obwohl sie immer wieder die gleichen Fehler machte, schalt Lisa sie nicht, auch wenn sie manchmal ungeduldig wurde. Aber wenn man mit Sabine schimpfte, schossen der Kleinen sofort die Tränen in die Augen, und jedes böse Wort tat einem sofort wieder leid.
Jasmin gegenüber war Lisa strenger – vermutlich deshalb, weil sie Jasmin weniger leiden konnte, dies angesichts ihrer Position aber nicht zum Ausdruck bringen durfte. Jasmin schleuderte ihre Schulsachen am liebsten in die Zimmerecke, was Lisa durchaus nachfühlen konnte – das war ja das Verteufelte –, und nahm ihr Stickzeug zur Hand. Sie stickte wirklich sehr gut. Ihre Aufsätze aber waren alles andere als gut.
An diesem Winternachmittag also warf sie plötzlich den Federhalter weg und sagte: »Ich bin fertig.«
Lisa klappte Sabines Hefte zu und griff nach dem Aufsatzheft. Wie immer starrte ihr die vollendete Unordnung entgegen: Tintenkleckse, Schmierschrift, jede Menge orthographischer Fehler.
»Das mußt du noch ins reine schreiben«, sagte Lisa, »dann können wir gehen. Wir werden einen Spaziergang machen, ihr habt doch Lust?«
Sabine stimmte sofort zu. Jasmin schwieg. Plötzlich sagte sie: »Ich schreib' den Aufsatz nicht noch einmal. Er ist fertig.«
Lisa seufzte. Was sollte Jasmins Trotz? Sie fragte sich das, obwohl sie den Grund dafür kannte: Es ging nicht um den zum zweitenmal zu schreibenden Aufsatz über den Winter, es ging um die Person, von der die Aufforderung dazu gekommen war.
»Ach, Jasmin«, sagte Lisa, »sei doch nicht bockig! Du mußt den Aufsatz, wenn ihn dein Lehrer sieht, so oder so noch einmal schreiben. Er sollte außerdem drei Seiten lang sein; du hast nur zwei.«
»So ein blödes Thema! Mir fällt nichts mehr ein.«
»Du denkst ja auch nicht nach.«
»Ach, Winter! Schnee, Eis, Kälte – was denn noch?«
»Was hältst du von kahlen Ästen, hungrigen Vögeln, weißem Himmel, Christbäumen, Weihnachten...«
»Sie wissen immer alles besser, was?«
Lisa ging nicht darauf ein. Sie las den Aufsatz durch. »Du kannst

nicht sagen: ›Meine Schwester zieht seinen Wintermantel an, weil sie draußen spielen will.‹ Überleg mal, warum nicht!«
»Das weiß ich nicht! Es ist mir auch egal!«
Lisa lächelte, obwohl sie zornig wurde. »Natürlich weißt du es. Komm, Jasmin, gib dir ein kleines bißchen Mühe! Dann werden wir hier schnell fertig und können hinausgehen. Das ist dir doch auch lieber!«
Jasmin schwieg bockig.
Lisa wartete. Wenn Jasmin auch mit manchen grammatikalischen Gesetzen auf Kriegsfuß stand, konnte sie doch Umgangssprache und Schriftdeutsch gut voneinander unterscheiden. Sie wollte bloß nicht.
»Wer zieht den Regenmantel an, Jasmin?«
»Sabine«, gab Jasmin widerwillig zur Antwort.
»Ist Sabine männlich, weiblich oder sächlich?«
Jasmin rollte die Augen und griff schnell nach ihrem Heft. »Jaja, schon recht!« Sie strich »seinen« durch und setzte »ihren« darüber. Dann wollte sie das Heft wegstecken.
»Ich habe noch nicht zu Ende gelesen«, sagte Lisa streng und nahm das Heft wieder an sich. »Und dann kommt noch die Reinschrift!«
»Von Ihnen lasse ich mir gar nichts sagen!« rief Jasmin plötzlich zornig und warf ihre dunklen Korkenzieherlöckchen zurück.
Sabine zuckte zusammen. Sofort merkte Lisa, daß dies ein ernstzunehmender Machtkampf war, bei dem sie unter keinen Umständen den kürzeren ziehen durfte – auch wenn ihr Jasmins Aufsatz im Grunde gleichgültig war.
»Keine Debatte, Jasmin! Du wirst hierbleiben und diesen Aufsatz ins reine schreiben. Hättest du dir gleich mehr Mühe gegeben, hättest du dir diese Arbeit erspart. Das ist keine Strafe, es ist eine Konsequenz.« – Hätte das Onkel Vinzenz nicht genauso ausgedrückt? »Ich gehe jetzt mit Sabine spazieren. Bis wir zurück sind, will ich die Reinschrift sehen.«
Sie war sich nicht im klaren, ob sie pädagogisch vertretbar handelte. Sie fürchtete sogar, mit ihren Maßnahmen ziemlich daneben zu liegen. Aber sie wußte sich nicht anders zu helfen. Und außerdem hatte sie keine Lust, sich auf eine längere Auseinandersetzung mit Jasmin einzulassen. Trotzig dachte sie: Mir ist es früher auch nie anders ergangen. Gleichzeitig erkannte sie erschrocken: Kein Argument habe ich je mehr gehaßt als dieses.
Doch jetzt: Nur raus hier! Raus, ehe sie sich Jasmin gegenüber vergessen konnte.
Jasmin hatte die Lippen zusammengekniffen. Als Lisa und Sabine bereits an der Tür waren, zischte sie plötzlich: »Ich mag Sie nicht!«

Sabine riß weit die Augen auf. Lisa beherrschte sich. Am liebsten hätte sie gesagt: Ich dich auch nicht! Zu so viel Emotionalität durfte sie sich aber nicht hinreißen lassen. »Darüberstehen«, hämmerte etwas in ihr. So wandte sie sich einfach ab und nahm Sabine an der Hand, um mit ihr hinauszugehen.
»Machen Sie sich nichts draus«, sagte Sabine. »Die ist zu allen so.«

Mit Frau Endress hatte es Lisa auch nicht gerade leicht, zumal sie einer ewigen Litanei ausgesetzt war: »Lesen Sie nicht so schnell!« – »Sprechen Sie deutlicher!« – »Nein, Sie haben das falsche Buch.« – »Das interessiert mich nicht.« – »Wieso laufen Sie immer so schnell die Treppen hinunter?« – »Was haben Sie mit Ihrem Haar gemacht?« – »Verziehen Sie Sabine nicht so!« – »Wo haben Sie so lange gesteckt?« – »Was reden Sie denn da!«
Die Nörgeleien fanden ihren ersten Gipfel in der Anspielung: »Sie unterhalten sich immer recht lange mit dem Studenten, der die Zeitung bringt.«
»Er ist sehr geistreich«, gab Lisa spitz zurück und verkniff den Zusatz: im Gegensatz zu Ihnen.
Traurig, aber wahr: Der Student, der die Zeitung brachte, war die einzig erfreuliche Abwechslung im Hause Rohwein. Er war sehr hübsch und sehr nett und sehr witzig.
Frau Rohwein verbrachte ganze Tage im Bett, und Lisa war dann manchmal vierzehn Stunden am Tag beschäftigt. Jeder wollte etwas anderes. Keine Minute hatte sie für sich. Der freie Nachmittag, der ihr wöchentlich zugesagt worden war, fiel oft genug aus. Charlotte sagte dann immer recht süßlich: »Ich weiß doch, ich kann mich auf Sie verlassen.«
Hatte Lisa wirklich einmal Zeit, wollte sie allein sein. In ganz Bad Wörishofen gab es außer dem Zeitungsträger niemanden, mit dem sie einmal ein privates Wort reden konnte. Sie hatte keine Zeit und auch keine Gelegenheit, Bekanntschaften zu schließen. Am glücklichsten war sie, wenn sie malen konnte. Sie beschäftigte sich mit Kohlezeichnungen und Aquarellskizzen und kam darüber ins Träumen. Keine Feste, keine Verehrer, keine Vergnügungen – wie fad das alles war!
Nach Reitenau schrieb sie recht aggressive Briefe. Manchmal war sie nahe daran, ihre Siebensachen zu packen und fortzugehen. Nur: wohin? Zurück nach Reitenau? Was würde Onkel Vinzenz sagen? Sie wurde immer zorniger auf Vinzenz. So schlug sie auch die Einladung, die Weihnachtsfeiertage auf Reitenau zu verbringen, aus – Charlotte hätte sie ohnehin nicht gehen lassen, aber darauf ging sie in ihrem Absagebrief mit keiner Silbe ein.

Ihre bedrückte Stimmung erreichte ihren Tiefpunkt an Weihnachten, als sie dabeistand, wie eine fremde Familie feierte. Auch noch die Spannungen in dieser Familie zu spüren gab ihr das Gefühl, von Gott und der Welt verlassen zu sein. Ach, hätte Vinzenz sie nur nie aus dem Waisenhaus geholt, nie zu den Englischen Fräulein und nie nach England geschickt! Vielleicht wäre dann vieles einfacher geworden.
Im Lauf der Zeit wuchs ihr Sabine ans Herz, Sabine, die einen so anschauen konnte, daß einem richtig warm wurde. Ja, Sabine – das war schon fast alles. Auch Dr. Rohwein war sehr angenehm, er war herzlich und gerecht und redete nie wie Charlotte, so von oben herab, mit Lisa. Lisa schätzte seine Ausgeglichenheit und stete Freundlichkeit. Wenn er zu ihr sagte: »Na, Ärger gehabt, Fräulein Wagner? Lassen Sie den Kopf nicht hängen! Das ist alles nicht so tragisch«, fühlte sie sich aufgemuntert. Natürlich merkte sie auch, daß Rohwein den Großteil seiner Zeit im Sanatorium verbrachte, um seiner Frau aus dem Wege zu gehen. Ihr ewiges Gejammer stieß ihn ab, und wenn sie etwas erzählte, hörte er kaum zu.
Die Zeit zerrann. Lisa wurde von Tag zu Tag unruhiger. Es hatte sich so viel in ihr angestaut, und es staute sich immer mehr an. Sie war es nicht gewohnt, so viel hinunterschlucken zu müssen. Es schien aber keinen Ausweg zu geben. Wieso schrieb Vinzenz nicht endlich, sie könne zurückkommen? Er konnte doch in ihren Briefen zwischen den Zeilen lesen, wie unglücklich sie war!
Schließlich kam Charlotte auch noch auf die gloriose Idee, Lisa könne es auf ihren Angetrauten abgesehen haben. Lisa wußte, daß Charlotte ausgesprochen eifersüchtig war und bei jeder Gesellschaft ihrem Mann, der sich immer mehr von ihr zurückzog, mit Luchsaugen folgte.
Dr. Rohwein merkte aber, daß Lisa in seinem Haus manch bittere Pille zu schlucken bekam, und war deshalb besonders freundlich zu ihr. Er lobte sie, wollte ihre Meinung hören – auch zu Fragen, die Lisa in Charlottes Augen nichts angingen –, fragte sie nach ihren Interessen und bestärkte sie in vielen Belangen. Lisa wandte sich an ihn, wenn sich ein Problem stellte, dem sie sich nicht gewachsen fühlte, nicht an Charlotte.
Eines Tages sagte Charlotte bei Tisch: »Jaja, unser Fräulein Wagner hat ja immer recht«, nachdem auch Rohwein der Meinung war, es sei richtig, Jasmin gegenüber nicht zu nachgiebig zu sein.
Lisa wußte nicht, was sie sagen sollte.
»Ich gebe Fräulein Wagner recht, wenn sie recht hat«, parierte Rohwein diese nicht sehr taktvolle Bemerkung.
Von da an begann der Konflikt jedoch eindeutig zwischen Charlotte

und Lisa zu schwelen. Lisa ahnte nicht, daß Charlotte ihren Mann nachts anschrie: »Ich weiß, sie ist jünger als ich!« Aber sie merkte, daß Charlotte tausend Unwahrscheinlichkeiten argwöhnte, obwohl sie zu Lisa zuckerfreundlich war. Hin und wieder durchbrach sie die glatte Fassade, dann wurde sie spitz.
Als Lisa gegenüber Rohwein erwähnte, sie habe das Gefühl, es werde gegen sie intrigiert, sagte er zu ihr: »Nehmen Sie sich das nicht so zu Herzen, Fräulein Wagner. Nächsten Sonntag nehmen Sie sich frei und gehören einmal vierundzwanzig Stunden sich selber. Ich denke, das können Sie brauchen.«
Lisa verbrachte ihre Freizeit dann damit, bis in die späten Vormittagsstunden zu schlafen, gedankenverloren durch die Winterlandschaft zu streifen, mit dem Schnee zu spielen, Kohleschraffierungen zu entwerfen – und von München zu träumen. Sie saß eine Stunde in einem Café, genoß es, beobachtet und angeglotzt zu werden, und schrieb währenddessen einen Brief an Vicky, mit der der Briefkontakt immer sporadischer wurde. Ja, Vicky! Was waren das für Zeiten gewesen!
Melancholisch sah sie den wenigen Kurgästen zu, die im Winter in Bad Wörishofen Zerstreuung suchten, indem sie ihre Wehwehchen pflegten oder aus der Kur einen flotten Urlaub machten. Ja, zuschauen, was blieb ihr anderes übrig?
Tags darauf bekam Charlotte einen ihrer berüchtigten Migräneanfälle und ließ Lisa kaum aus ihrem Schlafzimmer. Einmal verlangte sie frische Luft, dann war es ihr wieder zu kalt, dann mußte man die Kissen aufschütteln, dann wollte sie eine Bettflasche, schließlich rief sie nach Tee, trank ihn aber nicht, sondern wollte eine warme Suppe haben. Dazu mußte ihr Lisa Tropfen einflößen und aus der Zeitung vorlesen. Es war ein Tag zum Gotterbarmen: sinnlos, langweilig, leer und doch voller Hektik.
Viele, viele Tage verliefen ähnlich, ob nun Charlotte oder die Endress oder Jasmin der Plaggeist war oder gar das ganze Haus an Lisas Nerven herumzerrte.

So wurde es Sommer. Lisa war nahe daran, die Nerven zu verlieren, und bereit zu kündigen, da teilte ihr Frau Endress mit, es sei an der Zeit, die Koffer zu packen, der alljährliche Bath-Aufenthalt stehe bevor. Lisa solle sie begleiten.
Der Gedanke an England war beflügelnd. Das bereits aufgesetzte Kündigungsschreiben wurde zerrissen, und Lisa begann, ihre Reiseutensilien zusammenzustellen.
»Sie kommen doch bald wieder?« fragte Sabine und griff nach Lisas Hand. Ja, dachte Lisa, natürlich…

Schon der Reisebeginn war anstrengend, denn die Endress hatte schlechte Laune. Die alte Dame hatte nichts Besseres zu tun, als am Essen im Speisewagen herumzunörgeln. Außerdem fand sie, Lisas Reisekleid sei für den Anlaß zu elegant; es war das cognacfarbene, das sie bereits am ersten Tag in Bad Wörishofen getragen hatte. Die Endress war kurz angebunden und gesprächsabweisend wie eh und je. Nicht einmal das herrliche Sommerwetter konnte sie aufheitern. Es gelang ihr schnell, sich bei den Mitreisenden unbeliebt zu machen, indem sie sich weigerte, auf eine Unterhaltung einzugehen, und kühl und unhöflich auf Fragen reagierte.
Die Überfahrt nach England gestaltete sich auch nicht angenehmer. Aus Protest schloß Lisa sich den ganzen Abend in ihre Kabine ein, antwortete weder auf das Klopfen noch auf das Rufen der guten Frau Endress, stopfte sich statt dessen Watte in die Ohren und las die »Buddenbrooks« zu Ende. Und siehe da: Am nächsten Morgen war die Endress überfreundlich: »Sie mögen doch Orangensaft zum Frühstück?«
Wieder an Land, ging die Triezerei von neuem los. Lisa war froh, als sie endlich in Bath ankamen. Sie hoffte auf drei friedliche, erholsame Wochen, denn die Endress hatte angekündigt, hier Bekannte treffen zu wollen. Eine erwartete Dame war jedoch in diesem Jahr erst für August angemeldet – sie wußte wohl, weshalb –, und das Schweizer Ehepaar ging der Endress offensichtlich aus dem Weg und hatte sich für ein anderes Hotel entschieden.
Lisa stöhnte auf. Was für eine Aussicht! Die »typische Schwiegermutter«, so Lisas Titel für die Endress, verfiel aus Langeweile darauf, ihre junge Begleiterin mit luchsscharfen Augen im Visier zu behalten.
Natürlich merkte sie, daß Lisa selbst in den einfachsten Sommerkleidern Aufsehen erregte. Es entging ihr auch nicht, was am Nebentisch vorging, wenn Lisa den Speisesaal betrat. Dort saßen nämlich zwei alleinreisende junge Männer. Der eine ging mühsam an Krükken, was Lisa bedauerte, zumal er mit seinem dunklen Haar, den buschigen, fast schwarzen Brauen und den dunklen Augen unerhört gut aussah. Aber auch sein Begleiter war keine üble Erscheinung. Er trug ständig Knickerbocker und eine Sportmütze und mochte etwas älter sein als sein Freund, vielleicht Anfang Dreißig. Er hatte braune Locken, und eine fiel ihm immer wieder verwegen ins Gesicht, sooft er sie auch nach hinten strich. Lisa war von der wilden Locke ganz fasziniert.
Der sportliche Knickerbockerträger versuchte gleich am ersten Abend, mit Lisa zu flirten. Lisa lächelte zurück.

»Es ist ungehörig, wie der junge Mann Sie anschaut«, bemerkte die Endress so laut, daß man nur hoffen konnte, die beiden jungen Herren verstünden kein Deutsch.

Lisa und Frau Endress begegneten ihnen überall: im Speisesaal, beim Bummel durch Bath, in Souvenirläden, im Park, im Bad... Es traf sich gut, daß »die widerspenstige Locke« meistens in Begleitung des Freundes war, der draußen im Rollstuhl fuhr, denn das bot Lisa die Gelegenheit, auch wenn die Endress nicht direkt dabeistand, sich unverfänglich mit ihm zu unterhalten. Lisa wurde bewußt, daß sie Ewigkeiten nicht mehr geküßt worden war. Wie konnte sie nur der strengen Aufsicht entfliehen?

Sie wäre gern einmal tanzen gegangen. Man tanzte hier sehr viel, aber die Endress war natürlich nicht zum Mitkommen zu bewegen. Sie meinte, sie sei zu alt dazu und noch dazu ohne männliche Begleitung. Sehr kurzweilig war es wirklich nicht, jeden Abend in der Hotelhalle zu sitzen und den anderen Leuten zuzuschauen, die gerade aus dem Tanzsaal kamen oder hineingingen, und außerdem war die Endress verstimmt, weil ihre Bekannte nicht gekommen war und die Schweizer keine Zeit hatten. Bath mochte feudaler sein als Wörishofen, doch Lisa konnte dem Aufenthalt keinen Geschmack abgewinnen. Gott sei Dank gab es die »widerspenstige Locke«.

Man war immerhin bereits miteinander bekannt. Der junge Mann hörte auf den Namen James, James Burns; sein Freund hieß Charles Wheeler. So kam es zu manch höflicher Konversation, wenn man sich im Foyer, im Speisesaal, beim Spaziergang, im Café oder beim Wassertrinken traf. Lisa ließ sich von James Burns mit den Augen abküssen, was der Endress natürlich nicht entging. Obwohl letztere kaum in der Lage war, sich englisch zu artikulieren, schien sie doch mehr zu verstehen, als die anderen glaubten. James erfaßte die Lage rasch. Das Unausgesprochene blieb unausgesprochen, zumal Lisa keine Minute des Tages allein war.

Es verstrichen zwei Wochen, während deren Lisa nur damit beschäftigt war, sich zu überlegen, wie sie sich ihres Wachhundes für einige Zeit entledigen könnte. Doch da die Endress allmählich selbst darunter litt, keine Ansprache zu haben, und anfing, sich zu langweilen, ließ sie sich die Gesellschaft der beiden jungen Engländer mit der Zeit gefallen.

»Ist hier denn alles so ruhig und gleichmäßig?« fragte Lisa eines Nachmittags, als sie in einem Café saßen und ihren Tee umrührten. Sie haßte Tee. James Burns wertete ihren Mißmut sofort richtig, doch auch die Endress interpretierte Lisas Ungeduld nicht falsch und wartete neugierig auf James' Antwort.

»Es gibt stürmischere Gegenden«, erwiderte dieser gelassen, mehr sagte er nicht.

Aber dann kam sie doch noch, die heißersehnte Gelegenheit. Die Endress schlief ein, als man sich über die Vorzüge von Bahnreisen unterhielt. James schlug Lisa in gedämpftem Ton vor, mit ihm ein bißchen ins Freie zu gehen, die Luft im Foyer sei so stickig. Lisa willigte mit einem belustigten Seitenblick auf die Endress ein, ließ sich einen Schal umlegen, entschuldigte sich bei Charles und folgte James in den Park.

Es duftete nach Akazien und Dämmerweichheit. Gedämpftes Geplauder war zu vernehmen. Irgendwo lachte ein Kind. Der Geruch von Pfeifenrauch stieg Lisa in die Nase, als sie James' dargebotenen Arm nahm, um neben dem Mann mit der widerspenstigen Locke durch die Anlagen zu schlendern.

»Sind Sie nun Nichte, Tochter oder Gouvernante?« fragte James fröhlich und schob sich seine unzähmbare Tolle aus der Stirn.

»Die Gouvernante.« Lisa lachte. Sie war ein bißchen nervös, aber es war wunderbar, diese Art von Nervosität wieder zu spüren. Außerdem verstand sie es, ihre Aufgeregtheit zu überspielen. Die Endress schlief ja, und James machte durchaus den Eindruck eines Gentleman. Sie hoffte allerdings, er würde nicht zu sehr Gentleman bleiben.

»Wo haben Sie denn so gut Englisch gelernt?«

»In London.«

»Sie waren in London?«

»Ja, ich war einige Zeit dort. Eine Freundin lebt in London.« Nicht ohne Stolz fügte sie hinzu: »Victoria Summerhay.«

James mochte sich darüber wundern, wie man mit einer Summerhay befreundet und zugleich Gesellschafterin einer so weltunerfahrenen Person wie der Endress sein konnte, aber er schwieg sich angesichts dieser Diskrepanz aus.

»Wenn Ihnen Bath zu langweilig ist, kann ich Ihnen eine Gegend zeigen, die Ihnen sicher mehr entspricht«, kam es plötzlich und sehr bestimmt.

Ein Leuchten füllte Lisas Augen. Sie sah James nicht an. Er blieb stehen und hob ihr Gesicht zu sich hoch. Ihr Herz schlug schneller. Würde er sie küssen, hier, im Kurpark? Dunkel genug war es.

»Ein Badeort ist zu brav für Sie, ich sehe es ein. Sie brauchen eine wildere, urwüchsigere Umgebung.«

Dieser Casanova! dachte Lisa. Warum küßt er mich nicht endlich? Niemand würde es sehen.

Seine Stimme war nun von einem dunkel schwingenden Timbre, das Lisas Knie ganz weich machte. »Glauben Sie, Sie könnten sich

morgen nachmittag freinehmen? Ich habe einen Wagen da. Ich fahre Sie dann dorthin, wohin Sie passen.«
»Aber...«
»Wenigstens einen Nachmittag!«
Sie gingen langsam nebeneinander weiter. Er hatte ihre Hand ergriffen. Einen Nachmittag der Freiheit! Wie das lockte!
»Wie werden Sie von Ihren Freunden genannt? Elizabeth? Lizzy? Beth? Lilly?«
»Lisa.«
Wieder blieb er stehen. Im Dämmerdunkel sah sie seine Augen. Sie sahen sie eindringlich an, als er ihre Fingerspitzen küßte.
»Eliza«, sagte er weich, »ich erwarte Sie morgen nach dem Lunch im Foyer.«

Daß es einen Kampf geben würde, hatte Lisa erwartet. Und es gab auch einen Kampf.
»Das gehört sich nicht«, sagte Frau Endress, die erwartungsgemäß schon über das bloße Ansinnen empört war. »Ein junges Mädchen kann unmöglich allein mit einem jungen Mann im Automobil spazieren fahren!«
»Das ist meine Entscheidung, Frau Endress. Ich bin zu einer Spritztour eingeladen worden und habe angenommen.«
»Ich sagte bereits nein, Fräulein Wagner.«
»Mit welchem Recht? Der freie Nachmittag steht mir zu. Ich habe zwei Wochen lang keine Minute frei gehabt. Was ich in meiner Freizeit tue, geht Sie schlicht und einfach nichts an.«
»Wie reden Sie denn mit mir! Ich muß doch sehr bitten!«
»Abgelehnt!« rief Lisa.
Sie drehte sich auf dem Absatz um, eilte aus dem Zimmer und ging sich umziehen. Diese alte Schachtel sollte es noch einmal wagen, ihr Vorschriften zu machen! Wild entschlossen, Bad Wörishofen gleich nach der Rückkehr für immer zu verlassen, machte Lisa sich fertig. Sie zog ihr bestes Kleid an, das cognacfarbene, das zu tragen die Endress ihr sozusagen untersagt hatte, steckte ihr Haar auf, wagte sich an Parfüm und Rouge und ging dann ins Foyer hinunter.
James wartete bereits auf sie. Diesmal nicht in Knickerbocker, sondern in einem hellen Sommeranzug, der ihn blendend aussehen ließ. Die widerspenstige Locke wurde von einem weißen Panamahut gebändigt. James reichte Lisa den Arm.
»Sie sehen bezaubernd aus«, sagte er. »Kommen Sie! Wir wollen keine Sekunde Ihrer Freiheit versäumen. Lassen Sie uns schnell wegfahren!«

Er fragte nicht, wie sie dem Drachen entkommen sei. Vermutlich war es ihm einerlei. Hauptsache, sie war da. Lisa erkundigte sich umgekehrt nicht nach Charles Wheeler, obwohl es die Höflichkeit geboten hätte.
James führte sie zu seinem beigen offenen Austin und half ihr beim Einsteigen.
»Jetzt bin ich aber neugierig«, sagte Lisa.
»Neugierig und schön«, sagte James. Er saß neben ihr, ihr zugewandt, und forschte in ihrem Gesicht. »Viel zu schön, Eliza.«
»Und Sie sind charmant. Viel zu charmant, Mr. Burns.«
»James.«
Sie hob die Brauen. »James«, wiederholte sie lächelnd.
Sie genoß wieder das eigene Herzjagen und lehnte sich zurück, als er anfuhr. Endlich geschah etwas. Endlich nahm sie sich wieder als Ganzes wahr. Zum erstenmal seit langer Zeit fühlte sie sich wieder wirklich schön. Sie nahm den Hut ab, der ihr Gesicht mit einem weißen Tüllschleierchen bedeckt hielt, warf ihn auf den Rücksitz und ließ sich in das entführen, was James am Vortag eine »wildere, urwüchsigere Umgebung« genannt hatte, in einen Teil Englands, der Lisa bisher fremd war.
Während der Fahrt sah James selten zu ihr herüber, doch wenn er sie anschaute, war ein dunkles Glimmen in seinen Augen, das ihr etwas Angst machte, aber die Abenteuerlichkeit des Unternehmens unterstrich. Ihr Gespräch bewegte sich eine Zeitlang um Belanglosigkeiten, aber die Atmosphäre war prickelnd heiß. Nein, die moraltriefende Endress konnte Lisa gestohlen bleiben! Es sollte alles anders werden.
Schon nach einer halben Stunde veränderte sich die Landschaft. Die Gegend wurde karger, rauher, wilder. Ein scharfer Wind zerzauste Lisas Frisur. Vor ihnen tauchten Klippen auf, wie sie Lisa noch nie gesehen hatte. James steuerte den Wagen über unebene Feldwege. Sie mußte ihr Haar nun zusammenhalten, denn die Steckfrisur hatte sich aufgelöst, die Locken schlugen ihr ins Gesicht.
Kein Mensch weit und breit! Die Schreie der Möwen verrieten die Nähe der See. Auch hörte man bereits die Brandung tosen, ohne sie vom Wagen aus sehen zu können. Nackte Felsen ragten auf. Struppiges Gras beugte sich der Kraft des Windes, wettergezeichnete Disteln versuchten ihr zu trotzen. Überall war harthügelige, baumlose, grüne Weite.
Nachdem sie durch eine sanft hingehauchte, liebliche Landschaft gefahren waren, zeigte sich dieser Landstrich kantig, unverfälscht, leidenschaftlich, eine herbe, rauhe Seite der Natur.
James hielt den Wagen an und stieg aus. Er kam zu ihr herüber,

öffnete den Schlag und reichte ihr die Hand. Gern ließ sie sich heraushelfen.
»Nun?« fragte James.
Lisa warf ihr Haar zurück. Wie blau der Himmel über ihr war! Die darüberziehenden weißen Wolken schienen zu fliegen. Es war warm, aber die böigen Windstöße verhinderten, daß es heiß wurde. James nahm Lisa am Arm und führte sie an einen Felsvorsprung. Unwillkürlich hielt sie sich an ihm fest, als sie hinuntersah. Tief unter ihr tat sich gleich einer Höllenschlucht eine Bucht auf, gesäumt von zackigen, dunklen Klippen, gegen die schäumend die Brandung donnerte. Sie verschlang die aufragenden Gesteinsbrocken rasch und gierig und zog sich dann wieder zurück, um sich gleich darauf erneut aufzubäumen. Das Meer! Hier hatte es eine Wildheit, die Lisa den Atem nahm. Hinten am Horizont schien es friedlich zu schlafen, doch mit welcher Wucht und welchem Tosen rauschte es da unten gegen die Klippen! Ehrfürchtig fast sah Lisa dem Schauspiel der Elemente zu, und etwas in ihr rief: Das ist es! *Das* ist Leben!
Und tatsächlich fühlte sie eine explodierende Lebendigkeit in sich; es war, als würde sie hochgehoben und durch die Luft gewirbelt. Ihr wurde fast schwindlig vor Glück und Rauschhaftigkeit, alles war Intensität, alles pulsierte. Lisa spürte ihren eigenen Atem und alle Nerven unter ihrer Haut. Erstaunt über diesen plötzlichen Empfindungsrausch, wandte sie James den Kopf zu. Was er sagte, konnte sie nur an seinen Lippen ablesen: »Mein Gott, bist du schön!«
Sein Kuß kam nicht überraschend. Aber es war unwichtig, daß es James Burns war, der sie küßte. Wichtig war nur, daß sie jemand wild und hungrig und ohne falsche Zartheit küßte.
Strahlend gab er sie frei und nahm ihre Hand. Sie ließ sich von ihm zu einem schmalen Pfad führen, der zur Bucht hinunterging. Von ihm gestützt, stieg sie den steilen Pfad hinunter. Die langen Röcke behinderten sie, aber sie hatte keine Angst. Sie genoß das Abenteuerliche dieses Augenblicks, ohne ängstliche Gedanken, frei von Zorn und Zweifeln.
Unten angekommen, mußte sie Atem schöpfen. Die heransprudelnden Wogen brachen sich in sich selbst, und weiße Schaumkronen hüpften auf den Wellen, die hier am Sandstrand ihre ungestüme, entfesselte Kraft verloren.
Man hörte die Brandung gegen die Felsblöcke rollen, die die Bucht schützten. Der Wind hatte sich hier zu einem sanften Hauch beruhigt und spielte zärtlich in Lisas Haar.
Um so gegenwärtiger draußen die Gewalt des Wassers!
Lisa lehnte sich an James. Er flüsterte »Eliza«, zog sie an sich, fuhr ihr

mit beiden Händen ins offene Haar und beugte sich zu neuen Küssen über sie. Sie wußte nicht, wer er war, aber sie liebte ihn in diesem Moment, wie sie auch Howard Summerhay im Augenblick der Selbstvergessenheit geliebt hatte, ohne zu wissen, wer er war. Sie liebte diesen unersättlichen Mund auf dem ihren, den festen Griff seiner Hände, den leichten Salzgeschmack auf ihrer beider Lippen, die Schreie der Möwen, die Geräusche des Wassers... Sie hätte zerfließen mögen in dem taumelnden Gefühl, einfach zu *sein*.

Als James sie losließ, ihr über die Schultern strich, ihren Namen – dieses weiche »Eliza« – wiederholte und ihr in die Augen sah, kam Lisa der erste Funken von Bewußtheit wieder.

Doch sein Mund bemächtigte sich erneut des ihren. Seine Hände tasteten suchend über den Stoff ihres Kleides. Er hielt sie für älter und erfahrener, als sie war. Mit einer Jungfrau hatte er nicht gerechnet, nachdem sie so bereitwillig mit ihm gekommen war. Lisa ließ sich seine ungestümen, eher schmerzhaften als zärtlichen Liebkosungen eine Weile gefallen und gestattete seinen Händen, ihre Brüste durch den Stoff zu berühren. Als er daranging, die Ösen ihres Kleides zu öffnen, erstarrte sie, und sie zuckte bei jeder weiteren Öse, die er aufhakte, zusammen. Die Versuchung war groß, ihm nachzugeben. Es war nichts Falsches, nichts Aufgesetztes an der Situation. Alles erschien ihr ganz natürlich. Sie hätte sich gern fallen lassen, aus Neugier und auch aus Trotz gegen alles, was sie seit Monaten belastete. Sie hätte gern erfahren, wie sich Männerhände auf ihrer nackten Haut anfühlten. Sie wollte doch schon so lange erleben, wie es war, sich einem Mann auszuliefern!

Doch die rauschhafte Besinnungslosigkeit der letzten Minuten war verebbt. Lisa dachte bereits wieder recht klar. Was, wenn eine unbedachte Nachmittagsstunde im Juli ihr ganzes Leben ruinierte?

»Laß mich! Laß mich los!« sagte sie laut und versuchte, sich James' Armen zu entwinden.

Er küßte ihren Hals, ihren Nacken, ihr Ohr und schien sie nicht gehört und auch den Stimmungsumschwung nicht gespürt zu haben. Sein Biß in ihr Ohrläppchen tat weh.

»Ich will deine Brüste sehen«, hörte sie ihn sagen.

Ihr war heiß und ganz sonderbar, alles war so erregend und machte ihr gleichzeitig Angst. Sie hatte diese Situation herausgefordert, doch nun war die Situation dabei, sie zu überfordern.

»Bitte, James! So lassen Sie mich doch los!«

Erst als sie schrie und sich heftig gegen ihn stemmte, gab er sie frei. Vielleicht erklärte ihm ihr verstörter Gesichtsausdruck die Tatsachen, vielleicht wollte er einfach Gentleman bleiben und eine Auseinander-

setzung vermeiden. Er zeigte keine Enttäuschung. Sein Lächeln war freundlich, als er sich das Haar glattstrich, die Locke zurückschob und den im Sand liegenden Panamahut aufhob, ihn abklopfte und aufsetzte.
»Ich bringe Sie zurück«, sagte er, ehe er sich nach einer besonders hübschen schillernden Muschel, die zwischen Steinen im Sand lag, bückte, um sie Lisa in die Hand zu drücken.

Daß sich Frau Endress diese »Ungezogenheit« nicht gefallen lassen würde, war zu erwarten. Lisa war darum auch nicht überrascht, von der alten Dame im Foyer abgefangen zu werden. Die Endress sagte nur einen Satz: »Packen Sie! Wir fahren morgen vormittag.«
Lisa packte. Am anderen Morgen sprach die Endress beim Frühstück kein Wort. Erst als sie mit Lisa im Zug saß, der sie nach Dover bringen sollte, nutzte sie die Abgeschlossenheit des Abteils: »Sie wissen, daß ich mit meiner Tochter über diesen Vorfall reden muß.«
»Bitte.«
»Ich nehme an, meine Tochter wird ihre Konsequenzen ziehen.«
Lisa krampfte die Finger ineinander. Sie lächelte, als sie sagte: »Meine Konsequenzen habe ich bereits gezogen.«
»Bitte?«
»Ich kündige.«
Die Endress sagte: »Das ist das einzige, was Sie tun können.« Und dann, weniger gleichmütig: »Sagen Sie mal, woher nehmen Sie eigentlich Ihre Unverschämtheit?«
»Ich bin nicht unverschämt.«
»Natürlich sind Sie unverschämt! Jede Ihrer Gesten drückt Unverschämtheit aus! Jedes Wort! Und was Sie sich gestern nachmittag geleistet haben...«
»...geht Sie nichts an. Sie zahlen mir einfach zuwenig, um erwarten zu können, daß ich Ihnen rund um die Uhr zur Verfügung stehe.«
»Auf eine Gesellschafterin, die die erste Gelegenheit nutzt, sich mit fremden Männern herumzutreiben, kann ich verzichten!« zischte die Endress.
Während der ganzen Weiterreise richtete keine das Wort mehr an die andere. Als es in Dover Schwierigkeiten mit den Papieren gab, verzichtete die Endress darauf, sich Lisas als Dolmetscherin zu bedienen; in das längere Palaver mischte sich Lisa trotz besseren Wissens nicht ein. Umgekehrt verkniff sich Lisa bei der Überfahrt nach Calais, um das Salz zu bitten, das vor der Endress stand; lieber marschierte sie um den halben Tisch. Die Stimmung war mehr als frostig.

In Bad Wörishofen angekommen, waren beide extrem nervös. Zu Hause lief ihnen Sabine entgegen und fiel Lisa um den Hals. »Schön, daß Sie wieder da sind! Es war so langweilig ohne Sie.« Lisa geriet etwas aus der Fassung, als sie in Sabines treuherzige Kinderaugen sah. Sie setzte ihr Gepäck ab. Nun kamen Charlotte und Dr. Rohwein aus dem Haus.
»Da sind Sie ja wieder!« sagte Rohwein zu Lisa und drückte ihr die Hand. Charlotte redete auf ihre Mutter ein. Im Begrüßungsdurcheinander ging Lisas Mißgelauntheit unter. Die Endress tat plötzlich recht freundlich und erzählte von der »guten Erholung«, die sie sich in Bath habe angedeihen lassen.
»Warum kommst du dann schon so früh?« fragte Charlotte.
»Ach, das Wetter hat sich verschlechtert und schlug mir auf die Nerven«, meinte die Endress leichthin.
Da sagte Lisa: »Ich werde gehen und bitte um meine Papiere.«
Sabines Hand klammerte sich fester um Lisas Finger, aber Lisa sah Sabine nicht an.
»Aber warum denn?« fiel Charlotte über Lisa her, und damit begann ein großes Hin und Her über die Gründe. Als die Endress versicherte, diesen Entschluß erwartet zu haben, ihn aber nicht zu begreifen, erklärte Lisa: »Im Hinblick auf die Differenzen, die ich mit Frau Endress hatte, halte ich meine Entscheidung für richtig.«
»Aber Kind!« sagte die Endress vorwurfsvoll. Lisa warf ihr einen überraschten Blick zu, aber die Endress redete auf sie ein: »Wir waren beide wegen der Klimaveränderung überreizt.« Und zu Charlotte: »Ich glaube, Fräulein Wagner ist mit ihrem Gehalt nicht zufrieden.«
Lisa war zu verdutzt, um darauf etwas sagen zu können, und Charlotte rief gleich zuckersüß: »Aber darüber können wir doch reden! Sind dreißig Mark mehr im Jahr genug?«
»Es liegt nicht nur am Gehalt.« Lisa merkte selbst, daß sie an Glaubwürdigkeit verloren hatte. Ihre Einwände klangen bloß noch störrisch.
»Natürlich bekommen Sie von jetzt an wieder jede Woche Ihren freien Nachmittag. Wir haben Sie ein wenig überfordert, ich weiß«, beschwichtigte sie Charlotte unschuldig.
Lisa spürte Sabines kleine, warme Hand und den flehenden Blick. Sie fühlte sich nicht wohl.
Dr. Rohwein erkundigte sich sachlich: »Haben Sie bereits anderweitige Zukunftspläne, Fräulein Wagner?«
Und da gab Lisa klein bei. Die Aggressionen waren fort und mit ihnen auch die Courage. Alles, was sie beim Blick über die Klippen

gefühlt hatte, war zerschmolzen. »Ich werde mir alles noch einmal überlegen.« Sie versuchte, Zeit zu gewinnen.
Zwei Tage später willigte sie ein, in Wörishofen zu bleiben. Sabine war vor Erleichterung ganz außer sich, und eine Zeitlang herrschte tatsächlich eitel Sonnenschein. Jeder bemühte sich um Lisas Wohlergehen. Charlotte fragte ständig: »Wird es Ihnen auch nicht zuviel?«, und die Endress überwand sich sogar hin und wieder, »danke« zu sagen. Dieses wahre Bombardement an Freundlichkeit verunsicherte Lisa, und es erschreckte sie auch. Sie war richtiggehend froh, daß sich wenigstens Jasmin der allgemeinen Liebedienerei nicht anschloß.
Lisa mißtraute dem Frieden. Die Geschichte mit James Burns und ihr Widerstand gegen die Endress konnten bei nächster Gelegenheit ein Nachspiel finden. Das vergaß Lisa nicht.

Sie vergaß auch andere Dinge nicht.
Sie vergaß nicht, wie James Burns sie geküßt hatte, und mußte daran denken, wie es mit Rudolf gewesen war: ähnlich und doch anders. Und Howard fiel ihr wieder ein, der sie nie geküßt, in den sie sich aber trotzdem verliebt und den sie doch recht schnell vergessen hatte.
»Ich will deine Brüste sehen«, hatte James Burns gesagt, und noch im nachhinein trieb ihr die Erinnerung daran die Röte ins Gesicht. Es wurde ihr heiß, und manchmal glaubte sie es gar nicht und mußte dann die Muschel anschauen, die er ihr in die Hand gedrückt hatte.
Gouvernante – das Wort spukte ihr wie ein Schreckgespenst im Kopf herum. Gouvernanten wurden immer alte Jungfern. Bloß das nicht! Lieber Gott – alles, nur das nicht!
In Bad Wörishofen gab es außer dem fröhlichen, witzigen Studenten, der die Zeitung brachte, niemanden, der Lisa den Hof machte. Für die Bekannten der Rohweins gehörte sie zum Personal, fürs Personal zur Herrschaft. Die Zeit lief davon. Lisas Kohlezeichnungen wurden immer depressiver. Es geschah nichts.
Jasmin und Lisa schlossen im stillen eine Art Waffenstillstand und gingen sich aus dem Wege. Jasmin fiel nicht mehr aus dem Rahmen, und Lisa drückte hin und wieder ein Auge zu; Sabine erzählte Lisa ihre kleinen Geheimnisse, etwa daß der Junge aus der Knabenschule sie wieder nach Hause begleitet hatte; Frau Endress ließ sich aus der Zeitung vorlesen; und Charlotte legte sich nach wie vor in gewissen Abständen mit Wehwehchen ins Bett. Herbst – Winter – Frühling... Lisa litt an der eigenen Unentschlossenheit.
Sie war mit den Mädchen spazieren gewesen und hatte die ersten Blumen gepflückt. Nun stand sie im Wohnzimmer und ordnete die Blumen in eine Vase.

»Da sind Sie ja!« hörte sie Charlotte hinter sich sagen. Der Tonfall verriet schlechte Laune. »Müssen Sie das *hier* machen? Gehen Sie damit doch in die Küche! Sie verstreuen im ganzen Zimmer Blüten, und dabei wissen Sie, daß Jasmin dagegen allergisch ist.«
»Jasmin hat gerade mit uns Blumen gepflückt und keineswegs allergisch darauf reagiert«, erwiderte Lisa ruhig und arrangierte weiterhin ihren farbenprächtigen Feldblumenstrauß.
»Ich sagte, Sie sollen in die Küche gehen!« befahl Charlotte und drückte mit den Fingerspitzen der linken Hand gegen ihre Schläfe. Ihrer Stimme war jetzt zu entnehmen, daß ein Migräneanfall bevorstand. »Langsam wird mir Ihr steter Widerspruch wirklich zuviel. Aber weshalb ich Sie eigentlich suchte...« Charlotte trat auf Lisa zu und hielt ihr ein Buch unter die Nase. »Gehört das Ihnen?«
»Ja«, sagte Lisa und griff nach »Bel Ami«, aber Charlotte zog ihre Hand zurück. »Ich habe dieses Buch in Sabines Zimmer gefunden. Haben Sie Sabine dieses Buch zu lesen gegeben?«
»Ja.«
Charlotte erstarrte verblüfft und drückte wieder die Fingerspitzen der freien Hand gegen ihre Schläfe. Sie hatte damit gerechnet, daß Lisa leugnen oder sich wenigstens winden würde.
»Ja? Nun, ich finde es schon reichlich unpassend, daß *Sie* Maupassant besitzen und offensichtlich lesen. Meine Tochter damit zu behelligen setzt der Angelegenheit allerdings die Krone auf.«
Lisa war nun doch etwas erschrocken. »Aber gnädige Frau«, sagte sie, »kennen Sie das Buch denn? Haben Sie es gelesen?«
Charlotte sah sich in die Enge getrieben und blickte Lisa böse an, eine Hand noch immer an der Schläfe. »Natürlich nicht!«
»Wie können Sie dann ein Urteil fällen?«
Charlotte ging sofort in die Offensive: »Was will man erwarten? Was will man von Ihnen erwarten? Wer mit völlig fremden Männern Affären hat, liest wohl auch solche Bücher.« Jetzt war es ausgesprochen. Das Damoklesschwert war heruntergefallen, der Hieb hatte gesessen. Charlotte drehte sich auf dem Absatz um und rauschte hinaus.
Lisa, noch immer mit den Blumen beschäftigt, sah ihr sprachlos nach. Schluß! Sie wunderte sich, als sie merkte, daß sie weinte. Ihr ganzes Gesicht war naß von Tränen. Sie stützte sich am Tisch auf und versuchte, die Fassung wiederzuerlangen. Mechanisch redete sie sich ein, daß doch nichts passiert sei, daß Charlotte Rohwein nur erwartungsgemäß reagiert habe.
Sie mußte eine ganze Weile so dagestanden haben, als sie plötzlich Dr. Rohweins Stimme hinter sich hörte: »Nanu, Fräulein Wagner, ist Ihnen nicht wohl?«

Die Besorgnis, die aus seinem Tonfall sprach, nahm Lisa den Rest der Selbstbeherrschung. Das Faß lief über, und das stille Weinen wurde zum geschüttelten Schluchzen. Sie drehte sich nicht um.
Dr. Rohwein trat näher und legte ihr eine Hand auf die Schulter. »Wollen Sie mir nicht sagen, was geschehen ist?«
»Ich weiß nicht.«
»Was wissen Sie nicht?«
Durch den Tränenflor sah sie ihn an. Sie sah den Ausdruck der Abgespanntheit und die Furchen in seinem Gesicht. Sie sah, daß er kein glücklicher Mann war, und sie tat sich nicht nur selbst leid, sondern er tat ihr auch leid, und alles floß hinein in diesen endlosen Tränenstrom.
»Ich weiß nicht, warum ich weine«, sagte sie.
Dr. Rohwein lächelte. »Sie weinen, weil Sie einen Anlaß dazu haben, mag dieser Anlaß sein, wie er will, es ist nur ein Anlaß. Sie weinen, weil Sie vollkommen überfordert sind. Sie sind sehr einsam, Lisa.« Er nannte sie einfach beim Vornamen und drückte ihr ein Taschentuch in die Hand. Wie ein Kind stand sie vor ihm. »Manchmal ist es nicht einfach, erwachsen sein zu müssen, nicht wahr?«
Lisa nickte. Und weil sie jetzt einfach jemanden brauchte, der für sie da war, lehnte sie ihren Kopf an die Schulter Dr. Rohweins.
»Nana«, sagte Dr. Rohwein weich. »Jetzt ist aber genug geweint!« Und dann redete er beruhigend auf sie ein, ganz wie man zu einem Kind spricht, und hielt sie im Arm.
In diesem Moment tönte von der Tür her Charlottes schrille, sich fast überschlagende Stimme: »Ich glaube, das genügt!«

Zweites Buch
Christian

Siebentes Kapitel

In der Kirche roch es nach Weihrauch. Eine lastende Stille durchzog die Morgendämmerung. Leicht und elastisch klangen Matthias Morells Schritte über den Pflasterboden. Zu dieser frühen Stunde schlief selbst der Mesner noch.

Morell sah bleich aus. Er fühlte sich so, wie er aussah: ausgezehrt. Nichts Heftiges, Brennendes war in ihm, vielmehr ein nachhaltiges Gefühl des Mißmuts und eine schmerzliche Leere. Ja, ausgehöhlt und verbrannt fühlte er sich. Seit Tagen und Wochen sah er diesen Zustand auf sich zukommen, heute hatte er ihn erreicht, heute mußte er ihn sich eingestehen. Und das machte ihn noch ausgehöhlter und verbrannter. Obgleich er nach außen immer gefestigt und in sich ruhend wirkte, kannte er sehr wohl Talfahrten wie Höhenflüge. Manchmal war er seinem Gott so nahe, daß er sich wunschlos fühlte, und manchmal spürte er, daß er Ihm fern war. Doch so wie heute, so fern schien er seinem Gott lange nicht mehr gewesen zu sein.

In einer Stunde würde er die Messe lesen. Er laß sie täglich, manchmal mehrmals am Tag. Heute fehlte ihm die Empfindung für die Größe der Liturgie. Schon gestern während der Maiandacht war ihm seine Geistesabwesenheit bewußt geworden. Er hatte die Mutter Gottes in vielfältigen Metaphern gepriesen – aber seine Gedanken! Wohin waren nur seine Gedanken geglitten? Nicht in sündige Abgründe, das nicht, aber er hatte an die neue, große Tafel gedacht, die das Schulhaus bekommen sollte, an das Gezeter der Weinbuch, an viele kleine, unbedeutende Vorkommnisse, nur nicht an die Mutter Christi.

Als suchte er sich zu sammeln, kniete Morell in einer Kirchenbank nieder. Seine Stirn lag in Falten, seine Gedanken waren in Aufruhr... Inzwischen hatte er sich in Reitfelden etabliert. Die Leute hielten ihn fast für einen Heiligen. Von manchen wurde er mehr verehrt als der Gott, dem er diente. Man verehrte ihn vor allem seiner Güte, seines Verständnisses für die großen und kleinen Kümmernisse und seiner Sanftmut wegen; dazu gab ihm seine ruhige, sichere Gelassenheit einen überirdischen Nimbus. Er strahlte eine stille Autorität aus, die niemand in Zweifel zu ziehen wagte. Man mochte an Gott zweifeln, an Morell zweifelte man nicht. Statt dessen wurde er verehrt wie niemand sonst in Reitfelden, weit mehr als alle Pfarrer vor ihm. Er war noch so jung und schien doch schon so weise.

Ohne besondere als männlich geltende Attribute der Schönheit zu besitzen, war er ein ausgesprochen gutaussehender Mann. Die klarblauen Augen und das weizenblonde Haar unterstrichen jenen überirdischen Hauch seiner nahezu geschlechtsneutralen Schönheit, die jedem auffiel. Morell veränderte sich nicht. Das ewig Jugendliche seiner Züge, verbunden mit einem tiefen Ernst inmitten all seiner Heiterkeit und einer seinem Lächeln widersprechenden, strengen Würde, verlieh ihm eine ganz eigenartig faszinierende lebendige und doch unantastbare Ausstrahlung.

Nur er selbst kannte seine Unvollkommenheit und auch die aus diesem Mangel resultierende Qual. War Vollkommenheit – seine blaue Blume, sein Traum, sein Streben – vielleicht Vermessenheit?

O nein, er war nicht vollkommen, er war weit davon entfernt, vollkommen zu sein. Trotzdem gab es Augenblicke in seinem Leben, in seinem Suchen und seinem Ringen, die ihn das absolute Glück spüren ließen. Jenes Glück, das ihn allumfassende Liebe, Versinken im Unendlichen und die tiefe, unerschöpfliche Kraft des einzig Wahren, Wärmenden, Lichten empfinden ließ, das er Gott nannte, weil auch er keinen anderen Namen dafür hatte.

Oft war ihm, als führte ihn eine unsichtbare, wissende Hand. Solange er sich dieser Führung überließ, war sein Leben einer wunderbaren festen, fügenden Ordnung unterworfen, die ihn richtig handeln, ja auch richtig denken ließ, ihm half, zur richtigen Zeit das Richtige zu tun und seine Gedanken zu disziplinieren.

Im fahlen Licht der Morgensonne verspürte er jedoch eine grenzenlose Einsamkeit. Es kam ihm vor, als sei der Faden durchtrennt, als sei eine Wand zwischen ihn und jenen Gott getreten, dem er sein Leben geweiht hatte. Für Morell war das Priesteramt kein Ausweg oder Beruf, sondern eine ernsthafte Berufung. Zwar kannte er Zweifel und Unzufriedenheit mit sich selbst, aber dieses tiefe Gefühl völliger Einsamkeit, das ihn jetzt auf einmal umfangen hielt, war ihm bisher fremd geblieben. Nun fror er darin.

Er hatte den Verzicht gewählt und in diesem Verzicht Erfüllung gefunden. Natürlich war es auch ihm kein leichtes gewesen, materiell und körperlich Wünsche fahren zu lassen, doch der Kampf um das Loslassen jener Wünsche hatte die Siege um so süßer schmecken lassen. Er hatte gespürt, Gott nahe zu sein. Dabei hatte er sich von den Menschen entfernt.

War es wirklich Vermessenheit, in sich die göttliche Vollkommenheit zu suchen? War es Hochmut? Verachtung der Welt?
Kaum eine Stunde war ihm je so dunkel erschienen wie diese, während er im Morgenlicht in seiner Kirche kniete und sich fragte, ob er Gott tatsächlich liebte oder ob er ihm gleich sein wollte, ihn eigentlich lästerte.
Langsam erhob sich Morell und schritt die Stufen zum Altar hinauf. Etwas Bedrohliches, Kaltes schien auf einmal von den stillen, kühlen Mauern auszugehen, die ihn umgaben. Er umfaßte seine Schultern mit den Händen und versuchte, das Gefühl abzuschütteln, außerhalb seiner selbst zu stehen.

Lauer Mairegen fiel, als Lisa fünf Stunden später mit einem einzigen Koffer in der Hand, mit weniger also, als sie gegangen war, den vertrauten Feldweg nach Reitenau beschritt. Sie fühlte sich feig und deshalb elend und ohne Schwung. Sabines tränennasse Augen verfolgten sie ebenso wie Charlottes Triumph. Ganz in Gedanken, erschrak sie, als plötzlich ein Reiter vor ihr auftauchte. Es war Lorenz. Diesmal war es wirklich Lorenz.
Stumm wartete sie, bis er sie erreicht hatte. Noch während er vom Pferd glitt, sagte er: »Ich bin dir entgegengeritten. Grüß dich, Lisa!«
Eine merkwürdige Befangenheit stand zwischen ihnen. Lisa wußte nicht gleich, was sie sagen sollte. »Mein Gott, Lo«, rief sie schließlich mit einer unechten Fröhlichkeit, »das ist ja eine Überraschung! Du bist wieder da?«
»Schon lange.«
Sie nickte. Eigentlich wußte sie ja aus Vinzenz' Briefen recht gut, was auf Reitenau los war. Und so hatte sie auch von Lorenz' Rückkehr erfahren und davon, daß er jetzt mit Cordula Landgraf verlobt war. Hatte sie alles nur geträumt? Hundert Jahre schien die Ballnacht auf Neuherrenach zurückzuliegen, als Lorenz ihr einen Heiratsantrag gemacht und Rudolf sie geküßt hatte.
»So, wie du mich anschaust, scheine ich ja nicht schlecht auszusehen«, meinte sie keck in das Schweigen hinein. »Ich hoffe doch, du hast keine verschrobene Anstandsdame erwartet.«
Lorenz lachte. Jetzt erkannte er sie wieder, jetzt, da es mutwillig und lustig aus ihren Augen blitzte. Trotzdem empfand er ihr gegenüber eine jungenhafte Unbeholfenheit, und der Weltmann, den er sonst so gern herauskehrte, verschwand sozusagen in der Westentasche. Er sah nur ihre violetten, großen Augen – und ohne es zu wollen, ohne jeden Anlaß, wie das immer zu sein schien, verliebte er sich erneut in Lisa.

Wäre eine andere Lisa zurückgekommen, eine veränderte, eine erwachsen gewordene – ja, dann! Aber sie entsprach so sehr dem Bild, das er in Erinnerung behalten hatte, daß die vergangenen zwanzig Monate wie Nebelschwaden verdampften.

»Sie warten schon auf dich. Mama läuft mit wichtiger Miene im Haus herum, und Vater scheint sich zu überlegen, ob er sich über deine Eskapaden ärgern oder amüsieren soll. – Was hast du bloß wieder angestellt!«

Das Kopftuch rutschte ihr nach hinten. Im feinen Nieselregen kräuselte sich ihr Haar.

»Weißt du, warum ich zurückkomme?« fragte sie ernst.

»Warum kommst du denn zurück?«

Aha, man hatte alles totgeschwiegen. Der Skandal sollte vertuscht werden.

Lisa lachte. »Komm, nimm mir diesen elenden Koffer ab! Danke! Warum ich wieder da bin? Nun, vielleicht komme ich, weil Wörishofen zu fad für mich war, vielleicht hatte ich Heimweh, vielleicht brauche ich eine Luftveränderung, vielleicht bin ich der Sünde anheimgefallen – wer weiß!«

Verspielt und zugleich geheimnisvoll lächelte sie Lorenz an, der ihren Koffer trug und gar nicht merkte, wie schwer er war.

Lisa hatte nicht erwartet, dermaßen freundlich empfangen zu werden. Man tat, als wäre nichts gewesen. Obwohl sie sich nicht sicher war, nahm sie doch an, daß Charlotte Rohwein einen »erklärenden« Brief nach Reitenau geschrieben hatte, der die »Wahrheit« über Lisas Flucht aufdecken sollte. Sie unterließ es aber nachzufragen. Alle behandelten sie, als käme sie aus einem dreiwöchigen Sommerurlaub zurück.

Voller Enttäuschung, Angst und Bitterkeit war sie zurückgekommen, doch bereits nach zwei Wochen war dies vergessen – und wenn nicht wirklich vergessen, so doch sehr weit weg. Alles, was sie über Monate hin so tief betrübt hatte, erschien nun in einem anderen, weicheren Licht.

Endlich fühlte Lisa sich nicht mehr allein und verlassen. Auf Reitenau hatte sie dank Vinzenz immer dazugehört. Reitenau erschien ihr deshalb wie eine rettende Insel. Hier blieb sie bewahrt und beschützt. Sie konnte mit Lina lachen und mit Krispin in alten Geschichten schwelgen, sie konnte mit Vinzenz über die Felder gehen und mit Lorenz albern sein. Die Reitach plätscherte in ihrem alten Bett, und alles ging unverändert seinen Gang. Wie eh und je lachte der Himmel, wie er an keinem anderen Ort der Welt mehr zu lachen schien, und im

hintersten Teil des Obstgartens, der an den Wald anschloß, konnte sie ihre Staffelei aufstellen und wieder die alten Träume träumen. Lag nicht das ganze Leben noch vor ihr? Hatte sie nicht alle Zeit der Welt?
Freilich wußte sie nicht, daß Amalie zu Vinzenz sagte: »Siehst du nicht, daß es bereits wieder schwelt?«
Und sie wußte auch nicht, daß Vinzenz erwiderte: »Ich weiß es.«
Sie wußte nicht, was Lorenz so unausgeglichen machte, wieso er manchmal so überschwenglich war und sich dann wieder in sich selbst zurückzog. Sie wußte nicht, daß Vinzenz Lorenz zu verstehen gab: »Denk daran: Sie ist deine Schwester.«
Sie wußte nicht, daß Lorenz erwiderte: »Keine Sekunde habe ich das vergessen.«
Für Lisa begann einfach ein strahlender, leuchtender, glücklicher Frühsommer. Hatte sie in Sachen Glücklichsein nicht viel nachzuholen? Ein ganzes Meer davon wollte sie austrinken. Menschen, die sie fast schon vergessen hatte, kreuzten wieder ihren Weg: Jenny, schlanker geworden, nicht hübsch, aber ansehnlich, ohne Doppelkinn und Pickel, ernst und ruhig, nicht lebensprühend, aber doch sicherer. Cordula, schmal und hochgewachsen wie eine langstielige Rose, etwas bleich und anämisch, kühl und trotzdem reizvoll, erwachsen fast und heftig in Lorenz verliebt. Christian, noch immer der Kumpan, Saufbruder und Busenfreund von Lorenz, in Aussehen wie Auftreten sehr männlich, aber ohne Feingefühl, verlobt und schon so gut wie verheiratet mit Veronika Liebchen; gerüchteweise war von einer Doppelhochzeit auf Reitenau die Rede gewesen mit Lorenz und Cora. Veronika war hübsch, aber langweilig und eine eher bläßliche Erscheinung, brachte jedoch das Liebchensche Vermögen mit. Und Neuherrenach war auf eine gute Partie angewiesen, hatte sich doch der alte Landgraf nie sonderlich um seine Ländereien gekümmert. Er war ein Verschwender, und Christian geriet nach ihm. Selbstsüchtig wie alle echten Landgrafs, widmete sich auch er fast ausschließlich seinen Passionen: Weibern und Pferden. Unterdessen hielt sich sein Vater vermehrt in Baden-Baden auf und zog zwischendurch kostspielige Ausflüge nach Monte Carlo dem Landleben vor. Christians Braut kam selten nach Neuherrenach. Hin und wieder besuchte er sie in Neuburg, wo sein Regiment stationiert war. An Veronika lag ihm nicht das allermindeste; er dachte ohnehin nur an sich selbst. Während es jedoch anderen Frauen wenigstens gelang, ihn zu zerstreuen, langweilte ihn Veronika maßlos.
Lisa dagegen schien ihm ein Amüsement wert. Der Sommer brachte Ausflüge, Gesellschaften und andere Zerstreuungen. Christian ge-

noß das alles ohne seine Verlobte, während sich Neuherrenach und Reitenau wieder zu einem vierblättrigen Kleeblatt zusammentaten; die alte Besetzung fand sich wieder ein, an die sich manchmal auch Jenny anschloß. Cora, Christian, Lorenz und Lisa waren fast den ganzen Sommer unzertrennlich. Einmal nur war Veronika mit von der Partie, was der Gesellschaft jedoch die Ausgeglichenheit nahm. Von da an blieb Veronika von der eingeschworenen Clique ausgeschlossen.

Vinzenz beobachtete die vergnügte Viererfront mit gemischten Gefühlen, ließ den Dingen jedoch ihren Lauf. So heiter und lustig sich auch alles anließ, so prompt begannen auch Eifersüchteleien und Intrigen zwischen den Beteiligten zu schwelen. Es schwelte eben, wie sich Amalie Vinzenz gegenüber ausgedrückt hatte.

Der Sommer war heiß, und Lisa barst vor Übermut. Den anderen schien es ähnlich zu gehen. Immer war etwas los, und die von Christian, dem Übersättigten, so gefürchtete Langeweile kam nicht auf.

Zu viert saßen sie irgendwo unter einem Kirschbaum im Gras, tranken Rotwein aus dem Landgrafschen Keller, aßen Linas Erdbeerkuchen, und Cora erzählte durch die Blume sehr dezent vom Mißgeschick einer Schulfreundin, die von ihren Eltern zu Verwandten aufs Land verfrachtet worden sei.

»O«, sagte Lisa, »was für vornehme Wendungen du benutzt, wenn du zu verstehen geben willst, daß jemand ein Kind bekommt.«

Fast beleidigt gab Cora zurück: »Auch ohne deine Erklärung hätte jeder kapiert, was ich sagen will.«

»Die arme Sünderin!« Christian lachte. »Kenne ich sie? Ist das die kleine Blonde, die bei deinem letzten Geburtstag schon so verdruckt dreingeschaut hat? Ich hoffe, sie hatte wenigstens Spaß bei ihrem Fall.«

Cora sah ihren Bruder von der Seite her böse an. Sie mochte es nicht, wenn er so daherredete. Zwar interessierten sie pikante Geschichten ebenso wie ihn, vielleicht sogar mehr, weil sie zur Passivität verdammt blieb, aber sie wahrte stets eine gewisse Form. Christian hatte einfach keinen Stil!

Lisa sah Coras Verärgerung und griff nach dem tiefhängenden Zweig des Sauerkirschbaums, um sich ein paar dunkelrote Früchte zu pflücken. Zwischen den Blättern leuchtete der Himmel durch, und es roch unwahrscheinlich intensiv nach Reife, Erde, Gras und allem, was den Sommer ausmacht.

»Wieso ›Fall‹?« fragte sie ruhig und sah Christian angriffslustig an.

»Na, eine Redewendung halt«, kam es von Lorenz, der es auch nicht

mochte, wenn Christian und Lisa solche Gespräche führten, die immer eine sonderbare, nur zwischen den beiden schwingende Spannung hervorriefen.
»Wieso ›Fall‹?« beharrte Lisa und blickte nun Lorenz herausfordernd an.
Für Cora war das keine Frage: »Wenn so etwas passiert – das zeugt einfach von... von einem Mangel an Selbstbeherrschung und... Selbstachtung. Es... nun, es ist eben eine reine Instinkthandlung, und ich denke, als Frau sollte man darüberstehen.«
»Warum?« fragte Lisa und steckte sich noch eine Kirsche in den Mund. Während sie den Kern ausspuckte, wandte sie sich wieder Christian zu: »Sind Instinkthandlungen Handlungen zweiter Klasse, schlechter als Handlungen aus dem Verstand?«
Christian grinste. »Ganz und gar nicht.«
Lorenz knuffte ihn in die Seite. Aber Christian grinste weiter. Über Lisas Äußerung nachsinnend, streckte er sich im Gras aus und nahm einen Halm in den Mund. »Für unsere Cora ist Liebe jedoch geistiger Natur und etwas Heiliges.«
»Ist es auch!« Cora bestand darauf, obwohl sie seinen spöttischen Ton in diesem Zusammenhang haßte. »Für eine Frau ist es immer so. Ihr Männer, ihr seid einfach aus gröberem Stoff.«
»Handfester.« Christian lachte.
»Das hast du von Lessing, Cora. Und es ist eine ironische Sentenz. Ich glaube das nicht«, sagte Lisa.
»Was?« Cora sah pikiert aus.
»Daß da ein Unterschied sein soll, ein Unterschied zwischen Mann und Frau. Es kommt auf die Persönlichkeit an. Und überhaupt denke ich, daß jeder, der sich in der Liebe aufs rein Geistige hinausreden will, einfach Angst vor der wirklichen Liebe hat. Und die wirkliche Liebe ist kein gepflegter Seerosenteich, sondern ein tosender Wildbach.«
Kopfschüttelnd preßte Cora die Lippen zusammen. »Wie du wieder redest!« sagte sie dann vorwurfsvoll.
»Laß sie doch!« wies Christian sie zurecht. »Ich finde sehr interessant, was Lisa da gesagt hat. Du solltest mal darüber nachdenken, heilige Cora.«
In sich hineinschmunzelnd, hatte sich Lisa auf den Rücken fallen lassen und streckte die Arme aus. »Sicher habe ich einen Hang zur Liederlichkeit«, gab sie kichernd zu.
Cora hielt es für besser, gar nichts mehr zu sagen. Und Lorenz sah den Bewegungen von Lisas gebräunten Armen zu, die sich wie zu einer unhörbaren Musik bewegten.

»Wie macht sich dieser Hang denn bemerkbar?« wollte Christian wissen.
Wohlig räkelte sich Lisa im Gras. Es gefiel ihr, Cora zu brüskieren, und außerdem genoß sie es, im Mittelpunkt zu stehen. »Das verrate ich nicht«, tat sie sich wichtig.
Lorenz war wieder eifersüchtig, als er Christian so mit Lisa reden hörte. Daß er mit seiner kaum verhohlenen Eifersucht Coras Gefühle verletzte, merkte er gar nicht, denn er gestand sich seine Eifersucht ja nicht ein.
Eines Nachmittags jedoch, ein paar Tage später, war er mit Christian allein, und es kam zu einer sehr eindeutigen Auseinandersetzung.
Lorenz ging in die Offensive: »Ich mag es nicht, wie du mit Lisa sprichst. Ich mag nicht, wie du sie anschaust. Deine Affären mögen deine Affären bleiben, aber mit Lisa wirst du nichts anfangen. So mit ihr zu flirten, so unverschämt offen, ist auch Veronika gegenüber nicht richtig.«
»Seit wann kümmert dich denn Veronikas Wohlergehen? Seit du sie nicht mehr interessant findest, doch überhaupt nicht mehr. Kümmere dich lieber um den Dreck vor deiner Haustür. Oder hast du vergessen, daß du mit Cora verlobt bist?«
»Dreh mir nicht das Wort im Mund um! Es geht jetzt nicht um Veronika oder Cora.«
»Eben!«
»Also!«
»Ja, Freundchen, es geht dir um Lisa. Aber sei ohne Sorge! Lisa wird für Veronika keine Gefahr werden.«
»Weißt du eigentlich, was du da sagst?«
»Der Tugendwächter spricht. Bist du Lisas Wachhund?«
»Ich bin ihr Freund, das genügt.«
»Komm, hör auf, den großen Beschützer zu spielen! Sieh endlich, was deine vergötterte Lisa wirklich will!«
»Und was will sie?« fragte Lorenz gefährlich ruhig. Die unterdrückte Härte der Auseinandersetzung, verbunden mit der mörderischen Julihitze, trieb ihm die Schweißperlen auf die Stirn. Es war früher Nachmittag. Er war nach Neuherrenach herübergefahren, das jetzt im Mittagsschlaf lag. Nur Christian saß mit hochgelegten Beinen im Schatten der Veranda, die sich fast um das ganze Haus zog, und sah Lorenz, der am Geländer in der prallen Sonne stand, erheitert an.
»Was will sie?« fragte Lorenz ein zweites Mal.
»Was sie will?« Christian lachte. »Herumhuren will sie.«
Lorenz fuhr herum. »Du Schwein!« preßte er hervor. »Du widerliches Schwein! Sag das noch mal!«

Christian lachte noch immer. »Willst du mich zum Duell fordern? Hör zu, Lo, ich habe keine Lust, mich mit dir wegen Lisa zu streiten. Wie lange willst du sie noch anbeten? Ich fürchte, auf deine Anbetung legt sie nicht viel Wert. Sie ist die Tochter einer Schlampe, die es mit jedem in der Gegend getrieben hat, ja, mit jedem. Was bewegt dich dazu, sie so zu beschützen und ihre Ehre zu retten? Willst du vielleicht etwas von ihr? Ja, ich wiederhole es: Herumhuren will sie. Wenn du Manns genug bist, nimm sie dir doch!«
Am liebsten hätte Lorenz Christian jetzt verprügelt, statt dessen aber stand er wie zur Salzsäule erstarrt und stierte Christian ins Gesicht. Christian hatte im Plauderton gesprochen, weltmännisch und überlegen.
»Wir sind zusammen aufgewachsen«, kam es hilflos von Lorenz. Sich an Christians Ton erinnernd, fuhr er aggressiver fort: »Wie du und Cora. Sie ist – wie eine Schwester ist sie für mich.«
Jetzt klang Christians Lachen überheblich. »Genau das ist sie dir nicht.«
»Das ist sie!« rief Lorenz. »Und deshalb halte ich es für meine Pflicht...«
»Warum regst du dich so auf?«
Lorenz schluckte. Ganz unverhohlen kostete Christian die Situation aus.
»Du hörst mir jetzt gut zu«, knirschte Lorenz, der am liebsten losgeschrien hätte. »Wenn du es wagst, wenn du es nur einmal wagst, Lisa zu nahe zu kommen, wenn du sie nur einmal so behandelst wie deine Schlampen, dann... dann rechne ich mit dir ab.«
Zu überrascht, um etwas darauf zu erwidern, zu erstaunt über die Zornesröte in Lorenz' Gesicht, hielt Christian seinen Freund nicht zurück, sondern schaute ihm sprachlos nach, als der die Verandatreppe hinunterstürzte.
Wenig später drang bereits das vertraute Motorengeräusch des Benz »Spider«, den Lorenz von seinem Bruder übernommen hatte, von der Auffahrt zu Christian herauf.
Während der ganzen Fahrt zurück nach Reitenau dachte Lorenz darüber nach, was er Lisa sagen sollte. Es drängte ihn, mit ihr zu reden, auch über Christian. Zu Hause angekommen, konnte er sie nirgends finden. Er erfuhr, daß sie mit dem Malzeug in Richtung Wald gegangen sei, fühlte sich aber zu erschöpft, um sie zu suchen – und auch ein bißchen lächerlich. Wie ein Narr hatte er sich vor Christian aufgeführt!
Erst beim Abendessen sah er Lisa. Er wollte dauernd etwas zu ihr sagen, schaffte es aber nicht. Ein paarmal sah Vinzenz ihn ganz merkwürdig an, so daß er es vorzog, zu schweigen.

Plötzlich sagte Amalie: »Übrigens, Rudolf wird uns für ein paar Tage besuchen.«
»Mit Irene?« fragte Lisa, weil sie dazu irgend etwas sagen mußte.
»Nein. Er kommt allein. Irene fühlt sich den Umständen entsprechend etwas unwohl.«
Lisa nickte. Soso, die liebe Irene war also schwanger, und Rudolf flüchtete nach Reitenau. Sie unterdrückte ein Auflachen. Die Sache mit Irene offiziell zu machen, hatte er ja lange genug hinausgezögert. Es würde interessant sein, ihn wiederzusehen – nach Howard Summerhay und James Burns. Ob noch irgend etwas vibrierte? Ach, was für ein unsinniger Gedanke!

Am anderen Tag kam Christian schon in aller Frühe von Neuherrenach herüber. Lorenz schlief noch, da ihn der Zorn und die innere Unruhe die halbe Nacht wachgehalten hatten und er erst in den frühen Morgenstunden in einen schweren Schlaf gefallen war. Noch stand die Sonne kühl über den Bäumen. Christian durchmaß mit forschen Schritten den Obstgarten. Was hatte sie gesagt? Sie würde heute in aller Frühe hier sein, um zu »arbeiten«. Na ja, arbeiten! Er konnte sich ein Grinsen darüber nicht verkneifen.
Das Gras schimmerte feucht, die betauten Blätter glänzten frischgrün im Morgenlicht. Naß und kühl quatschte das Gras unter seinen Füßen. Schon von weitem sah er Lisa.
Als Lisa die Schritte hinter sich hörte, drehte sie sich um. Tatsächlich: Er war gekommen.
»Guten Morgen«, tat sie überrascht. »Bereits so früh auf? Und schon hier?« Amüsiert spielte sie mit ihrem Pinsel.
»Sie wußten doch, daß ich kommen würde.« Mit gekonnter Lässigkeit lehnte sich Christian gegen den nächsten Baumstamm.
»Ich wußte gar nichts«, spielte sie die Komödie weiter.
»Sie haben sogar auf mich gewartet. Wann haben wir sonst auch Gelegenheit, uns allein zu sehen? Lorenz bewacht Sie ja wie eine treue Bulldogge.«
Ein ärgerlicher Zug trat in ihr Gesicht. »Sie reden sonderbar von Ihrem besten Freund.«
Christian zuckte mit den Achseln. Wie alle anderen auch trat er hinter sie, um ihr Bild zu begutachten. Eine Landschaft war zu sehen, gedrängt, undeutlich, verschwommen; ineinander übergehende Grüntöne teilten sich die Komposition im Gleichklang mit kräftigem, feurigem Sonnengelb; nicht sonderlich originell, nur ein Farbspiel, eine Stilübung.
»Hübsch«, meinte Christian.

Noch immer konnte Lisa es nicht leiden, wenn Leute, die »von Tuten und Blasen keine Ahnung« hatten, der Versuchung erlagen, ihre Bilder zu bewerten. »Das ist relativ«, sagte sie darum.
Christian suchte ihren Blick. Der große Verführer vor der Tat, dachte Lisa respektlos und lachte keck.
»Ihr Gesicht ist nicht relativ«, gab Christian zurück und wollte sie küssen. Als er sich zu ihr hinunterbeugte, streiften seine Lippen ihren Mund, doch ehe er nach ihr greifen konnte, bückte sie sich und lief davon.
»Kommen Sie doch!« rief sie. »Wo sind Sie denn?«
Geschwind lief sie fort, er hinter ihr her. Kaum hatte er sie eingeholt, versteckte sie sich hinter einem Baum. Griff er nach ihr, riß sie sich los, und auf diese Weise gelangte sie mit ihm, ihn spielerisch anlokkend und sich dann entziehend, zum Fluß hinunter. Doch Christian hatte keine Spielereien im Sinn. Er faßte sie um die Taille, hielt sie fest, bog sie zurück und zwang ihren Mund, sich dem seinen zu fügen. Zum Schein wehrte sie sich, dann gab sie ihm nach, wand sich aber dennoch gewaltsam frei und lief zum Feldweg.
Als Christian nachkam, stand Lisa vor Rudolf, der überrascht aussah. Zuerst schaute er Lisa und ihre mit Farbklecksen betupfte Schürze an, dann Christian, schließlich wieder Lisa. Gelassen wünschte er dennoch: »Guten Morgen allerseits!«
»Oh, Rudolf, du bist ja schon da! Grüß dich«, sagte Christian schnell und kam näher.
Von oben bis unten sah Lisa Rudolf an. Er trug einen sommerlichen, sportlich aussehenden Pfeffer-und-Salz-Anzug, und auch der graue Leinenhut stand ihm flott zu Gesicht. Mit dem hellen Sommermantel überm Arm und einer schmalen Reisetasche erweckte er richtig den Eindruck von Sommerfrische. Schmal, hochgewachsen, mit strengen, markanten Gesichtszügen stand er da und erfaßte die Situation, ehe er sich zu einem Lächeln verstieg.
»Die Zugverbindung nach Reitfelden ist nicht die beste«, antwortete er auf die Frage nach seinem frühen Eintreffen mit feiner Ironie.
Sein Blick wanderte wieder zu Lisa. Unverwandt schaute sie ihn an. Die Plötzlichkeit der Begegnung machte ihn wider Erwarten betroffen. Sein nächster Gedanke war: Ihr Mund ist jetzt fertig; er war immer noch weich, aber nicht mehr kindlich schmollend, sondern sinnenhaft weiblich.
Noch immer hatte sie nichts gesagt. Er merkte, daß er sie ebenfalls noch nicht angesprochen hatte, und sagte rasch: »Langsam scheint mir das kein Zufall mehr zu sein, daß wir uns immer als erste begegnen, wenn einer von uns nach Hause kommt, Lisa. Wie geht's dir denn?«

»Gut, wie du siehst. Viel zu gut.« Und kühl: »Aber geht ihr zwei schon mal voraus! Sie werden sicher zum Frühstück eingeladen, Christian, und ich muß noch ein paar Sachen aus dem Obstgarten holen.«

Als Rudolf eine halbe Stunde später die Begrüßungsszenen wohlbehalten überstanden und seine Tasche ausgepackt hatte, geschah wieder dieses Seltsame, das immer geschah, wenn er nach Hause kam: Plötzlich war Berlin weit fort. Er wußte nicht, warum das so war, aber er akzeptierte es mit einem ihm sonst fremden Fatalismus.
Man rief zum Frühstück. Rudolf wäre gern noch eine Weile allein geblieben, doch er ging hinunter. Die ganze Familie hatte sich mit Christian um den Frühstückstisch versammelt und wartete auf ihn. Kaum saß er da, bestürmten ihn alle mit Fragen. Alle wollten ihn mit Beschlag belegen. Er merkte schon, daß es mit den beiden ersehnten »friedlichen« und »ruhigen« Wochen nichts werden würde. Jeder war neugierig, wollte entweder Klatsch oder das Neueste aus dem Reichstag hören oder gleich munter drauflospolitisieren.
Seine Behauptung, die Sozialdemokraten würden sicher bald die stärkste Partei im Reichstag bilden, löste eine kontroverse Diskussion aus. Lorenz fand die Abwechslung normal, Amalie entsetzte sich, Vinzenz gab zu bedenken, daß bisher nur Bismarck ein Bollwerk gegen die Sozialisten errichtet habe, Christian forderte ein Verbot der Partei, und Lisa fand es gemein, eine Partei einfach zu verbieten, während Amalie dagegenhielt, für den Schutz ordentlicher Bürger müsse manches scheinbar Uneinsichtige in Kauf genommen werden.
Aufmüpfig behauptete Lisa: »Hinter jedem Verbot steckt Angst. Wären die Sozialdemokraten wirklich nur Schwätzer, wie ihr alle vorgebt, könnte man sie mit einem Lächeln vom Tisch fegen. Scheinbar ist das aber nicht so.«
»Ach, die haben eben den Pöbel hinter sich«, unterbrach sie Christian mit einer verächtlichen Handbewegung.
»Sie sind eingebildet«, konterte Lisa.
Rudolf lachte in sich hinein. Für den jungen Landgraf hatte er nichts übrig, und Lisas Bemerkung, so ungehörig sie wieder einmal war, amüsierte ihn.
Am Nachmittag wich Amalie nicht von Rudolfs Seite. Stolzgeschwellt, wurde sie ihm mit ihrem Besitzanspruch ziemlich lästig, doch er ließ alles über sich ergehen. In ihrer Euphorie lud sie Christian auch gleich zum Abendessen ein und kam gar nicht auf die Idee zu fragen, was er schon in aller Frühe auf Reitenau gesucht habe.

Als sich Reitenau nach und nach schlafen legte, saß Lisa in ihrem Zimmer am offenen Fenster und sah in die schwüle Nacht hinaus. Gerüche stiegen aus dem Dunkel auf. Überall blühten Rosen, und die Früchte waren reif. August. Vielleicht war Rudolf noch auf. Sie hatte Lust, sich mit ihm zu unterhalten. Leise, um nicht von Lorenz gehört zu werden, schlich sie die Treppe hinunter. Vom Wohnzimmer aus sah sie Rudolf auf der Terrasse sitzen. Sie ging zu ihm hinaus.

»Heute kommt zwar kein Gewitter, aber ich will dir trotzdem Gesellschaft leisten«, meinte sie selbstbewußt. »Sag nichts! Du wirst mich nicht los.« Schon saß sie im Schaukelstuhl.

Ohne jede Regung sah Rudolf sie an. Mußte sie denn immer... Das alte Unbehagen, das ihre Nähe in ihm wachrief, unterdrückend, sagte er: »Du störst mich nicht.«

»Danke.« Sie zog die Beine an. Rudolf zündete sich eine Zigarre an.

»Willst du mir nicht auch eine anbieten?«

Seine Zigarre brannte. Er steckte Feuerzeug sowie Etui wieder ein. »Nein«, sagte er.

»Du magst Frauen nicht, die rauchen?«

»Ich mag es nicht, wenn Frauen rauchen.«

Sie ging darüber hinweg und sagte: »Du mußt mich nicht mögen, du sollst mir nur eine Zigarre geben.«

»Junge Mädchen, die ihren Lebensinhalt in fortwährender Provokation sehen, sind mir suspekt.«

»Fühlst du dich provoziert?«

»Ich versuche, mich nicht provozieren zu lassen.«

»Aha. Ich bin der Meinung, man soll immer das tun, was man gerade tun will, statt alles hinunterzuschlucken.«

»Das ist Ansichtssache. Außerdem willst du im Grunde jetzt gar nicht rauchen. Du willst mir nur vorführen, daß du frei und selbstbewußt bist.«

»Na und?«

»Bist du's?«

»Natürlich!«

Sie ließ den Kopf in den Nacken sinken und sah in den Sternenhimmel hinauf. Ein lautloser, sanfter Windhauch drängte langsam die Schwüle zurück. Der Mond hielt der Erde sein verschlafenes Gesicht entgegen, und die Sterne schienen um ihn herum zu tanzen. Überall zirpten Grillen. Sonst war es still.

»Weißt du, was mir auffällt, Rudolf? Du hast den ganzen Tag erzählt – oder besser: erzählen müssen. Du hast von deiner Arbeit gesprochen, von den Leuten, die du kennst und die einen Namen haben, von Irene, von eurem Haus, aber kein Wort über dich. Du sagst nie etwas über dich.«

Rudolf, der nichts für Leute übrig hatte, die versuchten, ihn zu sezieren, fand sich um seinen Nachtfrieden betrogen.

»Ich glaube, du bist nicht glücklich«, sagte sie.

Auch das noch! »Das ist Definitionssache.«

»Wie würdest du es denn beschreiben – das Glücklichsein?« fragte sie.

»Ich sehe darin einen Zustand, der eintritt, sobald man die Fähigkeit besitzt, seine Bedürfnisse der Realität oder die Realität seinen Bedürfnissen anzupassen – ein Gleichklang von Können und Wollen sozusagen.«

»Ach ja?«

»Das ist dir wohl zu trocken?«

»Nein. Es ist eine Ausrede fürs Nichtglücklichsein. Glück ist etwas, das einen packt und einem den Verstand raubt und einen spüren läßt, wie lebendig man ist...«

»Ich sagte schon: Es kommt auf die Auslegung an.«

»Weißt du, Rudolf, du bist unerträglich hartnäckig darin, auf deinen Nebengeleisen zu leben. Aus lauter Angst. In dir herrscht das rationale Prinzip bis zum Widersinn. Das ist wohl angenehm und logisch und überschaubar, aber da bleibt kein Raum für das Große.«

»Aber in dir ist Raum für das Große?«

»Ja.«

»Weil du deine Mitte nicht gefunden hast und in dir selber schwankst.«

»Weil ich eine Mitte habe, mich aber nicht krampfhaft an ihr festklammere. Du hast ja keine Ahnung davon, wie es ist, wenn wirklich alles nur noch Gefühl ist und man das Undenkbare zu greifen glaubt...«

»Du hast gefährliche Vorstellungen von Glück«, erwiderte Rudolf ungerührt. »Du sprichst nicht von echten Empfindungen, die allein das Seligmachende sein sollen, wenn man deiner Theorie folgt, sondern von Übersteigerungen. Allzu steile Höhenflüge führen leicht zu Bruchlandungen. Ober besser: immer zur Ernüchterung. Das ist eine ganz banale Weisheit.«

»Weisheit?« Lisa lachte. »Du bist intelligent, aber nicht weise. Krispin ist zwar nicht so gescheit, aber zehnmal so weise wie du.«

Als würde er tatsächlich darüber nachdenken, drehte Rudolf die Zigarre zwischen den Fingern, während Lisa dem ihr entsteigenden Rauch nachsah.

Wegwischend fragte er schließlich neckend: »Philosophierst du öfter über das Glück?«

Wieder lachte Lisa. »Nein. Das ist sinnlos.«
»Auf einmal?«
Es ärgerte sie, daß er sie nicht mehr ernstnehmen wollte. Sie stand auf, um hineinzugehen, sagte aber vorher noch: »Das Leben ist viel wichtiger als das Denken.«

Rudolf blieb nur eine Woche, und selbst diese Woche bestand nur aus Verpflichtungen. So mußte er natürlich den Landgrafs seine Aufwartung machen, sich in Reitfelden sehen lassen, den Dillinger Bekannten einen Besuch abstatten und endlose Visiten über sich ergehen lassen. Alle möglichen Leute kamen, um den »jungen Herrn Abgeordneten« zu sehen und ihm zu seinem Erfolg zu gratulieren. Seltsamerweise schien Lisa ihm wie ein Schatten zu folgen, und wenn er auch nicht mehr mit ihr allein war, blieb sie doch immer in seiner Nähe. Ob man im Café Sänger saß, über Land ritt, einen Nachmittag in Augsburg verbrachte oder Besuche empfing – Lisa war dabei.
Als die jungen Leute eines Tages wieder beisammensaßen, meinte Cordula, die ein bißchen für Rudolf schwärmte, daß ein Mann ein Lebensziel haben müsse.
Lorenz schaute Cora irritiert an. Jeder wußte, daß man ihn auf Gut Darma leichten Herzens wieder hatte gehen lassen. Jetzt widmete er sich den größten Teil des Tages dem Nichtstun, sofern sein Vater ihn nicht über die Geschäftsbücher zwang. »Ein Bauer wirst du nie werden«, hatte Vinzenz zu ihm gesagt, »aber wenigstens einen Bleistiftspitzer hoffe ich aus dir machen zu können.«
Nun, Cora fand Lorenz' Privatiereinstellung keineswegs bewundernswürdig. Lorenz machte es einem schwer, wenn man zu ihm aufsehen wollte, und aufblicken wollte Cora. Rudolf hingegen bot dazu Gelegenheit.
Lisa preschte gleich vor: »Wieso muß nur ein *Mann* ein Lebensziel haben?«
Cora seufzte. Mußte Lisa denn immer alles in Frage stellen?
Das ungeduldige Seufzen ließ Lisa zynisch werden: »Weil du kein Lebensziel hast, nicht wahr, Cora? Oder doch? Natürlich! Du willst heiraten und den Mann deine Träume verwirklichen lassen. Sehr bequem. Ich würde da allerdings nicht so sehr auf andere setzen. Warum besinnst du dich nicht auf dich selbst?«
»Das überlasse ich dir«, giftete Cora zurück.
»Ich werde für mich sorgen, keine Angst!«
Geringschätzig winkte Lorenz ab: »Ach komm, seit zwei Jahren erzählst du uns, eine weiß Gott wie berühmte Künstlerin werden zu wollen, und liegst uns mit München in den Ohren. Was ist nun damit?«

»Ich lasse mir von niemandem vorschreiben, wann ich was zu tun habe! Um meine Zukunft mußt du dir keine Sorgen machen.« Obwohl die Worte Lorenz galten, sah sie dabei Rudolf an, als hätte sie etwas zu beweisen.
Da er dem Gespräch die Schärfe nehmen wollte, fragte Rudolf: »Was reizt dich überhaupt an der Malerei?«
Eine Weile dachte sie über die Frage nach. »Was mich reizt? Ich kann formen und gestalten, schöpferisch sein, wenn du so willst. Es gibt keine Realität, die mich bindet, ich bin in keine Norm gezwungen. Ich habe die Illusion, nicht geformt zu werden, nicht Spielball zu sein, kein Schicksal zu haben, sondern selbst zu formen und zu spielen und Gestalt zu geben. Das ist das Einmalige an der Kunst. Und kein anderer könnte ein Bild, das ich male – außer er würde es haargenau kopieren –, genauso malen wie ich, denn ich bin einzigartig und nicht austauschbar, und alles, was aus mir kommt, ist es folglich auch. Natürlich sind das für dich nur Worte. Du suchst nicht den freien Raum, in dem du nichts außer dich selbst lenken kannst, du brauchst das Gefühl, Macht zu haben.«
Rudolf zog die rechte Braue hoch. Dann sagte er bedacht und kühl wie immer: »Das ganze Leben besteht aus Machtkämpfen: kleinen und großen, unmerklichen und bedeutungsvollen. Macht ist der einzig wirkliche Maßstab für Erfolg, die Voraussetzung für alles Reale, weil Machtverhältnisse den ganzen Kosmos zusammenhalten. Ohne Machtbeziehungen und Kräfteverhältnisse – ein neutraleres Wort für Machtverteilung – kein Weltgefüge. Ich gehe so weit zu behaupten, daß unsere ganze Kultur ohne Machtstrukturen in sich zusammenfiele.«
»Ich habe ja nichts dagegen«, erwiderte Lisa und setzte kühn hinzu: »Machtverhältnisse können sehr belebend sein.«
»Womit du dich zum obersten Prinzip des Daseins bekennst«, erklärte Rudolf, ohne auf ihren herausfordernden Unterton einzugehen, »zum Egoismus.«
Achselzuckend gab sie zu: »Auch dazu, freilich.«
»Nicht schlecht«, warf Christian ein. Cora schwieg schon lange. Irritiert versuchte Lorenz, Lisas Blick aufzufangen. Die Auseinandersetzung fand allein zwischen ihr und Rudolf statt.
»Wenn du das erkannt hast«, fuhr Rudolf fort und wunderte sich, wie tief violett Lisas Augen waren, »mußt du zugeben, daß die Hinwendung zur Kunst eine Flucht, ein – wie würdest du es nennen? – ein Nebengeleise ist. Sie ist ein Rückzug in eine unwirkliche Größe, weil deine Kraft oder dein Egoismus für die Wirklichkeit nicht ausreicht.«

»Aber Rudolf, das Leben ist doch nicht nur Egoismus«, warf Cora fast erschrocken ein.
Rudolf sah sie an, verwundert fast. »Natürlich ist es das. Man wahrt jedoch die Form und leugnet.«
»Nun, was fangen Sie mit der Tatsache an, daß es für ihren Glauben lebende Christen und... nun: und auch Priester gibt?« bohrte Cora hartnäckig nach.
»Egal, wie die Umstände liegen, der Mensch ist durch und durch egozentrisch entworfen, wenn Sie so wollen. Gehen Sie zurück in der Menschheitsgeschichte! Der Daseinskampf erfordert Egoismus. Mag es heute nicht mehr ums bloße Überleben gehen, so geht es um die Qualität, das Niveau dieses Lebens. Wenn Sie schon von Religion sprechen: Glauben Sie denn, ein Priester – und ich spreche jetzt nicht von heuchlerischen Frömmlern – lebt bloß selbstlos seinem Glauben? Selbst die Aufopferung ist Ergebnis einer egobeherrschten Grundhaltung. Im Glauben scheinen eben manche Menschen das zu finden, was Glück genannt wird. Dabei gehen sie nur ihrem inneren Trieb nach, ihrer Sehnsucht nach Glück.«
Böse Blicke trafen Rudolf aus Richtung von Jenny, die kein Wort sagte. Er hatte Matthias Morell beleidigt.
»Man kann sich selbst also nicht entrinnen?« fragte Lisa.
»Ich weiß nicht. Es ist auch nicht interessant – für dich nicht und für mich auch nicht. Wir wollen ja gar nicht entrinnen.«
Das Wir, das er plötzlich anschlug, klang merkwürdig in Lisas Ohren und schien etwas verweben zu wollen. Sie sah zu Boden. Ihr war heiß geworden.
Cora benutzte die Pause, um dem Gespräch eine andere Wendung zu geben: »Mein Gott, ich freue mich so auf unseren Sommerball! Er findet heuer spät statt, Mama ging es lange nicht gut. Aber jetzt ist es bald soweit. Schade, daß Sie nicht dabeisein können, Rudolf!«

Schon früh am nächsten Vormittag brach Rudolf, der den Wagen in Berlin gelassen hatte, auf, um seinen Zug nicht zu verpassen. Nach dem Frühstück zog er sich noch für eine halbe Stunde mit Vinzenz in die Bibliothek zurück, danach packte er seine Reisetasche. Jetzt stand er im sportlichen Pfeffer-und-Salz-Anzug, den flotten Hut auf dem Kopf, in der Halle, um sich zu verabschieden. Amalie versuchte, ihre Traurigkeit zu verbergen, und Jenny hätte vor ihrem eigenen Bruder fast geknickst.
Rudolf bestand darauf, zu Fuß zum Bahnhof zu gehen, und lehnte es ab, sich von Krispin fahren zu lassen. Von der Auffahrt her sahen ihm alle winkend nach, wie er den Weg hinunterging, vorbei an der

Koppel, allein, nur seine Tasche in der Hand. Den Sommermantel hatte er übergezogen, da die Luft vom Gewitterregen feucht war. Lisa hatte sich aus dem Haus gestohlen und eine Abkürzung durch die Büsche genommen, um Rudolf am Fluß einzuholen.
»Rudolf!« rief sie. Er blieb stehen.
Obwohl der Boden naß und schlammig war, trug sie Sandalen und keine Strümpfe. Das letzte Gewitter hatte die Sonne endgültig vertrieben. Es regnete fast wieder. Schwere Wolkenkissen ballten sich am Himmel, und ein leichter Wind strich als Vorbote herannahender Regengüsse über die Felder.
»Aber Lisa, wie siehst du denn aus!« sagte er, als sie bei ihm angelangt war. »Frierst du nicht? Es ist kalt geworden.«
»Kühl, nicht kalt«, widersprach sie ihm, obwohl sie wirklich fror. »Ich will nach Reitfelden. Darf ich dich begleiten?«
Schon die ganze Woche war es ihm vorgekommen, als verfolge sie ihn auf Schritt und Tritt. Ihre Hartnäckigkeit belustigte ihn, obwohl er deren Bewandtnis nicht recht verstand. Und außerdem... Ach was! Nichts »und außerdem«!
»Wenn du willst«, willigte er ein. »Aber barfuß in Sandalen! Unvernünftig wie ein kleines Kind!«
»Vielleicht bin ich heute ein kleines Kind.«
»Na!«
Sanft und melancholisch plätscherte die Reitach im Spätsommergrau. Selbst in den Bäumen schienen sich unsichtbare Schatten versteckt zu haben. Das regenmüde Wetter stimmte Lisa traurig.
»Ein komischer Tag ist heute«, sagte sie. »Er riecht so nach Sehnsucht.«
Rudolf wußte nicht recht, was er mit diesem Bekenntnis anfangen sollte. Da er den scherzhaften Ton nicht wechseln wollte, zog er sie auf: »Nach Mann und Kindern?«
Sie tat, als hätte sie nicht zugehört. »Kennst du das, dieses unverständliche, innere Ziehen? Sehnst du dich nie?«
Sehnte er sich? Man konnte es Sehnsucht nennen, diesen Zwang, der ihn nicht ruhen ließ und ihn weiter und immer weiter vorwärtsdrängte. Er sprach nie von Sehnsucht, er sprach von Ehrgeiz. Für alles hatte er nüchterne Vokabeln. Trotzdem traf ihn Lisas Frage wie das vorsichtige Piksen einer Nadel.
»Wie hast du doch gesagt? In mir herrscht das rationale Prinzip. Rationalität kennt keine Sehnsucht«, versuchte er, scherzhaft zu bleiben, und lächelte.
Sie nicht. Doch auch sie hielt es für besser, jetzt das Thema zu wechseln. Etwas in ihr registrierte jedoch: Das hat er sich gemerkt!
»Du wirst in Berlin viel zu tun haben, nicht wahr?«

»Sehr viel, ja.«
Langsam gingen sie an der Sägemühle vorbei, Fanny Pröllers Vater kam und grüßte. Sie grüßten zurück.
»Du bist so anders«, fing Lisa wieder an.
»Anders? Anders als wer?«
»Anders als alle, die ich kenne.«
»So?«
»Ein bißchen bist du wie ich – und doch wieder gar nicht wie ich.«
Wie kam sie denn darauf? Seine Stirn zog sich in Falten. »Das bildest du dir ein«, sagte er.
»Vielleicht.«
Lisas Blick wanderte am Boden entlang. Rudolf konnte ihre Augen nicht sehen, ihre großen, schrägsitzenden, violetten Augen. Manchmal, wenn sie unter einem Baum oder einem Dachvorsprung vorbeikamen, fiel ein Wassertropfen in ihr dichtes, hellbraunes Haar, das sie zu einem dicken Chignon gebunden hatte. Heute ging, ganz im Gegensatz zu den Tagen vorher, eine kindliche Zartheit, sehr nahe an Zerbrechlichkeit, von ihr aus.
Rudolf versuchte, sich zu erinnern, wann er das letzte Mal versucht gewesen war, jemandem übers Haar zu streichen. Es fiel ihm nur ein Gewitterabend vor ein paar Jahren ein – ein Gewitterabend mit Lisa. Dabei mochte er sie nicht einmal besonders. Oder? *Lisa.* Er hatte immer geglaubt, dieser Name passe nicht zu ihr, er klang so einfach, so klar, so weich. Heute paßte er.
Inzwischen hatten sie den Bahnhof erreicht, und es begann zu nieseln. Zwei alte Frauen saßen unter der Überdachung der Station und unterhielten sich. Die eine hatte einen Korb mit Eiern auf den Knien. Ab und zu warf der Bahnhofsvorsteher einen mißmutigen Blick aus dem Fenster. Als er Lisa und Rudolf sah, nickte er ihnen zu und beugte sich dann wieder über seine Schreibtischarbeiten.
Da der Bahnhof außerhalb des Ortes lag, sah man kaum Menschen. Um Lisas Gesichtszüge spielte eine schöne Traurigkeit. Rudolf sprach von Ludendorff. Von fern hörte man bereits das Tuten und Rattern des näherkommenden Zuges. Die Bahnschranken senkten sich. Gleichzeitig standen die beiden alten Frauen auf und traten näher an die Geleise.
Rudolf sprach immer noch von Ludendorff.
Fauchend und dampfend walzte der Zug heran. Die Lokomotive rauchte und pfiff und stöhnte, dann stand sie still. Drei Leute stiegen aus, die beiden alten Frauen stiegen zu.
Rudolf gab Lisa die Hand. »Na, dann mach's mal gut! Und tu nichts Unüberlegtes! Auf Wiedersehen!«

Sie stand im Nieselregen. Silberne Tropfen glänzten in ihrem Haar, das aussah, als wäre es mit kleinen Brillanten bestreut. Stumm nickte sie ihm zu.
Einen Moment lang hatte Rudolf das Gefühl, noch irgend etwas sagen zu müssen. Worauf wartete sie? In seinem Lächeln spiegelte sich ein Abglanz der Melancholie, die den Tag färbte. Zögernd ließ er seinen Zeigefinger über ihre Wange gleiten, doch dann, als er das Ungewöhnliche und Fremde dieser Geste bemerkte, nahm er die Hand schnell zurück und griff nach dem Henkel seiner Tasche. »Leb wohl, Lisa«, sagte er leise und stieg in den Zug.
Sie schwieg.
»Türen schließen!« rief der Bahnhofsvorsteher, und gleich darauf ertönte das Signal zur Abfahrt. Das Räderwerk setzte sich lärmend in Bewegung, der Zug fuhr langsam an.
Hastig suchten Lisas Augen die Fenster ab. Sie konnte Rudolf nicht sehen. Er mußte sich auf die andere Seite gesetzt haben.

Achtes Kapitel

Tags darauf durchbrach neue Sonnenglut das Regengrau. Jenny saß strickend neben ihrer Mutter im Schatten einer Linde und pflegte ihre schlechte Laune. In ihrer typischen Vor-Sommerball-Stimmung wollte sie nur in Ruhe gelassen werden. Dabei wäre die Tatsache, in diesem Jahr endlich einen Verehrer zu haben, schmeichelhaft gewesen, wenn sie der Verehrer selber nicht abgestoßen hätte. Wie langweilig mußte sie sein, daß ausgerechnet Thomas Wolff sich um sie bemühte! Thomas Wolff, dessen Gespreiztheit sie auf Gedeih und Verderb ausgeliefert war, wenn sie ihm keinen Korb geben wollte. Konnte sie ihm überhaupt einen Korb geben? Es wäre einer kleinen Sensation gleichgekommen, wenn sie, »die dicke kleine Holzgartner«, den Hotelerben ausgeschlagen hätte.
Lisa hatte ihr die »Buddenbrooks« zu lesen gegeben. Von Anfang an hatte Jenny beim Anblick Thomas Wolffs an Bendix Grünlich denken müssen, den Mann mit dem gelben Backenbart, dem Thomas verdächtig ähnlich sah. Im Roman gab es einen Rivalen, aber in ihrem eigenen Leben existierte kein solcher Morten, den sie für den »Bakkenbart« hätte lassen können, in ihrem Leben existierte nur eine Sehnsucht namens Matthias Morell.
Amalie versuchte ständig, Jenny den jungen Mann mit den guten Manieren schmackhaft zu machen. Auch Vinzenz schien eine engere Verbindung ins Auge zu fassen. Natürlich ahnte Jenny den Hinterge-

danken ihrer Eltern, und der war beschämend: Wer weiß, ob sie sonst noch einen kriegt. Wäre sie doch bloß ins Kloster gegangen!
Thomas Wolff mochte nicht viel hermachen, sein Vater besaß immerhin in Dillingen eine Buchbinderei und ein durchaus respektables Hotel. Über ein paar Ecken waren die Wolffs mit den Landgrafs verwandt, und auch die Landgrafs förderten Thomas Wolffs Neigung zu Jenny, der Himmel wußte, warum. Jedenfalls wurden Thomas und Jenny zu allen gesellschaftlichen Anlässen eingeladen und bei Tisch nebeneinander placiert.
Nie wußte Jenny, was sie mit dem »Backenbart« reden sollte. Meistens sagte er ihr, sie habe schöne Augen, was Jenny immer peinlich berührte, da sie wußte, daß nichts Besonderes in ihren Augen lag. Das Kompliment war allzu platt, wenn Morell dagegen etwas Nettes über ihre Augen sagte, meinte er es anders, tiefer.
Was Amalie wohl sagen würde, wenn sie von den Gefühlen ihrer Tochter für Matthias Morell wüßte? Das Lächeln in Jennys Gesicht, das beim Gedanken an Morell immer aufflackerte, schwand wieder. Der Buddenbrook-Morten hatte Tonys Gefühle immerhin erwidert. Matthias dagegen war unerreichbar. Er war Priester und interessierte sich nicht für Frauen. Noch immer hielt Jenny ihre Sehnsüchte nach Morell für tief sündig. *So* durfte man eigentlich an keinen Mann denken, schon gar nicht an einen Priester. Ob er es wußte? Pikant und erschreckend zugleich erschien ihr diese Vorstellung. Sonst wußte er doch auch immer alles. Wieso sollte er dies nicht merken? Er war ihr gegenüber sehr freundlich, aber er vermied es zusehends, persönlich zu werden. Ja, er suchte Distanz. Seine Reserviertheit, auch wenn sie noch so verbindlich schien, gab Jenny jedesmal einen Stich.
Um sich abzulenken, war es ihr zur Gewohnheit geworden, ab und zu allein nach Augsburg zu fahren, in einem Café Eis zu essen, durch die Straßen zu promenieren und dabei das Gefühl zu genießen, nur sich selber zu gehören. Das Höchste dabei war dann immer, angesprochen zu werden. Das durfte man ja keinem Menschen sagen! Sie, ein junge Dame, freute sich, von einem Mann angeredet zu werden, wobei sie freilich auf Erwiderungen verzichtete. Um diese Stadtfahrten und Kaffeehausaufenthalte finanzieren zu können, griff sie schon mal in Amalies Geldbörse. Doch flößten ihr die kleinen Diebstähle keine Schuldgefühle ein.
»Am Sonntag werden wir eine Spazierfahrt unternehmen«, sagte Amalie plötzlich über ihre Handarbeit hinweg.
»Wohin denn?«
»Nicht weit. Wir wollen auswärts essen. Im ›Goldenen Stern‹ speist man, wie überall zu hören ist, ausgezeichnet.«

Jenny preßte die Lippen aufeinander. Dillingen. Wolff. Der »Backenbart«. Diese elende Kuppelei.
»Die Landgrafs essen ab und zu dort. Du weißt doch, Otto ist ein Cousin des Herrn Wolff. Ich glaube, sein Thomas macht dir die Cour.«
Achselzuckend strickte Jenny weiter.
Amalie lächelte. »Ich bin schon lange der Meinung, daß du ein neues Kleid brauchst. Ich habe die Näherin für morgen bestellt.«
Jenny stand auf. Sie bemühte sich um einen gleichmütigen Gesichtsausdruck. »Mir wird es hier zu heiß. Ich gehe hinein.« Damit ließ sie ihre Mutter sitzen und lief mehr, als sie ging, ins Haus zurück.
Auf der Terrasse stieß sie auf Lorenz, der sie aufhielt. »Weißt du, wo Lisa steckt?« wollte er wissen.
Er war schon der dritte, der sie heute nach Lisa fragte.
»Keine Ahnung«, sagte sie schnippischer, als es ihrer Art entsprach, und fügte noch hinzu: »Wenn *du* es nicht weißt, wer soll es dann wissen?«

Lisa ließ die Beine in den Fluß hängen. Am Ufer der Reitach pflegte sie ihr Unglücklichsein. Einmal hatte sie sich eingebildet, Vickys Bruder zu lieben, und für Sekunden war sie in den stürmischen Verehrer aus Bath verliebt gewesen, dessen Namen ihr inzwischen entfallen war. Und jetzt? In Lorenz hatte sie sich wohl verlieben wollen, aber daraus war nichts geworden. Verliebt hatte sie sich in Rudolf. Furchtbar verliebt. Die halbe Nacht hatte sie geweint und sich erst im Morgengrauen eingestehen können, weshalb. Ja, weshalb denn! Hatte sie Rudolf nicht ihr Leben lang unausstehlich gefunden? Sie mußte ja verrückt geworden sein, völlig verrückt! Am liebsten hätte sie sich für alle Zeiten in sich selbst verkrochen.
Rücklings ließ sie sich ins Gras fallen. Hell und blau lächelte der Himmel auf sie nieder. Zwei weiße Wolken zogen über ihn, ohne sich zu berühren, blieben einander aber immer nah. Ständig veränderten sie ihre Gestalt, und manchmal drohten sie ineinander aufzugehen, aber dann eilte die eine der anderen wieder davon.
Im Geäst der Bäume sangen Vögel, der Tag atmete letzte Sommerlust. Lisa zog die Beine aus dem Wasser, warf sich auf den Bauch und trommelte mit den Fäusten auf den warmen Erdboden. »Ich will sterben!« schrie sie ins Gras. »Ich will sterben, sterben, sterben!«
Sie glaubte, an ihrem Kummer zu ersticken. Nirgends Land in Sicht, nur endlose Trostlosigkeit. Was in einer zwei Jahre zurückliegenden Sommernacht geschehen war, hatte für Rudolf offensichtlich keine Bedeutung mehr. Er gehörte jetzt nach Berlin und dachte fremde

Gedanken. Natürlich! Für ihn waren alle Menschen austauschbar, Mittel zum Zweck. Vermutlich wußte er selbst nicht mehr, wieso er sie damals geküßt hatte.
Mühsam richtete sie sich auf und wischte sich dann mit den Händen über die Augen. Ach was! Sie brauchte doch nur mit den Fingern zu schnippen, und Lorenz und Christian und noch ein paar andere Langweiler kamen gerannt. Nie war es ihr schwergefallen, einen Mann verrückt zu machen; bloß jene Männer, die sie haben wollte, entzogen sich ihrem Magnetismus auf unerklärliche Weise. So wie Rudolf hatte sie aber noch keinen gewollt.
Und jetzt?
Lisa zog die Unterlippe zwischen die Zähne. Sie wollte nicht weinen. Sie wollte Rudolf nicht nachschmachten. So einen konnte sie doch an jedem Finger haben! Nun gut, er war intelligent, und er sah recht gut aus – aber was war denn sonst dran an ihm? Eine Portion Arroganz, ein bißchen Lebensfeigheit, viel Unnahbarkeit...
Trotz, wilder, stürmischer, kindlicher Trotz, erwachte in Lisa. Ja, was war denn dran an Rudolf? Auf keinen Fall genug, um eine Lisa Wagner unglücklich zu machen. Keineswegs würde sie in Sehnsucht nach ihm vergehen. Das konnte er sich vom Brot schmieren. Jetzt wollte sie leben, so, wie sie es für richtig hielt. Er würde schon sehen! Zum Teufel mit der Unschuld! Zum Teufel mit allem, was für Rudolfs Dasein Grundpfeiler waren! Zum Teufel mit Bürgerlichkeit, Anpassung, Vernunft und Anstand! Zum Teufel, zum Teufel, zum Teufel damit!
Worauf wartete sie noch? Sie wollte alles, und sie würde gleich damit anfangen, es sich zu holen. Schluß mit den großen Gefühlen! Schluß mit den Abhängigkeiten! Frei wollte sie sein.
Trotzig warf sie den Kopf in den Nacken und stand auf, um nach ihren Sandalen zu suchen. Jetzt sollte alles anders werden! Ein ganz neues Leben würde beginnen. Und mit Christian Landgraf würde es anfangen.

In feucht-fröhlicher Sektlaune schwappte der Landgrafsche Sommerball über die Klippe der Mitternacht.
Veronika Liebchen strafte Lisa mit bitterbösen Blicken, auch Cordula schien zornig zu sein und tuschelte mit anderen Mädchen. Noch nie war Lisa so schön gewesen wie an diesem Abend. Der leicht melancholische Ausdruck in ihren Augen tat ein übriges, sie noch schöner erscheinen zu lassen. Um sie war eine Aura der Verlockung, pendelnd zwischen perlender Lustigkeit und sanfter Tristesse.
Eigentlich war sie ja etwas zu füllig um die Hüften. Die Damen

nannten ihr Dekolleté provozierend, was weniger der tiefe Ausschnitt als Lisas üppiger Busen zu verantworten hatte. Jedenfalls zog sie alle Blicke auf sich. Ihr Auftreten war der reinste Nährboden für üble Nachrede. Es gefiel ihr, die Gerüchte zu schüren, statt sie zu widerlegen. Am Bravsein lag ihr überhaupt nichts mehr.
»Sie ist der Typ der ewigen Rivalin«, raunte eine ältere Dame Frau Landgraf zu. Tatsächlich sah keine der anwesenden Frauen etwas anderes in Lisa. Lisa konnte man nur als Konkurrentin und beim besten Willen nicht als Freundin ansehen, eine Meinung, der sich auch Cora anschloß.
Frau Landgraf flüsterte ihrem Gegenüber zu: »Sie ist nicht mal eine richtige Holzgartner.«
»Aber sie hat das auffällige Benehmen der Holzgartners. Wahrhaft feine Leute waren das nie«, flüsterte die andere zurück.
Zustimmend kam es von Frau Landgraf: »Ja, das Feine, Distinguierte hat erst Amalie in die Familie gebracht. Vinzenz ist einfach ein Bauer.«
Lisa merkte, daß über sie geredet wurde. Genauso, wie es früher Vinzenz amüsiert hatte, sich kritisiert zu wissen, kritisiert, weil sein unumwundenes, direktes Draufgängertum Neid erweckte, amüsierte es jetzt Lisa, im Mittelpunkt des Interesses und in der Mißgunst verschiedener Leute zu stehen. Sie lachte, flirtete, tanzte, warf mit frechen Redensarten um sich und brüskierte ältere Damen.
»Nicht so wild, mein Kind!« sagte jemand zu ihr. »Sie sind ja ganz erhitzt.«
»Ich habe ein hitziges Temperament, gnädige Frau, und ich kann heute abend von nichts genug kriegen – außer von unangebrachten Bemerkungen. Sie entschuldigen mich!«
Obwohl Lorenz ständig in ihrer Nähe war, gelang es Christian zu vorgerückter Stunde, Lisa zuzuflüstern: »Kommen Sie, gehen wir an die frische Luft!«
Die Rechnung ging also auf. Darauf hatte sie gewartet, darauf hatte sie hingeflirtet. Er führte sie auf die Veranda hinaus und küßte sie dort. Alles geschah ganz nach ihrem Sinn. In ihrem umnebelten Hirn schwirrte der Gedanke herum: Wie einfach das ist!
Willenlos und ohne besondere Leidenschaft überließ sie Christian ihren Mund. Vor zwei Jahren... Nein, nein! Nur nicht daran denken!
Über ihre Schulter hinweg sah Christian ins Haus, wo Lorenz nach Lisa Ausschau hielt.
»Lo sucht dich«, sagte er und zog Lisa in eine dunkle Ecke.
»Sieht er uns?«

»Wenn wir noch lange hier stehen, wird er uns finden. Komm, gehen wir in den Garten hinunter.«
Sie fragte nicht, setzte nichts dagegen. Schwach und feucht-kühl roch es bereits nach Vorherbst. Christian hatte Lisa am Arm genommen und lenkte sie über das taubenetzte Gras zum äußersten Gartenende. Als Lisa sich umdrehte, konnte sie Jenny und Thomas Wolff tanzen sehen, aber beide waren weit weg. Das Gelächter und das Stimmengewirr der Gäste drang nur noch gedämpft und weich zu ihr.
Fest hielt Christian sie am Arm, und er ging ziemlich schnell, zu schnell für einen romantischen Nachtspaziergang. Ganz zielstrebig führte er sie irgendwohin.
Unwillkürlich mußte sie an den Mann denken, dessen Namen ihr nicht mehr einfiel, an das Rauschen der Brandung und an all die namenlosen, wilden Empfindungen, die jetzt fehlten.
Als sie den Garten verlassen hatten, führte er sie die Kirschbaumallee hinunter, ihren Arm fest im Griff. Langsam wurde Lisa wieder nüchtern. Wenn sie sich umwandte, sah sie nur noch die hellerleuchteten Fenster hinter den Bäumen hervorblitzen. Plötzlich blieb Christian stehen. Sie wußte nicht, weshalb, sah sich um und merkte, daß sie vor einer Hütte standen, dem früheren Pförtnerhäuschen.
Er drückte die Tür auf. Sie knarrte. »Komm!« sagte er zu Lisa.
Sie ließ sich hineinschieben. Es roch muffig. Inzwischen hatten sich ihre Augen soweit an die Dunkelheit gewöhnt, daß sie die Konturen des Raums erkannte. Alles war klein und eng.
Christian stieß die Tür hinter sich zu. Gleich wurde es ganz finster. Er bog Lisa sofort zurück und küßte ihr Dekolleté. Bald störte ihn der Stoff ihres Kleides, und er fing an, Lisa auszuziehen. Sein Atem wurde ihr unheimlich. Jetzt, da sie Christian nur spürte und nicht sah, kam er ihr vor wie ein Tier. Mit geschickten Händen befreite er sie von Kleid und Mieder. Kühl dachte Lisa: So, jetzt passiert's. Ihre Passivität schien ihm entweder nicht aufzufallen oder nichts auszumachen. Bisher hatte er nur Frauen gehabt, die genauso lüstern gewesen waren wie er, oder Frauen, die er bezahlt hatte. So hatte er immer zumindest ein vorgegaukeltes Vergnügen zurückerhalten. Wie er Lorenz oft genug versichert hatte, erwartete er von einer Frau Geilheit. Keine, die anders gewesen war, hatte ihn bisher gereizt. An Lisas leidenschaftslosem Sichdreinfügen erregte ihn jedoch etwas unsäglich. Ihr Mund war weich und gab dem seinen nach, kam ihm aber nicht entgegen. Voll und jung fühlten sich ihre Brüste in seinen Händen an, doch die Brustspitzen richteten sich nicht auf. Er hatte Lisa bereits halb ausgezogen, stand aber selbst noch immer in voller Ausgehuniform da. Sie biß sich auf die Lippen. Wieder vollkommen

nüchtern, reizte sie die Situation zum Lachen: Sie fast nackt – und er in Uniform! Mehr und mehr wurde ihr das Lächerliche des Augenblicks bewußt, das Lächerliche sexueller Leidenschaft überhaupt.
Noch komischer war, daß Christian von ihren Gedanken überhaupt nichts merkte. Als er sie wieder küssen wollte, bog sie den Kopf zurück. Schließlich fiel seine Hose. Christian drückte Lisa auf ein breites Sofa, das wohl schon so manches Mal für seine Eskapaden hatte herhalten müssen. Das Sofa quietschte. Ihr war, als spüre sie jede einzelne Sprungfeder. Christian war jetzt über ihr und drückte ihre Beine auseinander. Sein Mund saugte sich an ihren Brustwarzen fest. Das tat weh. Sie fühlte sich wie auf einer Folterbank. Wie lange dauerte das denn noch?
Die Messingknöpfe seiner Uniformjacke berührten kalt ihre Haut und ließen sie zusammenzucken. Dann spürte sie, wie ein tastendes, hartes Etwas den Weg zwischen ihren Beinen suchte. Sie schrie, als Christian in sie eindrang.
»Herrgott, bist du eng!« keuchte Christian und bohrte sich mit jedem Stoß tiefer in sie hinein. Es tat viel weher, als sie gedacht hatte; das »Ding« war auch größer als erwartet und schien sie aufschneiden zu wollen. Als dieser Fremdkörper nicht aufhörte, sich in ihr vor- und zurückzubewegen, glaubte sie, innerlich zu verbrennen.
Sie versuchte, sich ihm zu entziehen, stieß aber mit dem Kopf an die Armlehne des Sofas. Atemringend hieb sie mit der Faust gegen seine Schulter. Sein Körper drohte sie zu ersticken. Er hielt sie an den Hüften fest. Sie konnte sich kaum noch rühren. Wie von einem Schraubstock gehalten, fühlte sie seine schmerzenden Stöße und hörte immer seinen keuchenden, zornig-kämpfenden Atem über sich. Obwohl sich alles in ihr verkrampft hatte, konnte sie völlig klar denken. Da explodierte ein entsetzlicher Gedanke in ihrem Kopf. Sie schrie: »Mach mir bloß kein Kind!«
Zu spät. Christian entlud sich.
O Gott, dachte sie nur noch.
Der Fremdkörper in ihr wurde langsam wieder kleiner. Die Hände auf die Polster gestützt, verharrte Christian eine Weile regungslos. Als er sich endlich aus ihr zurückzog, kam es ihr vor, als würde sie von einer Zentnerlast befreit.
Christian setzte sich auf die Sofakante und zündete sich eine Zigarette an.
»Bist du immer so?« fragte er in die Dunkelheit.
Lisa lag eine Weile ganz still da. Dann begann es in ihrem Bauch zu beben. Es bebte so sehr, daß ein Teil des Spermas wieder aus ihr herauslief. Sie konnte sich nicht mehr zurückhalten. Gelächter brach

aus ihr hervor: Christian Landgraf, der erfahrene, sich in vielen Betten zu Hause fühlende, männlichkeitsstrotzende Liebhaber hatte nicht gemerkt, daß er der erste gewesen war. Es schüttelte sie inwendig. Tonloses Lachen wütete in ihrem Innern. Beinahe hätte sie die Herrschaft über sich verloren. Die an ihren Schenkeln entlangrinnende klebrige Flüssigkeit brachte sie jedoch wieder zur Besinnung.
»Darf ich mal ziehen?« Sie nahm ihm die Zigarette aus der Hand und tat einen Zug, unterdrückte den Hustenreiz und gab ihm die Zigarette wieder.
»Warum hast du gelacht?«
Lisa suchte nach ihren Kleidungsstücken. »Wir müssen zurück. Sicher vermißt man uns bereits. Hilf mir, wieder in mein Mieder zu kommen! Ich krieg's allein nicht zu.«
»Warum hast du gelacht?«
»So halt. Da, mach zu!«
Er ging recht grob mit ihr um, als er die Ösen des Mieders zuhakte, und sagte dabei kein Wort. Erst als sie angezogen war, befahl er: »Geh voraus!«
Widerspruchslos trat sie ins Freie. Die Tür sank knarrend hinter ihnen ins Schloß.

Der Herbst nahte, aber noch einmal brach eine Hitzewelle herein. Lorenz war übelster Laune. Es gelang ihm, mit allen Hausbewohnern Streitigkeiten vom Zaun zu brechen, sogar Marie, das Küchenmädchen, das heimlich für ihn schwärmte, brach in Tränen aus, weil er sie eine dumme Gans genannt hatte. Er nörgelte an den Mahlzeiten und den Gewohnheiten des Haushalts herum und versuchte, die Liaison mit Fanny, die sich totgelaufen hatte, wieder aufzunehmen, aber Fanny hatte anderweitig angebändelt und zeigte kein Interesse mehr. Cora regte ihn mit ihrer Wohlerzogenheit auf, und Lisa machte ihn mit ihrer Koketterie wahnsinnig.
Lisa! Seit dieser dunklen Stunde, als Vinzenz ihre Herkunft aufgedeckt hatte, war kein Wort mehr in der Angelegenheit gefallen. Obwohl er manches gern genauer gewußt hätte, scheute Lorenz sich, das Thema anzuschneiden, sogar in Gedanken, denn allein die Tatsache erschien ihm unerträglich. Er wollte sie nicht wahrhaben. Daß er dazu gezwungen war, machte ihn zerrissen, und die Zerrissenheit äußerte sich in seiner gotterbärmlichen Übellaunigkeit.
Er hatte wenig Lust, noch im selben Jahr Cora zu heiraten. Sicher ließ sich die Hochzeit verschieben. Vinzenz fand sowieso, er sei zu jung und stehe noch viel zuwenig auf eigenen Beinen, um eine Ehe einzugehen. Zögerte er diesen Schritt hinaus, würde Christian sicher

aus Solidarität und alter Freundschaft dasselbe tun. Dann hätte Christian Zeit. Zeit für Lisa. Der Himmel allein wußte, was den beiden in den verbleibenden Monaten noch alles einfiel.
Ständig sagte sich Lorenz: Ja, wenn Christian ehrenhafte Absichten hätte! Im Grunde interessierte ihn jedoch Christians Moral nicht, er war nur eifersüchtig. Indem er aber Christian ethische Schuld zuwies, rechtfertigte er seine eigenen Rivalitätsgefühle, die dann keine Eifersucht mehr waren, sondern ehrliche Besorgnis.
Christian selbst war es, der eines Tages erklärte, eine Hochzeit im Frühling vorzuziehen. Das sei den Damen sowieso lieber. Veronika habe sich auch schon einverstanden erklärt. Daß er in Neuburg um den Aufschub nicht gebeten, sondern ihn gefordert hatte, sagte er jedoch nicht. Innerlich sehr verärgert, redete sich Lorenz auf die geplante Doppelhochzeit hinaus und sprach mit Cora, die zugab, gerne eine Maibraut zu werden. Außerdem war sie ohnehin zu stolz, um auf einen baldigen Termin zu drängen.
Amalie sagte zu Vinzenz: »Ich muß dir wohl nicht sagen, wer dahintersteckt.«

Lisa tat, als wüßte sie von all dem nichts. An einem Tag im September ließ sie sich frühmorgens von Krispin nach Reitfelden kutschieren in der Absicht, die Kirche auf Papier zu bannen. Es sollte eine Kohlezeichnung werden. Von Aquarellen hatte sie seit geraumer Zeit genug; es kam ihr vor, mit ihnen keinen Schritt weiterzugelangen. Wenn sie an die Kirche dachte, stellte sie sich eine stimmungsvoll dunkle, ins Mystische gehende Morgenimpression vor.
Als sie sich vor dem Pfarrhof postierte und Krispin gerade mit dem Einspänner davonfuhr, kam Morell heraus. Erfreut begrüßte sie ihn. Es gab ja niemanden, mit dem sie reden konnte – und zum Beichten ging sie schon eine ganze Weile nicht mehr.
»Grüß Sie, Lisa! Wollen Sie unsere Kirche verewigen?«
»Richtig geraten, Hochwürden. Sie scheinen immer als erster auf den Beinen zu sein. Ist es schon Zeit zur Frühmesse?«
»Bald. Darf man zuschauen, oder braucht die Künstlerin Einsamkeit und Muße?«
Lisa lachte. »Sie dürfen zuschauen. Ich habe ja noch keine Ahnung, was rauskommen soll... überhaupt keine... Alle halten mich für verrückt wegen dieser Sache, wissen Sie das? Wenn jetzt die ersten Kirchgänger kommen, tuscheln sie über mich. Sie werden sehen!«
»Immerhin streben Sie für unser Provinzstädtchen einen recht ausgefallenen Beruf an.«
»Nein! Nicht Beruf, Hochwürden: Berufung!«

»Ein großes Wort.«
»Ich weiß schon.« Zuerst lächelte sie, dann seufzte sie: »Ich habe mir vorgenommen, alles, was ich will, zu bekommen. Das ist eine ganze Menge, wissen Sie. Das, was ich am meisten will, kann ich aber nicht kriegen.«
»Sie haben noch Zeit. Wie heißt das alte Sprichwort: Meister fallen nicht vom Himmel. Sagen Sie jetzt nur nicht, das sei banal!«
»Nein, sage ich nicht. Außerdem habe ich das gar nicht gemeint.«
Lisa begann zu zeichnen, allerdings ohne besondere Sorgfalt. Als Morell noch immer schwieg, fragte sie: »Wollen Sie nicht wissen, was ich gemeint habe?«
»Sie werden es mir sagen, wenn Ihnen danach ist.«
Prüfend betrachtete sie sein Gesicht. »Können Sie sich vorstellen, daß ich unglücklich verliebt bin, Hochwürden?«
»So weit reicht mein Vorstellungsvermögen.«
»In den Augen der Kirche ist es wohl eine Sünde, einen Mann zu lieben, der einer anderen gehört.«
»Der einer anderen angehört, wollen Sie sagen.«
Lisa hörte zu skizzieren auf. Die aufgehende Sonne blendete sie. »Ist da ein Unterschied?«
»Ich denke. Aber Sie wollten wissen, ob es eine Sünde ist, einen Menschen zu lieben. Natürlich nicht.«
»Gut. Aber ihn zu begehren? Ich meine, ihn für sich haben zu wollen, obwohl er mit einer anderen Frau verheiratet ist?«
»Das ist eine Sünde, ja.«
»Unsinn!« Das kam scharf und heftig.
»Sie haben gefragt, ich habe geantwortet.«
»Sie und Ihre Gebote!« fuhr Lisa auf. »Ihre Kirche lebt von Geboten und Verboten. Das sind alles despotische Zwänge.«
Normalerweise behandelte Morell so ein Thema nicht über den Gartenzaun hinweg. Aber er ging darauf ein: »Fern allen Geboten gibt es auch eine innere Stimme, das Gewissen. Daran werden wohl selbst Sie glauben, Lisa. Und das Gewissen steht über Papierweisheiten, da haben Sie recht.«
»Ich darf also einen verheirateten Mann lieben... haben wollen. Wollen Sie mir das sagen?«
»Das wollte ich eigentlich nicht sagen.« Er lächelte ein bißchen. »Doch was Sie tun, müssen Sie tun. Solange Ihnen das Bewußtsein dafür fehlt, daß eine Sache falsch ist, ist sie für Sie auch nicht falsch. Ihr ganzer Lebensweg ist eine Frage des Bewußtseins, das mit der Zeit reift und wächst. Alles andere, Gebote und Verbote, sind Meßinstrumente für Ihr Bewußtsein, sonst nichts. Sie können nur sich selbst

und Ihrer inneren Stimme folgen, sonst verlieren Sie sich. Gott spricht über Ihr Bewußtsein mit Ihnen. Vieles, was er Ihnen sagen und raten will, erreicht ihr Bewußtsein noch nicht, weil es sich noch nicht geöffnet hat, noch nicht weit und tief genug geworden ist. Es gewaltsam aufzureißen wäre bestimmt falsch. Und Buchweisheiten zu leben eine Lebenslüge. Schauen Sie, Lisa, Sie sind nicht umsonst in einen an eine andere Frau gebundenen Mann verliebt. Das ist eine – nun, sagen wir es altkirchlich, auch wenn Sie das nicht mögen –, eine Prüfung. Unter Prüfungen reift das Bewußtsein. Über Ihr Bewußtsein erreichen Sie Gott. – Das ist Ihnen natürlich zu religiös, nicht wahr?«

Lisa lachte sich über ihre Nachdenklichkeit hinweg. »Viel zu religiös, Hochwürden! Und zu theologisch.«

Morell nickte.

»Wahr werden die Dinge doch erst, wenn sie für einen selbst Gestalt annehmen. Alle Theologie ist im Grunde Philosophie ohne Boden«, trieb Lisa den Keil weiter. »Die Eitelkeit der Kirche, die glaubt, das Wesen der Dinge erkannt zu haben und über absolute Erkenntnis zu verfügen, bis zu der Stelle, wo es dann heißt, Gottes Wege seien wunderbar, weil keiner sie mehr versteht, diese Eitelkeit widerstrebt mir.« Und schmunzelnd fügte sie hinzu: »Ich weiß, wovon ich rede. Ich war bei den Englischen Fräulein.«

»Sie glauben also, die Kirche sei eitel?«

»Sehr sogar. Eitel und uneinsichtig. Und überholt.«

»Ist das Absolute zu überholen?«

»Aber sie ist doch nicht absolut! Sie weiß doch nichts! Sie stümpert.«

Jetzt lachte Morell. Wie immer war sein Lachen herzlich und kam tief aus ihm heraus.

»Soso, sie stümpert.«

»Sie müssen das natürlich anders sehen.« Sie wußte, daß sie ihn provozierte, und spielte, um ihn nicht anschauen zu müssen, mit ihrem Kohlestift.

»Ich sehe es mit meinen Augen, nicht mit denen der Kirche, denn deren Augen habe ich nicht – und Sie mit den Ihren.«

»Aus dem Bewußtsein, meinen Sie.«

Anerkennend und belustigt leuchtete es auf im Blau seiner wissenden Augen.

Scharfsichtig fuhr Lisa fort: »Ich glaube, daß Sie manchmal ein rechter Frevler sind, Hochwürden.« Als er noch immer schmunzelte, wagte sie hinzuzufügen: »Ein Frevler, fast ein Häretiker.«

»So, ein Häretiker.«

Ihre Unverblümtheit schien ihm zu gefallen. Es stimmte übrigens:

Zwischen den Auffassungen seiner Kirche und den seinen klaffte oft ein recht tiefer Abgrund. Diese Diskrepanz gab Morell manchmal zu denken. Dem Ordinariat auch. Sein Bischof hatte ihn schon einmal einen »Nachfahren Luthers« genannt, obwohl Morell Thesen nachging, die weniger die Kirche als Institution angriffen, sondern spiritueller Natur waren. In Reitfelden kannte niemand die manchmal recht eigenwilligen Gottesvorstellungen Morells. Wie andere Priester auch las er die Messe und nahm die Beichte ab, und seine Predigten orientierten sich an den Bedürfnissen und dem Auffassungsvermögen seiner Gemeinde. Seine geistigen Erkenntnisse waren eher so etwas wie sein Privatschatz. Sein Bischof meinte, Morell sei mehr ein Religionsphilosoph auf Ab- und Irrwegen als ein Pfarrer. Bisher hatte Morell den alten Mann jedoch mehr amüsiert als verärgert, und da auch kein »Schuldregister« vorlag, behielten ihre Wortgefechte trotz hintergründiger Ernsthaftigkeit ein freundliches Gesicht. Menschlich war Morell von seinem Bischof durchaus angetan, im Religiös-Geistigen trennten sich ihre Wege.
Daß Lisa ihn nun ganz frech einen Frevler und Häretiker nannte, stimmte ihn heiter.
»Ich bin manchmal recht sachlich und auch... Aber lassen wir das!«
»Nein! Bitte nicht! Es ist so interessant. Sie sind doch ein Vertreter der Kirche.«
Sie ist wie Holzgartner, dachte Morell. Der hat auch die Neigung, in meinen Überzeugungen zu wühlen.
»Ein Vertreter, richtig.«
»Und was machen Sie, wenn Sie im Zwiespalt sind?«
»Die Kirche vertritt Gott, will Ihn wahrmachen, versinnbildlicht Ihn. Dafür ist sie da. Sie versucht, die Wahrheit allgemein zu halten. Aber ein Vertreter ist immer nur ein Vertreter und deshalb ein Abglanz, der bereits teilweise verfälscht. Ich vertrete nicht den Abglanz, um den Abglanz eines Abglanzes darzustellen, ich versuche, Gott zu vertreten – so mangelhaft, wie auch meine Person ist.«
»Und die Unfehlbarkeit? Die Unfehlbarkeit der Kirche und des Papstes?«
»Nun ja«, gab Morell gedehnt und fast ironisch zurück.
»Läßt sich in so einem Zwiespalt, und Sie sind sicher oft in einem Zwiespalt, Beruf und Berufung überhaupt vereinbaren?«
»Aber ja.« Ganz leichthin sagte er das, obwohl es nicht immer so leicht war, wie er es jetzt hinwarf.
»Ich bin Atheistin«, erklärte Lisa plötzlich.
»Ach, ja?« Wieder dieser ironische Unterton.
Sie räumte ein: »Fast.«

»Und woran fehlt es noch?«
Lisa biß sich auf die Unterlippe und warf Morell einen halb schelmischen, halb nachdenklichen Blick zu.
Über das große Blatt Papier ergoß sich das Licht der Morgensonne, golden-kühl und ätherrein an diesem Septembertag. Die flüchtig hingeworfenen Kohlestriche verrieten noch nichts. Lisa legte den Kopf in den Nacken. Die Morgenstimmung, der Duft des Erwachens, Neuwerdens und kraftvollen Beginnens – wie hielt man all dies fest? Versonnen strich sie mit dem Zeigefinger über ein bereits welkes Rosenblatt. Tau glänzte in den offenen Kelchen der Rosen, die über den Zaun des Pfarrgartens hingen. Es war, als weinten sie über ihr Sterben.
»Glauben Sie nicht, daß ein Gefühl manchmal richtiger ist als ein noch so gescheiter Gedanke?« fragte Morell ernst. Ausgerechnet er sprach so!
Lächelnd blickte Lisa zu ihm hoch. Überraschend hart sagte sie dann: »Gefühle sind meistens nur lästig.«
»Die Wahrheit hinter dem Gefühl mag lästig sein, nicht das Gefühl, das die Wahrheit erkannt hat.«
»Können Gefühle erkennen? Nein! Gefühle sind blind und taub und wollen gegen Mauern rennen. Wie sinnlos das ist!« Das milde Lächeln in seinen Augen erzürnte sie jetzt. Wenn sie etwas nicht brauchen konnte, dann seine Nachsicht. Leidenschaftlich behauptete sie: »Das verstehen Sie nicht. Das können Sie nicht verstehen. Haben Sie je eine Frau geliebt, eine?«
»Heißt es nicht, Liebe erträgt alles, Lisa? Sie tut es, glauben Sie mir, wenn es eine wirkliche, tiefe Liebe ist, nicht nur der Drang, besitzen zu wollen oder Vergnügen zu haben. Liebe fordert nicht. Nie. Solange Sie etwas haben wollen, fordern Sie, statt zu lieben.«
Lisa legte den Kohlestift weg und meinte spöttisch: »Jetzt reden Sie wieder sehr ›kirchlich‹. Es gibt keine Liebe ohne Begehren.«
Etwas wie Neugier schien in seinem Gesicht aufzuglimmen. »Sie sprechen von Leidenschaft, dem Kontrapunkt zur Liebe«, erwiderte er ruhig.
Lisa winkte ab.
»Leidenschaften kann man für allerhand haben, getrennt, für Menschen, für Dinge, für Ziele«, fuhr er fort. »Liebe in ihrer reinsten Form umschließt alles und geht über Persönliches hinweg.«
»So etwas gibt es nicht. Und wenn es so etwas gibt – nennen Sie es, wie Sie es wollen –, muß es fad sein.«
Morell war versucht, in Gelächter auszubrechen. Hier stand sie, zornig und doch unsicher, jung und hungrig nach dem Leben, auf ein

Recht auf Glück pochend, das sie zu haben glaubte – und dabei sehr unglücklich. Er lachte nicht, sondern sagte sanft: »Wir kennen nur relative Wahrheiten. Solange weltliche Dinge für uns Bedeutung haben, verlieren wir die Sicht für das Wesentliche, das Absolute – beziehungsweise erlangen wir diese Sicht nicht wieder. Das Absolute aber ist Gott.«

»Was heißt verlieren oder wiedererlangen? Man kann nur verlieren, was man schon hatte.«

»Wir hatten es, denn wir kommen ja aus dem Absoluten. Allerdings haben wir uns weit davon entfernt.«

»Und warum?«

»Weil uns der eigene Wille gegeben ist, Lisa.«

Jetzt warf sie in der für sie typischen, leidenschaftlichen Geste den Kopf zurück. »Haben Sie nicht Angst, einer Illusion nachzulaufen, Hochwürden? Suchen Sie in Ihrer hochgreifenden Philosophie nicht einen Ersatz?«

»Das sogenannte Reale ist Ersatz für eine Welt, die wir nicht mehr sehen und nicht mehr wahrnehmen können. Erkenntnis und Philosophie können trügen. Da stimme ich Ihnen bei. Alles, was aus dem Kopf, aus dem reinen Intellekt, der auch nur Ersatz für verlorenes Umfassenderes ist, hervorkommt, kann eine Fata Morgana sein. Die wirklichen Wahrheiten müssen aus jedem einzelnen selbst kommen. Sie reifen langsam, manchmal ganz in der Stille, so daß es aussieht, als kämen sie plötzlich über einen. Dabei brauchen sie meist Zeit, sich schmerzlich aus dem Kokon menschlicher Empfindungen und des dominierenden Intellekts zu schälen. So entsteht tiefes inneres Wissen, Wissen, das nicht weiterzugeben ist – nicht auf dem Weg des Kopfes – und das darum Glauben heißt, weil kein anderer solche Wahrheiten nachvollziehen kann, ehe er sie nicht in sich selbst erlebt hat, sie auf diese Art und Weise weiß.«

»Das ist zu gescheit für mich.«

»Keineswegs. Es zieht Sie nur in eine ganz andere Richtung, und da wollen Sie sich nicht mit solchem Ballast beladen, sondern frei sein für das Weltliche. Das sollen Sie ja auch.«

Lisa hob die Brauen. »Das soll ich?«

Von irgendwoher roch es jetzt nach frisch gebrühtem Kaffee. Eine alte Frau ging über die Straße, und die Kirchturmuhr schlug Viertel nach sechs.

»Können Sie anders, Lisa? Wenn ein Mensch etwas tun muß, muß er auch sich selbst gegenüber nachgeben, sonst steht dieses Etwas immer zwischen ihm und der Erkenntnis, die unter diesen Umständen nicht stattfindet, weil das Etwas den Platz einnimmt.«

»Wenn ich immer tue, was ich will, fahre ich geradewegs zur Hölle«, entgegnete Lisa mit einem hellen Auflachen.
»Was ist denn die Hölle?«
»Das fragen Sie mich? Sie wissen das doch viel besser! Oder glauben Sie etwa gar nicht an eine Hölle, Hochwürden?«
»Doch. Man erlebt sie ja oft genug.«
Einen Moment lang wußte sie nicht, was sie sagen sollte. Meinte er das ernst? Zog er sie auf?
»Sie meinen, wir befinden uns alle in der Hölle und wissen es nur nicht, weil uns dazu das ›Bewußtsein‹ fehlt?«
»Wer weiß«, meinte Morell und streifte mit einem leichten Lächeln die ernsten Gedanken ab. »In zehn Minuten beginnt die Messe. Doch keine Angst! Ich begehe nicht den Fauxpas, eine Atheistin dazu einzuladen.« Sein Lächeln entwaffnete sie. »Einen schönen Tag, Lisa! Und vergessen Sie nicht: Alle Umwege führen zu einem Ziel. Grüßen Sie auch die Holzgartners von mir!«
Sie sah ihm nach, wie er wegging. Ihr Blick glitt zurück zu der angefangenen Kirchen-Skizze. Jetzt hatte sie keine Lust mehr zu zeichnen, und zudem hatte sich das Morgengrauen längst verflüchtigt.
Morells Worte klangen ihr im Ohr: Wenn ein Mensch etwas tun muß, muß er auch sich selbst gegenüber nachgeben... Das, so entschied sie überrascht, entzieht der Frage nach Schuld, moralischer Verurteilung und Verdammnis jeden Boden. Gott war überflüssig in einem solchen Weltbild – überflüssig als Richter und Lenker. Dachte Morell im Kreis? Gab es überhaupt einen Gott? Lisa packte ihre Sachen zusammen, obwohl sie Krispin für viel später bestellt hatte. Also kein Gott. Sie hätte sich frei fühlen müssen. Aber sie tat es nicht.

Trotz aller freidenkerischen Anwandlungen hatte Lisa die Frage nach der Ursächlichkeit der Welt zu dem Schluß kommen lassen, daß es irgendwo irgend etwas geben müsse, das für die bloße Existenz zeichnete. Momentan war ihr Lebensgefühl jedoch dermaßen diesseitsgeprägt, daß sie kaum Verlangen verspürte, sich über religiöse Fragen den Kopf zu zerbrechen. Jetzt gab es Drängenderes.
Sie konnte nicht beurteilen, was Christian in ihrem Leben für eine Rolle spielte. Sie fand zu der ganzen Geschichte keinen rechten Bezug. Auf einmal war da jemand, der mit Vehemenz Besitzansprüche an sie stellte, ohne je den Gedanken aufkeimen zu lassen, sie könne ebensolche Ansprüche haben. Das erste, was er von ihr verlangt hatte, war dies: »Ich will nicht, daß du weiterhin mit Lorenz schläfst.«

Lisa kokettierte Christian gegenüber gern mit nichtvorhandenen Erfahrungen und tat geheimnisvoll. Es machte ihr großen Spaß, ihn in dieser Sache – wie überhaupt – an der Nase herumzuführen. Christian führte sich auf wie der sprichwörtliche Gockel auf dem Mist. So schrieb er Lisa vor, zu welcher Zeit sie sich wo einzufinden habe – und Lisa kam. Sie wußte selbst nicht, warum. Für Christian empfand sie keine Leidenschaft, er aber für sie. Das hätte die Machtverhältnisse eigentlich festlegen sollen. Und doch zog es Lisa eigenartig zu diesem ungehobelten, wilden Kerl, der sie wie eine Schlampe behandelte. In sexuelle Abhängigkeit geriet sie freilich nicht. Die wäre für Christian allerdings das Salz in der Suppe gewesen. Er hatte sich immer gerühmt, Frauen mit seinen Liebhaberfähigkeiten an die Grenze zur Ohnmacht zu bringen, und wirklich war ein Großteil seiner Eroberungen, auch ohne in Ohnmacht zu fallen, von seinen diesbezüglichen Qualitäten recht angetan. Er galt als Draufgänger, und er brachte die Portion Rücksichtslosigkeit mit, die Frauen stimulierend finden.

Nun, Lisa verlor weder die Besinnung, noch fühlte sie sich sonderlich stimuliert. Sie war etwas ganz Neues für ihn. Es mußte doch möglich sein, auch in ihr Lust zu wecken! Obwohl sie kühl blieb, machte sie keine Sperenzchen. Was er wollte, geschah. Sein Durchsetzungsvermögen faszinierte sie. Sie fand ihn oberflächlich, dumm, egozentrisch und eingebildet, doch sie ließ alles zu – mit gelangweilter Ergebenheit und stummem Staunen über sich selbst.

Zwar hörte sie auf, es lächerlich zu finden, wenn sich Christian keuchend in ihr entlud, aber die Himmel stürzten keineswegs donnernd über ihr zusammen. Sie hatte zwar darauf gewartet, lange Zeit hatte sie darauf gewartet, aber es geschah nichts. Trotzdem: Etwas in ihr wollte ihn.

Christian verstand das alles überhaupt nicht. Er hatte es sich jedoch abgewöhnt, Lisa irgend etwas zu fragen. Ihre Antworten verstand er ebensowenig wie ihr Schweigen.

Nie ließ er Zweifel daran aufkommen, daß er in absehbarer Zeit Veronika Liebchen heiraten werde. Auch Lisa tastete diesen Plan nicht an. Weder war sie darauf versessen, geheiratet zu werden, noch trieb die Lüsternheit sie in Christians Arme, und verliebt war sie schon gar nicht. Das wiederum schien Christian zu faszinieren. Mit ihrer Indifferenz hatte sie eine Leidenschaft in ihm wachgerufen, eine kalte, körperliche Leidenschaft, die eher Haß war als irgend etwas anderes. Leidenschaft, weil er besessen war von der Vorstellung, ihr Lustschreie zu entlocken. Haß, weil sie ihm nie das Gefühl gab, ein wirklicher Mann zu sein.

Allerdings rechnete Christian damit, daß dieser Sturm bereits im Winter vorübergehe. Er kannte seine Wechselhaftigkeit. Zwar hatte er nicht vor, Veronika treu zu bleiben, dazu war sie ihm zu langweilig, aber sie sollte erst ein Kind haben, mit dem sie beschäftigt war, ehe er sich wieder mit anderen Frauen einließ. So war es geplant, rational und kühl.

Daß Lisa überhaupt nicht zu planen schien, irritierte Christian. Sie genoß es, »ein Verhältnis« zu haben. Sie gefiel sich sehr in dieser neuen Rolle. Ohne den Gedanken zu formulieren, nahm sie die Affäre mit Christian als etwas Vergängliches hin, das ins Heute gehörte und dem Morgen geopfert werden würde.

Christian hatte ihr bewiesen, daß sie Rudolf nicht brauchte. So kam der Winter, so näherte sich Weihnachten. Zu Weihnachten wünschte sie sich von Vinzenz, ihr einen Jahresaufenthalt in München zu schenken. Vinzenz versprach, darüber nachzudenken. Er sah den Brand in Lorenz, und er hatte gehört, daß Christian zu Lisa »du« sagte, obwohl sie sich offiziell siezten.

Vinzenz versprach Lisa, in der Woche nach Neujahr auf Erkundungsfahrt zu gehen und sich in München umzutun. Vor Freude verlor Lisa fast den Verstand. Jetzt konnte alles wahr werden.

Sehr von oben herab kommentierte Lorenz ihre Aufregung: »Ich weiß gar nicht, was du hast. Wenn du wirklich gehen wolltest, wärst du doch schon fort – auch ohne Vaters Segen. Du willst dir nur den Rückweg offenhalten.«

Wie scharfsichtig Lorenz manchmal sein konnte! Lisa schwieg zu diesem Vorwurf, denn zur Zeit war es besser, Lorenz nicht zu reizen.

Auch Amalie war schlechter Laune. Sie hatte fest damit gerechnet, Rudolf würde über die Weihnachtsfeiertage wieder nach Hause kommen, aber er schickte nur Geschenke, darunter eine Silberfuchsstola für Lisa nebst einer recht allgemein gehaltenen Glückwunschkarte. So schön der Pelz auch war, Lisa entschloß sich, ihn niemals zu tragen.

Bei Vinzenz beschwerte sich Amalie, daß sie ihren Enkelsohn kaum zu Gesicht bekomme.

Vinzenz setzte dagegen, daß das Kind nur ein Vorwand sei: »Rudolf ist doch der einzige Mensch, dem du ein Gefühl entgegenbringst, nicht wahr, Amalie? Über die Qualität dieses Gefühls wollen wir aber nicht streiten.«

Eisig kam es von Amalie zurück: »Er hat all das, was dir fehlt.«

»Was wäre das denn?«

»Takt, Manieren, Feingefühl... Er würde nie so verletzend sein wie du.«

Vinzenz betrachtete Amalie aus schmalen Augen. »Wenn du dich da nur nicht täuschst«, sagte er.
Am Vormittag des Heiligen Abends, als es in der Halle nach Plätzchen duftete, eine Spieluhr ständig »Süßer die Glocken nie klingen« intonierte und der Baum aufgeputzt wurde, als Lina in ihrer blendend weißen Schürze treppauf und treppab lief und die Dienerschaft kichernd die Hauskrippe aufbaute, sah Lisa sehr blaß aus. Fragen nach ihrem Befinden ging sie aus dem Weg. Sie saß auf der Treppe und sah den Hausmädchen zu, wie sie goldene Nüsse, rote Kugeln, bunte Sterne und silberne Glöckchen in den Ästen der Tanne befestigten und kleine Näschereien dazwischen versteckten.
»Was ist denn mit dir los?« fragte Lorenz, der vorbeikam. »Ist dir nicht gut?«
»Doch, schon.«
»Aber?«
»Ach, laß mich in Ruh!«
Kopfschüttelnd ging er weiter. Als er nach dem Mittagessen nach ihr suchte, konnte er sie nicht finden. Sie hatte ein Pferd gesattelt und war, wie Krispin dem verwirrten Lorenz mitteilte, Richtung Neuherrenach geritten. Im ersten Impuls wollte Lorenz ihr nachsetzen, doch er beschloß, sich keine Blöße zu geben, und blieb zu Hause.
Inzwischen stob Lisa durch den hohen Schnee auf die Judeneiche zu. Hierher hatte sie Christian bestellt. Von Neuherrenach und Reitenau aus war bis zur Judeneiche ungefähr die gleiche Wegstrecke. Etwas abseits der Landstraße stand auf einem Hügel, der auch Hexenberg genannt wurde, kahl mit klappernden, verknorpelten Ästen der windumbrauste Baum. Christian hatte Lisa, einer diabolischen Eingebung folgend, schon einmal nachts hierher kommen lassen. Früher sollten an diesem Ort Hexen verbrannt worden sein, und dem Volksmund nach fand zu jeder Walpurgisnacht ein grausiger Hexensabbat über der Judeneiche statt. Selbst jetzt, bei Tage, fühlte sich Lisa unter dem Baum nicht recht wohl. Im hohen Schnee, ohne einen Sonnenstrahl war alles grau und düster. Lisa zog ihren Kapuzenumhang fester um die Schultern. Sie fror. In der Ferne tauchte Christians Hengst auf. Gedankenverloren streichelte Lisa die Blesse ihres Wallachs, der schnaubend aufstampfte.
Christians Hengst kam den Hügel heraufgestürzt. Das Pferd wieherte und stieg mit den Vorderhufen in die Luft. Sein Reiter sprang ab. Wie Skelette schlugen die Äste der Judeneiche gegeneinander.
»Was ist?« fragte Christian eingangslos.
Lisa schwieg lange. Sie mußte die Kapuze festhalten, damit der Wind sie ihr nicht in den Nacken riß. Endlich fing sie an: »Ich träume seit drei Nächten vom Meer.«

»Und?«
»Ich war schon dort. Aber im Traum ist es anders. Überall in dem endlosen Wasser sind kleine Inseln. Ich schwimme von einer zur anderen, ruhe mich aus, schwimme weiter. Und dann ist plötzlich eine große Leere vor mir, nur schäumende Weite, nur Wasser, aber kein Land. Ich weiß, daß hinter dem Horizont wieder Land kommt, aber da ich es nicht sehen kann, habe ich Angst und wage nicht, die Insel zu verlassen. Vielleicht erreiche ich das weit entfernte Land nicht...«
»Was sollen die Rätsel?«
»Ich muß also bleiben und will doch fort. Ich sitze am Ufer, und als ich aufstehen will, bin ich festgewachsen. Die Insel hält mich fest.«
»Was willst du mir eigentlich sagen?«
Lachend ließ sie sich mit dem Rücken gegen den Stamm der Eiche fallen. Durch das schwarze Geäst sah sie in den Himmel hinauf. Da versiegte plötzlich ihr Lachen. »Ich bin schwanger«, sagte sie.
Eine Weile starrte Christian sie ausdruckslos an. Dann strafften sich seine Kiefermuskeln. Sein Hengst schien diese Anspannung zu spüren und wieherte wild.
»Nicht von mir«, preßte Christian hervor.
Schnell wandte ihm Lisa ihr glühendes Gesicht zu. »Du willst es Lorenz in die Schuhe schieben? Ha, das ist gut! Damit kommst du nicht durch. Frag ihn selber! Ich habe nie etwas mit ihm gehabt, nie!«
»Ich habe nicht gesagt, daß du von Lorenz schwanger bist.«
Mit großen, geweiteten Augen suchte sie in seinem Gesicht. Dann gab sie ihm eine Ohrfeige. Als sie zum zweiten Schlag ausholen wollte, fing Christian ihr Gelenk ab.
Sehr eindringlich hielt er ihr entgegen: »*Ich* habe dich nicht geschwängert!«
Lisa schrie: »Ja, freilich nicht! Weißt du, wie oft du aufgepaßt hast, weißt du das? So gut wie nie! Und ich habe dir immer wieder gesagt, daß du vorsichtig sein sollst! Du bist ein Trottel! Das Einfachste kannst du nicht! Und jetzt – du Schwein!«
Christians Kiefermuskeln spannten sich noch mehr. Immer noch hielt er ihr Gelenk fest. Sie dachte schon, er werde ihr den Arm brechen.
»Hör zu, Lisa, du bist nicht die erste, die auf diese Weise versucht, einen Trauschein zu erpressen. Das hätte ich dir gleich sagen können: Da bist du an den Falschen geraten. Mit mir machst du das nicht!«
Mit einem Ruck machte sie sich frei. »Ich würde lieber sterben als dich heiraten!«

Und schon riß sie ihr Pferd herum, schwang sich in den Sattel und hielt geradewegs auf Reitenau zu.
Christian setzte ihr nicht nach.

Lorenz wartete bereits auf sie. Als er sie an der Wohnzimmertür abfing, lachte sie irr auf und schrie: »Die Insel hält mich fest!« Ehe er etwas sagen konnte, war sie nach oben gerannt.
Der ganze Weihnachtsabend litt unter einer gespannten Atmosphäre. Amalie klagte über Kopfschmerzen, Lorenz wollte vor Eifersucht schier platzen, und Lisa hatte traurige Augen.
Am ersten Feiertag kam Besuch. Die Honoratioren des nahen Städtchens machten ihre Aufwartung. Am zweiten Weihnachtsfeiertag gingen die Holzgartners geschlossen in Sängers Café, und der gute, alte Sänger strahlte über so viel »Noblesse« in seinem Plüschetablissement und war besonders von Amalie hingerissen.
Etwas trübsinnig ging Weihnachten schnell vorüber, und Lisa betrachtete desinteressiert die Kleider, die Schuhe und die »Aussteuersachen«, die sie erhalten hatte. Wütend feuerte sie Rudolfs Silberfuchsstola in den hintersten Winkel des Kleiderschranks.
Am ersten Werktag fuhr sie nach Augsburg, um einen fremden Arzt aufzusuchen. Zu Dr. Sommer, dem Hausarzt, wollte sie nicht gehen. Drei Tage später, am Tag vor Silvester, mußte sie nochmals hin. Mitleidig sah sie der freundliche ältere Herr im weißen Kittel an und bestätigte ihr, was sie schon lange wußte. Nun war es sozusagen amtlich. Nach Neujahr, dachte Lisa, als sie die Treppen der Praxis hinuntertaumelte, werde ich es Onkel Vinzenz sagen.
Aus Rücksicht auf Amalies Gesundheitszustand sollte Silvester dieses Jahr nur im Familienkreis gefeiert werden. Jenny atmete auf. Sie hatte schon befürchtet, Thomas Wolff wiedersehen zu müssen. Obwohl sie sich kaum kannten und noch kein einzig wirklich nur sie beide angehendes Wort miteinander gewechselt hatten, galten sie überall als Brautleute. Die Fahrten nach Dillingen waren Jenny eine Qual; der ganze »Backenbart« war ihr eine Qual.
Am schlimmsten war, daß auch Matthias Morell schon zu ihr gesagt hatte: »Na, Jenny, was macht dein Verehrer?«
Sie war nie gefragt worden, und doch standen die Dinge für alle fest. Immer wieder dachte sie: Und dabei bräuchte ich nur nein zu sagen! Kein Mensch würde es verstehen, aber was spielte das für eine Rolle?
Der Silvesterabend wurde zu einer recht leblosen Angelegenheit. Es fehlte jede Feststimmung. Alle schienen mit sich selbst beschäftigt; Vinzenz hatte das Gefühl, ein wenig den Überblick verloren zu

haben, und hoffte, daß endlich jemand komme, um ihn über die Lage aufzuklären. Man wartete förmlich auf Mitternacht. Ewigkeiten schienen zu verrinnen, bis der Stundenzeiger der Uhr sich auf die Zwölf zubewegte. Das Gespräch schleppte sich dahin. Lorenz war gereizt, Jenny gähnte, Amalie hüstelte.

Der Sekt trieb Lisa in eine immer verzweifeltere Stimmung. Wenn sie etwas trank, verstärkte sich immer ihre momentane Gefühlslage. Sie merkte, daß sie allmählich die Kontrolle über sich verlor, und ging aus dem Raum. Lorenz lief ihr nach, aber sie rannte ihm fort und schloß sich in ihr Zimmer ein. Nur noch heulen wollte sie.

Es dauerte allerdings nicht lange, da kam Vinzenz. Ein gutes Gefühl hatte er nicht, als er die Treppen hochstieg. Sie öffnete ihm auf sein Klopfen hin widerstandslos. Er trat ein. Eine Zeitlang stand er einfach an der Tür, gedrungen, kräftig, stumm, während sie sich auf die Bettkante setzte und wartete. Schließlich drückte er die Tür hinter sich ins Schloß und ließ sich auf dem Stuhl vor Lisas Schreibtisch nieder. Er sagte nichts, er wartete.

Lisa hielt es nicht mehr aus. Sie schrie in die Stille hinein: »Ich bekomme ein Kind!«

Der Satz stand wie unwirklich im Raum. Vinzenz schwieg noch immer. Er bewegte sich auch nicht. Lisa wagte nicht, ihn anzusehen. War er zornig? Hatte sich sein Gesicht verfärbt?

Ganz ruhig, überraschend ruhig, kam dann die Frage: »Von wem?«

»Er wird mich nicht heiraten.«

»Von wem?«

»Von Christian.«

Es schien, als atme Vinzenz auf. Erstaunt sah sie ihn an.

»Wie lange weißt du es schon?« fragte er weiter, so ruhig, wie er angefangen hatte.

»Ich war gestern bei einem Arzt in Augsburg. Er sagt, ich sei im dritten Monat.«

Vinzenz nickte. Er nickte lange. »Christian wird die Verlobung mit der kleinen Liebchen lösen. In vier Wochen wirst du ihn heiraten.«

Lisa fuhr herum: »Nein!«

»Es bleibt dir keine Wahl«, meinte Vinzenz gelassen. »Um die hast du dich selbst gebracht. Wie ich immer wieder sage: Das sind die Konsequenzen. Überleg dir vorher, was du tust!«

Lisa wurde rot.

»Du bist ruiniert, wenn du nicht heiratest«, fuhr Vinzenz fort. »So sind nun mal die Spielregeln. Ich hab' sie nicht gemacht. Man muß jedoch mit ihnen leben. Schlag dir deine Träume aus dem Kopf! Wenn du ein Kind hast, hast du Verpflichtungen.«

In ohnmächtiger Wut krampfte Lisa die Finger ineinander. Ihre Gesichtsfarbe wechselte von Rot zu Weiß. Das war das Ende. Das war das Ende ihres ganzen Lebens.
Tonlos brachte sie heraus: »Er will mich nicht.«
»Warum nicht?«
»Er sagt... er sagt, er sei nicht der Vater.«
»Bestehen Zweifel?«
Wieder wurde sie rot. Wie in einem Nebel dachte sie: Wieso bleibt er so gelassen? Wild schüttelte sie den Kopf.
»Dann wird er dich auch heiraten«, sagte Vinzenz. Sein Tonfall war bestimmt.
Lisa wischte sich mit der Hand über die heiße Stirn; aber ihre Handflächen waren feucht.
»Er kann keine Holzgartner sitzen lassen«, sagte Vinzenz. »Das weiß er.«
Lisas Lider flatterten. »Was?«
Vinzenz schöpfte Atem, als wollte er zu einer längeren Rede ansetzen. »Es war anders gedacht. Du solltest die Wahrheit erst am Tag deiner Volljährigkeit erfahren. Ein sonderbares Geburtstagsgeschenk, zugegeben. Deine Mutter wollte es so. Ich pflege letzte Wünsche zu respektieren – sofern dies möglich ist. Immer ist es nicht möglich. Nun gut: Jetzt ist der Zeitpunkt früher gekommen, und ich nehme an, im Sinne deiner Mutter zu handeln, wenn du es jetzt erfährst: Du bist meine Tochter.«
Im Augenblick sagte Lisa diese Erklärung gar nichts. Aus großen Augen schaute sie Vinzenz an. Dann begriff sie. »Oh«, sagte sie.
Vinzenz lächelte. »Du weißt, daß deiner Mutter ein schlechter Ruf nachgeht. Vergiß das! Sie war eine schöne Frau; fast so schön wie du, aber nicht so gescheit. In ihrem Ehrgeiz stand sie dir allerdings nicht nach. Sie wollte zwar keine berühmte Malerin werden, dafür aber meine Frau. Es hätte ihr klar sein müssen, daß ich mich von Amalie nicht scheiden lasse. Mir leuchtet heute noch nicht ein, wie sie das überhaupt in Erwägung ziehen konnte, damals. Undenkbar! Ich sagte ihr, daß ich selbstverständlich bereit wäre, für dich zu sorgen. Das lehnte sie ab. Sie hatte diese Alles-oder-nichts-Mentalität, die gefährlich ist. Also kamst du ins Waisenhaus. Ein Weile habe ich mich nicht um dich gekümmert, jahrelang, um ehrlich zu sein. Deine Mutter war tot, du warst in Fischingen, nichts ging mich mehr etwas an. Aber dann wollte ich Amalie – doch das ist ein anderes Kapitel. Ich merkte schnell, daß du meine Tochter bist. Ich meine: Von allen meinen Kindern bist du mir am ähnlichsten. Ich wünschte immer, Jenny hätte ein bißchen etwas von dir und deiner... deiner Lebensbe-

geisterung. Wenn es nach mir gegangen wäre, hätte ich dich gern ganz nach Reitenau geholt. Als dein Vormund, der ich inzwischen war, hätte ich das gekonnt. Aber da warst du schon zwölf oder dreizehn und viel zu hübsch und anziehend für dein Alter. Lorenz fing an, sich in dich zu verlieben. Damals schon. Ich hätte natürlich reinen Tisch machen können. Vielleicht wäre das richtiger gewesen, als sich an alte Versprechungen zu halten. Für Wenns und Abers ist es jetzt jedoch zu spät. Du bist meine Tochter. Als Kind hast du mit dem Skandal fertigwerden müssen, ledig geboren zu sein, und jetzt mußt du mit dem Skandal fertigwerden, plötzlich einen Vater zu bekommen. Ich werde zum Standesamt gehen und dich als meine Tochter anerkennen. Du bist durch und durch eine Holzgartner, denk daran! Und eine Holzgartner hat mehr Rückgrat als andere.«

Lange Zeit war es still. Müde schlich der Wind ums Haus. Es schneite.

»Warum habe ich davon nie etwas geahnt?« fragte Lisa hilflos.

Vinzenz schwieg. Seine Gesichtszüge waren ernst. Dann spielte ein Lächeln um sie. Auch Lisa lächelte.

Die Glocken begannen zu läuten. Es war Mitternacht. 1910. Was für ein Auftakt für das neue Jahr! In der Ferne knallten die Leuchtraketen, die Sänger jedes Jahr steigen ließ. Prosit Neujahr!

Der Skandal machte in ganz Reitfelden nebst allen umliegenden Ortschaften Furore. Immer hatte man es gemunkelt, jetzt wurde es bestätigt.

Amalie versuchte, die Peinlichkeit zu ignorieren. In ihrer Gegenwart wurde nicht darüber gesprochen, obwohl man das Hauspersonal ständig beim Tratsch fand. Lorenz schlich mit finsterer Miene umher und fragte sich, woher die plötzliche Kehrtwendung seines Vaters rühre. Jenny war sprachlos.

Zwischen Lisa und Vinzenz herrschte inzwischen Einigkeit: Nach vollkommener Klärung der Lage würde die Hochzeit bekanntgegeben werden. Zuerst hatte Vinzenz freilich noch mit den Landgrafs zu reden.

Als er nach Neuherrenach unterwegs war, fing Lorenz Lisa im oberen Korridor ab. Er war betrunken und roch nach Bier. Seine starren Pupillen verrieten, daß er sehr tief ins Glas geschaut hatte.

»So«, rief er und hielt Lisa am Arm fest, »und jetzt sag mir mal, was hier los ist, Schwesterherz!«

Zu müde, um irgend etwas abzustreiten, entschied sich Lisa für die Wahrheit: »Ich werde Christian heiraten.«

Lorenz schien zu wanken. »Christian. Soso«, brummte er und

zwickte die Augen zusammen, als würde alles vor ihm verschwimmen. Spöttisch verneigte er sich. »Ah, die zukünftige Frau Landgraf! Sehr erfreut! Ich gratuliere!«
Weder für seinen Spott noch für seine Betrunkenheit hatte sie jetzt Verständnis. »Laß das! Ich will ihn ja gar nicht.«
Lorenz ließ sie los. Lachend hielt er sich am Geländer fest. »Du willst ihn nicht?« fragte er irritiert. »Warum willst du ihn nicht?«
»Du bist betrunken.«
»Ja, sehr betrunken. Wunderbar betrunken. – Du willst ihn nicht? Warum nimmst du ihn dann?«
»Rate mal!«
Seine Augen wurden groß. Stumpfsinnig nickte er. »Du mußt?« Wieder lachte er, ein törichtes, betrunkenes Lachen, das plötzlich abriß. In gleichgültigem Ton sagte er: »Der Hund.«
Lisa wollte Lorenz stehen lassen, als er laut und fest wiederholte: »Der Hund! Dieser verdammte Hund! Der soll sich... w... wundern. Wundern soll der sich, wundern...«
Kaum Herr seiner Beine, stürzte er die Treppe hinunter, schlug beinahe hin, fing sich jedoch am Geländer ab und schrie immer wieder: »Wundern soll der sich!«
Schließlich torkelte er zur Vordertür hinaus.
Langsam preßte Lisa den Atem heraus. Dieses Durcheinander in ihrem Kopf! Ein Kind von Christian – Christian wollte sie nicht – sie ihn auch nicht – beide würden sie müssen – Vinzenz ihr Vater... Ihr war schwindlig. Sie lehnte sich gegen die Wand. Plötzlich hörte sie, wie der Motor des Benz »Spider« angeworfen wurde.
Lo würde doch nicht etwa! Er war zu betrunken. Aber es war der »Spider«, und sonst fuhr ihn niemand.
Lisa war zu erschöpft, um Lorenz aufzuhalten. Außerdem war ihr übel. Sie blieb, an die Wand gelehnt, stehen, bis sie sich von allein wieder auf den Beinen halten konnte.
Der Wagen war längst weggefahren.

Sonnentrunken brach der Morgen an.
Jenny erwachte früh, fühlte sich aber nicht wohl und blieb im Bett liegen. Der Tag, an dem sie Thomas Wolff wiedersehen würde, rückte näher und näher. Sie kroch ganz unter die Bettdecke und versuchte, wieder einzuschlafen.
Zur selben Zeit fuhr Lisa aus einem schrecklichen Traum hoch, ohne sich an das Geträumte erinnern zu können. Nur ein lautloser Schreckschuß hallte in ihr nach. Eine Weile saß sie mit angezogenen Beinen, den Kopf auf die Knie gestützt, im Bett. Ihr war schlecht.

Das Übelkeitsgefühl verstärkte sich. So vergaß sie den Traum und überließ sich ihrem Unwohlsein. Irgendwann merkte sie, daß das Haus zu neuem Leben erwachte. Ein Wagen war vorgefahren. Ob Lorenz die Nacht außer Haus verbracht hatte? Sie hatte ihn nicht zurückkommen hören. Vinzenz war erst sehr spät zurückgekehrt. Er hatte zu ihr ins Zimmer gesehen und gesagt: »Es ist erledigt. Schlaf weiter!« Dann war er zu Bett gegangen.

Als sich Lisa wieder ein wenig besser fühlte, entschied sie, endlich aufzustehen. Im Liegen würde ihr sowieso nur noch übler werden. Ob es wohl irgendwo Marzipan gab? Unten wurden Stimmen vernehmbar. Da hörte sie einen markerschütternden Schrei.

Amalie hatte aufgeschrien. Wieso schreit Amalie?

Lisa machte sich schnell fertig und lauschte dann in den Flur hinaus. Die Stille hatte etwas Bedrohliches. Auf Zehenspitzen schlich Lisa über den Korridor. Als sie nirgendwo jemanden fand, ging sie hinunter ins Wohnzimmer. Amalie saß allein auf dem Sofa und rührte sich nicht.

»Guten Morgen«, sagte Lisa.

Amalie verharrte weiterhin reglos. Es dauerte lange, bis sie den Blick zu Lisa hob. Diese wich einen Schritt zurück. Aller Haß der Welt starrte ihr aus diesen grünen, fremdschimmernden Augen entgegen. Amalie sagte: »Lorenz ist tot.«

Amalies haßerfüllter Blick stieß Lisa aus dem Zimmer. Sie ging rückwärts, trat gegen die hohe Bodenvase, die krachend in tausend Stücke fiel, fing sich und floh, ohne zu wissen, wohin, in die Bibliothek.

Dort stand Vinzenz und sah aus dem Fenster. Sie wollte die Tür wieder schließen und in ihr Zimmer hinaufgehen, als er sagte: »Komm rein!«

»Wo ist er?« fragte sie, eigentlich bloß, um den Bann des Schweigens zu brechen.

»Sie bringen ihn her. Christian hat ihn heute morgen gefunden, als er zu den Liebchens aufbrechen wollte.«

»Wo denn?«

»Er ist mit dem Wagen die Böschung hinuntergerast, kurz vor Neuherrenach an der Gabelung der Landstraße. Er war sofort tot.«

»Die Böschung«, echote Lisa.

»Ja.«

Sie sank auf die Chaiselongue. Alles um sie herum drehte sich im Kreis. Vor ihren Augen wurde es schwarz, aber ehe sie die Besinnung verlieren konnte, zog sich die Nacht wieder zurück. Ohne es zu denken oder es wirklich zu empfinden, war ihr das Leben auf einmal

eine entsetzliche Last. Am liebsten wäre sie tatsächlich ohnmächtig geworden, um nichts mehr zu wissen. Undeutlich fühlte sie ihre Verstrickung in das Verhängnisvolle, und ihr Mund war ganz trocken.
»Laß mich jetzt allein!« sagte Vinzenz.
Lisa erhob sich sofort und stolperte blind und tränenlos aus der Bibliothek. In der Halle begegnete ihr Marie mit den Scherben der Vase. Lisa floh in ihr Zimmer, ließ sich ins zerwühlte Bett fallen und hörte ihrem eigenen Herzschlag zu.

Lisa war, als hätte das Schicksal alle Farben aus der Welt genommen. Schwarzweißtöne bestimmten das Gleichmaß der Zeit. Sie empfand überhaupt nichts. Der Schrecken fiel wie hartgewordener Ton von ihr ab. Sie schämte sich für ihre Gleichgültigkeit, eine Fühllosigkeit, die düster und taub auf ihr lastete und alles andere überlagerte. Sie verlor nicht nur das Gefühl für die Welt um sich herum, sie verlor auch jedes Gefühl für sich selbst.
Am Tag vor Lorenz' Beerdigung kam Rudolf. Lisa hatte die ganze Zeit kaum ihr Zimmer verlassen und fast nichts gegessen. Sie stand auf, als sie ihn unten reden hörte, und trat in den Flur hinaus. Schmal und blaß stand sie am Geländer und sah zu, wie Rudolf seiner Mutter den Arm um die Schulter legte. Amalie sah alt aus, als sie das Gesicht zu Rudolf hob. Noch nie hatte man so tiefe Furchen um ihren Mund gesehen. Vom Geländer aus, wo sie vor Jahren dem Silvesterball zugesehen hatte, blickte Lisa heute auf Rudolf und Amalie nieder, die schweigend in der Halle standen. Rudolf schien ihren Blick zu spüren und schaute hoch. Als er sie sah, trat sie einen Schritt zurück.
»Wenn du ihn sehen willst, geh ins Frühstückszimmer«, sagte Amalie mit seltsam gebrochener Stimme, und Lisa dachte: Wieso ist sie nur so getroffen?
Amalie kehrte in den Salon zurück. Rudolf betrat allein das Frühstückszimmer, wo Lorenz noch immer aufgebahrt lag. Lisa hatte sich bisher nicht überwinden können hineinzugehen. Heute würden die Leichenträger kommen und den Sarg zunageln. Rudolfs hohe, überschlanke Gestalt verschwand unerreichbar hinter der Tür.
Lautlos huschte Lisa die Treppe hinunter. Vor dem Frühstückszimmer hielt sie inne. Sie hatte Angst. Ein Gefühl sagte ihr, daß es besser sei, jetzt nicht hineinzugehen. Fast zwanghaft griff sie jedoch nach der Klinke.
Rudolf stand neben dem offenen Sarg. Sehr gerade stand er da. Er drehte sich nicht um. Leise schloß Lisa die Tür hinter sich. Lorenz lag auf einem Berg weißer Seidenkissen und sah aus wie eine große Puppe. Allein der ihn umgebende Eichensarg sprach von der Tragödie. Wie ein

abgelegtes Kleid nahm er den Platz im Sarg ein, und seine Züge schienen ebenmäßiger als sonst: ein Bild wie aus Marmor, steif, kalt und tot.
Um den Toten herum standen hohe, weiße Kerzen, alle angezündet, Feierlichkeit verströmend. Die Vorhänge waren zugezogen, die ruhig brennenden Kerzen erhellten den Raum. Es roch nach heißem Wachs, nach Kerzenrauch und – Würde.
Ja, jetzt hatte Lorenz Würde.
Endlich drehte sich Rudolf um. »Lisa«, sagte er halblaut.
»Ich wollte es nicht«, sagte sie, und ihr Atem wurde unruhig. »Ich wollte es doch nicht!« Wieder fiel ihr Blick auf den Toten, der Lorenz gewesen war und der jetzt so seelenlos und fremd den Raum beherrschte.
In Rudolfs Gesicht zuckte es. Er schien nicht zu verstehen.
Lisas Lungen füllten sich. Tränen stürzten ihr in die Augen. Mit einem Mal kam das ganze Meer der Gefühle zurück. »Ich... wegen mir...« stammelte sie.
Sie trug ein altes schwarzes Kleid von Jenny, in der Taille von einem breiten, schwarzen Band gehalten. Kontrastierend zu all dem Schwarz leuchtete ihr Gesicht weiß und blutleer.
Rudolf ging zu ihr und wollte sie aus dem Zimmer führen. Er spürte ihre Verwirrung und ihre Ratlosigkeit. In ihrer Zerbrechlichkeit tat sie ihm leid. Aber sie wollte nicht hinausgehen.
»Sie haben dir nichts gesagt?« fragte sie.
»Was denn gesagt?«
»Daß er wegen mir tot ist.« Ihre Augen waren nicht mehr naß. Es hätte viele Gründe gegeben zu weinen, aber auf einmal hatte sie keine Tränen mehr.
Über Rudolf kam das ihm immer noch so fremde Gefühl der Zärtlichkeit, dem er Widerstand entgegensetzte. Vorhin, als er seine Mutter umarmt hatte, war ihm nicht wohl gewesen, aber sie hatte diese Geste wohl erwartet. Was Lisa erwartete, wußte er nicht. Trotzdem nahm er sie in den Arm. Er wollte es nicht, aber es wollte in ihm. Obwohl er nun dumpf anfing, Zusammenhänge zu ahnen, war keine Verwunderung in ihm. Er roch ihr Haar und ihre Haut, er fühlte ihre Stirn an seiner Wange, und auf einmal schien das ganze Zimmer nur aus ihr zu bestehen.
Sie hielt sich an ihm fest, stand ganz still und wurde ruhiger.
Plötzlich ging die Tür auf, und Amalie sah herein. Mit versteinertem Gesicht blickte sie auf Rudolf und Lisa. Rudolf löste sich aus der Umarmung.
»Die Leichenträger sind da«, sagte Amalie.

Morell fand schöne, tröstliche Wendungen.
Ganz Reitfelden schien auf den Beinen. Nirgendwo gab es ein interessanteres Thema als Lorenz Holzgartners aufsehenerregenden Unfalltod. Neben den Landgrafs waren Leute aus Augsburg gekommen, auch die Vogels aus München und aus Dillingen die Wolffs.
Da sollte er nun ruhen in Frieden, und das war sicher das einzige, was er nicht gewollt hatte.
Beim Leichenschmaus bemerkte jemand: »Jetzt wird Fräulein Lisas Hochzeit wohl verschoben werden.«
Nervös blickte Lisa zu Vinzenz. »Mal sehen«, schob der die Angelegenheit beiseite.
Rudolf hatte sich die Dinge inzwischen zusammengereimt, obwohl niemand ihn über die Hintergründe von Lisas Legitimierung aufklärte. Er merkte, daß Lisa und Christian sich aus dem Wege gingen und sich kein einziges Mal ansahen. Schließlich, mochten wohl beide denken, stand ihnen noch ein ganzes gemeinsames Leben bevor.
Später, als es wieder still im Haus geworden war, saß Lisa allein vor der abgeräumten Kuchentafel. Nichts Idiotischeres war dem Ungeist der Welt eingefallen als die Institution eines Leichenmahls! Sie wollte schon nach oben gehen, war aber zu müde und zu ausgelaugt, um aufzustehen. Draußen wurde es dunkel.
Zigarre rauchend saß Rudolf unterdessen Vinzenz in der Bibliothek gegenüber und erzählte, daß Irene wegen des Kleinen nicht habe kommen können, da der Bub gerade den Keuchhusten durchzustehen habe.
Vinzenz unterbrach ihn: »Ich hoffe, Lisas Legitimierung wird dir keine Schwierigkeiten machen. Wird sie deinem Leumund schaden?«
Rudolf zuckte mit den Achseln. »Man wird sehen. Kurzfristig, jetzt beim Bekanntwerden, sicherlich. Das Problem hätte sich jedoch früher oder später sowieso gestellt.«
»Es war notwendig«, sagte Vinzenz.
»Muß sie heiraten?«
Vinzenz nickte. »Ja, diesen Tölpel Landgraf, wie du gewiß gehört hast.«
Wider Willen mußte Rudolf lächeln. »So schlecht ist die Partie nicht«, sagte er.
»So? Neuherrenach steht vor dem Ruin, das ist die eine Seite. Christian aber hat nur Weiber und Pferde im Kopf, das ist die andere. Der Knabe gerät ganz nach seinem Vater, und der ist kein großes Licht.«
»Hast du nicht immer darauf gehofft, Lisa eines Tages gut zu verheiraten?«

»Es fragt sich, was ›gut‹ ist. Ein Landgraf ist für meine Tochter zweite Wahl.«
Rudolfs Lächeln wurde ironisch. »Du hast immer auf dieses Datum gewartet, Vater, immer auf Lisas einundzwanzigsten Geburtstag. Dann hättest du dafür gesorgt, daß sie einen Mann nach deinem Geschmack heiratet und nach deinem Geschmack glücklich wird.«
Vinzenz, der sich über die Überlegungen Rudolfs amüsierte, schüttelte den Kopf. »Es stimmt zwar: Ich ziehe gern unsichtbare Fäden. Aber Lisa war schon immer unberechenbar. Du hast recht, ich wollte etwas Besseres für sie. Nach außen hin hat sie wohl ihr Glück gemacht. Nachdem mir der alte Landgraf kürzlich erzählt hat, wie es um Neuherrenach steht – und man kann davon ausgehen, daß er mir noch immer nicht ganz reinen Wein eingeschenkt hat –, sieht die Sache anders aus.«
»Wenn der Landgraf zweite Wahl für Lisa ist, was ist dann ein Wolff für Jenny?« fragte Rudolf spitzfindig.
Hart entgegnete Vinzenz: »Das Beste, was sie bekommen kann.« Und mit kühlem Lächeln fügte er hinzu: »Er wird eines Tages ein recht nobles Hotel besitzen.«
»Und eine hervorragende Partie gemacht haben«, gab Rudolf ungerührt zurück.
Vinzenz winkte ab. All das interessierte ihn jetzt nicht. Auch Rudolf hatte andere Dinge im Kopf. Gern hätte er mehr über die Geschichte mit Lorenz erfahren, doch seine Zurückhaltung verbot ihm nachzufragen. Lisas Reaktion angesichts des Toten hatte für sich gesprochen.
Als er die Treppe hinaufgehen wollte, hörte Rudolf Lisa seinen Namen rufen. Er blieb stehen. Eigentlich wäre es ihm lieber gewesen, nicht von ihr bemerkt zu werden. Er wollte nicht mit ihr sprechen. Nicht jetzt. In einer Situation wie dieser fand ein Gespräch mit Lisa nie auf vernünftiger Basis statt, einer emotionalen Konfrontation wollte er sich aber entziehen.
Ein zweites Mal rief sie seinen Namen.
Davonlaufen konnte er nicht. Lächerlich! Also straffte er seine Haltung und ging ins Wohnzimmer, wo noch die abgeräumten Tische mit ihren cremebefleckten Tischdecken zusammenstanden. Die Abenddämmerung hüllte den Raum in Dunkelheit.
»Du solltest hinaufgehen und versuchen zu schlafen«, sagte er. »Es war ein anstrengender Tag für dich.« Er mußte daran denken, daß sie Christians Kind im Leib trug, schob den Gedanken aber fort.
»Bleib einen Augenblick, bitte«, sagte Lisa.
Mit einem Widerstreben, das er ihr gegenüber immer empfand, setzte

er sich zu ihr an die leere Tafel, an der es noch immer nach Kaffee roch.
Im altbekannten provokanten Ton fragte sie: »Was hältst du davon, daß ich bald Frau Landgraf werde?«
»Ich halte es für richtig«, sagte Rudolf.
»So, du hältst es für richtig.«
»Natürlich.«
»Du weißt alles?«
»Ich nehme an.«
»Dann weißt du auch, daß alles ruiniert ist.«
»Das kommt dir nur so vor. Du bist durcheinander. Das ist verständlich.«
»Laß dein Verständnis! Ich bin gar nicht verständlich. Für dich war ich das nie.«
Das zerbrechliche kleine Mädchen war mit einem Mal fort. Er spürte, daß sich etwas in ihr aufgerichtet hatte. Auf einmal schien sie wieder zu wissen, wer sie war. Mochte sie auch behaupten, daß ihr Leben in Schutt und Asche lag, so blitzten doch aufs neue Wille, Kraft und Widerstand aus ihren Augen.
»Es wird ein Unglück werden – für Christian genauso wie für mich. Wir werden uns hassen. Lorenz als Hypothek! Ideale Voraussetzungen für unser Glück, nicht wahr?«
»Worauf willst du hinaus?«
»Soll ich ihn wirklich heiraten – sagst das auch du?«
»Natürlich sollst du ihn heiraten. Es ist das einzig Vernünftige, Lisa.«
»Vernünftig«, schnaubte sie leise, »ja, vernünftig!«
»Aber Lisa«, versuchte er sie zu beruhigen, und seine Stimme klang weich und nachsichtig.
Leise stieß sie hervor: »Du bist so blind.«
Lange blickte er auf seine Fingernägel, um den aufkeimenden Zorn über sie und ihre Irrationalität niederzuhalten. Schließlich hatte er sich zu einem ruhigen Ton durchgerungen: »Ich bin nicht blind. Ich bin dein Bruder.«
Ein Leuchten, kurz und hell, trat in ihre heute fast schwarzen Augen. Unendliche, das ganze Gesicht vergessen lassende Augen waren es, die ihn anschauten und festhielten.
»Ist es nur das?« fragte sie.
»Willst du es auf die Spitze treiben, Lisa?«
Bei diesem Wortwechsel, dem er unbedingt Nüchternheit aufzwingen wollte, fühlte sich Rudolf alles andere als wohl. Dies war wieder einer jener Augenblicke, die nur Lisa so gezielt und doch wie ohne Absicht heraufzubeschwören verstand. Er hätte sie ohrfeigen mögen.

Niemand sonst konnte ein so heftiges Verlangen nach Gewalt in ihm wachrufen wie sie.
»Setz dich hin, Lisa«, sagte er, weil sie aufgesprungen war. Und als sie nicht sofort gehorchte: »Du sollst dich hinsetzen!«
Sie gab nach. Ein trotziger Ausdruck blieb in ihrem Gesicht zurück.
»Ich will, daß du zu träumen aufhörst«, erklärte er ihr. »Werde endlich erwachsen!«
»Erwachsen!« warf sie ihm verächtlich hin.
Rudolf holte tief Atem. »Du weißt im Grunde sehr wohl, wie es um dich steht, Lisa. Du kannst gar nicht anders: Du mußt ihn heiraten.«
»Dann ist ja alles gesagt.«
»Es ist schon längst alles gesagt.«
Mit verspannten Kiefern erhob er sich. Sie sah, daß er mit irgend etwas kämpfte. Tatsächlich wehrte er sich gegen ihr Pathos, ihren Zwang, überall den Gipfel zu suchen, auch im Aussichtslosen. Ihm widerstrebte ihr sinnloses Sichaufbäumen gegen die Gegebenheiten.
Doch noch hatte sie den Kelch nicht völlig ausgeleert. Er hörte sie sagen: »Ich möchte nicht, daß du zu meiner Hochzeit kommst. Versprich mir das!«
Er hatte sich wieder in der Gewalt. Mit einem Lächeln, das nicht ganz geglückt wirkte, nickte er. »Gut, ich versprech's. – Und weißt du was? In ein paar Jahren werden wir darüber lachen. Nun aber kein Wort mehr davon! Gute Nacht, Lisa!«
Er hatte versucht, ihrem Hang zum Drama mit heiterer Unverbindlichkeit entgegenzuwirken. Doch ihre Augen schalten ihn einen Narren. Ohne auf ihren Blick zu reagieren, ging er hinaus.
Sie sah ihm nach. Lachen? Dieser Tor! Dieser blinde Tor! Was zählte noch? Nun komme, was wolle!

Neuntes Kapitel

»Willst du, Christian Bernhard Karl Landgraf, die hier anwesende Elisabeth Wagner zu deinem angetrauten Weibe nehmen, sie achten und ehren, in Treue zu ihr stehen in guten wie in schlechten Tagen, bis daß der Tod euch scheide, so antworte: Ja.«
Ohne den Kopf zu wenden, ohne den Priester anzusehen, sagte Christian: »Ja.«
»Willst du, Elisabeth Wagner, den hier anwesenden Christian Landgraf zu deinem angetrauten Manne nehmen, ihn achten und ehren, ihm Gehorsam erweisen, in Treue zu ihm stehen in guten wie in schlechten Tagen, bis daß der Tod euch scheide, so antworte: Ja.«

Lisa war übel. Sie konnte sich kaum auf den Beinen halten. Sie sah in des Priesters nichtssagendes Gesicht, als hätte sie ihn nicht verstanden, und wünschte, Morell wäre an seiner Stelle. Ganz leise kam es: »Ja.«
Ihr wurde bewußt, jetzt Christians Frau zu sein. Sie hörte nicht mehr, was der für Neuherrenach zuständige Wiesbacher Pfarrer sonst noch sagte. Christian steckte ihr den Ring an den Finger und sah dabei nur auf ihre Hand. Als sie die seine berührte, schien er zurückzuweichen. Es gelang ihr kaum, ihm den Ring überzustreifen.
Kurz darauf verließ sie neben Christian die Kirche. Die Leute standen dicht gedrängt zu beiden Seiten in den Kirchenbänken. Beengende Angstgefühle stiegen in Lisa auf. Hilfesuchend blickte sie sich nach Vinzenz um. Er war in ihrer Nähe und nickte ihr zu, das beruhigte sie ein bißchen. Da sie sehr eng geschnürt war, um mit untadeliger Taille vor den Altar treten zu können, kam sie kaum zu Atem. Das weiße Brautkleid war wie ein Gefängnis. Tief schnitt ihr das Mieder in die Hüften. Mit jeder Minute wurde ihr übler. Die Bilder vor ihren Augen begannen zu verschwimmen. Und all die vielen Menschen... Nur raus, raus ins Freie!
Draußen empfing sie die eisige Wintersonne. Der Schnee glitzerte gleißend hell. Lisa schloß für Sekunden die Augen. Ein Schwall von Glückwünschen schlug ihr entgegen. Man stand vor der Kirche. Es war kalt. Lisa trat von einem Bein auf das andere. Ständig hatte sie Angst, das Gleichgewicht zu verlieren, und sie klammerte sich deshalb an Christians Arm, weshalb sie einige Leute für sehr verliebt hielten. Ihr Gesicht war fast ebenso weiß wie der Tüllschleier davor. Um sie herrschte laute Heiterkeit. Wieso lachten diese Leute soviel? Lisa fehlte dazu jeder Bezug. Sie verstand auch das Lächeln auf den Gesichtern der Landgrafs nicht. Nun, dachte sie sarkastisch, Vinzenz muß mir eine beträchtliche Mitgift spendiert haben. Trotzdem: Hatten diese Menschen schon vergessen, daß Lorenz erst ein paar Wochen unter der Erde lag? Woher nahmen sie diese Fröhlichkeit? Gott sei Dank war Rudolf nicht gekommen. Dringende Angelegenheiten...
Sie spürte, wie Vinzenz ihre Hand drückte. Am liebsten hätte sie ihn gar nicht mehr losgelassen. Er half ihr neben Christian in die Brautkutsche, die sie von Wiesbach nach Neuherrenach bringen sollte. Dort wartete bereits das Hochzeitsmahl. Der bloße Gedanke an Essen ließ neue Übelkeit in Lisa aufsteigen. Und noch dazu all die vielen Leute!
Natürlich waren die Liebchens nicht gekommen. Lisa warf einen Seitenblick nach Christian. Sicher säße er jetzt lieber neben Veronika.

Wieso eigentlich? Sie mußte sich eingestehen, keine Ahnung von den Gedanken des schweigenden Mannes neben ihr zu haben. Ihre Finger waren klamm, als sie erneut Christians Arm umfaßte.
Endlich kamen sie nach Neuherrenach. Sie mußte aufstehen und sich aus der Kutsche helfen lassen. Wenn sie stand, drückte das Korsett nicht so schmerzhaft gegen ihren Leib, und das Erstickungsgefühl ließ nach. Als sie an Christians Arm aus der Kutsche stieg, schlugen ihr erneut nervtötende Geräusche entgegen: Röcke raschelten, Stimmen vibrierten, Gelächter wurde laut, Stühle rückten, alles lief durcheinander, Geschirr klapperte.
Auch der junge Wolff war nebst Familie da. Er saß neben Jenny, und Jenny sah unglücklich aus. Außerdem stand ihr das rosarote Kleid mit den schwarzen, an Trauer gemahnenden Einsätzen nicht. Es duftete nach der Vielfalt der Speisen. Lisa ertrug diese Gerüche kaum, trotzdem gab sie sich Mühe, sich an der Konversation zu beteiligen, während ihr der Duft von Hochzeitssuppe, Hecht in Butter, gebratenem Rindfleisch, gebackenen Kartoffeln, Rebhühnern, Kapaun in Sauce mit Butterteig, Rehbraten mit Salat und Orangenkompott, Kabinettpudding und Zitroneneis in die Nase stieg. Am Nachmittag würde noch für Kuchen, Torten, Obst, Dörrobst und Weincreme gesorgt sein. Vinzenz als Brautvater richtete die Hochzeit aus und wollte sich nichts nachsagen lassen.
Mit Lust machten sich die Gäste über das Aufgetragene. Lisa, die es bei ähnlichen Anlässen ebenso gehalten hatte, fürchtete, keinen Bissen hinunterzubringen. Sie zwang sich zu ein paar Löffeln Suppe, doch als sie ein Stück Rehbraten mit Preiselbeeren versuchte, mußte sie hinausgehen und sich übergeben. Danach fühlte sie sich ein bißchen wohler. Wie sie den Abend herbeisehnte! Endlich heraus aus diesem vermaledeiten Kleid!
Die Stimmung an den Tischen stieg. Es schien, als sei jeder Hauch von Skandal vergessen, tatsächlich aber war es der Eklat im Hintergrund, der für die Ausgelassenheit sorgte. Das war doch mal wieder was!
Kaum war man mit dem Mittagessen fertig, kam der Fotograf. Christian war sichtlich nicht in Posierstimmung und meinte, zwei Bilder würden reichen, aber seine Mutter bestand auf einer ganzen Serie von Aufnahmen, weil sie einen Fotografen aus der Stadt hatte kommen lassen. Widerwillig unterwarf sich Christian dem mütterlichen Diktat. Der Lichtbildner hatte es insofern einfach, als er das Brautpaar nicht lange um ernste Mienen bitten mußte.
Obwohl sich Lisa elend fühlte, hatte sie sich am Abend körperlich so weit regeneriert, daß sie tanzen konnte. Während sie mit Chri-

stian den Tanz eröffnete, sah er sie an diesem Tag zum erstenmal richtig an. »Hübsch bist du ja wenigstens«, sagte er.
Gegen Mitternacht wurde den Brautleuten gestattet, sich zurückzuziehen. Lisa hörte noch, wie der junge Vogel zu Thomas Wolff sagte: »Blaß sieht sie aus. Das dauert keine neun Monate.«

Die Stille tat unendlich wohl. Lisa war aus Kleid und Korsett gestiegen. Sie saß im Hemd auf dem Bett und genoß die Ruhe. Von unten drangen Stimmen und die Schritte der Tanzenden herauf, dazu Orchestermusik, doch alles klang gedämpft und weit entfernt.
Christian war nicht da. Hatte er so etwas wie Takt entdeckt? Wo er war, interessierte sie nicht. Hauptsache, er ließ sie in Frieden. Der bloße Gedanke, er könne heute noch etwas von ihr wollen, weckte Ekel in ihr.
»Nun, Frau Landgraf«, sagte sie zu sich selbst, »wie fühlt man sich nach so steilem Aufstieg?« Sie ließ den Kopf auf die Knie sinken und flüsterte: »Miserabel.«
Mein Gott, Rudolf! Auf einmal hatte sie entsetzliche Sehnsucht nach Rudolf. Sie spürte, daß ihre Augen brannten. Vielleicht kam es vom Rauch. Vielleicht brannten auch die ungeweinten Tränen. Pah, Rudolf, zum Teufel mit dir!
Schritte im Flur verrieten ihr, daß Christian kam. Noch während sie zusammenzuckte, ging die Tür auf. Christian blieb eine Weile, die Hand auf der Klinke, stehen. »Wie ich sehe, wartet meine entzückende Braut bereits auf mich.«
Sie merkte, daß er getrunken hatte. Auch das noch! Feindselig starrte sie ihn an. Sein Blick glitt von ihr fort über Schleier, Kleid und Korsett. Alles lag verstreut auf dem Boden. Mit einem Ruck zog er die Tür hinter sich zu und hob den Schleier auf. »Eine interessante Achtlosigkeit legst du an den Tag.«
Als er auf sie zuging, verschränkte sie im Reflex die Arme vor der Brust. »Nein«, sagte sie, »heute nicht.«
Der zynische Ausdruck in seinem Gesicht verstärkte sich. Nachlässig legte er den Schleier über die Rückenlehne des Toilettenstuhls.
»So, heute nicht«, wiederholte er und fing zu lachen an. »Heute nicht, sagt sie.«
Dicht trat er an sie heran. Alkoholdunst wehte ihr ins Gesicht. Seine Hände spannten sich hart um ihre Oberarme. Er tat ihr weh. Lisa wand sich.
»Ich habe dir nie einen Antrag gemacht, egal, was für einen. Ich gedenke auch nicht, meine Nächte mit dir zu beantragen, geliebtes Weib.« Er ließ sie los und ging zur Tür, um diese abzusperren. Die

Geste war symbolisch. Es wäre ohnedies niemand hereingekommen. Christian kam zum Bett zurück.
Wie eine gefangene Katze fauchte sie: »Laß mich in Ruhe!«
»In unserer Hochzeitsnacht?« Er lachte. Mit einem schnellen Griff faßte er sie unter die Achseln und warf sie quer übers Bett. Sie schrie auf. Die Übelkeit kehrte zurück. Er versuchte, ihr das Hemd vom Leib zu reißen, aber sie biß und kratzte, bis er an den Händen blutete. Er stank nach Bier und Schnaps. Dieser Geruch betäubte sie fast.
»Du miese kleine Schlampe!« zischte er und sah auf die Kratzspuren an seiner Hand. »Dir werd' ich's zeigen!«
Er stülpte ihr das Hemd hoch. Als er daranging, sich die Hose aufzuknöpfen, sprang Lisa aus dem Bett und stürzte zur Tür. Schnell drehte sie den Schlüssel im Schloß. Christian bekam sie zu fassen, aber sie riß bereits die Tür auf. Undeutlich, aber lauter als zuvor drangen die Stimmen von unten an ihr Ohr. Noch immer spielte das Orchester. Christian versuchte, Lisa festzuhalten, doch sie machte sich frei, stolperte, stieß mit der Schulter gegen das Treppengeländer, fiel und rollte schließlich die Stufen hinunter.

Schmerzen weckten sie. Ein Arzt war da. Sie krümmte sich und krallte die Finger in das Laken. Etwas schien aus ihr herauszuwollen. Sie schwitzte, die Haare klebten ihr im Gesicht. Obwohl ihr übel war, glaubte sie nicht, die Kraft zu haben, sich zu übergeben. Dann kam die Erleichterung. Ihr war, als rollte ein Stein aus ihr heraus. Zwischen ihren Beinen wurde es glitschig, naß und warm, und langsam ebbten die stechenden Schmerzen ab.
Lisa rang nach Atem. Sie hörte den Arzt reden, fühlte, wie man sie auszog und hochhob, um sie mit einem Schwamm zu waschen – und schlief ein.
Als sie wieder erwachte, fühlte sie sich leicht und klar. Sie merkte, daß sie nicht allein war, und schloß die Augen wieder.
Cordula hatte jedoch das Zucken ihrer Lider bemerkt. »Wie fühlst du dich?« fragte sie leise.
Lisa murmelte etwas, wußte selbst nicht, was, und wünschte, Cora möge sie allein lassen. Tatsächlich ging Cora hinaus.
Im Lauf des Tages erschien das halbe Haus zur Visite. Frau Landgraf brachte Lisa eine Tasse Fleischbrühe – »zur Kräftigung, meine Liebe, das wird dir guttun« –, Landgraf persönlich schaute herein, um gute Besserung zu wünschen, und Cora war sowieso fast immer da. Auch Vinzenz saß eine Stunde an ihrem Bett und erzählte von einem Pferd, das bald fohlen würde, und sonstige Sachen. Alle kamen. Nur Christian nicht.

Überrascht registrierte Lisa die Liebenswürdigkeit ihrer Schwiegermutter, von der es hieß, daß sie am hartnäckigsten versucht habe, die Hochzeit zu vereiteln, und die ruhige Aufmerksamkeit ihrer Schwägerin. Wenn Lisa den Klingelzug neben dem Bett bediente, kam Rosemarie, das Stubenmädchen. Die Klingel schien Lisa eine sehr praktische Einrichtung zu sein. Rosemarie erfüllte ihr alle Wünsche. So verlangte Lisa zum Beispiel gleich nach einem Glas Bier und Bratwürsten, worüber Rosemarie kicherte, wollte dann einen Apfel, schließlich ein paar Plätzchen und zur Krönung des Ganzen ein Glas Sekt, und weil es so angenehm war, forderte sie Rosemarie ständig auf, ihr das Haar zu bürsten. Es machte sie so ruhig und schläfrig, die sanften Bürstenstriche im Haar zu fühlen. Rosemarie kam allen Wünschen nach, erzählte Klatsch und klärte Lisa dabei über die Hausbewohner auf.

»Der Alte – äh, ich meine, der gnädige Herr, wird in zwei Tagen wieder abreisen. Nach Meran. Zur Kur, sagt er. Das darf man aber nicht glauben. Er ist sehr gesund. Zu gesund.« Sie kicherte. »Er... na, Sie wissen schon. Am besten schenkt man ihm wenig Beachtung. Er ist ja kaum da und würde alles durcheinanderbringen. Man muß aber nett zu ihm sein. Schmeicheln Sie ihm ein bißchen, dann mag er Sie. Ich lass' mich von ihm auch immer in den Hintern kneifen, das mag er. – Und die Gnädige, na, die ist falsch. Passen Sie da bloß auf! Die weiß immer mehr, als schon passiert ist. Fast mehr als ich. Christian ist ihr Augapfel. Seien Sie vorsichtig, daß die Gnädige nicht mit Fräulein Cora gegen Sie intrigiert. Die Gnädige und der Herr haben ja nix gegen Sie persönlich... Sie verstehen? Aber das junge Fräulein, das mag Sie nicht. Da müssen Sie Obacht geben!«

Lisa lachte. Rosemaries spontane und grundlose Loyalität beruhigte sie. Rosemarie war eine kleine, drahtige Person mit sonnengebräunter Haut und kleinen, klugen Augen. Auf einer Wolke dunkelbraunen Haars thronte ein kleines, weißes Häubchen, das sie als Stubenmädchen auszeichnete.

»Und was halten Sie von meinem Mann, Rosemarie?« wollte Lisa schließlich wissen. Die Schlückchen Sekt hatten sie in gute Laune versetzt, ebenso wie die hundertfünfzig Bürstenstriche Rosemaries. Das große, sechsteilige Fenster stand jetzt weit offen und ließ die Wintersonne herein.

Rosemarie antwortete nicht gleich. Sie tat recht genierlich und zupfte an den Spitzen von Lisas Kissen herum. »Es wird zu kalt für Sie«, wich sie aus und schloß das Fenster wieder.

»Kommen Sie, Rosemarie! Was ist mit Christian?«

»Der? Ach, der ist doch wie sein Al... wie sein Vater.«

Diplomatisch meinte Lisa: »Mein Schwiegervater scheint doch ein recht kultivierter Herr zu sein« und lachte.
Rosemarie kicherte. »Ja, wenn die Kultur aus den Betten kommt.«
Lisa hatte zu lachen aufgehört. »Wissen Sie, wo Christian jetzt ist?«
»In Neuburg.«
»Bei... in der Garnison?«
»Mag sein. Wollen Sie noch ein Glas Sekt?«
Christian kam nach drei Tagen. Inzwischen war bereits ganz Reitenau und auch eine Menge anderer Besucher an Lisas Krankenbett gesessen. Die Februarsonne funkelte hell und verlieh den Mahagonimöbeln einen tiefen Glanz, als er eintrat. Rosemarie, die mit einer Sektflasche in der Hand an Lisas Bett saß, stand sofort auf und huschte mit einem »Grüß Gott, gnädiger Herr!« hinaus. Zwischen ihr und Lisa gab es bereits freundschaftliche Du-und-Du-Bande, die vor der »Herrschaft« allerdings verborgen bleiben sollten.
»Ah, wie ich sehe, geht's dir ja gut«, fing Christian an. »Ich hoffe, du hast die ganze Woche so annehmlich verbracht.«
»Danke, ja.«
Er war ans Fenster getreten. »Es ist kalt draußen«, sagte er.
Obwohl stark geheizt war, meinte Lisa trocken: »Hier drinnen inzwischen auch. Na, sag schon, was du sagen willst: Die Komödie wurde umsonst aufgeführt. Aber vergiß nicht: Du hast das Balg gemacht, und du hast es mir auch wieder genommen. Du. Also bitte keine Vorwürfe!«
Sie sagte das sehr gelassen, sehr »von Welt« in ihren Augen. Dennoch war sie nervös und wußte sich nicht anders zu helfen, als sich in schnodderige Unnahbarkeit zu retten.
Christian drehte sich wieder um, kam auf sie zu und blieb am Fußende des Bettes stehen. Mit beiden Händen stützte er sich am Bettpfosten ab. »Hör zu«, begann er mit sonderbarem Bedacht. Seltsamerweise wurde er nicht zornig. Diese kühle, überlegte Sachlichkeit war sie an ihm nicht gewohnt. »Ich habe nachgedacht.«
»Auch das tust du zuweilen? Wie interessant!« Sie lachte.
»Lisa, ich bitte dich...«
Höhnisch verzog sie das Gesicht. »Ach nein! Bitten kann er auch! Jetzt hörst *du* mir mal zu, Christian! Zuerst willst du mich nicht heiraten, obwohl du genau weißt, daß du der Vater dieses ungewollten Kindes warst, dann tust du es mit so viel Widerwillen, wie du ein Glas Milch mit Senf austrinken würdest, dann falle ich wegen dir die Treppe hinunter und liege eine Woche im Bett – und wer sich nicht einmal sehen läßt, bist du, mein frischangetrauter Gemahl!« Kurz schöpfte sie Atem. »Nachdem du dich drei oder vier Tage im Casino

oder sonstwo ausgetobt hast, kommst du mir nichts, dir nichts einfach daher und willst so tun, als sei nichts gewesen. Du hättest wirklich besser daran getan, Veronika Liebchen zu heiraten, mein Freund.«

Seine Augen hatten sich zu schmalen Schlitzen verengt. »Veronika hat sich mir nicht an den Hals geworfen und mich auch nicht erpreßt.«

»Na, bitte! Du bist also erpreßbar. Es war mir neu, daß du nach der Pfeife deines alten Herrn tanzt. Das hebt dich nicht gerade in meinen Augen. Wenn dein Vater nicht...«

»Wenn mein Vater mir nicht das Messer an die Brust gesetzt hätte, hätte ich dich nie geheiratet. Jawohl! Mit Schlampen hurt man herum, aber man heiratet sie nicht.« Mit harten Schritten ging er zur Tür, wo er sich noch einmal umdrehte. »Ich sehe, du willst Krieg. Das kannst du haben. Allerdings hast du ihn bereits verloren. Worum willst du noch kämpfen? Aber bitte, deine Scheinschlachten kannst du haben. Ich empfehle mich, Frau Landgraf!«

Der Reitfeldener Friedhof lag in öder Winterstarre, als an einem grauwolkigen, windigen Märznachmittag Vinzenz neben Morell durch die Grabsteine ging.

»Ursache und Wirkung«, memorierte Vinzenz, »das scheint so Ihr Lieblingsgedankenspiel zu sein. Sie vergessen dabei nur eines: Die Ursache kann ein anderer gesetzt haben als der, der die Wirkung zu spüren bekommt. Wenn Sie auf Ihrem Ursache-Wirkung-Prinzip einen Beweis für göttliche Gerechtigkeit aufbauen wollen, fällt das Wechselspiel in sich zusammen.«

»Nach außen hin«, erwiderte Morell. »Wenn Sie den Dingen nicht nachgehen, haben Sie recht. Ich stehle, das ist die Ursache – dem anderen fehlt etwas, das ist die Wirkung. Die primäre und zuerst offenbar werdende Wirkung. Daß der Diebstahl auf Umwegen auf den Dieb zurückfallen könnte, daran denken Sie nicht?«

»Inwiefern?«

»Das ist eine Frage der inneren Ordnung und Klarheit; ich nenne es Bewußtsein. Ein Schuldgefühl kann zum Beispiel eine Wirkung sein, eine Selbsterkenntnis ebenso. Freilich kann eine solche Wirkung auch konkrete Formen annehmen, je nachdem, was diese Wirkung ihrerseits heraufbeschwören will. Folgen müssen außerdem nicht immer sofort auftreten. Es kann Jahre dauern, bis eine Schuld – und von dieser Form der Ursache scheinen wir zu sprechen – eingelöst wird. Mag sein, daß die Folge von Schuld jahrelange innere Zermürbung ist, mag sein, daß es sich um ein reales Geschehnis handelt, das vom Bewußtsein mit der Ursache gar nicht mehr in Zusammenhang zu

bringen ist. Darum auch scheint das Dasein oft wirr und ungeleitet zu sein. Wir verlieren die Beziehung zu unseren Handlungen, weil wir die Beziehung zu uns selbst und darum auch die Beziehung zu unserem Schöpfer verloren haben. Wir sind dazu bestimmt, erkennen zu lernen. Je tiefer wir in Erkenntnisse hineinwachsen, je mehr wir uns selbst nahe kommen, desto geringer wird die Spanne zwischen dem, was wir tun, und jenem, das diesem Tun folgt.«
»Wissen Sie was, junger Mann? Ich glaube, Sie haben viel Phantasie. Die brauchen Sie auch, um Ihre Berufung zu untermauern. – Mein Sohn ist tot. Da hört die Phantasterei auf. Ich sehe eine Tatsache, aber keinen Grund. Kommen Sie mir jetzt nur nicht mit Gottes wundersamen Wegen!«
Morell lächelte. »Das hat Ihre Tochter auch gesagt.«
»Lisa?«
»Ja. Ich komme Ihnen ohnehin mit nichts.«
»Wollen Sie nicht Ihren Schafen die Augen dafür öffnen, daß das Leben dazu dient, Gott zu suchen, und daß die Gottessuche der innerste Trieb des Menschen ist? Ich frage Sie: Hatte Lorenz Zeit, diesen Gott zu finden? Ich weiß nicht, ob es einen Gott gibt, aber ich weiß, daß die göttliche Gerechtigkeit eine Idee von euch Pfaffen ist, um eure Herde zusammenzuhalten.«
»Sie gehen davon aus, daß die Menschen von Geburt an verschieden sind, individuelle Wesen vom Moment ihrer Existenz an?«
»Natürlich. Sie sind zu verschieden, um alle denselben Weg finden zu können.«
»Sehen Sie, wir gehen von verschiedenen Gesichtspunkten aus, Herr Holzgartner. Ich bezweifle, daß der Mensch erst Mensch wird, wenn er als Kind seinen ersten Schrei tut. Sie hätten recht: Wäre es so, gäbe es keine gemeinsame Grundlage und keine offenbare Gerechtigkeit mehr.«
»Wann entsteht Ihrer Meinung nach dann das, was ihr Seele nennt?«
Sie waren im Windschatten der Friedhofskapelle angelangt. Morell drückte die Holztür auf und trat ein. Vinzenz folgte ihm. Im Gegensatz zu Jenny mochte er die weihrauchdurchtränkte Atmosphäre von Kirchen und Kapellen nicht. Der bloße Geruch schien nach einer Demutsbezeigung zu verlangen und Ehrfurcht zu fordern. Demut und Ehrfurcht, vor allem, wenn sie gefordert wurden, widerstrebten Vinzenz. Jetzt mehr denn je.
Trotzdem senkte er vor dem kleinen, ikonenartig gestalteten Altar den Kopf, nahm den Hut ab und bekreuzigte sich.
»Die Seele«, sagte Morell leise und in einem Tonfall, der auf eigene Zweifel schließen ließ, »die Seele hat keinen Anfang und kein Ende.

Sie *ist* immer. Eine Seele gelangt in einen Körper, um auf der Ebene physischen Seins, der niedrigsten Form des Lebens, die Möglichkeit zu nutzen, zu ihrer Bestimmung zurückzukehren. Alle Materie, aller Wille sind nur da, um überwunden zu werden wie ein Kokon, der fallen muß, wenn der Schmetterling entschlüpft, aber doch notwendig, um den Schmetterling werden zu lassen. Notwendig zur Entwicklung. Diese Welt ist grobstofflich und verkörpert die äußere Hülle, durch die man sich zu einer anderen, feinstofflicheren Welt durcharbeiten muß, wenn Sie so wollen. Mag sein, daß diese Welt dann ebenfalls noch lediglich eine – wenn auch feinere – Hülle darstellt, daß es mehrere Stufen auf dem Weg zu Gott zu überwinden heißt.

In anderen Welten, anderen Formen des Seins, mögen andere Widerstände zu überwinden sein und andere Gegebenheiten den Weg erleichtern oder erschweren.« Morell saß nun in der vordersten Bank der Kapelle.

»Sie wissen wohl, daß Sie Dinge sagen, die Sie nicht sagen dürften.« Ein Anflug des alten Schalks trat wieder in Vinzenz' Augen.

»Lisa nannte mich einen Frevler und einen halben Häretiker.«

Der Glanz in Vinzenz' Augen vertiefte sich, wurde warm.

»Ja, das paßt zu ihr«, sagte er. »Schon ein Pfundsmädchen, meine Lisa. – Aber Sie haben mir immer noch nicht gesagt, wo die Seele, die, biologisch gesehen, wahrscheinlich doch nur ein Teil des Gehirns ist, Ihrer Meinung nach herkommt. Irgendwann muß Ihr Gott die Seelen doch erschaffen haben«, bohrte Vinzenz mit einem spöttischen Brauenzucken nach.

Morell seufzte. Er schien sich zu überlegen, ob er darauf überhaupt antworten solle. Er durfte es eigentlich nicht. Auf der anderen Seite wollte er gerade Fragen wie dieser nicht aus dem Wege gehen. »Meiner Auffassung nach entstammt alles Leben einer materielosen, geistigen Einheit, einem Ursein sozusagen. Die Abspaltung, die Auflösung der Einheit zugunsten individueller Existenz, schuf Polaritäten – einfach und überspitzt ausgedrückt: gut und böse. Das ist der eigentliche Sündenfall, diese Abspaltung vom Ursein, von der vollständigen Gottesverbindung. Erst jetzt gab es keine Urseele mehr, nichts Einzigartiges, Großes, Ganzes, sondern eine vielseitige Individualität der Seelen. Die Harmonie war gestört. Wissen Sie, die Hölle, das sind tatsächlich wir selber. In diese Disharmonie sind wir hinabgestiegen, nun müssen wir wieder hinauf, und wie üblich ist der Aufstieg beschwerlicher als der Abstieg.«

Vinzenz war lange vor der Bankreihe gestanden. Jetzt setzte er sich neben Morell. Der Gekreuzigte an der Seitenwand sah ihn aus halb

gesenkten Lidern erschöpft an. »Eine interessante Betrachtung, zugegeben. Sie erklärt nur nicht Lorenz' Tod.«
Morell nickte verständnisvoll. »Schauen Sie, seinen Gott muß jeder Mensch selbst finden. Das heißt nicht, daß jeder seinen eigenen Wunschtraum vom Wesen der Dinge als wahr erachten soll, sondern daß die Wahrheit aus dem eigenen Innern kommt. Je weiter Sie sich Gott entzogen haben, desto näher sind Sie der Einsamkeit, die Sie erst spüren, wenn Sie ein Bewußtsein für sie entwickeln, desto näher sind Sie... nun, der Hölle. Nähern Sie sich Gott, nähern Sie sich der Erkenntnis und dem Ziel. Gottbewußtheit heißt nicht, seinem Schicksal entgehen. Man lernt nur, es zu tragen, vielleicht sogar mit einem Lächeln.«
»Wenn Ihre Theorie – und ich sage bewußt Theorie – Boden unter den Füßen hätte, müßte ich ein unglücklicher Mensch gewesen sein, mein ganzes Leben lang. Ich glaube an keinen Gott, Morell, und wenn ich es mir recht überlege, habe ich noch nie an einen geglaubt.«
»Sie hängen am Wort.« Ein wenig müde wandte Morell Vinzenz das Gesicht zu. »Worte sind leere Schalen, wenn sie nicht gelebt werden. Erkenntnis – schön, doch wenn sie theoretisch bleibt und nicht lebt, ist sie wie ein Rezept zum Kuchenbacken, das keinen Ofen findet. Wissen Sie, Herr Holzgartner, in meiner Kindheit kannte ich einen Mann, der es ablehnte, an Gott zu glauben, und der diesem Gott dennoch sicher näher war, als ich es bei allem Streben heute bin. Ich verdanke diesem Mann sehr viel. Er war es, der mich auf die Suche geschickt hat. Gott ist kein eitler Pfau, der um der Anbetung willen Anbetung verlangt, Gott, das ist das Licht, die Helle, der Frieden in Ihnen. Sie weigern sich nur, dieses Göttliche in Ihnen als zu Ihnen gehörig zu empfinden. Wenn Sie diesen Frieden in sich gefunden haben, von dem ich spreche, haben Sie Gott gefunden, und irgendwann werden Sie es dann auch wissen.«
»Haben Sie Ihn gefunden?«
»Ich bin Ihm manchmal sehr nah, aber ganz gefunden habe ich Ihn noch nicht.«
Das Glöckchen der Kapelle schlug vier. Morell hatte sich zurückgelehnt und sah entspannt aus. Im Gespräch mit Vinzenz klärte sich manches in ihm wie von selbst. Vinzenz war sozusagen der Spiegel all seiner Zweifel, denen er sich in einer solchen Zwiesprache stellte.
»Glauben Sie mir«, sagte er jetzt, »Lorenz geht seinen Weg weiter, in einer anderen Welt, in einer anderen Art von Dasein vielleicht. Es gibt keinen Tod, es gibt nur für uns noch unfaßbare Gesetzmäßigkeiten. Auch das Geistige unterliegt Gesetzmäßigkeiten und einer

straffen, der Naturwissenschaft gleichen Ordnung, die wir nur noch nicht erkannt haben.
Ich weiß nicht, wieso Lorenz gehen mußte, aber *Er* weiß es. Wir sehen nur die Wirkung und kennen die Ursache nicht.«
Nachdenklich erwiderte Vinzenz Morells offenen Blick. »Sie verstehen es, zu überzeugen«, räumte er ein.
»Sie sind aber nicht überzeugt.«
Vinzenz erhob sich und trat aus der Bank. »Sie erwecken oft den Eindruck, als *wüßten* Sie, was andere nur *glauben.* Sehen Sie, mir fehlt schon der Glaube.«
»Tiefer Glaube, ich habe es bereits gesagt, ist Wissen, das man allerdings nicht wirklich weitergeben kann. Leid sollte ein Wegweiser sein zur Einsicht, die jeden Zweifel schmelzen läßt. Das ist ein großer Anfang, den wir alle machen müssen, früher oder später. – Aber ich will Ihnen nicht predigen.«
Vinzenz fiel auf, daß Morell noch genauso jung und »hell« aussah wie vor sieben Jahren, als er nach Reitfelden gekommen war. Trotzdem schien er verändert. War er reifer geworden, nachdenklicher, geistiger?
Auch Morell war aufgestanden und verbeugte sich in Richtung Altar, ehe er neben Vinzenz in die kalte Märzluft hinaustrat.
»Ich weiß nicht«, meinte Vinzenz, »manchmal kommt es mir so vor, als wüßten Sie genau, wovon Sie sprechen, und dann wieder habe ich den Eindruck, als suchten Sie Halt und Gewißheit bei Ihren Gedankenspielen.«
Achselzuckend reichte Morell Vinzenz die Hand. »Sie sehen sehr tief in die Menschen hinein«, sagte er. »Grüßen Sie Ihre Familie von mir!«
»Ich werde es nicht vergessen.«
»Auf Wiedersehen, Herr Holzgartner.«
Vinzenz nickte ihm zu. Dann ging er gedankenverloren fort.
Morell blickte ihm nach. Ob langsam etwas aufbrach in Vinzenz, dem Pragmatiker und Nichtsgläubigen? Früher war er immer der überlegene, ironische, allein seinem Verstand vertrauende Herr auf Reitenau gewesen. Heute hörte er zu und dachte über ihm fremde Gedanken nach, auch wenn er die geöffnete Tür schnell wieder schloß. Ein Anfang? Nichts geschah umsonst. Für niemanden.
Morell wandte sich in die andere Richtung. Auch er machte sich nachdenklich auf den Heimweg.

Vier Tage später kam Lisa zum erstenmal seit ihrem Treppensturz nach Reitenau. Niemand stellte neugierige Fragen. Sie war einfach da. Reitenau gab ihr ein Zuhause-Gefühl, und es geschah in den folgenden Wochen und Monaten oft, daß sie ihr Pferd sattelte, um hinüberzureiten. Christian war ja kaum da. Zwar konnte sie Vinzenz ihr Herz nicht ausschütten, denn er hatte eigene Sorgen und außerdem wäre es ihr doch schwergefallen, über sich und Christian zu reden, doch es tat gut, mit ihm durch den Wald zu streifen oder mit ihm Brotzeit zu machen. Sie nannte ihn weiterhin »Onkel Vinzenz«. Auch wenn ihr Verhältnis zu Amalie schlechter und gekünstelter war denn je, zog Reitenau Lisa beinahe magisch an. Auf Neuherrenach würde sie immer eine Fremde sein. Gott sei Dank gab es dort wenigstens Rosemarie.

Am wohltuendsten war es, zu Krispin in den alten Holzschuppen kommen zu können und in der Küche Kindheitsluft zu schnuppern. Hier mochte man sie. Manchmal traf sie auch Morell, mit dem sie sich gern in Gespräche einließ, auch in belanglose. Er gehörte nicht zu den dogmatisch-dummen Schwätzern wie der Wiesbacher Pfarrer, von dem sich die Beichte abnehmen zu lassen ihr nicht einmal im Traum in den Sinn kam.

Weil sie beim Sonntagsamt nicht zur Kommunion ging, sagte ihre Schwiegermutter: »Du wurdest doch katholisch erzogen. Was soll denn das bedeuten, Lisa?«

Frau Landgraf, eine Katholikin durch und durch, fand in dieser »Unmöglichkeit« vielleicht auch einen willkommenen Vorwand für Zänkereien. War es nicht eine Todsünde, vor Ostern keine Beichte abzulegen?

Lisa fing nicht nur an, die Wiesbacher Kirche zu meiden, auch zu ihrer angeheirateten Verwandtschaft ging sie auf Distanz. Die Atmosphäre wurde recht frostig. Christian fühlte sich sowieso in der Kaserne am wohlsten, was seine Mutter Lisa bei jeder Gelegenheit unter die Nase rieb. Cora stand hinter ihrer Mutter und war nicht bereit, Lisa die Tragödie mit Lorenz zu verzeihen. Rosemarie sollte recht behalten: Es wurde intrigiert, die anfängliche Freundlichkeit war gespielt. Und was der alte Landgraf zu der ganzen Geschichte sagte, war nicht bekannt: Man sah ihn noch seltener als Christian.

Die Malerei wurde für Lisa eine wirkliche Zuflucht. Ihre Bilder zeigten nun dunkle Farben und viel Tristesse; seit Bad Wörishofen hatte sie nicht mehr in so düsteren Tönen gemalt. Inmitten all dieser Unerfreulichkeiten gab es jedoch eine Gewißheit: Vinzenz war da. Er stellte keine unangenehmen Fragen, wenn sie kam, und er schickte sie nie fort. Es war, als gäbe es Christian in ihrem Leben gar nicht.

Obwohl über die »alten Geschichten« nicht gesprochen wurde, erzählte er Lisa einmal von ihrer Mutter. Er war dabei – es war ja auch lange her – sehr sachlich. Er erzählte, wer diese Elisabeth Wagner gewesen war, von ihrem Temperament, ihrer Unbedingtheit, ihrem Charme, davon, wie sie nach Reitenau gekommen und was für eine kräftige, fleißige Magd sie gewesen war. Und während er erzählte, geriet er unversehens in seine Vergangenheit.

Lisa fragte plötzlich: »Aber geliebt hast du sie nicht, genausowenig wie Amalie.«

»Nein«, meinte Vinzenz nachdenklich, »geliebt habe ich sie nicht. Da du ebenfalls sehr schön bist, Lisa, wirst du es im Leben auch schwer haben zu unterscheiden, ob man dich liebt oder begehrt. Vermutlich wollte deine Mutter auch geliebt werden. Aber... nun ja. Was jedoch Amalie betrifft: Amalie habe ich einmal geliebt. Das ist lange her. Irgendwann habe ich es aufgegeben.«

»Du hast sie mit meiner Mutter bestraft – wie mit mir auch, nicht wahr?«

»Ja. Ja, das habe ich. Man hat dir sicher schon oft erzählt, daß deine Mutter ›so eine‹ gewesen sei. Das klingt geringschätzig, sollte es aber nicht. Sie war halt eine Frau, eine richtige Frau. Und als richtige Frau kommt man leicht in den Verdacht, ›so eine‹ zu sein.«

Während Vinzenz über all das mit ihr redete – fast so, als habe er eine Vorahnung –, blieb Lisas Verhältnis zu Christian gespannt und aggressiv. In einer lauen Nacht Ende April erzwang er sich seine Rechte als Ehemann und machte ihr unmißverständlich klar, was es hieß, mit ihm verheiratet zu sein. Nach jeder weiteren gemeinsamen Nacht haßte sie ihn ein bißchen mehr. In Anwesenheit Dritter, sofern diese nicht zum Haus gehörten, gewöhnten sie sich freilich einen freundlichen Umgangston an. Er sagte »Liebling« zu ihr und tat besorgt; allein mit ihr, fielen seine verbalen Äußerungen jedoch kärglich aus. Der offene Kampf war zu einem schwelenden Feuer niedergebrannt. Ab und zu fiel ein scharfes Wort, eine Anzüglichkeit, eine Anspielung, aber die Kontrahenten zügelten sich, ehe solche Wortwechsel zu wirklichen Duellen ausarteten.

Die verspätete Hochzeitsreise, von der man vor der Heirat gesprochen hatte, als es unschicklich gewesen wäre, angesichts des Tods von Lorenz in die Flitterwochen zu fahren, fiel selbstverständlich ins Wasser. Lisa war froh darüber, zwei oder gar drei Wochen allein mit Christian wären ein Alptraum gewesen.

Ein anderer Alptraum meldete sich an: Im Juli war sie wieder schwanger. Als sie es erfuhr, stürmte sie quer durchs Zimmer, nahm eine Parfümkaraffe und schleuderte sie gegen die Tür, so daß es noch Tage später im ganzen Zimmer penetrant nach Lavendel roch.

Immerhin konnte es sich Lisa nun gestatten, ihren Launen freien Lauf zu lassen, denn einer werdenden Mutter begegnete man mit größerer

Nachsicht und Aufmerksamkeit. Kinder in die Welt zu setzen galt, da es die höchste Leistung einer Frau war, als größte Entschuldigung für alle Kapricen.
In der Tat gebärdete sich Lisa sehr launenhaft. Phasen abgrundtiefer, sterbenselender Depression wechselten mit lachender Aufgeputschtheit. Ständig hatte sie Hunger. Sie fand es ganz selbstverständlich, nach einem Teller mit Gefrorenem eine nur mit Senf bestrichene Semmel zu verdrücken. Außerdem malte und malte sie. Ganze Galerien hätte man mit ihren Bildern füllen können.
Mit Christian kam es zu einer unangenehmen Szene, als er sie mit einer Zigarre im Mund erwischte. Früher hatte sie hin und wieder bloß zur Provokation an einer Zigarre oder Zigarette gezogen, aber nie richtig geraucht. Wie sie allerdings diesmal dasaß, sah es aus, als wäre sie eine Gewohnheitsraucherin. Christian riß ihr die Zigarre aus dem Mund, drückte sie aus und warf sie aus dem Fenster. »Das will ich nicht mehr sehen«, war sein einziger Kommentar.
Die Monate vergingen. Lisa fand, die Zeit strich an ihr vorbei. Manchmal fühlte sie sich häßlich und überflüssig. Je stärker ihr Taillenumfang wurde, desto unansehnlicher kam sie sich vor. Selbst ihr Gesicht verlor sein Ebenmaß und schien aufzuquellen, ja, ihr ganzer Körper erweckte den Eindruck, aufgeblasen zu sein. Ihre vollen Brüste wurden schwer, ihre Haut bekam eine fahle Farbe und bräunliche Flecke.
Christian rührte sie nicht mehr an – und siehe da, das war ihr auch nicht recht. War sie denn so häßlich? Schwanger sein, dachte sie, ist nichts für mich. Dauernd war ihr übel, nie fühlte sie sich körperlich wohl. Wieso mußte eine Frau auch neun Monate lang schwanger sein? Nein, sie lehnte entschieden ab, was da in ihr heranwuchs.

Doch dann, in der ersten Februarwoche des neuen Jahres, wurde Lisa von einem gesunden, lauthals schreienden Mädchen entbunden. Ihr erster Gedanke war: Nun wird er gleich ein zweites Kind wollen. Sie wußte, daß Christian sich einen Sohn gewünscht hatte, und tatsächlich warf er kaum einen Blick auf seine kleine Tochter.
Als Lisa zum erstenmal wieder nackt vor dem Spiegel stand, dachte sie: Vielleicht findet er mich nun ohnehin zu unattraktiv. Sie hatte zugenommen. Unübersehbare Polster an Hüften, Oberschenkeln und Bauch brachten sie an den Rand der Hysterie. Die milchquellenden Brüste hatten vollends die feste, pralle Form verloren, alles sah weich und schlaff aus. Und diese widerlichen Streifen in der Beckengegend und am Hintern!
Ja, und dann war da dieses verschrumpelte, ständig hungrige, stun-

denlang schreiende Baby, das man auf den Namen Franziska Klara Elisabeth taufte. Es war nicht hübsch, dieses Wesen, das Lisa, in den Wehen liegend, laut verflucht hatte und das jetzt ganze Nächte durchplärrte, obwohl der Arzt behauptete, dem Kind fehle nichts.
Rosemarie war allerdings sofort in das Baby verliebt und nannte es »Franzi-Maus«. Stundenlang trug sie den Säugling im Kinderzimmer spazieren und redete auf ihn ein. Eigentlich waren alle hingerissen von Franziska – oder taten wenigstens so. Obschon der alte Landgraf für kleine Kinder nichts übrig hatte, lobte er Franzi-Maus über die Maßen. Dennoch versprach er allen, die zur Tauffeier kamen: »Das nächste Mal wird's ein Bub.«
Jenny fungierte als Taufpatin. Sie wagte das zappelnde Etwas auf dem großen weißen Kissen gar nicht anzufassen und war halb tot vor Angst, das Kind fallen zu lassen. Nach der Prozedur, die Franziska mit viel Geschrei hinter sich brachte, war auch Jenny ganz vernarrt in die Kleine. Alle lachten, als Christian bei der anschließenden Feier kundtat: »Der Stimmgewalt nach – ganz die Mutter!«
Lisa lachte nicht.
Es gab lange Zeit nichts zu lachen. Sie bekam die überflüssigen Pfunde nicht los und fühlte sich abgrundhäßlich. Schon immer hatte sie viel Sinn für lukullische Freuden gehabt, aber jetzt wurde ihr Essen – vor allem Süßigkeiten – zur wahren Sucht. Anfälle von Heißhunger hatte sie schon während ihrer Schwangerschaft gekannt, diese aber immer auf ihren Zustand geschoben. Nun war Franziska geboren, und die wilden Hungergefühle wichen dennoch nicht.
Sah sie nicht aus wie die rundliche Jenny, mußte sie immer denken, wenn sie vor den Spiegel trat. Am liebsten hätte sie alle Spiegel im Haus mit Tüchern verhängen lassen. Bekam sie etwa bereits ein Doppelkinn? Bei einer Größe von einhundertsiebenundsechzig Zentimetern brachte sie es immerhin auf einhundertneunundvierzig Pfund Gewicht. Das kam nicht zufällig: Sie hatte es sich angewöhnt, gegen die Schwermut mit einem Glas Sekt und gegen Langeweile und Leeregefühle mit Konfekt und Kuchen anzugehen.

Anfang Mai raffte sie sich endlich auf, überließ Franziska Rosemaries Obhut, sattelte eigenhändig Parsifal, ihr liebstes Reitpferd auf Neuherrenach, und ritt nach Reitenau. Auf Parsifals Rücken vergaß sie für eine Weile ihr schlechtes Körpergefühl, und so erreichte sie dementsprechend wohlgelaunt das Gut.
»Ja Lisa!« sagte Vinzenz überrascht, als er aus dem Haus trat. »Läßt du dich auch mal wieder sehen?«

Lisa glitt aus dem Sattel. »Grüß dich Gott, Onkel Vinzenz! Was für ein Tag das heute ist! Da *muß* man raus!«
»Das meine ich auch. Ich dachte schon, du wärst eine Stubenhockerin geworden. Blaß bist du. Das kommt vom Zimmerlindendasein.«
»Vielleicht. Jetzt geb' ich Krispin erst mal Parsifal. Wo willst du denn hin?«
»In Reitfelden ist Schweinemarkt.«
»Schweinemarkt? Au fein. Da komm' ich mit.«
Vinzenz lachte. Er sah besser aus, als Lisa ihn in Erinnerung hatte. Noch bei Franziskas Taufe hatte er abgespannt gewirkt. »Dann beeil dich!« sagte er. »Der Einspänner wartet schon.«
»Bin sofort wieder da.« Sie schwang sich auf Parsifal, ritt zu den Ställen hinüber, sprang übermütig ab und drückte Krispin die Zügel in die Hand.
»Da schau her!« spöttelte Krispin. »Dich treibt's wohl wieder heim, hm?«
Lisa lachte bloß und lief zu Vinzenz zurück, der schon auf dem Kutschbock saß und sie zu sich hinaufzog.
Das war nach langer, langer Zeit wieder ein glücklicher Tag. Die Sonne schien, das Gras leuchtete frisch und grün im strahlenden Licht, die Vögel sangen, und der Himmel lachte über Wiesen, Feldern, Bäumen und Häusern. In Reitfelden tätigte Vinzenz seine Geschäfte per Handschlag, und die Leute staunten nicht schlecht, Lisa auf seinem Wagen zu sehen.
Als Lisa in den kommenden Wochen häufig nach Reitenau hinüberritt, munkelte man bald: »Die ist öfter hier als anderswo... So gut kann das mit dem jungen Landgraf nicht gehen... Was Holzgartners Frau wohl dazu sagt? Jaja, wenn man so plötzlich Stiefmutter wird...«
Auch bei den Landgrafs schufen Lisas Exkursionen natürlich böses Blut.
»Muß das sein?« fragte ihre Schwiegermutter. »Wenn du willst, laden wir die Holzgartners öfter ein. Du mußt das nur sagen.«
Lisa wollte gar nichts sagen. An offiziellen Familientagen lag ihr nichts.
»Könntest du dich nicht wenigstens an einen Damensattel gewöhnen?« stieß Cora bereitwillig ins Horn ihrer Mutter. »Es sieht so frivol aus, wie du reitest.«
Auch dazu schwieg Lisa, die im Hause Landgraf kam und ging, wie es ihr paßte, während sich ihre Schwiegermutter mokierte: »Du scheinst unser Haus als ein Hotel zu betrachten.«
Der Frühling hatte Lisa aus ihrer Trägheit gerissen. Sie wollte Luft,

Wind, Weite, Wiesen, Getreidefelder, Wälder, Sonne und Licht um sich haben. Auf der Landgrafschen Veranda herumzusitzen entsprach nicht ihrem Temperament. Sie wollte sich bewegen und sich spüren. Um wieder schlanker zu werden, verordnete sie sich außerdem Gymnastikstunden.
»Gymnastik – was soll das denn sein?« spottete dazu Cora.
Manchmal setzte sich Lisa einfach unter einen Baum und sah in den Himmel. Das Leben könnte so schön sein... Sie fing wieder an zu malen und zu träumen. Einige Male besuchte sie Morell im Pfarrgarten. Ihn nicht anzutreffen enttäuschte sie immer; sie unterhielt sich gern mit ihm.
Jenny dagegen kam nun um so seltener zu Morell. Seit April war sie mit Thomas Wolff verlobt, und ihr erschien dieses Verlöbnis wie ein Treuebruch. Immer wenn sie Morell sah, mußte sie denken, daß er für diese Verbindung verantwortlich war, weil er ihr abgeraten hatte, Nonne zu werden. Er kümmerte sich kaum noch um sie, er behandelte sie wie alle anderen auch. Daß er ihr Festklammernwollen spüren und sich gegen ihre Besitzansprüche wehren könnte, schob sie weit von sich. Seit Monaten sang sie nicht mehr im Kirchenchor; irgendwann war sie einfach nicht mehr hingegangen. Matthias Morell hatte sie verraten. Jawohl, er hatte sie verraten und dem Backenbart ausgeliefert. Er wollte, daß sie Wolff heiratete. Anders konnte es nicht sein: Er lieferte sie ans offene Messer.
Wieder einmal saß Lisa bei Morell, der von ihrem Redebedürfnis keineswegs überrascht war. Er mußte sich eingestehen, gern mit ihr zu plaudern. Obwohl eine dunkle Traurigkeit hinter ihrem fröhlichen Lachen schwebte, wirkte sie erfrischend offen, lebhaft und neugierig. Sie war all das, was er nicht war – oder einfach nicht sein wollte. Alles in ihr war Leben. Sie sprühte vor ungeduldiger Energie, und obwohl sie nicht glücklich schien, ging eine perlende, lebensbejahende Ausstrahlung von ihr aus. Sie »beichtete« nie, wie Jenny es immer getan hatte, deren Art zu erzählen stets einem Bekenntnis gleichgekommen war, selbst wenn es um Banales ging. Lisa dagegen sprach meistens im Plauderton, unbeschwert und lachend, selbst wenn sie ernste Dinge bewegten.
»Wissen Sie«, sagte sie, »das Schlimmste ist, daß es keine Alternative gibt. Soll ich denn wirklich alle meine Träume begraben?«
»Haben Sie einen einzigen begraben?«
»Sagen wir so: ein bißchen mit Sand überschüttet, damit er nicht von jedem entdeckt wird.«
»Träume werden wahr oder begraben sich von allein«, erwiderte Morell, und Lisa lachte, daß ihre violetten Augen blitzten.

»Sie und Ihre Weisheit!« rief sie. »Wissen Sie noch, wie ich die Kirche malen wollte? Übrigens bin ich bis heute nicht dazu gekommen. Es ist so viel passiert und so viel Neues zwischen mich und meine Wünsche getreten. Und wissen Sie was? Das hat meine Träume genährt.«
Morell nickte und streichelte die Katze auf seinem Schoß.
»Manchmal denke ich, ich sollte Christian betrügen«, gab Lisa unumwunden zu. »Ich denke oft an andere Männer. Man darf das nicht, ich weiß. Aber trotzdem! Ja, ich würde gerne – wie heißt das in Ihrem Jargon? – sündigen. Nicht, weil... nicht weil ich mir was davon verspreche... also ich meine... Sie wissen schon. Nicht deshalb, sondern um Christian zu zeigen, daß ich frei bin und ihn zu nichts, aber auch zu gar nichts brauche.«
Ruhig und zärtlich streichelte Morell weiter die schnurrende Katze. Was diese jungen Dinger nur immer dazu trieb, ihm ihre erotischen Fiktionen zu erzählen?
Als würde sie seine Gedanken erraten, meinte sie unschuldig: »Verzeihung! Aber wenn ich mit Ihnen rede, vergesse ich manchmal, wer Sie sind. Ihnen kann man einfach alles sagen. Ich glaube, wenn ich Ihnen erzählt hätte, ich sei eine Mörderin, würden Sie noch genauso ruhig hier sitzen, lächeln und Ihre Katze streicheln.«
»Es käme auf die Umstände an«, entgegnete Morell.
Lisa erzählte ihm auch von ihrer Fühllosigkeit gegenüber Franziska, von ihrer Naschsucht, von Rosemarie und von den Bildern, die sie eines Tages malen würde, sie erzählte alles, was ihr durch den Sinn ging.
Auf der einen Seite dachte Lisa sehr erwachsen, auf der anderen war sie verspielt und unreif. Sie erschien Morell oft wie ein Kind. Dieser Widerspruch machte ihn neugierig. Vor allem ihre Unverblümtheit hatte es ihm angetan. Eigentlich gab es nur einen Punkt, über den sie sich ausschwieg: über den Mann, den sie liebte. Morell war auf solche Offenbarungen nicht neugierig, doch in Lisa spürte er eine starke, wilde Sehnsucht, die nicht allein nach Freiheit rief, eine Sehnsucht, die melancholische Schatten in ihre Augen zauberte und sie noch schöner machte.

Eines Mittags, Lisa saß auf Reitenau beim Essen, meinte Amalie: »Ich habe eine Überraschung für euch.«
Neugierig sah Lisa hoch. Amalie trug immer noch Schwarz und sah darin ebenso elegant wie herb aus.
»Rudolf kommt«, ließ sie jetzt die Katze aus dem Sack. »Er bringt Irene und den Kleinen mit. Der Arzt hat Irene zu einer Luftveränderung geraten.«

»Wie ich sie kenne, ist sie bald wieder in Berlin«, meinte Vinzenz.
Zu Lisa gewandt sagte Amalie: »Ihr kommt doch zum Abendessen? Wir geben eine kleine Gesellschaft. Die Landgrafs sind natürlich geschlossen eingeladen.«
»Ja«, sagte Lisa, »freilich.«
Sollte sie kommen? Sie war im Zweifel. Trotzdem ließ sie sich ein neues, fliederfarbenes Abendkleid nähen und sich jeden Tag vorsorglich von Rosemarie so eng schnüren, wie es nur ging.
»Jetzt sind wir schon zwei Zentimeter weiter!« ermunterte Rosemarie sie beim Umkleiden für die Einladung. Enger ging es jedoch nicht. So fest Rosemarie auch an den Miederschnüren zog, der Taillenumfang blieb bei fünfundachtzig Zentimetern.
Lisa rief: »Ich hatte neunundsechzig! Ich hatte neunundsechzig!«
»*Vor* Franziska«, erklärte Rosemarie, »und sicher nur, wenn du an deinen neunundsechzig halb erstickt bist.«
»Ich war schlank!«
Rosemarie schwieg. Sie wollte nicht sagen, was ihr auf der Zunge lag.
»Wieviel hast du?« wollte Lisa wissen.
»Sechsundfünfzig.«
»Sechsundfünfzig? Oh, ich werde verrückt! Ich sterbe!«
Lisa führte sich auf wie eine Verrückte und trampelte auf dem neuen Kleid herum. »Als Walküre möchte ich nicht auftreten. Ich gehe nicht hin. Nein, ich bleibe zu Hause.«
Sie warf sich aufs Bett und schlug mit den Fäusten gegen die Kissen. Wenn sie vor vier Jahren so ausgesehen hätte, wäre Rudolf nie auf den Gedanken gekommen, sie zu küssen. Zielsicher schlitterte sie in die desolatesten Überlegungen: Alles war sinnlos, Lorenz sinnlos gestorben, Christians Kind sinnlos gezeugt und ebenso sinnlos verloren, Franziska sinnlos geboren, sie selbst sinnlos verheiratet... Rudolf war es gewesen, der sie in diese Affäre mit Christian getrieben hatte! Er war schuld. An allem war er schuld.
Im Zimmer nebenan schrie Franziska. Lisa vergrub den Kopf unter den Kissen. »Hör auf!« schrie sie. »Dieses Balg soll aufhören!«
Rosemarie eilte nach nebenan. Wenig später wurde es still.
Lisa atmete auf. Als Rosemarie zurückkam, knurrte sie: »Hilf mir aus dieser Folterkammer!« Nachdem sie von ihrem Korsett befreit war, schlüpfte sie unter die Bettdecke, als wollte sie sich verstecken.
»Du kannst allen sagen, ich komme nicht mit. Ich habe Fieber.«
»Soll ich ein Thermometer bringen?«
»Nein! Wenn ich sage, ich habe Fieber, dann habe ich Fieber.«
Rosemarie zuckte mit den Achseln, hob das neue, zertretene Kleid

auf und hängte es in den Schrank zurück. »Du kannst ihm doch nicht einfach davonlaufen«, meinte sie vorsichtig.

»Doch«, brummte Lisa in die Kissen, »das kann ich. Ganz weit davonlaufen will ich sogar.«

Kopfschüttelnd ging Rosemarie zur Tür. »Gut. Ich sage unten Bescheid.«

»Alle haben nach dir gefragt«, gab anderntags am Frühstückstisch Frau Landgraf zu verstehen. Und dann fuhr sie fort, von Irenes wundervollem Kleid zu erzählen, von Rudolfs sagenhafter Karriere und und und... Immer sprach sie dabei in diesem unerträglichen Stellt-euch-vor-Ton, der Lisa ganz kribbelig machte. Obwohl sie versuchte, nur mit halbem Ohr zuzuhören, sog sie begierig auf, was berichtet wurde. Christian war bereits wieder fort. Noch vor dem sonntäglichen Frühstück war er in die Garnison geritten, während der alte Landgraf wie üblich verreist war. Lisa legte ihr Besteck weg. Sie hatte dieses Dreimäderlhaus satt.

Mittags erschien sie nicht bei Tisch, entschlossen, ihrer Taille energisch zu Leibe zu rücken, und außerdem ziemlich verstimmt. Nachmittags, als der Rest des Hauses schlief, setzte sie sich auf die Veranda. In schwere Gedanken verstrickt, konnte sie der auf dem Tischchen stehenden Dose mit Schokoladenplätzchen nicht widerstehen. Die Julihitze machte sie dösig. Da das Fenster von Franziskas Zimmer offenstand, konnte sie hören, wie das Kind wieder zu schreien anfing. Ob es irgendwo auf der Welt ein lauteres, ungebärdigeres Kind gab? Lisas Finger trommelten ungeduldig auf die Tischplatte, und erst als Rosemaries beruhigende Worte Franziska einschlafen ließen, konnte sie sich wieder entspannen.

Vielleicht war die Hitze schuld. Lisa redete sich ein, auf Hitze empfindlich zu reagieren, und sie vergaß, mit welcher Verachtung sie allen Hitzempfindlichen früher Hysterie unterstellt hatte. Es schien ihr nie einen heißeren Sommer gegeben zu haben. Die Langeweile erschlug sie fast. Normalerweise wäre sie an einem Sonntag wie diesem nach Reitenau geritten. Rudolfs Anwesenheit hielt sie davon ab. Natürlich hätte sie auch irgendwohin anders reiten können, aber dazu fehlte ihr heute der Auftrieb. Ihr Sinn stand nicht nach Menschen, doch nach Alleinsein stand er ebensowenig.

Nachdem es eine Zeitlang still war, schlief Lisa etwas ein. Doch dann stand Rosemarie plötzlich an der Verandaschwelle und sagte: »Herr Holzgartner ist da.«

Noch ehe Lisa etwas erwidern konnte, knickste und kicherte Rosemarie und verschwand.

Rudolf trat aus dem Schatten der Tür. Lässig wie immer, wenn er Urlaub machte, hing ihm die Jacke über der Schulter. Die Stiefel verrieten, daß er hergeritten war.
»Hallo, Lisa. Ich dachte, ich schau' mal nach dir. Da du gestern nicht gekommen bist und alle sagten, es sei dir nicht wohl, wollte ich mich davon überzeugen, daß es nichts Ernstes ist.«
Lisa nahm Haltung an. Seltsam, wie laut man in der Stille hörte, wenn einem das Herz schlug. Rasch hatte sie sich gefangen: »Das ist ja eine Überraschung! Wie nett von dir.«
»Mutter hat für ein volles Haus gesorgt, nur du warst nicht da. Christian sprach von einer kleinen Unpäßlichkeit. Ich dachte mir jedoch, wenn du auf eine Gesellschaft verzichtest, muß mehr dahinterstecken. Wie ich jetzt sehe, schaust du aber gut und gesund aus.«
Gesund? Kugelrund, meint er wohl, dachte Lisa. Immerhin, er war ein geschickter Schauspieler. Er wußte, weshalb sie nicht gekommen war! »Heute ist schon alles wieder vorbei, aber gestern hatte ich Fieber«, spielte sie die Komödie mit. Es kam ihr vor, als würde sie Amalie oder Charlotte Rohwein imitieren. »Aber setz dich doch! Was kann ich dir bringen lassen? Eine kleine Erfrischung?«
»Ein Glas Limonade wäre mir lieb. Die Hitze macht durstig.«
Lisa rief nach Rosemarie, die offensichtlich gelauscht hatte, denn sie brachte die Limonade gleich mit.
Rudolf hatte Platz genommen. Er sah in den weitläufigen Garten hinaus, in dem es nach Holunder und wilden Beeren roch. Die Hitze schien ihm nichts auszumachen. Er sah frisch aus.
»Geht es euch allen gut?« erkundigte sich Lisa. »Wo hast du Irene und den kleinen Vinzenz gelassen? Ich hätte die beiden gerne gesehen.«
»Komm doch mal nach Reitenau! Irene hätte sich bestimmt gefreut, wenn du gestern dagewesen wärst. Für sie ist es allerdings zu anstrengend, bei der Hitze das Haus zu verlassen. Sie ist da sehr empfindlich.«
Städtisches Zimmerpflänzchen, spottete es in Lisa.
»Ich soll dir allerdings recht liebe Grüße von ihr mitbringen. Und einen Kuß für Franziska.«
»Du kannst deinen Vinzenz auch von mir küssen«, erwiderte Lisa und war stolz auf ihre Gelassenheit.
»Malst du noch?«
Lisa hob die Schultern. »So dann und wann. Du weißt ja, ich muß mich ranhalten. Immerhin habe ich noch viel vor mir.« Sie lachte, und Rudolf lachte mit.
»Ich erinnere mich noch gut an das Bild, das du seinerzeit im

Obstgarten gemalt hast. Alles in Grün und Gelb. Du hast es gar nicht gern gesehen, daß ich dir über die Schultern sah.«
»Irene kam mit auf das Bild, nicht wahr?«
»Ja.«
»Wie geht es Onkel Vinzenz?« lenkte sie ab.
Rudolf wunderte sich, daß sie noch immer »Onkel Vinzenz« sagte, antwortete aber: »Recht gut. Er sieht erholt aus, seit ich ihn zum letztenmal gesehen habe. Du bist doch recht oft drüben. Eigentlich kannst du das besser beurteilen als ich. Mir scheint, er ist wieder ganz der alte. Als er heute morgen zum Frühschoppen aufbrach...«
Lisa hörte nicht mehr richtig zu. Ihr wurde plötzlich bewußt, wie sie aussah. Wieso war er gekommen? Wieso ließ er sie nicht in Ruhe? Fünfundachtzig Zentimeter Taille! Ohne sich etwas anmerken zu lassen, sagte sie: »Ach ja, beim Frühschoppen! Da fühlt er sich wohl.« Sie warf den Kopf zurück und bemühte sich, ihre Augen funkeln zu lassen. »Ein schöner Tag ist das heute, nicht wahr, Rudolf? Wenn es Sommer ist, fühle ich mich immer am wohlsten. Ich bin sowieso viel zu glücklich geworden!«
Rudolf erwiderte ihr Lächeln. Da rief eine Frauenstimme: »Mein Gott, Rudolf! Das ist aber schön, dich hier zu sehen. Der gestrige Abend war wirklich bezaubernd...« Es war Frau Landgraf, die Lisa des Zwangs zur Konversation enthob. Sie beschlagnahmte Rudolf fast vollkommen, doch ihr Opfer blieb nicht mehr lange.
Als Rudolf gegangen war, rannte Lisa nach oben, warf sich aufs Bett und fing zu weinen an.

Es war dunkel geworden auf Reitenau. Auf der Terrasse saßen Irene und Amalie, und Klein Vinzenz thronte auf den Knien seines Großvaters. Rudolf stand am offenen Fenster des Gästezimmers im ersten Stock und sah in die Nacht hinaus – fast wie früher.
Er überblickte den schlafenden Garten, er sah den Waldrand und die Koppel, und er hörte die Musik der Grillen und das Lachen seines Sohnes. Irene lobte Amalies Kirschwein. Seufzend stieß Rudolf den Atem aus. Er hatte versucht zu arbeiten und sich deshalb nach oben zurückgezogen, aber es fiel ihm zu seiner Rede über die Folgen der Annexionskrise in Bosnien-Herzegowina nichts Schlagendes ein. Er mußte an Lisa denken.
Ich bin sowieso viel zu glücklich geworden, hatte sie gesagt. Und sie hatte gelacht, und in ihren Augen war ein Funkeln gewesen. War sie glücklich? Er hatte nicht nachgefragt, aber erfahren, daß Christian wieder in der Garnison in Neuburg war. Offenbar gingen sie einander aus dem Weg. Auch sein Vater hatte so eine Andeutung gemacht. Lisa

war fülliger geworden; er hatte sie wesentlich schlanker in Erinnerung gehabt. Komischerweise machte ihm das nichts aus. Wieso auch? Was ging ihn Lisas Taille an? Weshalb war er überhaupt hinübergeritten? Weil, sagte er sich, ein angenehmes, entspanntes Verhältnis zu seiner Schwester begrüßenswert sei und er mit der Vergangenheit aufräumen wolle.
Ein kühler Luftzug wehte ihm ins Gesicht. Unten sagte Irene gute Nacht.
»Heute war der kleine Mann aber lange auf«, säuselte Amalie.
»Bin schon groß«, widersprach ihr Enkel.
Rudolf fuhr sich mit der Hand durchs Haar. Gleich würde Irene heraufkommen, plaudern, über die Hitze klagen... vielleicht auch nicht, vielleicht ging es ihr wieder besser; es war nicht mehr ganz so heiß. Vielleicht wollte sie mit ihm schlafen. Merkwürdig, daß ihn ihre Sinnlichkeit so unangenehm berührte.
Und Lisa...

Zehntes Kapitel

Jenny saß in der vierten Reihe der alten Kirchenstühle und respondierte die ewigen Verse, deren Zauber sie heute jedoch nicht erreichte. Hinter dem Altar stand Morell und hob die Hostie empor. Jenny bekreuzigte sich.
Lange war sie nicht mehr in der Frühmesse gewesen. Sie hatte die Kirche gemieden. Heute war sie ihrer Sehnsucht nicht davongelaufen. Doch wonach hatte sie sich gesehnt? Nach dem Wort Gottes, nach dem Duft des Weihrauchs?
Langsam senkte Jenny den Kopf in die Hände. Nie hatte sie deutlicher erkannt, nicht wegen der Messe, sondern nur wegen Morell gekommen zu sein. Zu Morell? Sah er sie überhaupt? Lief sie nicht einem Phantom nach? Er war Priester und stand am Altar, die Hostie in den Händen: Priester, Gottverkünder, Heiliger. Sie schluckte. Ja, Heiliger. Sicher wurde er nie von dunklen Wünschen verschlungen. Hell und blond und rein, mit klarem, ernstem Gesicht stand er da, als habe keine Schuld ihn je berührt. In diese absolute Reinheit hatte sich einst die sechzehnjährige Jenny verliebt, doch die Reinheit ihres eigenen Gefühls war längst dahin. Sie ging heute nicht zur Kommunion. Dies wäre ihr wie ein Frevel erschienen. Die Glocken läuteten, und das Gefühl der Schuld stürzte mit Gewalt über sie herein. Gott im Himmel, weshalb waren ihre Gedanken selbst hier, am heiligsten aller Orte, so furchtbar sündig? Entweihte sie mit diesen Gedanken

nicht die Reinheit Morells, des Priesters, der nicht »Mann« sein durfte, der nicht »Mann« sein wollte? Wollte er es tatsächlich nicht? Wie lange sehnte sich Jenny schon danach, eine Schwäche in ihm zu entdecken! Gern hätte sie ihn von seinem Sockel gestoßen, um ihn erreichbar für sich und die Welt zu machen. Gleichzeitig aber wehrte sie sich dagegen, ihrem Abgott eine Schwäche zuzugestehen. Er mußte vollkommen sein! Und wenn er behauptete, weit von aller Vollkommenheit entfernt zu sein, zeugte diese Haltung nur von seiner unendlichen Demut. Und doch war es genau diese Vollkommenheit, die Jenny kaum noch ertrug.

Erst als die Schlußmusik der Orgel einsetzte und die Menschen aus der Kirche strömten, erhob sich Jenny. Im Hinausgehen erkannte sie Lisa. Was tat die morgens um sieben an einem gewöhnlichen Montag kniend in der Reitfeldner Kirche? Als sähe sie Lisa nicht, trat Jenny ins Freie hinaus. Sie hatte keine Lust, sich auf ein Gespräch einzulassen. Aber Lisa blieb sowieso auf den Knien und hob nicht einmal den Kopf.

Die Kirche leerte sich. Lisa kniete immer noch da. Morell hatte sie natürlich gesehen, und als er sich umgezogen hatte, schien sie sich immer noch nicht gerührt zu haben. Er ging auf sie zu.

Lisa hörte seine Schritte auf dem Pflasterboden und hob den Kopf. Ihr Gesicht war bleich und ernst.

»Kummer?« fragte er sanft.

Sie nickte und senkte den Kopf.

Der Mesner löschte die Kerzen, die Ministranten gingen. Still war es jetzt, sehr still.

Leise fragte Lisa: »Glauben Sie, daß es das gibt, daß man nicht mehr weiterwill?«

Sanft gab er zurück: »Man glaubt es manchmal.«

»Und wenn es so ist?«

»Es ist nie so.«

»Es gibt aber keine Lösung«, flüsterte sie. Niemand mehr war in der Kirche. Sie blieb allein mit Morell.

»Sie leiden nicht unter Ihrer Liebe, Lisa, Sie leiden unter Ihren Wünschen.«

»Egal worunter! Egal!« Zynisch zischte sie: »Soll ich Ihnen meine Wünsche beichten?«

»Nein. Sie bereuen Ihre Wünsche ja nicht. Sie verzweifeln nur an der Unmöglichkeit, sie wahrzumachen.«

Lisas Züge entspannten sich. Morell überblickte die Lage und entwirrte die Fäden. Alles Verschwommene, Undeutliche wurde klar und verständlich. Und trotzdem!

»Fallen Geständnisse auch unter das Beichtgeheimnis, Hochwürden?«
»Ja.«
»Ich liebe Rudolf, ich liebe meinen Bruder.«
Er spürte, wie hart und gequält dieser Satz aus ihr herauskam. Etwas schien durch sie hindurchzufahren. Ganz leicht legte er seine Hand auf ihre Schulter.
»Sie sagen ja gar nichts«, murmelte Lisa.
»Nein. Ich sage nichts.«
»Aber… aber ich bin so schrecklich allein, so allein damit! Ist man immer so allein, Hochwürden?« Ihre Flüsterstimme kam flackernd von den Wänden wieder.
»Immer, Lisa. Es dauert nur eine Zeit, bis man es merkt. Meistens merkt man es erst, wenn etwas in einem weh tut.«
»Wo ist Ihr Gott jetzt?«
»Er hört Ihnen zu.«
»Warum hilft Er mir nicht?«
»Kann Er das, Lisa? Sie wollen Ihren Willen haben, aber Ihr Wille ist nicht der Wille Gottes. Sie wollen nicht von Ihrer Sehnsucht befreit werden, Sie wollen diese Sehnsucht erfüllt sehen. Gott will, daß Sie den Verzicht lernen. Er hilft Ihnen nicht, wenn Sie von Ihm fortrükken.«
Ihre Knöchel wurden weiß, so fest umkrallten ihre Finger das Taschentuch. »Ihr Gott wird mich nicht aufhalten.« Plötzlich weinte sie. »Ich will nicht, daß Er mich aufhält. Sie haben recht, ich will nicht loskommen von Rudolf, ich will ihn haben. Warum auch nicht? Mein Gott, warum auch nicht? Wenn er mir Rudolf bringen würde, ginge ich dafür geradewegs zum Teufel!« Ihr Kopf fiel auf ihre Arme. Sie rührte sich nicht, aber ihre Schultern bebten. Ihr Ärmel war ganz naß vor Tränen.
Seine Hand ruhte noch immer auf ihrer Schulter. Er ließ Lisa weinen. Am liebsten wäre sie nie wieder aufgestanden. Sie wußte nicht, ob Morell betete oder überlegte oder an gar nichts dachte, aber es kam ihr vor, als sei er ganz nah bei ihr und lasse sie nicht allein. Langsam wurde sie ruhiger, ihre Schultern hörten zu beben auf, in ihr wurde es leichter.
Bestimmt sagte Morell: »Sie sind stärker, als Sie glauben, Lisa. Vielleicht ist Rudolf das Opfer, daß dieses Leben von Ihnen verlangt. Ein Opfer befreit, wenn es gegeben wird und nicht entrissen zu werden braucht. Ihre Liebe hat erst Größe, wenn sie frei ist von Begehren.«
»Ich kann nicht! Ich will nicht!«

»Sie wollen nicht. Also müssen Sie hindurch. Durch alles. Wenn Sie schon Gott nicht vertrauen können, vertrauen Sie dem Schicksal! Lernen Sie es, dem Schicksal zu vertrauen! Es wird Sie prüfen und viel von Ihnen fordern, genausoviel, wie Sie von ihm fordern.«
Achselzuckend stand Lisa auf.
»Lernen Sie loszulassen!« sagte Morell. »Damit ist alles gewonnen.«
Sie suchte in seinen Augen. Sie waren sanft und mitfühlend und offen, aber sie wiesen einen Weg, den sie nicht zu gehen bereit war. Sie fand nichts in ihnen, an dem sie sich festhalten konnte.
Als Lisa die Kirche verließ, regnete es. In der Ferne zuckte Wetterleuchten. Sie ging in Sängers Café, wo außer Fräulein Kalmann niemand saß, verschlang zwei Crêpes Suzette und holte dann ihr Pferd vom Rauch-Hof, um wieder nach Reitenau zu reiten, wo sie schon die Nacht verbracht hatte.
Auf dem Weg dorthin besann sie sich eines anderen und hielt auf Neuherrenach zu. Pünktlich zum Mittagessen erschien sie im Speisezimmer. Alle sahen sie neugierig an.
Christian, der ausnahmsweise einmal anwesend war, sagte zynisch: »Du hättest dich umziehen können.«
»Ich wußte nicht, daß du dasein würdest«, gab Lisa zurück.
»Auch ich schätze penetranten Pferdegeruch nicht sehr«, gab Frau Landgraf zu verstehen.
Verlockend duftete die gefüllte Hühnerbrust. Wortlos begann Lisa zu essen. Sie fühlte sich am falschen Platz.
»Kein Grund, gekränkt zu sein«, meinte Cora.
»Du könntest wenigstens sagen, wo du so lange warst«, sagte ihre Schwiegermutter.
»In Reitenau und in Reitfelden. Ich hatte mit Pfarrer Morell zu reden.«
Christian zog die Brauen hoch. »Wie das?«
»Ich sagte doch: Ich hatte mit ihm zu reden.«

Langsam wurde es Herbst. Franziska bekam Diphtherie. Obwohl Lisa sich nicht allzuoft im Kinderzimmer sehen ließ, steckte sie sich an. Ganz Wiesbach schien infiziert. In acht Häusern gab es diphtheriekranke Kinder. Lisa, deren Zustand sich sehr verschlechterte, wurde isoliert. Sie drohte zu ersticken. Um sich nicht auch noch anzustecken, übersiedelte Cora für einige Zeit nach Reitenau.
Als Vinzenz kam, um nach Lisa zu sehen, erkannte sie ihn in ihren Fieberträumen nicht. Einmal, als sie relativ klar dachte, verlangte sie, von Morell bestattet zu werden, falls sie sterben müsse. Die Krankheit zog sich über Wochen hin. Franziska war längst über den Berg,

als für Lisa die Krisis kam. Rosemarie machte ihr kalte Wickel, der Arzt zog einen Luftröhrenschnitt in Erwägung.
Eines Tages schrie Lisa im Delirium nach Rudolf. Der Name stand deutlich im Raum. Die Situation war trotz Lisas bedrohlichem Zustand peinlich. Irgendwann wußte das ganze Haus, daß Lisa Rudolfs Namen gerufen hatte, und bald wußte es auch das ganze Dorf.
Lisa aber, als sie aus ihrem Fieberwahn erwachte, wußte nichts mehr davon. Vinzenz saß an ihrem Bett und sagte: »So, jetzt hast du's geschafft, Lisa-Mädchen.«
Als sie ein paar Tage später wieder aufstehen konnte, paßten fast alle alten Kleider wieder. Über Brust und Hüften spannten sie ein bißchen, aber Lisa konnte sie wieder anziehen. Zwei Stunden lang stand sie vor dem Spiegel und konnte es nicht glauben: Sie war wieder schlank.
Rosemarie, die ihr das Haar bürstete, gab zu erkennen: »Jetzt wissen es alle.«
»Was?«
Lisa drehte den Kopf vor dem Spiegel und fühlte sich sehr verwandelt und frisch, obwohl sie gerade zwei Stunden auf den Beinen gewesen war.
»Das mit deinem Bruder.«
Lisa fuhr herum. Ihre Unterlippe zitterte verdächtig. »Was... was mit meinem Bruder?«
»Du hast nach ihm gerufen. Immer wieder. Eine Stunde lang. ›Rudolf‹, hast du geschrien.«
Lisa blickte ins November-Schneetreiben hinaus. Sie versuchte, sich zu erinnern, aber ihre Fieberphantasien blieben im Nebel. »Habe ich das«, sagte sie wie traumverloren und beobachtete das Schweben der dicken, weißen Flocken.
Rosemarie nickte.
Plötzlich drehte sich Lisa zu ihr um, nahm ihr die Bürste aus der Hand und hielt sie an den Handgelenken fest. Sehr bestimmt, beschwörend fast, befahl sie: »Du wirst diesen Namen nie mehr erwähnen, hörst du? Ich werde es auch nicht mehr tun.«

Es war, als hätte Lisa sich gehäutet. Ihr altes Temperament brach wieder durch. Nein, kein Mann der Welt konnte es wert sein, daß sie unglücklich wurde! Kein Mann der Welt war es wert, daß sie ihre Ziele aus den Augen verlor!
Aber da war Franziska. Lisa hing nicht an dem Kind, oft kam es ihr sogar vor, als wäre es gar nicht ihre Tochter. Dennoch bereitete ihr

Franziska Skrupel. Oder war das wieder eine Ausrede dafür, Christian nicht zu verlassen und auf Neuherrenach zu bleiben, der Bequemlichkeit, der Sicherheit wegen? Da war aber auch noch drüben in Reitenau Vinzenz, ihr Vater. Ein seltsamer, noch immer befremdlicher Gedanke: nicht Onkel Vinzenz – Vater.

So richtig wollte sie gar nicht darüber nachdenken. Statt dessen verbrachte sie ihre Tage mit der Palette und ließ über den Farben ihre Träume schweifen. Wenn Franziska groß genug wäre... wenn sie mit Vinzenz das klärende Wort gesprochen hätte... wenn, wenn, wenn...

Manchmal überfiel Lisa eine alles überwältigende Traurigkeit, so auch, als sie die Nachricht erreichte, Rudolf sei Vater eines weiteren Sohnes geworden. Doch trotz solcher Anfälle von Traurigkeit und dann wieder eines sehnsüchtigen Verlangens nach Welt überstand sie den Winter ohne tiefe Niedergeschlagenheit. Ihre Sehnsucht inspirierte sie vielmehr zu leuchtenden Farbräuschen: bunt, strahlend und hell und doch ein bißchen schwermütig.

Sie malte jetzt auch Menschen, bannte sie mit kräftigen, aber trotzdem anmutigen Strichen aufs Papier. Alles war Dynamik und Farbe. Die mutlosen, übersensiblen, düsteren Schwarzweißelegien gehörten der Vergangenheit an. Noch nie hatte das Malen, das Wissen, malen zu können, sie so beflügelt. Ihre Bilder spiegelten ihr Gefühl für sich selbst wider: Sie kam sich vor wie ein junger Hund, der hechelnd und schwanzwedelnd, sich gegen das Halsband wehrend, darauf wartete, endlich von der Leine loszukommen. War alles nur noch eine Frage der Zeit? War es so?

In diese Zeit fiel Christians Rückkehr ins Ehebett. Jeden Monatsanfang galt Lisas ganze Sorge der Frage, ob »es« passiert war. Sie wollte absolut kein weiteres Kind von Christian empfangen. Während der gefährlichen Tage blieb sie meistens auf Reitenau, oder sie ließ sich etwas einfallen. Gott sei Dank war Christian nach wie vor oft außer Haus, doch wenn er daheim war, zerrte er sie ins Bett.

»Er ist brünstig wie ein Stier«, beklagte sich Lisa bei Rosemarie. »Wir müssen ihn betrunken machen, so betrunken, daß er einfach nicht mehr kann.«

Rosemarie spielte diesen Streich gern mit. Sie schenkte eifrig nach, mischte ein bißchen Schnaps unters Bier oder Schlafmittel ins Essen. Ob die Tage nun »gefährlich« waren oder nicht, Lisa blieb auf der Hut, und jedesmal, wenn Christian sie beschlafen hatte, machte sie Spülungen.

Sie war richtig froh, als Christian im Frühjahr kundtat, er werde im Juni zu einer Italienreise aufbrechen. Ihre Laune verbesserte sich bei dieser Aussicht ganz beträchtlich, ganz abgesehen davon, daß sie der Frühsommer unternehmungslustig stimmte. Es war an der Zeit, mit Vinzenz wieder einmal aufs Feld zu gehen. Schon lange hatte sie nicht mehr richtig geschwitzt. Waren ihre Hände sinnvoll beschäftigt, mußte sie nicht soviel nachdenken.

Eines Nachmittags, als Lisa mit den Knechten und Mägden von Reitenau in einer Reihe stand, um Garben zu binden, kam Morell an der Seite eines jungen Kaplans im Schatten der Pappeln und Weiden den Feldweg herauf. Lange hatte Reitfelden keinen Kaplan oder Benefiziaten mehr gehabt, und der brillentragende, intellektuell wirkende junge Mann wurde deshalb neugierig beäugt.

Lisa schob den Strohhut aus dem geröteten Gesicht und mußte lächeln. Morell versah seine Priesterpflichten ja äußerst gewissenhaft, aber es blieb ihm immer noch Zeit zu Meditationen und religionsphilosophischen Betrachtungen, zu Besuchen und Spaziergängen. Ein beschauliches Dasein. Auf Lisa machte er in der letzten Zeit einen etwas unausgeglichenen Eindruck, obwohl er nach außen hin diszipliniert wie immer wirkte. Aber Lisa hatte ein feines Gespür für Stimmungen und Nuancen, sie merkte sofort, wenn Morell sich um Konzentration bemühen mußte. Da war sie ganz wie Vinzenz. Na, dachte sie belustigt, als sie zu ihm hinüberschaute, dem täte es auch mal ganz gut, Ähren zu binden und sich der Erde zu nähern.

Sie winkte ihm zu, er nickte zurück. Endlos weit breitete sich das abgemähte Getreidefeld vor Lisa aus. Der Rücken tat ihr weh, als sie sich dehnte und streckte. Sie sah, wie Vinzenz sich den Schweiß aus dem Nacken wischte und auf Morell und seinen Begleiter zuging. Da sie aber keine Lust hatte, dem übereifrig wirkenden Kaplan vorgestellt zu werden, beugte sie sich trotz der Schmerzen im Rücken gleich wieder zu ihren Halmen nieder, um ihr Kornmännlein aufzustellen und nicht gegenüber den anderen in Verzug zu kommen. Nach einem kurzen Wortwechsel verabschiedete sich Vinzenz schnell von der Geistlichkeit, nachdem er Morell zu »Morell« befördert und den Kaplan nun »junger Mann« genannt hatte, was diesen rot werden ließ.

Die beiden blieben am Rain im Schatten eines Ahornbaums stehen. Die Sonne brannte sengend. Eine Art Erdsehnsucht hatte Morell überkommen, und seine sonst so diszipliniert und straff gespannten Gedankengänge wurden nun konfus und verschwommen, so daß er zu manchem Satz zweimal ansetzen mußte. Am liebsten hätte er sich unter den nächsten Baum gesetzt und den Garbenbindern zugesehen, die ihn an ein Bild von Spitzweg erinnerten. Es war kein Tag für große Gedanken.

Lisa richtete sich wieder auf. Der Hut war ihr in den Nacken gerutscht.

Sie schob ihn wieder vor, um vor der Sonnenglut geschützt zu sein. Ihre Wangen glänzten rot. Unter der blauen Schürze trug sie nur ein wadenlages Leinenkleid, in dem sich ihr biegsamer, schlanker Körper weich und natürlich bewegte. Dunkle Flecken unter den Achseln und am Rücken verrieten, daß sie schwitzte. Offensichtlich trug sie nicht viel unter dem Kleid, denn im Fluß ihrer Bewegungen wippten ihre Brüste.
Morell wandte sich wieder dem jungen Kaplan zu und sagte: »Sie dürfen sich nichts dabei denken, wenn Sie hier einfach ›junger Mann‹ genannt werden. Die Leute hier sind recht handfest, aber das kann auch eine Tugend sein...«

Jenny saß auf der Schaukel. Hinter ihr stand Thomas Wolff und gab ihr von Zeit zu Zeit einen Schubs. Manchmal berührte er dabei versehentlich ihren Hintern, und jedesmal dachte Jenny: Idiot!
Er hatte jetzt keinen gelben Backenbart mehr, aber sie mußte noch immer an den Mitgiftjäger Grünlich denken, was sie gegen ihn eingenommen bleiben ließ. Wie ungerecht, überlegte sie, er kommt ja auch nicht auf der Brennsuppe daher ... eines Tages werde ich Hoteliersgattin sein.
Sie hätte ihn jetzt gern mit der Frage provoziert, wieso er sie heiraten wollte, aber dazu fehlte ihr der Mut.
»Du wirst doch nach Augsburg mitkommen«, vergewisserte sich Wolff, ein stets elegant und städtisch gekleideter junger Mann mit exzellenten Manieren. »Mama hat Karten fürs Theater. Sie geben ›Egmont‹ von Goethe.«
»Ja, sicher«, versprach sie, obwohl sie es haßte, einen Hut und Handschuhe tragen zu müssen und in einem viel zu eng geschnürten Kleid zu stecken. Dabei war es längst altmodisch, sich zu schnüren. Das sah sie jedesmal, wenn sie in die Stadt fuhr.
Sie haßte es außerdem, von Thomas Wolff geschaukelt zu werden, denn sie fühlte sich immer bedroht, wenn jemand direkt hinter ihr stand.
»Hast du mein Gedicht gelesen, Jenny?«
Ach ja – wenn er nur von seinen Gedichten reden konnte!
Er hielt die Schaukel jetzt an. Trotzig wich Jenny seinem Blick aus. Hätte sie etwas mehr Mut gehabt, dann hätte sie ihm gesagt, daß sie seine geschwollenen Verse scheußlich fand und an seiner überzuckerten Romantik schier erstickte. Doch diesen Mut hatte sie nicht.
»Natürlich habe ich dein Gedicht gelesen«, sagte sie statt dessen, und alles verkrampfte sich in ihr. Sie war eben eine gute Partie, die mit einer anderen annehmbaren Partie eine Konvenienzehe eingehen

würde. Thomas Wolff war damit einverstanden. Er hatte offenbar keine andere Liebe. Aber sie!
»Man kann nicht mehr über ihn sagen, als daß er immer saubere Fingernägel hat«, hatte einmal Lisa über Wolff fallen lassen. Jenny mochte Lisa noch immer nicht, aber damit hatte ihre Halbschwester wohl den Nagel auf den Kopf getroffen.
»Hast du den ›Werther‹ gelesen?« wollte Wolff nun von Jenny wissen. Ungehalten stieß sich Jenny mit den Füßen ab, schaukelte ein bißchen, sah Wolff dann versonnen an und sagte »ja«, während sie wieder dachte: Idiot! Sie war überzeugt, daß er von der Liebesgeschichte zwischen Werther und Charlotte nur träumen und schwärmen, nichts davon aber nachempfinden konnte. Das Buch war ihr Lieblingsroman, klang doch die Sie-konnten-zusammen-nicht-kommen-Melodie darin so eindringlich.
»Das ist Poesie«, begeisterte sich Wolff. »Prosa und doch Poesie! Es geht zu Herzen, nicht wahr?«
»Ja.«
»Besonders der heroische Verzicht. – Nein, es war kein Verzicht. Es war der letzte Ausdruck wirklicher Liebe. Nie ein Verzicht, dazu waren die Gefühle zu stark.«
»Du findest es richtig?«
»Daß er den Freitod wählte?«
»Ja.«
»Was heißt richtig? Er liebte doch! Er hatte keine Wahl.«
»Aber er hätte...«
»Ach, er hätte nie weiterleben können und auf das, was sein Leben erfüllte, verzichten. Er konnte sich nicht arrangieren, nicht eine Seele von seiner Größe.«
Jenny nickte.
»Nein, das hätte er nicht gekonnt«, sagte sie leise.
Wolff lachte schon wieder. »Schau doch nicht so traurig, Jenny! Es ist ja nur ein Roman.«
Dann stand er auf und reichte ihr die Hand. »Komm, wir werden zum Kaffee erwartet.«

Lisa schlief nackt und hatte erotische Träume. Es kam ihr vor, als müsse da noch etwas sein, das sie nicht kannte.
Also schwang sie die Hüften und gewöhnte sich einen aufreizenden Gang an. Sie genoß es, wenn man ihr nachsah, und sie genoß es noch mehr, wenn sie merkte, daß die ihr folgenden Blicke begehrlich waren. Es machte ihr Vergnügen, die Wiesbacher und Reitfeldener Männer verrückt zu machen.

Sie sprach mit Rosemarie über ihre Phantasien. Rosemarie meinte: »Was soll da sein? Den Männern gefällt's. Muß es ja auch, sonst würde es bei denen gar nicht gehen. Ich mag's nicht.«
War Rosemarie maßgebend? Wußte Rosemarie mehr als sie? Wenn sie einen Mann sah, der ihr gefiel, malte sich Lisa immer aus, wie er sie berühren würde. Solche Vorstellungen erregten sie sehr, und eine unübersehbare Bereitschaft ging von ihr aus.
»Die ist reif«, hieß es überall über Lisa. Ihre Schwiegermutter und Cora beobachteten sie mit schmalen Augen. Frau Landgraf machte Christian darauf aufmerksam, daß es an der Zeit sei, auf Lisa ein Augenmerk zu haben. Zuerst gab Christian nichts darauf. Lisa hatte keine Sinnlichkeit, sie würde nicht fremdgehen. Aber dann merkte auch er die Veränderung. Was für ein Weib – und so kalt! dachte er. So erblühte Lisa zur potentiellen Sünderin, die sich von Cora sagen lassen mußte: »Du solltest dich schämen, unseren Feldknechten so die Augen zu verdrehen!« Ob Feldknecht oder Amtsrat, ob Veterinär oder fahrender Geselle: allen verdrehte sie die Augen. Sie konnte gar nicht anders. Da war etwas in ihr, das Lust wecken wollte, und kein Mann war vor ihrer Koketterie sicher.
Amalie sah diese Verwandlung, die in ihren Augen gar keine Verwandlung, sondern nur ein Schritt in die Wirklichkeit war, mit verkniffenen Lippen. Sie hatte es ja immer gewußt! »Das nimmt kein gutes Ende«, sagte sie zu Vinzenz.
So kamen der Herbst und dann der Winter. Lisa strahlte vor Selbstbewußtsein. Alles an ihr schien zu sagen: Schau, wie schön ich bin! Und ihre Augen fragten jeden Mann, der in sie hineinsah: Na, willst du mich haben?
Sie ergab sich keinem. Sie reizte nur alle. Noch.

Reitfelden feierte Jahrmarkt, und Lisa wollte natürlich dabeisein. Alles, was Trubel verhieß, zog sie magnetisch an. Tanzen wollte sie! Am Spätnachmittag eines langen Maisonntags machte sich ganz Reitenau auf den Weg zum Marktplatz. Ursprünglich wollte Amalie den lauten Lustbarkeiten fernbleiben, da aber Thomas Wolff sein Kommen angesagt hatte, schleppte sie Jenny hin.
Der Reitfeldener Marktplatz glich einem zünftigen Biergarten. Es roch nach Faßbier, Bratwürsten und Sülzen. Während Vinzenz die Leute grüßte, die er alle mit Namen kannte, ihnen auf die Schultern klopfte und sich auf die Schultern klopfen ließ und für Freibier sorgte, steuerte Amalie zielsicher auf jenen Tisch zu, an dem bereits die Honoratioren des Ortes nebst Herrn Sänger Platz genommen hatten. Auch Lisa ließ sich recht widerwillig dort nieder. Sehnsüchtig sah sie

zu den anderen Tischen und den Buden hinüber, die die Straße säumten.
Überall war etwas los: Kinder rannten kreuz und quer, junge Burschen führten ihre Mädchen aus und kauften ihnen Lebkuchenherzen mit Aufschriften wie »A Herzerl fürs Herzerl«, der billige Jakob pries seine Waren mit lautem Geschrei an, und die ihn umringenden Leute brachen immer wieder in Gelächter aus, ein Leierkastenmann spielte schaurig-schöne Moritaten, die vor allem Kinder und junge Mädchen begeisterten, und über allem wölbte sich ein wolkenlos blauer, strahlender Himmel.
Lisa saß neben Amalie, was einiges Aufsehen im Ort erregte, und ließ sich das kühle, frische Bier schmecken. Auf der anderen Seite des Marktplatzes wurde neben dem Brunnen gehämmert und gesägt.
»Für den Tanz heute abend«, erklärte Dr. Sommer.
Ob sich wohl jemand finden würde, der mit ihr tanzte, fragte sich Lisa, und Amalie verlangte nach Tee, was Herr Sänger äußerst »fein« fand. Dann kam Thomas Wolff und gesellte sich zu der Runde. Überraschenderweise profilierte er sich nach dem ersten Bier als lustiger Unterhalter. Man war allseits erstaunt von seinem plötzlich erwachten Konversationstalent, das jede Gespreiztheit, die sonst in seiner Art lag, missen ließ.
Langsam wird er, dachte Vinzenz, der sich neben dem alten Rauch-Wirt, der wie er mit den Jahren glatzköpfig und schwergewichtig geworden war, niedergelassen hatte.
Immer mehr Leute gesellten sich zum Honoratiorentisch, und gegen Abend war die Stimmung sehr lebhaft. Mathilde Kibitz vom Hutsalon hatte einen Schwips, Wolff machte anzügliche Bemerkungen über Schweinezucht, Amalie aber stieg auf Kamillentee um. Hin und wieder tauchte im Festgetümmel die schwarze Soutane Morells auf, und Lisa lachte in sich hinein, wenn sie sah, wie sehnsüchtig Jennys Augen den schwarzen Rock verfolgten. Auch der Kaplan kam vorbei, grüßte und machte einen sehr unsicheren Eindruck in all dem Trubel.
Als sich später Morell wieder sehen ließ, sagte Dr. Sommer: »Ihre Schafe weiden fromm. Kommen Sie, setzen Sie sich ein bißchen zu uns! Wir können noch gut zusammenrücken.«
Offensichtlich hatte Morell zunächst nicht vor zu bleiben, denn er zögerte, doch dann entschied er sich anders: »Ich bitte darum.«
Von allen Seiten schlug ihm ein großes Hallo entgegen. Er ließ sich eine Maß Bier kommen, und die Kibitz meinte: »Damit werden Sie wohl Ihre Mühe haben, Hochwürden.«
»Wir werden sehen«, entgegnete Morell gutgelaunt und tat einen tiefen Zug, der mit Beifall bedacht wurde. Er war überall sehr beliebt

und hatte nur wenige Feinde in Reitfelden, auch wenn er eigentlich kein Mann des Volkes war. Er schien immer auf einer anderen Ebene zu leben und strahlte eine gewisse Unnahbarkeit aus, die jedoch niemals arrogant wirkte.
Lisa hob scherzhaft den Zeigefinger: »Heute haben Sie so etwas in den Augen, Hochwürden. Sie werden sich doch nicht etwa weltlichen Verlustigungen hingeben?«
Morell zeigte sein jungenhaftes Lachen und meinte: »Wie es der Anlaß verlangt.«
»Gut gebrüllt, Löwe«, rief Vinzenz.
»Na, Herr Pfarrer«, fing nun der Doktor an, der wie alle am Tisch außer Amalie und Jenny etwas angeheitert war. »Da Sie unsere Pfarrei nun zu so einer Mustergemeinde gemacht haben und der Bischof schon ein paar Mal da war, dürfte doch bald eine Beförderung anstehen. Wie ist's damit?«
Morell winkte amüsiert ab.
»Sie hatten doch eine Unterredung mit dem Bischof«, hakte Vinzenz ein. »Da ist doch was im Gange!«
Der Apotheker meinte gemütlich: »Ich könnte mir gut vorstellen, daß in ein paar Jahren Sie unser Bischof sind.«
»Sie wissen doch alle recht gut, daß ich zu jung bin, um zum Bischof berufen zu werden – und zu unerfahren.«
»Wie man hört, hat sich der Bischof sogar beim Kardinal für Sie verwendet«, bohrte Vinzenz weiter.
»Ach nein!« rief die Kibitz. Sänger sah zu ihr hinüber, und sofort verstärkte sich ihr zuckersüßes Lächeln.
Morell hob die Schultern. Was dieser Holzgartner alles wußte! »Ich habe wenig Ehrgeiz«, meinte er leichthin und wandte sich dann an Dr. Sommer: »Aber Sie sind doch ambitioniert. Ist Ihnen Reitfelden immer noch nicht zu klein geworden?«
»Ja, wissen Sie, das ist so eine Sache...«, begann der Arzt, und da er schon mal beim Erzählen war, erging er sich vom Hundertsten ins Tausendste und gab anschließend kleine Anekdoten aus seiner Praxis zum besten, und der »aufgetaute« Wolff fügte seinerseits ein paar Histörchen hinzu, über die viel gelacht wurde. Sogar Amalie schien erheitert. Sänger stellte es erstaunt fest.
Morell war tatsächlich für einen Bischofsstuhl im Gespräch. Sein eigener Bischof war sein großer Fürsprecher, obwohl er einiges über die etwas merkwürdigen theologischen Auffassungen des Reitfeldener Pfarrers wußte. Wenn die Gerüchte der Wahrheit entsprachen, hatte auch der Kardinal in München Gefallen an dem jungen Geistlichen gefunden und wollte ihn zumindest im Auge behalten. Es stand

zur Diskussion, Morell eine größere Pfarrei zuzuweisen, um damit erste Schritte in Richtung auf das zukünftige Amt einzuleiten. Im nachhinein mußte Morell zugeben, daß ihn der Aufstieg in der Kirchenhierarchie mehr lockte, als er geglaubt hatte. Er wollte kein Gefangener einer Position werden, auch kein Gefangener seiner weltlichen Wünsche und schon gar kein Gefangener einer Institution, die sich festgefahren hatte. Er wußte aber, daß jeder Schritt auf dieser Leiter einen weiteren Schritt in die Unfreiheit bedeutete. Noch war er ein kleiner Pfarrer auf dem Lande, dem niemand viel Bedeutung beimaß, einer, der schalten und walten konnte, wie es ihm beliebte, frei in seinen Gedanken und auch nicht gerade unfrei in der Wahl seiner Worte.

Der Tanzboden war fertig gezimmert. Die Blaskapelle in ihrer rotschwarzen Tracht postierte sich. Langsam drängten die Menschen an die Tanzfläche heran. Thomas Wolff, von der zweiten Maß Bier beschwingt, rief Jenny über den Tisch hinweg zu: »Komm, wir tanzen!«

Jenny erschrak zutiefst und fand bei Amalie Unterstützung: »Das ist wohl kaum der richtige Rahmen.« Verständnisvoll nickte sie ihrer Tochter zu.

»Ach, laß doch die Jungen!« sagte Vinzenz und blinzelte den jungen Wolff an. Alle gaben Vinzenz recht, aber Jenny wollte sich nicht vom Tisch wegrühren.

Wolff war jedoch in Tanzstimmung und überhaupt nicht mehr zu bremsen. Eine Weile schien er zu zögern. Dann streckte er die Hand nach Lisa aus: »Dann geben Sie mir die Ehre, Frau Landgraf!«

Nichts hätte ihr gelegener kommen können! Ihre Füße schlugen unter dem Tisch bereits den Takt zum Ländler, der drüben eben angestimmt wurde. Sofort stand sie auf. »Mit Freuden!« Ohne auf die Blicke der anderen zu achten, schlängelte sie sich durch die Tischreihen.

Wolff war zwar kein überwältigend guter Tänzer, und auch die Kapelle schien sich ab und zu in den Tönen zu vergreifen, aber Lisa fühlte sich in ihrem Element. Wolff drehte sie im Kreis, sie konnte lachen, und die Welt hatte Farbe. Hätte der Tanz nur nie aufgehört!

Als Wolff sie an den Tisch zurückbrachte, fanden es alle angebracht, daß er nun mit seiner Braut tanzte, und Jenny, die nicht mehr anders konnte, ließ sich beknien. Immerhin hatte sie ja gesehen, was für Blicke ihr Verlobter Lisa zugeworfen hatte.

Diese hatte sich noch nicht gesetzt, als sich schon der nächste Tänzer meldete. Der junge Mann hatte einen vor Aufregung ganz roten Kopf und stotterte ein bißchen. Obwohl er Lisa nur vom Sehen bekannt war, dachte sie nicht daran, ihm einen Korb zu geben. Sie wollte tanzen.

Natürlich beflügelte das die Klatschmäuler: »Das ist doch die von Neuherrenach... Ja, das ist die Lisa... die war schon immer ein bißchen wild... das hat sie vom Vater... Überhaupt: Wo ist der junge Landgraf? ...Die ist ja kaum bei ihrem Mann, die sieht man doch immer hier in der Gegend... Wie war denn gleich die Geschichte mit dem jungen Holzgartner, der so jämmerlich verunglückt ist... Man kennt sich da nicht so aus...«

Lisas junger Tänzer, ein großer Dunkler mit fast schwarzen Augen, war gleich richtig verliebt. Sie sagte ihm Nettigkeiten und lächelte ihn fortwährend an, und sie erinnerte sich: Schon wenn er ihr früher begegnet war, hatte sie ihm schöne Augen gemacht. Er gefiel ihr. Auch daß sie ihn verwirrte, machte ihr Spaß.

Er merkte umgekehrt rasch, daß er bei ihr nicht schüchtern zu sein brauchte und daß Draufgängertum der »jungen Frau vom Gut« imponierte. Das machte ihn forsch, und er ließ ihr kaum noch Gelegenheit, mit einem anderen zu tanzen.

Wenn er mich jetzt irgendwann küßt, dachte Lisa, werde ich es zulassen. Er war groß und kräftig und wirbelte sie herum, wurde dabei immer kühner und hielt sie eng umfaßt. So nebenbei verriet er ihr, kein Mädchen dabeizuhaben und Schweizer auf dem Rauch-Hof zu sein. Sein Melkerdasein hatte er allerdings mit viel Kölnisch-Wasser zu vertuschen versucht. »Ich heiß' Anton«, stellte er sich vor.

So brach der Abend herein. Zwei Straßenlaternen und einige Petroleumlampen spendeten Licht. In den Lichtkegeln tanzten Mücken. Lisa war erhitzt. Wenn man tanzte, merkte man gar nicht, daß die Nachtluft kühl war. Als die Musikanten eine Pause einlegten, wollte Toni Lisa zu ihrem Tisch zurückbringen.

»Sie sind heute abend meine Rettung«, sagte sie zu ihm und wischte sich mit der Hand über die Stirn. »Ich tanze für mein Leben gern! Aber lassen Sie mich jetzt ruhig hier stehen. Ich will nicht dorthin zurück. Wenn Sie nett sind, bringen Sie mir etwas zu trinken.«

Sein Gesichtsausdruck verriet mühsam zurückgedrängten Stolz. Sofort ging er, um ihr ein Bier zu holen.

Jede Fiber in ihrem Körper zitterte vor Lebendigkeit. Wieso konnte es nicht immer so sein? Wieso verlangte sie nach diesem Glück so oft vergebens wie nach dem Mond? Lisa lehnte sich an das Geländer, das die Tanzfläche umgab, und blickte zu ihrem Tisch hinüber. Was Amalie wohl jetzt sagte? Sollte sie getrost nörgeln!

Plötzlich sah sie, wie Morell zwischen den Menschentrauben an ihr

vorbeiging. »Gehen Sie schon, Hochwürden?« rief sie ihm über die Köpfe hinweg zu.
»Es wird Zeit für mich.«
Lisa lachte. »Was heißt denn das? Gibt es jemanden, der eifersüchtig Ihre pünktliche Heimkehr erwartet?«
»Ich möchte noch ein Stück am Fluß entlanggehen.«
Lisa stieß sich vom Geländer ab. »Darf ich Sie begleiten?«
»Amüsieren Sie sich lieber! Viel Spaß und gute Nacht, Lisa!« Er entfernte sich. Die Blaskapelle setzte zu einer Polka an.
Mit dem Maßkrug in der Hand bahnte sich Toni einen Weg durch die Menschenmenge, aber Lisa war längst Morell nachgelaufen.
»Hochwürden!« rief sie, und im Kirchhof holte sie ihn ein. Hier war zwar der Festtumult noch deutlich zu hören, klang aber schon etwas gedämpft. Der Geruch heißen Bratfetts mischte sich mit den Ausdünstungen des Kirchengemäuers, diesem feuchten, fast modrigen Steinatem, und dem Duft des Mooses, das zwischen den Pflastersteinen wucherte. Schwach und noch ohne schwere Süße duftete der Flieder, und der Eibe im Pfarrgarten entströmte ein bitter-frommer Hauch, den man jetzt, in der Dunkelheit, viel deutlicher wahrnahm als bei Tage.
Im Mondlicht sah Lisa das Erstaunen in Morells Augen. Sie sahen aus, als wären sie hinter den Augäpfeln erleuchtet, so klar und hell.
»Was wollen Sie denn, Lisa?« fragte er, und es klang ein bißchen müde und fast ein wenig ärgerlich.
»Schicken Sie mich zurück? Das ist nicht nett von Ihnen. Wollen Sie mich etwa Toni in die Arme treiben?« Ihr Lachen klang etwas unecht. Sie merkte, daß sie fast wieder nüchtern war.
Morell überging ihre Anspielung. »Gegen ein Tanzvergnügen gibt es nichts zu sagen.«
Lisa blieb hartnäckig: »Wenn Sie wollen, daß es bei einem Tanzvergnügen bleibt, müssen Sie mir erlauben, Sie ein Stück zu begleiten.«
»Mitten in der Nacht?«
»Fürchten Sie um Ihren Ruf? Haben Sie Angst, nicht Bischof zu werden, wenn man Sie nachts mit einer jungen Frau spazierengehen sieht?«
Zuerst schien er belustigt. Dann sagte er: »So seien Sie doch vernünftig!«
»Ich will mich ja nur mit Ihnen unterhalten. Sie haben doch sonst immer Zeit für Ihre Lämmer.«
»Sie kommen mir aber heute nicht trostbedürftig vor.«
»Muß man trostbedürftig sein, um mit einem Priester reden zu dürfen?«

»Seit einiger Zeit habe ich das Gefühl, daß Sie mich zu irgend etwas herausfordern wollen, Lisa. Lassen Sie es gut sein!«
»Ich Sie herausfordern? Aber Hochwürden!« Sie lachte. »Das kommt Ihnen nur so vor. In Ihrer Phantasie!«
War sie zu weit gegangen? Vielleicht war sie doch etwas beschwipst. Sie wollte sich schon entschuldigen, als sie merkte, daß er über ihre letzten Worte nachdachte. Ganz mechanisch waren beide weitergegangen.
»Bin ich denn eine Gefahr für Sie?«
Fahles Mondlicht fiel in die engen Gassen. Der Fliederduft wurde intensiver, die Musik leiser.
»Ich weiß es nicht«, sagte Morell ernsthaft.
»Aha!« Lisa lachte leise. »Wie ist das, wenn man sich ein Leben lang die Lust versagt?«
»Es kommt auf die Prioritäten an, die man sich im Leben setzt.«
»Ach, das sind nur Worte!«
»Glauben Sie, ich spüre Ihren Welthunger nicht, Lisa? Ich fürchte, Sie werden ihm irgendwann nachgeben müssen. Sie können nicht an Ihrer Natur vorbei.«
»Was wollen Sie mir damit sagen? Daß ich ausbrechen soll?«
»Nicht, daß Sie sollen. Das kann ich Ihnen nicht sagen ...«
»Weil Sie Priester sind?«
Morell antwortete nicht. Nur der Klang ihrer beider Schritte auf dem Kopfsteinpflaster war zu hören. Schräg einfallendes Mondlicht erhellte den Weg.
»Hochwürden?« fragte sie plötzlich.
»Ja?«
»Warum ist Ehebruch Sünde?«
»Weil damit ein Versprechen gebrochen wird, das einem Eid gleichkommt.«
»Ein Versprechen, das gefordert, das von vornherein gefordert wird! Ich dachte immer, Sünde ist alles, was einem anderen Schaden zufügt. Wenn ich Christian betrügen würde, wäre er verärgert und in seiner eigentlich nicht vorhandenen Mannesehre verletzt. Das ist doch wohl kaum der Punkt.«
Morell schwieg. Allerhand hätte er dazu sagen können. Er hätte ihr sagen können, daß der Sinn des irdischen Lebens seiner Meinung nach darin bestand, das weltliche, das materielle Sein zu überwinden und darüber hinauszuwachsen, um das geistige Leben zu finden. Er hätte ihr erklären können, daß erdhafte Lüste Steine auf diesem Wege waren, daß alles Körperliche ein Band an Irdisches war, ein Band, das verhinderte, geistige Formen des Lebens, auch der Liebe, der einzig

wahren Form der Liebe, zu begreifen – letztlich auch Gott zu begreifen. Dann hätte er ihr auch sagen müssen, daß mit einer gewaltsamen Unterdrückung von Wünschen nichts zu erreichen war außer Fanatismus und Bigotterie und daß das Ziel nicht die Unterwerfung, sondern die Auflösung war. Viel hätte er ihr sagen können. Er tat es nicht.

Sie gingen bereits durch die Sägemühle, stadtauswärts. Es roch nach Holz und Hobelspänen. Leer, weit und dunkel breitete sich der Lagerplatz vor ihnen aus. Eine schwarze Katze kreuzte den Weg. Morell und Lisa gingen ein gutes Stück voneinander entfernt. Lisa spürte, wie kühl es geworden war, und unterdrückte ein Frösteln. Aus weiter Ferne hörte man Schunkelmusik. Ganz unwirklich hörte sie sich auf diese Entfernung an. Mühle sowie Gesindehäuser lagen wie ausgestorben. Morell und Lisa waren allein.

»Sie und Ihre Sehnsucht nach Vergeistigung!« sagte Lisa plötzlich. Es klang fast zornig.

Einen Augenblick lang kam es ihm so vor, als ob sie recht hätte. Was war los mit ihm? Hatte er die Richtung verloren? Oder war er tatsächlich einer Illusion erlegen, die sich jetzt als solche offenbarte? Oder war sein Eigenwille plötzlich stärker als sein Glaube?

»Sind Sie bereits ein Heiliger, Hochwürden, oder gibt es auch für Sie Anfechtungen?« trieb sie den Keil noch tiefer.

Sie hat etwas sehr Zielsicheres an sich, dachte Morell und sah sie scharf an, so, wie er sie noch nie angesehen hatte. War vielleicht das Teuflische, das Verführerische, das er in ihr sah, nur seine Projektion? Wollte er seine Weltlichkeit verleugnen, indem er ihr den Apfel in die Hand drückte?

»Manchmal denke ich, Sie fürchten sich selbst«, sagte Lisa.

Er hatte die Hände hinter dem Rücken verschränkt. Was sie sagte, fiel tief in ihn hinein.

Lisa hatte den Weg zum Fluß eingeschlagen. Man hörte das Wasser rauschen, und in der Flut brach sich das Mondlicht.

»Haben Sie je Ihr Gelübde gebrochen?« fragte sie jetzt.

»Dem Gelübde, von dem Sie sprechen, unterliege ich nicht. Ich bin Priester, kein Ordensbruder. Ein Priester gelobt Ehelosigkeit, nicht Keuschheit.«

»Aber Sie...«

»Als Priester bin ich den zehn Geboten unterworfen, wie Sie auch.«

»Keuschheit ist eine Idee Ihrer Kirche. Kein Gebot. Nicht jede Frau ist die Frau eines Nächsten. Als Priester sind Sie nicht verheiratet...«

»... und könnte demnach gar nicht sündigen«, vervollständigte er

ihren Gedankengang. Sachlich setzte er hinzu: »Es gibt Auslegungen zu diesem Thema.«
»Nun gut, was ich wissen will, ist...«
»Ob ich je ein ›Mann‹ war?«
»Ja.«
Er schwieg.
»Ihr Zögern heißt...«
»... daß mir eine Frau nichts Fremdes ist.«
Wieso hatte er das gesagt? Wieso sprach er mit ihr darüber? Wohin führte sie ihn überhaupt? Führte sie ihn? Oder wollte er geführt werden?
Hoch und dunkel ragten die Bäume am Ufer vor ihnen auf. Leise zog das Wasser durch das Flußbett.
»Es... es hat Sie nicht erfüllt?«
»Ein ›Mann‹ zu sein? Nein.«
»Und die Frau?«
»Nicht genügend.«
Die Antwort war schnell und knapp gekommen, so, als habe er ihre Frage schon geahnt.
Er ging nun ein paar Schritte voraus. Sie sah vor sich seine schlanke, hohe Silhouette und fürchtete einen Moment, seine Gestalt würde hinter den Bäumen verschwinden und nicht wiederkehren. Doch plötzlich blieb Morell stehen und drehte sich zu ihr um. »Sie warten auf einen Satz von mir, Lisa.«
Sie spürte, wie ihr Herz schlug. Sie konnte nichts sagen. Er war ihr fremd in diesem Moment. Fremde Augen schauten sie aus einem fremden Gesicht an.
»Können Sie nicht damit aufhören?« fragte er leise, bittend fast.
Dunkel wußte sie, was er meinte, doch sprechen konnte sie nicht. Sie bekam Angst. Vor ihm? Vor sich selbst?
»Macht es Sie zufrieden, wenn ich Ihnen sage, daß ich Sie begehre? Macht es Sie zufrieden, wenn ich Ihnen sage, daß hier kein Priester, sondern ein Mann steht?«
Lisa stieß den Atem aus. Auf einmal war ihre Unsicherheit verschwunden. »Es genügt mir nicht, es zu hören. Ich will es spüren«, sagte sie leise.

Als Vinzenz Holzgartner an diesem Morgen erwachte, ging ihm so mancherlei durch den Kopf, ehe er merkte, daß er sich nicht wohl fühlte.

Er setzte sich auf, warf die Decke zurück und schwang die Beine aus dem Bett. So saß er eine Weile, den Kopf auf die Hände, die Ellbogen auf die Schenkel gestützt, und blickte zum Fenster hinaus, das offenstand und durch dessen braungestrichene Läden das saubere, helle Licht des frühen Morgens blinzelte. Es war kurz vor sechs. Das ganze Haus lag noch in tiefem Schlaf. Vinzenz stand gern sehr früh auf, und meistens fand sich auch irgendeine Arbeit, die sich im Licht des beginnenden Tages am besten erledigen ließ.

Während er noch darüber nachdachte, ob er vielleicht mit der Sense in den Garten gehen solle, fiel ihm Lisa ein. Sie war dem Pfarrer nachgegangen. Beide waren nicht mehr gesehen worden.

Man weiß nichts, sagte er sich. Man weiß absolut nichts. Und er weigerte sich, darüber nachzudenken. Trotzdem schlich sich die Überlegung in sein Hirn, daß Morell seit Monaten Wechselbädern unterworfen schien.

Gähnend und innerlich unruhig ging Vinzenz zum Fenster, um die Läden aufzustoßen. Kühle Morgenklarheit flutete herein. Ob er es falsch angefangen hatte mit Lisa? Wie dem auch sei, es war zu spät, darüber nachzudenken. Sie war alt genug, um selbst zu wissen, was sie tat. Ein tiefes Mißbehagen saß Vinzenz im Nacken. Er dachte daran, daß Christian die meiste Zeit in Neuburg verbrachte. Vielleicht sollte er mit Lisa reden... später.

Als er dann im Korridor stand und an dem seit den Tagen ihrer Kindheit für sie reservierten Zimmer vorbeiging, blieb er stehen. Was ihn genau dazu veranlaßte, die Klinke zu drücken, wie er es früher manchmal getan hatte, ehe er das Haus verließ, wußte er nicht. Er öffnete die Tür.

Das Zimmer lag in der vollen Morgensonne, die Läden waren nicht zugezogen. Das Bett sah aus wie unbenutzt. Niemand war hier. Eine Zeitlang stand Vinzenz nur da und schaute ausdruckslos in den Raum. Er merkte, daß er nicht überrascht war. Schließlich trat er ganz ins Zimmer. Lisas Geruch hing noch in der Luft. Auf dem Nachttisch lag ein Bogen Briefpapier.

Vinzenz nahm ihn auf. In kühnen, großen Schriftzügen hatte Lisa geschrieben:

Lieber Vater!
Bisher habe ich Dich nie so genannt – ich weiß nicht, wieso. Keinesfalls war es ein Ausdruck der Ablehnung. Das weißt Du sicher.
Ich muß jetzt fort. Bitte, such mich nicht! Macht Euch auch keine Sorgen, besonders Du nicht! Ich komme durch. Es ist wie ein Zwang, aber vielleicht ist es auch richtig. Wenn ich noch länger hier bleibe, ersticke ich und werde nie das, wovon ich träume. Vielleicht erreiche ich mein Bild von mir selbst nie, aber versuchen muß ich es.
Denen in Neuherrenach kannst Du sagen, daß ich Christian verlassen habe.
Ich hoffe, Franziska hat eine schönere Kindheit, wie ich sie ihr geben könnte, und wird glücklich. Willst Du ihr helfen?
Leb wohl!
Lisa

Vinzenz las den Brief ein zweites Mal, faltete ihn dann zusammen und steckte ihn ein. Dann ging er in den Hof hinunter und fing an, Holz zu hacken.

Er arbeitete zügig und gleichmäßig. Die gespaltenen Holzscheite fielen seitwärts auseinander. Als Krispin kam, um sie aufzuschichten, schickte er ihn fort.
Langsam wurde es warm. Von der Reitfeldener Kirchturmuhr schlug es acht. Vinzenz wischte sich mit dem Ärmel den Schweiß von der Stirn. Es war an der Zeit zu frühstücken. Ehe er ins Haus ging, warf er die Holzscheite zu einem Haufen zusammen, die Axt lehnte er gegen die Schuppentür.
Kaum hatte er die Halle betreten, hörte er einen Schrei. Es war derselbe Ton wie... Vinzenz lauschte. Es blieb still.
Als er die Treppen hinaufstieg, fing Amalie erneut wie wahnsinnig zu schreien an. Sie schrie wie ein tödlich verwundetes Tier. Das ganze Haus war bereits zusammengelaufen, als Vinzenz mit zögernden, langsamen Schritten die obere Etage erreichte. Alle standen vor der Tür zu Jennys Zimmer.
»Mein Gott, mein Gott«, murmelte Lina, die ganz weiß im Gesicht war, »mein Gott, mein Gott!«
Die Bediensteten machten Vinzenz Platz. Er sah Amalie vor Jennys Bett knien. Ihre Schreie waren zu einem jammervollen Wimmern abgeebbt.
Jenny lag leicht gekrümmt mit weit geöffneten Augen im Bett. Ihre Hände krampften sich um ein Messer, das sie sich in die linke Seite

gestoßen hatte. Ein Küchenmesser. Alles war rot von Blut; Jennys blutüberströmter Körper schien eine einzige Wunde zu sein. Ihre offenen, noch nie so groß gewesenen Augen sahen Vinzenz an, und alle Fassungslosigkeit der Welt schien sich in ihnen zu spiegeln.

Obwohl Jenny Holzgartner offensichtlich Selbstmord begangen hatte – es gab jedoch keinen Abschiedsbrief oder etwas Ähnliches –, erhielt sie ein kirchliches Begräbnis.
Der junge Kaplan reagierte bestürzt, als Morell ihm erklärte: »Glauben Sie, daß sie es in der anderen Welt leichter hat – nur weil sie mit dem Segen der Kirche in der Erde liegt?«
Überall wurde geflüstert: »Stellen Sie sich vor: Sie hat sich umgebracht, und der Pfarrer will ihr trotzdem den Segen geben!«
War Jennys scheinbar so grundloser, aus Weltschmerz begangener Selbstmord schon romantisch-eklatant genug, so verlieh ihm diese Geschichte noch einen skandalösen Anstrich.
Amalie verlor gegenüber Vinzenz die Beherrschung.
»Lisa ist schuld!« schrie sie ihn an. »Wie an allem ist sie auch hier wieder schuld! Du weißt es, aber du stellst dich vor sie, wie du dich immer vor sie gestellt hast, du, mit deiner kindischen Affenliebe! War sie etwa nicht im Begriff, Jenny den jungen Wolff abspenstig zu machen, wie sie der Liebchen Christian weggenommen, wie sie uns Lorenz entrissen hat?«
Das Personal trug, was von Amalies Ausbruch zu hören gewesen war, nach Reitfelden. Vinzenz wußte die Zusammenhänge besser zu deuten. Er entgegnete Amalie nichts, und sie wahrte nach außen hin die Fassade. »Aus dir bricht nicht der Schmerz um Jenny. Aus dir bricht der Schmerz um dich selbst«, sagte er später zu ihr.

Vinzenz suchte Morell. Er fand ihn nicht im Pfarrhaus, doch die Haushälterin sagte ihm, daß der Priester in die Kirche gegangen sei. Längst war die Abendmesse gelesen. Dichte Dunkelheit umfing die kleine Stadt. Als Vinzenz der hehre Kirchengeruch entgegenschlug, wurde ihm schwer ums Herz, denn ihm fiel ein, daß Jenny diesen Geruch geliebt hatte. In der hintersten Bankreihe kniete Morell, dort, wo er so oft zu finden war. Als die Tür des Seiteneingangs quietschend ins Schloß fiel, sah er hoch. Ruhig wartete er, bis Vinzenz bei ihm war.
»Ich habe Sie gesucht«, sagte Vinzenz.
Morell nickte. »Ich habe auf Sie gewartet«, sagte er.
Vinzenz' Lippen deuteten ein Lächeln an.
»Wollen Sie ins Pfarrhaus hinübergehen?« fragte Morell, aber Vinzenz schüttelte den Kopf.

Als er sich setzte, knarrte die Bank unter seinem Gewicht. Vorn am Altar brannte das Ewige Licht. Morell sah Vinzenz an. Nein, gebrochen war er nicht. Auch davon nicht. Das Schicksal war zwar mit gewaltiger Wucht gekommen und hatte zugestoßen, doch es hatte Vinzenz Holzgartner nicht zu zerstören vermocht.
»Ich will Ihnen danken«, sagte Vinzenz endlich, »auch im Namen meiner Frau.«
»Wofür?«
»Sie haben Jenny ein kirchliches Begräbnis gegeben.«
»Deswegen sind Sie nicht hier.«
»Nein.«
»Sie kennen den Grund? Jennys Grund?« Morell war auf den Knien geblieben, seine Schultern waren vorgesunken. Er stützte sein Kinn auf die gefalteten Hände. »Was wollen Sie hören, Holzgartner? Was erwarten Sie von mir?«
Überrascht zog Vinzenz die Brauen hoch. Lange sah er auf den gesenkten Kopf des Menschen Matthias Morell, der nichts anderes war in diesem Augenblick als Mensch, von dem nichts Übermenschliches mehr ausging, nur noch das Menschsein in seiner kleinsten und elendsten Gestalt.
»Sie selbst sind mir Antwort genug«, kam es leise von Vinzenz. Hohl hauchten die Wände seine Stimme zurück. »All die Jahre habe ich Sie beobachtet, Morell. Mein zielloses Warten wurde nun – nach Ihrer Philosophie – bestraft. Oder besser: Die schlechte Absicht dahinter fand ihren Richter. Wie Ihr Hochmut.«
Wieder war es still, sehr still. Hoch wölbte sich die mit Hirtenszenen bemalte Barockkuppel über den beiden Menschen, deren Atem langsam und schwer das Schweigen durchschnitt. Während Vinzenz eine tiefe, taube Ruhe ausstrahlte, war Morells Inneres von bannender Einsamkeit erfüllt. Eine schwer faßbare, dichte Dunkelheit trennte ihn von sich selbst, trennte ihn von allem, was ihn und sein Streben ausgemacht hatte.
»Jenny ist Ihnen beiden nachgegangen«, sagte Vinzenz leidenschaftslos und kalt. Es war, als erzählte er von einem Geschehen, das ihn nichts anging. »Sie kam verstört zurück, beherrschte sich aber. Wissen Sie, vielleicht hätte ich eine gewisse Genugtuung empfunden, Sie fallen zu sehen, fallen aus Ihren unerreichbaren Sphären ins Menschliche. Sie waren mir immer zu unantastbar, zu heilig. Wieso mußten Sie mit meiner Tochter fallen? So fiel mein Ehrgeiz, Sie stürzen zu sehen, auf mich selbst zurück. Fast sieht es so aus. Sie waren es doch, Morell, der immer von der Selbstverantwortlichkeit des Menschen gesprochen hat, davon, daß jede Tat und jeder Gedan-

ke auf den Handelnden oder Denkenden zurückfallen. Was hat Jenny in diese Geschichte hineingezogen? Haben Sie dafür auch eine philosophische Erklärung?«
Morell schwieg. Er hätte einiges sagen können zur Erklärung, aber doch nur Philosophisches. Auch wenn Vinzenz danach verlangte, sagte er nichts.
»Sie hatten recht«, fuhr Vinzenz ungerührt fort. »Jenny war schwach. Gehen Sie in den Wald, und schauen Sie sich die Bäume an! So friedlich Ihnen der Wald auch erscheinen mag, so sicher kommen nur die Starken durch, die kräftigen Bäume, die, um zu überleben, die Schwachen verdrängen. Die Schwachen kommen nie zur Entfaltung und müssen ersticken. Wie Jenny. Sie kam nicht zur Entfaltung – nicht zum Bewußtsein, wenn Sie wollen. Das Leben ist eine Prüfung, nicht wahr, Morell? Nun – Jenny ist durchgefallen. Wieso hatte sie aber niemals die Kraft, die andere haben? Lisa hat sie. Kommen Sie mir jetzt nicht mit Ihrer Theologie! Es gibt Menschen, die gehen unter, und es gibt Menschen, die verstehen es, immer wieder hochzukommen, allen schlechten Vorzeichen zum Trotz. – Sie sind so schweigsam?«
»Ich höre Ihnen zu.«
»Gut, dann hören Sie zu. Wissen Sie, ich glaube Ihnen durchaus, daß Sie Jennys Tod betrauern. Aber fühlen Sie einen Schmerz um Jenny? In erster Linie leidet doch Ihr Egoismus. Jenny hat gesündigt, indem sie sich das Leben nahm. Sie sehen Ihre Mitschuld, Ihre Verstrickung. Ihr Kleriker verwechselt eure mit Leid verbundene Schuldeinsicht mit Nächstenliebe. Die Mitschuld an Jennys Tod schadet Ihrem Seelenheil, und daran, genau daran leiden Sie.«
»Ich habe versucht, ihr Halt zu geben.«
»Ist es nicht ein Frevel, nach Gottgleichheit zu streben, Morell? Genau das tun Sie doch! Ihre Schuldgefühle in Ehren, doch sind es nicht die Selbstzweifel, die Sie viel mehr quälen? Sie denken an sich und Ihr Versagen, Ihr Versagen vor sich selbst und Ihrem Gott.«
Tonlos klang Morells »Ja« in der Stille.
»Diese Nacht hat Sie zurückgeworfen auf eine Stufe, die Sie verlassen zu haben glaubten. War es das wert? Sie antworten nicht? Ich antworte für Sie: Es war es wert. Sie taten nur, was Sie tun mußten. Das ist es doch, was unser Schicksal ausmacht, das ist Ihre Sprache. Sie haben Ideale gepflegt, auch ein Ideal von sich selbst. Wie haben Sie doch einmal zu mir gesagt? Leid prägt und kommt zur rechten Zeit. Leiden Sie, leiden Sie, Morell, leiden Sie an Ihrer Weltsicht und an Ihrem Gott und an sich selbst!«
Das Ewige Licht flackerte, als würde es von einem Windhauch

gestreift. Die kühle Dunkelheit schien die Ewigkeit zu beherbergen und kein Zeitmaß zu kennen. Plötzlich sagte Morell: »Sie haben recht, Holzgartner. Ich hatte wenig Ehrgeiz nach greifbaren Dingen im Leben, auch wenig Ehrgeiz nach Ruhm und Lorbeeren. Mein ganzer Ehrgeiz war Hochmut, jener Hochmut, der nach Vollkommenheit schrie. Dieser Ehrgeiz hat mich seit Jahren auf der Stelle treten lassen. Statt nach Gott und der Liebe zu suchen, suchte ich das Ergebnis davon. Ich habe mich niemals wirklich von meinem Ich und meinem Willen nach Vollkommenheit gelöst. Ich ließ mich nicht führen, ich habe versucht, mir den Weg selbst zu weisen. Oh, es gab eine Zeit, eine lange Zeit, und dazwischen immer wieder Augenblikke, da fühlte ich, daß ich geführt wurde. Aber es ging mir nicht schnell genug, und da spannte ich mich selbst vor meinen Wagen. Es gab wenig ernsthafte Versuchungen in meinem Leben. Der ersten großen Versuchung bin ich gleich erlegen. Es gibt eine Stelle in unserem ›Vater unser‹, die ich gern anders formulieren würde. Sie heißt: ›Und führe uns nicht in Versuchung‹, aber sie müßte heißen: ›Und führe uns in der Versuchung!‹ Ich bin von sehr weit oben gefallen, und deshalb fiel ich hart. Ich müßte dankbar sein, rechtzeitig gestürzt zu sein.«
»Aber Sie sind es nicht?«
Morell wandte nun den Kopf und sah Vinzenz an. Es war, als lächle er, und doch lächelte er nicht. »Ich kann nur hoffen, es einmal zu werden«, sagte er leise.
Erneut senkte sich ernstes Schweigen über Vinzenz Holzgartner und Matthias Morell, den Priester, der Mensch geworden war.

Drittes Buch
Fedor

Zwölftes Kapitel

München. Ja, München!
Als Lisa in der Stadt ihrer Träume ankam, hatte sie zweiundvierzig Mark und dreiundzwanzig Pfennig im Geldbeutel. Das war immerhin etwas, denn normalerweise trug sie, wenn sie von Neuherrenach nach Reitenau ritt, kein Geld bei sich.
Nun stand sie also am Hauptbahnhof. Sie stand da und lachte. Die Leute schauten sie an. Zweiundvierzig Mark und dreiundzwanzig Pfennige! Sonst nannte Lisa nichts ihr eigen als das, was sie am Leibe trug. Sie hatte die rosa-weiße Festtracht an, mit der sie am Vortag auf dem Jahrmarkt gewesen war, und einen weiten Hut auf dem Kopf.
Die Sonne schien. Die Stadt atmete Leben. In Wellen stürzte das Hochgefühl, endlich frei zu sein – ganz frei! –, über sie herein. Gleichzeitig wußte sie nicht recht, was sie mit sich anfangen sollte. Nun war sie also in München. Was jetzt?
Sie trat einfach hinein in dieses ihr so verheißungsvoll entgegenlächelnde, ersehnte und sie doch ein wenig beklommen machende neue Leben. Zuerst schlenderte sie neugierig durch die Straßen, gelangte zum Karlsplatz, spazierte zur Mariensäule hinunter, betrachtete die Menschen und landete schließlich auf dem Viktualienmarkt. Dort kaufte sie sich beim Eismann für zehn Pfennig Schokoladeneis in der Waffel. Am liebsten hätte sie den ganzen Tag verbummelt. Sie war sehr zuversichtlich und reagierte mit kecken Blicken, wenn sie angeschaut wurde.
Stundenlang streifte sie durch eine fremde, erst zu erobernde Welt, sah den Leuten zu, horchte auf die noch fremd klingende Mundart, bewunderte die großen Auslagen der Geschäfte und genoß ihr Unabhängigkeitsgefühl. Erst gegen Abend kam ihr in den Sinn, nach einer Bleibe zu suchen, und da fiel ihr auch ein, daß sie sich nach einer Arbeit umsehen mußte. Mit zweiundvierzig Mark und dreizehn Pfennig würde sie nicht weit kommen. Zuerst mietete sie sich in einer Pension ein, die man ihr unterwegs empfohlen hatte. Dort wurde sie allerdings nur gegen Bezahlung im voraus aufgenommen, denn eine alleinstehende Frau, noch dazu ganz ohne Gepäck, erschien der Wirtin doch etwas merkwürdig.
Als Lisa schließlich in ihrem Zimmer stand und ans Fenster trat, vor

dem üppige Geranienkästen hingen, als sie einen Blick auf die karierte Bettwäsche und die Waschschüssel aus Emaille warf, überlief sie ein kühler Schauer. Einen Herzschlag lang hatte sie Angst vor der eigenen Courage. Doch der Moment zerfloß. Erste Pläne breiteten sich rosafarben in ihrem Hirn aus. Sie schlief spät ein, fiel aber dann in einen schweren, traumlosen Schlaf, aus dem sie erst durch den Ruf: »'s Frühstück is' fertig, Fräulein!« geweckt wurde.

Am Frühstückstisch wollte die Wirtin dann auch gleich wissen: »Was macht denn so a jungs Madl ganz allein in München?«

Lisa bestrich eine Semmel mit Butter und Marmelade. »Ich suche mir eine Stellung«, entgegnete sie selbstbewußt. Im Grunde hatte sie sich überhaupt nicht überlegt, was für eine Arbeit es sein sollte. Eigentlich wollte sie ja das Malen lernen. Da sie aber nichts vorzuweisen hatte außer der Überzeugung, talentiert zu sein, sah sie ein, daß sie sich vorerst anderweitig ihren Lebensunterhalt sichern mußte. Während dieser Zeit wollte sie viel malen, um sich dann mit ihren Bildern zu bewerben. Zunächst war es wohl das beste, sich wieder als Gesellschafterin zu verdingen. Vorübergehend nur, wie sie sich selbst versicherte. Etwas anderes hatte sie nicht gelernt. Sie war entschlossen, den Boden nicht unter den Füßen zu verlieren. Jetzt brauchte sie erst einmal ein festes Dach über dem Kopf. Und dann ... Die Welt lag ihr zu Füßen! Es kam ihr wirklich vor, als brauche sie nur die Hand auszustrecken. Regten sich Ängstlichkeit und leises Zögern, sagte sie sich immer wieder vor: Ich muß, weil ich will, und ich will, weil ich muß.

Ganz so einfach war es dann doch nicht. Da sie keine Referenzen vorweisen konnte, bekam sie keine Stellung als Gesellschafterin. Überall wurde sie gefragt, wo sie zuletzt gewesen sei und wieso sie dort aufgehört habe. Dann mußte sie zugeben, inzwischen verheiratet zu sein, und damit war's auch schon vorbei. Und außerdem: War sie für eine Gesellschafterin nicht viel zu hübsch?

Als sie alle Adressen, die sie von der Arbeitsvermittlung bekommen hatte, erfolglos abgeklappert hatte, sah sie drei Tage lang die Zeitungen nach eventuellen Stellenangeboten durch, um sich dort zu bewerben. Nach diesen drei Tagen hatte sie Blasen an den Füßen und Tränen in den Augen.

»Wie lang können S' denn das Zimmer noch bezahlen?« wollte ihre Wirtin wissen, und Lisa, die bereits seit zwei Tagen aufs Mittagessen verzichtete, was ihre Stimmung auch nicht gerade hob, biß sich ratlos auf die Lippen. Ja, wie lange noch? Für zwei Tage zog sie in eine billigere Pension, doch auch dort gab es nichts umsonst. Sie hatte keine Wahl. Sie mußte nehmen, was zu kriegen war. Kurz: Lisa wurde Kellnerin.

Ehe sie nachdenken konnte, stand sie schon mit fünf Krügen im Arm in einem Biergarten, wo sie sich als Aushilfe eine Menge dummer Bemerkungen über ihre Ungeschicklichkeit gefallen lassen mußte. Ein merkwürdiger Sommer. Ein Sommer der Bierkrüge.
Lisa war überrascht, wie nahtlos sie in diese neue Form des Daseins glitt. Am Anfang hatte sie befürchtet, es als Kellnerin mit ständig nassen Füßen vom Krügeausschwenken, oft eine Männerhand am verlängerten Rücken und zwölf Stunden auf den Beinen nicht lange auszuhalten. Allmählich wurde dies jedoch alltäglich. Sie dachte nicht: Dafür bin ich zu schade. Sie dachte nur noch: Gott, bin ich müde, ich spüre meine Füße kaum noch. Sie mußte lernen, sechs Maßkrüge auf einmal zu schleppen, und hatte wochenlang entzündete Gelenke. Sie mußte lernen, die Striche auf den Bieruntersetzern nicht zu vergessen, richtig zusammenzuzählen, auch wenn sie todmüde war und kaum noch denken konnte, bei größter Hitze flink zu sein und keine müden Arme zu bekommen. Wenn sie mit dieser Arbeit fertig war, oft spät in der Nacht, fiel sie ins Bett und schlief ein, ehe ihr Kopf das Kissen berührte.
Lange Zeit war das ihr Leben: Bierkrüge und Schlaf. Alles drohte sich aufzulösen. Sie war nicht wirklich unglücklich, nur voller Sehnsucht. Aber das kannte sie ja. War es nicht immer so gewesen?
Man sah sie lachen und Witze reißen, denn sie schien meist gut gelaunt zu sein. Im übrigen arbeitete sie sich hoch. Sie war wendig, schnell und, wie die Leute sagten, auf Zack. Sie behielt immer den Überblick, auch in Stoßzeiten, und wußte ihre Kolleginnen bald zu dirigieren. Sie merkte, daß sie Fuß gefaßt hatte, nicht mehr »daneben« stand, sondern mittendrin. Den ersten Schritt hatte sie geschafft. Sie verstand sich gut mit den anderen Mädchen und ließ sich auch einen Klaps auf den Hintern gefallen, wenn er von Stammgästen kam.
Lisa mietete ein billiges Zimmer, gewöhnte sich an ihre nassen, rauhen Hände und daran, sich nichts leisten zu können. Da sie sich als Kellnerin so geschickt angestellt hatte, fand sie im Herbst eine Anstellung in den »Drei Rosen« und zog erneut um, in ein Zimmer über dem Lokal. Jetzt lernte sie auch noch zu servieren. Alle sagten »du« zu ihr und redeten sie mit ihrem Vornamen an, so daß sie fast vergaß, Landgraf zu heißen, verheiratet zu sein und eine Tochter zu haben. Es waren harte Monate. Lisa hatte sich ihr München-Abenteuer anders vorgestellt. Doch sie war jung und überraschend anpassungsfähig. Manchmal machte es ihr richtig Vergnügen, mit einigen Tellern Schweinebraten durch die Gastwirtschaft zu balancieren.
Wenn sie frei hatte, zog es sie allerdings magnetisch nach Schwabing, wo die Maler zu finden waren. Es gab viele Männer, die sie anspra-

chen, aber sie wies alle ab. Sie interessierte sich nicht für Männer – sie suchte Maler. Alle Einladungen, von wem sie auch kamen – zum Tanz, in Lichtspieltheater, ins Café, in den Biergarten –, schlug sie aus, selbst wenn sie von »noblen Herren« kamen. Da blieb sie konsequent. Ich bin hübsch, sagte sie sich selbstbewußt, und ich verschwende weder mich selber noch meine Zeit.
Trotzdem war es ihr natürlich eine Lust, wenn auch nur im billigen Leinenkleid, durch die Parks zu schlendern und sich anschauen und nachschauen zu lassen. Jeder Blick gab ihr zu verstehen: Du gefällst! Manchmal, wenn sie allein war, fühlte sie sich klein und hilflos und ihren mächtigen Wünschen ausgeliefert. Dann dachte sie auch: Jetzt wär's zu Hause schön! Von solchen Gedanken riß sie sich jedoch gewaltsam los. Darin durfte sie sich jetzt nicht verlieren. Vorwärts schauen! Jetzt fing es doch erst an. Es mußte anfangen.
Kein Wunder, daß sie begann, ihre Zeit auf Reitenau zu verklären. So allein wie in München war sie noch nie gewesen, nicht einmal bei den Rohweins. Wenn sie etwas plagte, mußte sie es ganz mit sich selbst abmachen und konnte nicht einfach auf ein Pferd steigen, um zu ihrem Vater zu reiten. Manchmal weinte sie und dachte an Rudolf. Aber immer, wenn ihr Rudolf einfiel, fuhr etwas in ihr hoch: Und jetzt erst recht! Dann stärkte sie der manchmal so hilfreiche Trotz. Und nie verlor sie den Glauben an die eigene Bestimmung. Sie vergaß nicht, was sie wollte und wohin es sie trieb.
Im Herbst fing sie wieder zu zeichnen und zu aquarellieren an. Sie war überhaupt nicht mit sich zufrieden, obwohl sie inzwischen den Malern, denen sie im Freien bei der Arbeit zusah, ein bißchen etwas abgeschaut hatte. Schließlich hörte sie von einem Schwabinger Maler, der schon einen Namen hatte und der bereit war, jungen Künstlern auf die Beine zu helfen. Sie entschloß sich, ihm ihre Bilder zu zeigen. Als sie ihm dann ihre Skizzen vorlegte, klopfte ihr das Herz bis zum Hals. Ihr war, als hinge alles von dieser Stunde ab.
Der Künstler, sehr wortkarg, sehr klein und sehr bärtig und außerdem äußerst mißtrauisch, beäugte ihre Werke und schüttelte nach einer längeren, sehr wirkungsvollen Pause energisch den Kopf.
»Flach. Nichtssagend. Leer«, nuschelte er.
»Aber...«
»Es fehlt Ihnen nicht an Raffinesse, mein Fräulein, was Ihnen fehlt, ist das Talent. Man sieht nichts, verstehen Sie? Gehen Sie mit Ihren Bildchen wieder nach Hause!«
Ein vernichtender Schlag. Ganz zerstört räumte Lisa wortlos das Feld und glaubte, mit Gott und der Welt fertig zu sein. Eine so ungeschminkte, totale Ablehnung ihrer Arbeiten hatte sie nie und nimmer

erwartet, nicht in ihren schlimmsten Angstträumen. Sie glaubte doch an sich... Sie hatte doch Talent. Hatte nicht Fräulein Wedebrecht gesagt... Ach, Fräulein Wedebrecht! Das war auch nur eine Lehrerin aus der Provinz, die für Sachen schwärmte, von denen sie nichts verstand!
Was sollte sie jetzt tun? War sie denn nach München gekommen, um Bedienung zu werden? Aller Optimismus fiel in sich zusammen. Aus. Vorbei. Von da an schleppte sie ihre Bierkrüge, Schweinshaxn und Bratwürste mit tränenverquollenen Augen. Alles war öde. Es gab plötzlich keine Zukunft für sie, und zurück konnte sie auch nicht mehr.
Das ging so bis in den Winter. Da kam Fedor Wassilijew.

Fedor Wassilijew sprach sie im Englischen Garten an, als habe er den Hunger, angesprochen zu werden, in ihren Augen gesehen. Es war an einem Sonntagnachmittag. Familientag. Frauen hingen an den Armen ihrer Männer, Kinder liefen einander nach oder gingen artig neben ihren Eltern her, überall lag Schnee.
Lisa schlenderte betont langsam mit verspielten, kleinen Schritten den glattgefrorenen Weg entlang. Der, der ihr nachkam, war kein Unbekannter mehr für sie. Sie hatte ihn schon im Sommer im Biergarten und auch sonst mancherorts gesehen. Man traf ihn überall, wo man ihn nicht vermutete.
Mit fremdländischem Akzent sprach er sie an: »Sie dürfen sich umdrehen.«
Ohne Widerstreben gehorchte Lisa. Manche Stimmen dulden keinen Widerspruch. Wie immer fiel er allein durch seinen exzentrischen Habitus auf. Sein Gewand hatte Ähnlichkeit mit einer Soutane oder dem Gewand eines Rabbiners. Darüber trug er trotz der Kälte keinen Mantel. Der Saum reichte ihm bis zu den Knöcheln. Darunter sahen schwarze Hosenbeine hervor. Alles an diesem Mann war schwarz, und nicht zuletzt deshalb wirkte seine ganze Erscheinung mysteriös. Er sah Lisa an. Seine dunklen Augen lächelten nicht. Man erschrak etwas, wenn man in sie hineinschaute, denn sie verrieten eine gewisse Rücksichtslosigkeit. Als Lisa schwieg, kräuselten sich seine Lippen unter dem kurzgeschnittenen, dunklen Oberlippenbart. Das knochige, markante Gesicht mit slawischem Einschlag blieb unbewegt.
Lisa dachte nur: Der schwarze Mann! Laut sagte sie: »Ich glaube nicht, daß wir uns kennen.«
»Ich habe nicht behauptet, Sie zu kennen«, gab er ruhig zurück. Es schneite. Die Menschen beschleunigten ihre Schritte. Nur Fedor Wassilijew ließ sich nicht aus der Ruhe bringen. Sein Schweigen

machte sie nervös. Sie brachte es aber nicht fertig, einfach wegzugehen. Etwas hielt sie fest.
Wie alt er wohl war? Dreißig? Vierzig? Fünfzig? Alles schien möglich. Für einen Dreißigjährigen wußten seine Augen zuviel, für einen Fünfzigjährigen war sein Haar zu voll und sein Gesicht zu glatt.
Plötzlich sagte er: »Ich habe Sie beobachtet.« Obwohl er deutlich und fehlerfrei sprach, klang sein Akzent hart und fremdländisch. »Sind Sie noch Bedienung?« wollte er dann wissen.
Sie nickte.
»Sie waren nie eine«, sagte Fedor Wassilijew.
Sie widersprach nicht. »Ich will Malerin werden«, erklärte sie.
Er nickte bedächtig. Seine Ruhe verunsicherte sie. Fester zog sie ihr Dreiecktuch um die Schultern.
»Sie sollten besser *sich* malen *lassen*«, meinte er schließlich.
Geschmeichelt lächelnd, lehnte sie ab: »Nein. Das will ich nicht.«
»Sie werden sich malen lassen.« Wieder dieser zwingende, keinen Widerspruch zulassende Ton. Lisa flüchtete sich in Ironie: »Etwa von Ihnen?« Sie sagte nicht, daß er ihr bereits im Sommer aufgefallen war.
»Von mir. Ja.«
Ihr Mund verzog sich zu einem spöttischen Lächeln.
»Wieso ausgerechnet ich? Es gibt viele hübsche Gesichter.«
»Ihr Gesicht interessiert mich nicht. Es gibt nichts Langweiligeres als ein hübsches Gesicht. Ihr Hintern verspricht interessanter zu werden.«
Sie mußte schlucken und wurde rot. Am liebsten hätte sie ihn geohrfeigt; da sie ihm aber zutraute, daß er zurückschlug, ließ sie es bleiben. In ihren Ärger mischte sich Amusement. »Sprechen Sie immer so mit jungen Damen?« fragte sie.
»Damen sind genauso langweilig wie hübsche Gesichter. Ich weiß schon, wie man mit Ihnen reden muß.«
Jetzt lachte Lisa. Das war zu toll!
»Was wollen Sie damit sagen?«
»Das erkläre ich Ihnen vielleicht bei Gelegenheit. Ich erwarte sie Sonntag nachmittag nächste Woche in meinem Atelier.« Schon griff er in seinen Cut und holte einen Zettel hervor. »Das ist meine Adresse. – Ich schätze übrigens Pünktlichkeit. Sie sind um drei da.« Dann drehte er sich einfach um und ging weg. Lisa schaute ihm verdutzt nach. Dann fiel ihr Blick auf das Stück Papier in ihrer Hand. »Fedor Wassilijew«, buchstabierte sie leise.

Worauf ließ sie sich ein?
Als Lisa nachts im Bett lag, konnte sie nicht schlafen. Fedor Wassili-

jew machte ihr angst. Und gleichzeitig war sie fasziniert. Immer wieder zog sie den Zettel aus ihrer Nachttischschublade hervor, wie um sich zu vergewissern, daß er noch da war.
Wollte er sie wirklich nur malen?...
Getrieben von rasender Neugier, die mit einer Portion Scheu und Widerwillen versetzt war, machte sie sich am Sonntag nachmittag auf den Weg zum »schwarzen Mann«.
Er wohnte nicht im Herzen des Künstlerviertels, sondern weitab der Schwabinger Landstraße, der späteren Leopoldstraße, ganz im Norden, dort, wo das damalige München fast schon aufhörte. Lisa mußte lange suchen, ehe sie sein Namensschild am Zaun fand. Das alte, verfallene Haus sah ganz nach brotloser Kunst aus.
Lisa holte tief Atem und stieß die knarrende Gartentür auf. Langsam ging sie den verschneiten Gartenpfad entlang und trat durch die halb offen stehende Haustür. In der Halle war es still. Gerümpel stand herum. Es war kalt und ungemütlich, doch es roch vertraut-bürgerlich nach Bohnerwachs. Die Treppenstufen waren ganz glatt davon. Lisa lief schnell hinauf, als fürchte sie, es sonst doch nicht zu wagen. Schon im ersten Stock fand sich sein Name an einer Tür. Hier roch es bereits nach Farbe.
Vorsichtig drückte Lisa die Klingel. Nervös wanderten ihre Augen über die weißgetünchte Decke des breiten Korridors. Der Verputz war rissig, Spinnweben hingen in den Ecken, alles wirkte angegraut und verbreitete eine Hinterhofatmosphäre, die schon wieder seriös war. Keine Spur von Bohème. Aber dann ging die Tür auf, und der »schwarze Mann« stand da. Lisa schrak zusammen.
»Aha«, sagte er mit kühlem Interesse.
Lisa flüchtete sich in ein verlegenes Lächeln.
»Grüß Gott«, sagte sie – und kam sich albern vor. Er schwieg.
Wieder verunsicherte sie seine große Stille. – Ja, es war eine unheimliche, magische Stille um ihn, gegen die sich Lisa nur durch Forschheit behaupten konnte. »Jetzt, wo ich schon mal da bin, könnten Sie mich ruhig reinlassen«, forderte sie.
Fedor Wassilijew trat zur Seite.
»Bitte«, meinte er – nicht mehr.
Schon stand sie in einem einzigen, großen Raum. Staffeleien standen herum. Überall lehnten, standen und lagen fertige und unfertige Bilder. Die weiß gestrichenen, kalt wirkenden Wände waren aber leer. An der Innenmauer stand ein schwerer, großer Schrank, außerdem gab es ein Bett hinter einer spanischen Wand und mitten im Zimmer ein großes Fell- und Matratzenlager. Schwarzweiß-Töne dominierten, selbst in den Bildern.

Das Haus mußte allerdings bessere Tage gekannt haben, der ausgetretene Parkettboden zeugte davon. Auf Lisa wirkte der große Raum in seiner Kargheit nackt. Am meisten störte sie das Fehlen von Gardinen an den Fenstern, und sie fragte sich, wie man ohne Tisch überhaupt leben konnte.
Zwei Fenster gingen auf den Garten hinaus, einen kleinen Vorhof mit Brunnen, zwei hinüber auf die andere Straßenseite, auf ein efeuumranktes, idyllisches Häuschen. Daneben lagen hübsche kleine Schrebergärten. Durch die vier großflächigen Fenster schien die Wintersonne herein. Das Zimmer lag in gleißend hellem Licht
Fedor Wassilijew lehnte an der Wand und schien zu warten.
»Interessant«, sagte Lisa. »Ich war noch nie in einem Künstleratelier... oder doch, ja, einmal, aber daran erinnere ich mich kaum noch... Ich war so durcheinander.«
»Das sind Sie jetzt auch.«
Mit einer raschen Drehung des Kopfes widersprach sie schnell: »Ich bin nur überrascht.«
Sein direkter, etwas spöttischer Blick war weder freundlich noch unfreundlich. Ganz allein mit dem fremden, schwarzen Mann, vor dem sie sich ein bißchen fürchtete, wußte Lisa nicht, was sie sagen sollte. Fedor Wassilijew schien jedoch nicht geneigt, ihr über ihre Unsicherheit hinwegzuhelfen. Er überließ sie der Situation und beobachtete, wie sie hindurchstolperte.
»So malen Sie also«, fing sie nach einer langen Pause wieder an, beflissen seine Bilder betrachtend. Sie gefielen ihr nicht. Die grobpinseligen Abstraktionen waren ohne Feinheit und Zartgefühl. Lisa war betroffen. Sie sah eigentlich nur Häßlichkeit. Grausam verzerrt sprachen die vielen Schwarzweiß-Akte von einer Wirklichkeit, die Lisa nicht kannte.
»Das ist ja entsetzlich!« entfuhr es ihr, und dann wurde sie rot, als sie merkte, was sie da gesagt hatte. Schnell und entschuldigend fügte sie hinzu: »Ich verstehe nichts davon... nichts von dieser Art der Malerei. Es – es macht mir angst.«
Jetzt lächelte er. Er lächelte nicht wirklich. Seine Augen bekamen einen wach-belustigten und trotzdem kühl bleibenden Glanz.
Einen Moment lang hielt Lisa den Maler für genauso bösartig-häßlich wie sein Werk. Ihr Blick wurde abwehrend und feindselig.
»Sie werden schon noch lernen, Ihre Angst zu genießen«, meinte Fedor Wassilijew in seinem harten Akzent wie nebenbei und stieß sich von der Wand ab. Unwillkürlich wich Lisa einen Schritt zurück.
Mein Gott, ein Verrückter! Raus hier!
Obwohl sie am liebsten davongelaufen wäre, wagte sie es nicht und

blieb wie angewurzelt stehen, während der »schwarze Mann« auf sie zukam.
Kurz vor ihr, sie standen fast Brust an Brust, blieb er stehen und sagte, ohne eine Miene zu bewegen: »Ziehen Sie sich aus.«
In Lisa zuckte es. Laut sagte sie: »Nein!«
Fedor Wassilijew trat wieder einen Schritt zurück. Amüsiert zog er eine Braue hoch. Dann erklärte er ihr: »Ich habe Ihnen zu sagen vergessen, daß dies meine Wohnung ist und Sie in meiner Wohnung meinem Willen unterliegen.«
Rasch warf Lisa einen Blick nach der Tür. War sie denn verrückt, daß sie noch dablieb? Es genügte, wenn er nicht alle Sinne beieinanderhatte! Was glaubte denn dieser Pinsel? Sie warf das Kinn hoch.
»Ich denke nicht daran, mich einem fremden Willen zu unterwerfen. Wie käme ich dazu?«
»Ihr so hoch gepriesener freier Wille hat Sie hergeführt, er kann Sie auch wieder gehen lassen. – Bitte.«
Er machte ihr Platz. Wieder schaute sie zur Tür. Auf einmal spürte sie das Groteske der Situation. Sie lachte.
»Glauben Sie etwa, daß ich mich vor Ihnen fürchte? Jetzt bin ich da, jetzt bleibe ich auch.«
Ein anerkennendes Schmunzeln war in seinen Mundwinkeln, als er nickte.
»Sie sollten sich allerdings bewußt sein, daß Sie für die Zeit Ihres Aufenthaltes in diesen vier Wänden die Rechte auf Ihre Person ablegen.«
Lisa zuckte mit den Achseln. »Wie Sie meinen.« Ihre Stimme zitterte kaum merklich.
Zum zweiten Mal befahl Fedor Wassilijew: »Ziehen Sie sich aus!« Etwas Schneidendes war jetzt in seiner Stimme.
»Einfach so?«
»Das Fragen werde ich Ihnen auch noch abgewöhnen. – Sie können sich hinter den Paravent zurückziehen.«
War sie noch bei Verstand? Sie konnte doch nicht... Aber wie von allein trugen ihre Beine sie hinter die spanische Wand, vorbei an der obszönen Häßlichkeit seiner Bilder, die nichts von der Weichheit eines Renoir, nichts von der Sinnenlust eines Rubens, nichts von der anmutigen Nacktheit des berühmten Courbet enthielten, die nicht lächelnd lockten, sondern höhnend zurückstießen. – Was für Frauen das wohl waren, die sich dafür ausgezogen hatten? Nackte, überquellende Fleischberge standen asketischen, fleischlosen Gerippen gegenüber. – Was würde der »schwarze Mann« mit ihr machen? Wieso überließ sie sich ihm?

Mechanisch zog sie sich aus. Etwas schlug sie in Bann. Sie wußte nicht, was es war. Fast kam es ihr vor, als finde sie einen geheimen, noch nicht näher zu benennenden Reiz in der eigenen Auslieferung. Ausgeliefert fühlte sie sich, ausgeliefert einem wildfremden, schwarzen Mann, der ein sonderbares Vergnügen dabei zu empfinden schien, sie ihres Ichs zu berauben.
Sie fror, als sie nackt hinter dem Schutz des Paravents hervortrat. Noch immer war es sonnenhell im Zimmer.
Mit Entsetzen spürte Lisa die Röte in ihre Wangen steigen. Um sich aus ihrer Verlegenheit zu befreien, deutete sie auf einen seiner Akte: »So werde ich doch am Ende hoffentlich nicht aussehen?« sagte sie.
Er lachte. Er lachte tief und seltsam weit weg.
»Legen Sie sich auf die Felle – und zeigen Sie mir Ihren Arsch.«
Empört fuhr Lisas Gesicht herum. Ihre Augen brannten feindselig. Seine Augen hielten dagegen und zwangen sie zum Gehorsam.
Bäuchlings streckte sich Lisa auf den Fellen aus. Sie konnte Fedor Wassilijew nicht sehen und wußte auch nicht, was er tat oder nicht tat. Es war nur sehr still. Wenn sie bloß endlich wieder im Freien stünde...
»Nicht schlecht«, sagte er plötzlich. Und dann: »Hoch mit dem Allerwertesten.«
Ohne zu denken, gehorchte sie. Die Position war nicht besonders angenehm, vor allem darum nicht, weil sie nicht wußte, was hinter ihr geschah.
Ganz ruhig meinte der »schwarze Mann«: »Ich werde Sie nicht dafür bezahlen. Aber ich kann Ihnen Adressen nennen, wo Sie Geld dafür bekommen.«
Nie wieder, dachte Lisa, sagte aber nichts.
Dann hörte sie etwas rascheln, das nach Papier klang. Fedor Wassilijew hantierte hinter ihr mit irgend etwas herum. Schließlich wurde es für geraume Zeit still.
Dann sagte er wieder: »Nicht schlecht.«
»Was ist nicht schlecht?«
»Sie. Sogar wenn Sie sich unwohl fühlen, wirken Sie geil.«
Lisa zuckte zusammen, behielt aber ihre Position bei.
»Weder fühle ich mich unwohl, noch bin ich...«
»...geil!«
Er schwieg wieder. Er arbeitete. Als sie sich einmal bewegte, weil ihr das Kreuz vom langen Stillhalten in ungewohnter Stellung schmerzte, fuhr er sie an: »Beherrschen Sie sich!«
Leichter gesagt als getan. Sie war verkrampft und fühlte trotzdem einen fremden, verstörenden Reiz in ihrer Preisgabe.

Als er endlich verkündete, »fürs erste fertig« zu sein, tat ihr jedes Glied weh. Erschöpft fiel sie in sich zusammen und blieb in den Fellen liegen. Es war sehr still. Lisa wartete. Sie spürte, daß Fedor Wassilijew sie ansah. Ob er etwa...
»Sie können aufstehen«, hörte sie ihn sagen, und ein Hauch Belustigung klang aus seinem Ton. »Ich vögle Sie heute nicht.«
Abrupt drehte sich Lisa zu ihm um. Sie wollte etwas sagen, etwas Entrüstetes, Zorniges, doch wieder war es sein bloßer Blick, der sie zum Schweigen brachte.

Dies war der Anfang.
Lisa hatte davon allerdings keine Ahnung. Sie kam völlig durcheinander nach Hause und war abends beim Servieren mit dem Kopf überhaupt nicht bei der Sache.
»Heut stellen S' Ihnen aber an«, mußte sie sich sagen lassen.
Die ganze Nacht lag sie schlaflos. Es gelang ihr nicht, sich zu entspannen. In allen Einzelheiten tastete sie den vergangenen Nachmittag ab, noch immer erschreckt und erregt.
War sie je so behandelt worden? Nicht einmal Christian hatte... Oh, dieser Schuft! Und doch... Nein! Es durfte kein Doch geben! Aber... Ja, aber! Das Aber siegte.
Lisa gab ihren Kellnerberuf auf. Erneut sprang sie ins kalte Wasser. Etwas ganz Neues begann.
Für Fedor saß – oder lag oder stand – sie weiterhin unentgeltlich. Andere Künstler bezahlten ihre Nacktheit. Schließlich bezog sie sogar ein Zimmer in Schwabing, in der Kaulbachstraße.
Im Durchschnitt bekam sie zirka acht Mark pro Sitzung, manchmal mehr, manchmal weniger. Es kam ganz auf den Maler an und darauf, wie renommiert und zahlungsfähig er war.
Mit der Zeit merkte Lisa, daß es ihr gefiel, sich auszuziehen. Sie posierte keineswegs zum reinen Gelderwerb. Dazu machte die Sache zuviel Spaß. Sich nackt auf einem Fell zu räkeln war etwas »Verbotenes«, etwas »Sündiges«, und dafür hatte sie schon immer viel übrig gehabt. Langsam bekam sie ein tiefes Gespür für ihr Frausein und damit für sich selbst. Sie fing an, die Erotik ihres Körpers zu genießen und sich in ihr wohl zu fühlen. Sie erlebte Lust, wenn sie ihre Nacktheit beobachtet wußte; es erregte sie, nur noch Objekt für den Betrachter zu sein und sich seinen Augen, seinem Pinsel, seinem Bild von ihr auszuliefern.
Es war die Zeit, als Aktfotografien in Mode kamen, die dann auf Postkarten gedruckt wurden. Ganz läppische Bilder wurden da gemacht. Beispielsweise mußte Lisa so, wie Gott sie schuf, auf den

Knien eines völlig bekleideten Herrn sitzen, der ihr eine Rose überreichte und sie schmachtend anschaute. In diesen ersten Aktfotografien lag eine versteckte Prüderie, die auf eine unschuldige, geradezu lustvolle Weise dekadent war.
Für diese Fotografien bekam Lisa mehr Geld als fürs Modellstehen. Dennoch konnte sie sich nur mit Mühe und Not über Wasser halten. Das machte aber nichts. Die Welt erschien ihr aufregender denn je. Endlich passierte etwas! Sie war frei!
Manchmal hatte sie Geld und konnte sich einen verrückten Hut oder ein neues Kleid kaufen. Dann leistete sie sich echte Seidenstrümpfe und kaufte in Feinkostläden ein. Zu anderen Zeiten konnte sie kaum das Geld für die Miete aufbringen und mußte buchstäblich hungern, wenn nicht irgend jemand sie zum Essen einlud. Da sie aber für viele Maler posierte, kannte sie bald auch eine Menge Leute, wurde zu Atelierfesten – vor denen sie zu Hause so gewarnt worden war – und sonstwohin gebeten und kam gar nicht dazu, sich ernsthaften Existenzsorgen hinzugeben. Außerdem verspürte sie eine Zuversicht und ein Vertrauen in die Richtigkeit ihres Schicksals wie nie zuvor. Das Leben erschien ihr als einziges Abenteuer, viel zu kurz, um intellektuell überfrachtet zu werden.
Ende Februar war sie dennoch hoffnungslos blank. Im Kunstgeschäft herrschte Eiszeit. Nicht einmal auf Rückfragen erhielt sie Angebote von Fotografen. Kein Maler ließ etwas hören.
Da kam ihr die Idee, es wie Franziska zu Reventlow zu machen, jene Schwabing-Legende, die ihre Hochburg vor ein paar Jahren verlassen hatte, um nach Ascona weiterzuziehen. Je mehr Lisa von dieser Frau hörte, desto stärker war sie fasziniert. Franziska Gräfin zu Reventlow hatte sich rückhaltlos zur freien Liebe bekannt und nebenbei Essays, Novellen und Artikel veröffentlicht, die einen scharfsichtigen Geist verrieten. Ihr Roman »Ellen Olestjerne« galt immer noch als eines der größten Werke des Naturalismus und sollte erst in späteren Jahrzehnten vergessen werden. Sie war die Geliebte von Klages gewesen und hatte auch mit anderen Berühmtheiten Affären gehabt, so mit Wolfskehl und, auf platonischer Ebene, mit Rilke. Über Wasser gehalten hatte sich diese erotische Landstreicherin mit Übersetzungen aus dem Französischen.
Lisa dachte an ihre doch recht soliden Englischkenntnisse und suchte sich einen Verleger. Der Tip, sich an Gregorian zu wenden, nachdem Albert Langen sie abgelehnt hatte, kam übrigens von Fedor, der über sehr viele Dinge Bescheid wußte.
Schon drei Tage später saß sie an ihrer ersten Übersetzung und mußte zugeben, sich damit auf echte Kopfarbeit eingelassen zu haben, die

anstrengend zu werden drohte. Obwohl es nur ein Trivialroman mit dem vielverheißenden Titel »Kisses in the dark« war, kamen ihr die ersten fünfzig Seiten vor wie Sklavendienst. Allmählich gelang es ihr aber, sich wieder in die fremd gewordene Sprache einzufinden. Sie gab sich Mühe, denn es war ihr daran gelegen, weitere Aufträge von Gregorian zu bekommen.

Das Vorstellungsgespräch hatte in englischer Sprache stattgefunden. Lisa war es gewesen, als würde sie auf Herz, Nieren und Magen geprüft, nicht zuletzt deshalb, weil Gregorians elegant-seriöse Erscheinung sie eingeschüchtert hatte. Bürgerlichkeit...

Wie sie in Gregorians Bureau saß, merkte sie, daß sie dem Bürgerlichen, von dem sie sich ja ein gutes Stück entfernt hatte, immer noch Respekt entgegenbrachte. Selbstironisch dachte sie auch: Wenn ich es anders eingefädelt hätte, wäre ich vermutlich heute die Frau eines ähnlich gutaussehenden – Gregorian war eine blendende Erscheinung –, gutsituierten und ehrenwerten Bourgeois! Obwohl sie auf dem Papier immer noch an Christian Landgraf gebunden war, hatte sie nicht den Ehrgeiz, irgend jemands Frau zu sein. Jetzt wollte sie erst einmal sich selbst gehören.

Fedors Vorschlag, sich zur Sicherung ihres Einkommens und ihrer Freiheit an Gregorian zu wenden, war wirklich gut gewesen. Gregorian war dabei, zu expandieren und sich auch der Trivialliteratur anzunehmen. Der junge Gregorian hatte den alten abgelöst und wollte neue, kommerziell erfolgreichere Wege gehen. Als er Lisa nach einem längeren Gespräch die Hand gab, sagte er: »Auf lange und gute Zusammenarbeit, Frau Holzgartner.«

So war Lisa jetzt beschäftigt – zu beschäftigt, um überhaupt noch an ihre ursprüngliche Absicht zu denken, selbst zu malen.

Je nach Seitenzahl bekam sie für einen übersetzten Roman 200 bis 300 Mark. Allzuviel war das nicht.

Es gab keine Affären. Trotzdem empfand Lisa ihr ganzes Dasein als durch und durch erotisch. In Schwabing – von Eingeweihten nur Schwabylon oder Wahnmoching genannt – gab es eine Menge von »Kreisen« und Zirkeln. Im Mittelpunkt dieser vielschichtigen, teilweise ineinander übergehenden Gruppierungen, die sich alle einem bestimmten Geist verschrieben hatten, standen, neben dem Wedekind-Clan, die vielberüchtigten Kosmiker, Mystiker mit heidnischen Idealen, allen voran immer noch Ludwig Klages. Lisa war nahe daran, sich in den tiefsinnigen Blonden mit der Hellsicht im Wahnsinn zu verlieben.

Klages war Chemie-Student gewesen und hatte sich inzwischen als Graphologe und Begründer der Charakterkunde einen Namen gemacht. Vor allem jedoch verstand er sich als Verkünder und Priester eines neuen Heidentums wider die »semitische Vernünftigkeit«. Das »Heidnische« wollte er gedeutet wissen als Glauben an den »kosmogonischen Eros«, die »außerpersönliche Wirklichkeit des glühenden Augenblicks«. Was er damit meinte, begriff Lisa nicht ganz, aber immerhin hörte es sich gut an.

Dann gab es Schuler, den Mythenforscher und Erdgeist, eine »heidnische Blutleuchte« beschwörend, außerdem Wolfskehl, den »kosmischen Poeten«, von der Reventlow »männlich schöner Assyrerprinz« genannt, der rauschhafte Feste ins Leben rief und Maskenzüge veranstaltete, es gab Stefan George, streng und ernst, eine imposante Erscheinung mit mächtigem Philosophenkopf und wie erloschen scheinenden Augen... und und und...

In den berühmten Cafés, dem »Café Leopold«, dem »Café Boris« oder dem »Café Stefanie«, konnte man ihnen begegnen. Lisa lauschte oft stundenlang den philosophisch-theoretischen Streitgesprächen über Sinnlichkeit und Erdnähe.

Ludwig Klages, nordisch kühl trotz Wahnsinns-Träumen, hochgewachsen, schmal, blond und blauäugig, weckte in Lisa eine wilde Schwärmerei. Eine Zeitlang stieg sie ihm, der sie kaum beachtete, geradezu nach. Die Welt war voller Männer, die sie begehrten – selbst Karl Wolfskehl, der sprach- und phantasieüberreiche Wahnmoching-Lyriker, schaute sie jedesmal lange und oft an, wenn er ihr im Café gegenübersaß –, doch wie immer entzog sich ihr genau der, auf den sie es abgesehen hatte.

Klages sagte einmal zu ihr: »Freilich haben Sie etwas Heidnisches an sich. Auch Sie lieben die Liebe mehr als den Geliebten. Aber dann... Etwas bürgerlich Besitzergreifendes, das Sie unfrei macht, ist Ihre Fessel.«

Nun gut.

Wie gesagt: Sie hätte sich in Klages verlieben können, aber es blieb bei einer Schwärmerei. Manchmal glaubte sie, viel mehr in Fedor verliebt zu sein.

Fedor malte sie immer noch. Er zahlte ihr nichts. Er schlief auch nicht mit ihr, machte nicht einmal Anstalten dazu. Trotzdem wurde ihre Beziehung von Mal zu Mal erotischer.

Sie hielt ihn durchaus für leicht verrückt – wer war das in Schwabing nicht? –, aber seine archaische Männlichkeit sprach das Weibliche in ihr außergewöhnlich stark an. Er entrechtete sie und sagte ihr, sie sei durch und durch eine »Hure aus Passion«. Er sagte ihr auch noch ganz andere Dinge und gab ihr zu verstehen, daß sie für ihn nichts war, absolut nichts. Sie empfand oft einen Ekel vor sich selbst, vor

ihrem Verlangen nach Unterwerfung – ausgerechnet sie! –, und war gleichzeitig fasziniert von seiner absoluten, immer präsenten geistigen Macht. Manchmal hatte sie das Gefühl, ihm verfallen zu sein.
Sie wußte immer noch nicht, wer er war. Allen Fragen entzog er sich durch sein großes Schweigen. Überhaupt zog er es vor, nicht viel zu reden. Indem er sich unfaßbar machte, umgab er sich mit einer mystischen Aura.
Oft dauerte es Wochen, bis er nach einer Sitzung wieder nach ihr schickte. Sie litt darunter. Wenn sie sein Haus verließ, war sie immer ganz ausgeleert, erschöpft und aufgedreht zugleich. Es geschah nichts, und doch schien alles zu geschehen.
Nach einer Sitzung bei Fedor brauchte sie immer Stunden, Tage oft, um wieder zu sich selbst zu finden, um Ruhe und Abstand zu gewinnen. Ließ er dann über Gebühr lange nichts von sich hören, wurde sie ungeduldig und reizbar, und alles in ihr verlangte wie süchtig nach ihm.
Die Bilder, die er von ihr malte, fand sie widerlich. Es gelang ihm, selbst ihr den Stempel des Unästhetischen aufzudrücken. Einmal sagte er zu ihr: »Objektiv gesehen bist du schön. Das ist eine Herausforderung für jemanden, für den es keine Schönheit gibt.«
Wirklich löschte er ihre Schönheit aus, verzerrte und persiflierte sie. Er hielt ihre Züge fest, merzte aber den Reiz in ihnen aus. Lisa dachte manchmal, daß sie so aussehen könnte, wenn sie vierzig oder fünfzig und verbittert wäre, und sie verstand nicht, warum Fedor sie so und nicht anders sehen wollte.
Nicht nur sie sah er so – so wie sie, so sah er die Welt. Aus seinen Bildern sprach ein zwanghafter Zynismus.
Fedor war von Huren fasziniert. Er malte auch in erster Linie Straßenmädchen und war vernarrt in den Mythos käuflicher Lust.
Zu Lisa sagte er: »Natürlich bist du eine Hure – was sonst? Merkst du nicht, daß du dich verkaufst? In der Regel tust du es für Geld – und mir verkaufst du dich für deine Lust. Du bist eine klassische Hure, eine Hure aus Leidenschaft.«
Gab es das, eine »Hure aus Leidenschaft«? Die gefallenen Mädchen, die Lisa aus Romanen kannte, waren durch die Bank bemitleidenswerte, aus Not handelnde, verkommene oder auch innerlich engelsrein bleibende Geschöpfe, die an der Art ihres Gelderwerbs jämmerlich zugrunde gingen. Hure aus Leidenschaft? Immerhin hatte Fedor eine interessante Sicht der Dinge. Auch wenn sie sich gegen Behauptungen wie diese wehrte – innerlich nur, denn sie gab ihm kaum Widerworte –, hatte sie oft das entschiedene Gefühl, nichts von ihm zu wissen, während er sie längst seziert hatte.

Im März trat dann ein neuer Mann in ihr Leben, der sie von Fedor etwas ablenkte.
Sie lernte Nikolaus Leander kennen, einen damals sehr populären »Maler der Schönheit«, Wassilijews Gegenpol. Auf seine Weise war er ebenso exzentrisch wie Fedor, nur lauter, extrovertierter. Er malte Idyllen und war nebenbei ein wortreicher Theatraliker mit hastiger Gestik und betont zur Schau getragener Selbstüberzeugung. »Was!« rief er, als sie ihm erzählte, für Fedor Wassilijew Modell zu stehen. »Diesem Weltverächter? Ah, wie können Sie! Sie vergehen sich an sich selbst und an der Kunst! Kunst ist die Verherrlichung, die Anbetung der Schönheit! Schönheit ist göttlich, und Wassilijew, dieser Ketzer, lästert die Schönheit und weiß nichts vom kosmischen Sinn der Vollkommenheit! Er lästert die Schönheit und schändet die Kunst, jawohl! Ich sage Ihnen: Er ist ein Stümper und hat ein wirres Gehirn. Ach, was für ein irregeleiteter Geist muß das sein, der keine Schönheit mehr erkennt!«
Lisa amüsierte sich im stillen über diesen Temperamentsausbruch, der das erste war, was sie vom berühmten Leander zu hören bekam. Formvollendet lud er sie schriftlich in sein Atelier ein, das er, nach erfolgreichem Aufenthalt in Paris, wieder in München bezogen hatte, denn er habe ja gehört, »daß die Schönheit selbst nach Schwabing gekommen ist – in Gestalt einer Aphrodite«. Der Brief, so überkandidelt er sich auch las, hatte Lisa geschmeichelt. Immerhin – er war der große Leander!
Sein Atelier gefiel ihr. Es war hell, nicht nur durch weiße Wände und Licht, sondern vor allem durch die dem Leben huldigenden, sinnenfrohen Bilder Leanders. Grün und Rot waren die Grundtöne in allen Räumen. Alles sprühte vor Leben.
Nikolaus Leander bot ihr Platz an, schenkte ihr Rotwein ein und überschüttete sie mit Fragen. Wie sie lebe, wovon sie lebe, wie sie an Wassilijew, diesen Trottel, gekommen sei, wieso sie posiere, wovon sie träume... Er ließ sie gar nicht erst antworten, da ihm schon die nächste Frage auf der Zunge brannte, und so ließ Lisa es sein, irgend etwas zu erklären. Leander schien sowieso, kaum daß er einen Satz zu Ende gesprochen hatte, zu vergessen, was er sagte.
Nichts an ihm war ruhig. Nie standen seine lebhaften, kleinen Augen still, oft fuhr seine Rechte schwungvoll durch seine dichten, blonden Haare. Er wirkte schlaksig und jünger, als er war. In Wahrheit näherte er sich den Vierzigern. Auf etwas beiläufige Art sah er gut aus, wäre aber ohne sein exzessives Temperament eher unauffällig gewesen.
Während er sich mit Lisa »unterhielt«, ging ein paarmal die Türglok-

ke. Leute kamen, Leute gingen, es war immer ein großes Hallo. Lisa wurde wie eine gute, alte Bekannte vorgestellt und angepriesen, Leander machte um alles und jeden viel Wesen, komplimentierte die Leute herein und wieder hinaus, tat, als wäre er hocherfreut, und schloß endlich, nach zwei Stunden Menschenwechsel, die Tür und stellte die Klingel ab.

»So, jetzt ist Schluß! Ständig dieses Pack! Was die Leute nur immer von einem wollen! Sie sind ja alle sehr nett, jaja, aber furchtbar langweilig auf die Dauer. Sie entschuldigen?«

Lisa begann sich zu fragen, ob er überhaupt die Absicht hatte, sie zu malen, oder ob er es dabei belassen wollte, auf sie einzureden. Seine Sprunghaftigkeit machte es ihr schwer, ihm zu folgen. Er war lebhaft und spontan, aber nicht gründlich. Immer wieder kam er auf Wassilijew zurück. Alles andere interessierte ihn nur am Rande, er sprach es kurz an, um es gleich darauf wieder fallenzulassen. Wassilijew machte er so schlecht, wie man es sonst nur tut, wenn man Konkurrenz zu fürchten hat. Spürte er Wassilijews Können und Meisterschaft, oder mußte er seiner inneren Erregung einfach Luft verschaffen?

Als er erfuhr, daß sie nebenbei noch übersetzte, rief er entsetzt: »Du lieber Himmel! – Nein, nein! Sie sind zu schön für so einen Unfug. Schöne Frauen sind inkarnierte Musen, Geschöpfe des Himmels… Blutleere Gedanken gehören nicht in ein Frauenhirn. Gedanken töten die Phantasie, die Poesie, die Seele!«

Lisa wußte mit diesem neuerlichen Ausbruch gar nichts anzufangen. Sie empfand sich keineswegs als »Geschöpf des Himmels«, doch es erschien ihr zu mühsam, gegen seinen Wortschwall anzukämpfen.

Erst als er schrie: »Warum? Warum?«, erklärte sie ihm, daß sie ihren Lebensunterhalt verdienen müsse.

Nikolaus Leanders Gesicht wurde dunkel und ernst, und er sagte dramatisch: »Das Leben zwingt einen zu manchem Verbrechen, aber das reinigt das Verbrechen nicht von seiner Schuld.«

Ungerührt erwiderte Lisa: »Ich übersetze aber gut.«

»Noch schlimmer!« rief Nikolaus. »Die Menschheit sollte in Liedern und Gesängen leben und sich den Sinnen und nie – niemals! – dem Intellekt ergeben. Das ist ihre Bestimmung. Geist ist Gift. Alle Niedertracht der Welt wurde aus dem Geist geboren.«

»Und alles Edle«, fügte Lisa hinzu, da sie seiner Theatralik langsam müde wurde. »Außerdem können Sie Vorhandenes nicht leugnen. Der Geist ist da.«

»Er sollte aber nicht herrschen! Nicht in einer Frau! Noch dazu in einer so schönen, so weiblichen Frau! Der Geist ist männlich.«

Ironisch meinte Lisa: »Aber ›die‹ Intelligenz ist weiblich.«
Er sah irritiert aus. »Ah!« rief er. »Wortspiele! Ich rede nicht von etwas so Kleinlichem, Schulmeisterhaftem wie Grammatik! Der Intellekt, der Geist ist männlich – und nur da gut, wo er hingehört. Weiblich ist die Materie, der mütterliche Urgrund.«
Lisa fand diese Theorie äußerst kühn, wollte sich aber nicht in eine Auseinandersetzung einlassen, da sie deren Fruchtlosigkeit erkannte. Also lächelte sie unverbindlich.
Leander ging an diesem Tag nicht mehr dazu über, sie zu malen. Aber er sagte ihr, wann sie wiederkommen sollte.
Sie kam auch wieder, allerdings eine halbe Stunde zu spät, weil sie noch eine Übersetzungsarbeit abliefern mußte. Leander mischte bereits die Farben. Diesmal durfte sie gleich ablegen. Kichernd fragte sich Lisa, hinter wieviel Paravents sie wohl schon gestanden hatte, seit sie in diesem Metier war.
Als sie hervortrat, um auf dem Podest Stellung zu beziehen, sah er sie eine ganze Weile an. Endlich war sein Redestrom versiegt, doch auch sein Schweigen war theatralisch.
»Nicht Venus!« sagte er schließlich beschwörend.
Fragend suchte sie in seinen Augen.
»Ich wollte dich als Venus malen, Venus, die aus der Muschel steigt, ein klassisches Motiv. Kennst du die Venus von Botticelli? Sie ist eine Göttin und als solche voller Unschuld.«
Lisa verstand nicht ganz, worauf er hinauswollte. Ihr Blick blieb fragend.
»Keine Göttin reicht an das Wunder eines echten Weibes heran«, sagte er leise. Und dann begeistert: »Ich werde ein Meisterwerk der Sinne schaffen! – Komm mit!«
Achselzuckend stieg Lisa wieder von der Erhöhung – und erschrak, als er sie in sein Schlafzimmer führte. Er wünschte sie im Bett zu sehen, voilà! Sie wartete darauf, daß er ihr Anweisungen gebe, wie sie zu liegen habe, doch er schien zufrieden zu sein, wie sie sich ausstreckte, sich ihm seitwärts zuwandte und den Kopf auf die Hand stützte.
»Moment!« rief er und holte seine Utensilien.
Als er zurück war, fing er gleich zu pinseln an. Wie lange sie so zur Bewegungslosigkeit verurteilt dalag, wußte sie nicht, aber sie merkte, wie ihr Arm einschlief.
Ab und zu sagte er: »Behalt den Ausdruck! – Behalt den Ausdruck!«
Sie ließ ihren Blick durch den Raum gleiten, der ganz im Jugendstil eingerichtet war. Es gefiel ihr hier.
Plötzlich warf Leander den Pinsel fort. Lisa fuhr erschrocken hoch.

»Wie heißt du?« wollte er wissen, obwohl er ihren Namen doch kannte.
Ohne zu überlegen, sagte sie: »Lilly.« Es sollte keine Lisa mehr geben.
»Du bist Lilith«, behauptete Leander. Dann kam er auf sie zu. Als er vor ihr stand, ging er auf die Knie.
»Ich kann mich nicht konzentrieren. Ich spüre dich zu sehr«, flüsterte er, beugte den Kopf und küßte sanft, ungewöhnlich sanft für sein sonstiges Benehmen, ihre Brüste.
Lisa bewegte sich nicht. Ihr erster Impuls, ihn wegzustoßen, erlahmte, als sie seine Zunge auf ihrer Haut fühlte. Sie kannte Maler, die sie nie anders als mit den Augen des Künstlers gesehen hatten, und andere, die gern intimere Bande geknüpft hätten. Bisher war sie nie darauf eingegangen.
Leander berührte sie auf eine nahezu ehrfürchtige Art. Eine ganze Weile wanderten seine Hände forschend und tastend über ihren Körper. Seine Zunge spielte mit ihren Brustspitzen. Lisa bekam einen trockenen Mund. Alles in ihr wurde heiß, als seine Hände ihre angewinkelten Beine spreizten und die Innenseite ihrer Oberschenkel entlangstrichen. Ganz zart berührten seine Finger ihre Schamlippen. Lisa hielt den Atem an. Ihr ganzes Sein schien sich auf ihren Schoß zu konzentrieren. Nach endlos langer Zeit, als alles nur noch Wollen und Lust war und sie es kaum noch aushielt, drang er mit zwei Fingern in sie ein. Wie von allein bewegte sie sich diesen Fingern entgegen. Ohne zu wissen, was sie sagte, stöhnte sie leise: »Ja! Ohhh – ja!«

Lisa war von ihrem ersten Orgasmus so beeindruckt, daß sie tags darauf bei Nikolaus Leander einzog.
Mit einem Mann zusammenzuleben, ohne mit ihm verheiratet zu sein, war in Lisas Vorstellungswelt noch immer der Gipfel des Unmoralischen und Revolutionären. Sie gefiel sich in der Rolle der Sünderin.
Es war keineswegs leicht, mit Nikolaus – Niki, wie er für Freunde hieß – zu leben. Er war die Personifikation der Unausgeglichenheit und Unruhe. Von Natur spontan und leidenschaftlich, reagierte er impulsiv und unberechenbar. Lisa gewöhnte sich daran, leere Flaschen und volle Aschenbecher fortzuräumen. An manchen Tagen gaben sich die Besucher – Künstler, Bewunderer, Freunde, alte Bekannte oder Verehrer Nikis – die Klinke in die Hand. Für jeden hatte er ein offenes Haus. Alle wurden bewirtet und mit Freudenbekundungen über ihr Kommen überschüttet. Lisa war schließlich

überzeugt, Niki hätte selbst mit seinem Erzfeind Fedor eine Flasche Champagner geleert.
Niki liebte Menschen, aber er liebte sie wahllos und machte keine Unterschiede. Es kam allerdings vor, daß er nach der Verabschiedung eines »guten, alten Freundes« zu Lisa sagte: »Ein unangenehmer Mensch, nicht?«
Natürlich hatte auch Lisa keine Ahnung, wie Niki über sie dachte und zu anderen von ihr sprach. Dafür konnte sie sich seines Verlangens sicher sein. Er schlief zu jeder möglichen und unmöglichen Tageszeit mit ihr und konnte sich nicht darin genug tun, ihr auf jede Weise ihre Attraktivität zu bestätigen. Zu dieser Zeit arbeitete er sehr wenig. Er beschränkte sich auf den Lebensgenuß.
Über Niki lernte Lisa eine Menge neuer Leute kennen und erlebte rauschhafte Feste, die meistens in wüsten Orgien endeten. Das alles war neu und schillernd. Schon früher hatte sie an Atelierfesten teilgenommen, aber was Niki veranstaltete, überbot alles Dagewesene. Hier war Schwabing wirklich Schwabylon. Die Gäste trieben es in aller Öffentlichkeit miteinander und fanden es schick. Es wurde gesoffen und gelacht und geblödelt, es wurde getanzt und geredet und geschimpft. Niemand tat sich einen Zwang an.
Lisa war in diese neue Umgebung ganz verliebt. Dieses Szenarium übertraf ihre kühnsten Vorstellungen von Künstlerfreiheit. Endlich lag alle Bürgerlichkeit hinter ihr!
Der Fasching war noch nicht vorbei. Ein Kostümfest jagte das andere. Niki ging mit Lisa überallhin. Sie waren das Liebespaar der Saison. Lisa fand das köstlich amüsant. Das Leben an Nikis Seite war ein einziges, immerwährendes Fest. Die Kehrseite der Medaille war, daß Niki alles Organisatorische und Hauswirtschaftliche Lisa überließ. Sie mußte dafür sorgen, daß für Feste und Besuche immer Getränke und lukullische Delikatessen im Haus waren, sie mußte sich darum kümmern, daß die Wäsche gewaschen und gebügelt wurde, sie überwachte die Finanzen und erinnerte Niki an Termine und Verpflichtungen, sie lernte wie nebenbei kochen und gab die Hemden in die Wäscherei. Trotzdem machte sie weiter Übersetzungen für Gregorian, was bei Niki regelmäßig Tobsuchtsanfälle auslöste. Sie trug zwar alle haushaltlichen Pflichten, durfte sich aber nicht selbständig machen. Auseinandersetzungen in dieser Sache endeten in der Regel versöhnlich im Bett.
Im Hause Leander wurde viel gebechert. Mit jedem, der kam, wurde angestoßen. Abends war ohnehin meistens irgend etwas los. Man hatte Gäste oder ging aus. Es kam auch mal vor, daß Lisa Niki, nachdem er zu tief ins Glas geschaut hatte, ins Bett schleppen mußte.

Sprach sie ihn auf seine Sauferei an, wurde er heftig. Er wurde überhaupt sehr leicht heftig. Was, sein Hemd war noch nicht gebügelt? – Er war heute abend zu einer Dichterlesung eingeladen, wo er seinen Frack brauchte! Was war damit? – Wie, nichts zum Trinken im Haus? Lilly, wo bleibt der Schampus? Verdammt, was heißt hier »keiner mehr da«? – Wieso hast du dir ein blaues Kleid gekauft? Du weißt, ich hasse Blau! Zieh den Fetzen aus! – Wo sind meine Skizzen? Ich habe sie absichtlich im Schlafzimmer liegenlassen. Wie kommst du dazu, sie wegzuräumen?

Kleinigkeiten ließen ihn in die Luft gehen. Als sie ihm einmal, ganz nebenbei, erzählte, Malerin werden zu wollen, drohte er ihr Prügel an, sollte sie sich beim bloßen Versuch erwischen lassen. Hatte er Angst vor Konkurrenz, oder mußte sie wirklich sein Geschöpf sein, das keinen eigenen Willen haben durfte? Meistens gab sie nach. Nur ihre Übersetzungsarbeit behielt sie bei. Da konnte er schimpfen, soviel er wollte.

»Fehlt dir etwas?« schrie er sie dann an. »Brauchst du etwas? Du kannst es haben! Für die paar Mark mußt du nicht zu Gregorian rennen!«

»Es ist aber mein Geld, verstehst du? Mein Geld! Es zeigt mir, daß ich etwas kann!«

»Ich mag nicht, daß du dich mit solchem Schwachsinn abgibst.«

»Ich übersetze momentan Galsworthy. Das ist kein Schwachsinn, das ist Literatur.«

Gerade Galsworthy war für sie eine Herausforderung. Verstand Niki nicht, oder wollte er nicht verstehen?

Er schrie bloß: »Um so schlimmer. Du weißt, was ich von intellektuellen Frauenzimmern halte!«

»Ich bin nicht intellektuell – leider. Ich bin bloß nicht dumm und benutze Sprachkenntnisse, die ich nun mal habe.«

»Ich mag das nicht«, beharrte Niki eigensinnig.

Jedesmal, wenn er sie bei Übersetzungsarbeiten antraf – und er schien es darauf anzulegen, sie unversehens »in flagranti« zu erwischen –, fiel ihm irgend etwas völlig Belangloses ein, was sie für ihn tun konnte, auch wenn er bloß lapidar sagte: »Käse ist auch keiner mehr da.«

Dabei hatte er eine Haushälterin!

Lisa hielt es nun so, daß sie sich zurückzog, wenn Gäste kamen, die sie nicht leiden konnte, Gäste wie einen gewissen Herrn Raabe, einen Fast-Schriftsteller, der nie etwas schrieb, aber immer mit großen Ideen schwanger ging und sehr von oben herab tat. Auch wenn Nikis Intellektuellen-Freunde angemeldet waren, mit denen über Gott und

die Welt philosophiert wurde und die sehr viel Unsinn daherredeten, ließ Lisa sich bald entschuldigen. Sie konnte nicht dabeisitzen und Niki reden lassen, obwohl sie wußte, daß sie viel mehr zur Sache hätte sagen können als er. Äußern durfte sie sich aber nicht, ohne Tadel befürchten zu müssen, da Niki es haßte, wenn sie sich an solchen Disputen beteiligte.
Er mochte sie schön und sinnlich – und wenn es seine Bequemlichkeit erforderte, auch praktisch. Nie aber gescheit. Er genoß es, mit ihr anzugeben, und zeigte sie in ganz München herum. Wenn andere Männer sie bewunderten, freute er sich und sagte stolz zu Lisa: »Der hätte dich auch ganz gern vernascht.«
Sie brauchte sich darauf allerdings nichts einzubilden. Mit sämtlichen ihrer Vorgängerinnen hatte er es ähnlich gehalten. Es war seine Art, Erfolg zu genießen: ihn zu zeigen. Wagte es Lisa jedoch, einmal zurückzuflirten, ging Niki die Galle über. Seine Eifersuchtsszenen waren dramatisch und seit jeher gefürchtet.
Mit Theo diskutierte Niki oft über die »vollendete Form«. Die beiden waren gut befreundet und saßen häufig zusammen. Während eines Frühlingsfestes, als alle Gäste als Feen, Elfen und Faune verkleidet waren, kam zwischen Lisa und Theo eine angeregte Unterhaltung in Gang. Lisa konnte nicht anders, sie wurde kokett. Niki ohrfeigte sie in aller Öffentlichkeit. Er ohrfeigte nicht Theo, er ohrfeigte sie. Gegen Theo zornig zu sein, hatte er ja auch keinen Grund. Selbstverständlich durfte Theo Lisa schön und aufregend finden. Niki war nie auf die Männer wütend, denen Lisa gefiel, sein Zorn richtete sich immer gegen sie, weil sie die Verführerin war. So sah er es, so mußte es sein. Anfangs forderte sie seine Eifersucht geradezu heraus. Bald merkte sie, daß es gar nichts herauszukitzeln galt, daß Niki von Natur aus »dauereifersüchtig« war. Von da an hütete sie sich, Öl ins Feuer zu gießen.
Niki war ihr nicht treu, schon nach ein paar Wochen nicht mehr. Manchmal wurde sie sogar Zeugin, wie er einer anderen Frau in den Hintern kniff. Zu ihrer eigenen Überraschung machte ihr seine Promiskuität nichts aus. Außerdem bekam sie selbst immer mehr Appetit auf die »Kirschen in Nachbars Garten«. Da Niki dafür gesorgt hatte, daß sie ein Pessar benutzte – Was es alles gibt! hatte sie gedacht –, war sie von ihren früheren Hemmungen befreit.
Ihre erotischen Gefühle für Niki kühlten sehr bald ab. Irgendwie erschien er ihr nicht als richtiger Mann. Vieles an ihm war so kindlich und unreif. Seine Dominanz war nicht natürlich, sondern inszeniert. Obwohl sie nicht mehr zu Fedor kam, dachte sie oft an ihn.
Eines Nachmittags, als Niki nicht da war, beschloß sie, Fedor Wassilijew einen Besuch abzustatten.

Dreizehntes Kapitel

Fedor war zu Hause, als Lisa klingelte.
Zuerst erkannte sie ihn gar nicht, denn er trug nicht seinen schwarzen Cut, sondern einen blau-gelben Morgenrock, obgleich es bereits nach Mittag war. Normalerweise sah man ihn nur in Schwarz, selbst sein Malerkittel hatte keine andere Farbe. Kurzes Erstaunen erschien auf seinem Gesicht.
Da Begrüßungen zwischen ihnen nicht üblich waren, sagte sie gleich: »Ich habe sehr lange nichts mehr von dir gehört. Da dachte ich, ich müßte mal vorbeikommen.«
Nach einem abschätzenden Zögern nickte er.
»Ist dies ein Privatbesuch?« wollte er wissen.
Lisa lachte und schlug den Schleier ihres Hütchens zurück. »Natürlich. Solltest du jedoch weiterhin berufliches Interesse an mir haben, stehe ich zur Verfügung.«
Fedor trat zurück und ließ sie eintreten. Als Lisa die nackte Frau auf den Fellen sah, erschrak sie etwas.
»Oh«, sagte sie. »Stören will ich nicht.«
Fedor nickte der Frau zu, befehlsgewohnt wie immer. Sofort stand sie auf und verschwand, um sich anzuziehen. Lisa sah ihr nach. Die Frau war nicht mehr schön und auch nicht mehr allzu jung.
»Ich würde dir sagen, wenn du störst«, sagte Fedor, goß Wasser in die Waschschüssel und wusch sich die Hände. Lisa stand unschlüssig im Raum. Inzwischen kam die Frau angezogen wieder hinter dem Paravent hervor, warf Lisa einen kurzen Blick zu und ging dann an ihr vorbei. Früher mochte sie einmal recht hübsch gewesen sein, doch jetzt sah sie verlebt und verwelkt aus. Sie war stark geschminkt und auffällig angezogen.
»Montag?« fragte sie Fedor.
Ohne sie anzusehen, gab Fedor zurück: »Montag.«
Erst als die Tür ins Schloß fiel, blickte er hoch. Er war keineswegs verlegen. Er hatte die Frau nur bereits vergessen.
Lisa zog ihren Mantel aus und warf ihn über einen der beiden Stühle.
»Wer war das?« fragte sie.
»Uninteressant für dich.«
»Eine Prostituierte?«
»Eine Prostituierte.«
»Schläfst du mit ihr?«
Jetzt drehte er sich um und sah sie mit seinem sonderbaren Halb-Lächeln an. Eine Erwiderung kam nicht.

Sein Blick tastete sich über ihr Kleid. Es war neu und von dunklem Rot. »Wie ich sehe, verkaufst du dich inzwischen recht gut«, sagte er.
»Leander ist nicht kleinlich. – Abgesehen davon verdiene ich weiterhin bei Gregorian.«
Sie ging davon aus, daß er von ihrem Verhältnis mit Niki wußte. Ganz Schwabing wußte davon. Langsam nahm sie ihren Hut ab.
Fedor schien in sich hineinzulachen. »Leander ist zwar ein ahnungsloser Kleckser, aber vielleicht ganz nützlich.«
»Inwiefern?«
»Er hat dich reif gemacht.«
»Reif? Wofür?«
»Für mich.«
Lisa lachte auf. »Du glaubst doch nicht, daß ich mit dir schlafe, nachdem du fünf Minuten vorher dieses Weibsstück gehabt hast.«
»Du glaubst doch nicht, daß ich danach frage.«
Er war auf sie zugetreten und stand direkt vor ihr. Angriffslustig und trotzdem etwas beklommen sah sie zu ihm hoch. Seine Kiefer hatten sich gespannt. Plötzlich griff er mit einer Hand in ihr Haar. Es tat weh. Lisa ließ sich hochziehen.
»Du kannst nicht mehr zurück«, hörte sie ihn sagen. »Jetzt nicht mehr.«
Zurück? Sie wollte überhaupt nicht zurück. Er sollte ihr weh tun, er sollte sie auslöschen.

Mit Fedor war es Leidenschaft.
Mit Fedor entdeckte sie die eigene Hemmungslosigkeit und darin sich selbst. Auf Fedor hatte sie gewartet.
Lisa verstrickte sich in eine tiefe Hörigkeit. Einem Mann wie ihm war sie noch nie begegnet. Er magnetisierte ihre Extreme mit den seinen, er war stärker als sie, er hatte eine enorme psychische Kraft, die ihm Macht gab. Er nahm ihr ihren Willen und lehrte sie, das Spiel der Unterwerfung zu genießen.
Er konnte mit ihr machen, was er wollte – sie ließ es zu. Mehr noch, sie forderte ihre Versklavung heraus. Genug war nicht genug für sie. Fedor schenkte ihr ein breites Lederarmband, ein »Sklavenband«, das sie von da an immer trug.
Trotzdem lebte sie weiterhin mit Niki, dem dieses Armband ebenso auffiel wie gelegentliche blaue Flecke und Striemen auf ihrer Haut, Folgen ihres Ungehorsams. Er tobte wie ein Wahnsinniger und schrie: »Wer war das? Wer war das?«
Eigentlich erwartete sie, Niki werde sie hinauswerfen, aber sonderbarerweise geschah das nicht. Statt dessen sagte er ihr zum ersten Mal,

er könne ohne sie nicht leben und werde sie niemals gehen lassen. Er führte fürchterliche Szenen auf, die alle die Handschrift Leanderscher Dramatik trugen. Dramatisch – so empfand Lisa jetzt ihr ganzes Dasein.

Dramatisch war es vor allem, zwischen zwei Männern zu stehen, einem, dem sie verfallen, und einem, der ihr verfallen war. Seit Niki von seinem Nebenbuhler wußte, versuchte er sich zu rächen, indem er Lisa wissen ließ, daß er mit anderen Frauen schlief. Leider ließ sie das völlig kalt – und doch war sie in seinem Bett leidenschaftlicher denn je.

Die sadomasochistisch gefärbte Affaire mit Fedor beanspruchte Lisas ganzes Denken und Fühlen. Niki war ihr nicht unangenehm, sie mochte ihn, aber er hatte keinerlei Macht über sie. Ihre beiden Liebhaber waren auch sonst äußerst verschieden.

Fedor lebte sehr zurückgezogen, während Niki den Champagner fließen ließ. Das eine wie das andere kostete Lisa aus.

Wenn Fedor allerdings zu lange nichts von sich hören ließ, wurde sie hysterisch. Es widerstrebte ihr, von sich aus zu ihm gehen; er hätte sich ihr verweigern können.

Fühlte sie sich von Fedor verlassen, kam es vor, daß sie schluchzend in Nikis Armen lag und ihr Schicksal anklagte. Nikis Sinn für Tragik war ansteckend.

Natürlich verriet sie ihm nicht, wie dieses Schicksal aussah, doch sie nahm an, daß Niki die Zusammenhänge, wenn auch nur wie im Nebel, erahnte. Dennoch tröstete er sie. Ja, wirklich, das tat er... Ein Trost, ein wirklicher Trost, waren ihr solche Momente natürlich nicht. Niki und die übrige Welt konnte sie nur genießen, wenn sie sich Fedors sicher war.

Sie selbst verstand das auch nicht recht. Fedor blieb ihr weiterhin fremd. Sie hätte ihn aufreißen, sich in ihn wühlen, in ihm untergehen wollen, doch er blieb, trotz aller sexuellen Leidenschaft, kühl. Ein Geheimnis schien um ihn zu sein, in das sie nicht dringen konnte. Je undurchdringlicher er ihr erschien, desto unbedingter wurde ihre Leidenschaft.

Selbst seine Grausamkeit faszinierte sie. Sogar in seiner Freundlichkeit lag etwas Brutales. Er forderte von ihr vollkommene Selbstverleugnung. Lisa unterwarf sich. Solange sie gehorchte, sprach er in einem gelassenen, ruhigen Ton zu ihr, begehrte sie auf, wurde er ein Teufel.

Sie erkannte sich in der Frau ohne Willen nicht wieder. Eigentlich nahm Fedor ihr die Selbstachtung, und doch war sie selbstsicherer und freier denn je.

Er nannte sie nie bei Namen. Wenn er sie ansprach, nannte er sie »junge Frau«, und manchmal hieß er sie einfach eine Hure. »Ich hasse dich!« schrie sie ihn an. »Ich hasse dich!« – Und doch wäre sie mit ihm in die Hölle gegangen.
Körperlich war er ein ausgesprochen schöner Mann, athletisch, breitschultrig, schmal in den Hüften. Ihn bloß anzuschauen war erregend. Dann diese Augen, sein zwingender Blick... Für Fedor war sie immer bereit, für ihn war sie die »Hure aus Passion«. Über ihre wirklichen Gefühle für ihn war sie sich noch nicht so recht im klaren. Sie wußte auch nicht, was Fedor für sie empfand. War er denn gar nicht eifersüchtig auf Niki?
Eines Nachmittags wagte sie es, ihn darauf anzusprechen. Sie lag mit ihm im Bett, ihr Kopf ruhte erschöpft an seiner Schulter, ihre Finger spielten mit seinen Brusthaaren.
»Ist es dir eigentlich egal, daß ich bei Leander wohne?«
Wie ein Stich fuhr es in sie hinein, als er erwiderte: »Völlig.« Und dann sagte er noch: »Du wirst ihn irgendwann vergessen.«
»Wer sagt das?«
»Ich.«
»Und wie kommt du darauf?«
»Du bist nur in dich selbst verliebt.«
Lisa nahm den Kopf von seiner Schulter und stützte sich auf. »Wieso sagst du das?«
»Weil es deine Selbstverliebtheit ist, die dich so geil macht.«
»Ich bin also nicht in dich verliebt?«
Fedor antwortete nicht. Ihre Finger glitten über seine feste, muskulöse Brust – eine ungewöhnliche Brust für einen Künstler, ihr Mund wanderte über seine Haut.
»Ihr Weiber sollt endlich einsehen, worum es geht. – Du willst gründlich gevögelt werden. Das kannst du haben.«
Seine Hand griff in ihren Nacken und bog ihren Kopf herauf. Durchdringend und hart ging sein Blick ganz in sie hinein. Dann griff er ihr zwischen die Beine und begann jenes Spiel, mit dem er sie am liebsten folterte. Er erregte sie, bis sie ganz außer sich war, versagte ihr aber die Erlösung. Er griff ihr ins Fleisch, daß sie vor Schmerz schrie, und drang gleich darauf mit der Zunge ganz zart in sie ein, bis sie glaubte, sich aufzulösen. Er tat ihr weh und führte sie an die für sie so sinnraubende Schwelle zwischen Schmerz und Lust, und dann wieder war er sanft und spielerisch wie ein Windhauch. Als sie schon halb den Verstand verloren hatte, befahl er ihr, ihn französisch zu befriedigen, und als sie nicht sofort gehorchte, taumelnd noch in der eigenen Erregung, riß er sie herum und drückte ihren Kopf zu seinem

Geschlecht hinunter. Sie umspielte es mit den Lippen, reizte es, gab sich ihm hin, und die ganze Zeit lag seine Hand zwingend in ihrem Nacken.
Ehe er kam, fuhr er ihr mit den Fingern ins Haar und zog sie hoch.
»Bitte!« sagte sie – und er ließ sie um ihren Orgasmus flehen. Eine Menge kleiner Grausamkeiten fielen ihm ein, um ihre Erleichterung hinauszuzögern. Dann sagte er: »Ich will dir zusehen. Mach's dir selbst.«
Lisa blieb auf den Knien, während sie sich mit der Hand befriedigte. Wie hypnotisiert sah sie Fedor in die Augen, schrie ihren Orgasmus hinaus und sank in sich zusammen. Fedor warf sie auf den Rücken, stieß ihre Beine auseinander und nahm sie mit wenigen, harten Stößen. Noch einmal ließ sie sich stöhnend in das Gefühl fallen, benutzt zu werden, und fühlte Fedor ganz tief und überall und weinte fast. Oh, mein Gott... jajaja...
Danach sah Fedor sie mit analytischer Neugier an. Lisa gab den Blick ruhig zurück.

Merkwürdigerweise war es ausgerechnet Fedor, der ihren künstlerischen Ehrgeiz wenigstens in Ansätzen zurückholte. Sie erklärte ihm, bei ihrer ersten Begegnung keineswegs gescherzt zu haben und wirklich Malerin werden zu wollen.
Fedor sagte zwar nicht viel dazu, stellte sie eines Tages aber vor eine Leinwand und sagte:
»Fang an!«
Sie begann, verspielt und ohne rechten Sinn, zu pinseln.
»Sieht sehr nach Leander aus«, meinte Fedor nach einer Weile. »Da muß noch einiges passieren.«
Lisa lächelte. Fedor glaubte also an ihr Talent.
Von da an ließ er sie des öfteren zu Pinsel und Farbtopf greifen. Wenn ihm etwas absolut nicht gefiel, führte er ihr für einige Striche die Hand, um ihr zu zeigen, wie man welche Effekte erzielen konnte. Manchmal schien sie ihn zu amüsieren. Es war dann, als wolle er sagen: Schau an, schau an...
Im Frühsommer zogen beide in die Parks hinaus. Sie zeigte sich mit Fedor in aller Öffentlichkeit, obwohl sie wußte, daß Niki Zuträger hatte. Man kannte Fedor wie Niki überall – und Lisa inzwischen auch. Sie kümmerte sich nicht darum.
Lisa merkte, daß Fedor sie ebenso zu formen versuchte wie Niki, nur mit dem Unterschied, daß es Fedor tatsächlich gelang. Fedor ließ ihr ihren eigenen Stil. Recht oft mußte sie sich aber von ihm anhören: »Hübsch, das Idyll.«

Ihre mit leichter Hand hingeworfenen Landschaften verrieten ganz allmählich eigene Formgebung, aber Fedor konnte damit natürlich nichts anfangen. Für ihn war das Sonntagsmalerei.
Von ungefähr kam es nicht, daß Lisa Idyllisches aufs Papier bannte. Es war, als hätte das Bekenntnis zur Lust, das Ja zu ihrer eigenen Natur sie frei gemacht für eine allumfassende Liebe zum Leben.
Gerade wenn sie mit Fedor arbeitete, er mit ernsthaft versunkenem Gesicht, sie aus Spieltrieb, überkam sie manchmal eine ganz warme Welle, die über sie hinwegrollte, sich tief in sie hinein spülte und eine Zärtlichkeit in ihr weckte, der sie kaum Herr wurde.
Ihr Hunger trieb sie so manchem Mann in die Arme – für eine Nacht, für eine Woche, vielleicht für einen Monat. Das ganze Leben schien Liebe zu sein.
Nikis Kunst blieb ihr verständlicher, nachvollziehbarer und angenehmer, doch ihre Bewunderung gehörte Fedor. Intuitiv spürte sie, daß er einen eigenwilligen, ihm allein gehörenden, kompromißlosen Weg ging, der in Neuland führte und neue Horizonte künstlerischer Darstellungsmöglichkeiten aufriß, während Niki als bewunderter, renommierter Bohèmekünstler den Zeitgeschmack traf, wenn er auch mit seiner erotischen Freizügigkeit ein bißchen schockierte. Niki blieb im Vordergründigen, im Plakativen. Er redete sehr viel über sich und seine Werke – und Fedor schwieg.
Für Fedor und seine rücksichtslosen Provokationen war die Welt noch nicht reif.
Inzwischen begann er sich mystischen Themen zuzuwenden und arbeitete an einem Kreuzgang-Zyklus, obwohl er sich eigentlich zum Atheismus bekannte. Er malte in derben, waghalsigen Linien, verzichtete auf Feinheiten und suchte die Expression. Blau-Schwarz-Farbkombinationen bestimmten diese Phase.
Lisa sagte einmal: »Es sieht aus, als wären all die Leute, die du malst, einander fremd, obwohl sie in ein Bild gehören. – So stelle ich mir die Erlösung nicht unbedingt vor.«
Lakonisch erwiderte Fedor: »Ich auch nicht.«
Sie konnte mit dieser Antwort nichts anfangen, fragte aber nicht nach, da ihr seine gefurchte Stirn verriet, daß er in Ruhe gelassen werden wollte.
Freilich war Fedor kommerziell absolut nicht erfolgreich. Als Suchender führte er eine typische Hungerleider-Existenz. Zeitweise fütterte ihn Lisa richtiggehend durch. Niki hatte überhaupt keinen Überblick über seine Finanzen, konnte sich aber jeden Luxus leisten. Lisa fand nichts dabei, auch für Fedor einzukaufen. Sie brachte ihm oft einen Korb mit Butter, Brot, kaltem Huhn, Pastete, Würsten,

Wein, Bier und Kuchen und gab vor, es für ein gemeinsames Picknick – wenn sie draußen arbeiten wollten – mitgenommen zu haben, obwohl die Mengen für sechs Personen mit Heißhunger gereicht hätten. Fedor schwieg dazu. Er bedankte sich nicht, aber ebensowenig hätte er gefordert oder gebeten.
Unterdessen kühlte Nikis Eifersucht ab und loderte wieder auf. Es schien ihm in erster Linie um die Szene und nicht um Lisas Liebhaber zu gehen, wenn er zu rasen anfing. Freilich erfuhr er, daß sein Erzfeind der große Rivale war. Zweimal wies er Lisa die Tür, doch sie war noch im Flur, als er sie wieder zurückrief. Niemand in Schwabing verstand, wieso er Lisa, die ihn doch offensichtlich betrog, nicht endlich hinauswarf, zumal er Frauen gegenüber nicht besonders liberal war. Aber das tat Niki nicht.
Dieser spektakulären Affäre wegen, die in jeder Hinsicht öffentlich stattfand, war Lisas Name plötzlich in aller Munde.
Lisa kam es so vor, als wären Reitenau und Neuherrenach Orte hinter der Milchstraße. Manchmal zuckte sie bei dem Gedanken, ein Kind zu haben, zusammen. Irgendwann mußte sie davon geträumt haben...
Eines Nachmittags, als sie für Fedor wieder Modell lag – als nackte Maria Magdalena –, schickte sie ihre Gedanken spazieren. Unvermittelt fragte sie ihn: »Hast du je einen Menschen geliebt, Fedor?«
Wenn er arbeitete, hörte er immer nur mit halbem Ohr hin. Es wunderte sie deshalb nicht, daß er nicht antwortete.
»Ich schon. Aber das ist wie in einem anderen Leben«, fuhr sie fort.
Fedor warf ihr einen prüfenden Blick zu und zog dann eine strenge Gerade übers Papier.
Lisa lag still. Ein paar unzusammenhängende Bilder zogen durch sie hindurch. Sie wurde dösig und wäre fast eingeschlafen. Dann hörte sie, wie Fedor sich ein Glas Wein einschenkte und von drei Metern Entfernung seine Schöpfung betrachtete.
»Stell dir vor«, sagte sie, »dort, wo ich herkomme, habe ich den Pfarrer verführt – den Pfarrer! Unseren Heiligen. Wenn's nicht so schnell gegangen wäre, hätt's mir richtig Spaß gemacht. Ob irgend jemand dahintergekommen ist?«
Sie erwartete keine Erwiderung. Fragen, die ihm nicht paßten oder ihn nicht interessierten, ignorierte er.
»Du hast dunkle Augen heute«, sagte Fedor plötzlich.
»Was?«
»Ja, deine Augen sind heute dunkel. Schwermütig. Zu weich für eine Maria Magdalena.«
»Ach was. Du malst sowieso nie mich, du benutzt mich. Du schaust mich an, aber was du aus mir machst, bin nicht mehr ich.«

»Ich male das Bedrohliche in dir.« Und dann sagte er ganz hart: »Du bist verschlingend.«
Einen Moment war sie betroffen. »Das ist nicht wahr!«
Fedors Blick, eben noch dunkel und bohrend, Schalen sprengend, hellte sich auf. Er stellte das Weinglas fort. Ein unsichtbares Lächeln des Erkennens huschte durch seine Augen.
»Widersprich nicht. Es ist wahr. Im Rausch bist du dein Bild von dir, die sich verschwendende Hetäre. In Wirklichkeit ist alles schwer in dir und verschlingend.«
So ähnlich hatte auch Klages zu ihr gesprochen. Lisa starrte Fedor entsetzt an, als würde sie seine Gedanken spüren.
Fedor sagte: »Ich will, daß du jetzt gehst.«
Sein Blick war zurückgekehrt und stieß sich mit solcher Wucht in sie hinein, daß sie fast das Gleichgewicht verlor und in die Kissen fiel.
Ihr war ganz übel. Wortlos stand sie auf und zog sich an. Fedor sah ihr zu. Sein Beobachterblick machte sie fahrig.
Ohne ihn noch einmal anzusehen, ließ sie ihn allein.

Sie hatte keine Lust, nach Hause zu gehen, in Nikis laute Champagner-Gesellschaft. Doch sie wußte nicht, wohin sie sonst hätte gehen sollen.
Niki war nicht da. Ganz mechanisch begann sie, das Durcheinander in der Wohnung aufzuräumen. Wahllos schien Niki alles, was er angefaßt hatte, im Raum verstreut zu haben.
Schließlich, als sie die Sinnlosigkeit ihres Unternehmens erkannte, ging sie ins Schlafzimmer, setzte sich aufs Bett und fing zu weinen an. Sie fühlte sich ermordet.
So saß sie vielleicht zehn Minuten, als das Haus sich mit Stimmen zu füllen begann. Niki kam und brachte Freunde mit. Lisa sprang auf und drückte die Schlafzimmertür zu. Sie wollte von niemandem gesehen werden. Als Niki nach ihr rief, antwortete sie nicht.
»He, Lilly, wo steckst du? – Bist du nicht da?«
Das Atelier schien bereits gedrängt voll. Niki schrie: »Schreibst du etwa wieder?«
Dann stieß er auch schon die Schlafzimmertür auf und sah sofort Lisas tränenverquollenes Gesicht.
»Wie? Was machst du hier? Was ist los? Ist etwas passiert?«
Auf diesen Schwall von Fragen hätte sie gut verzichten können. Daß sie nur allein sein wollte, spürte Niki nicht.
»Es geht vorbei, nur eine Stimmung«, sagte sie und versuchte zu lächeln.
Mißtrauisch sah Niki sie an. Dann breitete sich ein Lächeln über seine

Züge. Er wollte feiern und alles Dunkle schnell über Bord geworfen wissen.
»Komm mit rüber! Ich muß dich unbedingt dem Riedheim vorstellen. Das ist der Mann, der meine Ausstellung organisiert.«
»Jetzt nicht. Ich komm' später.«
»Keine Trübsal blasen, Lilly!« Er kam auf sie zu, griff nach ihren Armen und zog sie hoch. »Weißt du«, meinte er lachend, »nach einem Glas Champagner sieht die Welt schon ganz anders aus.«
Und so zog er sie mit sich in den Tumult des überfüllten Ateliers.
»Also, jetzt trinken wir erst mal einen…«

Der 21. Juli 1913 sollte Nikolaus Leander den größten Erfolg seines Lebens bringen. An diesem Tag wurde seine Ausstellung eröffnet.
Schon morgens war es schwül. Lisa stand lange vor dem Kleiderschrank und fragte sich, was sie anziehen sollte.
Niki eilte in großer Aufregung durch die Räume.
»Du wirst schön sein wie noch nie«, sagte er zu ihr. »Keiner soll sagen können, ich hätte dir geschmeichelt. Du wirst noch heute die Königin von München sein!«
Seine Nervosität übertrug sich auf sie. Eigentlich hatte sie keine rechte Lust, sich heute öffentlich zu zeigen. Sie hatte zu nichts richtig Lust, sah aber die Unausweichlichkeit ein. Obwohl Niki sie bisher nie als Göttin oder als mythische Gestalt abgebildet hatte, wünschte er, sie solle das griechische Bacchantinnen-Gewand anziehen, das er für sie einmal zu einem Maskenball entworfen hatte. Außerdem sollte sie sich das Haar hochstecken, wie es die Helleninnen getan hatten.
Entsetzt meinte Lisa: »So kann ich doch nicht bei hellichtem Tag unter die Leute gehen! Da kommt ja die Sitte!«
Niki winkte ab. »Es steht dir so gut!«
Nun – Lisa hatte zwar wenig Griechisches in ihrem Aussehen, aber sie beugte sich Nikis Wunsch. Als sie in der Tunika aus weißer Seide vor dem Spiegel stand, fand sie ihren Aufzug recht amüsant. Sie steckte sich auch noch das Haar hoch und zog ein paar Strähnen heraus. Ein bißchen Farbe gönnte sie ihrem blassen Gesicht, auch Rot für die Lippen. Mit goldenen Reifen an den Oberarmen und einem goldenen Gürtel um die Taille sah sie wirklich ausgesprochen extravagant aus – eine etwas nordisch erscheinende Griechin im Kleid eines längst verklungenen Heidenfestes.
»Aber das tust du weg«, sagte Niki und deutete auf Fedors Sklavenband.
Lisa schüttelte den Kopf.

»Es sieht lächerlich aus und paßt nicht! Du gehst als stolze Griechin – nicht als versklavte Lykierin!«
»Dann bleibe ich eben zu Hause.«
»Du machst mich nicht zum Gespött!«
»Das tue ich ja auch nicht.«
»Natürlich tust du das. Wie sieht das aus: Meine Geliebte erscheint mit dem Lederband eines anderen am Arm!«
»Das weiß niemand. – Außerdem ist es zu Ende mit Wassilijew.«
»Das sagst du dauernd.«
»Ich sag's seit fünf Tagen.«
»Egal! Weg mit dem Ding!«
»Nie!«
Niki tobte etwa eine halbe Stunde durch sämtliche Räume. Danach sah es aus wie nach einem Wirbelsturm – nur echter.
Lisa meinte ruhig: »Wir kommen zu spät.«
Niki hatte sich wieder beruhigt. Nach seinen Ausbrüchen war er immer friedlich und für kurze Zeit lammfromm. Dennoch sah man ihm seine Verstimmung an. Er brummte einiges vor sich hin und sagte sich, daß er Lisa auf die Straße setzen würde. – Danach! Vorerst aber griff er nach ihrem Arm und zog sie mit sich, um nicht allzu spät in der Galerie zu erscheinen.
Er hatte eigens einen Wagen kommen lassen, einen weißfunkelnden Mercedes-Benz, um »vorfahren« zu können, wie es ihm gebührte. Als er ausstieg, klatschten die Leute wie verrückt, und die Reporter notierten eifrig, Nikis Publikumsgunst und sein Erfolg seien das Ereignis der Saison. Als Lisa aus dem Wagen stieg, wurde sie ebenfalls mit Beifall bedacht. Sie fühlte sich zuerst etwas unwohl, denn ihr Kleid war mehr als gewagt. Aber dann machte es ihr Spaß, in so einem tollwitzigen Aufzug Anstoß zu erregen.
Niki hatte seinen großen Tag. Sein Glanz fiel auch auf Lisa. Bei einem Glas Sekt flüsterte er, alle Auseinandersetzungen vergessend, ihr ins Ohr: »Jetzt bist du so berühmt wie Saskia.«
Im Gegensatz zu Rembrandt, dachte Lisa, wirst du aber das Jahrhundert nicht überdauern...
Es war eine Menge los. Viele Schaulustige drängten sich, die Konkurrenz schnupperte herum, der biedere Bürger fand Niki provozierend, weil er viel nacktes Fleisch zeigte und sich zur Renaissance bekannte, er wurde von der Presse umringt und von Bewunderern verfolgt. Ständig flankierte ihn eine Schar Neugieriger. Endlich hatte er Gelegenheit, seine quirlige Lebhaftigkeit einem großen Publikum vorzuführen.
Man behandelte auch Lisa als Berühmtheit. Ein paar Journalisten befragten sie sogar. Sie galt ja ganz offiziell als Nikis Muse.

Nach ihrem Namen gefragt, antwortete sie nur: »Lilly.«
»Und weiter?«
»Lilly – nicht mehr und nicht weniger.«
Dann sah sie auch schon die Vogels. Einen Moment lang hörte sie Walzermusik im Kopf und sah Bilder von Neuherrenacher Festlichkeiten. Blaß werdend, ließ sie die auf sie einredenden Presseleute einfach stehen, flüchtete den Gang hinunter und verschwand in einem Nebenraum. Ob sie bereits erkannt worden war? Nein! Das hätte sie doch gemerkt. Aber vielleicht wußte schon jeder... nein, nein! Niemand durfte sie finden. Sie wollte sich nicht mehr erinnern.
Nach einer Weile öffnete sie vorsichtig die Tür und spähte in die Galerie hinaus. Am Ende des breiten Korridors – jetzt war es allerdings eng wegen der vielen Bilder – sah sie Niki stehen und gestikulieren, ein Glas Sekt in der Hand, hübsche Mädchen und jovial erscheinende Herren um sich herum. Stimmengewirr brandete auf und nieder. Ein Diener balancierte ein mit Sektgläsern beladenes Tablett für die Ehrengäste herum. Niki hatte an alles gedacht und sich wirklich nicht lumpen lassen.
Lisa vergaß, daß sie eigentlich vor den Vogels davongelaufen war, um inkognito bleiben zu können. Sie stand in der offenen Tür und beneidete Niki grenzenlos. Auch sie wäre gern zwischen all diesen Menschen gestanden – umjubelt, vergöttert, selbstbewußt, ein von allen geliebter und gehätschelter Skandal.
»Zehn Pfennige für Ihre Gedanken«, hörte sie eine sonore Stimme hinter sich sagen und drehte sich um.
»Ach, Herr Riedheim. Wir haben uns heute noch gar nicht gesehen. Grüß Sie Gott. Na, ich kann nur sagen, daß Sie Herrn Leander zum größten Erfolg seines Lebens verholfen haben. Wenn ich nicht irre, zeichnen Sie für die Organisation dieses Massenauflaufs.«
Riedheim lachte, daß es dröhnte. Er war klein und recht dick, aber es blitzte gescheit und listig aus seinen kleinen Augen. Er sagte auch prompt: »Sie sehen unzufrieden aus.«
»Unzufrieden? Ich? Nein!«
»Oder besser: Sehnsüchtig. Ja, das kann man wohl behaupten. Sehnsüchtig. Wenn ich etwas für Sie tun kann...?«
»Tun?« fragte sie gedehnt.
Riedheim lachte wieder. Er lachte so, daß sein dicker Bauch bebte und ihm der Zwicker von der Nase fiel. Freundlich lächelte Lisa zurück.
Eine Weile schien sie zu überlegen. Als sie sicher war, dabei nicht rot zu werden, meinte sie mit dunklem Timbre in der Stimme: »Für mich könnte man eine ganze Menge tun.«

Riedheims Augen verengten sich. Er hatte sich den Zwicker inzwischen wieder auf die Nase gesetzt. Sein Mund war geschürzt, und er nickte vor sich hin.
»Was zum Beispiel?« fragte er jetzt ganz ernst.
Lisa wußte auch nicht, wieso sie plötzlich so klar dachte. Sie wußte nicht einmal, wieso ihr ganzes Bewußtsein auf einmal wieder zum Anfang zurückkehrte.
»Ich habe mich immer malen lassen«, sagte sie. »Ich will aber eigentlich selbst malen.«
»Wo liegt die Schwierigkeit?«
»Daß ich davon nicht leben kann – noch nicht.«
Immer noch hielt Riedheim die Lippen geschürzt.
»Sie können sich bei Gelegenheit an mich wenden«, sagte er leise, zückte seine Karte und reichte sie ihr. Ehe sie danach greifen konnte, zog er seine Hand zurück und steckte ihr das Kärtchen mit süffisantem Lächeln in den Ausschnitt.
Er schien noch etwas sagen zu wollen, als die schrille Stimme seiner Frau das Stimmengewirr übertönte: »Eugen – Eugen, wo bleibst du denn?«
Auch Niki eilte gerade auf Lisa zu. Mit besitzergreifender Geste legte er den Arm um ihre Schultern und sah in die umstehende Menge, ehe er bekanntgab: »Das ist Lilly – die inspirierendste aller Musen.«

Zwischen Niki und der »inspirierendsten aller Musen« war es nicht mehr so, wie es einmal gewesen. Niki konnte nichts dafür. Es lag allein an ihr und ihrem törichten Herzen.
Wie es ohne Fedor weitergehen sollte, war ihr ein Rätsel. Wenn sie ganz mit sich allein war, fühlte sie sich sterbenselend. Lieber verrückt werden als so viel Sehnsucht! Sie wurde nicht verrückt. Sie mußte es aushalten, manchmal an der Grenze zum Wahnsinn. Sie steigerte sich hinein und tat merkwürdige Dinge, zerstörte Spiegel, zerfetzte Kleider, schüttete einmal sogar Salzsäure auf ein Bild, das Niki von ihr gemalt hatte, fertigte eine Skizze von Fedor und durchstieß sie mit Nadeln, saß oft stundenlang in nächtlicher Dunkelheit und wiegte sich vor und zurück, geriet plötzlich mitten in einem Gespräch in einen Zustand der Abwesenheit, fügte sich mit einem Rasiermesser kleine Schnittwunden an den Unterarmen zu und kratzte die Blutkrusten wieder auf, ehe sie vernarbten. Außerdem holte sie eine schwarze Katze ins Haus, die überall herumstrich, Farbtöpfe umwarf und an der von Niki bearbeiteten Leinwand ihre Krallen wetzte.
Von Niki wegen solcher Absonderlichkeiten zur Rede gestellt, ließ sie seine Tiraden geduldig über sich ergehen; in ihren Augen war ein

dunkler Schimmer, an den Nikis Gezeter nicht herankam. Zwischendurch benahm sie sich dann wieder völlig normal.
Für Niki empfand sie absolut nichts mehr. Sie wußte auch nicht, ob sie je etwas für ihn empfunden hatte. Fedor hatte alles mitgenommen.
Ihre innere Balance war dahin. Trotz aller Wellenschläge, trotz Himmel- und Höllenfahrten hatte sie früher immer eine Gerade in sich gekannt, eine Linie, einen Weg, an dem sie sich orientierte, den sie zwar verließ, jedoch nie aus den Augen verlor. Jetzt war der Weg verschwunden.
Eine schmerzhaft glühende Sehnsucht engte ihr Bewußtsein ein. Sie sah nicht mehr darüber hinaus.
Früher hatte sie Franziska zu Reventlows Stoßseufzer verstanden: »Warum bin ich nur glücklich, wenn ich viele habe?« Jetzt glaubte sie, für Fedor alle anderen aufgeben zu können. Sexuell kam sie sich ohne ihn völlig tot vor, und trotzdem quälte sie eine sich nur auf ein Ziel richtende, blindwütige Lust, die keine Befreiung mehr fand.
Dann kam der Tag, an dem sie es nicht mehr aushielt und den Rest von Stolz über Bord warf.
Sie ging zu dem alten, verfallenen Haus, wo Fedor wohnte. An der Tür klingelte sie erst nach einigem Zögern. Er war nicht da. So ging sie wieder. Zwei Tage später traf sie ihn endlich an. Er öffnete, sah sie an und fragte:
»Was willst du?«
Die Frage traf Lisa in den Magen. Ihr wurde dunkel vor Augen, doch die Wirklichkeit ließ sie nicht los. Sie mußte es durchstehen – auch das.
»Ich will zu dir«, sagte sie und bemühte sich um einen selbstverständlichen Ton.
»Ich habe dich nicht gerufen«, sagte Fedor kalt und machte die Tür wieder zu. Sie stand draußen.
Wie betäubt wankte sie die Treppe hinunter, atmete den Bohnerwachsgeruch der Halle ein und stürzte dann hinaus. Sommerglut empfing sie. Ihr brach der Schweiß aus. Ein nüchterner Gedanke riet ihr: Geh nach Hause...
Nach Hause!
Sie erreichte Nikis Wohnung auf zitternden Beinen. Es war still. Niemand hier.
Lisa warf Hut und Täschchen weg. Dann holte sie, ganz ohne zu überlegen, Leinwand und Farben und begann, wie eine Besessene zu malen. Sie malte und malte und ertränkte sich in Farben, in einem wahren Blutrausch aus Rottönen und Bestialitäten.

Als Niki kam, traf ihn schier der Schlag. Er konnte bloß stammeln: »Was soll das denn?«
Sein Zornesausbruch kam erst ein paar Tage später, als er leicht angetrunken sein Atelier betrat und Lisa wieder vor der Leinwand fand. Sie malte ein Zimmer. Weiß. Dunkle Konturen. Ein Zimmer und trotzdem das Nichts.
Niki wütete, es sei pervers, ein leeres Zimmer sei für jeden Künstler uninteressant, sie brauche sich gar nichts einzubilden, sie besitze keine Spur von Talent, man müsse, wenn man schon auf die Darstellung von Menschen verzichte, wenigstens die Natur verherrlichen, aber ein leeres Zimmer, nein, das sei der Gipfel der Dekadenz. Da seien ihm ja noch Wassilijews »nackte Abartigkeiten« lieber!
Lisa hörte Fedors Namen, griff nach der Sherry-Karaffe neben sich auf dem Tischchen und donnerte sie zu Boden.
Wortlos packte sie daraufhin das Nötigste ihrer Sachen zusammen und zog, mit nur ein paar Mark in den Taschen, in die nächste Pension, wo sie sich eine Woche lang einschloß und nahezu Tag und Nacht malte. Ihr ganzes Geld ging hin für Farben, Kohlestifte, Leinwand und Papier.
Als sie von allein nicht zurückkam, holte Niki sie wieder. Recht willenlos ließ sie sich diesen neuerlichen Eingriff in ihr Leben gefallen. Er zog sie sofort ins Bett und schien in seiner Leidenschaft nicht zu bemerken, wie kühl sie blieb. Jedenfalls versprach er ihr, sie täglich zwei Stunden malen zu lassen.
Den ganzen Herbst und den ganzen Winter über hatte Lisa das Gefühl, nur für zwei Stunden am Tag zu leben. Oft vergaß sie die Zeit und mußte von Niki daran erinnert werden, daß es nach elf sei. Ihre Bilder gaben ihre Gefühlswelt wieder. Niki war von ihrer »perversen Phantasie« einigermaßen schockiert. Am meisten mißfiel ihm ihre künstlerische Anlehnung an Wassilijew. Er nannte ihre Bilder »Alpträume« und verstand nicht, was Lisa zwanghaft dazu trieb, Visionen des Grauens festzuhalten. Er verstand überhaupt nichts von Lisas Kampf.
Niki rettete sich in Weibergeschichten. Vollkommen unberührt sah Lisa zu. Mit Mia, einer makellos gewachsenen, sehr hübschen Schwarzhaarigen, trieb er es nahezu vor ihren Augen. Und es war ihr egal. Mit einer sonderbaren Faszination schaute sie zu, am meisten fasziniert von sich selbst, weil sie nicht litt, aber spürte, daß Niki litt und sie es nicht verstand.
Anfang Januar ließ Lisa sich ihrerseits in eine amouröse Verstrickung ein. Ein junger, weithin unbekannter Lyriker, der ihr »neuromantische« Liebesgedichte en masse schickte, hatte sich während einer

kurzen Begegnung auf einem Maskenball zu Ehren des griechischen Gottes Dionysos in sie verliebt. Blond und zart wie ein Engel, war er ihr auf diesem wilden Bohème-Fest wie ein Verirrter erschienen. Er hatte von einer Ecke aus zugesehen, mit Augen voller Sehnsucht nach dem Leben, das ihn nicht erreichte. In seiner sonderbar hellen, unschuldigen Reinheit hatte er Lisa ein wenig an Morell erinnert, nur gefühlsverwurzelter und weniger intellektuell.
Wenn Niki außer Haus war, schickte ihr Riloff, der Neuromantiker, Blumen und empfindsame Verse, über die Lisa lächeln mußte. Seine Verehrung ließ sie sich aber gerne gefallen.
Für Rainer Riloff war sie eine Madonna, unbefleckt vom Schmutz der Welt. Sie sah alles und blieb doch immer eine »reine Lilie«. Dabei war er es, der alles sah und nur das »Reine« spürte. Er legte seine eigene Weltsicht in sie hinein. Daß Lisa mit einem Mann zusammenlebte und Fedor Wassilijews Sklavenband trug, nahm er einfach nicht zur Kenntnis.
Es gab keine Liaison. Riloff liebte platonisch. Lisa förderte seine Verliebtheit nicht, tat aber auch nichts dagegen. Sie war amüsiert und ein bißchen geschmeichelt.
Als Niki von der Sache Wind bekam, war seine Reaktion dramatisch wie immer. Er schlug Rainer Riloff, dieses schwärmerische Menschenkind, das nur Gedichte rezitiert und in Lisas Augen geschaut hatte, einfach zusammen und stieß ihn in den Schnee. An Lisas Liebhabern hatte er sich bisher noch nie vergriffen, sondern immer nur Lisa für schuldig befunden. Seit er jedoch wußte, Lisa nicht mehr verletzen zu können, richtete sich seine Aggression gegen den Anlaß des Ärgers.
Vom Fenster aus sah sie zu, wie der arme Poet verprügelt wurde. Der Schmutz der Welt schien Rainer Riloff eingeholt zu haben... Angeekelt wandte sie sich vom Fenster ab und beschloß, gleich morgen Eugen Riedheim aufzusuchen.

Eugen Riedheim war – neben seiner Tätigkeit als Kunstmäzen, die ihm in der Regel Gewinne in Form von Prozenten einbrachte – im bürgerlichen Leben Kolonialwarengroßhändler. Er empfing Lisa in seinem Bureau, dessen Protzigkeit ein Hinweis auf Neureichtum sein mußte.
Seinem Bureau schloß sich ein weitläufiges Kontor an, in dem mindestens fünf Sekretäre arbeiteten, die Riedheim durch ein Glasfenster beobachten konnte. Als Lisa eintrat, schob er das Glasfenster zu und spielte den Überraschten.
»Oh, wen sehe ich! Ich bin entzückt! Fräulein Lilly!«

Er stand auf und reichte ihr die Hand, und wenn die Glasscheibe nicht gewesen wäre, hätte er sicher ihren Handrücken geküßt und ihrem Besuch damit jede geschäftliche Note streitig gemacht. Seine Hand war feucht. Lisa zog die ihre rasch zurück, lächelte aber sehr freundlich.
»Bitte – setzen Sie sich. Ich hoffe, es geht Ihnen gut. Sie sehen jedenfalls blendend aus, wie immer. Also, was kann ich für Sie tun?«
Du könntest zum Beispiel aufhören, Süßholz zu raspeln, dachte Lisa und fühlte sich durch und durch unwohl. Trotzdem setzte sie sich, schlug die Beine übereinander und ließ etwas von den Seidenstrümpfen zwischen Stiefelbund und Rocksaum sehen. Lächelnd taxierte sie den Mann im gepolsterten Ledersessel. Er war klein und dick und trug seine dünnen Haare in der Mitte gescheitelt; der Zwicker auf seiner fleischigen Nase war wie aus dem Witzblatt. Außerdem hatte er kleine Augen und wulstige Lippen, und beides gefiel Lisa überhaupt nicht. Nichts gefiel ihr an diesem Eugen Riedheim.
Dennoch warf sie ihm einen charmanten Blick zu, mischte in ihren Augenaufschlag eine Andeutung erotischen Versprechens, bewegte die Beine, daß die Seidenstrümpfe aneinander rieben, und meinte wie nebenher: »Ach, wissen Sie, Herr Riedheim, ich dachte, ich wende mich am besten gleich an Sie. Ich möchte Sie bitten, sich einige meiner Bilder anzusehen. In den letzten Monaten habe ich viel gearbeitet.« Nach drei stummen Sekunden fügte sie hinzu: »Zu viel, wenn ich es recht bedenke.« Ihr Lächeln breitete sich aus. »Wenn ich den richtigen Rahmen zum Arbeiten finden würde, wäre ich freier. Sie sollten sich meine Arbeiten wirklich einmal anschauen.«
Riedheim hatte nicht die geringste Lust, um den Brei herumzureden. Er wollte wissen: »Was ist mit Leander?«
»Ich verlasse ihn.«
So glaubte Lisa den Beginn ihrer Karriere einzufädeln.
Es dauerte keine drei Tage, bis Riedheim, ohne ihre Arbeiten auch nur anzusehen, mit der Nachricht kam, ein Atelier für sie gemietet zu haben. Lisa war zufrieden.
Ihr neues Domizil war weit von Niki und auch weit von Fedor entfernt. Sie bezog das Erdgeschoß einer Villa im Landhausstil, die idyllisch in einem großen, schattigen Garten lag, einem wahrhaften Garten Eden, umgeben von uralten Eichen, hohen Kastanienbäumen, weißen Birken, dunklen Rotbuchen... Wie herrlich, wenn erst der Frühling käme!
Über ihr wohnte eine alte Frau mit ihren Katzen. Sie unterzog Lisa bei deren Einzug scharfen Blicken hinter dicken Brillengläsern, sagte aber freundlich »Grüß Gott!« und lud Lisa zum Kaffee ein.

Wie ein Waldhaus mutete die alte, efeuumrankte Villa an, als es Frühling wurde. Lisa ließ sich nun in allen Ehren aushalten. Die alte Frau beobachtete alles, sagte aber nichts. Allerdings lud sie Lisa des öfteren zum Kaffee ein und sprach mit ihr über die Ereignisse des Jahres 1865, als sie sich zum ersten und einzigen Mal in ihrem Leben verliebt hatte.

Endlich konnte Lisa malen!

Riedheim beurteilte ihre Bilder als »außerordentlich vielversprechend«, doch sie wußte natürlich, daß er das jeder bereitwilligen Dilettantin gesagt hätte, deren Busen ihn erregte. Während sie arbeitete, erkannte sie, daß sie gelernt hatte, nicht von Niki, aber von Fedor. Sie versuchte nicht mehr, die Impressionisten zu kopieren, sie strebte nicht mehr nach der Auflösung im Licht, nach dem zart Verschwimmenden. Jetzt bekannte sie sich zu ihrem kühnen Strich, zur Leidenschaft, zur Ungezügeltheit. Langsam und doch unverkennbar trieb sie dem Expressionismus entgegen, ja ihre Bilder trugen bereits surrealistische Züge. Es waren Anfänge. Sie merkte, ganz am Anfang einer künstlerischen Eigenständigkeit zu stehen, obwohl ihr Stil immer noch Wassilijews Stempel trug und ihn noch Jahre weiter tragen würde. Fedor hatte sie nie malen gelehrt, doch er hatte ihr seine Augen gegeben und war, in gewissem Sinn, ihr künstlerischer Vater. Die wichtigsten Anstöße hatte er gegeben. Nun mußte sie zu sich selbst finden.

Dieser Weg war schon deshalb so schwer, weil Lisa innerlich von Fedor nicht freikam. Es gab Zusammenbrüche, auch Zusammenbrüche unter der Last des nie zu erreichenden künstlerischen Ideals, das Fedor auf einmal für sie war, jetzt, wo sie sehen konnte wie er. Vor allem aber fühlte sie sich verstoßen, ausgesetzt ins Niemandsland ihrer selbst.

Es gab keinen Weg zurück zu Fedor.

Aus künstlerischer Sicht durfte es auch kein Zurück geben. Die Malerin in ihr wußte und akzeptierte das, die Frau in ihr wollte zurück in die schmerzhafte Lust, in das Sich-Auflösen in der Unterwerfung, zurück zu den besinnungslosen Orgasmen. Riedheim machte ihr allzu deutlich, was sie mit Fedor verloren hatte. Sie war nur froh, daß ihr Gönner zu Hause eine eifersüchtig über ihren Gatten wachende Frau sitzen hatte, der er nur selten entkommen konnte, ebenso, wie er seinen gesellschaftlichen Verpflichtungen Tribut zahlen mußte. Ein braver Bürger – Gott sei Dank.

Die Liebesstunden mit ihm gestalteten sich für Lisa erwartungsgemäß nicht besonders erquicklich. Riedheim hatte eine deutliche Neigung zum Masochismus, und da Lisa diese Neigung teilte, kamen sie nicht so recht zusammen. Genaugenommen ertrug Lisa diesen um Qual winselnden Mann kaum. Da Riedheim gut in den Fünfzigern steckte, dazu schwerfällig und phlegmatisch war, mußte sie allerlei Kunstgriffe anwenden, um ihm überhaupt eine Erektion zu verschaffen. Sie hatte sich die Aufgabe einer Liebesdienerin einfacher vorgestellt. Einmal arbeitete sie eine halbe Nacht daran, Riedheim zum Erguß zu bringen. Wenn gar nichts mehr half, tat sie ihm den Gefallen und benutzte den Riemen.

Immer wieder versprach er ihr, sie eines Tages – bei passender Gelegenheit – »groß herauszubringen«.

Sie wagte sich jetzt auch an Portraits heran, eine Aufgabe, die sie bisher ängstlich gemieden hatte. Da es sie zur Perfektion trieb, arbeitete sie hart. Es gab nichts Wichtigeres als die Kunst. So kam sie auch langsam über Fedor hinweg. Sie malte den Schmerz und die Enttäuschung aus sich heraus – doch eine Sehnsucht, groß und weltenfüllend, blieb zurück.

Sie lernte in dieser Zeit aber auch das Glücksgefühl genießen, vor einem gelungenen Bild zu stehen und einfach nur zu spüren, daß es gut geworden war.

An Niki dachte sie kaum. Wenn, so mit angenehmer, leiser Wehmut, ohne Sentimentalität. Es war vorbei, die Zeit dafür abgelaufen. Sie wünschte es nicht zurück, obwohl es manchmal schön gewesen war.

Von ihren Liebesdiensten an Riedheim abgesehen, lebte sie bis in den Sommer hinein fast keusch. Es gab keine Liebhaber. All ihre Leidenschaft, auch ihre erotische Phantasie, fand Eingang in ihre Malerei.

Im Juni jedoch, als sich bereits ein schweres Gewitter über Europa zusammenbraute, forderte die Natur ihr Recht. Lisa war eine leidenschaftliche Frau – und gab für zwei Wochen einem Wanderschauspieler die Ehre.

Der Krieg kam für Lisa aus heiterem Himmel.

Am Anfang ignorierte sie ihn erschrocken, da er nicht in ihre Welt paßte.

Beim Metzger wie beim Bäcker hatte sie die Leute über einen drohenden Krieg mutmaßen hören, aber nie daran geglaubt. Krieg – das war »Männerspiel«, das ging sie nichts an.

Alle Welt schien jedoch auf diesen Krieg vorbereitet zu sein, nur sie nicht. Sie merkte, daß sie alles, was sie nicht ganz direkt anging, fortgeschoben hatte, um in einer Welt zu leben, die sie sich schuf. Nun sollte es anders werden...?

Lange Zeit zog alles an ihr vorüber. Sie lebte recht abgeschieden in ihrer Malerklause, las keine Zeitungen und bekam die allseitige Kriegseuphorie kaum mit.
Das ganze Kriegsgeschehen erschien ihr irreal; es wollte ihr überhaupt nicht einleuchten, was den deutschen Kaiser die Ermordung des österreichischen Thronfolgers angehen sollte, was die Engländer, Franzosen und Russen damit zu tun hatten und wieso Serbiens Politik internationale Konsequenzen haben konnte. Von Bündnissen und diplomatischen Verkettungen wußte sie nichts.
Riedheim sah sie bestürzt an, als sie ihn an die versprochene Ausstellung erinnerte.
»Mein liebes Kind«, sagte er recht weltmännisch und nahm sich den Zwicker von der Nase, »ist dir entgangen, daß wir im Krieg sind?«
Lisa verstand nicht recht, was das eine mit dem anderen zu tun haben sollte, sie wollte es gar nicht verstehen.
Riedheim beschied sie: »Für Mätzchen ist jetzt nicht die Zeit.«
Mätzchen... die »Mätzchen«, von denen er sprach, waren für Lisa das halbe Leben! Sie fühlte sich betrogen und machte eine Szene, die Riedheim jedoch nicht zur Kenntnis nahm...
Eine Zeitlang lebte sie so fort. Sie fuhr mit dem Fahrrad zum Einkaufen, ratschte beim Bäcker und beim Metzger, plauderte mit den Leuten in der Straße über den Gartenzaun, saß mit der alten Frau auf dem Balkon beim Kaffee und ließ sich von 1865 erzählen, spazierte in der Abenddämmerung durch die Straßen des Viertels und döste im Schatten der Eichen im Garten.
Es war doch alles wie immer – oder etwa nicht?
Die Sonne schien so hell und heiß wie im Vorjahr, die Abenddämmerung brach so weich und duftend und sanft herein wie jedes Jahr im Juli, es roch nach Gärten, nasser, frisch gegossener Erde und Sommermüdigkeit, der Holunder duftete wild und herb, und abends rief die Glocke der kleinen Kirche hinter dem Bäckerladen zum Gebet. Die Frauen unterhielten sich in den Läden, und der alte Berger kehrte zweimal am Tag den Gehweg und die Straße vor seinem Haus. Weiterhin breitete die wohlige Bürgerlichkeit ihre Fittiche über Lisas Domizil, und wenn sie nach Schwabing kam, war das »Café Leopold« genauso voll wie immer.
Doch wenn man genau hinhörte, wurde überall vom Krieg gesprochen, die Männer verschwanden langsam aus dem Straßenbild, Aufrufe klebten an Litfaßsäulen und Plakatwänden, die Zeitungen waren voller Kriegsberichte, und die jungen Männer waren begierig auf Frankreich, auf Orden und Siege und brannten darauf, sich endlich als Männer fühlen und die Lust am Töten erleben zu dürfen. Schließ-

lich erreichte der Krieg mit den ersten Gefallenen sogar ihr Schrebergarten-Zuhause und brachte eine fremde Unruhe in die kleinstädtische Welt und deren Heckenrosenduft.
Handelsartikel und Nahrungsmittel wurden rationiert. Man führte Lebensmittelmarken ein, die das Geld entwerteten. Lisa wurde sich schmerzlich ihrer Abhängigkeit von Riedheim bewußt. Riedheim geriet tatsächlich bald in einen wirtschaftlichen und unternehmerischen Engpaß, jedenfalls gab er das vor. Noch im Oktober ließ er Lisa fallen.
Wieder zog sie um. Zurück nach Schwabing. Sie mietete sich erneut in jene Pension ein, die sie bereits bei ihrem ersten Auszug von Niki bewohnt hatte, nahm diesmal allerdings einen Koffer voller Kleider mit sowie den Schmuck, den Riedheim ihr geschenkt hatte. Es gab auch eine ganze Menge Bilder zu schleppen. Ein weiteres Mal mußte sie sich daran gewöhnen, ohne Teppiche, ohne elektrisches Licht und fließendes Wasser, ohne Marmorbad und Mahagoni-Möbel zu leben. Es war hinaufgegangen, und nun ging es wieder hinunter.
Der Winter war kalt. Lisa hatte als Malerin keinen Namen, da es nie zu der versprochenen Ausstellung gekommen war. Deshalb verkaufte sie nur selten ein Bild, und wenn, so zu Schleuderpreisen. Und das in einer Zeit, wo Geld mehr und mehr an Wert verlor. Sie verscherbelte ihre Werke für Holz und Kohlen und war froh, wenn überhaupt jemand kam, um ihr zehn Mark für ein Bild zu geben.
An einem besonders eisigen, froststarren Tag im Januar war sie dabei, den Ofen zu schüren. Ihre Finger waren ganz klamm, bei dieser Kälte hätte sie nicht weiterarbeiten können. Sie knüllte alte Zeitungen zusammen, die sie von der Hauswirtin bekommen hatte, und warf sie ins Ofenloch, um sie anzuzünden. Ihr Blick blieb auf einer Schlagzeile haften: ZENTRUMSABGEORDNETER HOLZGARTNER KRITISIERT DIPLOMATISCHE FÜHRUNG.
Lisa fühlte einen Stich in der Magengegend. Ohne den Artikel zu lesen, schob sie die Seite in den Ofen.

Vierzehntes Kapitel

Was nun kam, war eine Zeit der Depressionen.
Alles Leichte, Spielerische schien aus Lisas Leben entschwunden. Sie hungerte und fror.
Die Malerei war ihr ein Halt. Trotzdem kam es ihr so vor, als täte sie keinen Schritt vor und keinen zurück. Sie stagnierte und wußte es. Und plötzlich konnte sie gar nicht mehr malen. Alte, vergangene

Dinge schnürten ihr die Kehle zu. Auf einmal mußte sie daran denken, daß Franziska vor ihrem vierten Geburtstag stand und Lorenz in kalter Erde lag. Und Vinzenz... Oft dachte sie: Ach, wäre jetzt doch Onkel Vinzenz da!

Es war mehr als Alleinsein. Ganz deutlich spürte sie: Ich bin einsam. Die alten Freunde waren fort. Auch Schwabing war in den Krieg gegangen. Sie hatte Wahnmochings Schwanengesang, seine letzte Sommerglut erlebt. Jetzt waren die Heidengesänge und die Hetärenlieder für immer verstummt.

Lisa hatte sich in Riedheims Villa, umgeben von bürgerlich-einfachen Menschen, sehr, sehr wohl gefühlt, mehr als das, sie war dort zu Hause gewesen. Diese Villa hätte in Reitfelden stehen können. Lisa hatte die Leute gekannt und sich mit ihnen gegrüßt. Der Abschied tat weh. Nach Schwabing mußte sie schon deshalb zurück, weil jeder, der nach Künstlern suchte und vielleicht bereit war, ihr ein Bild abzukaufen, dorthin kam.

Freilich konnte sie vom Verkauf ihrer Bilder nicht leben. Sie fing also an, ihre Habseligkeiten zu verscherbeln. Den Schmuck mußte sie weit unter Wert verpfänden, und für ihre exzentrischen Kleider interessierte sich in diesen schweren Zeiten ohnehin kaum einer.

Zum ersten Mal in ihrem Leben erfuhr Lisa knurrenden Hunger. Sicher, auch sie hatte bereits Notzeiten erlebt, aber so dick war es vorher noch nie gekommen.

Halb wahnsinnig von dem Geruch frischen Brotes, stand sie einmal zwei Stunden ohne einen Pfennig in der Tasche vor einer Bäckerei, weil es immer so verlockend herausduftete, wenn die Tür auf- oder zuging. Einmal fuhr sie sogar zu Riedheims Villa und ließ sich von der alten Frau zu Kaffee und Kuchen einladen; später ging sie dann noch an der Bäckerei vorbei und nahm mit, was die Leute ihr schenkten.

Schließlich besann sie sich aber wieder auf ihre Fähigkeiten und suchte Gregorian auf. Sie tat es nicht ohne Widerwillen, denn sie hatte plötzlich und ohne Erklärung aufgehört, für ihn zu arbeiten. Damals, in ihrer »Eros-durchglühten Periode«, auf dem Höhepunkt ihres rauschhaften Daseinsgefühls, war ihr das Übersetzen als Zeitvergeudung erschienen. Sicher hielt Gregorian sie jetzt für unzuverlässig und verbummelt.

Die dezent-elegante Teakholz- und Nußbaumausstattung, die sie bereits im Vorzimmer empfing, machte sie beinahe schüchtern. So etwas gab es also auch noch... War es Sehnsucht, war es Scheu? Sie wußte nicht, weshalb die gediegene Atmosphäre im Verlagshaus Gregorian sie so betroffen machte.

Sie mußte eine ganze Weile warten. Ihre frühere Keckheit war dahin.

Die letzten Wochen hatten Lisa zermürbt und müde gemacht. Sie fühlte sich unsicher. Der Zeiger der Uhr zog seine Kreise. Gregorians Sekretärin lächelte Lisa ein paarmal aufmunternd zu. Er selbst war in einer Besprechung. Über zwei Stunden wartete Lisa, abweisen ließ sie sich nicht.

Endlich kam Gregorian. Er schaute zur Tür seines Bureaus heraus, sah Lisa, lächelte und forderte sie auf hereinzukommen.

»Frau Holzgartner!« sagte er erfreut und reichte ihr die Hand. »Das ist aber eine Überraschung. Ich dachte nicht, von ihnen nochmals zu hören. Plötzlich waren Sie in der Versenkung verschwunden.« Er bot ihr Platz an und setzte sich hinter seinen Schreibtisch. Lisa fand es richtig, ohne Umschweife zur Sache zu kommen: »Sie können sich den Grund meines Hierseins sicher denken. Ich würde gern wieder für Sie übersetzen, Herr Gregorian. Wenn Sie irgend etwas für mich hätten, wäre ich Ihnen sehr verbunden. Ich – ich – nun, ich brauche dringend Geld.« Als ritte sie der Teufel, setzte sie mit neugewonnenem Übermut hinzu: »Und möglichst gleich einen Vorschuß. Sie wissen, ich habe immer gute Arbeit abgeliefert.« Mit einem kleinen Lächeln kam dann noch: »Es darf auch vom Trivialsten sein.«

Gregorian lachte, und sie lachte auch. Vielleicht erinnerte er sich noch an das Gespräch, in dem sie sich neckend beklagt hatte, immer nur Groschenromane zu bekommen, woraufhin er ihr Galsworthy gegeben hatte – sehr zu ihrer und später seiner eigenen Zufriedenheit.

Dann sah er sie eine Weile nachdenklich an. »Ich war immer froh, daß Sie für mich arbeiteten. Sie können was. Doch vergessen Sie nicht, daß wir mit England im Krieg sind. Es dürfen keine englischen Bücher mehr gedruckt werden.« Nach einer kleinen Pause fragte er: »Kommen Sie mit amerikanischem Englisch zurecht?«

»Ich werde es versuchen!«

»Da hab' ich was für Sie. Von einer gewissen Carlisle. Es wird für Sie ein ›sentimentaler Schmarrn‹ sein, aber drücken Sie halt mal ein Auge zu.« Er lachte wieder. Sein Lachen erinnerte sie an jemanden, aber ihr fiel im Moment nicht ein, an wen. »Eines muß ich Ihnen aber gleich sagen: Wir werden unsere Produktion drosseln müssen und uns den Gegebenheiten anpassen. Viel Auslandsliteratur wird es in den nächsten Jahren nicht geben.«

Lisa zog einen Mundwinkel hoch. »Ach, dieser Krieg!« stieß sie aus. Belustigend und zustimmend zugleich nickte er. »Ja«, sagte er. »Dieser Krieg. Man muß abwarten.«

»Sie und ich können froh sein, nicht hineingezogen zu werden«, meinte sie und stand auf. Er gab ihr die Hand.

»Wieso lächeln Sie so skeptisch?« wollte sie wissen.

»Weil es durchaus möglich ist, daß mein Jahrgang noch zu den Waffen gerufen wird. Und weil dieser Krieg jeden einzelnen mit hineinzieht. – Lassen Sie sich von meiner Sekretärin die Carlisle geben.«
Lisa lächelte. »Danke«, sagte sie. »Wann muß ich fertig sein?«
»Bei uns eilt es immer, das wissen Sie doch. Genügen vier Wochen? Es sind etwa dreihundert Seiten.«
Lisa seufzte. »Sie sind ein Sklaventreiber, das wissen Sie ja«, neckte sie ihn, und Gregorian warf einen belustigten Blick auf das Sklavenband, das sie noch immer am Arm trug. Als er sie zur Tür geleitete, fiel ihr noch ein: »Halt, der Vorschuß!«
In den folgenden Tagen schrieb sie sich die Finger wund. Im geschriebenen Wort unterschied sich das amerikanische nur geringfügig vom britischen Englisch, aber die Zeit drängte. Sie hatte von Gregorian die üblichen achtzig Mark Vorschuß erhalten, womit sich durchaus etwas anfangen ließ. Die Mietrückstände konnten bezahlt werden, und auch die offenstehenden Rechnungen beim Bäcker und im Wollgeschäft ließen sich begleichen.
Mitten in ihrer Übersetzungsarbeit überfielen sie dann Zahnschmerzen, die so heftig waren, daß sie beinahe Wände hochging. Sie mußte zum Zahnarzt. Diagnose: ein kaputter Backenzahn. Er mußte raus. Die Exekution war schauerlich und währte lange, da Lisa keine geduldig ergebene Patientin war und wie am Spieß schrie. Der »Viehdoktor«, wie sie ihn hinterher schimpfte, behandelte partout nicht mit Lachgas.
Die Schmerzen danach waren noch viel schlimmer. Zwei Tage konnte sie nicht arbeiten und nicht essen.
Da sie in diesem Zustand nicht allein sein konnte und ihr ohnehin wieder die Decke auf den Kopf fiel, machte sie sich auf, um ins »Café Leopold« zu gehen. Vielleicht war dort ein bekanntes Gesicht anzutreffen. Es mußte doch noch alte Freunde geben! Nach einem Blick ins Portemonnaie erlaubte sie sich diesen Luxus.
Ja, eine Tasse Kaffee und eine Streuselkuchenschnitte... Streuselkuchen war weich und ließ sich sicher auch mit brennender Backenzahnwunde essen.
Der eisige Wind, der um die Häuser blies, war dem Wundschmerz jedoch nicht gerade zuträglich. Lisa befahl sich selbst, nicht so zimperlich zu sein, und stapfte durch die Schneewehen auf der Straße. Das ganze Leben schien in Eis erstarrt. Dürr, schwarz und leblos klapperten die Äste der im Frühling so verheißungsvoll duftenden Bäume gegeneinander. Der Neuschnee deckte alles zu. Aus den Gärten kam klagendes, hungriges Vogelgeschrei.
Lisa ging den vertrauten Weg und war in Gedanken bei ihrem

verlorenen Zahn. Dann schreckte sie hoch. Fedor kam auf sie zu – Fedor Wassilijew! Noch immer trug er seinen schwarzen, soutaneähnlichen Cut.

»Fedor?« sagte sie, als glaube sie ihren Sinnen nicht.

In seinem Oberlippenbart funkelten Eistropfen. Er schien weit gelaufen zu sein und trug etwas in ein Tuch Gewickeltes unter dem Arm.

Er war ebenfalls überrascht, sie zu sehen. Der Vorhang vor seinem Gesicht gab für Sekundenbruchteile ein Lächeln frei.

»Was ist mit deiner Backe?« fragte er dann.

Lisa zog den Schal fester um die Schulter.

»Ein gezogener Zahn.«

»Dann solltest du hier nicht rumstehen. Geh mit, wir trinken einen Kaffee.«

Lisa ging mit ihm ins »Leopold«. Dort lud er sie zum Kaffee wie zum Streuselkuchen ein. Das war ganz etwas Neues. Früher war er nie, außer zum Malen, mit ihr weggegangen.

»Und wie geht es dir?« wollte sie von ihm wissen, froh, ein vertrautes Gesicht zu sehen, zitternd, weil es Fedors Gesicht war. »Wie lebst du? Spürst du den Krieg?«

»Mies ist es«, sagte er. »Und bei dir?«

»Auch mies.« Lisa lachte, und das alte, helle Funkeln trat in ihre Augen und wischte die Schatten fort.

»Aber du kommst über die Runden?«

»Ich übersetze wieder. Im Moment – nach Begleichung aller offenstehenden Rechnungen – bin ich stolze Besitzerin von achtundzwanzig Mark.«

Fedor pfiff durch die Zähne. »Ich wußte nicht, daß du reich bist.«

»Ich male natürlich auch noch. Drei Bilder habe ich sogar verkaufen können. Aus meiner Ausstellung ist ja dann doch nichts geworden. Das bedaure ich heute noch. Da stünde ich schon anders da. Aber wenn der Krieg erst einmal vorbei ist...«

Fedor ließ sie nicht ausreden. »Komm, wir gehen«, sagte er und trank seinen Kaffee aus. Kaum hatte er das Geld auf den Tisch gelegt, stand er auf. Lisa schluckte schnell die Reste des Streusels hinunter und folgte ihm hinaus.

Es schneite wieder. Noch immer klapperten die Äste im Wind.

»Wohin gehen wir?« fragte Lisa.

»Zu mir.«

Lisa lächelte. »Ich hatte schon Angst, du würdest das nicht sagen.«

Fedor zuckte die Achseln. »Komm«, sagte er.

Es war gar nicht lange her, daß sie diesen Weg gegangen war.

Im Haus, in dem er noch immer wohnte, roch es weiterhin stark und bürgerlich nach Bohnerwachs. Stumm ging sie neben ihm die ausgetretenen Treppenstufen nach oben. Fedor schloß die Tür zu seinem Atelier auf. Er ließ ihr den Vortritt. Sie ging hinein. Auch bei ihm war es kalt.
Langsam nahm sie sich den Schal vom Kopf, ließ den Mantel aber an. Fedor ging inzwischen daran, Feuer zu machen. Die fingerlosen Handschuhe zog er dabei nicht aus.
»Du heizt auch nur, wenn du zu Hause bist, nicht? Ich lass' den Ofen auch immer ausgehen. Es ist alles so teuer geworden.«
Als das Feuer knisterte, setzte er Wasser auf, um Tee zu machen. Lisa fühlte sich etwas fremd.
Die Bilder hatten sich kaum verändert. Ein paar davon waren schon zu ihrer Zeit hier gestanden. Eines zeigte sogar sie selbst. Auch die Unordnung war sich gleich geblieben. Das Bett war nicht gemacht, der Wandschirm halb umgekippt, die Felle auf dem Posierlager abgelegen.
»Gleich wird's warm«, hörte sie Fedor sagen. Das Feuer flackerte bereits. Lisa trat an den Ofen und hielt die Hände darüber.
Inzwischen packte Fedor aus dem mitgebrachten Beutel Brot aus und kramte zwei Äpfel hervor, die er auf einen Blechteller legte und auf den Rost stellte.
»Das werden Bratäpfel«, meinte er.
Lisa lächelte und bewegte die Finger über dem Ofen. Fedor zog sich die Handschuhe aus und griff nach ihren Händen. Straff und streng wie immer hielt er ihre Gelenke.
»Deine Finger verraten, daß du viel schreibst, besonders die Zeigefingerkuppe«, konstatierte er.
Sie drehte seine Handflächen nach oben.
»Und an deinen sauberen Händen sieht man, daß du wenig arbeitest. Du malst gerade nicht?«
»Ich muß andere Sachen tun.«
Der Griff seiner Hand um ihre Finger wurde wieder fest. Lisa hielt die Lider gesenkt, weil sie den Blick in seinen Augen spürte. Er wollte sie haben, möglichst jetzt und gleich, so wie immer. Als er ihren Kopf zu sich heraufdrehen wollte, wandte sie ihr Gesicht ab.
»Nein. Nicht. Bitte.«
Überraschenderweise ließ er sie sofort los. Er holte zwei Tassen aus dem schweren Schrank und goß Pfefferminztee auf.
»Es gibt sogar Zucker«, sagte er und förderte gleich ein ganzes Paket zutage.
»Wie luxuriös«, sagte Lisa, und ihr Lachen klang unsicher.

Und dann, schnell, hastig, als fürchte sie, es sonst nicht auszusprechen: »Vielleicht sollte ich lieber wieder gehen.«
»Warum?«
»Ich habe Angst vor dir.«
Verlorenheit spiegelte sich auf ihrem Gesicht. Sie sah jetzt aus wie ein Kind.
»Nimm mich in den Arm, Fedor, bitte. Schnell!«
Auf seiner Stirn zuckte es. Viel Fremdheit war zwischen ihnen und trotzdem ein Gefühl des Sichkennens.
Fedor zog sie an sich und hielt sie eine Weile fest. Zum erstenmal hielt er nicht die Frau, sondern das kleine Mädchen im Arm. Zum erstenmal war da etwas anderes als erotische Spannung.
Die innere Verkrampfung in Lisa löste sich.
»Besser?« fragte Fedor – etwas unsicher fast.
»Viel besser.«

Nach außen hin hatte es rein wirtschaftliche Gründe, daß Lisa zu Fedor zog. Das hieß: gemeinsame Kasse, nur eine Miete, nur ein zu heizender Raum, nur eine Petroleumlampe. Doch Lisa ging es vor allem darum, nicht mehr allein zu sein. Und außerdem – zog sie nicht all ihr inneres Streben zu Fedor? Sie konnte wieder an seiner Schulter liegen. Sie konnte sich wieder schwach fühlen. Sie konnte sich wieder versklaven lassen.
Schon bald begann jedoch der Kampf. Und was für ein Kampf!
Fedor vertrug keine Einengung, nicht die geringste. Er wollte keine Bindung, er mußte frei sein, sonst wurde er erdrückt. Gefühlen gegenüber war er unzugänglich. Natürlich spürte er Lisas Bedürfnis nach Vertrautheit, doch er entzog sich ihren Zärtlichkeiten. Er duldete sie einfach nicht! Jetzt, wo sie sich so zerrissen und verwirrt fühlte, so heimatlos und ausgesetzt, jetzt, wo ihre Welt in Trümmer fiel und nichts mehr übrigzubleiben drohte, hatte sie ein so tiefes, nicht zu beherrschendes Bedürfnis nach Wärme und Zärtlichkeit, daß es ihr manchmal den Atem nahm. Sie wollte in Fedors Armen schlafen und seine Nähe spüren.
Genau das vertrug er nicht.
Es gab Zeiten, da konnte sie nicht einmal seinen Arm berühren, ohne ihn zu verärgern. Irgendwann verschloß er sich einfach.
Früher hatte zwischen ihnen immer das Rauschhafte, Leidenschaftliche dominiert. Damals hatte sie sich rundum wohl gefühlt. Heute schwankte der Boden unter ihren Füßen. Sie suchte keine Lust, sie suchte Halt.
Schon früher hatte es Augenblicke tiefer Zärtlichkeit für Fedor

gegeben, die Lisa allerdings unter Verschluß gehalten hatte. Sie hatte ihn geliebt, ohne es zu wissen. Damals hatte sie von Liebe nicht allzuviel wissen wollen. Was hatte sie sich nach der Enttäuschung mit Rudolf geschworen? Nie wieder...! In fröhlich-verspielter Lebensleichtigkeit war es ihr lange genug gewesen, von Fedor beunruhigt zu werden, nicht geliebt. Bis er ihr die Tür gewiesen hatte. Jetzt drohte ihre Zärtlichkeit für ihn manchmal überzulaufen.

Zuzeiten tat Fedor ihr den Gefallen, sie in seinen Armen zu halten, aber es blieb eben immer ein Gefallen, den er sich erlauben konnte, weil ihre Beziehung sich verändert hatte, mehr Freundschaft war als Leidenschaft. Mit der Leidenschaft war es nicht mehr weit her. Das Zusammenleben schuf zuviel Intimität. Als sie füreinander anonym gewesen waren, hatte er sie begehrt. Jetzt war sie ihm zu vertraut, zu selbstverständlich – und zu »verschlingend«.

Lisa war in dieser Zeit innerlich aufgeweicht, überempfindlich und verletzlich.

Fedor fing an, recht merkwürdige Dinge zu malen. Die Blautöne herrschten jetzt eindeutig vor. Das Blau war kalt und ließ den Betrachter zurückschrecken. So malte Fedor zum Beispiel einen einzigen Apfel auf einem leeren, weißen Tisch. Eine fremdartige Klarheit durchdrang seine Arbeiten, die dennoch verwirrender waren denn je. Er schuf klassische, harte Konturen und arbeitete detailgenau.

Lisa war wechselhaft. Zuzeiten malte sie fast ohne Unterbrechung, dann war sie wieder über Wochen hinweg untätig oder beschäftigte sich nur noch mit Gregorians Romanen.

Ihr bislang monumentalstes Gemälde nahm die halbe Wand ein und mußte, als es fertig war, gleich in den Keller geschafft werden. Es stellte eine Dreiergruppe dar, zwei Männer, beide nackt, die Frau ebenfalls kaum bekleidet. Der Kopf der Frau lehnt an der Schulter eines Mannes, der jedoch gelangweilt ins Leere blickt und die Frau nicht wahrnimmt. Die Augen der Frau sind traurig und ohne Ziel. Der andere Mann steht im dunkel gehaltenen Teil des Bildes und scheint sich zu fragen, was er in der Gruppe überhaupt zu suchen hat.

Die vollkommene Beziehungslosigkeit sprach aus dem breitangelegten Ölgemälde, dessen scharfe Konturen an Fedors Arbeiten erinnerten. Auch Lisa hielt sich an Blautöne, nur die Körper waren weiß und schienen losgelöst von aller Tatsächlichkeit. Noch nie hatte eines von Lisas Bildern – selbst die »blutrünstigsten« nicht – eine dermaßen intensive Wirkung besessen.

Als sie diese Arbeit beendet hatte, malte sie lange nichts mehr. Ohne sagen zu können, weshalb, fühlte sie sich von ihrem eigenen Werk ins Herz getroffen.

Ihre Übersetzungen dienten ihr als Ausrede, wenn sie nicht malen konnte. Mit ihnen bestritt sie auch den Hauptteil des gemeinsamen Lebensunterhaltes. Ab und zu verkauften sie und Fedor auch Bilder, aber das kam immer seltener vor.

Fedor nahm Gelegenheitsarbeiten an. Er schleppte Kisten, trug Zeitungen aus, klebte Plakate, trug am Bahnhof Koffer, stand hinter einer Theke – was halt so kam. Einmal konnte Fedor sogar einen Kunden finden, der ihm zweihundert Mark für ein Portrait gab. Fedor war kein Portraitist, aber für Geld ließ er sich überreden. Begeistert schrie der Kunde: »Ein neuer van Gogh!« und drückte Fedor die zweihundert Mark in die Hand.

Obwohl Geld nicht mehr viel Wert besaß, bekam man auf schwarzen Wegen doch noch eine Menge für zweihundert Mark – wenn auch lange nicht mehr so viel wie vor dem Krieg. Vor allem ließen sich Arztkosten und andere Rechnungen damit begleichen. Einen weiteren Anlaß, ein wenig auf den Putz zu hauen, lieferte Gregorian.

Wenn sie zu ihm ins Bureau kam, ergab es sich meistens, daß Lisa mit ihm plauderte – was ja mit Fedor, der in einer abgegrenzten, menschenleeren Welt lebte, nicht ging. Es plauderte sich gut in Gregorians gepflegtem Bureau, und wenn er etwas Zeit hatte, ließ er auch mal Kaffee kommen. Sie schien ihn zu amüsieren. Meistens sprachen sie über Literatur, oder sie erzählte von ihrem nun schon so lange zurückliegenden Englandaufenthalt und er von seiner Volontärzeit in London. Es schien ihn auch zu interessieren, wie sie lebte.

Das Bohèmeleben war ihm nicht vertraut, aber er hörte gern zu, wenn sie, in seiner Gegenwart immer heiter und sorglos, dies und jenes zu berichten wußte, sich an der eigenen Schilderung der goldenen Vorkriegszeit berauschte und rote Wangen bekam.

Für sie dagegen war Gregorian ein Ausflug in die bürgerliche Welt, und es kam ihr dann vor, als wäre sie noch Teil dieser Welt, die sie, wenn sie ehrlich war, ganz nie verlassen hatte. Was sie jetzt führte, war ja auch beileibe kein Bohèmeleben mehr. Jetzt war Krieg. Sonst nichts.

Nun, immerhin hatte sie Gregorian neugierig gemacht auf »ihre« Welt, die er nur aus Büchern zu kennen schien – oder vielleicht aus ein paar ihm in guter Erinnerung gebliebenen Jugendexkursionen. Außerdem wußte er ja, daß Lisa »eigentlich« Malerin war.

Eines Nachmittags, es war an einem Samstag, stand Gregorian plötzlich vor der Tür. Da er nicht wußte, daß Lisa mit Fedor Wassilijew zusammenwohnte, hatte er sich bei dem Musikerpaar im Erdgeschoß erkundigt, und die Frau hatte ihn beschieden: »Gehen S' doch einfach rauf. Ich glaub', die da oben heißt Holzgartner.«

Fedor ging an die Tür, als es klingelte.
»Guten Tag«, sagte Gregorian. »Wohnt hier eine Frau Holzgartner?«
Fedor rief nach hinten: »Lilly, für dich!«
Gregorian ließ er einfach stehen und kehrte ins Atelier zurück.
»Ja«, rief Lisa und strich sich die Schürze über dem mehrmals ausgebesserten Wollkleid glatt. Völlig überrascht sah sie Gregorian an der Tür stehen. Sie wurde sogar ein bißchen rot.
Wenn sie zu ihm kam, trug sie immer ihr bestes Kleid – sie hatte nur noch ein »gutes« –, und jetzt stand sie so da! Gregorian tat, als bemerkte er es nicht.
»Guten Tag, Frau Holzgartner! Ich dachte, ich schaue bei Ihnen vorbei; ich bin nämlich auf der Suche nach einem Wandschmuck für mein Arbeitszimmer zu Hause.«
»Das ist ja nett! Sie!« rief Lisa und versuchte, ihre Verlegenheit zu überspielen. »Kommen Sie doch rein und sehen Sie sich meine Meisterwerke an.«
Fedor haßte Besuche, die er nicht geladen hatte. Nun mußte Lisa also Fedor und Gregorian einander vorstellen. Gregorian kam ihr zuvor.
»Also, Sie sind der berüchtigte Wassilijew. Man hört ja einiges von Ihnen. Freut mich, Sie kennenzulernen. – Gregorian.«
Fedor nickte nur. Immerhin war sein Nicken, wenn auch etwas mißtrauisch, nicht unfreundlich.
Kurz: Gregorian kaufte Lisa einen zu ihren älteren Arbeiten gehörenden Akt ab und zahlte hundertachtzig Mark. Lisa war zu verblüfft, um etwas dazu zu sagen. Zu großen Worten ließ Gregorian es auch gar nicht kommen. Er verabschiedete sich und ging wieder – mit dem Bild unterm Arm.
»Verstehst du das?« wollte Lisa von Fedor wissen.
»Du verstehst es doch auch«, meinte Fedor leichthin.
Ja, Lisa glaubte durchaus, es zu verstehen! Doch sie zuckte die Achseln.
Anfangs August war sie mit einer weiteren Übersetzungsarbeit fertig. Ohne ersichtlichen Grund, wider alle furchtbaren Zeitungsmeldungen, die sie nicht las, fühlte sie sich beschwingt und unternehmungslustig. Der Himmel war klar und blau, die Sonne schien so hell, die Vögel sangen zum offenen Fenster herein, Rosenduft schwebte über der Straße, es war sehr ruhig. Unten spielte der Musiker Klavier, und Fedor war nicht da.
Lisa zog das einzige hübsche Kleid an, das sie noch hatte, ein apfelgrünes Seidenkleid, richtete sich das Haar, drehte sich vor dem Spiegel, der über der Kommode hing, seit sie ein Bild dagegen ausgetauscht hatte, fand sich bezaubernd, griff nach der Mappe mit

den Manuskripten und machte sich auf den Weg zu Gregorian. Hoffentlich war er selber da.
Sie achtete nicht auf die Plakate, die die Bevölkerung zu Zusammenhalt, Sparsamkeit, Fleiß, Verzicht und Vaterlandsliebe aufriefen. Sie ging auch an den Zeitungsständen und Zeitungsjungen vorbei, ohne einen Blick auf die Schlagzeilen zu werfen.
Mit wohlbehaltener Hochstimmung langte sie beim Gregorianschen Verlagshaus an, einem großen, würdevollen, von hohen, schattenwerfenden Bäumen umsäumten Patrizierhaus mit Stuckverzierungen im Jugendstil. Lisa sog noch eine Weile den Geruch des irgendwo hier blühenden Jasmins ein und lief dann durch den großen Eingang.
Wie immer dauerte es auch diesmal eine Weile, bis Gregorian Zeit für sie hatte. Dann aber empfing er sie sehr freundlich, wenn auch mit jenem Hauch Distanz, der Lisa reizte. Erst als er sie dazu aufforderte, sich zu setzen, merkte sie, daß sie mit ihm flirten wollte. Heute war ihr einfach danach!
Das Dumme war nur: Gregorian war nicht danach. Er ging nicht auf ihre koketten Augenaufschläge ein.
Statt dessen besprach er kurz mit ihr die Übersetzung, weil sie meinte, mit einigen Passagen Schwierigkeiten gehabt zu haben, was nicht stimmte und was er genauso gut wußte wie sie, und ging über das Lächeln in ihren Augen einfach hinweg.
War er wirklich nur gekommen, um ihr einen Akt abzukaufen? Er hatte ja nicht einmal wissen können, ob ihre Bilder ihm gefallen würden. Vielleicht hatte er wirklich nur sehen wollen, wie eine Frau wie sie lebte. Oder hatte Fedors Existenz ihn ernüchtert? Na, nüchtern war er eigentlich ohnehin schon.
Erst jetzt fiel Lisa richtig auf, was für ein gutaussehender Mann Gregorian war. Apart: blaue Augen zu dunklem Haar. Er war groß und schlank und genau die Art Mann, die Lisa gefiel. Da war ein Touch Intellektualismus, eine Spur Über-den-Dingen-stehen, ein gewisses Lächeln und viel Unergründliches.
Jetzt schien er über ihre Flirtversuche zu lächeln. Er hatte so eine Art, sich zu amüsieren – nicht boshaft-spöttisch, sondern komplizenhaft und doch Grenzen wahrend. Seine Belustigung zog den Betroffenen mit ins Vergnügen.
Trotzdem sagte Lisas Gesichtsausdruck: Aber du hast das Spiel doch eingefädelt!
Gregorians helle Augen antworteten: Da haben wir uns wohl mißverstanden.
Lisas hochgezogene Brauen schossen zurück: Du hast aber die Fährte gelegt!

Sein lächelnder Mundwinkel erwiderte: Tut mir leid, ich wollte Sie nicht verwirren!
Nun denn!
Laut sagte Lisa: »Offen gestanden, der Roman hat mich irritiert. Mir blieb der Beweggrund des Helden bis zum Schluß unklar.«
»Vielleicht wollte der Autor damit die Spannung aufrechterhalten.«
»Ach ja?«
Gregorian gab ihr einen kurzen, aufmerksamen Blick und lachte dann.
»Sind Sie an einem neuen Auftrag interessiert, Frau Holzgartner?«
»Nur bei Vorschuß«, schmunzelte sie.

Ihre Hochstimmung hielt nicht an. Ein Gefühl der Leere bestimmte eigentlich das Gleichmaß ihrer Tage. Lisa fragte sich manchmal, wie es »denen daheim« wohl ging. Oft dachte sie an Vinzenz.
Irgendwann, dachte sie dann, werde ich heimkommen, und Onkel Vinzenz wird sagen: »Na, Lisa-Mädchen, wie war's?« Immer stärker fühlte sie ihr Heimweh. Deutlich erinnerte sie sich des Feldwegs zwischen Reitfelden und Reitenau, genauso, als wäre sie ihn gestern zum letzten Mal gegangen. Sie konnte den Fluß flüstern und die Baumwipfel sich im Wind wiegen hören. Sie sah das schräg einfallende Abendlicht über dem Wasser, sie roch den Holunder- und Erdgeruch und sah Vinzenz auf dem Einspänner die Reitach entlangfahren. Seine wachen, klugen Augen blitzten; er kam vom Schweinemarkt und hatte gut gehandelt.
Wenn Fedor wieder so weit fort von ihr war, im selben Raum und doch nicht da, dann verlangte es sie so sehr nach dem sicheren Gefühl der Kindheit und nach Vinzenz, der sagte: »Die ist richtig, die ist nach meinem Geschmack!«
Sie dachte aber auch an Lorenz und an den Silvesterabend, den letzten ihrer Kindheit, als sie mit Lorenz getanzt hatte. Dieses Bild hatte sich ihr eingeprägt wie kaum etwas anderes. An alle, alle mußte sie denken, an den Zauberer Krispin, an die gemütlichen Stunden bei Lina und Marie in der Küche, sogar an die gestrenge Amalie und an die stille Jenny. Und an Morell.
Angst bekam sie, wenn sie an Franziska dachte. Das brannte. Sie fühlte sich schuldig, gerade weil sie sich nicht nach ihrem Kind sehnte. Es war auch, als hätte die Zeit die Pforten zu diesem Teil ihres Lebens verschlossen – die Zeit oder ihr Gedächtnis. Sie erinnerte sich an nichts mehr richtig, was mit Christian zusammenhing, nur noch deutlich und klar an das furchtbare Gespräch unter der Judeneiche.
Ja, nach Hause... ganz stark fiel dieser Wunsch über sie her, so stark, daß sie manchmal weinte.

Ihr war, als schwebte sie in luftleerem Raum. Tiefer und tiefer wurde sie sich ihrer und des Menschen Einsamkeit bewußt.
Eine Zuflucht gab es noch, die Freundin des im Erdgeschoß wohnenden Musikers. Wenn Elaine Nußkuchen buk, lud sie Lisa ein, aber nur, wenn ihr Komponist nicht da war, denn der sei cholerisch und unberechenbar. Elaine und Lisa verband die Parallelität ihres Schicksals. Beide hatte der Lebenshunger nach München getrieben, beide kamen vom Land und waren eigentlich – und ein wenig immer noch – Bauernmädchen mit dem großen Traum vom Glück, und beide lebten mit einem Mann, der sie nicht verstand.
Elaine hieß in Wirklichkeit Maria.

Die Zeiten wurden hart. Verwundert dachte Lisa an die Jahre, als sie gegen Übergewicht zu kämpfen gehabt hatte. Jetzt war sie mehr als bloß schlank. Wenn sie ehrlich war, standen ihr die hohlen Wangen ebensowenig wie die flachen Hüften.
Lange Zeit hatte sie gejammert, Kartoffeln und immer wieder Kartoffeln essen zu müssen. Inzwischen klagte sie darüber, keine Kartoffeln mehr auftreiben zu können.
Ein Freudenfest war es, wenn es einmal zu Butterkartoffeln reichte – auch Grießbrei kam vor und mit Wasser angerührter Hirsebrei – oder wenn es gar gelang, die Zutaten für Elaines berühmten Nußkuchen zusammenzubekommen. Elaines Nußkuchen wurde für Lisa mit der Zeit eine Art Symbol für eine sterbende Epoche.
Es kam auch immer wieder Hilfe von unerwarteter Seite. Jemand schenkte Lisa eines Tages eine ganze Salami. Halb verrückt vor Freude rannte sie damit zu Fedor und rief, die Wurst in die Höhe haltend: »Siehst du, es ist gar nicht so schlecht, ein paar Freunde zu haben!«
Lisas Gedanken drehten sich fast nur noch um die Frage: Was gibt es morgen zu essen? Sie erinnerte sich nicht, jemals über so lange Zeit hinweg derart quälende, elementare Sorgen gehabt zu haben. Oft war es ihr übel ergangen, aber nie mit jenem Beigeschmack des Unausweichlichen, Immerwährenden, nie so ohne Hoffnung. Krieg – Krieg – Krieg! Man konnte vergessen, daß es überhaupt etwas anderes gab oder je gegeben hatte. Ein Ende war nicht in Sicht.
Lisas Erwerbsquelle, das Übersetzen, versiegte. Der Gregorian-Verlag kämpfte in diesen Tagen um seine Existenz. Teilweise standen die Druckmaschinen bereits still, denn Gregorian gab keine Zeitungen heraus. Zeitungen finden selbst in schlechten Zeiten Absatz.
»Sie werden uns aushungern«, schrieb Lisa an Gregorian, nachdem sie schriftlichen Bescheid erhalten hatte, nicht mehr für ihn arbeiten

zu können. »Und mit Grimm im Gesicht warten wir darauf, ausgehungert zu werden! Ist unser Kaiser denn solch ein Narr? Ich war bisher absolut apolitisch, denke aber, daß es ein Verbrechen ist, in so einer Zeit keine Meinung zu haben. Ja, ich sympathisiere mit den Demokraten im Land, auch mit den radikalen Linken, was Sie entsetzen mag. Ich sympathisiere mit allen, die nach Frieden rufen!«
Noch schrieb man das Jahr 1917, noch mußte sich Lisa gedulden. Immerhin gab es Lichtblicke, kleine Anlässe zu großen Freuden.
An Weihnachten fand sich, seit 1915, jedes Jahr vor der Wohnungstür Wassilijew ein Korb mit einer Flasche Port, Räucherschinken, Würsten, einem Laib frischen Brotes und sonstigen Köstlichkeiten, die es eigentlich nirgendwo mehr gab.
Zuerst dachte Lisa an Elaine, an die sie sich in ihrer Einsamkeit eng angeschlossen hatte. Aber woher sollte Elaine diese Dinge nehmen? Auch andere Bekannte, die Lisa im Lauf der Zeit wiedergefunden hatte, kamen nicht in Betracht.
Lisa lächelte. Ob etwa Gregorian...?
Im Winter 1917 lag sie mit einer fiebrigen Erkältung im Bett. Aus der Erkältung wurde eine ernsthafte Grippe. Das Geld für den Arzt und die Medikamente war kaum aufzutreiben.
Fedor trug Extrablätter aus. Elaine saß bei Lisa und machte ihr Tee. Sogar ein paar Krankenbesuche kamen. Schließlich phantasierte Lisa im Fieber. Eine Lungenentzündung hatte sich zu allem Übel noch dazugesellt. Der Arzt machte ein besorgtes Gesicht.
Da die Krankenhäuser mit Verwundeten überfüllt waren, ließ man Lisa zu Hause. Manchmal war sie gar nicht bei Bewußtsein. Einmal, nach wilden Schüttelfrösten, kam es ihr vor, als fiele sie durch einen dunklen Schacht, einen langen, schwarzen Tunnel, und hörte ein seltsam brummendes, unangenehm tönendes Geräusch. Und dann hatte sie das Gefühl, über ihrem Bett zu schweben. Sie sah auf sich selber herunter und dachte: Jetzt bin ich tot. Elaine saß bei ihr, fühlte ihren Puls, schüttelte sie und rief immer wieder: »Lilly! Lilly! Komm, wach auf! Um Himmels willen, Lilly!«
Lisa fühlte sich ganz leicht und schwerelos, alle Dimensionen hatten sich aufgelöst, sie sah alles und hörte alles, mehr, als um sie herum überhaupt zu sehen und zu hören sein konnte, und um sie herum wurde es plötzlich gleißend hell...
Aber dann fühlte sie plötzlich wieder Elaines Hand, die sie sacht auf die Wange schlug, und die Hitze in ihrem Körper. Ein tiefes Gefühl der Enttäuschung breitete sich in ihr aus, doch dann sank sie auch schon in einen schweren, traumlosen Schlaf, und am nächsten Morgen war das Fieber gesunken.

Als sie sich erholte, konnte sie es genießen, von allen Seiten umsorgt zu werden. Wenn Besuch kam, war Fedor weniger abweisend als sonst. Er beherrschte sich. Und doch war er weit fort. Schmerzlich weit fort...

Von da oben, von der Zimmerdecke aus, war ihr das alles sehr nebensächlich erschienen, unbedeutend fast. Es war ihr vorgekommen, als habe das in Wirklichkeit – in der wirklichen Wirklichkeit – nichts mit ihr zu tun, als sei alles »da unten« ein fehlgesteuerter Traum.

Je weiter sie sich aber von diesem Erlebnis entfernte, desto weniger »hingeträumt« erschien ihr ihre Wirklichkeit. Da war Fedor, und Fedor liebte sie nicht.

Als sie wieder ganz gesund war, stand ihr ihre prekäre Situation auf einmal scharf vor Augen. Auf einmal spürte sie Fedors Verschlossenheit als ständigen Begleiter. Es war nicht mehr fortzuschieben.

Als sie ihm eines Tages erzählte, einen Brief von Gregorian bekommen zu haben, in dem stand, daß nun auch er einberufen worden sei, reagierte Fedor nur mit einem vagen »Jaja«, und Lisa fragte scharf: »Hörst du mir überhaupt zu?«

»Ja«, erwiderte Fedor ruhig und schraffierte mit Kohlestrichen eine hügelige Fläche. Er sah Lisa nicht an. Aus purer Gewohnheit hatte er ihr dieses »Ja« hingeworfen.

»Du hörst kein Wort! Verdammt, Fedor, kannst du mich wenigstens ansehen, wenn ich mit dir rede?«

Widerwillig, mit gefurchter Stirn, wandte er ihr sein Gesicht zu. »Herrgott, kannst du nicht einmal eine Stunde lang den Mund halten?«

»Den Mund halten, ja! Nicht dasein soll ich, das ist es. Wann hast du mir zum letzten Mal zugehört, wann mir etwas gesagt? Wann hast du zum letzten Mal bemerkt, daß du mit mir sprichst, wenn du sagst, daß keine Kohlen mehr da sind? Wann hast du zum letzten Mal mit mir geschlafen, wann mich zum letzten Mal nur angeschaut?« Es kam keine Erwiderung. Resigniert sagte Lisa: »Du weißt es ebensowenig wie ich. Es ist einfach zu lange her.«

Noch immer gab Fedor nichts zurück. Lisa schrie: »So sprich doch! Sag etwas! Sag einfach etwas, irgend etwas, nur mach den Mund auf!«

Mit seiner Linken wischte Fedor seinen Malerkittel ab.

»Du siehst doch, daß ich arbeite.«

»Ja, du arbeitest, und ich störe. Ich gehe dir auf die Nerven. Seit langem gehe ich dir auf die Nerven. Warum sagst du mir das nicht so ehrlich wie früher? Aber früher hast du mich wenigstens benutzt!

Nicht einmal das tust du mehr! Gleichgültig bist du. Gleichgültig und in dir selber schon lange tot!«
Sie hatte sich aufs Bett fallen lassen. Gregorians Brief war ihr entglitten. Sie weinte.
»Deine Dramen widern mich an«, sagte Fedor leise und in einem ganz selbstverständlichen Ton. »Deine ganze Liebesgier widert mich an.«
Und da er so angewidert war, suchte er sich im Frühjahr seine Motive wieder im Freien. Er tat das, obwohl er auffiel, denn ein Mann in seinem Alter – er war jetzt Anfang Vierzig, konnte aber als Staatenloser nicht eingezogen werden – gehörte nach landläufiger Meinung an die Waffen oder zumindest in Kaisers Dienste. Man sprach ihn an, er hörte anzügliche Bemerkungen von wegen Vaterlandsverrat, aber er konnte nicht sagen, daß er Russe war, die Leute hätten ihn gelyncht, Staatenlosigkeit hin, Staatenlosigkeit her.
Trotzdem saß er lieber im Englischen Garten, als ständig in Lisas anklagende, »liebesgierige« Augen sehen zu müssen.
Zu Elaine sagte Lisa: »Er läuft davon. Ich spüre, daß er davonläuft. Eigentlich ist er schon lange fort. Und ich weiß nicht, was ich tun soll.«
»Es ist immer das gleiche«, meinte Elaine trostlos, gerade wieder ein von ihrem Musiker geschlagenes blaues Auge pflegend. »Ein Mann – eine Frau – eine Katastrophe.«
Eine Katastrophe, dachte Lisa, das ist es, das ist mein ganzes bisheriges Leben. Im Frühjahr 1918, als jeder wußte, daß Deutschland langsam verblutete, fühlte auch Lisa sich ausgeleert und ausgeblutet.
Wo waren sie hingegangen, die leichten, die glühenden Jahre? Was war aus der duftigen, verzauberten, lebenstrunkenen Atmosphäre des Vorkriegs-Schwabings geworden? Wohin hatte sich das impulsive, leichtherzige, begeisterte Lebensgefühl der ersten Münchner Jahre verflüchtigt? Im Rückblick schien es ihr, als habe sie in dieser ersten, dieser wunderbaren Zeit im Rausch gelebt, ja, nur einen einzigen Rausch gekannt, pulsierend und prickelnd wie Sekt.
Doch sie selbst, war sie je leichtherzig gewesen? Sie, die ewig unglücklich Liebende, die Heimatlose und Immer-Suchende, war voller Leidenschaften, die sie überrollten und alles Spielerische, das in ihr hochkeimen wollte, schnell verschlangen. Sie fühlte in sich eher schweren, bernsteinfarbenen Wein als schäumenden, sprudelnden Champagner. Nur in den glücklichsten, den tanzendsten und seltensten Augenblicken war es ihr vergönnt gewesen, schwerelos und frei zu sein.
Als sie in den Spiegel sah, blickte ihr eine fremde Frau entgegen, eine

Frau, die ihre Jugend verloren hatte. Lisa wollte nur flüchtig ihren Zopf neu aufstecken, um dann das Nötigste einzukaufen, doch sie erschrak über ihr Spiegelbild.

Unter der dünn scheinenden, überblassen Haut traten die Wangenknochen ganz unnatürlich hervor, die Augen lagen in dunklen, umrandeten Höhlen, ihr Haar wirkte ungepflegt und glanzlos, und ihr ganzes Gesicht sah müde und ausgelaugt aus. Selbst um den Mund, diesen einst so vollen, sinnlich-weichen Mund, hatte sich ein Zug der Bitterkeit gegraben.

Eigentlich bin ich noch jung, dachte Lisa. Sie war achtundzwanzig.

Die Frühlingssonne schien zum Fenster herein. Die Luft verströmte den Geruch von Seidelbast. Lisa trat ans geöffnete Fenster und lehnte sich hinaus.

Wohin dieses Jahr sie wohl führen würde? – Ach, wenn es sie nur irgendwohin führte!

Viertes Buch

Rudolf

Fünfzehntes Kapitel

Die Junisonne schien durch das offenstehende Fenster.
Lisa warf nur ab und zu einen Blick hinaus, obwohl die Sommerlust des Nachmittags sie zum Nichtstun verleitete. Sie saß über den hölzernen Bottich gebeugt und rieb Fedors Malerkittel am Waschbrett. Ihre Hände und Arme hatten sich bis zu den Ellbogen hinauf gerötet. Kernseife war rar, also mußte sie fest reiben. Nur schwer lösten sich die Farben aus dem festen Stoff. »Waschtage« waren Lisa verhaßt. Sie schwitzte. Hin und wieder hielt sie inne, wischte sich mit dem hochgekrempelten Ärmel über die Stirn und lauschte dem Vogelgezwitscher, das von draußen hereindrang.
Fedor war fort. Wohin es ihn heute nachmittag getrieben hatte, wußte sie nicht, und sie fragte auch nicht danach. Es war besser, wenn er fort war.
Ihre Augen kehrten vom Fenster zurück. Heute würde es wieder nichts zu essen geben. Zornig drückte sie den Segeltuchkittel gegen das Waschbrett. Alles schäumte.
Als sie gerade einhalten wollte, klingelte es. Wer sollte das sein? Der Gerichtsvollzieher war doch gestern schon dagewesen. Müde stand Lisa auf, rieb sich die Hände an der zerschlissenen Schürze ab und strich sich eine heruntergefallene Haarsträhne aus dem Gesicht. Dann ging sie zur Tür. Schon auf dem Weg dorthin war sie seltsam erregt. Länger als nötig lag ihre Hand auf der Klinke. Schließlich hatte sie sich überwunden – und erschrak.
Rudolf stand vor der Tür und sagte: »Grüß dich, Lisa.«
Wie ein Kind, das etwas zu verbergen hat, verschränkte sie ihre Hände im Rücken. Sie brachte kein Wort heraus. Lächelnd ging Rudolf über ihre Verlegenheit hinweg.
»Es war nicht einfach, dich zu finden«, sagte er.
Sie nickte. So groß hatte sie ihn gar nicht in Erinnerung gehabt. Außerdem färbten die ersten Anzeichen beginnender Ergrauung seine Schläfen, und in die Stirn wie um die Mundwinkel hatten sich Furchen gegraben. Nur seine Augen, kristallklar und blau, hatten sich nicht verändert.
Rudolf seinerseits vermied es, sie genauer anzuschauen.
Da sie sich noch immer nicht rührte, versuchte er eine Brücke zu

bauen: »Ich hoffe, ich störe dich nicht. Ich will nicht ungelegen kommen, aber ich stehe auch nicht grundlos hier. Kann ich reinkommen, Lisa?«

Natürlich hatte er den Namen »Wassilijew« am Türschild gelesen. Bei der Vorstellung, Lisas Liebhaber zu begegnen, war ihm nicht ganz wohl.

»Freilich. Komm«, brachte sie endlich hervor, lief aber vor ihm ins Zimmer, um noch aufzuräumen, blickte sich kurz um und mußte einsehen, daß das Zimmer blieb, was es war, ein schlecht möbliertes, schäbiges Loch mit einem Waschtrog mitten am Boden.

Hastig nahm sie die Wäsche von den Stühlen und sagte zu Rudolf, er könne Platz nehmen. »Anbieten kann ich dir leider nichts«, fügte sie schnell hinzu.

Um die roten Arme zu verstecken, zog sie die Ärmel herunter. Dann nahm sie schnell die schmutzige Schürze ab. Das verwaschene, einstmals rosafarbene, jetzt eher grauweiße Leinenkleid stach von Rudolfs elegantem dunklen Anzug ab. Er trug goldene Manschettenknöpfe und eine goldene Nadel an der Krawatte. Sein steifer Kragen stand tadellos hoch. Rudolf war ein Fremdkörper in diesem Raum.

»Warum bist du gekommen? Du hast einen Grund? Das muß schon ein wichtiger Grund sein. Ich wollte nicht gesucht und schon gar nicht gefunden werden«, erklärte sie.

»Ich weiß.«

Als hätte sie das Gefühl, sich rechtfertigen zu müssen, kam sie seiner unausgesprochenen Frage zuvor: »Du hast sicher das Türschild gelesen. Ja, es stimmt, ich lebe mit einem Mann zusammen. – Wie hast du mich also gefunden?«

»Da du nirgendwo gemeldet bist, mußte ich mich durchfragen. Es war mir klar, daß du damals nach München gingst – und Schwabing, das ahnte ich auch. Zuerst fürchtete ich, du könntest nicht mehr hier sein, aber ich traf jemanden, der dich kannte.«

»Wen denn?«

»Scharnegg heißt er.«

Lisa lächelte. »Der Theo, soso. Wo bist du denn auf den gestoßen?«

»Ist das nicht einerlei?«

Schmutzig-weißer Schaum schwamm auf dem Wasser im Bottich. Wieso nur hatte sie sich heute dazu überwunden, sich die Wäsche vorzunehmen?

Inzwischen hatte sich Rudolf an die Umgebung gewöhnt. Er mußte kein Befremden und kein Erschrecken mehr verbergen, als er sich umsah.

»Sind das alles deine Bilder?«

Lisa schüttelte den Kopf. »Die meisten sind von Fedor. Nur ein paar habe ich gemalt. Unser Keller ist voll davon. Niemand will sie. Im Augenblick hat niemand Geld für Überflüssiges.«
Rudolf nickte. Lisa fuhr fort, um das Schweigen totzureden: »Eine Zeitlang habe ich übersetzt. Aber der Verlag hat zugemacht. Momentan ist alles recht ungünstig.«
»Ja, das ist wahr.«
»Bist du nicht an der Front?«
»Nicht mehr.« Er deutete auf seine Schulter. »Durchschuß. Ist aber gut verheilt. Jetzt gelte ich als unabkömmlich.«
»Aha.« Ihr Lächeln war müde. Schließlich fragte sie: »Was ist los, Rudolf?«
Um sich seinen Blicken zu entziehen, war sie ans Fenster getreten und schaute hinaus. Von draußen fiel Sonnenlicht in ihr Haar. Sofort bekamen die dichten, braunen Strähnen seidigen, goldenen Glanz. Als sie sich wieder umdrehte, war ihr Gesicht jedoch fremd und verschlossen.
»Vater ist tot«, sagte Rudolf.
Lisas Augen wurden groß. »Tot?«
»Es geschah beim Holzfällen. Ein Baum hat ihn erschlagen. Er war sofort tot.«
Ungläubig schüttelte Lisa den Kopf. »Nein«, sagte sie tonlos.
»Die Beerdigung hat bereits stattgefunden. Wir konnten dich so schnell nicht finden. In zwei Tagen wird jedoch das Testament verlesen, und du bist eingeladen. Durch deine Legitimierung bist du gleichrangige Miterbin geworden.«
Vinzenz tot? Und sie hatte immer... o mein Gott! Hatte sie nicht eines Tages nach Hause kommen wollen, hatte sie nicht vor ihn hintreten wollen als erfolgreiche, berühmte Malerin, um ihm zu sagen, daß sie es geschafft habe? Hatte sie nicht davon geträumt, zurückzulaufen zu Vinzenz, in die Gewißheit des Verständnisses und des Geliebtwerdens? Und jetzt war er tot, und sie würde ihn nie wieder sehen, und nie mehr würde sie ihn sagen hören: »Komm, die Ähren sind reif!« Nie mehr...
Rudolf riß sie ins Jetzt zurück: »Du solltest mit mir nach Hause fahren. Es ist ja nur für ein paar Tage.«
»Muß ich dabeisein – ich meine bei der Testamentseröffnung?«
»Du mußt nicht, aber du solltest.«
»Und Christian?«
»Was ›und Christian‹?«
»Werde ich ihn sehen, wenn ich mit dir komme?«
»Er ist nicht da.«

»Und – und Franziska?«
Sie spürte den Vorwurf in Rudolfs Blick und schrie: »Muß denn alles wieder aufgerollt werden?«
Ziemlich kühl entgegnete Rudolf: »Es muß nicht. Ich will dich keineswegs zu etwas zwingen. Du hast selbstverständlich die Wahl.«
»Er war mein Vater.«
»Eben.«
»Ich hatte so Heimweh nach ihm!«
Rudolf blickte zum Fenster hinaus. Dann stand er auf.
»Also dann: Laß uns gehen.«
Hilflos sah Lisa an sich herab, zog am Rock ihres Kleides und fragte: »So?«
»Wenn du dich umziehen willst, warte ich draußen auf dich.«
»Ich habe nichts umzuziehen.« Entschlossen machte sie den obersten, offenstehenden Knopf ihres Kleides zu und strich sich den Rock glatt.
»Ich bin fertig«, sagte sie.
Rudolf wollte etwas sagen, hielt sich aber zurück. Vielleicht begriff er, daß es nichts mitzunehmen gab. Nie nahm sie die Vergangenheit zu einem neuen Aufbruch mit.
An der Tür hielt Rudolf sie noch am Arm fest.
»Willst du keine Nachricht hinterlassen?«
Lisa stand bereits im Türrahmen und schaute ins Zimmer zurück. Fedors Malerkittel hing naß über den Rand des Bottichs. Sie wußte, daß sie diesen Raum nie wiedersehen würde, egal, was kommen würde.
Mit zweiundvierzig Mark und dreiundzwanzig Pfennigen war sie in München angekommen. Ohne einen Pfennig ging sie jetzt.
»Nein, keine Nachricht«, sagte sie.

Kurz darauf saß sie neben Rudolf im Wagen, einem Benz wie früher, doch es kam keine rechte Unterhaltung in Gang. Während sie durch München fuhren, sprach Rudolf nur Belanglosigkeiten, von Amerika, vom Krieg, der ja nun bald aus sein sollte, und mied Persönliches. Erst als sie bereits über Land fuhren, sagte er: »Dein radikaler Bruch war vermutlich die einzig mögliche Alternative für dich. Wahrscheinlich hast du das geglaubt. Aber Vater hätte dich gern noch einmal gesehen. Dich hat er immer am meisten geliebt.«
»Eifersüchtig, Rudolf?«
Sie wußte nicht, wieso sie zynisch wurde. Vermutlich hatte Rudolf sie nur trösten wollen, und es war schiefgegangen, weil er sich aufs Trösten nicht verstand.

»Ich versuche dir nur klarzumachen, daß du ihn verletzt hast. Natürlich – es durfte kein Wort gegen dich fallen. Ich glaube fast, daß Vater nicht nur am meisten unter deinem Nacht-und-Nebel-Verschwinden gelitten hat, sondern es auch am besten von allen verstand.«
Lisa schluckte. Sie wollte nicht daran denken. Nicht an ihren Vater. Das tat so weh.
»Wie geht es Irene?« lenkte sie ab.
»Gut, danke.«
»Wieviel Kinder habt ihr inzwischen?«
»Drei.«
»Eine gute Zahl. – Und Amalie? Wie – wie kommt sie zurecht?«
»Recht gut. Sie ist etwas verbittert geworden. Sie drängt darauf, Reitenau zu verkaufen. Jedenfalls wird sie nicht dort bleiben. Sie wäre völlig allein.«
»Hat Jenny diesen – Wolff hieß er, glaube ich – diesen Wolff wirklich geheiratet?«
Zum erstenmal, seit sie im Wagen saßen, warf Rudolf Lisa einen Blick zu. Dieser Blick war prüfend und kühl. Dann sah er wieder zur Frontscheibe hinaus.
»Jenny ist tot«, sagte er hart. – Es klang nicht nur hart, es hörte sich so an, als wäre die Härte absichtlich in diese Worte gelegt. Dieser Ton traf Lisa zuerst, bevor sie verstand, was er sagte.
»Tot?« flüsterte sie dann, als müßte sie sich über die Bedeutung des Wortes erst klarwerden.
»An dem Morgen, als du nicht mehr da warst, lag sie tot im Bett. Sie hat sich erstochen.«
»Als ich ... nein.«
Erst Lorenz, dann Jenny ... o Gott!
»Das ist nicht wahr!« schrie Lisa. »Das ist nicht wahr!«
Sie weigerte sich, Rudolf anzusehen, und schüttelte wild den Kopf, als machte der eigene Unglauben aus Tatsachen Gerüchte. Sein Schweigen brachte sie auf. Sie zischte: »Das ist es also! Ich soll es wieder gewesen sein. Ich soll zur Verantwortung gezogen werden. Ich habe Lorenz schon auf dem Gewissen, das stempelt mich für alle Zeiten! Das mit Lorenz, das hast du mir nie verziehen, weniger wegen Lorenz – tu nicht so, Rudolf –, sondern weil du mich für irgend etwas strafen willst, und ich weiß gar nicht, für was. Eine Schuld willst du mir zuweisen, wieder einmal – das ist so gemein, Rudolf! Das ist so gemein, und du weißt das auch!«
Der Himmel strahlte blau in den hellen, sonnentrunkenen Tag. Sie fuhren Landstraßen. Heimatlich und sanfthügelig breitete sich die Landschaft vor ihnen aus. Auf Abhängen und flachen Wiesen weide-

ten Kühe, Bauern brachten das erste Heu nach Hause. Ein Bach zog seinen verschlungenen Weg durch das frische Grün, die schmale Straße wurde von Bäumen und Weidensträuchern gesäumt, Wälderfronten taten sich auf, und knorrige Apfelbäume standen in der Sonne.

»Wer spricht von Schuld?« fragte Rudolf ruhig.

»Du! Ich kann nichts dafür, daß Jenny Morell geliebt hat! Ich kann nichts für Jennys Kraftlosigkeit!«

Scharf sah er sie an. Die Gerüchte entsprachen also der Wahrheit. Um Morell war es gegangen. Reitfelden munkelte im verschwiegenen noch heute davon, obwohl Gras über die Sache gewachsen schien. Auflachend ließ Rudolf den Atem durch die Nase.

»Was hast du mit deiner Rebellion erreicht, Lisa? Als ich dich heute unter der Tür stehen sah, da dachte ich... nun, ich fragte mich, ob es das wert war, verstehst du? Du hast nicht nur dich selbst weggeworfen für ein bißchen Scheinfreiheit, du hast andere mitbezahlen lassen. Du hast nicht gemerkt, wo das Spiel aufhört und die Wirklichkeit anfängt.«

Lisa schnaubte geringschätzig.

»Spiel! Wirklichkeit! Worte! Ich wollte immer nur ich selbst sein, nicht mehr und nicht weniger. Ich wollte mich nicht in euer Korsett zwängen lassen. Wenn man sich wehrt, schlägt man um sich und trifft auch andere. Ich habe das, was man einen starken Selbsterhaltungstrieb nennen kann, Rudolf. Einen Selbsterhaltungstrieb für mein wahres Ich, nicht für die Maske! Das ist gefährlich, ich weiß. Gefährlich für andere. Du müßtest mich doch verstehen, du, der du den Grundtrieb des Menschen Egoismus nennst! Erinnerst du dich? Nein? Nun, Rudolf, deine Grausamkeit hat Samthandschuhe an. Meine bekennt sich. Du willst mir einfach eine Schuld zuweisen, eine Schuld für mein bloßes Dasein. Du erträgst mich immer noch nicht, das ist es, das und nichts anderes!«

Undeutlich spürte er, daß sie recht hatte. Er spürte auch, wie blaß seine Worte sich gegen die ihren abhoben. Immer hatte er gewußt, daß eigenes Versagen, selbst wenn es bis in den Tod führte, nicht auf andere abzuwälzen war. Jennys Selbstmord konnte sich nicht auf Lisa berufen. Lisa war ein Anlaß, mehr nicht. Und doch hatte er ihr die Verantwortung dafür übertragen wollen. Sie hatte recht: Er wollte sie schuldig sehen, schuldig an ihrer eigenen Zukunft, schuldig für das, was sie aus sich gemacht hatte, schuldig für die Sabotage an ihrer eigenen Person. Zum ersten Mal saß er neben ihr, ohne ihre Sinnlichkeit zu spüren. Wenn auch nur unbewußt, hatte er sich doch davor gefürchtet. Nichts mehr von ihrer einstigen Ausstrahlung zu spüren

war ernüchternd, und obwohl ihm das hätte willkommen sein müssen, empfand er nichts als eine unnennbare Enttäuschung.
Es lag nicht an ihrem verwaschenen Kleid, nicht an der unordentlichen Frisur, nicht an den rauhen Händen. Früher hatte sie noch im verschwitzten Schürzenkleid mit strähnig-feuchtem Haar und sonnenverbrannten Armen nach drei Stunden Feldarbeit jene besondere Aura verbreitet, die ihm unter die Haut gegangen war. Nichts mehr davon!
Ertrug er sie noch immer nicht? War ihm ihre Gegenwart unangenehm? Seit jeher war Lisa für ihn eine Art zweischneidiges Schwert gewesen, immer eine Herausforderung zum Kampf, die es ihm unmöglich machte, sie »gern« zu haben.
Jetzt spürte er nichts Doppeldeutiges. Was er so schwer ertrug, war nicht die Frau neben sich, sondern der Vergleich zu einer Frau, die er vor Jahren gekannt hatte.

Reitenau war auf Lisas Kommen vorbereitet, aber niemand bedrängte sie, niemand erwähnte auch nur den Umstand, daß sie sechs Jahre fort gewesen war. Es stand allerdings im Raum. Man konnte nicht nahtlos anknüpfen. Von den Dingen, die momentan das Leben auf Reitenau bestimmten, wußte Lisa nichts. Sie mußte nachfragen, man hatte ihr viel zu erklären. Die Zusammenhänge waren ihr fremd.
Im Haus hatte sich nichts verändert. Lisa kam es vor, als atmete Vinzenz' Geist noch in den Räumen. Jeden Augenblick konnte Vinzenz aus der Bibliothek kommen...
Daß Jenny tot war, wunderte Lisa im Grunde nicht. Auch der Zusammenhang mit ihrer einstigen Morell-Affaire wog nicht wirklich schwer. Jennys Tod war etwas Hinzunehmendes, etwas Natürliches fast, etwas, das früher oder später so hatte kommen müssen, je früher, desto erwarteter. Aber Vinzenz, dieser lebenskräftige, wie ein Baum im Leben stehende Mann – tot?
Irene war mitsamt den drei Kindern da. Der kleine Vinzenz wirkte altklug und streng; Horst, sein jüngerer Bruder, weizenblond und hübsch, hatte Charme, und die kleinste, die vierjährige Christina, war offenbar verwöhntes Nesthäkchen von Irene und ein bißchen verzogen.
Lisa brachte es nicht fertig, nach Franziska zu fragen. Schließlich erläuterte Irene: »Die kleine Franzi wuchs ja in erster Linie auf Reitenau auf. Christian ist nie da, und Cora versteht es nicht mit Kindern. Erst nach dem Tod meines Schwiegervaters hat man Franzi zu ihrer Großmutter nach Neuherrenach gebracht.«
Man spürte die Neugier aller: Würde Lisa Franziska zu sich holen, sie

wenigstens besuchen? Was würde Lisa überhaupt tun? Manchmal spürte Lisa Amalies Blick. Dieser Blick haßte. Er haßte abgrundtief und mußte sich nun – da Vinzenz tot war – nicht mehr verbergen.
Der Abend war quälend. Mit zusammengebissenen Zähnen stand Lisa ihn durch.
Irene redete recht unbedarft über ihre Kinder, die Kinder selbst langweilten sich. Die Rede kam auf den Krieg und darauf, daß er in der Stadt unerträglich sein müsse. Irene und die Kinder waren voriges Jahr nach »Darma« übersiedelt.
Es gelang Lisa nicht, wirklich zuzuhören. Mein Gott, Onkel Vinzenz, was würde aus deinem geliebten Reitenau werden... Am nächsten Tag ging man geschlossen auf den Friedhof. Es war heiß. Ein herrlicher Sommer umfing das Land. Lisa wäre ein grauer, regenverhangener Himmel lieber gewesen.
Wieder spürte Lisa Amalies Blick. Sie mußte sich zu Amalie umdrehen, wandte sich aber schnell wieder ab. Nein, Amalie fragte nicht nach Wahrheiten und Hintergründen. Amalie gab Lisa unumwunden die Schuld für alles – für Lorenz' Eifersucht ebenso wie für Jennys Schwäche und für so vieles andere, nie Ausgesprochene ebenso.
Es war Lisa nicht möglich zu beten. Zu wem auch? Wenn sie je einen Gott gehabt hatte, war er ihr entschwunden. Gott?! Wenn es ihn gab, war er ein Gott der Rache, der sie, ein Kind des Saturn, für jedes Lachen mit tausend Tränen zahlen ließ. Doch Vinzenz hatte sie gelehrt, was es hieß, mit Unausweichlichkeiten zu leben. Er hatte zu ihr gesagt: »Du bist eine Holzgartner, und eine Holzgartner hat mehr Rückgrat als andere.«
Ja, sie war seine Tochter, sie allein. Und das galt es zu beweisen. Das war ihr Erbe.
Schwer trug sie an ihrer hart erkämpften Freiheit. Und sie war müde. Am liebsten hätte sie sich irgendwo hingesetzt und geschlafen, jahrelang.
Die Inschrift auf dem Grabstein, kaum zu sehen vor lauter Kränzen und Blumen, lautete:

VINZENZ HOLZGARTNER
GUTSBESITZER
12. AUG. 1852 – 3. JUNI 1918

Ob er sich je so alt, müde und zerschlagen gefühlt hatte wie sie jetzt? War der Tod für ihn zur rechten Zeit gekommen? Hatte er ihn annehmen können, oder war er einfach gefällt worden, mitten im Leben?

Am Abend setzte sie sich auf die Veranda, um den Frieden der Dämmerung in sich aufzunehmen. Irene brachte Christina zu Bett, Vinzenz und Horst spielten am Fluß. Von dort aus konnte man sie lachen hören. Schwach drangen die Geräusche zur Veranda hinauf.
So waren sie immer gewesen, die Dämmerstunden. Auch früher war Lisa manchmal hier gesessen, in einem dieser Rohrstühle oder im Schaukelstuhl. Sie hatte dem Ratschen der Grillen gelauscht und den sanft werdenden Atem des Abends gefühlt, und ab und zu war er ihr ein Trost gewesen.
Noch immer zogen sich zur Dämmerzeit die Schatten lang, noch immer jagten die Vögel tief über dem Gras nach Mücken, noch immer roch es nach Erde, Sommerruhe, Wiesenduft, noch immer bekam der Sonnenglanz einen weichen, goldenen Schein, noch immer rollte die Abendruhe wie eine Woge der Stille herein... Doch wo war das Gefühl dafür hin? Was war aus dem leidenschaftlichen »Welt, ich komme«-Gefühl geworden, das nur in einer Abendstunde wie dieser leiser geworden war?
Lisa spürte ihre Lebensliebe nicht mehr, nicht mehr diese Lust am Sein, die ihr früher einen so unwiderstehlichen Zauber verliehen hatte. Es pulsierte nicht mehr wie rasend in ihr. Die Jugend schien fort. Gab es das? War es wirklich so, daß sie mit achtundzwanzig Jahren bereits einer verlorengegangenen Jugend nachtrauerte?
Wäre jetzt doch Vinzenz da! Er hätte ihr ein Gefühl der Sicherheit gegeben oder sie wenigstens zum Lachen gebracht. Er hätte die Schatten vertrieben!
Morgen würde sein Testament eröffnet werden. Lisa lächelte bitter. Morgen würde sie eine reiche Frau sein...
Rudolf lief unter der Terrasse vorbei. Er schien von einem längeren Spaziergang zu kommen und tat, als sähe er sie nicht. Sie rief seinen Namen. Zuerst zögerte er, kam aber dann doch zu ihr auf die Terrasse.
»Denkst du über etwas nach?« fragte er betont heiter.
»Ein bißchen.«
Er schien ihr etwas sagen zu wollen, den Einstieg aber nicht zu finden. Wenn es um Dinge ging, die aus dem Gefühl kamen, versagte noch heute seine Eloquenz.
»Ich will mich eigentlich bei dir entschuldigen, Lisa«, begann er schließlich doch. »Ich bin seit Wochen ziemlich überreizt. Es ist in Berlin gerade sehr viel los – das spielt jedoch keine Rolle. Ich habe mich dir gegenüber nicht richtig verhalten. Ich war feindselig und ungerecht und habe dich erschreckt. Es tut mir leid. Vielleicht bin ich in den zwei Wochen, die ich beurlaubt wurde, in der Lage, umgänglicher zu werden.«

Lisa zeigte ihr Erstaunen nicht. Da sie auch nicht recht wußte, wie sie auf den versöhnlichen Ton eingehen sollte, fragte sie neckend: »Können die da oben denn zwei Wochen ohne dich auskommen?«
Rudolf winkte ab. Trotzdem hatte sie ihm jetzt die Möglichkeit gegeben, sich ins Sachliche zu retten.
»Wir stehen vor dem Zusammenbruch«, erklärte er ihr. »Alle wissen es, keiner will der erste sein, der es ausspricht. Dennoch müssen wir uns auf neue Zeiten vorbereiten. Das gilt vor allem für mich. Vom Ende des Kriegs verspreche ich mir politisch sehr viel, denn der Kaiser wird sich nicht halten können. Das Ende der Monarchie ist in greifbare Nähe gerückt. Und darauf habe ich spekuliert.«
»Und vorgebaut?«
»Das mußte ich. So einfach ist es nicht, zwischen zwei Stühlen zu tanzen – und irgendwie unwürdig. Im Grunde stand und stehe ich in Diensten des Kaisers und arbeite trotzdem an seinem Sturz.«
»Und jetzt bist du Demokrat geworden?«
»Ja.«
»Weil du die Möglichkeiten erkannt hast, die dann auf dich zukommen?«
Rudolf nickte. »Auch das«, sagte er und zündete sich eine Zigarre an. Selbstvergessen blickte er über den Garten hinweg. »Das trieb mich, das forderte mich heraus. Der Ehrgeiz war es. – Ich sah natürlich auch, wohin Erbfolgepolitiker uns geführt haben.«
»Du hast einmal gesagt, man dürfe sich von der Macht nicht versklaven lassen.«
Rasch blies er den Rauch hinaus und nickte.
»Das habe ich gesagt. Aber Macht, das ist etwas – du würdest sagen: etwas Leidenschaftliches. Wenn man davor steht, greifbar davor, tritt alles andere zurück. Dann merkt man, daß alle Besonnenheit nur ein Schild war und man keineswegs mehr gelassen dem Kommen der Dinge harrt. Man intrigiert, man versucht, zur grauen Eminenz zu werden. Man glaubt, man könne alles besser als alle anderen, aber hinter dieser Selbstüberschätzung steht nur der Wille, seinen Machttrieb zu rechtfertigen.«
»Und das erkennst du erst jetzt?«
»Meines Ehrgeizes war ich mir immer bewußt. Früher waren diesem Ehrgeiz jedoch Grenzen gesetzt. Ich dachte, ich müsse meine Fähigkeiten benutzen und so weit kommen, daß kein Stück davon brachliegt. Daß ein ganz animalischer Trieb dahintersteckt, wollte ich nicht wissen. Und doch ist es so. Plötzlich wird man gewöhnlich.«
»Ja«, Lisa nickte, »plötzlich wird man gewöhnlich.«
Er sah sie an, als fühle er sich verstanden: neugierig und verwundert.

»Das Schlimmste am Erwachsenwerden ist wohl, daß man seine Gewöhnlichkeit erkennt«, meinte Lisa versonnen. »Vorher träumt man und glaubt an seine Träume und an die Größe darin. Du hast dich einfach recht lange gegen diese Erkenntnis gesträubt, du wolltest nichts wissen von deiner Gewöhnlichkeit, du hast sie intellektuell verbrämt. Immer warst du voller Hochmut, und du wolltest dir deinen Hochmut retten, weil dieser Hochmut dir ermöglichte, dich von anderen abzuheben.«
Ihr Gesicht sah einen Augenblick lang so aus, als würde sie alles von ihm wissen, alles durchschauen und immer alles gewußt und durchschaut haben. Trotzdem klang ein sanfter Nachhall von Verwunderung über diese Erkenntnis aus ihrem Ton.
Leise fügte sie noch hinzu: »Manchmal erinnerst du mich an den Pfarrer.«
»An Morell?«
»Ja.«
»Wieso?«
»Er opferte alles seinem Glauben, in der Überzeugung, es gebe nichts, was sonst noch Bedeutung für ihn haben könnte. Bis er nicht mehr konnte. Du opferst alles deinem Ehrgeiz. Vielleicht ist das sogar dasselbe. Was sagt denn Irene dazu? Vermutlich hast du kaum Zeit für sie.«
Rudolf nickte, und in seinem Halb-Lächeln war feine Ironie.
»Ja, Irene sagt auch immer, ich solle endlich anfangen, zwischen Beruf und Familie zu unterscheiden, und mich besser einteilen. Der Kinder wegen – sagt sie.«
Jetzt setzte sich Rudolf neben Lisa. Er war ruhiger als vorher. Eine Spannung schien ihn loszulassen.
»Du weißt wenigstens, wo du stehst«, meinte Lisa nach einer Weile, als er schweigend seine Zigarre rauchte.
»Du weißt es nicht?«
Gedankenverloren glitten ihre Augen über den Abenddunst im Garten.
»Wo ich stehe? Es gab eine Zeit, da hatte das keine Bedeutung. Da wollte ich nirgendwo ›stehen‹, sondern immer weiter und weiter laufen, um ja viel zu erleben und nichts zu versäumen. Wenn es einem gutgeht, fragt man nicht, weshalb. Das fragt man erst, wenn man dabei ist, Boden zu verlieren. Weshalb? fragt man und weiß es nicht. Dann will man etwas Festes und Ewigvertrautes. Man hängt so in der Luft. Ab und zu, wenn ich dachte, jetzt gehe nichts mehr, jetzt will ich nicht mehr, fiel mir Onkel Vinzenz ein und daß ich ja zurückkönnte – ganz archaisch und biblisch. Ich habe mir dann ausgemalt, wie es sein würde. Das war gut. Jetzt ist nichts mehr da.«

»Und der Mann, mit dem du lebst?«
Bitter lachte Lisa auf. »Fedor? Wir wären längst unserer Wege gegangen, wenn uns der Krieg und die Armut nicht zusammengehalten hätten. Dabei habe ich ihn einmal geliebt, abgöttisch sogar. Schau«, sie zeigte ihm das fleckig gewordene, jetzt schäbig aussehende Lederband am Arm, »das ist von ihm. Eine lange Geschichte gehört dazu. Ich könnte viel darüber erzählen, über das Band und über Fedor, aber du würdest es nicht verstehen. Es ist zu verrückt. Mein ganzes Leben in den letzten Jahren war zu verrückt, als daß du es verstehen könntest. Da war so viel, und übrig blieb bloß Trostlosigkeit. – Du, Rudolf, glaubst du, daß es überhaupt etwas Bleibendes und Dauerndes gibt, etwas, das nicht krampfhaft festgehalten zu werden braucht, sondern einfach nicht aufhört? Das Dauernde, das ich sehe, ist nach außen hin vielleicht fest, aber innen ist es schon lange morsch und modrig.«
Der innere Fieberzustand, den sie, seit sie auf Reitenau war, zu unterdrücken suchte, brach jetzt durch. Lisa war aufgesprungen. Sie mußte sich bewegen. Wie ein gefangenes Tier ging sie auf der Veranda auf und ab.
Die Sonne war untergegangen. Schwach und zart zeichnete sich die rundende Mondsichel am Himmel ab.
»Vielleicht war es gut, was Jenny getan hat«, fuhr Lisa aufgeregt fort. »Es gehört auch dazu Mut. Ich weiß, du kannst ihn nicht verstehen, diesen Wunsch zur Selbstzerstörung. Aber wenn man das kennt, dieses Nicht-mehr-Wollen, dann weiß man auch, was es erfordert, konsequent zu sein. Ich wollte immer so viel! Wird man je gefragt, was man will? Bleibt man nicht viel eher auf seinen Träumen sitzen? Ich komme mir oft so ausgeliefert vor. Alles scheint Hohn zu sein. Man hat einfach keine Gewalt über sein Schicksal. – Wenn man wenigstens lernen würde, das Vergangene vergangen sein zu lassen, die Endlichkeit der Dinge hinzunehmen. Vorher wird man sicher nicht reif für das Unendliche... Ach, was ich da wieder für dummes Zeug rede!«
Nachdenklich und wohl auch ein bißchen betroffen hatte Rudolf zugehört, nicht erstaunt über ihre Heftigkeit, nur erschrocken über die Frau, die alles so absolut sah, keine Grenzen akzeptieren konnte und sich mit dem Relativen nicht zufriedengeben wollte, ja daran schier zerbrach.
Ehe er etwas sagen konnte, kam sie auf ihn zu, umgriff mit den Händen die Armlehnen seines Rohrsessels und ging vor ihm auf die Knie.
»Rudolf, meinst du, daß es irgendwo etwas gibt, woran man sich

halten kann, etwas zum Festhalten, wenn die ganze übrige Welt schwankt?«
Er blickte in ihr blasses Gesicht mit den unruhigen, in ihrer eigenen Dunkelheit ertrinkenden Augen, Augen, die plötzlich ihr ganzes Gesicht füllten und zu einer einzigen Frage wurden. Ja, sie fragte ihn. Und er wußte es nicht. Er war sich selbst Halt und Sicherheit und Wegweiser. Fremde Wegweiser suchte er nicht. In alles Fremde deutete er Fehlurteile und blieb mißtrauisch. Es wunderte ihn, daß sie außerhalb ihrer selbst Sicherheit suchte. Mit Vernunft konnte er ihr jetzt nicht kommen, so, wie er ihr nie mit Vernunft hatte kommen können, wenn sie war wie heute: im Strudel, durcheinander, ohne Maß.
Der Gedanke, es könne auf der Welt nichts Dauerhaftes geben, hatte auch für Rudolf etwas Beunruhigendes. Es brachte Unberechenbarkeiten in den Ablauf der Dinge. Ständig wurde er damit konfrontiert. Seine ganze Arbeit, sein Streben, richtete sich auf Bestand, doch die Tatsache, daß jedes Jetzt dem ständigen Wandel unterworfen bleibt, weckte in Rudolf nur die Vorsicht und schärfte seinen Verstand; es gab für ihn keine elementaren Ängste.
Gab es sie nicht? Ließ er sie nur nie zu?
Beinahe väterlich fragte er: »Wovor fürchtest du dich denn so, Lisa?«
Aufstöhnend rief sie: »Vor dem ganzen Leben!« und ließ ihren Kopf auf seine Knie sinken. Unwillkürlich strich seine Hand über ihr Haar. Das Haar war weich und seidig und dicht. Sie trug es zu einem dicken Knoten hochgesteckt, in den er jetzt seine Hand drückte.
»Ich werde dir etwas ganz Profanes sagen«, meinte er weich und fühlte weiterhin ihr Haar unter seinen Fingern. Sie war ihm ganz nah, und das gab ihm einen sonderbaren Frieden. Gleichzeitig hatte er das Bedürfnis, sie aus ihrer völligen, sich gehenlassenden Gefühlsergebenheit hochzureißen. »Ein bißchen Sicherheit wirst du ja bald haben. Ich weiß, daß du jetzt nicht unglücklich bist, weil du materiell im Leeren stehst, aber wenn du erst einmal weißt, daß deine Existenz gesichert ist, hört auch ein Teil der Ängste auf, die dich so plagen.«
Die Hand in ihrem Haar tat ihr wohl. Was Rudolf sagte, hörte sie kaum, aber sie hörte, daß seine Stimme weicher klang als sonst. Das war gut.
Auch Rudolf spürte, wie sie ruhiger wurde, wie die Vibration in ihr verebbte und ihr Atem verflachte. Eine ganze Weile blieb sie so liegen, den Kopf an seinen Knien, und spürte seine Hand in ihrem Haar.
Immer tiefer senkte sich die Dämmerung über Reitenau.
»Weißt du«, sagte Lisa plötzlich, »etwas in dir haßt mich, und wenn

dieses Etwas herrscht, bist du zu mir, daß es zum Sterben ist. Aber irgendwie liebst du mich auch. Vielleicht haßt du mich bloß, ohne es zu wissen, weil du mich liebst, ohne es zu wissen.«

Vinzenz hatte seine Besitzungen in fünf Teile geteilt.
Zwei davon fielen an Rudolf, einer an Amalie, einer an Lisa und einer an Franziska. Die Treuhandschaft von Franziskas Erbe war Rudolf zugedacht.
Lisa war nun Besitzerin von großen Waldflächen und 30 000 Mark Bargeld. Besitzungen, die bewirtschaftet wurden, fielen Rudolf zu, das Haus ging an Amalie.
Die Testamentsverlesung dauerte Ewigkeiten. Vinzenz hatte kein Detail vergessen und den Verfügungen jeweils längere Ausführungsbestimmungen beigefügt.
Im übrigen behielt Rudolf recht: Das Bewußtsein, finanzielle Sicherheit im Rücken zu haben, belebte Lisa wieder. Sie entschloß sich, einen Teil der Waldungen zu verkaufen, um für ein Haus genug Geld zu haben. Zu Fedor würde sie nicht zurückkehren.
Einen Tag nach Eröffnung des Testaments fuhr Irene mit den Kindern nach Berlin zurück. Mit Reitenau konnte sie sich einfach nicht anfreunden. Zudem gab es eine unbedeutende Meinungsverschiedenheit mit Rudolf, die sie dazu bewog, sich lieber in einen der überfüllten Hamster-Züge zu setzen, als auf Rudolf zu warten, der noch ein paar Tage auf Reitenau bleiben wollte, um von hier aus die Formalitäten zu regeln.
Auch Amalie war entschlossen, mit Rudolf nach Berlin zu reisen, um vorläufig – und vielleicht für immer – dort zu bleiben. In Bayern hielt sie nichts mehr. Es oblag nun Rudolf, sich um die Verpachtung Reitenaus zu kümmern. Überhaupt war da einiges, um das er sich zu bemühen hatte. Er hoffte nur, vom Ende des Krieges nicht auf Reitenau überrascht zu werden. Es galt, zur richtigen Zeit zur Stelle zu sein. Rudolf wollte zu den Männern der ersten Stunde gehören. Daß es diese erste Stunde geben würde, stand für Rudolf außer Zweifel.
Er riet Lisa zu, sich ein Haus zu kaufen, und leitete den Verkauf eines Teils ihres Erbes in die Wege. Außerdem versprach er ihr, behilflich zu sein, wenn sie sich für ein entsprechendes Objekt entscheiden wollte. Das beruhigte Lisa.
Aber jetzt war erst einmal Juni. Jetzt war Heuernte!
Der Gedanke, wieder einmal eine Heugabel in die Hand zu nehmen, lockte Lisa. Sie wußte, wie sehr es befreien konnte, sich einmal richtig auszuschwitzen, sich körperlich zu verausgaben, nicht mehr zu

denken und der Erde das Ihre zu geben. Lisa wollte zurück in ihre Erdverbundenheit.
Also fuhr sie mit den Knechten und Mägden hinaus. Amalie unterließ es, sich dazu zu äußern. Sie dachte nur noch an ihre Rückkehr in die Heimat. Berlin – das hieß alte Freunde, Kindheitserinnerungen, Verwandte, die sie lange nicht mehr gesehen hatte, das hieß Grunewald und Kurfürstendamm. Zwei Wochen lang würde sie sich wohl noch beherrschen können. War sie erst in Berlin, würden Lisa und der Alptraum einer fast vierzigjährigen Ehe Vergangenheit werden.
Am Abend ihrer »Heufahrt« kam Lisa erschöpft, aber mit dem Gefühl der Gesundheit und Kraft zurück. Sie war müde und glücklich. Da es auf Reitenau immer gut zu essen gab, konnte man ruhig einen Tag lang in der Sonne schwitzen.
Alle Glieder taten ihr weh, als sie abends bei Tisch saß. Sie hatte Blasen an den Händen. Die ungewohnte Anstrengung hatte sie tatsächlich nicht dazu kommen lassen, an einem Gedanken festzuhalten. Genau das brauchte sie jetzt: Urlaub vom Grübeln und ein gesundes Körpergefühl. Eine rein körperliche Müdigkeit steckte ihr in den Knochen, eine natürliche, gesunde, wohltuende Erschöpfung, in der sie sich selber spürte.
Vinzenz wäre sicher stolz auf sie – bestimmt wäre er das! Eine »hohle, wortreiche, zimperliche« Gans war sie nicht geworden. Wenn er sie heute gesehen hätte, würde er das wissen. Und es würde ihn mit allem versöhnen.
Das waren Lisas Gedanken gewesen, als sie auf der Heimfahrt oben auf dem Heuwagen saß. Jetzt galt ihr ganzes Interesse dem Schweinebraten, auf den sie sich mit Heißhunger stürzte. Sie konnte sich nicht erinnern, wann sie zum letzten Mal Fleisch gegessen hatte.
Rudolf bemerkte mit einem belustigten Blick ihren stürmischen Appetit. Wie frisch sie jetzt aussah! Ihre Wangen waren noch ein bißchen gerötet, das frisch gewaschene, dichte Haar fiel ihr offen und feuchtglänzend in weichen Kaskaden über die Schultern, und eines ihrer alten, im Schrank gefundenen Kleider ließ sie ganz mädchenhaft aussehen, weil sie so schlank geworden war.
Rudolf nahm einen Schluck Wasser. Ein einziger Tag – und eine ganz neue Lisa. Jetzt sah man wieder, wie hübsch sie war. Das Kindliche war fort, aber auch das Bittere, Unzufriedene. Nicht mehr hübsch erschien sie ihm, schön war sie geworden.
Dabei tat Lisa gar nichts, um ihn zu reizen. Sie verspeiste mit Lust ihren Braten und die Knödel, griff mit derselben Sinnlichkeit zum Weinglas – einem Mosel besten Jahrgangs – und unterhielt sich wie nebenbei mit Amalie über die gute Ernte, die es dieses Jahr geben

würde. Sie suchte nicht einmal Rudolfs Blick. Trotzdem war alles wieder da. Die Art, wie sie das Weinglas berührte, wie sie sich mit der Zunge über die Lippen strich, wie ihre Augen glänzten…
Ganz überraschend traf ihn ihr Blick und schreckte ihn aus seiner Beobachtungshaltung. Violettglänzend lächelten ihre Augen ihn an.
Geistesgegenwärtig – sie hatte den Wein gelobt – sagte er: »Eigentlich habe ich für Frankenweine mehr übrig, aber du hast recht, er ist hervorragend.«
Das Lächeln in den Augen behaltend, senkte Lisa die Lider, um sich dem Zwetschgenkompott, Eingemachtem vom letzten Herbst, zuzuwenden. Ganz dicht schatteten sich die dunklen Wimpern über ihre Wangen.
»Ja«, hub Rudolf wieder an, »was ich noch sagen wollte: Buchingers scheinen Interesse an meinem Angebot zu haben und sind sehr an einer Verwaltertätigkeit interessiert. Ich habe also mit Buchinger vereinbart…«

Amalie ging mit Eifer daran zu packen. Mit gerunzelter Stirn sah Rudolf ihr zu. So, wie sie packte, hatte sie Größeres vor. Es sah nach vollkommenem Umzug aus.
Rudolfs Verhältnis zu seiner Mutter war mit den Jahren immer distanzierter geworden. Besonders in letzter Zeit war er seinem Vater nähergestanden als seiner Mutter. Zwischen Vinzenz und ihm hatte es so etwas wie stillschweigendes Verständnis in allen Belangen gegeben. Von Amalie jedoch ging immer eine Forderung aus. Da Rudolf sich dieser Forderung all die Jahre entzogen hatte, war Amalie ihm gegenüber manchmal fast feindselig.
Natürlich wußte Rudolf, daß er von ihr nicht verlangen konnte, auf Reitenau zu bleiben. Viel eher dachte er daran, sich in Berlin nach einer Wohnung für sie umzusehen. Im Haus wollte er sie nicht haben. Sie hatte sich gut mit Irene angefreundet. Irene würde sich nur hinter seine Mutter stecken, und dann würden zwei Frauen ihm vorwerfen, zuwenig Zeit für seine Familie zu haben. Seit jeher versuchte er sich, so gut es ging, vor Theater- und Konzertbesuchen zu drücken und um all das herumzukommen, was für Irene zählte. Was nun jedoch auf Rudolf zuzukommen drohte, hätte Vinzenz eine »Weiberfront« genannt. Dem mußte rechtzeitig begegnet werden.
Freilich waren Irenes Vorwürfe berechtigt. Er wußte das durchaus. Nie hatte er Zeit für die Kinder; die Größeren kannten ihn nur als den Mann, der sie zur Rechenschaft zog, und die Kleine schien ihn sogar zu fürchten. Zu seinen Kindern hatte Rudolf alles andere als eine enge Beziehung. Die Jüngste allerdings war ihm ans Herz gewachsen.

Einen Grund dafür gab es nicht. Doch es traf ihn schmerzlich, daß sie weinte, wenn er sie auf den Schoß ziehen wollte. Er hatte ihr nie etwas getan. Er hatte überhaupt keinem seiner Kinder je etwas »getan« – nur Vinzenz, der Älteste, war einmal von ihm geohrfeigt worden. Einmal. Rudolf war die absolute Autorität im Haus, so wie früher auf Reitenau sein Vater. Im Gegensatz zu seinem Vater war Rudolf aber nicht beliebt, weder bei seinen Kindern noch beim Personal oder den Menschen, mit denen er näher zu tun hatte. Er wurde mehr gefürchtet als geliebt, auch von seiner Frau.
Rudolf wurde nie laut oder zornig, höchstens einmal ungeduldig und reizbar. Seine strenge Sachlichkeit war allerdings oft Strafe genug. Davor hatten die Kinder mehr Angst als vor Irenes Backpfeifen.
Nach Versammlungen oder »geheimen Besprechungen« kam er spät nach Hause. Oft blieb er auch lange im Kontor, um Schriftliches zu erledigen, wozu er tagsüber nicht gekommen war. In der letzten Zeit hatte er sich oft ans Rednerpult gestellt und sich dem Volk gezeigt, um Popularität zu erlangen. Zu Hause vergrub er sich dann noch stundenlang in sein Arbeitszimmer, um Vorträge auszuarbeiten oder an wichtigen Notverordnungen mitzufeilen. Meistens hatte er wirklich »zu tun«, wenn er spätnachts nach Hause kam.
Irene sprach in der Regel davon, daß er die Kinder vernachlässige, bezog diese Anklage aber auch und vor allem auf sich selbst. Sie hätte gern einen Mann an ihrer Seite gehabt, der sie an Wochenenden zu Landpartien begleitete, zum Kaffee nach Hause kam, alle Mahlzeiten mit der Familie einnahm, ein guter Gesellschafter und leutseliger Gastgeber war und den halben Sonntag mit ihr und den Kindern durch den Grunewald promenierte.
Seine Gedanken und Pläne sagten ihr nichts. Mit ihr konnte er über nichts reden, was ihn beschäftigte. Wenn er von Beruflichem erzählte, weil ihm sonst nichts mehr einfiel, sagte sie nur »Ach so« und seufzte. Wofür er eigentlich arbeitete und was er für Zukunftspläne hatte, war ihr verschlossen. Sie wußte von nichts. Auch nichts von Eva Mansky.
An Eva mußte er denken, als er in der Halle stand und hörte, wie Lina und Amalie das gute Porzellan verpackten.
Eva war die erste und einzige Frau in seinem Leben, die wußte, was er dachte. Eine Zeitlang war sie seine Sekretärin gewesen, allerdings schon sehr bald viel mehr Mitarbeiterin als Sekretärin. Die übliche Folge von Überstunden...
Jetzt arbeiteten sie zusammen an einem Buch, das nach dem Krieg erscheinen und den Titel tragen sollte »Wege zur Republik«. Längst war sie nicht mehr seine Sekretärin, sondern freie Journalistin mit

politisch-feministischen Ambitionen, dazu noch Vorsitzende zweier Frauenverbände und entschiedene Pazifistin.
In den Grundzügen teilte er ihre politischen Ansichten, auch wenn sie viel radikaler, ja im Grunde eine Sozialistin reinsten Wassers war; denn auch er stand seiner Partei, dem Zentrum, kritisch gegenüber. Obwohl er ihren Hang zum Sozialismus mißbilligte, schätzte er ihren Esprit und ihr Urteilsvermögen. Mit ihr konnte man sich wenigstens über Politik streiten, was mit Irene nicht ging. Was er nie für möglich gehalten hatte: Es gab eine Frau, die selbständig blieb und eigene Gedanken dachte, die ihm gewachsen war und ihm trotz aller Polaritäten nahestand, weil es genügend Verbindendes gab. Außerdem wurde Evas revolutionärer Elan gebremst durch eine sehr sichere, kühle Situationseinschätzung. Sie war keine Träumerin, keine Utopistin. Das gefiel Rudolf.
Am Anfang hatte er sie auch begehrt. Im Gegensatz zu den meisten Frauenrechtlerinnen seiner Zeit, die alles sein mochten, nur keine Frauen, hatte sich Eva durchaus ihre Weiblichkeit bewahrt, wenn ihr Charme und ihre Zärtlichkeit auch eher spröde waren. Insofern hätte sie gut zu Rudolf gepaßt, wenn in ihm nicht auch andere, ungelebte Sehnsüchte... Ach was! Er verbot sich diesen Gedanken. Man konnte einfach nicht alles haben. Und so richtig vermißt hatte er bei Eva nie etwas.
»Du bist in Gedanken?« hörte er Lisas Stimme. Lisa war an ihm vorbeigelaufen, hielt aber an den Treppenstufen inne und riß Rudolf mit einem Lächeln aus der Gedankenverlorenheit.
»Mir ist nur gerade etwas eingefallen«, meinte er und lächelte zurück.
»Du siehst jedenfalls sehr unternehmungslustig aus.«
»Ich sehe nicht nur so aus, ich bin es! Ich will reiten. Stell dir vor, mein altes Reitkostüm ist noch da. Es ist zwar völlig aus der Mode, aber nachdem ich so viel gegessen habe, paßt es fast wieder.«
»Na, übertreib mal nicht.«
»Fast, sagte ich. – Hast du Lust, mich zu begleiten?«
»Ach, Lisa, ich...«
»Bitte!«
Rudolf überlegte.
»Gut, ich komme mit. Dabei kann ich dir die Waldungen zeigen, die jetzt dir gehören.«
»Au ja! Ich zieh' mich nur schnell um.«
Sie lief, zwei Stufen auf einmal nehmend, die Treppe hinauf, und Rudolf sah ihr nach. Ob er wirklich mit ihr ausreiten sollte? Sollte er mit der Frau ausreiten, die er begehrt hatte, so weit er zurückdenken konnte, solange er sich als Mann fühlte? Er begehrte sie wieder, und

es half gar nichts, daß er sich sagte, in Lisa seine Schwester sehen zu müssen. Sie war keine Schwester für ihn.
Doch nun hatte er es versprochen. Er würde mit ihr ausreiten. Rudolf beschloß, sich zu beweisen, daß er stärker war als das Animalische in ihm. Auch er ging sich umziehen.
Lisa war schneller angezogen und wartete schon an der Koppel auf Rudolf. Sie redete mit Krispin und tätschelte Lexas Hals.
Krispin war alt geworden. Er ging vornübergebeugt und hatte immer Schmerzen im Rücken. Wie früher aber hob er seinen Hexenfinger und warnte: »Sei vorsichtig, Lisa, heut nacht hamma 'n dunkla Mond.«
Lisa lachte.
»Was ist denn, Krispin?« fragte Rudolf, der dazukam.
Krispin sah ihn aus seinen hellen Augen durchdringend an. »Was do anfangt, isch nix G'scheits. Es weard beas aufher'n.«
Rudolf lachte mit Lisa.
»Krispin hat recht«, sagte er. »Man erwartet eine Mondfinsternis für heute nacht. Allerdings nur eine halbseitige.«
Nickend übergab Krispin Rudolf die Zügel des gesattelten, alten Alabaster. Die Pferde waren alle alt, aber gut im Schuß. Zu Beginn des Krieges waren die junge Pferde eingezogen worden, aber Vinzenz hatte angegeben, ein paar gute Pferde zu brauchen, und war damit durchgekommen.
»Dunkla Mond«, knäusperte Krispin vor sich hin. »Es end't schlecht.«
»Nur halbschlecht, Krispin«, lachte Lisa. »Es kommt ja nur eine halbe Mondfinsternis.«
Krispin blieb stur: »Es end't schlecht«, wiederholte er.
Rudolf half Lisa in den Sattel – den Herrensattel natürlich. Dann stieg auch er auf.
»Bis später, Krispin«, rief er dem Alten zu und gab Alabaster die Sporen. Lisa jagte ihm hinterher. Als sie ihn eingeholt hatte, trabten sie nebeneinander.
»Christian ist inzwischen zum Hauptmann aufgestiegen«, erzählte Rudolf. »Deshalb konnten wir so viele Pferde behalten. Er hat sich darum gekümmert. Allerdings ist er nicht an der Front. Seine Leberzirrhose hat ihn dienstunfähig gemacht.«
»Trinkt er?«
»Man sagt es. Ich habe ihn Ewigkeiten nicht mehr gesehen.«
Daß die Sache mit den Pferden ein Gegengeschäft für das Aufziehen von Franziska gewesen war, erwähnte Rudolf jedoch nicht.
»Komm!« rief Lisa plötzlich, trieb Lexa wieder in flotten Galopp und stob davon. Rudolf setzte ihr nach.

Eine Weile galoppierten sie über Wiesen. Lisa hielt auf die Reitach zu. Wasser! Sie wollte ihre Beine baden, im Schatten liegen und Erde riechen.

Als Rudolf sie erreichte, war sie schon abgesprungen.

»Ich wollte woandershin«, sagte er. »Du solltest doch deinen neuen Besitz kennenlernen.«

»Später«, meinte Lisa und knöpfte sich die dunkle Jacke auf. Dann band sie Lexa an den nächsten Baum und ließ sich danach ins Gras fallen, wo sie die Stiefel auszog. Rudolf schien jedoch nicht absitzen zu wollen und blickte sich zweifelnd um, aber Lisa winkte ihn heran.

»Komm, eine kurze Rast«, forderte sie ihn auf. »So viel Zeit hast du doch noch?«

Nicht ohne Widerwillen schwang sich Rudolf aus dem Sattel. Lisa ließ ihre Beine bereits im Wasser baumeln. Das tat gut!

Auch Rudolf band nun sein Pferd in der Lichtung fest und folgte Lisa zum Flußufer. Zuerst zögerte er, doch dann setzte er sich in den Schatten eines Ahorns und lehnte sich mit dem Rücken gegen den Stamm. Ja – auch so konnte das Leben sein, so ruhig und friedlich.

Es roch nach Wasser und Gras und Erde und Baumrinde und Harz. Am Ufer der Reitach wucherten Dotterblumen und Blutströpfchen. Auf der anderen Seite des Wassers leuchtete eine Wiese ganz gelb, so viel Löwenzahn und Butterblumen wuchsen dort. Überall gab es Storchenschnäbel, Sauerampfer, Margeriten und Schafgarben. Am Feldrand blühten roter Mohn und Kornblumen von tiefstem Blau, und im Wasser glitzerte es, als schwämmen Brillanten darin.

Rudolf sagte etwas, das er eigentlich nicht sagen wollte, aber die Neugier trieb ihn: »Morell hat übrigens auf die Bischofswürde verzichtet, auch auf alle Ehrungen und Titel und sogar auf eine größere Pfarrei. Er blieb in Reitfelden. Inzwischen sitzt er wieder gut im Sattel, aber es hat ihn damals schwer gebeutelt, wie ich von Vater weiß, der ja mit ihm befreundet war.«

Lisa nahm eine Blume und steckte sie Rudolf hinters Ohr. Morell – ja, manche Dinge kamen ihr heute vor wie ungeschehen. Ein Schleier lag darüber.

»Du hast mich immer für ein Luder gehalten, nicht wahr, Rudolf?«

»Was soll das denn?«

Sie lächelte nur vielsagend und schwieg dazu.

»Siehst du die Fische im Wasser? Man nimmt sie kaum wahr. Sie stehen ganz ruhig und zucken plötzlich davon.«

Eigentlich sah er nicht die Fische, sondern nur Lisas Beine. Sie hatte den Rock bis zu den Knien hochgeschoben.

»Wenn wir die Waldungen noch erreichen wollen, sollten wir aufbre-

chen. In einer Stunde kommt Buchinger, da muß ich zurück sein. Du weißt ja, er will Reitenau übernehmen.«
Lisas Augen lachten ihn aus. Sie ließ ihren Oberkörper ins Gras zurückfallen und rekelte sich.
»Nicht jetzt«, murmelte sie. »Es ist zu schön hier.«
Und wieder war sie nur noch Weib.
Den Kopf auf dem Unterarm, wandte sie ihm ihr Gesicht zu. »Still ist es, nicht? Fast könnte man wieder glauben.«
»Woran?«
»An alles.«
»Auch an den Schutzengel?« spielte er auf eine lange zurückliegende Nacht im Wald an.
»Auch an den Schutzengel – und daran, daß Gott gut ist.«
Sie lachte. Ganz dunkel klang dieses Lachen.
Jetzt hatte sie ihn soweit, daß er sie richtig ansah und nicht mehr versuchte, sich abzulenken. Er sah ihre nackten, schlanken Beine, die im Wasser kreisten, als bewegten sie sich zu einer unhörbaren Musik. Ihr Atem stieg sanft von der schmal gewordenen Taille zu ihren Brüsten auf, deren helle, zarte Haut er am Ausschnitt des Kleides sehen konnte, da sie wie zufällig die oberen beiden Knöpfe geöffnet hatte.
Sie sah aus, als würde sie schlafen. Nur ihre Beine spielten im Wasser. Ihre Augen waren geschlossen und ihr Mund, halbgeöffnet und weich, nur noch Versprechen.
Nein, dachte Rudolf, niemals! Die halbe Nacht hatte er sie in Gedanken genommen. Er stand auf.
»Komm«, sagte er, »ich muß zurück.«

Nach dem Abendessen legte Amalie mit müder Bewegung die Serviette beiseite.
»Das Packen hat mich erschöpft«, sagte sie. »Es ist viel mehr mitzunehmen, als ich zuerst dachte. Ich glaube, ich gehe jetzt schlafen. – Wie ich hörte, soll sich heute der Mond verfinstern? Eigentlich wollte ich das Schauspiel beobachten, aber ich bin wirklich zu müde. Geht ihr auch bald schlafen?«
Sie wartete aber gar nicht auf Antwort, sondern stand auf, hielt sich die Hand vor den Mund und unterdrückte ein Gähnen.
»Und mein Rücken schmerzt! – Weißt du, Rudolf, manchmal denke ich, es sind die Bandscheiben. In Berlin werde ich einen fähigen Arzt aufsuchen. Dr. Sommer will mir immer einreden, es sei Rheuma. Niemand in der Familie leidet unter Rheuma. Ich sage, es sind die Bandscheiben. – Gute Nacht.«

Lisa goß sich noch einmal Wein ins Glas. Es war ein gutes Gefühl, essen und trinken zu können, bis man satt war, und unerschöpfliche Vorräte in Reserve zu wissen. Vielleicht hatte Rudolf recht. Vielleicht half einem die materielle Sicherheit wirklich über das Gröbste hinweg.
»Die Sache mit Buchinger läßt sich ja gut an«, meinte sie laut. »Ein Problem hast du also bereits gelöst. – Wer führt eigentlich zur Zeit die Mühle?«
»Schwenninger heißen die Leute. Ich werde sie behalten. Die Erträge lassen sich sehen und sind höher als zu Pröllers Zeiten. Pröller war ja auch ein alter Mann. Inzwischen ist er gestorben.«
»Gibt es eigentlich den Hutsalon der Kibitz noch?«
»Ja, warum?«
Lisa hob ihr Weinglas. »Ich bekam dort meinen ersten Hut und war sehr stolz. Manchmal muß ich daran denken. Ein wunderschönes Wagenrad, wie man es auch heute manchmal wieder sieht.«
Rudolf drückte seine Zigarre aus. »Du bist doch nicht böse, wenn ich nach oben gehe? Ich habe noch zu arbeiten, ein paar zu beantwortende Briefe liegen noch an.«
»Nein, ich bin nicht böse.«
»Also dann, gut' Nacht.« Er lächelte flüchtig, ging hinaus und nahm zwei Stufen auf einmal, als er die Treppe hinauflief. Nach einer Weile erhob sich auch Lisa und ging auf ihr Zimmer.
In ihrem alten Mädchen- und Ehestandsfluchtzimmer stand sie dann und wußte nicht, womit sie sich beschäftigen sollte. Malen konnte und wollte sie nicht. Das Licht wäre auch zu schlecht gewesen. Sie arbeitete selten bei Petroleumlicht.
Also setzte sie sich ans Fenster und schaute hinaus. Noch lag der Mond in alleserfassendem Schwarz und stand klar und hell über der Linde im Garten.
Reitenau würde also verwaisen. Das mochte richtig sein. Wer hätte Vinzenz' Stelle einnehmen können? Fremde Leute würden einziehen und sich den Geist Reitenaus zu eigen machen – und die Bibliothek würde Zeugin neuer Tragödien werden.
Lisa schien es, als wäre Vinzenz noch immer da. Er hatte dieses Haus geprägt. Er war noch in den Fugen und Ritzen der Balken, und vielleicht knarrten seine Fußtritte über die Treppe, die des Nachts ächzte? Ohne ihn war Reitenau nicht vorstellbar. Leer würde es sein trotz der neuen Menschen. Leer...
Langsam schob sich eine nebelwallende Dunkelheit vor den Mond. Wie im Reflex stand Lisa auf, verließ das Zimmer und klopfte bei Rudolf an.

»Ja?«
»Ich bin's. Lisa. Darf ich reinkommen?«
Länger als einen Herzschlag lang war es still.
»Es ist offen«, hörte sie ihn sagen.
Lisa trat ein.
»Arbeitest du noch?«
Er hatte gar nicht gearbeitet, er hatte auch nur nach dem Mond gesehen.
»Gerade bin ich fertig geworden«, sagte er.
»Ich wollte dir nur sagen, daß es soweit ist – der Mond wird dunkel.«
Schnell trat sie ans Fenster und sah hinaus. »Schau! Irgendwie ist es unheimlich, findest du nicht? Als würde alles Licht sterben.«
Rudolf stand hinter ihr. Es roch nach ihrem Haar und ihrer Haut.
»So hab' ich mir früher immer Hexennächte vorgestellt«, hörte er sie sagen.
Weshalb zögerte er? Verdammt noch mal, warum tat er ihr nicht endlich den Gefallen und warf sie aufs Bett? Das war es doch, was sie wollte, das und nichts anderes!
Seine Hände schlossen sich von hinten um ihre Oberarme. Er mußte sich beherrschen, ihr jetzt nicht weh zu tun. Alles in ihm wehrte sich gegen sie. Am liebsten hätte er sie geschlagen.
»Man hat das Gefühl«, flüsterte Lisa, »als würde nicht nur der Mond dunkel, als würde es auch etwas heißen.«
Ihre Stimme klang klar, aber leise, doch in ihrem Körper war ein Zittern. Würde er endlich –? Er mußte, mußte, mußte! Sie würde es nicht aushalten, wenn er sie jetzt wieder losließe. Wußte er denn nicht, wie feucht sie bereits war?
Endlich umfaßten seine Hände ihre Arme fester und glitten langsam hinauf zu ihren Schultern. Lisa lehnte den Kopf zurück und überließ sich seinen Händen, seinen festen, überraschend hart fassenden Händen.
Plötzlich riß Rudolf sie herum.
»Du bist ja verrückt!« zischte er.
Und dann lauter als nötig: »Hör auf! Hör endlich auf damit!« Er schüttelte sie, als wollte er sie wachrütteln.
Ganz leise drang ihre Stimme an seine Ohren: »Hör doch endlich auf zu denken.«
Alles Dunkle in ihm schien sie hervorlocken zu wollen. Er hätte sie schlagen mögen für das, was sie versuchte, er hätte sie schlagen können für das, was sie aus ihm machte, für ihre Sinnlichkeit, die nur den Mann in ihm übrigließ und alles andere fortspülte wie der Regen den Straßenstaub.

Halb verdunkelt sah der Mond zum Fenster herein. Eine schwarze Wolke schien ihn zu überfluten.
»Du willst mich doch«, sagte sie leise. »Du hast mich doch immer gewollt.«
Hatte er je irgend etwas mehr gewollt? Er hatte vergessen, daß es überhaupt noch etwas anderes zu wollen gab.
Sein Mund traf auf ihre bereitwilligen Lippen. Alle Lust der Welt schien ihm entgegenzukommen. Das Nein in ihm löste sich auf, alle Gedanken zerflossen.
»Ich will dich, ja, ich will dich«, hörte er sich selber sagen, und dann warf er sie aufs Bett, wo er sie nahm, wie er noch nie eine Frau genommen hatte.

Über den Wiesen dampfte weißer, aufsteigender Nebel im Morgengrauen. Noch lag der Himmel fahl über dem heraufziehenden Tag. Als der Mond wieder klarer geworden war, hatte es geregnet. Kühl und ungewiß hing der schweigende Morgendunst über dem Land. Die Luft war feucht.
Rudolf stand am offenen Fenster und blickte in den Frühnebel hinaus. Er schien die Morgenkühle nicht zu spüren, denn der blaue Morgenmantel schloß sich nicht über seiner Brust.
Der Zug vom Fenster hatte Lisa geweckt. Sie sah Rudolf eine ganze Weile so dastehen, während er sie schlafend glaubte. Endlich fragte sie: »Woran denkst du?«
Überrascht, daß sie wach war, zuckte er ein bißchen zusammen. »An vieles.«
Die halbe Nacht hatte er sie geliebt. In ihren wundgeküßten Lippen war kaum noch Gefühl. In einer zornigen Raserei hatte er sie geliebt, bis von der Lust nur noch Schmerz geblieben war, grausam, zerstörerisch, rücksichtslos.
Je mehr er sich gegen sie gewehrt hatte, desto heftiger und zorniger hatte er sich in sie gestoßen und mit seinen Küssen ihre Schreie erstickt. Was jahre- und jahrzehntelang in ihm geschlafen hatte, alles Animalische, Grausame, allein dem Trieb Verpflichtete, war aus ihm hervorgebrochen. Immer schon hatte ihm Lisa ein Gefühl für die dunkle, unkontrollierbare Seite seiner Natur gegeben. Nun hatte sie diese Seite aufgerissen und sich in sie hineingewühlt.
Dafür haßte er sie. Er haßte sie für die Macht, die sie über ihn hatte, und für die Unordnung, die sie in sein Leben brachte, er haßte sie dafür, daß sie ihn in sich selbst stieß. Jetzt hatte sie ihn soweit, wie sie ihn immer hatte haben wollen. Sie wollte gar nicht einfach geliebt werden, sie wollte an Grenzen gehen und beherrscht werden. Sie war

nicht das Opfer seiner Brutalität, sondern der Dämon, der ihn dazu trieb.
Langsam setzte sie sich im Bett auf. Rudolf drehte sich zu ihr um. Wild und wirr hing ihr das Haar ins Gesicht, und ihre Lippen waren geschwollen. Und doch war sie schön, so unfaßbar schön.
»Wir fahren heute nach München«, sagte er plötzlich.
»Was?«
»Du willst doch ein Haus kaufen? Ich finde, wir sollten das so bald wie möglich in die Wege leiten. Gestern habe ich in der Sache bereits telefoniert. Es waren ein paar interessante Objekte in der Zeitung. Die werden wir uns anschauen.«
»Aber...«
»Das willst du doch auch, oder? Irgendwo mußt du ja hin. Du sitzt ja praktisch auf der Straße, wenn du nicht zu Wassilijew zurückkehrst, und das willst du doch nicht, oder?«
Nein, das wollte sie nicht.
Also fügte sie sich. Dabei kam ihr alles zu schnell und überstürzt. Was dachte Rudolf? Was bezweckte er? Fremd und kühl war er an diesem Morgen.
»Es wird schon hell«, sagte er. »Du solltest in dein Zimmer hinübergehen.«
Widerspruchslos tat sie, wie ihr geheißen. Was war geschehen? Was ging in seinem Kopf vor? Lisa hatte das Gefühl, ihn nicht mehr zu kennen, obwohl er sich nicht verändert hatte, sondern eben jener Rudolf war, in den sie sich als junges Mädchen verliebt hatte.
Am Frühstückstisch war die Atmosphäre vergiftet. Amalie sah immer wieder auf Lisas Mund. Als Rudolf sagte, er werde noch heute mit Lisa nach München fahren, um ihr beim Hauskauf beratend zur Seite zu stehen, zuckte es um Amalies Lippen, aber sie verbot sich eine Bemerkung. Rudolf war sehr souverän an diesem Morgen. Er lenkte die Unterhaltung, sprach über Reitenaus Zukunft und ließ keinen Zweifel daran aufkommen, daß in jeder Hinsicht zu geschehen habe, was er wünschte.
Später, als er mit Lisa im Wagen saß, spürte er ihren verwundertfragenden, stummen Blick. Er sprach davon, was beim Kauf eines Hauses alles zu beachten sei.
»Rudolf!« rief sie schließlich und krallte die Finger in seinen Arm. »Was erzählst du denn da alles!«
Nach einem kurzen Blick, der Verständnislosigkeit vortäuschen sollte, meinte er kurz: »Das ist wichtig.«
»Das ist es nicht! Nicht jetzt. Sag mir doch um Himmels willen, was du denkst! Was ist denn nur, Rudolf?«

»Es ist nichts, wirklich. – Aber laß uns später darüber reden.«
»Worüber? Über nichts?«
Rudolf bemühte sich, stur in den trüben Tag hinauszuschauen, und vermied es, auf Lisas flehenden Blick zu reagieren.
»Ich will jetzt darüber reden!« schrie sie hysterisch. »Was hast du vor?«
Ungeduldig stieß er den Atem hoch. Es hatte keinen Sinn, den Kopf in den Sand zu stecken. Lisa ließ es nicht zu.
»Es ist unmöglich«, sagte er. »Merkst du denn nicht, daß es unmöglich ist?«
»Was?«
»Alles – die Geschichte mit uns! Es kann nicht weitergehen.«
Lange schwieg sie. Als sie zu verstehen schien, was er da gesagt hatte, wurde sie wieder heftig: »Du willst mir ein Haus kaufen – und damit dein Gewissen beruhigen? Aufrechnen willst du mir die letzte Nacht?«
»Ich kaufe dir kein Haus, ich helfe dir nur dabei.«
»Haarspalterei! Wie kannst du glauben, es sei vorbei? Hast du vergessen, was wir heute nacht getan haben, wie wir es getan haben? So liebt man sich nicht, wenn es hinterher vorbei sein soll.«
Rudolf warf ihr einen kurzen Blick zu.
»Hast du vergessen, daß du meine Schwester bist?« fragte er in beiläufigem Ton.
»Ist das dein letzter Trumpf?«
Rudolf steuerte den Wagen seitwärts, an den Rand einer Wiese, und hielt dort an. Dann wandte er sich ihr mit mühsam beherrschtem Zorn im Gesicht zu.
»Trumpf? Du scheinst dir nicht im mindesten darüber klar zu sein, was wir heute nacht getan haben. Soll ich dir sagen, was es war: Inzest!«
Draußen hatte es zu nieseln angefangen. Öd-grau hing der Himmel über den Feldern. Lisa schwieg. Es ließ sich nicht sagen, ob sie betroffen oder verletzt war.
»Inzest ist strafbar«, fuhr Rudolf ruhiger fort. »Das ist nur die juristische Seite, von der moralischen will ich gar nicht erst reden. Dazu kommt, daß ich nicht Müller oder Meier bin, sondern im öffentlichen Leben stehe. Ich bin noch lange nicht am Ziel. Glaubst du, wir könnten unsere Affaire auf längere Sicht geheimhalten? Wie stellst du dir das vor? Willst du mich ruinieren?«
Aus weit geöffneten Augen starrte sie ihn sprachlos an. Es war ihr nicht möglich, dem irgend etwas entgegenzusetzen.
Also löste Rudolf wieder die Bremse und fuhr langsam an. Ohne ein

weiteres Wort zu wechseln, erreichten sie nach knapp zweieinhalb Stunden München. Dort wurde Rudolf wieder geschäftsmäßig. Er erzählte ihr von den Häusern, die er in Erwägung gezogen hatte, und schilderte die betreffenden Gegenden, obwohl Lisa sich in München besser auskennen mußte als er.
So schleppte er sie im Laufe des Tages von einem Termin zum nächsten. Lisa war schließlich vollkommen erschöpft, nicht von den Besichtigungen, sondern von dem, was Rudolf gesagt hatte.
Wenn die Hausbesitzer sie durch die Räume führten, schaute sie gar nicht hin. Das war doch alles nicht so wichtig... Wenn Rudolf auf sie einredete, wirkte sie wie ein trotziges Kind. Eine Dame meinte: »Na, die gnä' Frau hat wohl andere Vorstellungen.«
Auf dem Weg zum letzten Haus herrschte Rudolf sie an: »Jetzt nimm dich aber zusammen!«
Da sie absolut nicht entscheidungsfähig war, traf er die Entscheidung für sie. Er wählte ein braves, nicht zu großes, nicht zu kleines Biedermeier-Haus in Haidhausen, nahe der Rosenheimer Straße, mit einem netten, sehr ansprechenden Garten dazu. Die Gegend sowie das Haus muteten recht bürgerlich an. »Spießig«, dachte Lisa, aber sie sagte es nicht.
Es handelte sich offenbar um einen Notverkauf. Die Besitzerin, eine alte, buckelige Dame, Witwe eines Generals, maß Lisa und Rudolf mit skeptischen Blicken und meinte dann: »Schauen Sie sich alles an. Ich mag nicht zusehen, das macht mich traurig. – Sie sind doch der Abgeordnete Holzgartner, nicht wahr?« Und als Rudolf bejahte, nickte sie vor sich hin und gab zu verstehen: »Mein Mann hat ja nicht viel von Ihnen gehalten. Aber hier haben Sie den Schlüssel. Sie finden mich im Salon wieder.«
Sie sagte tatsächlich »Salon«. In Wirklichkeit war es ein plüschiges Wohnzimmer, ähnlich dem auf Reitenau, nur etwas kleiner.
Rudolf führte Lisa nun durch die Räume. Er erklärte ihr, was sie aus dem Erker machen könne, wie die beiden Gästezimmer in ein sonniges Atelier umzugestalten wären und daß der Flur mit einer neuen, geschmackvollen Tapete prächtig herzurichten sei. Lisa nickte.
»Das ist alles massiv gebaut«, sagte er und klopfte gegen die Wand. »Außerdem gibt es fließendes Wasser, und mit dem elektrischen Licht hat es auch keine Schwierigkeiten. Platz wirst du genug haben. Und vom Balkon aus hast du einen hübschen Blick in den Garten. Überhaupt ist es sehr ruhig hier. Die Wände sind zwar ziemlich hoch, aber das ist auch der einzige ins Gewicht fallende Nachteil. Etwas Perfektes wird nicht zu finden sein. Jedenfalls nicht in diesen Zeiten und nicht so schnell. – Du hast übrigens auch vom Schlafzimmer und vom

Wohnzimmer eine gute Aussicht. – Komm, wir schauen uns den Dachboden an. Der dürfte wichtig für dich sein. Vielleicht läßt sich etwas draus machen, eine kleine Galerie für deine Bilder oder so.«
Lisa ließ sich mitziehen. Auf der Treppe schüttelte sie den Kopf: »Es ist zu groß.«
»Groß? Unsinn! In eine Häuslerkate wirst du ja wohl nicht ziehen wollen.«
Schon drückte er die Tür zum Dachboden auf. Sogar das Elektrische funktionierte. Überall lag Staub, altes Gerümpel stand herum. Durch das Dachfenster fiel spärliches Licht.
»Na siehst du. Du hast, was du brauchst.«
»Meine Bilder sind kein Gerümpel, das man verstecken muß.«
»Herrgott, davon ist ja auch nicht die Rede! Ich versuche, mich auf dich und deine Bedürfnisse einzustellen – und du spielst die Beleidigte.«
Auch Lisa bewegte sich nun durch den Dachboden. Es war ein einziger, großer, auf sie merkwürdig surreal wirkender Raum voller Spinnweben. Von irgendwoher roch es nach Mottenkugeln und längst vertrockneten Kamillenblüten.
Lisa stieg über die herumstehenden Kisten und berührte das alte Schaukelpferd, das sie aus freudlosen Augen ansah. »Wie traurig«, sagte sie leise.
Rudolf schwieg mürrisch. Sie sollte es nicht traurig finden, sie sollte einverstanden sein!
Sie war eine Weile umhergegangen, als sie sich plötzlich wieder zu ihm umdrehte. Langsam knöpfte sie sich die Jacke auf, zog sie aus und ließ sie fallen. Dann riß sie sich den Hut vom Kopf.
»Ich will, daß du jetzt mit mir schläfst«, sagte sie.
Rudolf rührte sich nicht. Er sah sie an, als hätte er nicht richtig verstanden.
Mit beiden Händen tastete sich Lisa über ihre Brüste.
»Jetzt«, sagte sie leise.
»Hast du den Verstand verloren?«
Rudolf stürzte auf sie zu. Sie wollte schon die Bluse aufknöpfen, als er ihre Hände abfing.
Ihre Augen trugen einen ganz abwesend-glänzenden Ausdruck. Sie sah Rudolf an und gleichzeitig durch ihn hindurch. Zwischen seinen Brauen zuckte es, seine Kiefermuskeln spannten sich. Plötzlich kam ihr Blick zurück und stieß sich in den seinen. Ihre Hände griffen um seinen Nacken, und ihr Lächeln, immer noch wie von weit weg, vertiefte sich. Ganz dicht stand sie bei ihm und begann, ihre Hüften an ihm zu reiben.

»Hör auf«, preßte Rudolf hervor.
Immer noch lächelte sie. Ihre Bewegungen wurden fordernder. Rudolf starrte sie an. Dann holte er aus und ohrfeigte sie.
Die Wucht des Schlages traf Lisa unvorbereitet, sie taumelte, kippte nach hinten, fiel über die hinter ihr stehenden Kisten und blieb wie tot liegen.
Rudolf eilte zu ihr hin und ließ sich zu ihr nieder. Als er ihren Kopf hochhob, öffnete sie die Augen und ließ ein leises Lachen hören, das ihm wie irr in den Ohren klang.
Dann fing er an, sie zu küssen. Er fühlte nach ihren Beinen, seine Hand glitt unter ihre Röcke, über ihre Seidenstrümpfe hinauf zum Strumpfband. Warm, weich und zart fühlte sich die Haut ihrer Schenkel an. Sie schrie, so tief bohrten sich seine Nägel in ihr Fleisch. Er fühlte nur noch ihre Haut und ihre Feuchtigkeit und seine eigene Erektion. Schon breitete sie ihre Beine aus. Er fiel dazwischen. Ohne zu wissen, was er tat, öffnete er seine Hose, undeutlich kam ihm ins Bewußtsein, daß er nicht bei Verstand sein konnte und daß er ihr weh tun wollte, und gleich darauf drang er schnell und hart in sie ein. Er sah ihr Gesicht, die halb geöffneten Lippen, ihre tiefe Lust an der Erniedrigung, und all das machte ihn zornig, seine Stöße waren wild und schmerzhaft. Er zischte: »Du gottverdammte Schlampe! Totvögeln sollte ich dich!«
Mit zusammengebissenen Zähnen, sich mit den Händen am Boden abstützend, entlud er sich. Atemlos verharrte er so eine Weile, ehe er aufstand, sich Hose und Haar richtete und den Staub aus dem Anzug klopfte. Auch Lisa brachte sich wieder in Ordnung. Ihr Gesicht verriet nichts, als sie nach Hut und Jacke griff. An Rudolf vorbei wollte sie hinaus zur Treppe gehen, als er sie am Arm festhielt.
»Ich werde das Haus kaufen«, meinte sie schlicht.
»Es tut mir leid«, preßte Rudolf zwischen den Zähnen hervor.
Lisa lächelte. »Was? Daß du es wieder mit deiner Schwester getrieben oder daß du ›vögeln‹ gesagt hast?«
Rudolf stieß den Atem aus. Sein Gesicht entspannte sich langsam. Schließlich nickte er, ohne zu wissen, wozu.
»Daß ich dich geschlagen habe«, sagte er dann, und wie zur Entschuldigung zeichnete er mit dem Zeigefinger die Linie ihres Profils nach. Als sein Finger ihre Lippen erreichte, küßte sie ihn.
»Du darfst mich schlagen. Alles darfst du tun. Aber du darfst mir nicht sagen, es sei vorbei.«
Und dann drehte sie sich um und ging die Treppe hinunter.

Auf dem Nachhauseweg sprachen sie nicht mehr besonders viel. Das Schweigen tat Lisa aber nicht weh.
Erst als sie sich Reitenau näherten, das im matten Abenddunst auf sie wartete, bekam sie ein ungutes Gefühl.
Eigentlich war sie sehr müde.
»Besonders gemütlich wird die Zeit nicht werden, bis du umziehen kannst. Meine Mutter räumt auf, und in einem Haus, das geräumt werden soll, ist es nie besonders traulich.«
Lisa lachte. »Glaubst du, ich will es ›traulich‹?« fragte sie erheitert, bekam aber nur einen zweifelnden Blick zur Antwort.
»Du bleibst bis Juli?« wollte er wissen.
»Wie lange bleibst du jetzt?«
»Nur noch zwei Tage. Mutter wird mir dann nachreisen.«
»Zwei Tage? So lange läßt du mich mit ihr dann allein?«
Rudolf lächelte beruhigend. »Es ist ja nur für kurze Zeit. Dann ziehst du nach München, viel mitzunehmen wirst du ja nicht haben, und die Probleme sind gelöst.«
Überrascht sah sie ihn an und fragte: »Sind sie das, Rudolf?«
Er schien etwas erwidern zu wollen, als ihm ein Kind vor den Kühler lief. Er hatte die Einfahrt erreicht; das Kind eilte gerade einem Kätzchen nach und blieb erschrocken stehen, als es das Auto auf sich zukommen sah. Amalie rannte auf das Kind zu. Lisa wurde schwindlig. Alle Farbe wich aus ihrem Gesicht.
Trocken stellte Rudolf fest: »Auch das noch« und stieg aus.
Lisa blieb sitzen, bis er zu ihr herüberkam und ihr aus dem Wagen half.
Amalie hatte das Mädchen bei der Hand genommen und kam mit ihm auf Lisa und Rudolf zu. Das Kind schien sich zu ängstigen, denn es blieb einen Schritt hinter Amalie, aus deren Augen es triumphierend blitzte.
Das Mädchen hatte ein blaues Kleid an und weiße Strümpfe zu schwarzen Lackschuhen. Es war pausbäckig und recht apart. Und es hatte violette Augen.
»Da seid ihr ja!« rief Amalie, und die Kleine, jetzt mutiger geworden, piepste: »Onkel Rudi!« und sah Lisa aus den tiefvioletten Augen neugierig und keineswegs mehr ängstlich an.
»Na, kleine Maus«, sagte Rudolf und strich dem Kind übers Haar. »Wo hast du denn heute die kleine Betty?« Zu Lisa gewandt, erklärte er: »Ihre Lieblingspuppe, weißt du.« Und wieder zu der Kleinen: »Hast du ihr schon wieder Hausarrest gegeben?«
Lisa war zu verstört, um zu bemerken, wie nett Rudolf sich mit dem Kind unterhielt und wie selbstverständlich er es in die Wange kniff.

»Betty hat gekleckert und war bös. Sie mußte daheim bleiben. Du, Onkel Rudi, hast du mir was mitgebracht?«
Wieder sah Lisa die violetten Augen lachen. Dieses Kind besaß Charme, kein Zweifel.
»Nein, heute nicht, Maus, aber das nächste Mal, ja? Wenn ich wieder ins Schlaraffenland komme. Wo ich jetzt herkomme, gab es nichts für kleine Mädchen.«
Amalie nahm Franziska bei den Schultern.
»Wir haben Besuch«, sagte sie. »Schau, das ist...«
»...deine Tante Lisa«, fiel Rudolf Amalie mit einem ärgerlich-befehlenden Blick ins Wort.
Kokett spielte Franziska mit ihren braunen Zöpfen und schaute Lisa an. Dann knickste sie und sagte: »Grüß dich. Ich bin die Franzi. Und wenn du willst, zeig' ich dir meine Karnickel. Die sind sehr lieb, aber wenn du nicht Obacht gibst, kratzen sie dich.«
»Später vielleicht«, murmelte Lisa.
Nun wandte sich Franziska wieder an Rudolf: »Spielst du mit mir?«
»Ein andermal, Franzi, jetzt hab' ich keine Zeit. Morgen schauen wir uns zusammen die Häschen an, hm?«
»Au ja!« Franziska tanzte um Amalie herum und trällerte: »Morgen schaun wir Häschen an, morgen schaun wir Häschen an!«
Lisa hatte nach Rudolfs Hand gegriffen. Rudolf nickte ihr zu. »Ich muß mit dir reden, Mutter«, sagte er dann und ging, Lisas Hand loslassend, ins Haus.
Im Wohnzimmer wartete er, sich eine Zigarre anzündend, auf Amalie. Als sie kam, meinte sie, mit einem Blick auf Lisa: »Ich habe Franzi noch draußen bleiben lassen. Sie macht sich allein zwar immer so schrecklich schmutzig, aber ich habe heute keine Nerven zum Genausein.«
Rudolf meinte kühl: »Du hast allerhand Nerven.«
Lisa hatte sich gesetzt. Sie war blaß.
Amalies Hand strich über die Revers von Rudolfs Anzug.
»Du siehst aus, als wärst du im Staub gelegen.«
»Mutter! Laß das jetzt. Sag mir lieber, wie du dazu kommst, Franziska herzuholen.«
»Nun, Klara fühlte sich nicht wohl, sie ist das Kind ja auch nicht immer um sich gewohnt. Wer sollte auf Franzi aufpassen?«
»Ach, hör auf! Weißt du, was du mit dieser Aktion hättest anrichten können? Du kannst einem Kind nicht plötzlich seine Mutter hinhalten und sie ihm dann wieder wegnehmen.«
»Wegnehmen? Ich?« lachte Amalie auf.
»Sei doch still!« bat Lisa.

»Still!« fuhr Rudolf auf, und gegenüber seiner Mutter brach nun der langgehegte Unmut hervor: »Wie kann ich still sein, wenn du intrigierst? Herrgott, wie kannst du nur so leichtfertig mit einem Kind spielen! Ist das deine Art der Rache – an einem Kind?«
Amalie preßte die Lippen aufeinander. Schwer atmend zwang Rudolf sich zur Ruhe. In ihm war gar nichts ruhig. Seine Ruhe war dahin, restlos dahin.
»Schrei mich nicht an«, sagte Amalie, und Rudolf rief:
»Ich schreie nicht!« und schrie schon wieder.
»Was du nur hast. Deine Aufregung ist gar nicht berechtigt. Es ist nichts geschehen.« Sie erhob sich. »Es ist wohl besser, dir heute aus dem Weg zu gehen.« Hoheitsvoll hob sie das Kinn, streckte sich und rauschte hinaus, ohne sich ihre Unsicherheit anmerken zu lassen. Ganz wild zog Rudolf an seiner Zigarre.
»Danke«, sagte Lisa.
»Wofür?«
»Für deine Souveränität.«
Er lächelte kurz. »Franziska wird heute noch von Krispin nach Neuherrenach zurückgefahren.«
»Warum?«
»Warum!« Noch immer stand er am Zigarrenschränkchen. Als er sich umdrehte, fragte er laut: »Warum wohl? Du scheinst auch nichts zu begreifen. – Auf keinen Fall wirst du sie mitnehmen.«
»Wer spricht von Mitnehmen?«
»Ich sage es nur für den Fall eines Falles.«
Lange war es still. Rudolf rauchte unruhig. Lisa saß verkrampft auf dem Sofa. Vergeblich suchte sie in seinem zerfurchten Gesicht nach etwas, das Nähe und Vertrautheit zuließ.
»Jetzt hast du wieder diesen Blick«, sagte sie gedämpft. »Jetzt denke ich wieder, daß du mich haßt.«
»Mein Gott!« stieß er hervor, lauter als nötig, und schüttelte den Kopf. Etwas Verzweifeltes war in dieser Gebärde. »Ich habe doch alles versucht!« Sein Blick kehrte zu Lisa zurück. »Ich habe es nicht so weit kommen lassen wollen! Ich wollte es doch nie. Und trotzdem habe ich dich immer gewollt. Und jetzt... Ich sehe keinen Ausweg, Lisa. Ich sehe einfach keinen Ausweg.«
Sie war aufgestanden und auf ihn zugetreten.
»Es gibt auch keinen«, sagte sie leise.
Rudolfs Hände krampften sich zu Fäusten. Zornig stampfte er seine Zigarre in den Aschenbecher. Er sah aus, als wolle er Lisa zum zweiten Mal an diesem Tag schlagen, doch statt dessen zog er sie an sich und hielt sie fest, so fest, daß sie kaum noch zu Atem kam, gleich

einem Ertrinkenden, der den vom Wasser schwer gewordenen Rettungsring trotzdem nicht loslassen will, und sog das Ausweglose auf, das ihm mit ihrem Duft entgegenströmte.
Ihr Haar roch vertraut und weich, genauso, wie es immer gerochen hatte. Allein dieser Duft schien nach mehr als Zärtlichkeit, nach mehr als Liebe zu verlangen. O Gott, Lisa... meine Lisa! Warum nur? Warum?

Sechzehntes Kapitel

Das neue Haus – nun, Lisa hatte anfangs Mühe, sich daran zu gewöhnen. Es war wieder fremd für sie, allein zu leben. Sie lebte ja nicht nur allein – jetzt bestand ihr Leben aus endlosem Warten.
Von Existenzängsten befreit – sie konnte von Kapitalzinsen leben, nachdem sie es durchgesetzt hatte, die ganzen Waldungen zu verkaufen –, hatte sie eigentlich nur eine Sorge: Wann wird er wiederkommen?
Rudolf kam nicht oft. Während des Krieges sah sie ihn nur noch einmal, und für Lisa war es, als habe sie zwei Monate für zwei Tage gelebt.
Schließlich ging der Krieg zu Ende. Der Kaiser floh nach Holland. Prinz Max von Baden, seit dem 3. Oktober provisorischer Reichskanzler, mußte zurücktreten. Scheidemann rief am 9. November die Republik aus. Jetzt ging Rudolfs Rechnung auf, jetzt war seine Zeit endlich da, die Zeit, auf die er so lange und so beharrlich gewartet hatte.
Seine seltenen Briefe – immer mit dem Vermerk »sofort verbrennen« – kamen unregelmäßig und lasen sich knapp und sachlich. Lisa wartete mit fiebriger Ungeduld auf jede Zeile. Was dann jedoch in den Briefen stand, waren nur »Situationsmeldungen«. Wozu also der Verbrennungsvermerk, wenn als Höchstmaß an Gefühlsäußerungen am Ende von zwei Seiten der Satz zu lesen war: »Ich denke an dich – Rudolf«.
Die Republik! Ach, diese elende Republik! Lisa begann dieses Wort zu hassen, ebenso wie die ganze Republik und den neu ins Leben zu rufenden Reichstag, noch bevor er existierte. Alles, alles haßte sie, was sie von Rudolf trennte. Er gehörte ihr nicht. Sie mußte damit leben, für ihn auf Seite zwei zu stehen.
In allen Zeitungen stand sein Name.
»Rudolf Holzgartner warnt...«, »Rudolf Holzgartner ruft zur Ruhe auf...«, »Holzgartner setzt sich für Pressefreiheit ein...«, »Der neue

Mann des Zentrums: Rudolf Holzgartner!«, »Holzgartner bezieht Stellung: Versailles ein Muß und auch eine Chance!«, »Holzgartner verlangt: Einigung der Mitte«, »Holzgartner verurteilt Liebknecht und Luxemburg!«, »Holzgartner: Keine Möglichkeit der Zusammenarbeit mit der USPD«, »Ein Mann des Wiederaufbaus: Holzgartner fordert konstruktive Haltung«...

Rudolfs politischer Kurs setzte sich durch, obwohl er – von Rathenau und Erzberger abgesehen – im großen und ganzen von Männern getragen wurde, die gar keinen Kurs hatten, keinen wirklich politischen jedenfalls, sondern nur »Ruhe und Ordnung« wiederherstellen wollten, die wunderbare deutsche Nachtwächterruhe. Die neue Demokratie baute weniger auf Demokraten als auf Antimonarchisten und Kriegsmüde, die die tiefen Wunden im Land sahen und mit Verbandszeug kamen, egal, ob mit Mullbinden oder Pflastern, egal, ob mit Laudanum oder Morphium, Hauptsache: Kein Blut mehr zu sehen!

Die radikalen Nationalisten tobten weiter: Deutschland hat Deutschland gemordet! Ein Dolchstoß! Rücklings erstochen! In dieser Zeit schrieb Rudolf wirklich glänzende Abhandlungen zum Thema Demokratisierung und Wiederaufbau, er hielt Ansprachen und wurde populär. Berlin loderte wilder als jede andere Stadt. In München waren die Kommunisten bereits wieder gestürzt. Die Stadt wurde zur Metropole der Blut-und-Ehre-Fanatiker. Wohin man auch sah: Attentat jagte Attentat.

Rudolf sah die Gefahr, Erfüllungspolitiker zu werden. Versailles, das kristallisierte sich immer klarer heraus, hatte fatale Folgen. Rudolf sympathisierte mit der Vernunft, mit Rathenau und Erzberger, die beide Opfer der innerdeutschen Revolution, die nie revolutonierte, werden sollten. Doch er suchte Distanz. Er bemühte sich um die absolute Mitte, oft an der Grenze zur Neutralität. Die radikale Linke lehnte er ab, der radikalen Rechten stand er kritisch gegenüber. Die Kommunisten tobten sich aus und eliminierten sich indirekt selbst, die Nationalisten warteten auf ihre Stunde.

Währenddessen wurde die Welt von einem neuen Lebensgefühl erfaßt. Der Krieg war vorbei, Politik war Politik, aber Schnaps blieb Schnaps. Man bekannte sich zum Lustprinzip.

Die Inflation fraß um sich, die Röcke wurden kürzer. Festgefügte Normen der Vorkriegszeit lösten sich auf. In rechtsorientierten Zeitungen wurde der Verlust moralischer Werte beklagt. Sex wurde gesellschaftsfähig. Verruchtheit kam in Mode, alles Dezente galt als dekadent oder archaisch. Scharlachrot löste Altrosa ab. Die Zeiten waren laut und schillernd, und die Mode war es auch. Spitzen und

Rüschen gehörten in die Altkleiderkiste. Lose an der Hüfte sitzende, fließende Kleider wurden die neuen Schlager, während Korsetts auf dem Dachboden landeten. Die schmale Silhouette siegte über das Ideal der »Belle époque«, die barocke Formen bevorzugt hatte. Erste Bubiköpfe ließen sich auf der Straße blicken und schienen symbolträchtig sagen zu wollen: Ab mit den alten Zöpfen!
Wie nie zuvor blühte der Schieberhandel, die Schwarzmärkte quollen über trotz ständiger Razzien. Alle Welt schien dem Augenblick hingegeben. Mehr hatte man auch nicht.
Drei, vier Jahre nach dem Krieg sollten die »goldenen Zwanziger« anbrechen. Bis dahin hatte es noch Zeit.
1918/19 war für Lisa ein verlorenes Jahr. Obwohl sie einsam war, arbeitete sie nicht. Später sollte sie sich nur an ein großes Leeregefühl während dieser Monate und an das ewige Warten auf Rudolf erinnern. Selbst daß die Frauen das Wahlrecht bekamen, ging irgendwie an ihr vorbei. Ein ganzes Jahr trat sie auf der Stelle.
Durch einen Zufall traf sie schließlich Elaine wieder – Elaine, die eigentlich Maria hieß.
Elaine wußte eine Menge zu erzählen. Schwabing, so sagte sie, existiere nicht mehr, das alte, das wirkliche Schwabing sei im Krieg zugrunde gegangen. Die neu entstandenen Nachtlokale seien nichts mehr für Künstler, sondern nur noch Spelunken für Schieber und zwielichtige Gestalten. Auch Fedor sei irgendwann auf Nimmerwiedersehen verschwunden... Elaine sah, daß Lisa Fedors Sklavenband nicht mehr trug, und dachte sich ihren Teil. Lisa hatte dieses Relikt aus vergangenen Zeiten abgelegt. Rudolfs unsichtbares Sklavenband lag nun um ihr Gelenk.
Da Elaine momentan keine Bleibe hatte und »mal hier und mal da« übernachtete, nahm Lisa sie mit nach Hause. Elaine blieb bei ihr wohnen.
Bei Elaine beließ sie es nicht. Sie zog alle möglichen Leute mit ins Haus, Künstler, Sonntagspoeten, Schmutzdichter, Dadaisten, Lyriker, Fast-Philosophen für den Hausgebrauch, Denker, die sich auf das Denken beschränkten, Bildhauer, Maler, Verrückte. Ab und zu fand sogar ein politisch Verfolgter Unterschlupf bei Lisa. Sie nahm das nicht so genau und fragte auch nicht, von welcher Seite die Leute kamen, die bei ihr schliefen. Wenn sie es erfuhr, ignorierte sie es. Im Hinterkopf hüpfte ihr dabei das Vergnügen: Ätsch, Rudolf, ich mache doch, was ich will...!
Ihr Leben geriet wieder in Schwingung. Rudolf kam allerdings nicht mehr zu ihr ins Haus. Als sie ihm schrieb, nicht mehr allein zu wohnen, wurde das Haus nahe der Rosenheimer Straße für ihn tabu.

Von nun an trafen sie sich an neutralen Orten, oft an abgelegenen Fleckchen, wo Fuchs und Hase sich gute Nacht sagten.
Im übrigen mißbilligte Rudolf natürlich ihren Umgang. Es gab deswegen sogar handfeste Debatten. Er warf ihr vor, einen Hang zu gestrandeten Existenzen zu haben, nachdem sie ihm erzählt hatte, einen jungen, »äußerst begabten« Bildhauer durchzufüttern, und obwohl es überflüssig war, betonte er, für Strandgut nichts übrig zu haben. Mit dem Begriff »Strandgut« war Rudolf schnell bei der Hand. Alles, was nach Unregelmäßigkeit roch, zählte für ihn dazu.
Und ich, dachte Lisa manchmal, bin auch nur Strandgut für ihn...
Rudolf hätte sie gern aus diesem Milieu herausgeholt. Er versuchte es eine Zeitlang. Aus der Hure, die er begehrte, wollte er eine Heilige machen, die er nicht mehr begehren mußte.
Um sie auf den rechten Weg zurückzubringen, hielt er ihr sogar vor, sie lasse sich ausnützen. Lisa sah das anders. Natürlich – sie verlangte keine Miete und stellte nebst Logis auch noch den Großteil der Kost für ihre »Zimmerherren und -damen«. Die Buchingers schickten ihr gelegentlich Frischgeschlachtetes, eine Gans oder Räucherschinken. Trotz aller Leidenschaft fürs Essen war Lisa der Meinung, keine ganze Gans allein vertilgen zu können. Also lud sie ihre Freunde ein. Weit mußte sie allerdings nicht gehen, um ihre Einladungen zu verteilen. Meistens war das Haus voll. Lisa verlangte es nach Menschen. Nein, sie wollte nicht allein sein!
Das frühere Wohnzimmer und Speisezimmer war jetzt ein großes, sonnenhelles Atelier. Einer ihrer neuen Freunde, Martin, der Bildhauer in der Nachfolge Rodins, hatte mit ein paar Bekannten die Mauer zwischen den Räumen niedergerissen. Nun nahm das Atelier die Hälfte des Untergeschosses ein. In der anderen Hälfte lagen noch die Küche und das Speisezimmer. Lisa schlief im Schlafzimmer über dem Atelier. Ferner gab es im Obergeschoß noch ein Badezimmer und drei Gästeräume, die ständig belegt waren. Eines bewohnte Elaine, ein anderes Martin und das dritte ein junger Lyriker, der auf den Namen René hörte und ein bißchen verrückt war, aber auf eine Weise, daß man ihn unwiderstehlich fand. Der Dachboden war in vier separate Räume aufgeteilt worden und ebenfalls meistens ausgebucht. Wenn auch nicht überall ein richtiges Bett stand, so gab es immerhin ein paar Matratzen.
In der Küche sah es in der Regel so aus, als hätten die Punier Krieg geführt. Jeder kochte, wenn es ihm paßte, aber keiner fühlte sich für den Abwasch verantwortlich. Kartoffeln waren immer da, ebenso Eier und Butter, und wer Hunger hatte, schritt zur Tat.
Einmal täglich roch es bestimmt nach Renés Kaiserschmarrn, zu dem

er heißes, selbstgestampftes Apfelmus bevorzugte. – Das sah hinterher aus!
Immer, wenn genug Zutaten vorhanden waren, kam es zu einem opulenten Mahl. René erwies sich bei diesen Anlässen stets als wahrer Meisterkoch.
Abgewaschen wurde allerdings nur, was gerade gebraucht wurde. Martin, der Bildhauer, war an sich ein ruhiger, praktischer Mensch, und sein Ordnungssinn hatte im Krieg nicht gelitten. Der Anblick der Küche ließ ihn dann und wann zum Choleriker werden, aber seine Koliken zogen vorüber. Man lachte darüber. Freilich sah das Haus manchmal rauschende Feste! René – in mancher Hinsicht mit Niki verwandt – war der Ansicht, jeder Tag verdiene es, ein Fest zu werden, da ja täglich die Welt untergehen könnte. Genau damit schien die Lebensmaxime der Zeit definiert: Leute, genießt das Leben, was morgen kommt, steht in den Sternen!
Eine neue Bohème breitete sich in ihrer nächsten Umgebung, ja unter ihrem eigenen Dach aus, weniger intellektuell und natürlicher, den Umständen angepaßter als die frühere. Heute war das allgemeine Lebensgefühl bohèmienhaft, man war keine Insel des Elitären im Gewöhnlichen mehr.
Daneben jedoch stand Rudolfs Welt, die Welt der festen Formen, inmitten allen Aufruhrs ein Bollwerk der Tradition, durch und durch bürgerlich und konventionsverhaftet.
Rudolfs Welt war für Lisa eine Sehnsucht. Irgend etwas in ihr war Vinzenz Holzgartners Tochter geblieben, und Vinzenz hatte sich mit seiner bürgerlichen Umwelt – obwohl ihr intellektuell überlegen – arrangiert gehabt.
Jetzt stand Lisa zwischen den Welten. Manchmal dachte sie: Mein ganzes Leben ist ein einziges Dazwischen!
Während sie aber mit Martin und René und Elaine verbrüdert war, verstand sie Rudolf nicht, und sie sehnte sich so danach, ihn zu verstehen. Natürlich durchschaute sie seinen Ehrgeiz, aber gefühlsmäßig blieb da eine Schranke. Auch wenn sie es vorgab, fand sie wenig Bezug zu seiner Politik. Sie konnte nicht engagiert sein für etwas, das ihr Rudolf streitig machte!
Sie erkannte wohl den Opportunisten in ihm, aber gleichzeitig war Rudolf ihr »Herr und Meister« geworden, und alles, was er dachte und tat, wurde dadurch gerechtfertigt.
Mit dem Selbstbewußtsein des Erfolgreichen bestellte er Lisa zu Rendezvous, die in seinen Kalender paßten. Kam etwas dazwischen, begnügte er sich, ihr telegrafisch mitzuteilen, daß er unabkömmlich sei. Sie saß dann in Reit im Winkl oder sonstwo und starrte heulend vor Wut auf das Telegramm.

Das »Strandgut« rettete ihr inneres Gleichgewicht. Es gab ja diese, die andere Welt, in die sie zurückkonnte. Obwohl sie es nicht wahrhaben wollte, nahm sie Rudolf aber überallhin mit. Er war allgegenwärtig. Er bestimmte ihr Dasein und herrschte über ihre Zeit und ihr Denken. Manchmal haßte sie ihn ebenso, wie sie sich von ihm gehaßt fühlte, und wurde sich der Macht, die er über sie hatte, bewußt. Schlimmer war es auch mit Fedor zu keiner Zeit gewesen. Lisa hätte es fraglos akzeptiert, von Rudolf abhängig zu sein. Das war es ja, was sie eigentlich wollte: sich verlieren, sich verschwenden. Doch sie spürte, wie Rudolf sich gegen sie wehrte. Ganz gab er sich nie, ganz lieferte er sich ihr nie aus. Er suchte Abstand und setzte seine ganze Kraft gegen sie. Wieso nur? Sie verstand das nicht. Sie kannte kein Wenn und Aber. Das allein hätte sie von Rudolf verlangt: Er sollte endlich ja sagen! Ja zu ihr.

War sie in ihrer Welt, der Welt der Unordnung und des Strandguts, fragte sie sich oft, was Rudolf dazu sagen würde. Wie sie lebte, wußte er nicht. Sie schönte ihre Erzählungen.

Wenn er die chaotische Verwüstung sähe, wenn er das Geschrei hören könnte, wenn er wüßte, daß Menschen bei ihr zu Abend aßen, von denen sie nur den Vornamen kannte, wenn er ahnte, daß Elaine ihre Liebhaber wie die Hemden wechselte, wenn er erführe, daß sie Hitler-Anhänger ebenso wie Spartakisten bei sich verbarg, wenn er wüßte, daß sie sich zuzeiten ganz undamenhaft betrank... Wußte er es nicht? Oder war es ein neuer Reiz für ihn?

So, wie sie jetzt gestellt war, wäre es ihr gut möglich gewesen, in »ordentlichen Verhältnissen« zu leben. Wie jemand es vorziehen konnte, »unordentliche Verhältnisse« zu wählen, blieb Rudolf ein Rätsel.

In ihm selbst öffneten sich Türen, die er lieber geschlossen gehalten hätte. Lisa verstand es, in Männern die Bestie zu wecken. Diese Bestie schlummerte auch in Rudolf. Vor Lisa hatte er noch keine Frau in seinem Leben geschlagen, doch Lisa reizte ihn so lange, bis er die Beherrschung verlor. Er, der besonnene, ruhige, rational handelnde, dem christlichen Humanismus verpflichtete Rudolf Holzgartner, ließ sich nun dazu hinreißen, seine Geliebte zu verprügeln.

Was blieb, war jedesmal die Scham über sich selbst – mehr noch: ein Ekelgefühl, wenn er in den Spiegel sah.

Wenn er eine Nacht oder ein Wochenende mit Lisa verbracht hatte und nachts darauf allein im Bett lag, in einem Hotelzimmer oder zu Hause, fand er meistens keinen Schlaf. Lisa schien sich über ihre Blutsverwandtschaft keine Gedanken zu machen, er aber tat es unentwegt. Wie hatte er das je vergessen können? Hatte er es überhaupt vergessen? Hatte er sie nicht im Bewußtsein der Blutschande in die Kissen geworfen, hatte es ihn nicht zusätzlich erregt, seine Schwester unter sich stöhnen zu hören? Ja, er begehrte sie, und wenn er daran dachte, daß sie seine Schwester war, begehrte er sie noch viel mehr. Wie aus dunklen Strömen floß es in sein Bewußtsein, daß er dem Reiz der verbotenen Frucht erlag.

Lisa gegenüber verlor er auch all seine anerzogenen und anerdachten sexuellen Hemmungen. Plötzlich war alles erlaubt. Die schützende »Das tut man nicht«-Schwelle gab es nicht mehr. Ungeniert trug Lisa Hurenwäsche – davon dermaßen erregt zu werden entsetzte Rudolf – und gab damit auch zu verstehen, wie sie behandelt werden wollte. Auf laue Zärtlichkeit legte sie im Bett keinen Wert. Sie wollte keinen Streichelkünstler, sie wollte einen Mann – dominant, stark, potent, egoistisch und überlegen.

Erst wenn sie erschöpft war, brauchte sie Zärtlichkeit und Gefühl, aber auch das im Übermaß. Plötzlich war sie wieder das kleine Mädchen und wollte im Arm gehalten und gestreichelt werden. Es schien ihm, als sei sie nach Geborgenheit ebenso süchtig wie nach heftigen Orgasmen. Beides auf »normalem« Weg zu verbinden gelang ihr nicht. Überhaupt war sie extrem. Entweder lehnte sie eine Sache ab, oder sie wurde ihr zur Sucht.

Alles, was er vorher über Frauen gelernt hatte – von denen es nicht allzu viele in seinem Leben gegeben hatte –, konnte er bei ihr vergessen.

Wenn er an Eva dachte...

Eva wußte nichts. Jedenfalls redete er sich das ein. Vielleicht hatte sie Ahnungen. Er arbeitete weiterhin mit ihr zusammen. Ihr gemeinsames Buch war erschienen. Eva blieb selbständig, vertrat ihre eigenen Interessen und schrieb Essays in der Tradition einer Klara Zetkin.

Er brauchte Eva. Auf sie konnte er sich verlassen. Bei ihr fand er Ruhe. Manchmal hatte er Sehnsucht nach ihr. Die Sehnsucht nach Lisa war aber stärker.

Sicher spürte Eva sein Hin-und-her-gerissen-Sein. Obwohl sie sich zurückzog, blieb sie da. Da er kaum noch mit ihr schlief, vermutete sie vielleicht eine andere Frau, aber es konnte auch sein, daß sie diese Tatsache als Verschleißerscheinung einer jahrelangen Liaison wertete. Rudolf fragte nicht. Jetzt keine Rechenschaften!

Und Irene? Wissen konnte sie nichts. Sie war jedoch Frau genug, Veränderungen zu spüren. Schon länger hatte Rudolf sie in Verdacht, die Geschichte mit Eva zu durchschauen. Von Lisa durfte sie jedoch niemals auch nur den Hauch einer Ahnung bekommen! Nie!

Lisa und Eva – wo war er hineingeraten, er, ausgerechnet er? Er war nicht der geborene Polygamist. Er neigte überhaupt nicht zur Ausschweifung. Und doch war alles Ausschweifung, was Lisa anging. Er war sogar eifersüchtig. Er wollte Lisa für sich. Trotzdem erregte es ihn, sich vorzustellen, daß sie mit anderen Männern schlief. Tat sie es? Aber nein! Sie liebte ihn doch. Sicher gab es keinen anderen... Andererseits sahen sie sich oft Wochen, ja bis zu zwei Monaten überhaupt nicht. Konnte eine so heißblütige Frau wie Lisa überhaupt so lange... Ja, dieser Gedanke verfolgte ihn durchaus.
Sie behauptete, ihm treu zu sein.
Liebte er sie? Noch nie in seinem Leben war er eifersüchtig gewesen. War dies ein Zeichen? Oder gehörte auch seine Eifersucht mit in das Labyrinth seiner Leidenschaften?
Er dachte sehr oft an Lisa. Wie nichts anderes hatte sie sich in ihn hineingewühlt. Er blieb immer im Zwiespalt: unendliche Zärtlichkeit für diese zarte violette Blume, und ebenso unendlicher Widerwille. Nie war er zärtlicher zu einer Frau gewesen, als er es zu Lisa war, und doch tat er ihr im nächsten Augenblick weh.
»Du bist so unerreichbar!« schrie Lisa ihn manchmal an. »Du bist irgendwo – aber nicht hier!«
Angriffe wie diese verstand er nicht. Er und unerreichbar? Hatte sie ihn nicht gänzlich demontiert? Hatte sie ihn denn nicht da, wo sie ihn jahrelang hatte haben wollen? Krank mußte sie sein, völlig krank, wenn sie nicht einsah, wie sehr er sich ihr verschrieben hatte!

Es gab Zeiten, da malte Lisa Tag und Nacht, manchmal drei Bilder in vierzehn Stunden. Sie schloß sich ins Atelier ein, ließ niemanden zu sich und wollte nicht gestört werden. Allerdings arbeitete sie unregelmäßig, manchmal wochenlang überhaupt nicht, dann wieder im Exzeß. Im Farbspiel, in der freien Assoziation verlor sie sich und entkam ihrem eigenen Mikrokosmos. Sie ließ sich allein, sah sich von der Ferne, rückte in größere Dimensionen und gewann aus der Distanz ein Bild ihres Jetzt.
Zwischen diesen Phasen künstlerischer Meditation war sie voller Verlangen nach Menschen, Geselligkeit und Zerstreuung. Leicht wollte sie sich fühlen und alles vergessen! Wollte sie das nicht überhaupt: vergessen? Könnte sie nur einmal ihre Angst vergessen, die Angst, Rudolf zu verlieren, und die darin sich manifestierende Urangst vor dem Leben überhaupt.
Oft wünschte sie sich, alles wäre anders gekommen. Wäre Rudolf doch ein anderer, nicht ihr Bruder, nicht der Abgeordnete Holzgartner! Wenn sie sich mit Rudolf hätte zeigen dürfen! Immer dieses

Hotelzimmer-Dasein, immer das Versteckspiel! Doch gerade der Zwang zur Geheimhaltung trieb ihre Leidenschaft ins Unausweichliche und Schicksalhafte.
Um inneren Halt wenigstens in Ansätzen zu finden, waren Lisa in diesen Jahren Freundschaften sehr wichtig. Auf Martin konnte sie sich verlassen wie auf einen Bruder, und René war in sie verliebt.
»Es wäre doch interessant zu erfahren, wer dieser geheimnisvolle Mr. X ist«, witzelte René immer, wenn sie sich elegant machte und das Grauseidene oder das Blaßgelbe anzog, um für einige Tage zu verschwinden.
Martin dagegen war Lisa wirklich ein Freund. Obwohl Künstler, war er doch ganz anders als sie, und das tat gut: praktisch, nüchtern, aber nicht kalt, nach außen hin verrückt wie die anderen auch, cholerisch und tiefsinnig, aber in sich ruhend und eigentlich innerlich sehr gesund geblieben. Er hatte nicht einmal einen Hang zum Geistigen. Seine Erdhaftigkeit zog Lisa an. Wenn Martin lächelte, fühlte sie sich verstanden und auf eine ganz neue, warme Art angenommen. Manches an Martin war »schwer« und ernst, er stand allzu fest auf der Erde, was seine Skulpturen verdeutlichten. Ohne Feingefühl war er jedoch nicht. Seine Sensibilität ruhte unter der Oberfläche, aber Lisa spürte sie.
René war gescheit, aber oft wie ein Kind und nicht übermäßig taktvoll. Aber auch ihn mochte Lisa sehr, denn er brachte sie zum Lachen.
Rudolf hatte keine Heiterkeit.

Im Lauf der Zeit tauchten altbekannte Gesichter wieder in Schwabing auf. Man verkehrte wieder im »Stefanie«. Nichts täuschte jedoch darüber hinweg, daß nicht mehr München, sondern Berlin das Zentrum kultureller Avantgarde war. Der Amerikanismus überrollte in ersten Wellen Deutschland. Man tanzte nicht mehr Walzer, man wiegte sich zu Jazz-Rhythmen und kopierte den »American way of life«, indem man Erotik plötzlich fälschlicherweise »Sex« nannte, »Drinks« in sich hineinschüttete, »Baby« statt »Liebling« sagte, Kitsch und Kunst verwechselte und das ganze Leben leichtzunehmen versuchte.
Auch Schwabing war voller Jazz und Swing, auch Schwabing wurde nach außen hin grell und laut, doch in seinem Herzen war es voll herbstlicher Schwermut. Unter den blitzenden Neonlichtern schimmerte ein Hauch von Nostalgie.
Tot war das alte Schwabing noch lange nicht. Ein gewisser Kurt Adler eröffnete ein Brettl, das für seine treffsichere Polit- und Gesellschafts-

satire bekannt wurde. Die »Fledermausbühne« feierte mit dem Skandalstück »Wenn die Nacht beginnt« einen Blitzerfolg, und Elaine verliebte sich Hals über Kopf in den Regisseur und Chef des Ensembles, der jedoch bekanntermaßen mit der Hauptdarstellerin liiert war und die junge Nymphe mit ins »Stefanie« brachte. Elaine besuchte fast jede Aufführung des Stücks und färbte sich das Haar flammend rot, um von Gregor Brenninger wiedererkannt zu werden. Schließlich mußte sie resignieren: »Zwanzig müßte man wieder sein! Gegen die Birkner komm' ich eben nicht mehr an. Wenn das Gerücht stimmt, ist die Kleine sogar noch minderjährig.«
Lisa lachte. Jetzt, mit dreißig, auf dem Höhepunkt ihrer Attraktivität angelangt, waren ihr solche Überlegungen fremd. Lisa fühlte sich immer noch jung und hungrig.
Sie lernte die neuen Tänze, ging mit Freunden in die aus dem Boden schießenden modernen Tanzdielen, und irgendwann überwand sie sich und ließ sich die Haare kurz schneiden. René war entsetzt. Er, der sich gerade auf erotische Lyrik eingelassen hatte, war der Meinung, sie habe sich damit ihre Weiblichkeit beschnitten. Langes Haar sei feminin und unterstreiche den Sex-Appeal – so das moderne Wort für erotische Anziehungskraft – jeder Frau. Tatsächlich sah Lisa mit kurzem Haar ganz anders aus, kesser, kühner, wagemutiger und nicht mehr ganz so weich wie vorher.
Was wohl Rudolf dazu sagen würde? Er spielte oft lange mit ihren Haaren und ließ sie durch seine Finger gleiten... Nun: Rudolf war nach London gereist zu irgendeiner Konferenz. Sie konnte ihm die neue Frisur noch gar nicht vorführen. Konnte es sein, daß sie nun schon seit sechs Jahren seine Geliebte war? Wie sollte ihr die Zeit auch lang erscheinen? Sie sah Rudolf ja so selten! Alltag, Routine, Gewöhnung – das gab es alles nicht.
Einmal sagte Elaine zu Lisa: »Bei dir geht es zu wie in Sodom und Gomorra. Über dir im Dachboden liegen zwei Männer zusammen, René hat ständig Weibergeschichten, Martin hat wieder eine neue Flamme angeschleppt, ich bumse herum – und du gehst da hindurch, als ginge dich das alles nichts an.«
Lachend erinnerte sich Lisa an Rainer Riloff, ihren lyrischen Verehrer aus Niki-Zeiten. Er hatte sie immer als reinen Engel im Schmutz der Welt gesehen. Heute wie damals sah die Wirklichkeit anders aus.
Lisa war und blieb eine sinnliche Männerliebhaberin. Fast zwanghaft stürzte sie sich in kurze Abenteuer. Immer hatte sie Angst, von irgend etwas nicht genug zu bekommen. Rudolf war meistens weit weg und sie so allein. Außerdem hatte er Irene. Sicher schlief er hin und wieder mit ihr. Wieso sollte sie nicht auch...? Ja, wieso denn nicht!

Aber wie es mit Rudolf war, war es mit keinem anderen. In all den fremden Armen wurde ihr schmerzhaft bewußt, daß es Ersatz war. Nur wenn sie getrunken hatte, verlor sie dieses Empfinden. Dann hatte sie die Illusion einer großen Freiheit und nahm sich die Männer, die ihr gefielen.
Ihre Gefühle waren ohnehin von einer radikalen Ausschließlichkeit. Mit anderen Männern mochte sie ins Bett gehen – nur Rudolf hatte Bedeutung darüber hinaus.
Sie arbeitete in dieser Zeit mit René zusammen, dessen Gedichtband sie mit erotischen Kohlezeichnungen illustrierte. Es war ihr zu Ohren gekommen, daß Gregorian die Produktion wieder aufgenommen habe, und nun war sie entschlossen, ihm das Endprodukt dieser Zusammenarbeit anzubieten.
René meinte: »Deine Bilder und meine Gedichte ergänzen sich traumhaft. Wir werden damit berühmt!«
»Berühmt!« schnaubte Lisa und lachte.
»So berühmt wie Musset und George Sand!«
»Musset und George Sand waren ein Liebespaar.«
»Das sollten wir auch längst sein.«
Lisa schmunzelte. Zwischen René und ihr herrschte durchaus eine sexuelle Spannung, was dem Werk sehr zugute gekommen war. Renés »Lariss« war sein Traum von Lisa. Lisa konnte nicht behaupten, daß ihr diese Konstellation mißfiel. Wie schrecklich mußte es sein, nicht mehr begehrt zu werden!
Sie ließ sich Renés Bewunderung gefallen. Zu mehr kam es nicht. René erinnerte sie zu sehr an Niki. Außerdem war der momentane Zustand äußerst angenehm.
Im übrigen mochte sie Renés Gedichte, obwohl es bestimmt keine Jahrhundertwerke waren. Da René meistens guter Laune war, immer ein Lachen in den Augen und blonde Locken in der Stirn hatte, schienen seine schwer-dunklen Elegien gar nicht zu ihm zu passen. Man hätte Morgenstern- oder Ringelnatz-Verse von ihm erwartet, etwas Geistreich-Witziges, vielleicht mit einer Spur Wedekind. Doch die Worte »Blut« und »Tod« kamen oft in seinen Zeilen vor. Freilich strotzten seine Gedichte vor feierlichem Pathos und muteten den nüchterner gestimmten Leser überzogen an, aber Lisa hatte ja selbst eine Neigung zum Übermaß. Ihr gefiel es, wenn er anfing: »Ich trinke Lust aus deinem Blut...«
Ob Kunst oder nicht, Lisa ging damit zu Gregorian. Im Hinterkopf spukte die Idee, wieder zu übersetzen, denn die Inflation hatte ihr Vermögen aufgefressen. Seit langem lebte sie von der Hand in den Mund – und den Paketen aus Reitenau. Ihr Vermögen existierte nur

noch auf dem Papier, wert war es nichts mehr. Heute zählten nicht mehr die Tausende, nur noch die Milliarden. 1923 erreichte die Inflation ihren Höhepunkt, doch schon zwei Jahre vorher war klar gewesen, daß der zunehmende Wertverfall nicht mehr aufzuhalten war. Schon lange konnte Lisa nicht mehr von ihren Zinsen leben. Sie hätte im Monat gerade noch einen Laib Brot kaufen können. Also machte sie Schulden, ließ wieder anschreiben und dachte sich nichts dabei, weil sie das alles schon einmal erlebt hatte. Schulden waren außerdem die beste Kapitalanlage. Die Inflation trug auch die Schuldenberge ab.

Irgendwie wurschtelte sie sich durch. Ab und zu konnte sie ja auch ein Bild verkaufen. Trotzdem ging manche Truhe und manches Schmuckstück den Weg ins Pfandhaus. Zwischendurch brachte auch René oder Martin etwas Geld ins Haus, und Elaine schlief mit »geldigen« Schiebern, die Champagner und Kaviar aufzutreiben wußten.

Da Lisa auch noch Steuern, Strom, Wasser und Kohlen zu bezahlen hatte, fing sie irgendwann doch an, sich Gedanken zu machen. Also: Erneut zu Gregorian.

Sie kam unangemeldet, und natürlich war er nicht da. Lisa hinterlegte das »Lariss«-Manuskript samt ihren Zeichnungen bei seiner Sekretärin und ließ sich sagen, ein Herr Bäumler werde sich der Sache annehmen. Das enttäuschte sie. Viel lieber hätte sie mit Gregorian selbst gesprochen und gewußt, daß er sich »Lariss« persönlich anschaute.

Doch schon fünf Tage später erreichte sie ein Brief vom Verlag, von Gregorian selbst unterschrieben. Es war eine Einladung, die René mit einschloß.

Da René mit einer Bronchitis im Bett lag, ging Lisa allein.

»So trifft man alte Bekannte wieder«, sagte Gregorian, als er aufstand und um den Schreibtisch herumkam, um sie zu begrüßen. Er war grau geworden, besonders an den Schläfen, doch auf den Lippen spielte immer noch dasselbe kühl-sympathische Lächeln, das sich so schwer deuten ließ und das sie dennoch verstand.

Er fand ihre Zeichnungen »ausgezeichnet« und die Gedichte »interessant«. Aber er meinte auch, daß es schwierig werden dürfte, »Lariss« herauszubringen, da es sich nirgends einordnen ließ. Weder war es intellektuell noch kommerziell, sondern etwas ganz Neues. Er sah sich die Zeichnungen noch einmal an, und seine klaren, hellen Augen bekamen den Ausdruck analytischer Schärfe.

»Wir werden uns freilich auf eine kleine Auflage beschränken müssen«, sagte er.

»Mehr habe ich gar nicht erwartet«, gab Lisa zu. »Aber aus alter Freundschaft...«
Belustigt und abschätzend zugleich sah Gregorian sie an, ehe er korrigierte: »Aus alter Freundschaft würde ich nicht unbedingt geschäftlich werden.«
Lisa unterdrückte ein Aufleuchten in ihren Augen und vergaß ihr Übersetzungs-Vorhaben wieder. Ein Buch mit ihren Zeichnungen würde erscheinen! Vielleicht war dies endlich der ersehnte Anfang!
Als Lisa nach Hause kam, rannte sie sofort zu René, der mit einem Schal um den Hals und einem Fieberthermometer im Mund im Bett lag und keinen Ton herausbrachte. Sie fiel ihm um den Hals und wiederholte in einem fort: »Er hat's genommen! Er hat's wirklich genommen!«
Daraufhin ging es René prompt besser.
»Ruf alle zusammen!« schrie er sofort. »Das muß gefeiert werden!«
In Kürze waren jede Menge Bekannte im Haus, die Räume erstickten schier in Zigarren- und Zigarettenqualm, aus dem Grammophon kamen schmalzige Schlagerklänge, alle Türen standen offen, in jedem Zimmer war etwas los, mancherorts schlug ein Pärchen sein Liebeslager auf, Elaine tanzte auf dem Tisch, die beiden Schwulen, die auf dem Dachboden hausten, bewegten sich engumschlungen zur Musik, Martin hielt einen Vortrag über Formauffassung, René sprach über das »Weltsystem der Gefühle«, Walter und Schuchinsky lamentierten über den schwindenden Mythos der Frau, ein paar Leute lachten Tränen über einen nicht zu Ende erzählten Witz, und Lisa flirtete ein bißchen mit einem Denker, der seit Jahr und Tag davon sprach, bald ein großangelegtes, triadisch aufgebautes Menschheitswerk zu schreiben, zur Zeit aber noch um den ersten Satz kämpfte. Beim Schildern seiner Pein zwirbelte er an seinem Bart herum, und Lisa mußte lachen. Als er sie in den Arm ziehen wollte, wich sie ihm aus und trat durch das Atelier in den Garten hinaus. Es begann bereits hell zu werden. Tau lag über dem Gras. Es roch nach Morgendunst. Weißdornblüten schimmerten im Frühlicht.
Eine belebende Kraft lag in der Morgenstille.
Es war Anfang Juni und noch recht kühl im Tagesgrauen. Lisa fühlte sich müde und ein bißchen leer. Sie sehnte sich in diesem Augenblick nach nichts. Die leichte Betrunkenheit löste sich in pure Erschöpfung.
All ihre Sinne tranken den Morgen, den Grasgeruch, die Vogelstimmen, die hell und glockenklar in die feucht-stille Luft schnitten, die Dämmerkühle und die Nebelfeuchtigkeit.
Lisa schöpfte Atem. In ihr war es ganz still. Wie von weit, weit weg drangen die Geräusche aus dem Haus zu ihr heran.

Wieso konnte es nicht immer so sein? Wieso war ihr oft das Herz so schwer? Wie kam es, daß sie sich heute so frei und losgelöst fühlte? Immer wollte sie irgendwohin, und ihr ewiges Wünschen ließ sie nicht zur Ruhe kommen.
Eine fast weltentrückte Ruhe war auf einmal in ihrem Innern. Sie fühlte Leben. Jung und rein hielt der Morgen sie umfangen.
Lisa ließ sich im feuchten Gras nieder, legte sich auf den Rücken und streckte sich aus. Sie fühlte, wie der Tau durch ihre Kleider drang, und empfand selbst ihr Frösteln als einen angenehmen Schauer.

Die nächste Begegnung mit Rudolf fand in Rothenburg statt. Für einen Tag und eine Nacht trugen sie sich im Gästebuch des »Hotel Hirsch« unter falschem Namen ein, taten, als würden sie sich nicht kennen, und nahmen getrennte Zimmer. Zusammen ausgehen konnten sie ja sowieso nicht.
Wie immer ärgerte sich Lisa über Rudolfs Übervorsichtigkeit. Über diesen Punkt war mit ihm jedoch überhaupt nicht zu reden.
Rudolf kam verspätet, sah gehetzt aus, redete von Hitler, empörte sich über die Blindheit seiner Partei und sagte Lisa schließlich, daß Irene alles wisse.
Lisa wurde schwindlig. Sie mußte sich hinsetzen. Ihr war, als fiele sie durch einen dunklen Schacht. – Was bedeutete dies?
»Und?« fragte sie vorsichtig, als Rudolf sich nicht weiter ausließ.
Er zuckte die Achseln. »Ich habe geleugnet, was sonst? Mutter steckt dahinter. Sie war die einzige, die es wußte.«
»Aber sie *wußte* nichts! Sie konnte es nicht wissen!«
»Daß sie es ahnte, genügt.« Mehr sagte er nicht dazu.
Lisa schlief die ganze Nacht nicht, und als sie am nächsten Tag im Zug saß, hätte sie fast zu weinen begonnen. War es schon soweit? Wurde der Druck zu stark? Würde Rudolf die Konsequenzen ziehen?
Das betäubende Angstgefühl verließ sie erst, als sie wieder in München war, die letzte Begegnung mit Rudolf in Gedanken tausendmal nachvollzogen hatte und sich an Kleinigkeiten klammern konnte, die beweisen sollten, daß Rudolf keinesfalls ein Ende machen wollte. »Das nächste Mal sehen wir uns vermutlich in München«, hatte er zum Beispiel gesagt. Rudolf dachte doch über das, was er sagte, vorher nach! Er konnte es nicht einfach so hingesagt haben. Rudolf doch nicht! Also gab es ein nächstes Mal... Außerdem hatte er ihr gesagt, ihre Augen würden immer schöner, und Komplimente verteilte er sonst doch sehr sparsam.
Wirklich zur Ruhe kam sie erst, als sie nach zwei Tagen der Unsicherheit einen zweiseitigen Brief von Rudolf erhielt, der mit dem nahezu

obligatorisch gewordenen Schlußsatz endete: »Du weißt, ich denke an Dich.« An diesem kleinen Satz hängte sie immer ihre ganze Hoffnung auf.
Ansonsten brachte ihr die Woche allerhand Abwechslung.
Sie ging tanzen, kaufte sich ein neues Kleid und beobachtete die Leute in den Parks. Das tat sie immer gern. Sie dachte dabei: So viele Menschen, so viele Schicksale! Und dieser Gedanke war irgendwie tröstlich. Er erfüllte sie aber auch mit einer unerklärlichen Traurigkeit.
Inzwischen erschien bereits die erste Auflage von »Lariss«. Dieses Ereignis fiel mit dem sechzigjährigen Firmenjubiläum des Gregorian-Verlages zusammen. Gregorian lud seine Stammautoren, Geschäftsfreunde und sonstige wichtige Leute zu einem großen Empfang ein. Auch René und Lisa erhielten eine Einladung. Lisa kaufte sich zu dem neuen Kleid noch ein schillerndes Reiherfedern-Diadem und schickte auch René mit dem Vorschuß, den er bekommen hatte, zum Schneider.
René gefiel sich allerdings schlampig. Am liebsten trug er übergroße Strickpullover im skandinavischen Stil – seine Großmutter sei Norwegerin, erklärte er dazu –, weite Hosen mit ausgebeulten Knien und grobe Wollsocken. Kragenlose farbige Hemden waren schon ein Zugeständnis. Sich den Konventionen einer Abendgesellschaft anzupassen, das ging ihm aber zu weit.
»Das wird kein Sauf- und Freßgelage üblichen Zuschnitts«, erklärte ihm Lisa, »sondern ein eleganter Sektempfang mit kaltem Buffet. Wenn du dich nicht ordentlich anziehst, kannst du allein hingehen.«
»Ordentlich!« äffte René. »Findest du dein Fransenkleid etwa ›ordentlich‹?«
Trotzdem gab er nach.
Gregorians Empfang wurde für Lisa eine sehr interessante Sache. Zum einen hatte sie endlich einmal wieder Gelegenheit, eine feudale Villa mit wertvollen Gemälden, Gobelins, Marmortischen und Perserteppichen von innen zu sehen, zum anderen lernte sie Katja Vermeulen kennen, Gregorians Freundin und vermutlich auch Geliebte.
Weder als das eine oder das andere wurde sie vorgestellt – natürlich nicht. Aber sie dirigierte das Personal sehr routiniert und kümmerte sich um das Wohl der Gäste. Das ließ Schlüsse zu.
Außerdem war sie eine imposante Erscheinung. Sie trug ein hochmodisches Trägerkleid mit einem völlig freien Rücken, das lässig eine hochgewachsene, überschlanke Figur umspielte, der viele Blicke folgten. Die Frauen waren neidisch, die Männer charmant. Obwohl

sie recht groß war, bewegte sich Katja anmutig wie eine Tänzerin. Nur ihr Haar gefiel Lisa nicht. Es war blond, eigentlich eher gelb, und sichtlich gefärbt. Kurzgeschnitten und weich unter einem Perlennetz gewellt, umrahmte es ein hübsches, knabenhaftes Gesicht mit überlebhaften braunen Augen, die ständig in Bewegung waren. Sie und Gregorian gaben ein höchst attraktives Paar ab. Bestimmt war sie zwanzig Jahre jünger als er.

Die Gelbblonde lachte sehr laut und war sehr lebhaft. Sie schien Mühe zu haben, ihr Temperament zu beherrschen. Ein interessanter Gegensatz zu Gregorians Gelassenheit!

Trotzdem fand Lisa, diese Katja Vermeulen habe eine unangenehme Ausstrahlung. Sie fragte sich selbst, ob sie etwa neidisch war. Neidisch? Sie doch nicht! Immerhin mußte sie zugeben, Gregorian sehr attraktiv zu finden. Äußerst attraktiv sogar. Er gehörte zum Typ des Unterkühlten, der sie immer schon gereizt hatte. Lisa merkte, daß er Katja gegenüber niemals die Oberhand verlor, und das imponierte ihr. Obschon er Katja intellektuell haushoch überlegen war, spielte er diese Überlegenheit nicht aus, und das machte ihn Lisa sympathisch. Einmal aber sagte er zu Katja: »Katja, nun ist aber genug.« Von da an ließ sie es sein, sich über die Konkurrenz lustig zu machen.

Lisa erinnerte sich an ihren einstigen vergeblichen Flirtversuch mit Gregorian und maß Katja mit scharfem Auge. Nun ja, vermutlich lagen ihm knabenhafte Frauen mehr...

Zwischendurch dachte Lisa auch an Rudolf. Es wäre schön gewesen, zu Anlässen wie diesem in seiner Begleitung erscheinen zu können. Und schon fing wieder die Sehnsucht an!

Lisa wurde aber rasch aus ihrem Anflug von Lethargie herausgerissen, als Gregorian sie mit ein paar interessanten Leuten bekannt machte. Lisa ließ fallen, eigentlich Malerin zu sein und nicht nur für »Lariss« gearbeitet zu haben, und fand es nett von Gregorian, daß er sie einem gewissen Schneider vorstellte, der es sich zur Aufgabe gemacht hatte, unerkannte Genies zu entdecken. Obwohl Gregorians Empfang eigentlich ein gesellschaftliches Ereignis war, wurden einige sehr geschäftliche Gespräche geführt. Ein Journalist, der Lisa als »Freund des Hauses« vorgestellt worden war, sagte zu Schneider, er finde Lisas Zeichnungen großartig, und ehe sich's Lisa versah, kündigte Schneider seinen Besuch bei ihr an.

René stieß Lisa in die Seite und flüsterte ihr zu: »Da schau her!«

Im Laufe des Abends geriet Lisa in rasante Flirtlaune. Der freundliche Journalist, der sie Schneider empfohlen hatte, machte einen südländischen Eindruck und sah sehr rassig aus. Er hieß allerdings

Max von Rhoden und kam aus Baden-Baden. Lisa fand ihn sympathisch und originell und lachte viel mit ihm.
Rhoden flirtete ein bißchen mit ihr, und René wurde zusehends eifersüchtig. Das gab Lisa Auftrieb. Sie begann sich zu amüsieren. Ihre Laune stieg, sie entfaltete ihren Charme. Während sie sich mit Rhoden über die ihrer Meinung nach zeitunterworfene und zeitbedingte, sicher sehr flüchtige Strömung der Dada-Kunst unterhielt, ließ sie ihre Augen dunkel werden und genoß es, zu gefallen.
Unterdessen entbrannte am anderen Ende des Raums eine ziemlich hitzige Debatte. Jemand sagte laut: »Das Großkapital ist in jüdischen Händen. Sie glauben doch nicht, daß sich unter diesen Voraussetzungen ein wirtschaftlicher Aufschwung herbeiführen läßt? Die Juden sind die eigentlichen Gewinner des Krieges – und sie werden auch die Gewinner dieses lächerlichen Friedens werden.«
Es wurde still im Salon. Ein großer, dunkelbärtiger Intellektueller fühlte sich angesprochen und hielt dagegen: »Wenn ich Sie darauf hinweisen darf: Ich bin zufällig Jude.«
»Ich – ich habe mich nicht gegen Sie persönlich gewandt. Sie dürfen mich da nicht mißverstehen.«
»Ich verstehe Ihre arische Feigheit durchaus, mein Herr.«
»Was erlauben Sie sich!«
»Dasselbe wie Sie, nur direkter: Ich verurteile Sie, allerdings nicht wegen Ihrer Rasse, sondern aufgrund Ihrer sturen Indolenz.«
»Das verbitte ich mir!«
Leise sagte Rhoden zu Lisa: »Ich habe nichts übrig für diesen germanischen Nekrophilen – Sie sollten seine Pamphlete einmal lesen –, aber Herr Gregorian findet ihn amüsant. Er liebt das Außergewöhnliche, egal, wohin es sich wendet.«
Gregorian schritt unterdessen mit sanftem »Aber meine Herren« in die Auseinandersetzung ein und beendete sie, indem er mit dem »Nekrophilen« ein Gespräch anfing, während sich Katja des anderen Herrn annahm. Die Einzelgespräche kamen wieder in Gang. Man vergaß den Zwischenfall.
Rhoden sprach mit Lisa über den Stilwandel in der Kunst, als Gregorian zu ihnen herüberkam. Gleich fragte Rhoden: »Wieso hast du den verrückten Ranke überhaupt eingeladen? Du weißt doch, daß er immer aus dem Rahmen fällt.«
»Wirfst du mir meine Liberalität vor, Max?« fragte Gregorian heiter-ironisch zurück.
»Nur deine Unvoreingenommenheit.«
»Was dasselbe ist – und leicht mit Naivität verwechselt wird.« Zu Lisa sagte er: »Ich war neugierig auf das Zusammentreffen des braunen

Germanen – Sie wissen vielleicht, Ranke ist der Autor der ›Leichengesänge‹ – und des roten Juden. Solche Zwischenfälle verraten mehr als Statistiken und soziologische Analysen. Das Experiment war interessant. Das mußt doch auch du zugeben, Max.«
Rhoden entgegnete kühl: »Deine Ironie wird dir noch mal im Halse steckenbleiben.«
»Darum lasse ich sie heraus, ehe sie steckt.«
Gregorian gab Rhoden einen leichten, versöhnlichen Schlag auf die Schulter, nickte Lisa zu und gesellte sich zu einer anderen Gästegruppe.
Rhoden sagte zu Lisa: »Manchmal habe ich den Eindruck, als würde unsere Demokratie die Kinderkrankheiten nicht überleben.«
Lisa lächelte. »Wissen Sie, Herr von Rhoden, in Sachen Politik bin ich ein großes Kind. Ich verstehe nichts davon. Vermutlich ist das ein Mangel, aber es tut der Tatsache keinen Abbruch.«
»Desinteresse?«
»Großes.« Ihr Gesicht wurde einen Moment lang ernst. Zur Koketterie zurückkehrend, fragte Lisa schließlich: »Schlimm?«
»Natürlich. Sehr schlimm sogar. – Aber Ihre Ehrlichkeit spricht für Sie. Kommen Sie, wir holen uns etwas zu trinken. Man läßt einen ja hier verdursten...«

Am anderen Tag lag Lisa bereits vormittags in der Badewanne und besah sich vergnügt ihr ausgestrecktes Bein. Ja, der Abend war unterhaltsam gewesen. Renés Eifersucht hatte ihn gekrönt.
Was bin ich nur für ein Biest... Lisa kicherte und tauchte tief im Wasser unter. Dieser Max von Rhoden...!
Ob sie ihn wiedersehen würde? Formvollendet hatte er sich von ihr verabschiedet, ohne irgendwelche Andeutungen zu machen. Vielleicht glaubte er, sie sei mit René liiert? Immerhin hatte er gesagt: »Ich hoffe, wir sehen uns wieder.« Das war formelhaft, wie Lisa wußte. Flegel!
Sie lachte. Nein, ein Flegel war er bestimmt nicht. Leider. Er gefiel ihr. Auch Gregorian gefiel ihr. Es gab viele Männer, die ihr gefielen. Lisa seufzte. »Gefallen« war doch etwas sehr Laues. Immerhin genügte es für ein kleines Amusement.
Jetzt war sie Mitte Dreißig. Seltsam, daß sie immer öfter an ihr Alter dachte. Es machte ihr angst zu sehen, wie schnell die Zeit davonlief. Wie alt mochte wohl Katja Vermeulen sein? Fünfundzwanzig? Sechsundzwanzig? Lisa beschloß, darüber nicht nachzudenken.
Jeden Tag besah sich Lisa eingehend im Spiegel. Am Morgen, kurz nach dem Aufstehen, hatte sie eine Falte auf der Stirn und Rinnen um

die Mundwinkel. Im Lauf des Tages schien sich ihre Haut wieder zu glätten, nur feine Haarlinien blieben übrig.
Außerdem hatte sie zugenommen. Nur im Krieg war sie wirklich schlank gewesen. Jetzt war die schmale Silhouette modern. Und sie hatte breite Hüften!
Vor einigen Tagen hatte sie das erste graue Haar im hellen Braun entdeckt. Darüber war sie sehr erschrocken. Sie war doch an Bewunderung gewöhnt, auch daran, Neid durch ihr Aussehen zu wecken. Jetzt wollte sie weder die ersten Fältchen noch die grauen Haare wahrhaben. Schön sein und begehrt werden galt ihr als existentielle Notwendigkeit.
Liebte Rudolf sie nicht auch wegen ihrer Schönheit, wegen ihrer violetten Augen, wegen ihres vollen Mundes, wegen ihrer zarten Haut, wegen ihrer festen, üppigen Brüste... liebte er sie oder ihren schönen Körper?
Während Lisa sich ihrer Gefühle sicher war, schwankte Rudolf im Wellenschlag seiner Empfindungen. Manchmal empfand er eine unsägliche Zärtlichkeit für sie. Er mußte dann ihr Haar berühren, um sich über dessen Weichheit zu wundern. In so einer Stimmung lächelte er, wenn er neben ihr erwachte, und erlaubte sich diesen Gedanken: Meine Lisa. Wenn sie schlief, sah sie aus wie ein Engel, alles an ihr war weich und warm und sanft, und eine nie verlorene Kindheit schien aus ihrem Gesicht zu lächeln.
Das war dann ein Augenblick, in dem die Zeit stillstand, der es zuließ, daß er sie liebte, einfach nur liebte.
Einmal, als er sie am Morgen so betrachtet hatte, war ihm plötzlich ein Schmerz in die Seite gefahren, und er hatte laut »Nein!« gesagt, so laut, daß sie aufgewacht war.
Wenn er sie spürte, wollte er ihre Nähe so nah, daß es näher nicht mehr ging. Aber nur im Körperlichen hatte er das Gefühl, Lisa ganz zu erreichen. Da gab es die Illusion der Schrankenlosigkeit.
Sie war das kleine Mädchen – und sie war die Hure. Das Mädchen weckte alles Feine, Zärtliche, Beschützenwollende in ihm, die Hure seine Gewalttätigkeit und seine Zerstörungswut. Und meistens war die Hure stärker als das Mädchen.
Das Mädchen konnte er zulassen, die Hure mußte er verstoßen. Doch es gab das eine nicht ohne das andere.
Zuzeiten ertrug er Lisas Gegenwart nicht. Dann trieb es ihn wieder zu Eva zurück. Zurück in ihre beruhigende, klare Gegenwart, die sein lautes Herz leiser schlagen ließ.
Eva mochte sich über so manches wundern. Sicher fühlte sie sich durch seine schroffe Zurückweisung, überhaupt durch seinen fremden Jäh-

zorn, oft gekränkt. Einmal, nachdem er sie angeherrscht hatte, sie solle endlich das Manuskript zusammenräumen, er sei müde, faßte er nach ihrer Hand, führte sie zu seiner Wange und hielt sie fest wie etwas Heilendes, Rettendes. Aber Eva zog die Hand zurück und sagte ruhig: »Ich bin nicht beliebig verfügbar.«
Was also wußte sie?
Eines Nachmittags sagte sie auch: »Du siehst aus wie einer, der nicht weiß, ob er im Himmel oder in der Hölle ist.«
Und Irene?
Irene lenkte sich mit Geselligkeiten ab und füllte ihre Zeit mit Zerstreuungen. Während eines Empfangs, Rudolf würde diesen Moment nie vergessen, sagte sie über den Rand ihres Sektglases hinweg in die versammelte Runde: »Wißt ihr, ich bin traurig, wenn ich sehe, wie viele Ehen heute scheitern. Wie glücklich muß ich da sein! Seht mich und Rudolf an. Für so viel Glück muß man sich heutzutage schon fast schämen. Rudolf ist das Wichtigste in meinem Leben, und ich bin sicher, auch er würde mich nie verlassen. – Nicht wahr, Rudolf?«
Innerlich schwitzend, äußerlich lächelnd, sagte er: »Wie du überhaupt auf so etwas kommst, Irene!«
Ja, wie wohl?
Über Lisa konnte sie doch unmöglich »alles« wissen. Würde sie sich rächen? Fing sie bereits an, sich zu rächen? Er hatte ihr gesagt, die Sache mit Lisa sei ein Hirngespinst im Kopf seiner Mutter. Er wußte, daß Irene nur von Amalie Einblick haben konnte. Daraufhin war nie mehr davon gesprochen worden. Er wußte aber nicht, was in Irenes Kopf vorging.
Gott sei Dank war er immer sehr beschäftigt. Er hatte nicht viel Zeit zum Nachdenken. Inzwischen bekleidete er ein Ministeramt und war der erste Mann des Zentrums, auch wenn ein anderer das Kanzleramt innehatte.
Lisa, Lisa, Lisa… Mußte sie denn ausgerechnet seine Schwester sein? Irgendwann kam der Punkt, wo Rudolf sich kaum mehr sträubte, ein Gefühl der Leere in ihn einzog, die Spannung nachließ. Nun begannen die wirklichen Verletzungen. Er sagte ihr, Blau mache sie blaß, sie sei eine Dilettantin, sie habe zugenommen…
Während Lisa in der Wanne plätscherte, zog ihr diese letzte Bemerkung Rudolfs durch den Sinn. Erneut fühlte sie einen Stich, hielt den Gedanken aber nicht fest, sondern ließ heißes Wasser nachlaufen und legte den Kopf zurück. Vielleicht sollte sie einmal ein Badewannen-Bild malen – sehr provokativ! Eine Badewanne mitten in der Wüste…
Ob Rudolf bald wieder schreiben würde?

Lisa wurde in der Wanne schläfrig. Sie vergaß die Fältchen und Rudolf und döste vor sich hin.

Ein Wunschtraum geriet bald darauf in greibare Nähe, als Schneider, ihre Gregorian-Bekanntschaft, zwei Tage später an der Tür klingelte.
»Da bin ich aber überrascht«, sagte Lisa.
»Habe ich mich nicht angekündigt?«
»Kommen Sie nur gleich rein und sehen Sie sich um!«
Sie führte ihn ins Atelier. Martin war da und formte eben eine Büste aus Ton. Sonnenlicht tauchte den Raum in Helligkeit.
Schneider schien sich wohl zu fühlen. Jedes ihrer Bilder sah er sich genau an, während sie wartend an der Wand lehnte. Langsam wurde sie nervös.
Endlich sagte Schneider, ein weder sympathischer noch unsympathischer Mittsechziger: »Ich glaube, ich kann etwas für Sie tun.«
Lisa konnte es kaum fassen. Da hatte sie Jahre über Jahre gewerkelt, da hatte sie sich verkauft und schließlich den Mut verloren, und nun... Das, was Riedheim, der Schuft, ihr seinerzeit versprochen hatte, machte Schneider nun wahr. Lisa sollte zwar keine eigene Ausstellung bekommen, aber die Gelegenheit, mit jungen Künstlern ihres Genres öffentlich zu konkurrieren.
Als Schneider fort war, fiel Lisa Martin um den Hals und schrie: »Hast du das gehört!«
Dann rannte sie nach oben und schreckte Elaine aus ihrer Maniküre hoch: »Ich hab's geschafft! Ich hab's geschafft! Ich kann ausstellen!«
Schon stolperte sie die Treppen wieder hinunter, fand René in der Küche, wo er eben Eier aufschlug, um sich seine geliebte Mehlspeise zu brutzeln, warf ihm die Neuigkeit entgegen und entschied dann, man müsse Champagner auffahren.
Oben in den Dachkammern wohnten gerade zwei unentdeckte Genies – eine Schauspielerin ohne Engagement und ein Dadaist, der es sein größtes Werk nannte, einer Reproduktion der Maja einen Bart verpaßt zu haben – sowie die beiden Homosexuellen, einer davon Travestiekünstler mit vier Auftritten pro Woche und der andere einfach schön.
Alle lud Lisa zu einem großen Gelage ein. Am Abend bogen sich tatsächlich die Tische. Elaine hatte ihre Schieberfreunde angerufen und Lisa Schulden gemacht.
Die folgenden Tage verliefen hektisch. Lisa stellte eine Auswahl ihrer Arbeiten zusammen, sortierte neu, verwarf alles wieder, setzte neu an, ließ alles wieder fallen, dachte sich ein Konzept aus und wurde ganz konfus, weil sie zu keinem Ergebnis kam. Schneider schaute selbst vorbei und nahm ihr die Entscheidungslast ab.

Dann wurden die Bilder ins »Café Annast« gebracht. Lisa mußte an den Tag von Nikis Triumph denken und wurde bei der Erinnerung an seine ausladende Gestik und ihren Auftritt in der griechischen Tunika nahezu nostalgisch. Mehr als zehn, ja fast fünfzehn Jahre war das her. Lisa fühlte sich unglaublich sicher und nahm die Konkurrenz kaum wahr. In diesen aufregenden Vor-Premiere-Tagen kamen sich alle Beteiligten sehr wichtig vor, so wichtig, daß einer der jungen Expressionisten bereits vormittags betrunken durch die Halle torkelte und rief, er sei Gott.

Lisas Art zu malen war vielleicht nicht unbedingt die überzeugendste, die ins Auge stechendste aber unbedingt.

»Ich werde berühmt«, sagte sie zu René. »Du wirst sehen, ich werde berühmt!«

Natürlich brannte sie darauf, die Nachricht Rudolf mitzuteilen. Er sollte sehen, daß sie es zu etwas gebracht hatte. Sie war mehr als seine Geliebte, sie hatte auch allein und für sich selbst einen Wert!

Die Tage, bis das nächste Zusammentreffen mit Rudolf anstand, verbrachte sie in großer Ungeduld. Als es endlich soweit war, wurde sie ganz nervös.

Ein sonnenheller Tag breitete sich aus. Lisa zog ein fliederleichtes, weißes Sommerkleid an, setzte sich einen Hut auf den Kopf und wollte schon das Haus verlassen, als es klingelte. Es war ein Postbote, der einen Eilbrief überbrachte. Überrascht zog Lisa die Brauen hoch, schickte den Boten fort und öffnete das Kuvert.

Der Brief kam von ihrer Immer-noch-Schwiegermutter. Mein Gott, es würde doch nichts mit Franziska sein?

Es handelte sich nicht um Franziska. Kurz und knapp hieß es in den Zeilen:

> Liebe Lisa,
> ich muß Dir leider mitteilen, daß Du Witwe geworden bist. Ob Du an der Beerdigung Deines Gatten am kommenden Freitag teilnehmen willst, sei Dir überlassen. Auf alle Fälle will ich Dich daran erinnern, daß Du eine Tochter hast.
>
> Klara Landgraf

Lisa faltete den Brief wieder zusammen und legte ihn auf die Kommode im Flur. In erster Linie war sie verwundert. Einen Stich gab ihr nur der Nachsatz »Auf alle Fälle will ich Dich daran erinnern, daß Du eine Tochter hast«.

Trotzdem verließ sie das Haus und schob den Inhalt des Briefs aus ihrem Gedächtnis.

Die Sonne spielte auf dem Straßenpflaster, Kinder ließen einen

Kreisel tanzen, eine Katze lief Lisa über den Weg, und unwillkürlich mußte sie denken: Was hat das nur zu bedeuten, eine Katze von links nach rechts?

Hohe Bäume ragten aus den Gärten und streckten ihre Arme schattenspendend über die Gehwege. Die Gegend war bürgerlich und Lisa der Stein des Anstoßes. Über ihr Haus urteilte man: »Früher wohnte da die Generalin, aber heute ist da nur noch Gesindel.« Lisa entschied sich darüber zu amüsieren. Rudolf sah das natürlich anders.

Die Kinder der Straße pflegten Vorübergehende zu grüßen, aber »die aus dem Haus« wurden nicht gegrüßt. Man unterhielt sich »mit denen« auch nicht freundlich über den Gartenzaun. Nur wenn es einmal zu laut herging, raffte sich irgend jemand dazu auf, sich zu beschweren.

»Volk!« schimpften die Leute. Sie sahen aber immer neugierig aus dem Fenster oder aus den Gärten, wenn jemand kam oder ging, einzog oder auszog. Sie sagten dann: »Schon wieder ein Neuer. – Und die Rothaarige ging heute schon in aller Frühe bemalt aus dem Haus.«

Die Atmosphäre war kleinstädtisch, eigentlich so, wie Lisa es liebte. Hier stieß sie allerdings auf keine Toleranz. Manchmal dachte sie ganz sehnsüchtig an das Viertel, wo sie vor dem Krieg in der alten Villa gelebt hatte, ausgehalten von Riedheim, aber glücklich mit sich selbst.

Heute sah man also Lisa nach, wie sie in ihrem hellen Sommerkleid die Straße hinunterging, umgeben vom Duft der Akazien und Holunderbüsche und dem Geruch von Spinat, der einem Küchenfenster entströmte.

Vermutlich fragte man sich, wo sie hinging, denn sie sah weder verrückt noch aufgemacht aus, eher mädchenhaft frisch. Was sie darunter trug, sah ja niemand.

Rudolf war in offizieller Mission in München und wollte sie im »Bayerischen Hof« treffen. Er hatte versprochen, am späten Nachmittag dazusein, was bedeutete, daß er gegen Abend zu erwarten war.

Jetzt war Sommer. Sie hatte Sehnsucht nach Weizen- und Gerstenfeldern und weiten Wiesen. Vermutlich würde es zu spät sein, um noch hinauszufahren. Dabei hätte das flache Land sie sehr gelockt.

Als Rudolf endlich kam, sah sie ihm an, daß er einen anstrengenden Tag gehabt haben mußte. Er küßte sie auf die Stirn und sagte: »Es ging«, als sie sich nach dem Verlauf der Gespräche erkundigte.

Dann erzählte er ein wenig und verbreitete seine gereizte Stimmung in dem ganzen Raum. Still hörte Lisa zu, fragte hin und wieder nach, obwohl sie nichts, was er sagte, in objektive Zusammenhänge einordnen konnte, und setzte sich mit angezogenen Beinen aufs Sofa. Er hatte sie nicht einmal richtig geküßt...

»Dieser Kampf gegen ohnehin sinnlose Widerstände zermürbt mich«, sagte Rudolf. »Es gibt keine Alternative zu Dawes, und jeder weiß das. Auch die Nationalen, aber sie geben es nicht zu!«

Er war aufgestanden und ging ins Bad, um sich die Hände zu waschen. Lisa hörte ihn sagen: »Ach ja, nächste Woche muß ich nach London. Als Berater. Wozu bitte brauchen sie einen Berater? Stresemann, Marx und Luther sind sich einig, und ich bin ihrer Meinung – ausnahmsweise sind wir derselben Meinung. Weißt du, manchmal... aber was soll's? Jedenfalls wird immer deutlicher, daß Marx keine eigenen Vorstellungen hat und ein rechter Stümper ist.«

»Du wirst wohl nicht eher zufrieden sein, als bis du Reichskanzler bist«, stöhnte Lisa und versuchte, darüber zu lachen.

Rudolf trat aus dem Badezimmer, das Handtuch noch am Arm.

»Genau das will ich werden«, sagte er, ging zurück und hängte das Handtuch wieder an den Haken.

»Und?«

»Was ›und‹?«

»Wie stehen die Chancen?«

»Lach nicht! Die Chancen werden sich ergeben.«

Lisa sagte nichts mehr dazu. Nach einer Weile – Rudolf schien in Gedanken – erzählte sie: »Ich bekam einen Brief von Neuherrenach. Christian ist tot.«

»Ich hab's gehört. Die Leber hat aufgegeben.«

»Meine liebe Schwiegermama stellt mir frei, zur Beerdigung zu kommen oder den Trauerfeierlichkeiten fernzubleiben. Außerdem hielt sie es für nötig, mich an Franziska zu erinnern. Was sagst du dazu?«

Rudolf stand am Getränkewagen und goß sich ein Glas Selters ein. »Daß du dir langsam überlegen mußt, was aus Franziska werden soll.«

Wieder dieses leidige Thema! Nun, sie hatte es selbst heraufbeschworen und ärgerte sich jetzt darüber.

Draußen zog sich unterdessen ein Gewitter zusammen. Donnerlaute grollten in der Ferne. Im Zimmer hing Dämmerdunkelheit. Lisa mußte an den »dunklen Mond« denken und daran, was Krispin dazu gesagt hatte: »Was do anfangt, isch nix G'scheits.«

»Franziska und ich sind uns fremd«, riß sie sich aus Erinnerungen. »Es hätte keinen Sinn, wenn ich plötzlich käme und sagte: Schau her, ich bin deine Mutti.«

Rudolf schwieg. Ohne genau zu wissen, was er dachte, brauste sie auf: »Ich weiß, daß ich eine schlechte Mutter bin. Aber bist du ein besserer Vater? Daß deine Kinder nicht Sie zu dir sagen, ist doch alles.«
Langsam, in kleinen Schlucken, trank er sein Wasser und blieb am Wagen stehen. Groß, schmal und weit weg sah er aus. Verzweifelt sah Lisa ihn an. Sie liebte ihn, sie liebte sogar den strengen Zug um seinen Mund und die langsam sich vergrößernden Geheimratsecken am Haaransatz. Als sie sah, daß er die Krawattennadel trug, die sie ihm zum Geburtstag geschenkt hatte, mußte sie lächeln. Leise, durch die Krawattennadel ermutigt, fragte sie: »Was ist los, Rudolf?«
Rudolf schüttelte den Kopf, als wolle er von der Frage freikommen. Doch die Frage blieb vor ihm stehen und wollte eine Antwort haben. Er merkte, daß er sich nach Eva sehnte. Er hatte sie jetzt längere Zeit nicht gesehen. Seit einiger Zeit arbeitete sie als Rundfunkredakteurin und setzte Texte auf für die Wochenschau. Er selbst war gerade selten in Berlin, und wenn er da war, hielt sie sich woanders auf, betrieb Recherchen oder war in der Radiostation, wo sie manchmal auch Musiksendungen moderierte, um Geld zu verdienen.
Mit Eva hätte er sich jetzt gern unterhalten, auch über die heutigen Verhandlungen und die auf morgen angesetzte Pressekonferenz. Er hätte mit ihr ein Glas Wein trinken und seine Gedanken laufen lassen können. Eva hätte zugehört und ihn verstanden, sogar seine Gereiztheit respektiert, und ihm gelegentlich sanft widersprochen.
Rudolf versuchte, sich aus dieser seltsamen Stimmung zu befreien, und sagte sich, daß er Eva in spätestens zwei Wochen wiedersehen würde.
Und Lisa hatte gefragt, was los sei.
Heute abend war sie ihm lästig. Lieber wäre er allein gewesen. Statt dessen spürte er ihre Forderung.
Er wußte, daß sie unter dem harmlosen Sommerkleid schwarze Wäsche und Spitzenstrapse trug, aber im Moment interessierte er sich nicht dafür. Er wollte sich nur entspannen, nicht sich entladen.
Draußen war es dunkler geworden. Weich und leise zog ein Grollen heran. Lisa sagte: »Auf Reitenau muß es jetzt schön sein. Im Sommer habe ich immer ein wenig Heimweh. Wenn uns das Wetter nicht einen Strich durch die Rechnung gemacht hätte, wollte ich dir vorschlagen, daß wir noch rausfahren.«
»Ich könnte ohnehin nicht. Morgen früh habe ich eine Pressekonferenz.«
Lisa nickte. Sie stand auf, trat hinter ihn und legte ihm die Hände auf die Schultern.

»Du bist müde«, sagte sie verständnisvoll.
»Etwas, ja.«
War er müde? Ja, sie hatte recht. Er war sogar sehr müde.
In ihrer Gegenwart konnte er sich jedoch der Erschöpfung nicht hingeben. Sie machte ihn nervös und gab ihm heute ein extrem ungutes Gefühl. Es kostete ihn Kraft, ihre Hände nicht abzuschütteln.
»Stell dir vor«, fing sie betont munter an und goß sich ein Glas Rotwein ein, »auch ich habe etwas erreicht. René – du weißt doch, René Schlegel, der bei mir im Haus wohnt – hat den von mir illustrierten Gedichtband nun über Gregorian herausgebracht. Der Erfolg hält sich zwar in Grenzen, aber mir hat die Sache eine Chance eingetragen. Endlich kann ich ausstellen! Und wenn das Glück nachhilft – gar nicht auszudenken!«
»Da kann man dir ja nur die Daumen drücken. Wann geht's denn los?«
Durstig, als wolle sie etwas hinunterspülen, leerte Lisa ihr Glas.
»Nächste Woche schon, am Sonntag. Weißt du, ich habe bei Gregorians Firmenjubiläum die Bekanntschaft eines Mäzens gemacht, der etwas von mir hält. Schneider heißt er. Es ist alles ganz seriös.«
»Gratuliere! Wer weiß, vielleicht bekommst du nun deinen langersehnten durchschlagenden Erfolg.«
»Du wirst nicht kommen können, zu der Ausstellung meine ich.« Die Zaghaftigkeit ihres Tons verriet, daß sie seine Antwort kannte und doch hoffte, er möge Zeit haben.
»Ich kann nicht«, sagte er und griff nach einer Zigarre. »Du weißt, ich bin zu der Zeit in London.«
Das Donnergrollen wurde lauter. Die ersten Blitze zuckten nieder. Heftige Windstöße brausten auf.
Als er ihre Enttäuschung sah, setzte er hinzu: »Es tut mir leid. Ich werde an dich denken.«
Ich werde an dich denken... Sie hätte schreien mögen!
Trotzdem fragte sie ruhig: »Soll ich das Essen kommen lassen?«
»Ja, das wäre gut. Ich habe heute noch kaum etwas im Magen.«
Nun, Rudolfs Appetit sah so aus, daß er kaum die Hälfte dessen anrührte, was sich so verlockend vor ihm auftürmte. Er aß auch sonst recht wenig, aber heute gewann er an nichts Geschmack. Auch die Unterhaltung war lustlos und gezwungen. Alles war anders als sonst. Lisa mußte sich Mühe geben, ihr Lächeln aufrechtzuerhalten. Zuzeiten gefror es ihr zur Maske.
War wirklich alles anders? War es nicht ganz allmählich so geworden, wie es jetzt war? Hatte nicht bereits auf Rothenburg ein Schatten

gelegen? Und vorher, in Garmisch, war nicht auch da schon viel Unechtes gewesen? Und davor, in Berchtesgaden...
Lisa erinnerte sich an Weimar, Jena und viele andere Orte, auch an München, als alles noch richtig gewesen war. Rudolf hatte kaum die Tür hinter sich geschlossen und war schon über sie hergefallen wie ein Verhungernder. Und sie erinnerte sich an Sommernächte auf dem Land...
Und nun dieses Schweigen, die vielen sinnlosen Worte, Allerweltsgespräche, Lückenfüller... Was war nur geschehen? Er sprach zu ihr wie zu irgend jemandem, nicht mehr so wie früher, nicht mehr im spannungsgeladenen Zwiespalt, sondern einfach müde.
Obwohl sie gleich nach dem Abendessen zu Bett gingen, schlief er nicht mit ihr und entschuldigte sich mit Kopfschmerzen. Außerdem müsse er morgen frisch sein. – Hatte er früher am nächsten Tag nicht auch frisch sein müssen?
Lisa machte gar nicht den Versuch, ihn zu verführen. Er war so abweisend, daß sie Angst vor ihm bekam. Diese Art der Grausamkeit war kaum zu ertragen.
Es blieb ihr aber nichts anderes übrig, als es auszuhalten.

Als Lisa am anderen Tag nach Hause kam, merkte jeder, daß etwas nicht in Ordnung war. Mitfühlend meinte Elaine: »Mach Schluß mit dem großen Unbekannten, Lilly. Er macht dich nur blaß.«
Lisa tat, was sie immer tat, wenn sie sich nicht abfinden konnte: Sie schob alles fort. Nicht jetzt darüber nachdenken!
Rudolf hatte eben einen schlechten Tag gehabt. Sicher war sie nicht genug auf ihn eingegangen...
Trotzdem war Lisas Elan für die kommende Ausstellung etwas gedämpft. Ihr Gesicht sah so bleich aus, wie es sich für eine junge Witwe gehörte. Sie fuhr allerdings nicht zu Christians Beisetzung.
In den Nächten schlief sie wenig und träumte schlecht. Auch Martin war ihr jetzt kein Trost. Er war verliebt und hatte eigene Sorgen.
René war es, der Lisa zur Ausstellungseröffnung begleitete. Viele Neugierige drängten sich, um mal zu sehen, was es mit diesem merkwürdigen Expressionismus auf sich hatte. Auch Fotografen und Journalisten kamen – und es kam Max von Rhoden. In seiner Begleitung befanden sich Gregorian und Katja Vermeulen.
Man schenkte der Ausstellung doch recht große Beachtung. Die Künstlerszene gab sich ein Stelldichein. Es wurde viel gefachsimpelt, aber beim Laien löste das scheinbar Willkürliche, ja Krankhafte der Assoziationen in erster Linie Befremden aus.
Jemand sagte zu Lisa: »Das sind ja Alpträume!«

Lisa erwiderte: »Wenn ich ein Bild fertig habe, erschrecke ich oft selber.«
Darauf stürzte sich die Presse natürlich.
Lisa bekannte: »Ich muß malen. Ich glaube, sonst müßte ich sterben, einfach ersticken an dem, was ich nicht sagen kann. Was ich nicht sagen kann, weiß ich auch nicht so genau, darum könnte ich es niemals intellektuell ausdrücken, es muß direkt aus den Eingeweiden kommen, damit ich selbst es verstehe. Ich male, ohne zu wissen, worauf ich hinauswill. Es weiß, worauf es abzielt. Manchmal weiß ich es nicht einmal, wenn das Bild fertig ist, aber es befreit mich.«
Die Kritik war sich absolut nicht einig. Die einen zerrissen Lisa als effekthaschende Dilettantin, die Pferde mit toten Augen und aufgerissenen Leibern in utopische Landschaften stellte, und sahen darin puren Zynismus gegen Marc oder Chagall. Die anderen nannten ihre zeigerlosen Uhren neben gesichtslosen Menschen »originell«, und wieder andere, allerdings nur eine Minderheit, überschlugen sich in Hymnen der Begeisterung. Unbestritten war nur, daß Lisa es verstand, zu variieren. Ihre stillen, allein durch Farbeffekte in Bann ziehenden, Konkretes meidenden Landschaftsimpressionen, endlose Weite, Verlangen nach dem Grenzenlosen und große Traurigkeit ebenso spiegelnd wie eine Freude am Schlichten, standen in krassem Gegensatz zu ihren bluttriefenden, apokalyptischen Visionen. Zwischen diesen wilden Ich-Explosionen und Wassilijews mythologisch inspirierten Zerrbildern ließ sich immer noch eine Verbindung herstellen. Dagegen wehrte sich Lisa auch gar nicht.
Sie erklärte sogar: »Ich verdanke Fedor Wassilijew sehr viel. Er hat mich aufgebrochen für eine andere, eine eigentlichere Wirklichkeit.«
Immerhin: Fedor war in der Versenkung verschwunden. Es war nicht einmal bekannt, ob er überhaupt noch lebte. Mehr denn je galten seine Werke unter Liebhabern und Kennern, doch es fehlte ihm noch immer an Popularität. Lisas Name dagegen gelangte nun in die Feuilletons der Zeitungen. Ein glänzender Verriß war immer noch besser, als totgeschwiegen zu werden.
Während ihre expressionistischen feuer- und blutfarbenen Sonnenuntergänge, die eine imaginäre Hölle darzustellen schienen, gleichermaßen Verzückung wie Entsetzen auslösten, fanden ihre pastellfarbenen Landschaften nahezu einhellige Anerkennung. Das war klar, einfach, still, das provozierte nicht. Lisa besaß ein äußerst feines Gefühl für Atmosphäre, das sich auch in ihren zart hingehauchten Akten bewährte.
»Talent zum Wegwerfen«, sagte Rhoden mit einem Lachen. »Ich muß gestehen, ich bin beeindruckt.«

Lisa lächelte stolz. Sie hielt einiges von Rhoden. Wenn er das sagte! Nicht zuletzt weil Lisa unter den sieben Künstlern die einzige Frau war, riß man sich um sie und nahm alles sehr wichtig, was sie von sich gab.
So sonnte sie sich im Ruhm. Lisa war von sich selbst zutiefst beeindruckt. Was sie sah, von Schneider mit feinem Verständnis ausgewählt, war eine ganze Geschichte, die Geschichte ihres Lebens.
Herausfordernd sagte Katja Vermeulen: »Wer so malt, gehört eigentlich zum Psychiater.« Um dieses Urteil abzuschwächen, rettete sie sich in freundschaftliches Gelächter.
Lisa war ein bißchen gekränkt, ließ sich aber nichts davon anmerken, sondern fragte Gregorian: »Was sagen Sie dazu?«
»Solange Sie sich auf diese Weise den Psychiater sparen, sind Sie allemal ein Gewinn für die Malerei«, entgegnete Gregorian, und Lisa war wieder glücklich.
Lange schien es her, seit sie neben Niki gestanden hatte... Heute war Niki vergessen, morgen vielleicht auch sie. Jetzt aber stand sie im Mittelpunkt, und diesen Augenblick wollte sie genießen, ohne Abstand und selbstkritischen Vorbehalt.
Plötzlich schlug Rhoden vor, man könne ja den Abend gemeinsam verbringen. Gregorian warf einen amüsierten Blick auf seinen Freund, und der sagte zu ihm und Katja: »Ihr zwei könnt euch ja anschließen.«
Beide waren sofort einverstanden. Nur René stand diesem Agreement feindselig gegenüber, was er mit einem knappen »Ach ja?« zum Ausdruck brachte.
»Kommen Sie doch auch mit«, schlug Katja vor, doch René winkte ab. Im Vorbeigehen sagte er zu Lisa: »Dieser Rhoden hat's dir wohl angetan, wie?«
Ja, Max von Rhoden war durchaus ein Mann, der Lisa reizte. Das dache sie auch noch bei Coq-au-vin und weißem Bordeaux.
Sie dachte auch, daß Rudolf sie in Situationen wie diese geradezu trieb. Ach, Rudolf war sich seiner viel zu sicher! Sie gab vor, ihm treu zu sein, und er schien es zu glauben! Seit sieben langen Jahren! Er sollte schon sehen, wie sehr er sie unterschätzte!
Nach zwei Gläsern hatte Lisa bereits das Gefühl, auf Wolken zu gehen und auf die Erde hinunterzuschauen. Auch Rhoden, Gregorian und Katja waren bester Stimmung. Gregorian entfaltete seinen großartigen, trockenen Humor, Rhoden wurde spritzig und Katja etwas ordinär, aber das störte Lisa gar nicht, nur Gregorian sah Katja hin und wieder belustigt oder mahnend an.
Später wechselten die vier das Lokal und fanden sich in einem Cabaret

wieder. Lisa amüsierte sich blendend. Gregorian blieb immer ein bißchen in Zuschauerhaltung, aber Rhoden wurde immer lustiger und erzählte Witze, über die Lisa und Katja Tränen lachten, und schließlich meinte Rhoden, man habe zwar in München oft viel Spaß, aber es ziehe ihn eigentlich nach Berlin; er überlege sich, ob er die ihm dort angebotene Stelle bei der Ufa nicht annehmen solle, um Drehbücher zu schreiben. Seine wirklichen Ambitionen gingen allerdings in Richtung politischer Redakteur, außerdem hänge er doch sehr an München. Katja lachte und meinte zweideutig: »Na ja, nicht direkt an München, oder?«

Lisa wurde neugierig. Hatte Rhoden eine heimliche Liebesaffaire? – Aber egal! Volle Gläser bitte!

Mitternacht war weit überschritten, als die lustige Runde aufbrach. Gregorian fuhr mit Katja nach Hause, und Rhoden erbot sich, Lisa heimzubringen.

»Sofern Sie nicht zu emanzipiert dazu sind«, meinte er augenzwinkernd. Das war Lisa keineswegs.

»Viel Vergnügen!« schmunzelte Katja, aber Gregorian bugsierte sie bereits ins Taxi, das letzte am Stand.

»Warten wir, oder gehen wir zum nächsten Taxistand?« wollte Rhoden wissen.

»Lassen Sie uns ein Stück zu Fuß gehen«, entschied Lisa.

Langsam schlenderten sie nebeneinander. Eigentlich wartete sie darauf, daß er den Arm um ihre Schultern legte, da er doch den ganzen Abend mit ihr geflirtet hatte. Dabei hatte er jedoch nichts gesagt oder getan, was auf eindeutige Absichten schließen ließ. Lisa war nicht ganz sicher, was er nun wollte oder nicht wollte, und beschloß, die Sache auf sich zukommen zu lassen. Das Licht der Straßenlaternen spiegelte sich auf den regenfeuchten Straßen und in den Wasserpfützen. Der August war dieses Jahr gewitterreich, regnerisch und schwül.

Beim nächsten Taxi angelangt, öffnete Rhoden Lisa die Tür zum Fond und fragte: »Wohin?«

Lisa warf ihm einen eindeutigen Blick zu, nannte ihre Adresse und stieg vor ihm in den Wagen. Er sprach jetzt nicht mehr soviel wie vorher. In den ab und zu aufblitzenden Lichterkegeln der Laternen sah sie sein Gesicht. Es war nicht schön, aber männlich. Ja, sie wollte ihn. Jetzt.

Ohne Rudolf! Diese Nacht sollte Rudolf nicht zwischen ihr und dem Mann stehen, mit dem sie schlafen würde. Ganz plötzlich spürte sie ein heißes Haßgefühl gegen Rudolf in sich aufsteigen. Sie sagte: »Ja, das denke ich auch«, ohne zu wissen, was Rhoden sie gefragt hatte.

Der Wagen hielt vor ihrem Haus.
»Warten Sie«, wies Rhoden den Chauffeur an, stieg aus und half auch Lisa aus dem Fond. Dann sagte er: »Ich danke Ihnen für den bezaubernden Abend.«
»Der Dank ist ganz meinerseits.« Sie küßte ihn einfach auf den Mund, versuchte aber nicht, seine Lippen zu öffnen. Es war still in der Straße. Das Haus schlief. Niemand schien dazusein. Nur im Dachgeschoß brannte Licht. Zwei Straßenlaternen erhellten die Gehwege. Es roch nach Nieselregen und feuchtem Gras.
Rhoden blickte in Lisas Gesicht. Seine Züge verrieten nichts. Lisa lachte kehlig auf.
»Sie können mit hineinkommen. Die Umstände bei mir sind allerdings etwas ungünstig. Legen Sie Wert auf Anonymität, fahren wir besser zu Ihnen.«
Rhoden lächelte. Seine Passivität war irgendwie aufregend. Wieso sagte er nichts?
»Küß mich, Max!« bat sie leise.
Ihre Hände wollten sich bereits über seine Brust zu seinem Nacken bewegen, doch er fing ihre Gelenke ab und hielt sie fest. In seinem Gesicht war eine erzwungene Ruhe.
»Ich habe Sie nur nach Hause gebracht, Frau Holzgartner.«
»Aha«, sagte sie und lachte. Ihr Lachen klang weder nüchtern noch beschwipst, noch gekränkt.
Sanft küßte Rhoden ihren Handrücken.
»Gute Nacht. Schlafen Sie gut«, sagte er und stieg dann in den Wagen zurück.

»Wenn das so weitergeht, werde ich dich als Sekretär einstellen«, meinte Lisa am nächsten Vormittag zu René, als es pausenlos an der Tür klingelte. Blumen wurden abgegeben, auch Visitenkarten, es kamen ein paar Journalisten und einige interessierte Käufer, die Angst hatten, Lisa werde ihre Preise nach Abschluß der Ausstellung in die Höhe schrauben. Der Vormittag ging abwechslungsreich dahin. Lisa spielte »grande dame« und wirbelte ihre Hausgenossen auf, ihr beim Aufräumen zu helfen.
»Ich werde eine Putzfrau engagieren«, entschied sie schießlich. »Und ein Mädchen!«
Zwischen zwei Besuchen und einer neuen Aufräuminitiative erkundigte sich René, ob der Abend mit Rhoden unterhaltsam gewesen sei.
»Ach, es war nett«, lachte Lisa und ärgerte sich im nachhinein doch über diesen Rhoden, der ihr so geradeheraus einen Korb gegeben hatte.

Die Leute, die kamen, waren alle ziemlich überrascht über das stete Treppauf-Treppab in Lisas Haus. Freunde und Bekannte kamen, um zu gratulieren und um bewirtet zu werden; schon wieder floß Sekt, schon wieder scharten sich wahre Menschentrauben in den Zimmern. Lisa genoß sichtlich den Wirbel um ihre Person.
Innerhalb einer Stunde verkaufte sie drei Bilder und stellte auch gleich Putzfrau wie Hausmädchen ein. Jetzt war sie jemand. Jetzt konnte sie sich Personal leisten.
Über ihren Bruder ausgefragt zu werden gefiel ihr gar nicht. Man wußte, daß sie Rudolfs Schwester war. Sie hatte zwar keine Ahnung, woher, aber man wußte es. Sie war nicht geistesgegenwärtig genug, um, daraufhin angesprochen, zu dementieren.
Natürlich hörte Rudolf von ihrem Erfolg und schickte ihr ein Glückwunschtelegramm:

> »Liebe Lisa alias Lilly – Dein Erfolg freut mich – er kam per Zeitung ins Haus – weiterhin viel Inspiration – Dein Rudolf«.

Lisa freute sich, als hätte sie eben einen heißen Liebesbrief erhalten. Momentan schwamm sie wieder obenauf.
Ein ganz neues Lebensgefühl zog bei ihr ein. Die Küche war wieder sauber, Ordnung wurde Wirklichkeit. Nichts lag mehr herum. Für alles war das Mädchen da.
Mehr denn je gab Lisa auf Äußeres. Sie kaufte eine Menge neuer Kleider und einen ganzen Stoß seidener, fließender Morgenröcke im Geisha-Stil. Ihr Schlafzimmer richtete sie orientalisch ein, mit seidenen chinesischen Kissen, chinesischen Gobelins, einem persischen Teppich und zwei schwarzglänzenden, zierlichen japanischen Schränkchen mit goldener Intarsienarbeit.
Sie schminkte sich auffallend, gefiel sich als moderne Geisha, schmückte sich mit einem schlangenförmigen Armband und ging auch so auf die Straße. Sollten die Zeitungen nur darüber schreiben...
Es machte ihr Spaß, etwas über sich zu lesen. Zwar ärgerte sie sich furchtbar über schlechte Kritiken, war aber viel verstimmter, wenn sie in einer Zeitung keine Erwähnung fand.
Während sie die große, exzentrische Dame spielte – nicht immer ganz einfach mit René, Elaine und sonstigen skurrilen Gestalten im Haus; Martin erwog im übrigen auszuziehen –, arbeitete sie überhaupt nicht. Sie ließ sich das Frühstück ans Bett kommen, führte nebenher vom neuinstallierten Telefonapparat aus lange Gespräche, las Illustrierte und Klatschspalten, suchte in den Zeitungen nach ihrem Namen und fragte sich, ob sie Rhoden vielleicht nicht genug gefallen hatte. – Lächerlich, wenn sie in den Spiegel sah!

Sie genoß ihre Bekanntheit und den Rummel um ihre Person, ergab sich ihren Extravaganzen und trank bereits zum Frühstück Sekt. Nach all den Hungerjahren glaubte sie, das verdient zu haben. Doch ein Wermutstropfen fiel ins Dolce vita.
Bis zum Winter sah sie Rudolf nur einmal. Zwei Verabredungen platzten. Bei jeder Absage steigerte sich Lisa in Ausbrüche, zertrümmerte Geschirr und eine China-Vase – echtes Hun! – und schrieb zornfauchende Briefe an Rudolf, ohne sie abzuschicken. Ohne Rücksicht darauf, daß das Fräulein vom Amt mithören könnte, rief sie ihn einmal sogar in Berlin an, erreichte ihn auch und machte ihm eine lautstarke Szene, während der sie ihm an den Kopf warf, sie hasse ihn, er sei ein Tyrann und ein Tölpel obendrein, habe nichts verstanden und sei wohl auch zu beschränkt, je etwas zu verstehen, er solle sich bloß nicht einbilden, sie habe ihn je geliebt, er könne sie nun kreuzweise, das habe sie nicht nötig – und überhaupt solle er sie... Hier folgte das Götz-Zitat. Dann hängte sie den Hörer ein und schluchzte eine Stunde lang in die chinesischen Seidenkissen.
Tränenaufgelöst schrieb sie ihm natürlich noch am selben Tag einen Versöhnungsbrief.
Rudolf ging auf diesen Brief gar nicht ein, sondern wies sie an, am 20. Februar in Baden-Baden zu sein. Er werde diesmal sicher kommen.

Lisa bereitete sich nervös auf Baden-Baden vor.
Sie konnte kaum die Linie ihrer Brauen nachziehen, denn ihre Hand zitterte. Morgen hatte sie Geburtstag. Hatte Rudolf daran gedacht? Hatte ihr Ausbruch ihn zur Besinnung gebracht? Fürchtete er, trotz ihres Briefes, er könne sie verlieren?
Sie hatte sich elegant gemacht, das neue Grauseidene angezogen, das ihm sicher gefallen würde, und ihr Haar in neue Wellen legen lassen. Ja, sie sah gut aus. Unwiderstehlich!
Mit einem Blick auf die Uhr stellte sie fest, noch Zeit zu haben. Erst in einer Stunde würde ihr Zug gehen. Da das Mädchen frei hatte, setzte sie sich selbst Kaffeewasser auf und versuchte, Zeitung zu lesen. Allerdings war sie so aufgeregt, daß sie kaum aufnahm, was sie las.
»Fährst du weg?« fragte René, der den Kopf zur Tür hereinsteckte, weil er im Flur ihre Reisetasche gesehen hatte.
»Höchstens zwei Tage«, gab sie zurück, und René ging wieder hinauf.
Gestern hatte er ihr mitgeteilt, daß auch er ausziehen werde. Zuerst

Martin, dann René... Lisa hatte keinen Sinn heute, um darüber traurig zu sein. Momentan gab es nur Baden-Baden in ihrem Kopf. Vielleicht... ach, nur keine allzu großen Hoffnungen!
Nur nicht träumen! Aber die Träume nisteten sich doch in ihre Phantasie.
Dabei wußte sie längst, daß das, was sie sich ausdachte, immer ganz anders kam.
An der Tür klingelte es. Lisa blieb sitzen, da sie hörte, daß René öffnen ging. Hoffentlich wollte da niemand zu ihr. Dazu war keine Zeit mehr.
Stimmen. Eine Frau. Schritte im Korridor. Erneut schaute René zur Küchentür herein.
»Eine Frau Holzgartner«, sagte er gelangweilt.
Lisa hob den Kopf. Irene? O Gott!
Die Tür wurde aufgestoßen. Amalie stand da. Groß wirkte sie im Türrahmen, groß und schlank wie Rudolf. Sie sah sehr gepflegt aus; in ihren Augen war alles hart.
»Lassen Sie uns allein«, sagte sie zu René, als wäre er ein Lakai. René zog den Mundwinkel hoch, aber Lisa nickte ihm bittend zu. Achselzuckend ließ er die beiden Frauen allein.
Lisa blieb auf der Küchenbank sitzen. Sie sagte nichts, sie wartete nur. Amalie sah sich um und meinte geringschätzig: »Das paßt zu dir. Eine Küche.«
»Was willst du?«
Übergangslos stellte Amalie fest: »Er wird dich verlassen.«
Lisa schwieg. Sie fand keinen Bezug zu der Situation. Wie unbeteiligt sah sie zum Fenster hinaus. Draußen schneite es ein bißchen. Eisblumen hingen in den Fensterecken.
»Darauf habe ich gewartet. Sieben lange Jahre. Du bist Jenny zum Verhängnis geworden, du bist mir zum Verhängnis geworden – aber Rudolf wird dein Verhängnis werden.«
Neugierig schaute Lisa Amalie an. So hatte sie sie noch nie gesehen, ganz aus Eis und dennoch aufgelöst.
Ruhig entgegnete Lisa: »Ich weiß nicht, was du dir davon versprichst. Du hast nichts verhindern können. Willst du deinen eigenen Sohn opfern, um deine Rache zu haben? Alles, was du tun kannst, ist, die Karten aufzudecken. Damit würdest du Rudolf ruinieren – mir aber höchstens schaden. Es gibt keine Beweise. Nur einen Skandal. Und wenn: Was hättest du davon? Du fürchtest einen Eklat doch viel mehr als ich.«
Amalies Augen hatten sich verengt. Haß, leidenschaftlicher Haß, beherrschte ihre grünen, einstmals schillernden Augen und brachte

Leben in ihr Gesicht, das auf seltsame Weise fast schön dabei wurde, lebendig wie nie vorher.

»Die schöne Lisa«, sagte Amalie gepreßt. »Wie wird das sein, wenn deine Schönheit vergeht? Rudolf hat dich niemals geliebt, das solltest du wissen, genauso, wie Vinzenz deine Mutter nie geliebt hat. Er hat sie haben wollen, wie Rudolf dich. Alles wiederholt sich. Früher oder später hätte dich Rudolf ohnehin fallenlassen.«

»Das hat er fast sieben Jahre lang nicht getan, Amalie.«

Überlegen lachte Lisa auf und fuhr sich lässig mit der Hand durch die Wellen.

»Alles hat seine Zeit«, meinte Amalie leichthin. »Die deine ist um. Laß dir gesagt sein – ehe er es dir selber sagt –, daß du keine Chance mehr hast. Er liebt eine andere Frau. Sie heißt Eva Mansky. Das ist die eine Seite. Außerdem hat er Irene versprochen, mit dir zu brechen. Nun wirst du alles büßen müssen. Fast hättest du Irene zerstört – aber Irene ist stärker, als du annimmst –, du warst nahe daran, Rudolf in deinen Sumpf hinabzuziehen, du hast Cora unglücklich und ein einsam gemacht, und Christian trank sich wegen dir tot. Nicht weil er dich liebte. Geliebt hat dich keiner. Alle wollten nur eines von dir. Wie von deiner Mutter.«

Lisa war aufgestanden. Mühsam beherrscht zischte sie: »Du wiederholst dich.«

Dann schrie sie: »Das ist nur deine Eifersucht! Du hast mich immer gehaßt, jede Minute meines Lebens, du hast mich gehaßt, weil meine Mutter die Geliebte deines Mannes war und ihm etwas gegeben hat, was du in deiner Kälte nicht geben konntest und nicht geben wolltest! Du hast mich gehaßt, weil mein Vater mich liebte, mehr, als er dich je geliebt hat, du hast mich gehaßt, weil ich dir dein eigenes Versagen täglich vor Augen führte – so war es, so und nicht anders! Sieh die Dinge richtig, Amalie! Und jetzt kommst du daher und bildest dir ein, mich mit einer Eva Soundso, die gar nicht existiert, erschrecken zu können! Du siehst, wie Irene dein Schicksal wiedererlebt, aber du leidest nicht mit Irene, du leidest erneut mit dir...«

»Leiden? Es wird Zeit, daß du einmal leidest!« fauchte Amalie. »Diese Genugtuung werde ich bekommen, früher, als du glaubst.«

Lisa wies mit dem ausgestreckten Arm zur Tür. »Raus!« flüsterte sie. Der Wasserkessel zischte. Amalie straffte sich.

»Du willst mich rausschmeißen, du kleine Schmeißfliege, du? Du Dahergelaufene, du Straßenmädchen...«

»Raus!« brüllte Lisa. Ihre Stimme überschlug sich fast. Viel hätte sie sagen wollen, nichts fiel ihr mehr ein. Alles in ihrem Kopf drehte sich. Eva Mansky...

Der Teekessel pfiff.
»Raus!« wiederholte Lisa leise, weil die Stimme ihr nicht mehr gehorchte. Immer noch stand Amalie da, einer Rachegöttin gleich, kalt und glühend und siegessicher.
Plötzlich fauchte sie in derselben Tonlage wie der pfeifende Teekessel: »Ich bin noch nicht fertig mit dir!«
Lisa hatte noch die gedankenlose Empfindung, alles sei wie in einem schlechten Roman, als sie sah, wie Amalie nach dem Kessel griff. Sie sah ganz genau Amalies Bewegungen, wie sie den Arm vor- und zurückschwang, und sie sah auch, wie aus dem Hals der Kanne ein Wasserstrahl schoß.
Dann hörte sie sich selber schreien. Sie schrie und schrie und schrie. Sie sah nicht, wie René hereinstürzte und Amalie zurückschleuderte. Sie war zu Boden gefallen, hatte die Hände vors Gesicht geschlagen und hörte nicht auf zu schreien.

Still war es im Zimmer. Draußen schmolz der Schnee. Es war wärmer geworden. Eiswassertropfen fielen auf die Fensterbank. Die Sonne ließ die Tropfen strahlen.
Als Lisa zu sich kam, wußte sie einen Moment nicht, was passiert war. Sie war allein im Raum und konnte sich nicht orientieren. Nur daß sie in einem Bett lag, war ihr klar.
Rhythmisch klopften die Tropfen gegen das Fensterbrett. Lisa mußte den Kopf abwenden, denn die Sonne blendete. Als sie sich bewegte, fühlte sie einen brennenden Schmerz an der rechten Wange, der sich über den Hals hinunter bis zur Brust zog. Bis zur Zerreißgrenze schien die Haut gespannt.
Sie tastete nach ihrem Gesicht. Ihre Finger fühlten nur Stoff. Ein Verband?
Auf einmal kam alles zurück. Bilder liefen durch ihren Kopf. Sie sah, wie Amalie die Kanne schwenkte...
»Nein!« schrie sie. Jedenfalls glaubte sie, daß sie schrie. In Wahrheit entrang sich ihrer trockenen Kehle nur ein heiseres Stöhnen.
Später kam Elaine herein.
»Du bist ja wach«, sagte sie leise.
Noch immer tropfte es von der Dachrinne.
»Es ist nicht wahr«, sagte Lisa. »Es kann nicht wahr sein.«
»Was denn, Lilly?«
Elaine sah betroffen aus. Am liebsten hätte sie sich aus dem Zimmer gestohlen. Lisa spürte das.
»Mein Gesicht!«
»Tut es weh?«

»Furchtbar weh.« Sie weinte fast, doch jede Bewegung der Gesichtsmuskeln verursachte unerträgliche Schmerzen.
»Das – das wird vorbeigehen. Sie hat dich verbrüht, aber es wird heilen. Dr. Rinser hat gesagt, daß es nicht mehr lange dauern wird, bis es nicht mehr weh tut. Du mußt auch nicht ins Krankenhaus. Es ist alles nicht so schlimm, wie es aussieht.«
»Wie sieht es denn aus?«
Eine Träne lief Lisa über den Verband.
»Ach«, sagte Elaine, »halb so wild. Und wie gesagt: Es wird heilen.«
»Die ganze Gesichtshälfte, der Hals?«
»Es heilt doch, Lilly!«
»Und die Narben?« Lisa schrie diese Frage hinaus, als wäre sie gleichzeitig schon Antwort.
»Sie werden verblassen. Man wird sie vielleicht kaum sehen.«
Lisa wandte den Kopf ab. Sie wollte allein sein. Dies konnte nur ein schrecklicher Traum sein. Sie würde aufwachen... Doch die Wahrheit wurde immer wirklicher.
Lisa hatte nicht einmal die Kraft, Amalie zu hassen. Für sie tat sich eine Hölle auf, und mehr sah sie nicht.
Elaine sagte am Abend: »Du wirst doch Anzeige erstatten wegen Körperverletzung?«
Lisa konne nicht antworten. Anzeige? Das war ihr alles egal. Ihr Gesicht! Mein Gott, was würde aus ihrem Gesicht werden? Zur Untätigkeit verdammt, von einem freundlichen, onkelhaften Arzt behandelt, war ihr, als müsse sie den Verstand verlieren. Es gab keinen Anker, nichts, woran sie sich hätte festhalten können. Ihr Gesicht!
Wieso kam Rudolf nicht? Ein Name schoß ihr dauernd durchs Bewußtsein: Eva Mansky.
Der Arzt verschrieb ihr Beruhigungsmittel. Sollte sie alle auf einmal hinunterschlucken?
René brachte Blumen und erzählte, daß Amalie nach der Attacke fluchtartig auf die Straße gelaufen und in ein Taxi gestiegen sei. Aber das war Lisa einerlei. Nichts interessierte sie, es blieb nur der selbstzerstörerische Gedanke an das Unfaßbare. Mein Gott, wo blieb denn Rudolf?
Lisa trug Elaine auf, ihm zu telegrafieren.
»Was willst du denn ausgerechnet jetzt mit deinem Bruder?« fragte Elaine verblüfft, tat aber, wie ihr geheißen.
Rudolf ließ nicht lange auf sich warten. Einen Tag später war er da. Er wirkte bestürzt.
Als Elaine ihn mit Lisa allein ließ, griff Lisa sofort nach seinen Händen.

»Rudolf«, sagte sie und klammerte sich so fest an seine Finger, daß ihm die Gelenke schmerzten.
»Hast du Schmerzen?« fragte er.
»Ja.«
»Was sagt der Arzt?«
»Dummheiten.«
»Du darfst dir keine Sorgen machen, Lisa. Wenn du zu einem Spezialisten gehst, bleibt vielleicht kaum etwas zurück.«
Lisa schwieg, und Rudolf strich sanft über den Verband an ihrer rechten Wange.
»Es wird gut werden«, sagte er in jenem gewichtigen Ton, der verriet, daß er selbst nicht daran glaubte.
»Hat sie – hat sie's dir gesagt?« fragte Lisa.
Rudolf schüttelte den Kopf. »Sie nicht. Irene hat es mir erzählt. Dann kam auch schon das Telegramm. Ich dachte schon, daß etwas passiert sein müsse, als du nicht kamst. Ich rief an, aber es ging bei dir niemand ans Telefon. Als ich gestern mit Mutter sprach, hat sie alles zugegeben.«
»Zugegeben!« zischte Lisa.
Rudolf nickte. Vom kalten Triumph in Amalies haßblinden Augen sprach er nicht. Statt dessen sagte er: »Sie ist durcheinander und begreift gar nicht, was sie getan hat. Verstehst du, sie begreift es nicht mehr. Du – du wirst doch keine gerichtlichen Schritte einleiten?«
Lisa wurde übel. Es würgte sie. War das alles, woran Rudolf jetzt denken konnte? Als sie wieder zu Atem kam, schüttelte sie den Kopf.
»Ich weiß noch nicht, was ich tun werde«, brachte sie mühsam heraus.
Rudolf nickte vor sich hin. Dann entzog er ihr seine Hände, stand auf, trat zum Fenster und blieb dort stumm, mit im Rücken gefalteten Händen stehen.
Konnte er selbst jetzt nur an sich denken? War ihm tatsächlich nur seine Karriere von Bedeutung? Zählte sonst denn überhaupt nichts? Erfaßte er nicht die Ungeheuerlichkeit dieses Racheakts? Begriff er nicht, daß seine Mutter versucht hatte, seine Geliebte auszulöschen? Ihr Gesicht – verstand er denn nicht, was mit ihrem Gesicht passiert war?
Kühl schien die Februarsonne zum Fenster herein und vergoldete Rudolfs Haar. Fern und groß stand er da, mit ernsten, gesammelten Zügen und einer Spur Ungehaltenheit in den Augen.
»Du wirst die besten Ärzte bekommen, die es überhaupt gibt«, versicherte er ihr und sah weiterhin stur zum Fenster hinaus, wo unten, auf der Straße, Kinder Ringelreihen spielten. Den weichen

Singsang hörte man bis zu Lisas Schlafzimmer hinauf, obwohl der Raum in den Garten zeigte.

»Ärzte!« wiederholte Lisa tonlos. »Ich verzichte!«

»Sei doch vernünftig, Lisa. Noch steht gar nicht fest, ob überhaupt Narben zu befürchten sind. Ich werde noch heute mit deinem Arzt sprechen. Was ist das überhaupt für ein Trottel? Wieso hat er dich nicht in ein Krankenhaus eingewiesen? – Es wird alles Menschenmögliche geschehen. Nötigenfalls werde ich Kapazitäten zu Rate ziehen, aber soweit muß es ja gar nicht kommen.«

»Was versuchst du zu verharmlosen?«

Jetzt drehte sich Rudolf wieder zu ihr um. Sein Lächeln sah gezwungen aus.

»Nichts. Nichts, außer daß ich alles tun werde, um die Sache wiedergutzumachen. Ich bitte dich nur um eines: Laß meine Mutter aus dem Spiel.«

»Du hast Angst vor einem Skandal, nicht wahr?«

»Ja«, sagte er einfach, drehte sich erneut um und sah zum Fenster hinunter. Ganz weit beugte er sich vor, damit er um die Ecke sehen konnte, wo die Kinder spielten. Als er sich wieder aufrichtete, wirkte er noch unnahbarer als sonst.

Lisa weinte.

»Ich kann nicht entschuldigen, was meine Mutter getan hat«, gab er zu, »ich will es auch nicht entschuldigen. Aber ich kann in dieser Sache nicht Richter sein. Sie ist trotz alledem meine Mutter.«

»Gefühle, Rudolf?« kam es zynisch.

Leise, kaum hörbar, murmelte er: »Dein Sarkasmus ist hier fehl am Platz.«

»Und dein Familiensinn ebenso!«

»Mein Gott!« Rudolf sehnte sich nach einer Zigarre. »Wenn du meine Mutter vor Gericht stellst, wird nach Gründen gefragt werden. Unser Verhältnis wird an die Öffentlichkeit dringen. Wir wären erledigt – alle beide. Wenn du unbedingt ins Gefängnis wandern willst – bitte! Ich kann dich nicht hindern. Aber denk bitte daran, daß es nicht allein um dich geht.«

»Unser Verhältnis. Soso. Es ist also ein Verhältnis.«

»Ja, was denn sonst!« schrie Rudolf.

Lisa weinte nicht mehr. Ihr Gesicht war ganz starr.

»Deine Mutter würde nie soweit gehen, dich mit ins Unglück zu reißen. Sie hat Gründe genug, mich zu hassen. Diesen einen Trumpf muß sie nicht ausspielen. Sie wird es auch nicht tun. Nicht gegen dich. Aber du hast recht, es wäre ein Skandal, wenn bekannt würde, daß deine Mutter ihrer Stieftochter heißes Wasser ins Gesicht schüttet.«

»Was willst du eigentlich?« Rudolf kam jetzt auf ihr Bett zu und ließ sich auf dem Stuhl daneben nieder. »Was rettest du dir, wenn du mich ruinierst?«
»Du siehst immer nur dich! Jetzt geht es um mich, hörst du? Allein um mich! Und irgendwo auch um deine gottverfluchte Mutter!«
»Wollt ihr eure Fehde auf meinem Rücken austragen? Meine Mutter hat ihr Ziel erreicht. Aber was hast du für ein Gegenziel? Sieh endlich ein, daß alles, was du tun kannst, auf dich zurückfällt. Du hast keine Chance, Lisa!«
Sie nickte. Sie nickte lange und tief in sich hinein.
»Das hat sie auch gesagt«, flüsterte sie tonlos. »Genau das.« Und dann sah sie Rudolf über den Verband auf der Nase hinweg geradeheraus an und fuhr leise fort: »Immer nur Worte. Und alles klingt richtig und vernünftig. Und in Wahrheit geht es um deinen Kopf. Du würdest alle opfern: deine Mutter, deine Frau, deine Kinder, mich – und Eva Mansky.«
Rudolfs Augen tauchten aus der Gedankentiefe auf. Zwischen seinen Brauen zuckte es.
Weiterhin ganz ruhig, flüsterte Lisa: »Es ist also wahr.«
Langsam ließ Rudolf die Luft durch die Nase. Er sehnte sich wirklich sehr nach einer Zigarre.
»Es ist wahr«, gab er zu.
»Seit – seit wann?«
Sie wußte auch nicht, woher sie jetzt diese Ruhe nahm. In ihre Magengegend bohrte sich ein spitzer, mächtiger Pfeil, aber in ihrem Kopf blieb alles klar und nüchtern.
Seit wann? hatte sie gefragt. Seit immer. Er hatte Eva niemals wirklich verlassen.
»Seit wann?« wiederholte Lisa.
Rudolf spürte die Fassungslosigkeit in ihrem Blick und wich ihm nicht aus. Es trieb ihn nicht zur Ehrlichkeit, er wußte selbst nicht, wohin es ihn trieb, als er ganz kalt sagte: »Seit zwölf Jahren.«
Lisas Augen weiteten sich. Sie konnte nicht mehr schlucken. Mühsam würgte sie hervor: »Und die ganze Zeit...«
»Ja, die ganze Zeit.«
Ja, er hätte lügen können. Er wollte nicht. Er wollte ehrlich sein, weil die Ehrlichkeit weh tat. Seine Mutter hatte heißes Wasser genommen, er griff zu Worten.
»Nein«, sagte Lisa, und die Klarheit in ihrem Kopf verschwamm. »Mein Gott – nein!«
Sie starrte in seine Augen, seine klaren, blauen, fühllosen Augen, wie hypnotisiert, völlig ausgeliefert, wie sie es immer gewesen war, und

ohne jeden Widerstand. Körperlich konnte sie spüren, daß er Erleichterung empfand. Er hatte gewonnen. Er war frei. Der kühle Haß zog sich aus seinem Gesicht zurück.
Betont sachlich sagte Rudolf: »Ich hätte früher die einzige Konsequenz ziehen müssen, die es in dieser Sache gibt. Daß ich es nicht tat, tut mir leid. Vermutlich bin ich schuld am Gang der Dinge – mitschuldig zumindest. Verzeih. – Doch für alles gibt es eine Zeit. Es ist gut, daß du das Gespräch auf Eva gebracht hast.«
Wie konnte er... Wie... Aber... Großer Gott...
Kein Haß, kein Widerstand ging mehr von ihm aus. Seine Gleichgültigkeit schlüpfte unter ihre Haut. Als spräche eine andere, hörte sie sich selbst sagen: »Deine Mutter hatte recht. Sie prophezeite den Gang der Dinge so, wie er nun eingetroffen ist. Sie sagte, du hättest mich nur haben wollen, nur körperlich, verstehst du?«
Sie erhielt keine Antwort. Rudolf schwieg.
Ja, die Hölle – Morell hatte es gewußt... Sonderbar, jetzt an Morell zu denken. Morell und der dunkle Mond... Heiliger Himmel, wenn nur Morell jetzt hier wäre – oder Vinzenz...
Sie hörte, wie Rudolf sagte: »Natürlich kannst du dich weiterhin in jeder Situation auf mich verlassen...«
Was er sonst noch sagte, klang geschäftlich, nach Abschluß und »Ordnung der Verhältnisse«. Lisa hörte es nicht. Seine Worte flossen durch sie hindurch, ohne sie zu erreichen. Und dann sagte Rudolf auch noch: »Wir sollten versuchen, das Vergangene, diese letzten sieben Jahre, zu vergessen. Es hätte nie geschehen dürfen. Es war ein Irrtum.«
Woher nahm er nur diese Phrasen? Wie konnte er nach all den von ihm ausgesprochenen Ungeheuerlichkeiten so einen gelassenen, selbstverständlichen Ton anschlagen? Sieben wilde Jahre versuchte er mit einem Achselzucken unter den Teppich zu kehren. Nichts, gar nichts sollte gewesen sein.
»Ich werde zu Dr. Rinser fahren und mit ihm sprechen. Mach dir keine Sorgen.«
Rudolf war aufgestanden. Ehe er ging, hatte er auch noch die Stirn, ihr nachträglich zum Geburtstag zu gratulieren.

Fünftes Buch

Paul

Siebzehntes Kapitel

Leises Frühlingswehen ließ das Laub der Espen erzittern. Fahl und ohne Kraft breitete sich das Blau des Himmels über das aufbrechende Grün. Noch lag keine Wärme in der Sonnenhelle. Die Äste der Bäume ragten kahl in die Pastelltöne des Tages.

Im Haus war es still.

Elaine war seit ein paar Wochen mit irgendeinem Mister Namenlos nach Monte Carlo verschwunden, René nach Berlin gegangen. Auch die Dachkammern standen leer. Gelegentlich sah Martin noch auf einen Sprung vorbei. Das Haus war verwaist. Keine Musik mehr, keine Feste...

Die Putzfrau, die Lisa eigentlich nicht mehr bezahlen konnte, schrubbte den Fußboden im Korridor.

Bei zurückgezogenen Gardinen saß Lisa an der Glastür im Atelier und blickte in den Garten hinaus. Schon über eine Stunde saß sie so da, ohne sich auch nur einmal zu rühren. Sie sah aus wie eine Puppe – eine sonderbar reale Puppe in der surrealistischen Landschaft ihrer Bilder.

Sie trug einen grünseidenen, chinesischen Morgenrock und hatte das Haar zu einem Pferdeschwanz nach hinten gebunden. Es reichte ihr bereits wieder in den Nacken.

Neben ihr, auf einem kleinen Tischchen, standen eine halbleere Flasche Malaga und ein leeres Weinglas.

Im Zimmer war kaum ein Laut zu hören. Nicht einmal die Uhr tickte. Ab und zu blies ein Windstoß ums Haus, und manchmal stieß die Putzfrau mit dem Schrubber gegen die Tür.

Als die Klingel ging, zuckte Lisa zusammen. Sie hörte, wie Frau Weber, die Putzfrau, öffnen ging.

Die Härchen auf Lisas Haut stellten sich. Besuch? Sie hatte nicht die Absicht, irgend jemanden zu empfangen. In den letzten Tagen hatte sie niemandem aufgemacht. Sogar der Doktor war ums Haus gegangen und hatte an die Glastür zum Atelier geklopft.

»Mein Gott, die schönen Blumen!« drang Frau Webers Stimme zu Lisa herein.

Schon ging die Tür auf. Frau Weber rief: »Besuch für Sie, Frau Holzgartner.«

»Ich will keinen Besuch«, sagte Lisa. Sie drehte sich nicht um, sah weiterhin in den Garten hinaus und rührte sich nicht.
»Das sollten Sie sich aber zweimal überlegen. – Guten Tag, Frau Holzgartner!«
Lisa erkannte Gregorian am Tonfall. »Ach so, Sie«, erwiderte sie gelangweilt. Frau Weber ging hinaus.
»Ja, ich. Ich hörte von Ihrem Unfall. Plötzlich waren Sie wie vom Erdboden verschluckt. – Aber um einen Krankenbesuch zu machen, komme ich wohl zu spät?«
Lisa schwieg.
»Wie ich sehe, sind Sie schon wieder auf den Beinen. Leider habe ich erst jetzt von Ihrem Mißgeschick erfahren.«
»Nett von Ihnen.«
»Schneider war recht überrascht zu hören, daß Sie Ihr Angebot zurückziehen. Ich glaube, das ist ein großer Fehler. Schneider könnte Ihnen den endgültigen Durchbruch bringen. – Das haben Sie, wie es scheint, vorläufig verpaßt.«
»Ich habe nichts mehr zu verpassen.«
Gregorian zog eine Braue hoch. »Das hört sich aber trostlos an.«
Müde zucke Lisa die Achseln. Was wollte er? Wieso ging er nicht wieder? Wo hatte er seinen sonst so feinen Takt gelassen?
Frau Weber kam mit einer Vase wieder herein. Sie nahm Gregorian den Strauß mit den fünfzehn lachsfarbenen Rosen ab, ordnete ihn in die Vase und stellte die Blumen auf das Tischchen neben Lisa.
»Sehr schön, danke«, sagte Lisa. »Es wäre nicht nötig gewesen – so sagt man doch?« Frau Weber verließ leise wieder den Raum.
Kühl kam es von Gregorian: »Mir scheint, Sie tun sich leid.«
»Das scheint mir auch so.«
Eine Weile war es still. Plötzlich drehte Lisa sich um. Über die Rückenlehne des Sessels blickte sie zu Gregorian auf.
»Sie können ruhig hinsehen. Kommen Sie, schauen Sie mich an. Und dann sagen Sie mir, ich solle aufhören, mir leid zu tun.«
Über die rechte Seite ihres Gesichts zog sich eine fingerlange, schmale, rotgeränderte, schwellende Brandnarbe. Die Haut schien wie durch Blasen aufgeworfen.
»Das Wasser war kochend heiß«, sagte sie so unbeteiligt, als spräche sie über das Wetter. »Fast alles traf mich im Gesicht. Es sei glimpflich abgegangen, sagt Dr. Rinser. – Glimpflich!«
»Wie ist das passiert?«
»Ein Unfall«, lachte Lisa. »Lesen Sie denn keine Zeitungen?«
»Die Art dieses ›Unfalls‹ war mir nicht bekannt«, gab Gregorian zu.
Lisa war erleichtert, daß er keinerlei Mitleid zeigte. Ganz sachlich wollte er wissen: »Wie kam es denn dazu?«

Erneut lachte Lisa auf, diesmal zynisch und kalt.
»Ich wurde das Opfer eines Racheaktes. – Entschuldigen Sie, ich bin dramatisch. Darf man dramatisch sein, wenn man vor Ruinen steht, oder muß man weiterhin ›Vernunft‹ beweisen?«
Gregorian lächelte mild. »Vor Ruinen stehen Sie?« Fast klang es ironisch, fast wurde Lisa ärgerlich. Gregorian fügte ernsthaft hinzu: »Kann ich Ihnen irgendwie helfen?« Sein Ausdruck ließ jetzt doch etwas von Anteilnahme erkennen.
»Ich bin verlassen worden«, sagte Lisa, als hätte sie ihm gar nicht zugehört. »Verlassen. – Das klingt so hübsch harmlos, finden Sie nicht auch?«
»Und nun lassen Sie sich gehen?«
»Hören Sie zu: Die Mutter dieses Mannes hat mich verstümmelt. Dieser Mann liebt eine andere Frau und ließ mich sitzen. Und Sie fragen mich, ob ich mich gehenlasse? Was sollte ich wohl sonst tun?«
»Wie lange dauert dieser Zustand des Sich-gehen-Lassens schon?«
»Ich weiß nicht.«
»Ungefähr.«
»Vier Wochen... fünf Wochen... keine Ahnung. Was ist schon Zeit?«
»Ein Bedürfnis. – Ich kann verstehen, daß Sie im Augenblick äußerst demoralisiert sind. Es sieht wirklich so aus, als sei da recht viel auf einmal gekommen. Trauer scheint mir ein sehr gesundes Gefühl zu sein, aber Sie dürfen jetzt nicht den Boden unter den Füßen verlieren. Daß Sie eine große Chance sausen ließen und sehr mit sich selbst beschäftigt sind, entschuldigt Ihr Zustand. Trotzdem müssen Sie an die Zukunft denken. Ein Ausstellungserfolg macht noch keinen Sommer. Also: Wovon leben Sie im Moment?«
Seine Sachlichkeit amüsierte sie fast. Er tat gerade so, als hätte sie noch immer den Hauch eines Interesses, das den Augenblick überstieg.
»Nun?« fragte er, als keine Antwort kam.
»Ich habe keine Rücklagen, falls Sie das meinen. Frau Weber trägt hin und wieder etwas von meinen Sachen ins Pfandhaus.«
Als er nicht sofort etwas erwiderte, meinte sie hart: »Sie sehen, Lilly Holzgartner ist gescheitert.«
Gregorian schien zu lächeln. Worüber, ließ sich nicht genau feststellen. Wäre sie nicht zu erschöpft gewesen, hätte sie ihm die Flasche Malaga an den Kopf geworfen.
Plötzlich sagte er fest: »Sie sind keineswegs ›gescheitert‹. Sie waren schon oft am Boden, sind aber immer wieder aufgestanden.«
»Sie scheinen überhaupt nicht zu begreifen, Herr Gregorian«, erwi-

derte Lisa gereizt. »Sie wollen mir Mut machen, das ist nett von Ihnen. Aber auf Nettigkeiten lege ich keinen Wert. Die Realitäten sind die: Ich bin fünfunddreißig Jahre alt, bin entstellt, sehe aus wie fünfzig, fühle mich auch so und stehe einsam und gottverlassen vor dem Bankrott. Wieder aufstehen? Sooft ich nach einer Niederlage wieder aufgestanden bin, so oft bin ich auch wieder hingefallen. Ich bin dieses ewigen Kreislaufs müde. Ich bin müde, einfach nur müde. Verstehen Sie?«

»Natürlich. Aber Sie erleben jetzt nur den Moment, der Ihnen übergroß und erdrückend erscheint. Ich sehe darüber hinaus. Auch ich glaube nicht an ›neue Anfänge‹. Es gibt immer nur einen Anfang, an den man aber immer wieder anknüpfen kann. Dazu bedarf es nur einer Portion Willenskraft. Und die wird eines Tages zu Ihnen zurückkehren. Es ist nur eine Frage der Zeit. – So gut kenne ich Sie.«

»Ach ja?«

»Man muß weit gehen, um jemanden mit Ihrer Lebensleidenschaft zu finden. Dazu gehört vermutlich auch eine Leidenschaft im Leiden, und der sind Sie im Moment verfallen. – Aber ich sage Ihnen da Dinge, die Sie sehr genau selbst wissen. Im Augenblick spüren Sie nur nichts davon.«

Spöttisch meinte sie: »So gut wollen Sie mich also kennen.«

»Immerhin so gut, um Sie heiraten zu wollen.«

Sie wollte in Gelächter ausbrechen, doch es blieb ihr im Halse stecken. Mit ungläubigem Staunen kam auch Leben in ihre Augen.

»Was?« fragte sie – und dann lachte sie doch. Auf einmal war alles nur noch komisch.

»Ich sagte, daß ich Sie heiraten will. Womöglich haben Sie schon romantischere Heiratsanträge bekommen, aber ich war immer schon ein schlechter Tristan.«

Dabei schien er ihre Verwirrung zu genießen. Ein schmales Lächeln war um seinen Mund.

»Trotz – trotz allem?«

»Falls Sie das meinen: Die Narben werden zwar nicht ganz vergehen, aber verblassen.«

Kopfschüttelnd murmelte Lisa: »Sie sind ja lustig.«

»Lustig selten, manchmal heiter.«

Einen Moment lang vergaß sie sich selbst. Neugierig wollte sie wissen: »Und Fräulein Vermeulen?«

Jetzt stockte Gregorian. Als suche er den Grund ihrer Frage, forschte er in ihren Augen. Schließlich stieß er hart den Atem aus.

»Dann wissen Sie es also doch nicht.«

»Was?«
»Sonst sind Sie doch recht schnell von Begriff.« Jetzt schien er zu prüfen, ob er ihr trauen konnte oder ob sie Theater spielte. Er kam zu dem Schluß, sie müsse ahnungslos sein.
»Als Herr von Rhoden Sie nach der Eröffnung Ihrer Ausstellung und nach unserem gemeinsam verbrachten Abend nach Hause begleitete – nun, ich dachte, da sei bei Ihnen der Groschen gefallen.«
Lisa wirkte irritiert. Im Durcheinander ihrer suchenden Gedanken spürte sie kaum, wie ihre rechte Gesichtshälfte bei jeder Muskelbewegung spannte und zog.
»Sie und Herr von Rhoden...?«
Gregorian lachte jetzt. »Ja.«
Stumm schaute sie ihn an. Die Sonne blendete sie ein wenig. Gregorian stand an der Glastür und lehnte sich seitwärts gegen den Türrahmen. Im hellen Frühlingslicht schimmerten seine grauen Schläfen silbrig. Er sah gut aus. Gut, intelligent und selbstbewußt.
»Warum wollen Sie dann heiraten?« fragte Lisa.
»Weil ich dazu gezwungen bin.«
»Gezwungen?«
»Sagen wir einmal so: Meine Neigung ist ruchbar geworden. Mein bislang im Dunkeln sich bewegendes Privatleben ist durch die enge Beziehung zu Herrn von Rhoden ans Licht gekommen. Die Gerüchteküche brodelt. Auch Fräulein Vermeulen konnte diese Gerüchte nicht ganz zum Schweigen bringen. Also muß ich zu drastischeren Mitteln greifen. Eine Eheschließung würde meinen guten Ruf sanieren. Sie werden verstehen, daß ich mir in meiner Position keine Skandale leisten kann.«
...daß ich mir in meiner Position keine Skandale leisten kann... Eine andere Stimme war es, die Lisa jetzt diesen Satz aussprechen hörte. Etwas stach tief und schnell in sie hinein. Mühsam würgte sie es hinunter. Trotzdem klang ihre Stimme gebrochen, als sie wissen wollte: »Wieso heiraten Sie dann nicht Fräulein Vermeulen?«
Gregorian schien darüber nachzudenken, wie tief er in seine Gedanken- und Gefühlswelt hineingreifen sollte. Schweigend betrachtete er die Bäume im Garten.
»Fräulein Vermeulens Vorzüge möchte ich nicht schmälern. Allerdings habe ich in charakterlicher wie intellektueller Hinsicht gewisse Vorstellungen im Hinblick auf meine zukünftige Frau. Fräulein Vermeulen ist attraktiv, charmant und lebhaft, aber sie ist auch noch sehr jung und wechselhaft. Sie kann sich nicht selbst beschäftigen. Eine Frau, die mich heiratet, muß zwangsläufig in der Lage sein, sich eigene Interessenräume zu schaffen. Sie muß ein gewisses Auftreten

haben – repräsentieren können, wenn Sie so wollen. Außerdem muß sie frei bleiben, das heißt, sie darf keinesfalls versuchen, mich emotional zu vereinnahmen. Um eine Ehe einzugehen, wie sie mir vorschwebt, muß man eine Ahnung von sich selbst und seinen Erwartungen haben. Ich verlange von einer Frau, daß sie bereit ist, diese Komödie mitzuspielen, ohne darunter zu leiden. Und ich glaube, daß Sie diese Frau sind.«

Lisa schüttelte den Kopf. »Ich bin ein Blatt im Wind.«

»Sie sind eine Frau«, meinte Gregorian, als wäre damit alles gesagt.

»Aber ich bin nicht die starke Frau, die Sie suchen.«

»Sie sind kompliziert, aber nicht schwach«, widersprach er lächelnd.

»Zerbrochen, Herr Gregorian.«

»Sie fangen sich wieder. Außerdem malen Sie, das heißt, Sie wissen etwas mit sich anzufangen und haben einen eigenen Ehrgeiz. Und Sie lieben einen anderen Mann. Das soll mir Garant dafür sein, daß Sie sich nicht in mich verlieben.«

»Andere Frauen verlieben sich in Sie?« Das sollte ironisch klingen.

»Sie neigen dazu«, gab Gregorian lakonisch zurück.

»Und nun haben Sie alles ganz rational ›zugeplant‹.«

»Das soll Sie nicht verwirren. Ich bin ein Kopfmensch. – Selbstverständlich erwarte ich hier und heute keine Antwort von Ihnen. Lassen Sie sich Zeit. Ich will nicht, daß Sie in diese Ehe flüchten, ohne vorher die Konsequenzen überdacht zu haben.«

Neugierig fragte Lisa: »Der Portwein, der Schinken – früher, im Krieg –, das waren Sie, nicht wahr?«

Er schmunzelte. »Ich wußte sehr früh, daß ich Sie vielleicht einmal heiraten würde. Damals bestand für mich noch keine Veranlassung, und Sie waren außerdem noch zu jung und voller Flausen.«

»Flausen, soso.« Sie lächelte. Ernst fragte sie: »Und jetzt habe ich keine Flausen mehr?«

»Jetzt sind Sie erwachsen geworden.«

Ja, vielleicht...

Gregorian stieß sich vom Türrahmen ab. Diese bestimmte Bewegung schien Sentiments verscheuchen zu wollen, die noch gar nicht ausgesprochen waren.

»Ich lasse Sie nun allein«, sagte er. »Rufen Sie mich an, sobald Sie sich entschieden haben. Aber wie gesagt: Überstürzen Sie nichts.«

Vier Wochen später war Lisa verheiratet.

Es verhielt sich schon ein wenig seltsam mit ihren Eheschließungen. Die eine wie die andere wurden überstürzt geschlossen, und hinter der zweiten stand Lisa ebensowenig wie hinter der ersten. Sie wußte

gar nicht, weshalb sie Paul Gregorian heiratete – an die Anrede Paul mußte sie sich erst gewöhnen.
Die ganze Angelegenheit hatte für Lisa etwas Tragikomisches. Und ausgerechnet Max von Rhoden fungierte als Trauzeuge...
Von René kam zur Hochzeit eine Karte mit der Aufschrift »Herzliches Beileid«. Von einem Unbekannten erhielt Lisa ein Schreiben mit nur einer Zeile: »Sie sollten wissen, daß der Kerl, den Sie heiraten, schwul ist.«
Wer war er überhaupt, »der Kerl, den sie heiratete«?
Erst als Lisa bereits den Goldring am Finger trug, dachte sie darüber nach.
Natürlich, sie kannte Paul Gregorian seit Jahren, beinahe so lange, wie sie München kannte.
Sie hatte einfach »ja« gesagt, weil er es gewollt hatte und weil es ihr einerlei gewesen war. Oder halt – nicht ganz einerlei. Mit Gregorian verheiratet zu sein bedeutete Sicherheit, ein »sorgenfreies« Dasein und vielleicht eine Art von Halt. Instinktiv suchte sie jemanden, der sie davon abhielt, sich einfach fallen zu lassen, mitten ins Ungewisse.
Trotzdem war es ihr in den Wochen und Tagen vor ihrer Hochzeit so gewesen, als stünde sie neben sich selbst und sähe sich zu. Hatte wirklich sie die Eintragung im Standesamt unterschrieben?
Als Lisa in der Hochzeitsnacht vor dem Toilettentisch aus Palisander saß und sich das Haar bürstete, waren ihre Gedanken nüchtern und ohne Sentimentalität.
Nymphenburger Allee. Eine Villa. Palisandermöbel. Alte Gemälde. Marmor. O ja, er hatte Geschmack. Das wenigstens konnte sie über den Mann, mit dem sie nun verheiratet war, sagen.
Das dunkle Holz der Möbel verlieh dem Raum Eleganz und Wärme. Alles nicht zu vergleichen mit dem von Rudolf für sie ausgesuchten Haus... Da war er wieder, dieser Name: Rudolf. Er stand in ihrem Kopf, ohne irgend etwas zu bewegen. Es gab im Moment kein Bild dazu. Und auch kein Gefühl.
Pauls Schlafzimmer grenzte an das ihre. Es gab sogar eine Verbindungstür. Lisa hatte nicht nachgesehen, ob sie abgeschlossen war, nahm das aber an. Zu beiden Schlafzimmern gehörte je ein danebenliegendes Badezimmer, natürlich aus Marmor, mit wasserblauen Fliesen. Alles hatte seine Ordnung.
Paul schien unter der Dusche zu stehen. Lisa hörte Wasser rauschen. Paul... komisch. Sie war ständig versucht, »Herr Gregorian« zu ihm zu sagen. Es war schon ein merkwürdiges Gefühl, einen fremden Mann zwei Zimmer weiter zu wissen und ihn duschen zu hören.
»Na, Frau Gregorian«, sagte Lisa laut zu ihrem Spiegelbild. Frau

Gregorian zu sein, das hieß zwei Dutzend neuer Kleider inclusive zweier Pelzmäntel im Schrank, das hieß Komfort und Stil. Paul hatte ihr zur Verlobung ein zierliches, aber erlesenes Diadem mit dazugehörigem Collier, mit Armreif und Ring geschenkt. Und ihre Nächte würde sie nun in einem großen, romantischen Himmelbett verbringen...

Das Wasser hatte zu rauschen aufgehört. Es gurgelte noch eine Weile im Abfluß.

Lisa sah ihr Gesicht im Spiegel an. Das Licht der Nachttischlampe schmeichelte. Die Narbe auf ihrer rechten Wange fiel kaum auf. Bei Tag stach sie jedoch immer noch ins Auge. Deshalb würde Lisa auf dem Hochzeitsfoto im Profil zu sehen sein, die linke Seite dem Fotografen zugewandt. Sie würde schön sein auf diesem Foto. Schön, aber zu üppig in den Hüften.

Lisa beugte sich vor und hielt dem Spiegel ihre rechte Gesichtshälfte entgegen. Mit kühlem Interesse besah sie sich die noch gerötete, schmalgewundene Narbe, die den Eindruck erweckte, als wäre sie mit dem Degen gezogen. Nur die Blasenbildung deutete auf Verbrühung. Einen Mann hätte diese Narbe verwegen erscheinen lassen. Rudolf hatte sie nicht mehr gesehen.

Im anderen Zimmer ging Paul herum. Lisa lauschte. Drüben wurde es still. Er hatte sich anscheinend schlafen gelegt. Das Licht, das die ganze Zeit unter der Tür hervorgeschimmert hatte, war nun erloschen.

Interessant, diese Hochzeitsnacht! Lisa mußte lachen. Doch so plötzlich, wie ihr das Lachen gekommen war, so verging es ihr auch wieder.

Es würde in den Zeitungen stehen. Paul Gregorian hatte die verrückte Holzgartner geheiratet. Lisa hatte keine Ahnung, wieso die Wahl auf sie gefallen war. Jede andere hätte einen besseren Ruf mitgebracht. – Wie oft sie Paul wohl im Monat sehen würde? Zweimal zum Abendessen und einmal auf einem Empfang? – Es war eine kleine Feierlichkeit gewesen. Lisa hatte ein wadenlanges, silbergraues Seidenkleid getragen, dazu ein Perlennetz im Haar. Ob Rudolf wohl darüber im Gesellschaftsteil der Zeitungen las? Erfuhr man in Berlin überhaupt davon? Vielleicht las Amalie ihm aus der Zeitung vor, und Irene kommentierte bissig: »Siehst du, wie schnell sie dich vergessen hat?« Ja, lies es ihm vor, Amalie, gib nur deinen Senf dazu, Irene! Soll doch wenigstens seine Eitelkeit einen Tritt bekommen! Zur Hölle mit ihm! Zur Hölle mit Eva Mansky!

Nicht weiterdenken! Lisa zwang sich zur Ruhe. Sich jetzt bloß nicht hineinsteigern! Das Vakuum nicht aufreißen!

Lisa legte die Bürste fort.
Sie würde ein paar Baldriantabletten nehmen und dann schlafen. Wie sehr sehnte sie sich nach einem tiefen, langen, traumlosen Schlaf!
Sie träumte.
Sie träumte, in einem nicht näher definierten Raum zu stehen, um sie herum nur Weiß. Sie selbst befand sich in einer sonderbaren, dimensionslosen Leere. Ganz weit weg lehnte ein Mann an einer weißen, nur zu erahnenden Wand. Er trug einen schwarzen Mantel. Sie glaubte, ihn zu kennen, wußte aber nicht, wer er war. Plötzlich sagte er, Hindenburg sei nicht umzubringen und Leander ein Kleckser. Und dann befahl er: »Zieh dich aus!«
Sie gehorchte. Zuerst zog sie sich die langen, weißen Handschuhe maliziös langsam von den Fingern und warf sie fort. Dann entledigte sie sich der Bluse und hakte schließlich das Korsett auf, das sie eng schnürte, so, wie es vor fünfzehn Jahren modern gewesen war. Stück für Stück ihrer Kleidung fiel.
Ohne näher zu kommen, schaute der Mann sie an. Allmählich zog sich ihr eigenes erotisches Gefühl für die Situation zurück. Sie war nackt, und er sah, daß sie nackt war, und ihr war es peinlich.
Lisa erwachte schweißgebadet. Sie machte Licht und setzte sich im Bett auf. Das Haus in der Nymphenburger Allee war ihr noch fremd. Sie kam sich verlassen vor und zog die Beine an. Obwohl sie weinen wollte, konnte sie nicht.
Nach langer Zeit mußte sie wieder an Fedor denken. Und dann kam auch die wirkliche Erinnerung an Rudolf wieder. »Zieh dich aus« – das hatte auch er oft zu ihr gesagt. Einmal hatte er sie wirklich minutenlang stehen lassen, nackt, obwohl es Winter gewesen war und der Raum frisch gelüftet. So lange war sie gestanden, bis es ihr unangenehm geworden war. Und dann hatte Rudolf langsam seine Zigarre ausgedrückt, »Du verdammte Nutte« gesagt, sie mit Genuß noch ein paar Sekunden warten lassen und dann – benutzt. Ja, benutzt!
Auch damals hatte sie sich gedemütigt gefühlt und sich zuerst gewehrt, aber aus dem Gefühl der Erniedrigung war jene Lust erwachsen, der sie am tiefsten verfallen war und die sich immer an der Grenze zur Selbstverachtung bewegte.
Der Traum hatte die Erotik beseitigt und nur das Gefühl des Beschmutztwerdens übriggelassen. Und auf einmal war kein Genuß mehr in der Erniedrigung.
Lisa fühlte sich elend. Sie konnte mit dem Traum nichts anfangen, aber er tat ihr weh. Träume... nebelhafte Wirklichkeiten...
Sie nahm noch ein paar Baldriantabletten und versuchte, wieder

einzuschlafen. Wie ein Kind, das sich vor dem Dunkel fürchtet, ließ sie das Licht brennen, als könnte die Helligkeit böse Geister und böse Träume fernhalten.

Es kamen noch viele solcher Nächte. Ihr ganzes Leben lang hatte sie lebhaft geträumt, doch jetzt gönnten die wahnhaften Bilderspiele ihres Unterbewußtseins ihr keine Ruhe mehr. Manchmal hatte sie Angst vor dem Einschlafen, Angst vor den quälenden Träumen, Angst vor dem Sehenmüssen, Angst vor den endlosen Demütigungen. Sie fing an sich zu fragen: Wer bin ich denn? Bin ich überhaupt? Lebe ich nur in der Auslöschung?

Und doch: Auf Knien wäre sie zu Rudolf zurückgekrochen, wenn es einen Weg zu ihm gegeben hätte.

Eine Zeitlang trug sie die Wahnvorstellung mit sich herum, Rudolf müsse anrufen. Sie wehrte sich gegen diese Einbildung, sie wehrte sich gegen die selbstentwickelten Filme, die in ihrem Kopf abliefen und in denen Rudolf ihr sagte, alles würde wie früher werden. Stundenlang saß Lisa vor dem Telefon und beschwor es mit Gedanken. Das Telefon schwieg. Schrillte es während einer ihrer »Séancen« doch einmal, blieb ihr das Herz fast stehen. Zitternd griff sie nach dem Hörer – und starb jedesmal schier vor Enttäuschung.

Überhaupt benahm sie sich recht merkwürdig. An manchen Tagen aß sie so gut wie nichts, an anderen stopfte sie sich wie unter Zwang voll, bis ihr schlecht wurde. Manchmal übergab sie sich sogar.

Sie zerstörte Bilder, die sie gemalt hatte, und baute Scheiterhaufen aus ihnen, die sie dann anzündete. Während sie stumm zusah, wie das Feuer ihre Gedanken und Empfindungen verschlang, krümmte sie sich mit der Leinwand und erstickte fast am Rauch, der ihr in die Nase stieg.

Wie damals, als Fedor sie hinausgeworfen hatte, fügte sie sich kleine Schnittwunden zu – als wären die Narbe an der Wange und die Brandmale an Hals und Brust nicht genug –, vornehmlich an den Unterarmen. Kaum vernarbt, stocherte sie mit einer Klinge oder den Fingernägeln wieder darin herum. Die kleinen Narben aus Fedors Zeit waren kaum noch zu sehen. Jetzt bluteten neue. Lisa trug selbst im Frühsommer langärmelige Kleider, um die Unterarme zu verstekken.

Mit Paul verhielt es sich merkwürdig. Das war zu erwarten gewesen. Er war zwar im Haus, aber er kam ihr nie zu nahe, in keiner Weise. Außerdem hatte sie das Gefühl, als habe sie noch »Schonzeit«.

Meistens kam er am Morgen, ehe er ins Büro fuhr, zu ihr ins Schlafzimmer, wünschte einen guten Morgen, riß ein Fenster auf, ließ frische Luft herein, sogar wenn es regnete und kalt war, und erinnerte sie daran, was über den Tag verteilt auf sie zukommen würde. Das war nie viel. Er schien seine gesellschaftlichen Verpflichtungen vorläufig eingeschränkt zu haben. Da er nun verheiratet war, konnte er nirgendwo gut ohne Lisa hingehen, wollte er keinen neuen Klatsch provozieren. Hin und wieder stand ein Empfang, ein geschäftliches Abendessen oder eine Dichterlesung auf dem Programm, doch er nahm auf ihren Zustand Rücksicht.

Wenn er am Morgen, ehe er das Haus verließ, »zur Visite« kam, sagte er ihr zum Beispiel, daß sie Vorbereitungen für das Abendessen zu treffen habe, da er jemanden mitbringen werde, daß sie sich um die zu versendenden Einladungen für die Frühlingsparty kümmern müsse, daß er zum Mittagessen nicht nach Hause komme und ähnliches mehr. Immer war er freundlich, erkundigte sich nach ihrem Befinden und ging wieder, wenn er mit seinen »Anordnungen« fertig war.

Eines Morgens knurrte Lisa grantig: »Ich bin nicht deine Sekretärin.«

Auf seine kühl-amüsierte Art zog Paul die Brauen hoch und gab zurück: »Ich drücke dir ja auch keinen Stenoblock in die Hand.«

Sie sah Paul in erster Linie bei den Mahlzeiten oder wenn Gäste kamen, dann also, wenn die Ehe offiziell wurde. Tatsächlich waren ihr die Abende, die Besuch brachten und während deren sie die strahlende Gastgeberin mimen mußte, genauso ein Greuel wie die Abende außer Haus. Wenn Paul sie in die Oper oder ins Theater führte, ging es noch; was ihr so schwer fiel, waren leichte Plaudereien mit Leuten, die sie so gut wie nicht kannte und auf die sie nicht zugehen konnte, weil sie für nichts und niemanden, nicht einmal auf die vordergründigste Weise, offen war. Immer war es eine schwierige Konzentrationsübung für sie, in einem Gespräch nicht den Faden zu verlieren, sondern bei der Sache zu bleiben. Ihre Gedanken glitten so oft einfach ab, daß sie sich vor ihrer eigenen, oft peinlichen Geistesabwesenheit zu fürchten begann. Immerhin hatte sie ihren Teil des Vertrages zu erfüllen...

Paul tadelte sie nie, auch dann nicht, wenn sie eine Stunde lang in trübes Schweigen versank und auf die Frage, was sie von Gottfried Benn halte, »Jaja« antwortete. Sie war allerdings viel zu sehr mit sich selbst beschäftigt, um sich für ihre Lethargie zu schämen. Was gingen sie die anderen an? Was die Leute von ihr dachten, war ihr persönlich egal. Da sie sich Paul verpflichtet fühlte, nahm sie aber lächelnd seinen Arm und antwortete, wenn sie gefragt wurde, weshalb sie sich künstlerisch so rar machte, ja sich eigentlich zurückgezogen habe: »Erfolg ist mir nicht mehr so wichtig. Außerdem ist es meinem Mann sicher lieber, wenn ich ihn mit Skandalen verschone.«

Alles lachte – und sie präsentierte die Ehefrau aus dem Bilderbuch. Sie lachte zu Paul auf, und Paul lächelte zurück, und jeder hielt die beiden für sehr verliebt.
In Wahrheit hätte Paul gegen künstlerische Betätigung gar nichts einzuwenden gehabt. Im Gegenteil, er forderte sie ständig dazu auf, wieder zu malen. Schließlich hatte er eine Künsterlin geheiratet und kein daumendrehendes Hausmütterchen. Ihr Ruf hatte ihm zwar zu denken gegeben, ihn aber gleichzeitig gereizt. Für ihn – wie auch für Rudolf – war sie etwas aus einer anderen Welt, einer Welt, die ihm versperrt war. Ein bißchen etwas davon brachte sie ja mit. Er wußte, daß ihre Bohèmezeit vorbei war, aber sie haftete noch wie ein immer duftendes Parfum an ihr. Das gefiel ihm. Außerdem war er neugierig, als was sie sich nach ihrer neuen Metamorphose entpuppen würde.
Das Risiko, sie in so einem lädierten Zustand zu heiraten, war ihm bewußt gewesen, doch er hatte nicht mehr länger warten dürfen. Der Gedanke, Lisa zu heiraten, war ihm schon vor Jahren durch den Kopf gegangen. Wenn schon heiraten, dann eine Frau wie sie, am besten gleich Lisa selbst. Im Hinblick auf alle anderen Frauen, die er kannte, hatte ihn das Thema Ehe abgeschreckt. Paul hatte nichts gegen Frauen – nur zu nah durften sie ihm nicht kommen. Da er keine erotische Beziehung zu ihnen fand, wurden sie ihm in der Regel sehr schnell langweilig, und wenn sie ihn nicht langweilten, strengten sie ihn zu sehr an. Gefühlsstürmen wich er ohnehin gern aus, doch auf alle Fälle wollte er es vermeiden, in »Ehefesseln« zu geraten. Die Frauen aus seinem Bekanntenkreis neigten entweder dazu, ihn umerziehen zu wollen, sofern sie seine homoerotische Veranlagung kannten, oder waren entsetzt, wenn sie davon erfuhren. Es wäre Paul nicht eingefallen, irgendeine Frau zu heiraten, nur um endlich den rettenden Ring am Finger zu haben. Dazu hätte er sich kaum überwinden können.
Lisa war ihm schon früh aufgefallen. Sie hatte ihn nie gelangweilt und ihn nie im negativen Sinn angestrengt. Ernsthaft waren seine Heiratsabsichten aber erst in der Bedrängnis geworden.
Im Grunde war Lisa überhaupt nicht das, was man von ihm erwartet hatte. Eine Künstlerin mit Vergangenheit... Aber diesen Schönheitsfehler erlaubte er sich.
Als Ästhet hatte er ihre Schönheit bewundert, um deretwillen er sie allerdings nie geheiratet hätte. Dennoch störte ihn jetzt ihre Narbe nicht. Es gab andere Dinge, die ihm an Lisa wichtig waren. Er hielt sie für geistreich, feinfühlig und selbständig.
Jetzt ließ er ihr Zeit und hoffte, der bittere Zug um ihren Mund würde sich nicht eingraben. Natürlich plagte auch ihn so mancher Zweifel. Sicher wäre es besser gewesen, ein paar Monate zu warten, um zu

sehen, was ihre neue Entpuppung freilegen würde, doch diese Zeit hatte er einfach nicht gehabt, wie der an Lisa gerichtete Einzeiler »Sie sollten wissen, daß der Kerl, den Sie heiraten, schwul ist« deutlich zeigte.
Ein Arrangement würde sich finden. Natürlich durfte sie andere Männer lieben und Verhältnisse haben – aber diskret!
Im Moment galt es erst einmal, abzuwarten.

Als Lisa Pauls Mutter kennenlernte, war sie überrascht. Diese Paula Gregorian war eine warmherzige, lebensprudelnde, gestenreiche Person, die viel lachte, noch mehr redete und in ihrer Spontaneität das pure Gegenteil von Paul war.
Meistens erschien sie zum Nachmittagskaffee. Hin und wieder war Paul um diese Zeit im Haus, in der Regel fiel es aber Lisa zu, sie zu unterhalten.
Paula Gregorian ließ Unsicherheit gar nicht erst aufkommen. Sie war entschlossen, ihre Schwiegertochter sofort zu mögen.
Zwar verstand sie nicht ganz, wie ihr zurückhaltender, ruhiger Paul eine so auffällige Erscheinung heiraten konnte, doch es blieb ihr seit langem nichts anderes mehr übrig, als seine Entscheidungen zu akzeptieren.
Paul hatte beizeiten das Besitzergreifende in ihrer übermäßigen Liebe erkannt und sich ihrer umfassenden Fürsorge entzogen. Zu Lisa sagte er: »Es freut mich, daß du gut mit ihr auskommst, aber paß auf, daß sie dich nicht verschlingt. Sie will Menschen, an denen ihr liegt, immer mit Haut und Haaren in sich aufsaugen. Am liebsten würde sie ja bei mir einziehen – aber dem sei Gott vor!«
Wirklich begann Paula sogleich, Lisa in Beschlag zu nehmen. Eine Zeitlang kam sie täglich zum Kaffee und ließ sich auch gern gefallen, von Lisa zum Abendessen eingeladen zu werden. Das ging eine Weile so, bis Paul Lisa erklärte: »Du mußt sie nicht jedesmal gleich zum Essen einladen. Es hat mich Jahre gekostet, die nötige Distanz zu ihr zu bekommen, und diese Distanz will ich auch erhalten. Sag ihr ruhig mal, du hättest keine Zeit. Ich will nicht, daß sie sich Illusionen macht.«
»Was für Illusionen?«
»Hausgenossin zu werden.«
»Wohnt sie denn allein?«
»Was heißt allein? Sie hat einen großen Bekanntenkreis und vereinsamt bestimmt nicht.«
»Aber sie ist doch deine Mutter!«
»Eben.«

Lisa merkte natürlich, daß sich Paula über sie wieder näher an ihren Sohn heranarbeiten wollte, aber schließlich ging es auch ihr auf die Nerven, stundenlang vor Paula hinzusitzen und ihre Wortschwälle über sich ergehen zu lassen. Sie mochte Paula, aber auch ihr wurde sie allmählich zuviel.

Irgendwann fing Paula an, sich gegenüber Lisa über Paul zu beklagen.

Lisa warf ein: »Nun ja, so ist er eben. Etwas kühl – aber sehr zuverlässig.«

Paula lachte und schüttelte ihre blondgefärbte, zu jugendlich wirkende Haarpracht.

»Steinbock, weißt du«, sagte sie.

Ob Steinbock oder nicht, Paul war zuverlässig. Immer. Wenn er sagte, er komme zehn nach zwölf, dann kam er zehn und nicht Viertel nach zwölf. Nachmittags fuhr er dann wieder in den Verlag, hatte Termine oder saß zu Hause im Arbeitszimmer. Was er dort tat, wußte Lisa nicht. Das Arbeitszimmer war sein Reich. Dorthin hatte sie keinen Zutritt. Arbeits- sowie Schlafzimmer blieben ihr verschlossen. Darüber zu sprechen war nicht notwendig gewesen, denn Lisa erspürte ihre Grenzen. Wenn er jedoch nachmittags im Arbeitszimmer war, kam er zu den »Kaffeegesprächen« mit seiner Mutter immer für eine halbe Stunde auf einen Sherry ins Wohnzimmer. Paul hatte seiner Mutter gegenüber immer eine ironisch-nachsichtige Art, die Lisa oft an Rudolf erinnerte. Es gab einiges an Paul, das Rudolf glich. Zum Beispiel war Paul nach außen hin genauso unfaßbar wie Rudolf.

»Aber Mutter«, sagte er oft, und das hörte sich immer an, als könne er noch viel mehr sagen, sehe aber keinen Sinn darin. Meistens mischte sich in diesen Ton auch weiches Verständnis, so daß dieses »Aber Mutter« nahezu liebevoll klang.

Paula war an diesen Ton gewöhnt. Sie schätzte ihn nicht, aber sie hatte sich anscheinend abgefunden.

Manchmal konnte Paul ihr gegenüber auch sehr eindeutig werden. Mit einem harten »Nein« lehnte er Bitten ab, die ihm das Gefühl gaben, sie wolle ihm zu nahe kommen.

»Sie meint es doch bloß gut«, verteidigte Lisa anschließend ihre Schwiegermutter. »Sie hängt doch so an dir. Was ist schon dabei, wenn wir sie mit ins Konzert nehmen?«

»Sie hängt zu sehr an mir. Und ich kann sie nur auf begrenzte Zeit ertragen.«

»So schlimm ist sie wirklich nicht.«

»Du kennst sie nicht so, wie ich sie kenne. Sie hat immer versucht, mich festzuhalten und Abhängigkeiten zu schaffen. Wenn es nach ihr ginge, hätte ich immer der kleine Junge bleiben müssen, der ich mit fünf Jahren war. Wir hatten vor Jahren einen langen Kampf. Sie hat ihn verloren. Das will sie allerdings nicht einsehen.«

Und Paula sagte zu Lisa: »Ich hab' doch alles für den Buben getan. Und er ist so undankbar!«

Lisas Freundschaft versuchte sie zu gewinnen, indem sie ihr oft etwas schenkte, einen Schal, ein Samtjäckchen, eine Keramikdose, ein Schmuckkästchen und Konfekt. Sie selbst war klein und füllig, und wenn sie Pralinen mitbrachte, war die Schachtel am Abend leer. Nebenbei war sie auch sehr neugierig und ein wenig eifersüchtig. Einmal seufzte sie sogar: »Für dich hat er viel mehr Verständnis!«

Die Gespräche mit ihrer Schwiegermutter drehten sich in erster Linie um Paul. Auf diese Weise erfuhr Lisa natürlich einiges über ihn, wenn auch aus leicht verzerrter Sicht. Er hatte einen strengen, patriarchischen Vater gehabt und eine nachsichtige, zärtlich scheinende, aber in Wirklichkeit besitzergreifende Mutter, war teilweise in Internaten groß geworden und immer zwischen zwei Welten gestanden – der harten, unerbittlichen, militärisch genormten Welt des unnahbaren Vaters und der weichen, liebeheischenden, verzärtelnden Welt der in ihrer Ehe sich unglücklich und einsam fühlenden Mutter. Sein Vater lebte nicht mehr, und von seiner Mutter schien er sich befreit zu haben. Die Befreiung von Paula kam Lisa allerdings etwas gewaltsam vor.

Freilich suchte Paula auch und trotzdem gute Seiten an »dem Buben«. Zum Beispiel sagte sie einmal: »Nach außen hin ist er so kalt und herzlos wie sein Vater. Aber weißt du, eigentlich ist er ganz anders. Ihr zwei habt es sicher auch nicht leicht miteinander.«

Lächelnd ignorierte Lisa das Angebot zur Konspiration.

Paula fuhr fort: »Ich habe mir dein Horoskop angesehen, mein Kind. Sonne in den Fischen – na ja. Der Mond auch in den Fischen. Das ist mehr als gefährlich, und dann noch die Waage im Aszendenten und eine starke Saturn-Stellung... du wirst ziemlich gebeutelt, mein Kind. Das Schicksal schenkt dir nichts. Man könnte fast glauben, du seist ein sanfter Engel und der Fügung ausgeliefert. Aber da ist ja Gott sei Dank der Mars im Stier, das gibt Stärke, Zähigkeit und Kraft, und die Venus – ja, die Venus im Widder! Das steht für Leidenschaften. Der Widder macht dich unbeherrscht und stimmungsunterworfen. In der Liebe, mein Kind, tust du, was du willst. Überhaupt gehst du mit dem Kopf durch die Wand, sobald dein Fische-Zögern anderen Aspekten unterworfen wird. Dann ist da der Merkur im Wassermann, im dritten Haus. Den hat Paul auch. Im Geistigen seid ihr

euch also verwandt. Wassermann-Denker, alle beide. Das gibt Horizont und geistige Weite. Bei Paul merkt man nicht soviel davon, da ist sein Steinbock davor. Und dann deine Sonne im fünften Haus... Abgründe tun sich bei dir auf, meine Liebe...«
Lisa lachte und sagte nichts dazu. Aber im Lauf der Zeit fand sich über Paulas okkultistische Neigungen auch ein anderes Thema als immer nur Paul. Sie legten gemeinsam Tarot-Karten, studierten Anleitungsbücher über das Handlesen und unterhielten sich über die spiritistischen Sitzungen, an denen Paula regelmäßig teilnahm, um Kontakt mit Verstorbenen aufzunehmen.
Paula war es auch, die Lisa wieder zum Lachen brachte.

Eines Abends, beim Essen, sagte Paul: »Diese elenden Radikalen. Du wirst sehen, die Fronten werden immer starrer. Links, rechts, eine außer Gefecht gesetzte Mitte... Man kann nur auf Stresemann hoffen. Und auf Holzgartner natürlich.«
Lisa zuckte zusammen.
Manchmal war es weit weg. Dann kam es plötzlich zurück, durch harmlose Sätze wie diesen.
Nachts geisterte Rudolf durch ihre Träume, doch tagsüber gelang es ihr, die Schatten zu verscheuchen. Sie beschäftigte sich, verlor sich in Zerstreuungen, floh vor kurz aufflackernden Erinnerungen zu Kaffeegesellschaften und Mode-Pläuschen, legte Patiencen, übersetzte aus dem Englischen, ergab sich der Kauflust, betrank sich und bummelte mit neu gewonnenen Freundinnen durch München.
Wenn sie durch die Isarauen spazierte und Kieselsteine ins Wasser warf, war ihr manchmal, als hörte sie die Reitach plätschern, und dann sah sie sich mit Rudolf im Gras liegen... Und wenn jemand den »Bayerischen Hof« erwähnte...
Kleinigkeiten! Deren gab es so viel!
Dennoch: Solange es hell war, hielt sie das Gleichgewicht. Manchmal war sie sogar richtig aufgekratzt und überlebhaft. Doch wehe, wenn es dunkelte. Sie fürchtete sich vor der Nacht. Die Nacht brachte jedesmal alles zurück.
Deshalb war sie inzwischen froh, den Abend verplant zu wissen. Konzentrationsübungen im Gespräch vermochten es, sie abzulenken. Gehörte der Abend ihr, zog sich Paul meistens ins Arbeitszimmer zurück, und sie bemühte sich krampfhaft, eine sinnvolle Beschäftigung zu finden. Das Alleinsein verführte sie jedoch dazu, sich gehenzulassen. Sie fühlte sich einsam, spürte ihre Narbe und wühlte in Vergangenem, das in einer Flut auf sie zurollte und alle Dämme mitriß. Gab sie sich nur im kleinsten nach, fiel sie in dieses ängstigen-

de, dunkle, heiße Loch, das dem Wahnsinn nicht weit entfernt lag. Es gab keine Dosierung, nur die Abwehr der finsteren Krähenflügel durch eine gehörige Menge Cognac.
Sonderbarerweise fühlte sie keinen Haß für Amalie. Ihr ganzer Haß konzentrierte sich auf Rudolf, den sie in Träumen quälte und folterte und schließlich sogar tötete. Wilde Phantasien spukten durch ihren Kopf. Gefesselt würde sie Rudolf an einen Stuhl binden und mit dem Messer in der Hand, Verwünschungen ausstoßend, um ihn herumgehen, alles aus sich herausschreien und ihn anklagen, ihm all das entgegenschleudern, was sie ihm aus Angst vor dem Verlassenwerden in den vergangenen sieben Jahren nicht zu sagen gewagt hatte... Er würde hören müssen, was für ein Spießerprinz und Narr er war! Einen jämmerlichen, in lebender Hülle toten Paragraphenreiter würde sie ihn heißen, weniger wert als der Schmutz unter ihren Nägeln... Und dann würde sie ihm langsam und sorgfältig die Kehle durchschneiden.
Wenn sie mit solchen Phantasien zu Ende war, fühlte sie sich ausgeleert, erschöpft und erledigt. Verwundert registrierte sie die eigene Grausamkeit, empfand aber keine Schuld. Das – das und nichts anderes, nur die Rache, nur der Tod! – konnte ihre Antwort auf Rudolfs Täuschung sein. Denn getäuscht hatte er sie! Nicht nur mit Eva Mansky, sondern mit jedem Wort und jeder Berührung und jedem Kuß! Dieser Judas! Dieser Verräter einer Leidenschaft!
Lisa sann ernsthaft über einen Mordversuch nach. In ihrem Kopf schmiedete sie Pläne. Ein Dolch? Eine Pistole? Oder besser Gift? Gift zu nehmen, verwarf sie. Sie war keine feige Giftmischerin, sie war eine rächende Erinnye. Daß es doch nicht dazu kam, lag anfangs in erster Linie an der Angst vor einem Fehlschlag. Noch einmal durfte sie vor Rudolf nicht versagen. Und schließlich meldete sich, wenn auch nur leise, die Stimme der Vernunft: Es gab ja Paul. Unmöglich konnte sie ihn zum Gatten einer Mörderin machen.
Doch dann wieder diese Abendstunden... Abends, wenn sie allein war, blieb sie auch allein mit ihrem Haß. Niemals vorher hatte sie ein stärkeres Gefühl empfunden. Dies war eine neue, eine abgrundtiefe, vorher nicht gekannte und alles andere fortreißende Leidenschaft.
Lisa, ihren Leidenschaften seit jeher ausgeliefert, setzte nichts dagegen. Sie ließ sich davon überspülen und drohte so manche Stunde darin unterzugehen.
Jetzt war sie eine Seelenverwandte Amalies. Jetzt wußte sie, was es hieß, zu hassen, selbstzerstörerisch und blind und ohne Gewalt über sich selbst.
Besser war es, wenn Paul bei ihr war. Seine bloße Gegenwart brachte

ein wenig Rationalität in ihre Gedanken. Fast war Paul der Wärter ihrer haltlosen Imagination.
Paul las sehr viel, nicht nur beruflich; er interessierte sich für Astronomie, für kosmische Zusammenhänge und infolgedessen auch für Philosophie und Sinnfragen. Seiner Meinung nach gab es jedoch keinen absoluten Sinn – so, wie Morell ihn predigte –, sondern nur den Sinn, den jeder Mensch sich selbst zu geben vermag. In mancher Hinsicht dachte er existenzialistisch.
Manchmal setzte er sich abends nicht in sein Arbeitszimmer, sondern blieb im Wohnzimmer, um sich in seine Lektüre zu versenken. Auch Lisa nahm dann meistens ein Buch zur Hand und fühlte sich aufgefangen. Am liebsten las sie Hermann Hesse. Hesse tröstete sie. Mit seiner Einsamkeit und seinem Tasten nach Sinn und Wahrheit stellte sie sich solidarisch. »Siddharta« hatte sie bereits dreimal gelesen und war dabei ruhiger geworden, eher geneigt, den Dingen mit einem gewissen Fatalismus gegenüberzustehen, der ihr sonst völlig abging. Wenn sie nicht las, lackierte sie sich vielleicht nur die Fingernägel, schrieb irgendwelche Gedanken auf, weil sie im Moment nicht malen konnte, aber ein großes Bedürfnis nach Ausdruck verspürte, oder legte Patiencen. Solange Paul im Raum blieb, fühlte sie sich nicht im Tiefsten bedroht. Ließ er sie dann allein, um noch zu arbeiten oder zu Max zu fahren, überkam Lisa wieder die große Verlorenheit. Sie sehnte sich nach Vinzenz. Vinzenz war tot. Und sie mußte leben.
Paul war ihr dabei durchaus eine Stütze. Er hatte unter anderem eine Liebe zur klassischen Musik und führte Lisa in Konzerte und Opern. Zu Hause legte er ab und zu Grammophonplatten auf, die aber leider von schlechter Qualität waren, was ihn immer ärgerte, ebenso wie die Radiomusik. Wenn Paul Musik hörte, wich das Wachsam-Helle, das Ironische, das Allzu-Bewußte aus seinem Gesicht. Am meisten liebte er Mozart und Haydn, aber auch Händel und Bach. – Wie konnte sich ein Mensch bei Bach entspannen? Lisa blieb das ein Rätsel. Sie wurde von Bach erregt und aufgewühlt. Doch ganz egal, welche Musik er wählte, immer schien Paul dabei etwas loszulassen und frei zu werden. Im Lauf der Zeit merkte Lisa, in welchen Stimmungen er welche Musik bevorzugte. Fühlte er sich ruhig und ausgeglichen, neigte er zu Mozart; war etwas in ihm verspannt, brauchte er Härte und Dissonanz, zog er Beethoven vor. Bach stand für Nachdenklichkeit und Verinnerlichung.
Lisa konnte Bach gar nicht hören. Seine Musik brachte sie zum Weinen. Manchmal ging sie sogar hinaus, wenn Paul Bach auflegte. Ihr wäre es unmöglich gewesen, die »Matthäuspassion« in einem Stück zu hören.

Eines Abends, als das Radio »Freude, schöner Götterfunke« spielte, bekam Lisa keine Luft mehr. Während Bach unerklärliche und unverständliche Erschütterungen in ihr auslöste, war Beethovens Leidenschaftlichkeit die ihre, brachliegend jetzt, vom Götterfunken unerreicht.
Lisa fing zu weinen an. Da Paul mit dem Rücken zu ihr saß, konnte er sie nicht sehen. Trotzdem drehte er sich zu ihr um. Schnell wandte Lisa ihr Gesicht ab.
Hin und wieder vertrieb Paul ihre depressive Stimmung, wenn er sich zu ihr setzte und mit ihr zu reden begann. Er zwang sie dann, sich auf ein Thema zu konzentrieren und nichts anderes im Kopf zu haben. Wollte sie neben ihm im Gespräch bestehen, mußte sie vollkommen konzentriert sein, denn Paul dachte sehr klar, sehr analytisch, logisch und geradlinig. Es gefiel ihm, Zusammenhänge zwischen Dingen herzustellen, die scheinbar nichts miteinander zu tun hatten, und daraus eine Weltanschauung zu bauen. Auch wenn er mit Lisa über Politisches sprach – ein Schreckthema, noch immer! –, über Kunst oder Bücher oder Malerei oder Naturwissenschaften, behielt er den Faden in der Hand und dachte in scharfen, klaren Konturen, während Lisa dazu neigte, alles im Nebel zu lassen und unklar zu definieren, weil es für sie selbst keine Klarheit hatte. Schwadenhaftes ließ er nicht gelten. So war sie gezwungen, ihren Gedanken Form zu geben. Das strengte an und forderte ihre ganze Person. Noch nie vorher war sie dermaßen streng dazu angehalten worden, ihre Gedanken zu disziplinieren und geradlinig weiterzuverfolgen, selbst dort noch, wo sie sonst aus Bequemlichkeit aufgehört hätte. Mit Paul gab es jedoch keine Oberflächlichkeit. Manchmal entfaltete er auch seinen trockenen Humor und brachte sie zum Lachen.
Lisa vergaß dann, daß da eine Frau war, die Eva Mansky hieß, und daß ihre rechte Wange entstellt war. Vor allem: Sie begann, sich für etwas außerhalb ihres eigenen Gedankenkreises zu interessieren, sie gab wieder Dingen Raum, die sie nicht unmittelbar angingen.
Das waren erste Zeichen. Ganz langsam und allmählich löste sie sich aus ihrer Unglücks-Fixierung.
Paul ging jetzt öfter mit ihr aus, meistens in Konzerte und Opernaufführungen oder auch mal zum Essen. An die Kehrseite wurde sie erinnert durch Briefe wie diesen: »Hallo, Frau Gregorian. Sind Sie vielleicht lesbisch?«
»Von wem kommen diese Zettel nur?« fragte sie Paul, als sie ihm das Blatt mit dem aus Zeitungsbuchstaben zusammengesetzten Text zeigte.
Paul zuckte mit den Achseln. »Keine Ahnung, wirklich.«

»Wie viele wissen denn von dir?«
»Außer früheren Freundinnen und früheren Liebhabern eigentlich niemand. Es braucht aber nur jemand davon gesprochen zu haben. Die Briefe können von ganz anderen Leuten stammen.«
»Wer es auch ist«, meinte Lisa. »Was will er bloß?«
Das wußte Paul auch nicht.
Die Abende, die er außer Haus verbrachte, waren doch ein wenig merkwürdig für Lisa. Je länger sie mit Paul verheiratet war, desto sonderbarer kam es ihr vor, allein zu sein. Sie schlief schlechter, wenn er nicht da war, und hörte manchmal sogar noch, wenn sein Wagen in den frühen Morgenstunden vorfuhr. Allein in dem großen Haus, nur weit oben in den Dachzimmern das Personal, fühlte sie sich noch immer ziemlich fremd und in der Größe der Räume verloren.
War Paul über Nacht nicht da, dachte Lisa: Jetzt ist er bei Max.
Natürlich kam Max auch ins Haus. Er kam sogar recht oft zum Abendessen, saß noch bei einem Glas Wein mit Lisa und Paul am Kamin, plauderte, führte mit Paul politische Arbeitsgespräche und wurde dabei oft sehr heftig, während Paul in ruhiger Beobachterhaltung blieb und seine kühle Distanz zum Thema nicht aufgab. Das machte Max rasend, und es konnte vorkommen, daß er in Streitlaune geriet. Paul verstand es aber meistens, die Situation aufzufangen. Er war diplomatischer.
Wenn das Zentrum erwähnt wurde, zuckte es in Lisa. Sie sagte aber nie etwas dazu. An sich war es angenehm, sich mit Max zu unterhalten. Er war immer sehr nett zu ihr, brachte ihr Blumen mit und schien die Nacht, als sie mit ihm hatte schlafen wollen, vergessen zu haben. Auch der Köchin brachte er meistens Blumen oder Konfekt mit und bescheinigte ihr, die beste Köchin der Welt zu sein. Kurz: Er war ein gerngesehener Gast.
Die Besuche von Max konnten wie reine Freundschaftsbesuche bei einem gut bekannten Ehepaar aussehen. Lisa hätte am Anfang fast vergessen, daß zwischen Paul und Max etwas Besonderes war. Mit der Zeit aber, nachdem Lisa für Max sozusagen zum Inventar gehörte, färbte seine besondere Beziehung zu Paul durch. Auch Paul wurde Max gegenüber lockerer. Es zeigte sich offensichtlich: Eine reine Männerfreundschaft war das nicht. Saß man zu dritt im Wohnzimmer oder draußen auf der Veranda, schwang etwas anderes mit. Auch Außenstehende hätten dann wohl gemerkt, daß etwas nicht »stimmte«.
Wenn es auch nie zu eindeutigen Zärtlichkeiten zwischen Paul und Max kam, waren jene Berührungen, die bei anderen Männern kameradschaftlich-kumpelhaft gewirkt hätten, zwischen ihnen doch

amourös gefärbt. Wenn Paul wie zufällig im Vorbeigehen Max' Arm berührte oder in der Absicht, ihn auf etwas aufmerksam zu machen, nach seinem Gelenk faßte, hatte diese Bewegung auf einmal etwas Zweideutiges, das eigentlich eindeutig war. Auch das an sich männliche Sich-auf-die-Schulter-Klopfen, wenn man sich über etwas besonders freut, sah bei Paul und Max in entspannter Atmosphäre – nie in der Öffentlichkeit! – anders aus, bewußter, weicher, mehrsagender. Lisa kam es dann vor, als bliebe Max' Hand länger als nötig auf Pauls Schulter liegen, und eine eigentümliche, spürbare Körperlichkeit war im Raum. Ein Anflug von Sinnlichkeit schlich sich ein, wenn Max' Hand dann um eine Spur zu langsam über Pauls Schulter glitt.

In Lisas Gegenwart mußte sich keiner der beiden Zwang antun. Sie war eingeweiht und somit ein Teil des Spiels. Anfangs fragte sie sich, wie weit die Ungehemmtheit eskalieren und sie Zeugin einer homosexuellen Beziehung werden würde. Bei dieser Überlegung empfand sie manchmal eine ganz lüsterne Neugier, einen Schuß Voyeurismus, aber auch etwas wie Angst.

Dort, wo sie früher gewohnt hatte, in »Rudolfs Haus«, hatte sie eine Zeitlang zwei Homosexuelle beherbergt, und auch früher, in ihrer eigentlichen Bohèmezeit, war sie »solchen Leuten« begegnet. Man hatte ihnen ihr Anderssein angesehen, sie hatten sich nicht benommen wie Männer, waren im Auftreten und in ihren Bewegungen femininer gewesen und, als Pärchen, zärtlicher miteinander umgegangen. Oft hatte der eine über den anderen dominiert.

Bei Max und Paul schien das alles anders zu sein. Nach außen hin wirkten sie durchaus männlich. Sie hatten auch nicht diese zärtliche, verspielte Körperverliebtheit, die Lisa an anderen Homosexuellen feststellte. Alles fand viel unterschwelliger statt. Mit anderen Männern gingen sie um, wie man es von einem Mann erwartet, und auch Frauen gegenüber benahmen sie sich zuvorkommend und charmant und wurden nie tuntenhaft. Es schien auch keiner von beiden auf einen weiblichen Part festgelegt.

Zwar war Max gefühlsbetonter, impulsiver und auf seine unbekümmerte Art offener und charmanter als Paul, hatte auch, bei genauem Hinsehen, tänzerisch-anmutige, harmonische Bewegungen, doch all das deklarierte ihn noch lange nicht zum Angehörigen des anderen Ufers. Ein tuntiger Liebhaber hätte gar nicht zu Paul gepaßt. Es paßte allerdings zu ihm, mit Männern zu schlafen, wie Lisa im Lauf der Zeit zu erkennen glaubte.

Lange Zeit hatte Lisa nicht das leiseste Interesse für Pauls Beziehung zu Max. Das ging sie nichts an. Das war ihr einerlei. Sie hatte eigene Sorgen. Irgendwann jedoch wurde sie neugierig. Wie das wohl war:

Paul und Max in einem Bett? Sich über Paul erotische Vorstellungen zu machen kam ihr schon ein bißchen eigenartig vor. Noch dazu solche Vorstellungen. Da war ein gewisser Reiz dabei, der Reiz alles Fremden, nicht Nachzuvollziehenden.
Eines Abends, als Lisa mit Paul allein zu Abend aß, fragte sie ihn: »Stört es dich eigentlich, wenn Max da ist und ich mit euch zusammensitze?«
»Wieso denn? Keineswegs.«
»Ihr seid doch dann anders miteinander... Ihr müßt euch doch immer mehr oder weniger verstellen, wenn ihr nicht allein seid. Ist dir das nicht lästig?«
Paul lachte, vor allem über die Zaghaftigkeit in ihrem Ton, die preisgab, daß sie doch ein wenig Hemmungen vor diesem Thema hatte. Mit flüchtiger Zärtlichkeit strich er ihr über den Handrücken und schüttelte den Kopf.
»Wenn du störst, gibt es immerhin die Möglichkeit, daß wir uns ins Arbeitszimmer zurückziehen.«
Lisa nickte. Manchmal ging Paul mit Max ins Arbeitszimmer. Meistens gab er vor, Max etwas zeigen zu wollen, oder schob sonst einen Anlaß vor. Wenn sich die Tür hinter ihnen schloß, blieb Lisa draußen. Das Arbeitszimmer blieb für sie verbotenes Terrain.
Ins Schlafzimmer hatte Paul Max allerdings noch nie geführt. Vermutlich schliefen sie nur in Max' Wohnung miteinander. Max lebte allein in einer stets unaufgeräumten Junggesellenbude, wie Paul Lisa einmal erzählte. Paul ließ belustigt fallen, daß er es in »dem Saustall« nicht lange aushalte. »Aber Max«, so Paul, »braucht das Chaos existentiell, zumindest in seinen vier Wänden.« Jene chaotischen vier Wände dienten offenbar als Liebeslager. Lisa fand diese Regelung in Sachen Sex sehr diskret. Eigentlich war ihr so ein Arrangement ganz recht. Sonderbar wäre es ihr vorgekommen, wenn sie im Bett lag, Paul nebenan mit Max zu wissen – oder vielleicht gar noch zu hören! Das Doppelbett in Pauls Schlafzimmer war Tarnung fürs Personal oder aber ein Relikt aus früherer Zeit.
Paul blieb, wie es seiner Natur entsprach, im Ausdruck seiner Zuneigung dezent und zurückhaltend. Es gab jedoch keine Geheimnistuerei. Lisa erhielt Antwort auf ihre Fragen. Max ging ganz selbstverständlich bei den Gregorians ein und aus.

Was die Leute dachten, glaubte Lisa zu wissen: Man fragte sich, wie Paul Gregorian ausgerechnet sie hatte heiraten wollen. Katja Vermeulen war doch eine junge, hübsche Person...
Freilich kam sich Lisa entstellter vor, als sie wirklich war. Die Narbe

war für jeden sichtbar, begann aber bereits zu verblassen. Die roten Ränder verschwanden. Nur die wie aufgequollen aussehenden kleinen Wülste blieben. Nachdem die entzündlichen Stellen abgeheilt waren, sah ihre rechte Wange aus, als wären Aknenarben übriggeblieben. Mit Schminke ließ sich einiges vertuschen.
Die Ärzte rieten von einer Hautverpflanzung ab, da mit weitaus schlimmeren Entstellungen zu rechnen war. In dieser Hinsicht kannte die Medizin noch Grenzen. Lisa mußte sich an ihr neues Gesicht gewöhnen.
Sie sah davon ab, Amalie anzuzeigen. Nicht Rücksicht – schon gar nicht Rücksicht auf Rudolf – gab den Ausschlag, sondern Pauls Rat, sich selbst zu schonen. Paul meinte, sie solle alte Wunden nicht wieder aufreißen. Damit hatte er sicher recht. Sie hatte jetzt nicht die Kraft, die ganze Geschichte wieder aufzurollen und einen Prozeß durchzustehen. Eine Zeitlang erschien ihr der Gedanke, Rudolf den Wölfen zum Fraß vorzuwerfen, äußerst verlockend. Wieder gab es Bilder dazu in ihrem Kopf. Ja, sie hätte ihn gern vernichtet gesehen. Doch andrerseits hatte Rudolf recht: Sie würde sich selbst schaden, wenn sie alles aufdeckte. Auf Inzest stand nicht nur moralische Ächtung, sondern auch Freiheitsstrafe. Das alles durfte sie Paul nicht zumuten. Wenn sie das Inzestverhältnis aber verschwieg, wäre alles unglaubhaft erschienen.
Rudolf hatte sie wie einen nassen Koffer in die Ecke gestellt, aber er sollte nicht glauben, daß sie darunter litt! Er sollte denken, daß sie jetzt glücklich verheiratet war und ihn zu den Akten, Rubrik Irrtum, gelegt hatte.
Rudolf hatte sie mehr gekostet als ihr Gesicht. Doch das Gesicht allein war ihr lange Zeit Folter genug. Es war hart für Lisa, auf einer Gesellschaft von all den hübschen jungen Dingern ausgestochen zu werden, die alle nichts Besonderes verhießen, aber eine pfirsichglatte Haut hatten.
Auch gegen die grauen Fäden in ihrem Haar unternahm Lisa nichts. Wozu auch? Vorbei war es mit der Schönheit.
Fast ein halbes Jahr dauerte es, bis sie zu ihrer früheren »Jetzt erst recht«-Einstellung zurückgefunden hatte. Dann trieb es sie an die Staffelei. Oder besser: Sie trieb sich. Es war eine Willensanstrengung. Immer hatte sie sich viel eher treiben lassen und den Gefühlen des Augenblicks nachgegeben. Diesmal zwang sie sich, weil ihr keine Wahl blieb.
Paul hatte ihr angeboten, für einen seiner Stammautoren ein Aphorismen-Bändchen zu illustrieren. Sie nahm an. Zwar hatte sie nicht viel Lust, »Demaskierung der Frauen« zu bebildern, denn sie hatte ja mit

dem Thema sowie dem Autor nicht das geringste zu tun, aber es lenkte sie ab und führte sie langsam in die Materie zurück. Bald darauf stand sie wieder vor der Leinwand. Sie fing wieder an, mit dem Kohlestift zu experimentieren. Zaghafte, fremde Striche. Nichts im Sinn, nur ein wenig Spielerei. Plötzlich nahmen die Striche Formen an, fügten sich zu einem Ganzen.

Wieder setzte eine für Lisa typische Phase der Besessenheit ein. Sie arbeitete von morgens bis abends und war bis tief in die Nacht hinein bei der Sache, auch wenn sie kaum noch genügend Licht hatte. Schrecklich war es und schön zugleich. Es tat weh und befreite.

In dieser Zeit empfing sie nicht einmal Pauls Mutter. Sie wollte nur malen. Der Rest der Welt verlor an Konturen.

Als Max sie einmal besuchen kam, fand er sie in einem der ehemaligen, jetzt zu einem Atelier umgestalteten Gästezimmer wieder, dem lichtesten Raum im Obergeschoß, wo sich jetzt die Bilder drängten.

»Soll das die Hölle sein?« fragte er mit einem Blick auf ihre neueste Arbeit, die aber noch nicht ganz fertig war.

»Sieht so aus, ja«, gab Lisa zurück und lachte die Ernsthaftigkeit aus sich selbst und aus dem Bild hinweg. Was man in zufällig hingeworfene Striche alles hineininterpretieren konnte! Zufällig? Vielleicht gab es keinen Zufall. Vielleicht mußte das da die Hölle sein. Komisch – eine kaltblaue Hölle.

»Man könnte Angst bekommen«, meinte Max, der von einiger Entfernung das blau-schwarze Chaos betrachtete, das eigentlich, wie einst ihre sandfarbenen Landschaften, nichts Bestimmtes darstellte.

»Vor dem Bild oder vor mir?«

Max schien zu schmunzeln und betrachtete weiterhin das Bild. Obwohl kalte Töne vorherrschten, schien es unter der Oberfläche zu brodeln; das Bild schien den Augenblick kurz vor dem Ausbruch festzuhalten.

»Manchmal hat man den Eindruck, du setzt fort, was Wassilijew nicht zu Ende führen konnte«, meinte Max nachdenklich. »Ich habe inzwischen einige seiner Arbeiten gesehen. Sie scheinen etwas sagen zu wollen, sind aber nur hilflos oder manchmal zornig geöffnete Hände – Fragen. Schade.«

»Was – was ist schade?«

»Daß er nicht weitergekommen ist. Manche Leute scheinen vor ihrer Zeit abzutreten.«

»Ist er tot?«

»Das weißt du nicht? Vor ein paar Jahren soll er in Ungarn gestorben sein. Kürzlich stand ein Nachruf in der Zeitung. Man wird ihn schon noch entdecken.«

Lisa nickte.

So war er also tot, der Genius der Zerstörung. Härter als beabsichtigt sagte sie: »Ich kann nichts fortführen, was er angefangen hat, weil ich ihn noch nicht erreicht habe. Ich will nicht sein Werk zu meinem eigenen machen.«

»Du weißt aber, daß du Ähnlichkeit im Ausdruck mit ihm hast. Er blieb bis zum Schluß konkreter, aber...«

»Er war besser!« Das klang ärgerlich. »Hört doch endlich auf, mich ständig mit ihm zu vergleichen! Mein Leben hat nicht aus Wassilijew bestanden!«

Trotzdem stimmte es: Noch immer war sie nicht ganz frei von seinem Einfluß. Und das nach all der Zeit.

Heute erst schien sie zu verstehen, was Fedor mit seinen Bildern wirklich gemeint hatte. Früher hatte seine Art zu malen sie einfach abgestoßen und auch ein bißchen fasziniert. Eines Tages hatte die Faszination über den Abscheu gesiegt. Ganz langsam hatte sich Lisa seiner Art des Begreifens und Auffassens genähert und war ihm dadurch künstlerisch verwandt geworden. Im Kopf verstand sie ihn immer noch nicht, aber hatte Fedor sich verstanden? Um ihn zu verstehen, hätte sie außerdem sich selbst begreifen müssen, und davon war sie noch ein gutes Stück entfernt. Vom Gefühl her war sie allerdings soweit, Fedor zu erkennen. Seltsam: Sie wußte gar nichts von ihm. Als sie ihn kennengelernt hatte, war er so alt gewesen wie sie heute, älter vielleicht sogar. Über seine Vergangenheit wußte sie nichts, und über seine damalige Gegenwart hatte sie auch nur das Sichtbare und das Fühlbare erfahren. Und jetzt war er tot. Würde sein Weg der ihre sein? Nein! Nein und nochmals nein! Mit absoluter Sicherheit war ihr heute klar: Fedor mußte unglücklich gewesen sein, und das hatte ihn hart und zynisch gemacht. Er hatte sich vollständig in sich selbst vergraben und nichts und niemanden an sich herangelassen. So mochte er auch gestorben sein: in selbstgewählter und dennoch unfreiwilliger, sarkastisch verbrämter Einsamkeit.

Das Gesellschaftsleben der Gregorians weitete sich aus. Wenn Paul Lisa fragte, ob sie ausgehen wolle, sagte sie immer ja. Ende September überredete Lisa Paul und Max dazu, mit ihr in den »Nußknacker« zu gehen. Max hatte für Ballett sowie für Musik nicht sonderlich viel übrig, schloß sich aber an.

Lisa hatte an diesem Abend das Gefühl, als stehe eine unsichtbare Wand zwischen Paul und Max. Dies wurde besonders in der Pause deutlich, als man an der Sektbar zusammenstand, Bekannte begrüßte und sich Höflichkeiten sagte. Max sah Paul kein einziges Mal an und

beantwortete dessen Fragen sehr knapp. Lisa dagegen behandelte er äußerst zuvorkommend, reichte ihr ein Glas Sekt, holte ihren Schal und machte ihr Komplimente.
Nach der Aufführung fuhr Max nicht mehr mit zu den Gregorians. Er gab vor, sehr müde zu sein, und rief ein Taxi.
Auf der Heimfahrt sprach Lisa von der Vorstellung und der Leistung der Tänzer, merkte aber, daß Paul den »Nußknacker« bereits vergessen hatte.
Zu Hause angekommen, genehmigte er sich gleich einen Martini. Lisa hatte das Tischlämpchen angeknipst und setzte sich aufs Sofa. Nachdenklich betrachtete sie Paul, der mit dem Rücken zu ihr an der Hausbar stand und offensichtlich nicht bester Stimmung war.
Sie bat ihn, die Verandatür zu öffnen, um die weiche Herbstluft hereinzulassen, und ließ sich von ihm ebenfalls einen Martini bringen. Eine Weile kämpfte sie mit sich. Sollte sie nachfragen?
»Hat es zwischen dir und Max etwas gegeben?«
»Was sollte es gegeben haben?«
Die Nachtluft kam kühl herein und roch angenehm melancholisch nach welkenden Blättern und Nebelfeuchtigkeit. Lisa nippte an ihrem Martini. Als Paul schwieg, lenkte sie ein: »Entschuldige. Ich bin zu neugierig.«
Paul schüttelte den Kopf und setzte sich dann in einen Sessel.
»Wir hatten eine Auseinandersetzung. Nichts Ernstes. Ich riet ihm zu einer Scheinfreundin, und er warf mir Egozentrik vor.«
»Egozentrik?«
»Er fühlt sich bevormundet. In mancher Hinsicht fehlt ihm einfach das Bewußtsein für die Realitäten.«
Das klang etwas überheblich. Er setzte noch dazu: »Außerdem ist er der Meinung, ich hätte ein zwanghaftes Absicherungsbedürfnis und er wolle nicht das Opfer meiner Zwangsneurosen werden.«
»Hat er denn recht? Bist du übertrieben besorgt?«
»Vielleicht. Ich weiß nicht. Aber schau dir doch die Pamphlete an, die bei uns im Briefkasten landen. Man sieht mich mit Max.«
»Das ist ja nicht verboten.«
»Nein, das nicht.«
»Etwas anderes kann man dir nie beweisen.«
»Ach, weißt du, Max findet unser Versteckspiel unwürdig. Ich kenne das. Ich verstehe es auch.«
Lisa nickte. »Ja, ich auch. Ich war auch sieben Jahre lang eine ›heimliche‹ Geliebte. Das ist Raubbau.«
Paul lächelte. »Willst du Max in Schutz nehmen? Das brauchst du nicht. Ich muß mich genauso arrangieren wie er.«

»Du tust dich leichter. Du bist anders.«
Wieder lächelte er. »So, anders bin ich. Wie anders denn?«
Jetzt stand er wieder auf, um die Verandatür zu schließen. Es war kalt geworden im Zimmer.
»Nicht so – nicht so exhibitionistisch wie andere Leute. Ich finde, es gehört schon ein Schuß Exhibitionismus zu dem Bedürfnis, sich mit den Menschen, die man mag, zu zeigen. Es hat etwas Demonstratives. ›Seht her, das ist meine Frau!‹ oder ›Seht her, das ist mein Liebhaber.‹ Du lebst viel mehr im stillen als Max. Max ist so lebhaft, so sprudelnd. Da fällt es schwer, mit einer Sache hinterm Berg zu halten. Da will alles raus.«
»Du mußt das ja wissen.«
»Warum?«
»Was du von Max gesagt hast, trifft auch auf dich zu. Lebhaft und sprudelnd.« Er schien amüsiert.
»Ach geh!« Schnell ging sie darüber hinweg: »Ich wollte dir ja bloß sagen, daß Max ein mehr nach außen gewandtes Temperament hat und gerade einen für ihn besonders wichtigen Punkt seines Lebens verheimlichen muß.«
»Sieben Jahre«, sagte Paul plötzlich, als sei er noch bei einer anderen Stelle des Gesprächs. Neugierig betrachtete er Lisa. »Warum eigentlich heimlich? Du hattest Heimlichkeiten doch nie nötig.«
Lisa spielte mit ihrem Glas. Wieso sollte sie es ihm nicht sagen?
»Du weißt doch, daß Rudolf Holzgartner mein Bruder ist. Er war auch mein Liebhaber.«
Paul zog eine Braue hoch. Er sagte nichts.
»Genau gesagt ist er mein Halbbruder«, fügte Lisa langsam hinzu. »Aber das reicht wohl, um Heimlichkeiten haben zu müssen, oder?«
»Scheint mir auch so.« Paul nickte. Es sah aus, als sei er neugierig geworden.
»Insgesamt«, meinte Lisa, »ist die ganze Geschichte ein schlechter Roman – zu schlecht, um vom Gregorian-Verlag herausgebracht zu werden.« Sie lachte. »Aber das erklärt dir wohl auch, weshalb ich keine Kontakte zu meiner ›Familie‹ habe. Außer Rudolf sind meine Halbgeschwister tot, mein Vater ebenso. Meine Mutter starb bei meiner Geburt. Sie war die Geliebte meines Vaters, ›a solchene‹, wie man in München sagt. Mein Vater hat seine Frau mit mir bestraft. Komplizierte Verhältnisse. Aber weißt du, meinen Vater habe ich geliebt. Ich vermisse ihn heute noch manchmal. Eigentlich habe ich ihn immer vermißt. Ich hatte nicht viel von ihm. Aber wenn wir zusammen waren, wußte ich, daß ich sein Liebling bin. Das hat mich immer entschädigt. Nicht einmal Rudolf hat er so geliebt wie mich... Ich habe Rudolf nicht eben gemocht, als ich ein Kind war.«

»Seid ihr denn zusammen aufgewachsen?«
»Nein. Nein, nein. Wir sahen uns halt in den Sommermonaten, wenn Vater mich nach Reitenau holte. Das war unser Gut. Jetzt gehört es Rudolf. Er hat's verpachtet. Ich erfuhr ja auch erst, als ich nahezu erwachsen war, daß ›Onkel Vinzenz‹ mein Vater ist. Es war kein richtiges Familienleben. Nur Ferienglück. Ich bin im Waisenhaus groß geworden. Komischerweise habe ich daran kaum noch eine Erinnerung, aber an die Ferien erinnere ich mich noch ganz genau. An alle.«
Wieder war es eine Weile still. Dann sagte Paul: »Darum wolltest du nie über Rudolf Holzgartner reden.«
»Ich will jetzt auch nicht über ihn reden. Er gehört nicht mehr in mein Leben. Er hat mich genug Jahre gekostet.«

Paul ließ in dieser Nacht zum erstenmal die Zwischentür zu ihrem Schlafzimmer offen. Lisa hörte, wie er ihr eine gute Nacht wünschte. Von nun an bürgerte es sich ein, daß die Tür offenblieb. Nur wenn Paul zu Max fuhr, lag die Tür im Schloß, denn von Max kam er meistens recht spät zurück. Er wollte Lisa nicht wecken. War er da, kam es vor, daß sie sich von Bett zu Bett miteinander unterhielten.
Lisas Beziehung zu Paul veränderte sich. Herr Gregorian wurde langsam zu dem Mann, mit dem sie zusammenlebte. Ihr Umgangston verlor die Förmlichkeit, die Gespräche machten nicht mehr an lange Unaussprechlichem halt, die Badezimmertüren blieben unverriegelt. Paul wurde für Lisa der Bruder, der ihr Rudolf nicht hatte sein können. Zwar wahrten sie weiterhin eine gewisse Distanz, trotzdem hatte Lisa immer häufiger den Gedanken: Das muß ich Paul erzählen!
Als er nach längerer Zeit wieder eine Nacht bei Max verbrachte – sicher hatten sich die beiden versöhnt –, fühlte Lisa sich nicht wohl, war unruhig und fand keinen Schlaf. Nach einer Weile stand sie auf, ging zu Pauls Zimmer hinüber, machte Licht und stand eine Zeitlang gegen den Türrahmen gelehnt und überblickte den Raum.
Wie alle Zimmer im Haus wurde besonders Pauls Schlafzimmer von zurückhaltender, schlichter, unterkühlter, nahezu strenger Eleganz geprägt.
Dieses stilvoll-klassische Understatement stand in Kontrast zu Lisas wesentlich verspielterem Ambiente, dem Himmelbett mit den Seidenvorhängen und der orientalischen Note durch die japanischen Schränkchen und Accessoirs, die Lisa von »zu Hause« mitgebracht hatte. Bei Paul war alles ausgesucht, aber einfach, es stand so gut wie kein Zierat herum, dafür gab es viel Grün, Farne und Rhododendronstöcke, und erdhafte Brauntöne herrschten vor. Auf Überflüssiges und lebhafte Farbgebung schien bewußt verzichtet. Selbst der beigefarbene

Teppich war kaum gemustert. Die impressionistischen Wandbilder spiegelten dezente Ahnungen einer nicht vorhandenen Üppigkeit. Es fanden sich außerdem zwei Reihen Bücher im Regal. Lisa blieb an der Tür stehen und trat nicht ein. Das Zimmer gab Paul wieder. Alles war klar, geordnet und streng, aber nicht kalt.
Lag er jetzt mit Max im Bett? Noch immer war das eine sonderbare Vorstellung für Lisa. Heute beschäftigte sie sich allerdings nicht länger mit dieser Frage, sondern kehrte in ihr Bett zurück, wo sie bald darauf einschlief. Sie hörte Paul nicht mehr kommen.
Ohne zu wissen, was für einem Impuls sie folgte, nahm sie in den folgenden Tagen alle Einladungen zum Kaffee oder zum Tee an, war einmal hier und einmal dort, lud einen Kreis von Damen aus Pauls Umfeld zum Cocktail ein und überfüllte ihre Zeit mit Unternehmungen.
Erstaunt fragte Paul: »Was, du warst wieder bei Edens?«
»Ja. War ich.«
»Ich dachte immer, du könntest Renate nicht leiden.«
»Stimmt. Wir sind recht ironisch miteinander.«
»Soso.«
Lisas Brauen zuckten überrascht. »Mein Vater hatte auch immer diesen Ton, wenn er sich amüsierte oder verwundert war. – Bist du jetzt amüsiert oder verwundert?«
»Beides, du Salonlöwin.«
»Wieso denn?«
»Weil ich deine Unberechenbarkeit noch nicht ganz durchschaue.«
Dann stand er auch schon auf, um ins Büro zu fahren.
Und Lisa ging zu Edens, zu Leipheims, zu Reitkinds, zu Vosgeraus, zu Neuländers... Es verlangte sie nach Menschen, nach Gesellschaft, nach Klatsch. Mit Annette Vosgerau, einer etwas kapriziösen Dame mit viel Zeit und Langeweile, freundete sie sich ein bißchen an, telefonierte nach dem Frühstück mit ihr, ging mit ihr bummeln, saß mit ihr in Cafés, sprach mit ihr über Mode und Make-up-Farben und verlor sich dabei in wohltuenden Nichtigkeiten.
Während eines der vielen Einkaufsspaziergänge, die Lisa mit Netty unternahm, verliebte sie sich in ein Kleid, das sie dann auch unbedingt haben wollte. Allerdings war es zu klein und zu eng und kniff.
Netty meinte: »Na, mit Konfektion ist es halt schwierig...«
Da beschloß Lisa, jetzt endlich etwas für ihre Figur zu tun. Eine Diät war angesagt! Die »gute« Gesichtshälfte dem Spiegel zugewandt, unterzog sie sich einer strengen Selbstkritik. Was für Hüften, was für eine Taille! So dick war sie ja nicht einmal in der Zeit nach Franziskas Geburt gewesen! Und dieser Hintern! Das Rennpferd von einst war

auf dem besten Wege, sich in ein Bräuroß zu verwandeln. Nackt sah sie sich schon lange nicht mehr an. Da war ein Ansatz von Orangenhaut an den Oberschenkeln und wahre Speckwülste... So ging's nicht weiter. Wieso war sie auch so verrückt nach Konfekt, Torten, Likör und Naschereien aller Art?
Schluß damit!
Paul war einigermaßen überrascht, als er sie beim Abendessen vor einer Schüssel Salat sitzen sah.
»Hast du etwas Bestimmtes vor?« erkundigte er sich belustigt.
»Ich habe es satt, mir von Netty durch die Blume sagen zu lassen, ich sei eine Walküre. Sie kann ja auch anziehen, was sie will. Ihr paßt alles.«
»Und jetzt hast du Vorsätze?«
»Riesige. Zwölf Pfund müssen runter – mindestens.«
»Gut.«
Lisa biß sich auf die Lippe. Unsicher sah sie Paul an.
»Bin ich wirklich so dick?« fragte sie zaghaft.
Da lachte Paul. »Sagen wir, du bist nicht dünn. Aber mit Netty solltest du dich trotzdem nicht vergleichen. Es würde dir nicht stehen, so schmal zu sein wie sie. Du bist ein ganz anderer Typ, gar nicht androgyn. Auch vor dem Krieg warst du, wenn ich mich recht erinnere, gut beieinander.«
»Gar nicht wahr.«
»O doch. Als du für mich übersetzt hast, warst du auch kein Strich. Nur im Krieg warst du sehr schlank, aber das hat dir nicht gestanden. Im Moment kann dir eine Diät allerdings nicht schaden.«
Schweigend stocherte Lisa in ihren Salatblättern herum.
»Bist du jetzt gekränkt, Lil?«
Sie schwieg. Gegen Kritik war sie immer empfindlich gewesen, zumal wenn es um ihr Äußeres ging.
»Aber Lil!« Paul lachte weich. »Von mir aus brauchst du ja keineswegs beim Salat zu bleiben. Hast du dich nicht von allein dazu entschlossen?«
Lisa nickte, zwang sich zu einem Lächeln und warf einen Blick auf die Kroketten auf seinem Teller. – Da sprach ja auch ein Mensch, der nichts wußte vom Kampf gegen die Pfunde. Paul hatte in keiner Hinsicht ihren Hang zum Übermaß. Nur selten ließ er nichts auf dem Teller zurück.
Schließlich mußte sie lachen. Und dann erzählte ihr Paul, daß er zwei Wochen verreisen werde.
»Geschäftlich?« fragte sie und erfuhr, daß er zu einer Messe fahre und danach mit Max ins Gebirge.

»Immerhin ist es schon Oktober«, meinte er. »Wenn wir nicht bald fahren, wird es zu kalt.«
»Die Krise ist also überwunden?« fragte Lisa.
»Welche Krise?«
»Na, ihr hattet doch eine ganze Weile Meinungsverschiedenheiten.«
»Richtig. Die Wogen haben sich allerdings wieder geglättet.«
»Wieso kommt Max dann so selten? – Hab' ich was Falsches gesagt?«
Paul schmunzelte amüsiert und trank dann einen Schluck vom Chablis. Nicht ohne sanfte Ironie erklärte er ihr: »Mir scheint, Max ist ein bißchen eifersüchtig.«
»Auf wen?«
»Auf dich natürlich.«
»Auf mich?«
»Ja.«
»Oh.«
»Ich habe vorher nie mit einer Frau gelebt. Max glaubt auf einmal, das würde alles ändern – oder habe schon einiges geändert. Er sagt, er ›fühlt‹ es.«
»Und auf solche ›Gefühle‹ gibst du natürlich nichts?«
Paul lachte und schaute sie neugierig an. Ruhig faltete er seine Serviette zusammen.
»Ja, da bist du wie er. Sag du mir, was ich gegen seine fehlgeleiteten Gefühle tun soll. Erklärungen fruchten nichts. Was ich ihm zu erläutern versuche, glaubt er im Kopf, aber seine Empfindungen glauben es nicht. Max verläßt sich zu sehr auf seine Intuition, die allerdings oft übers Ziel hinausschießt.«
»So«, erwiderte Lisa bloß und sah Paul nicht an, obwohl sie seinen prüfenden Blick spürte. Auf einmal war sie verstimmt.
Ehe er aufstand, strich er ihr mit einer angedeuteten Zärtlichkeit über den Handrücken, wie er es manchmal tat, wenn er eine ihrer Stimmungen wegwischen wollte.
Allein blieb Lisa vor ihrer Salatschüssel sitzen. Ein wildes Hungergefühl bemächtigte sich ihrer. Es roch noch nach Rahmsauce. Lisa schaute sehnsüchtig auf die beiden Kroketten, die Paul auf dem Teller zurückgelassen hatte. Ehe sie sich vergessen konnte, kam jedoch das Mädchen, um abzuräumen. Den ganzen Abend blieb Lisa versucht, sich an Schokolade oder Marzipan zu vergreifen, doch ehe sie sich in ihrer Genußsucht verlor, stellte sie sich immer vor den Spiegel und schüttelte energisch den Kopf.
Als sie spätabends zu Bett ging, war sie dementsprechend gereizt. Zwei Tage später brach Paul nach Weimar auf.

Pauls Rückkehr stand bevor. Noch am selben Tag kaufte sie sich ein cremefarbenes Satinkleid, das sie sehr schlank erscheinen ließ, und betrachtete sich lange im Spiegel. Fast war sie nervös. Ob Paul merken würde, wieviel sie abgenommen hatte? Sie hatte die Narbe mit Make-up übermalt, und wenn sie vier Schritte vom Spiegel zurücktrat, fiel sie gar nicht mehr so sehr auf.
Paul kam mit Max. Beide sahen braungebrannt und gutgelaunt aus.
»Die Oktobersonne muß es ja in sich haben«, meinte Lisa. Max nahm sie bei den Schultern, drehte sie herum und bescheinigte ihr laut und heiter: »Gut siehst du aus! Das Kleid steht dir fabelhaft!«
Paul nickte zustimmend und schmunzelte in sich hinein.
Zu dritt aßen sie zu Abend. Lisa sündigte, da der Rehrücken sehr verlockend duftete, und ließ sich anschließend noch zu einem Glas Wein hinreißen. Paul hatte sich behaglich zurückgelehnt und sah erholt und entspannt aus.
Max erzählte farbenprächtig von einer anstrengenden Klettertour, während Paul meinte, es sei eigentlich nur eine lange Wanderung gewesen. Max war witzig und schlagfertig, und Lisa lachte viel. Ehe Max ging, küßte er sie auf die Stirn und lächelte sie an wie lange nicht mehr. Paul begleitete ihn schließlich zur Tür.
Eigentlich hatte Lisa gehofft, noch ein bißchen mit Paul im Wohnzimmer sitzen und plaudern zu können, aber als er zurückkam, sagte er: »Ich bin schrecklich müde, Lil. Ich geh' schlafen. Auch du siehst müde aus.«
Sie nickte, ließ ihn aber vorausgehen.
Müde war sie nicht. Keineswegs. Auf einmal fühlte sie sich merkwürdig allein. Dabei war doch gar nichts passiert – oder? Paul war wieder da. Darauf hatte sie sich doch gefreut! Und mit Max hatte sie noch vor einer halben Stunde Tränen gelacht!
Lange blieb sie im Wohnzimmer sitzen. Sie trank noch ein Glas Wein und überließ sich ihrer Traurigkeit. Schließlich gab sie sich einen Ruck und ging nach oben. Es kam ihr vor, als wäre Paul gar nicht zurückgekommen.
In der Hoffnung, das heiße Wasser würde sie einlullen, nahm sie noch ein Bad, doch heute nützte der alte Trick wenig. Also duschte sie sich kalt ab und warf danach, als sie sich das Haar bürstete, einen flüchtigen Blick in den Spiegel. Heute war wieder so ein Tag. Heute erschrak sie wieder über die Narbe und die vielen grauen Haare.
Schnell wandte sie sich ab, schlüpfte ins Nachthemd und huschte, ohne Licht zu machen, ins Schlafzimmer hinüber. Sie war ganz leise, denn vermutlich schlief Paul schon. Die Tür zu seinem Zimmer stand offen. Sie konnte ihn atmen hören.

Eine Raum und Zeit niederreißende Einsamkeit fiel über Lisa her. Abrupt steigerte sich ihre leise Traurigkeit zu einem dumpfen, schweren Moll-Akkord. Ihr stockte der Atem. Sie mußte sich hinsetzen und fühlte nahezu körperlich einen Schmerz, der ihr die Luft nahm. Schon saß sie am Bettrand und schlug die Hände vors Gesicht. Heiße Tränen rannen ihr durch die Finger. Sie konnte nicht aufhören zu weinen.

Jetzt erst merkte sie, daß sie lange nicht mehr geweint hatte. Alle ungeweinten Tränen drängten auf einmal hinaus. Sie versuchte, gegen diese Flut anzukämpfen, doch dann brachen alle Dämme, eine elementare Urgewalt riß sämtliche Empfindungen in ihren Strom. Erschütterungen gingen durch sie hindurch und barsten zu einem harten Schluchzen nach außen. So hatte sie noch nie geweint.

Sie warf sich zur Seite und versuchte, die Schluchzlaute in den Kissen zu ersticken.

Plötzlich spürte sie eine Hand auf ihrer Schulter. Lisa zuckte zusammen, wollte sich beherrschen, doch es schüttelte sie nur noch viel heftiger.

Paul setzte sich neben sie. Er ließ sie schluchzen. Lange dauerte es, bis der zitternde Weinkrampf sich löste. Ganz langsam wurde Lisa ruhiger; weicher und leichter schienen die Tränen aus ihr herauszufließen.

Sie setzte sich auf und wischte sich mit der Hand über die Augen. Erstickt und fast hilflos sagte sie: »Ich wollte dich nicht aufwecken.«

Paul lächelte darüber hinweg.

»Du bist mir so eine«, sagte er weich und nahm sie in den Arm. Wie ein verängstigtes Kind schlang sie die Arme um seinen Hals. Die nachgewachsenen Bartstoppeln an seinem Kinn kratzten an ihrer Stirn. Es roch nach seiner Haut, und obwohl sie ihm noch nie so nah gewesen war, roch es vertraut. Unendlich beruhigend lag seine Hand auf ihrem Haar.

»Was ist denn?« fragte er an ihrem Ohr.

Lisa zuckte mit den Achseln.

»Ich weiß nicht. Ich war nur so allein.«

Jetzt hatte sie ganz zu weinen aufgehört. Es war gut, von Paul festgehalten zu werden. Seine Hand strich ganz sanft über ihr Haar. Plötzlich sagte er: »Komm mit rüber. Wozu haben wir ein Doppelbett?«

Achtzehntes Kapitel

Eine Stimmung in Pastelltönen, sandfarben, zartblau, ocker. Wie hingeträumt, aggressionsfrei, weich, endlos, duftende Leichtigkeit, konturenlos, sanft, fließend... Landschaften, Blumen, Gesichter?
Die Variation eines Themas, das Lisa seit jeher faszinierte: der Versuch, die Unendlichkeit festzuhalten, ihr Farben und Empfindungen zu geben, sie offenbar zu machen, ohne sie zu profanieren, fern jeder früheren Schichtgebung, ohne Abgrenzung zwischen den Farbstufen. Alles war fließend. Als junges Mädchen hatte sie Renoir vergöttert und seine »Auflösung im Licht« gesucht, doch zu seiner ungetrübten Lebensfreude hatte sie eigentlich nie gefunden. Immer Schatten. Doch jetzt gab es keine Schatten mehr. Nicht pralle Lebenslust quoll aus ihren sanften Farbspielen, dafür eine nahezu meditative Stille, ein Oasengefühl.
Sehr überrascht stand Lisa vor ihrem eigenen »schweigenden« Bild. Nichts mehr von dem unbändigen Drang zum Konkreten, nichts mehr von Chaos und schreiender Hungrigkeit, nichts mehr von pulsierender Unruhe und greller Provokation. Stille. Einfach nur Stille. Eine für Lisas Arbeiten ungewöhnliche Geistigkeit zog sich durch den ganzen folgenden Zyklus, den sie innerhalb einer Woche fertigstellte.
Auch Paul war beeindruckt. »Und wieder eine neue Holzgartner«, sagte er.
Auf sein Urteil legte Lisa größten Wert. Es freute sie sehr, als er ihr riet, sich wieder an die Öffentlichkeit zu wagen.
»Talent hattest du immer«, sagte er, »aber langsam scheint sich der Kreis zu schließen.«
»Die neuen Bilder gefallen dir?«
»Sie gefallen mir sehr. Eine bisher fast unbekannte Ruhe, angedeutet höchstens in deinen Landschaften, herrscht darin. Obwohl ich immer wußte, daß du malen kannst, waren nicht alle Arbeiten und all deine ›Phasen‹ nach meinem Geschmack. Dies hier«, er deutete auf eines der Bilder, »finde ich sehr schön.«
Lisa nickte. Sie lächelte.
»Weißt du, Paul, früher habe ich immer gedacht, ich müsse leiden, um mich hergeben zu können... vermutlich habe ich das weniger gedacht als empfunden. Ich wollte mich ausschütten und ganz hergeben und ausbluten, und es war ein Exzeß, befreiend, aber gewaltsam. Jetzt ist es anders, stiller, sanfter.«
»Du solltest wirklich noch einmal mit Schneider reden.«
Nachdenklich zuckte sie mit den Achseln. Noch ein Versuch? Sollte

sie wirklich? Ein bißchen fürchtete sie sich vor den neuen Aufregungen, die ein weiterer Versuch mit sich bringen würde. Seit einigen Tagen fühlte sie in sich eine ganz fremde, wohltuende, waagehaltende Ruhe. Diese Ruhe wieder aufgeben? Sie wollte nicht noch einmal den Boden unter den Füßen verlieren und sich irgendeinem Erdbeben aussetzen.

Und doch: Sie hatte Reitenau und ihren Vater verlassen, um Malerin zu werden.

Gedankenverloren sah sie zum Fenster hinaus in das Blättertreiben des Novembers. Die Bäume im Garten verloren ihr Laub, doch hell und golden strahlte die Sonne zu den Scheiben herein, und das Blau des Himmels verschwendete sich in letzter Nachsommertrunkenheit. Spät kam der Herbst in diesem Jahr.

Herbst... wie sonderbar sie dieser Gedanke berührte!

War es denn wirklich bereits Herbst?

Indem sie daranging, die Farbtöpfe wegzuräumen und zu säubern, stieg sie über ihre inwendige Nachdenklichkeit hinweg.

Ein paar Tage später besprach sich Lisa mit Schneider, ihrem einstigen Mentor. Der sah sich ihre neuen Arbeiten an und war sofort damit einverstanden, sie wieder unter seine erfahrenen Fittiche zu nehmen.

Als Lisa mit dieser Neuigkeit in petto zum Nachmittagskaffee nach Hause kam, strahlte sie. Ihre Wangen waren gerötet, sie sah aus wie ein aufgeregtes kleines Mädchen.

»Ihr werde es nicht glauben!« rief sie und küßte ihre Schwiegermutter auf die Wange. »Ihr werdet es nicht glauben!« Und dann küßte sie Paul. »Schneider will es wirklich noch einmal mit mir versuchen!«

»Was war meine Rede?« fragte Paul.

Lisa ließ sich aufs Sofa fallen und genehmigte sich zur Feier des Tages eines von den Petits fours auf dem Tisch, die sie so anlächelten. »Und stellt euch vor, was Netty dazu sagte: Ich solle mir das überlegen, ich sei jetzt ja immerhin Frau Gregorian und hätte ›so etwas‹ nicht mehr nötig. – Was sagst du dazu, Paul?«

»Sie hat recht.«

»Was?«

Paul lachte. Ihre Aufgeregtheit und ihre roten Wangen schienen ihn prächtig zu amüsieren. Einen vergnügten Blick mit seiner Mutter tauschend, meinte er: »Sagen wir so: Du hast es nicht nötig – oder? Du ergibst dich damit nur dem Luxus deiner selbst.«

Lachend winkte Lisa ab. »Sehr gescheit bist du wieder. – Was sagst du dazu, Schwiegermama?«

»Daß der Zwilling wieder da ist, mein Kind, Jupiter im Zwilling, übrigens in einer interessanten Gradstellung zu Neptun...«
Während Lisa lachte, meinte Paul in altbekanntem nachsichtigen Ton: »Aber Mutter.«
Was Lisas Arbeit betraf, stand Paul hinter seiner Frau. Ihr gemeinsamer Bekanntenkreis fand zu Lisas künstlerischen Bestrebungen allerdings nicht den rechten Bezug. Lisa ärgerte sich über ein paar spöttische Bemerkungen, während Paul gelassen kommentierte: »Laß sie reden und amüsier dich darüber.«
Da bewunderte sie ihn. Immerhin ging es um seinen Ruf. Doch er nahm sich die Freiheit heraus, eine extravagante Frau zu haben. Allzusehr fühlte er sich manchmal in enge Konventionen gezwungen.
Auf allen Gesellschaften fragte man Lisa: »Sie werden sich jetzt wohl ganz auf Ihre Karriere verlegen? Man spricht davon, daß Sie wieder ausstellen wollen.«
»Na ja – Karriere. Es ist einfach so, daß ich nicht mehr im stillen Kämmerlein bleiben will«, entgegnete Lisa mit ihrem charmantesten Lächeln. »Ich kann etwas und will es zeigen.«
»Bleibt Ihnen da überhaupt die Zeit für ein richtiges Familienleben? – Denken Sie doch, Lil, wenn einmal Kinder da sind...«
Pah!
»Es sind keine Kinder da«, gab Lisa kühl zurück.
Netty schüttelte erstaunt den Kopf. »Paul wird doch sicher... Ich meine, er sehnt sich gewiß nach einem Erben.«
Mit einem Glas Sekt in der Hand stand Lisa zwischen Netty und deren Mann sowie der unerträglichen Rosalie Reitkind und wußte einen Moment nicht, was sie sagen sollte. Es kam ihr vor, als liege eine vorsichtige Anspielung, eine fragende Vermutung in Nettys Ton.
Paul sprang in die Bresche: »Das wirst du schon uns überlassen, liebe Netty.«
Verwirrt sah Netty sich um, als habe sie Paul nicht hinter sich vermutet. Ihr Lachen klang entschuldigend. Damit war die Sache vom Tisch.
Auf dem Nachhauseweg sprach Lisa Paul noch einmal darauf an: »Manchmal habe ich das Gefühl, daß sehr viel geredet wird.«
»Es wird ja auch viel geredet.«
»Das macht dir nichts aus?«
»Angenehm ist es mir nicht. Aber was will man machen?«
»Das sagst du so leichthin.«
»Sollte ich darüber grübeln?«
Lisa nickte. Ja – konnte er anders als sich hinter einem Lächeln verbergen?

Er schien sich tatsächlich arrangiert zu haben. Er lebte mit seiner Homosexualität, wie sie mit ihrem sexuellen Masochismus und ihrer Inzestliebe gelebt hatte. Doch Paul sicherte sich ab. Sie hatte sich nie abgesichert.

Im Laufe der Zeit begann sie, einen ungewöhnlichen Mann in Paul zu sehen. Manchmal, wenn er las oder nachdachte, erschrak sie fast über die strenge Klarheit in seinem Gesicht. Doch sie hatte sich an das Gesicht unter der Lampe gewöhnt, dieses gesammelte, ernste Gesicht, das jünger wurde, wenn ein Lächeln in die hellen Augen kam. Sie war wirklich mit Paul verheiratet. Daß Paul nicht mit ihr schlief, sondern mit einem Mann, kam ihr inzwischen ganz natürlich vor.

Einmal sagte er zu ihr: »Du hast wirklich zu selten einen Vater gehabt.«

»Wieso?«

»Weil du ihn noch immer suchst.«

Bei Paul wurde sie wirklich manchmal zum Kind – da konnte sie es auch werden. Er war da, und sie vertraute ihm. Ihm gegenüber konnte sie offen sein. Er würde nicht über sie lachen und sie auch nie benutzen. Wenn sich irgend etwas ereignete, dachte sie gleich: Heute abend werde ich es Paul erzählen... Paul verstand mehr als andere. Auf ihn war Verlaß.

Eine ganz natürliche Intimität entwickelte sich. Angefangen hatte es mit den offenen Türen. Zwar zog sich Lisa nicht demonstrativ vor Paul aus, aber wenn er ihr Badezimmer betrat und sie in der Wanne lag oder sich duschte, war auch nichts dabei. Die offenen Türen schufen Vertrautheit.

Als sie Paul zum ersten Mal nackt sah, war sie überrascht. Er war schön. Man mußte ihn länger anschauen, wie er so dastand: groß, schlank, durchaus maskulin, aber nicht überproportioniert, gerade so wie jemand, der viel Sport treibt – gewiß nicht wie ein Schreibtischsitzer. Tatsächlich erzählte er ihr einmal, in seiner Jugend sehr sportlich gewesen zu sein. Er hatte gerudert, an Schwimmwettkämpfen teilgenommen und sich im Speerwurf geübt.

Normalerweise hätte Lisa in diesem Moment Lust auf ihn bekommen.

Sie schlief jetzt oft in seinem Schlafzimmer. Manchmal schlief sie sogar in seinem Arm ein. Das war schön. Wenn er im Bett noch las, kuschelte sie sich gern zu ihm hinüber, und ab und zu las er ihr einige Passagen vor und sprach mit ihr darüber.

»Wie findest du das?« wollte er dann wissen. »Eine Auffassung, die dir widerstrebt, nicht wahr?«

»Warum denn?« fragte sie. Es ging um den Gottesbeweis aus dem

Prinzip der Kausalität oder vielmehr um dessen Unmöglichkeit. Warum sollte die Frage nach der Ursache vor Gott haltmachen? Wenn Gott schuf – woher kam Er dann selbst? Gab es einen Über-Gott? Woher käme er?

»Warum denn?« wiederholte Lisa. »Es ist ja richtig.«

»So? Ich hielt dich immer für religiös.«

»Wie das denn?«

»Ich weiß nicht. Es schien mir nur so.«

»Vielleicht bin ich es auch«, murmelte sie. Ihr Kopf lag bereits sehr müde an seiner Schulter. »Ich habe es vergessen.«

Wenn Paul nachts nicht nach Hause kam oder erst zurückkehrte, wenn sie schon schlief, blieb sie in ihrem eigenen Schlafzimmer. Wenn er von Max kam, teilte sie nie das Bett mit Paul. Auch ohne darüber informiert zu werden, wußte Lisa genau, wann Paul von seinem Liebhaber kam. Mochte er auch frisch geduscht zurückkommen – sie roch es. Eigentlich war es weniger ein spezieller Geruch, den sie dann aufsog, als eine andere Ausstrahlung, die von Paul ausging. Genauer ließ es sich nicht definieren. Lisa hatte eben ein Gespür dafür.

Sie verbot es sich, darüber nachzudenken. Obwohl Max nach wie vor recht oft bei den Gregorians saß und Lisa noch immer eine gewisse voyeuristische Neugier empfand, versuchte sie nicht, sich die Beziehung zwischen Paul und Max in Einzelheiten vorzustellen. Mit Max ging sie herzlich um. Sie mochte ihn. Er hatte Charme und war intelligent und lachte wie ein großer Junge.

Brüder, die sie nie gehabt hatte...

So ging der Winter dahin.

Lisa bereitete sich auf ihre Ausstellung vor und war immer sehr beschäftigt. Es ging ihr gut. Sie hatte ein Ziel, ihr Leben war geordnet.

Eines Abends saß sie auf dem Fensterbrett im Wohnzimmer und sah und fühlte in die laue Nacht hinaus. Am Himmel spielte ein Funkeln. Leise Windböen bewegten die Luft. Ein intensiver Frühlingsduft zog ins Zimmer.

Paul las ein Buch über Kopernikus. Ab und zu blickte er zum Fenster. Lisa hatte den Kopf in den Nacken gelegt, atmete den süßlichen Geruch der Lindenblüten und schien zu träumen. Die ersten Grillen zirpten im Gras.

»Du lockst Mücken herein«, sagte Paul vom Sessel her. »Das Licht zieht sie an.«

»Sie stechen ohnehin nur mich«, gab Lisa mit einem kurzen, leisen Lachen zurück.

»Das ist ein Argument.« Paul lächelte und las dann weiter. Langsam blätterte er eine Seite um. Lisa sah ihm zu.
Ein Windhauch glitt über ihre Haut. Die Bäume im Garten hatten ihr ihre dunklen Nachtgesichter zugewandt.
Plötzlich fragte Lisa: »Hast du es dir so vorgestellt?«
»Was?«
Wieder sah er hoch, neugierig jetzt und abgelenkt von seinem Buch.
»Daß es so werden würde – mit mir, mit uns.«
»Wie ist es denn geworden?«
Sie lächelte. Sehr psychologisch, diese Gegenfrage.
»Gut«, sagte sie einfach.
Ganz weich wölbte sich die Nacht über den Garten. Eine Sternschnuppe fiel – mitten im April. Lisa versäumte, sich dabei etwas zu wünschen.
Im Zimmer war es still. Sie wartete nicht mehr auf eine Entgegnung. Doch dann sagte Paul: »Ich hätte nicht gedacht, mich so an dich zu gewöhnen.«

Er hatte sich so an sie gewöhnt, daß er im Sommer mit ihr nach Sylt reiste.
Die Ausstellungsvorbereitungen hatten Lisa Nerven gekostet, so war sie froh, München nach erfolgter Premiere zu entkommen.
Ihre Ausstellung war ein großer Erfolg geworden. Jetzt stand sie wieder im Rampenlicht. Natürlich genoß sie den Rummel um ihre Person, aber zuviel davon machte sie unruhig und zerfahren. Früher hatte sie fortwährend nach Unruhe und Aufregung verlangt, doch heute spürte sie eine große Sehnsucht nach innerem Gleichgewicht. Nach Stille.
Sylt brachte diese Stille.
Sylt – das war angenehmes Geplauder mit Sommerfrischlern, das waren Spaziergänge am Strand, Wind auf der Haut, endlose Weite von Meer und Dünen, Lautlosigkeit und doch ein sanftes Rollen der Brandung, und überall Sonne und Sand.
Lisa mußte an Bath denken, an die zankende Endress und den smarten Verehrer, dessen Namen sie nicht mehr wußte, an das Tosen zwischen den Klippen, die Wildheit der Landschaft, die ihre eigene gewesen war. Alles hatte vor ihr gelegen – ein ganzes Leben. Nun war sie siebenunddreißig Jahre alt. Allzuviel lag hinter ihr.
Auf Sylt wurde ihr plötzlich bewußt, daß sehr viel geschehen war, seit eine fremde Stimme ihr ein betörendes »Eliza« ins Ohr geflüstert hatte. Ach ja... James war sein Name gewesen. Jetzt fiel es ihr wieder ein. James Burns.

Sie mußte lächeln, als diese Erinnerung sie überkam, und sie war auch ein wenig traurig. Damals war ihr gewesen, als müßten sich tausend Wunder vor ihr auftun. Heute erwartete sie keine Wunder mehr. Was wollte sie heute?
Als jemand sie als die Malerin Holzgartner erkannte, erschrak sie im ersten Moment. Doch dann freute sie sich. Das hätte Vinzenz noch erleben sollen!
Stundenlang hätte Lisa ins Meer schauen können. Es schien ihre Gedanken aufzunehmen und wegzutragen, alles Schwere fortzuspülen und nur noch Ursubstanz übrigzulassen.
Im Sand kniend, neben Paul, der in einem Strandkorb saß, blickte sie über die dünnbevölkerten Dünen hinweg. Es war warm, aber nicht heiß, denn eine frische Brise wehte in ihrem Haar. Plötzlich sagte Paul: »Geht es dir auch so? Wasser hat etwas unendlich Befreiendes. Ich habe am Wasser immer das Gefühl, freier zu atmen.«
»Ich wußte nicht, daß du dich sonst gefangen fühlst«, entgegnete Lisa überrascht und sah in das weite, blitzende Blau, das im Sonnenlicht funkelte.
»Erst wenn ich eine Zeitlang am Wasser sitze, merke ich, daß ich mich eigentlich unfrei fühle, denn sonst könnte ich nicht den Eindruck haben, etwas falle von mir ab. Es ist kein schweres, erdrückendes Gefühl, das ich hier verliere, aber doch eine Last, die ich im gewohnten täglichen Einerlei nur nicht spüre. Wenn ich hier sitze und hinausschaue und dieses unvergleichliche Rauschen höre, fühle ich mich leicht, geradeso, als zöge ich ein zu enges Hemd aus.«
Lisa nickte.
Hechelnd lief ein Hund in einiger Entfernung vorbei, zwei Kinder rannten lachend und rufend hinter ihm her. Lisas Haar spielte im Wind. Die silbernen Fäden tanzten.
Sie trug ein eierschalenfarbenes Leinenkleid im modernen Chanel-Stil, das ihr locker an den Hüften saß. Ihr ungeschminktes Gesicht zeigte feine Linien um Mund und Augen. Keine Traurigkeit, aber viel Ernst ruhte heute in diesen immer noch violetten, immer noch sehr schönen Augen. Es waren dieselben und doch irgendwie andere Augen als vor zwanzig Jahren.
Warm schien die Sommersonne auf Lisas Wangennarbe. Als Pauls Blick die Narbe berührte, wandte sie den Kopf nicht ab wie sonst. Ihre Hände spielten mit dem trockenen, weichen Sand. Fast zärtlich ließ sie die feinen, staubgleichen Körner durch ihre Finger rinnen und sah ihnen lächelnd nach, wenn sie sich wieder mit dem übrigen Sand mischten. Erneut fuhr sie mit den Händen hinein, koste den Sand und schaute hoch, als sie ein Mädchen lachen hörte, das übermütig über

einen Steg balancierte, mehr tanzend als gehend, und schließlich ins Wasser sprang.

»Früher, als Bub, habe ich die Ferien meistens mit Mama hier verbracht.«

»Du nennst sie sonst nie Mama.«

»Nein. Irgendwann ging die Koseform verloren. Aber damals, da war sie noch Mama. Und ich war ein kleiner Knirps und liebte sie. Für mich hieß Sylt immer Freiheit. Hier war ich auch mit Mutter allein. Es gab keine Schule – du wirst lachen, ich habe die Schule zeit meines Lebens gehaßt, aber außer mir wußte das wohl keiner –, keine gestrengen Blicke vom Herrn Papa, keine Schuldgefühle für Notlügen, die nicht nötig waren, keine Strafen und Moralpredigten...«

Lange blickte Paul über das tiefe Blau der Nordsee, über Schilf und Dünen. Das Meer schimmerte wie ein geschupptes Vlies unter dem klaren Himmel.

»War dein Vater so ein Tyrann?«

»Nun, er war eben ein Offizier – und schickte mich demgemäß auf ein Militärgymnasium. Ich war ein überempfindlicher, schmächtiger Knabe, lyrisch versponnen und verträumt, von meiner Mutter gnadenlos verhätschelt – und dann die Militärschule.« Seine Miene hatte sich ein bißchen verfinstert, obwohl er lächelte.

»Vorbei«, sagte er heiter, und dann fragte er erstaunt: »Weshalb schmunzelst du?«

»Weil ich mir schwer vorstellen kann, wie du als schüchterner, ›lyrisch versponnener‹ Knabe ausgesehen hast.«

Paul nickte. »Ja, eben dachte ich dasselbe. Man verändert sich und vergißt dabei sich selbst.«

»Wie bist du so geworden, wie du jetzt bist? So selbstsicher, so gewandt, so klug.«

Lächelnd kniff er sie in die Wange. »Was du alles fragst.«

»Ich bin neugierig.«

»Ich weiß. Als du zum erstenmal in mein Kontor kamst, dachte ich gleich: Was für neugierige Augen! – Weißt du, mir ist im richtigen Augenblick der richtige Mann begegnet.«

Lisa nickte. Gern hätte sie mehr darüber erfahren, aber Paul schaute schon wieder aufs Wasser hinaus, und da wollte sie nicht in ihn dringen.

Das Wetter meinte es gut mit ihnen. Die ganzen zwei Sylter Wochen strahlte die Sonne. Paul wurde rasch braun, und auch Lisa bekam wieder Farbe.

Stunden über Stunden hätte sie in den Dünen sitzen können. Sie

hörte nur auf das Rauschen der Brandung und die Schreie der Möwen und gab dem Meer alles mit, was schwer in ihr war.
Am Morgen, beim Frühstück, gehörten Paul und Lisa immer zu den ersten auf der Hotelveranda. Um sie herum war alles grün und hell und voller Morgenlicht, und in der Ferne schwieg die See im Zauberdunst der Frühnebel.
Lisa trank Orangensaft und sagte schließlich zu Paul: »Schade. Morgen reisen wir ab. Zwar freue ich mich auf zu Hause – aber lieber würde ich noch hier bleiben. Ich weiß schon, was sein wird. Schneider wird kommen und erzählen, was sich inzwischen getan hat, und ich werde wieder arbeiten.«
»Und was mißfällt dir daran?«
»Nichts. Aber... ich weiß auch nicht... ich habe einfach das Gefühl, hier glücklich zu sein.«
»Ich seh's in deinen Augen, Lil: Das Leben hat dich wieder.«
»Hat es das?« fragte sie nicht ohne Koketterie.
»Anders als vorher, aber fühlbar.«
Versonnen spielte Lisa mit ihrem Glas.
»Weißt du«, setzte Paul dazu, »das Lebenwollen hat immer dein Sein bestimmt.«
»Und was bestimmt dein Sein, Paul?«
»Eine gute Frage. Zu einem guten Teil natürlich auch der bloße Lebenstrieb – versetzt mit einer tüchtigen Portion Fatalismus. Ich suche Balance – und du balancierst.«
Lisas Augen blitzten. Vergnügt biß sie in ein Honigbrötchen. »Dabei glaubst du ja nicht an Gott«, meinte sie auf einmal, als wolle sie etwas sagen, das unter diesen Umständen nicht zu sagen war.
»Wie kommst du jetzt darauf?«
»Weil ich manchmal darüber nachdenke – wieder darüber nachdenke. Über Gott und mich und die Welt und wie das alles zusammenpaßt. Nicht so wie du, nicht so wissenschaftlich, aber es fällt mir einiges dazu ein. Manchmal, wenn ich in den letzten Tagen den Strand entlanggelaufen bin, hatte ich das Gefühl, daß alles gut ist.«
»Also doch fromm«, sagte Paul und griff nach der Butter.
»Ich dachte immer, es müsse irgend etwas geben. – Wie könnte ich sonst Zwänge fühlen, Zwänge, die nicht unmittelbar von außen kommen, wenn da nichts Höheres, in Bahnen Zwingendes wäre? Bilde ich mir das Eingesperrtsein in eine große, nicht faßbare, beängstigend unüberschaubare Ordnung nur ein, oder ist sie da? – das frage ich mich. Dann sage ich mir: Was ich spüre, ist vorhanden, denn ich spüre mich, und ich bin, und dann muß auch sein, was in mir ist. Vielleicht habe ich mein Leben lang einen stummen Kampf gegen

diese Ordnung und diesen Gott geführt. – Gott! Das ist heute noch eine Bezeichnung, die mir widerstrebt. Wer Gott sagt, meint damit etwas Positives, Heilendes. Und so sehe ich Gott nicht oft. Ich wollte mich immer gegen Ihn durchsetzen, und das hat Kraft, viel Kraft gekostet.«

Paul strich seine Semmel. Er zuckte die Achseln, obwohl er interessiert zugehört hatte. Andere Gäste traten auf die Frühstücksveranda. Man wünschte sich einen guten Morgen und wechselte Höflichkeiten. Plötzlich kam Paul zum Thema zurück: »Vielleicht bildest du dir diese Zwänge nur ein, vielleicht sind sie nur ›gemacht‹. Da halte ich es lieber mit Feuerbach: Gott ist Inhalt unserer Bedürfnisse und Auffangkorb sämtlicher sonst nicht zu bewältigenden Ängste. Ein sehr bequemer und billiger Psychiater.«

»Das klingt realistisch – und irgendwie steril.«

»Aha. Da spricht die Künstlerin.«

»Ich hasse es, alles in rationales Licht zu rücken. Reine Rationalität ist nicht lebensfähig.«

Belustigt sagte Paul: »Und jetzt spricht die Frau. – Du hast deinen Gott doch auch irgendwie benutzt, denn du suchst in ihm einen Schuldigen. Es gibt keine Sündenböcke, Sündenböcke werden immer geschaffen – künstlich. Wart ihr eigentlich auf eurem Gut zu Hause sehr ›katholisch‹?«

»Nicht eigentlich, nein. Im Grunde... ob mein Vater an irgend etwas außer sich selbst geglaubt hat? Wer weiß. Weißt du, Paul, in letzter Zeit habe ich ein paarmal vom Reitfeldener Pfarrer geträumt. Heute kommt es mir so vor, als habe er mir vor vielen Jahren Dinge gesagt, die ich zwar verstand, aber nicht begriff.«

»Und jetzt begreifst du sie?«

»Jetzt sehe ich die Möglichkeit, sie eines Tages zu begreifen. Langsam scheinen sie mir näherzukommen.« Sie schaute Paul eindringlich an. »Dich beschäftigt die Frage nach dem Sinn, dem absoluten, großen, einzigen Sinn, doch auch sehr. Wieso versuchst du dann immer, die Existenz eines solchen Sinns zu widerlegen? Versuch doch mal, in den Dingen einen großen Sinn zu sehen.«

»Ich werde mich bemühen«, sagte Paul und lachte.

Später, am Nachmittag, als Lisa mit ihm am Strand entlangging, er in Sandalen, sie barfuß, kam er ihr versonnen vor. Die Leute, die im Hotel und den umliegenden Pensionen wohnten, begegneten ihnen und grüßten freundlich. Manchmal blieb man auch zu einem kleinen Plausch stehen. Alles war friedlich und wohltuend belanglos.

Paul gelangte zu seinem Strandkorb. Dort lag immer noch ein Buch von ihm, und er setzte sich, um weiterzulesen. Aber Lisa war übermütig geworden. Sie warf den Sonnenhut fort, raffte den Rock und lief ins Watt hinein.

»Lauter Muscheln!« schrie sie Paul zu, winkte, rannte durch den nassen Sand, hinaus ans Ufer und wieder zurück ins Watt und spritzte sich naß. »Puh!« rief sie und sah nach Paul, der von seiner Lektüre hochsah und ihr zunickte.

»Sie schillern!« schrie sie und sammelte einige Muscheln auf, die ihr besonders schön erschienen. Schließlich warf sie aber alle wieder fort und behielt nur eine, eine ganz kleine, farblose, zerbrechliche.

Als sie zu Paul zurücklief, naß bis zu den Hüften und vergnügt wie ein Kind, ließ sie sich vor ihm in den Sand fallen und hielt ihm die geöffnete Handfläche mit der unscheinbaren Muschel entgegen.

»Für dich«, sagte sie. »Besonders schön ist sie nicht, aber ich mag sie. Schau, sie ist ganz dünn und zart. Man kann fast durch sie hindurchsehen.«

Warum zerrannen die beiden Wochen nur so schnell?

Lisa merkte erstaunt, wie weit fort Rudolf auf einmal war. Hier atmete sie salzige Meerluft und berührte weichen Sand, und alles schien neu.

Nichts tat mehr wirklich weh. – Würde es zurückkommen? Oder war sie nun frei?

Am Abend vor der Abreise sagte Paul zu ihr, sie habe zum ersten Mal, seit sie mit ihm verheiratet sei, wieder geflirtet.

»Ich? Wirklich?« Sie ging neben Paul die Treppe hinauf. Noch vor zehn Minuten hatte sie mit den Männern anderer Frauen getanzt, sich über Stefan Zweig unterhalten, Wein getrunken und viel gelacht. – Hatte sie auch geflirtet? Paul mochte recht haben. Sie war dem Versuch zu einer Spielerei erlegen und hatte sich nach langer Zeit wieder als Frau empfunden. Sonderbar. Sie war Monate keine Frau mehr gewesen.

»Geflirtet? Nein!« widersprach sie dennoch. »Ich war nur guter Laune und ein wenig keck.«

»Ist das nicht dasselbe?«

»Gut«, gab sie heiter zu, als sie Pauls erkennenden Blick sah, »dann habe ich halt geflirtet.«

Paul drückte die Zimmertür auf.

»Dem guten Helmstock hast du ganz hübsch den Kopf verdreht. Alle Achtung.«

Beinahe war sie verlegen. »Ach geh!«

Die Luft im Zimmer war warm. Paul ging zur Balkontür, um sie aufzuziehen. Lisa folgte ihm. Als er Licht machen wollte, hielt sie ihn am Arm fest. Es war dunkel. Zu den Fenstern und zur offenen Balkontür fiel Mondlicht herein. Draußen rollten sanfte Wellen.

»Ich will nur zum Lichtschalter«, sagte Paul.
»Nicht jetzt«, kam es leise, aber nachdrücklich von Lisa. »So ist es schöner. Licht nimmt der Nacht ihr Geheimnis.«
Dann schlang sie die Arme um seinen Hals und legte ihre Wange an seine. Sein Geruch war ihr vertraut. Ganz tief sog sie ihn ein. Paul nahm sie heute jedoch nicht in den Arm, wie er es sonst immer tat, wenn sie zärtlich sein wollte. Etwas war nicht wie ›sonst‹. Heute suchte sie keine Zuflucht, heute führte sie nicht kindliche Sehnsucht zu ihm. In ihren Bewegungen war eine katzengleiche, entschieden weibliche Geschmeidigkeit. Selbst ihr Hautgeruch unter dem Amber-Parfum war anders als sonst.
Lisa spürte, wie sich Paul versteifte. Sofort ließ sie ihn los.
»Ich habe dem Portier gesagt, er möchte uns morgen um sieben wecken«, sagte Paul und drehte den Lichtschalter auf. »Wir müsen ja auch noch packen.«

In München wartete auf Lisa die freudige Botschaft, mit drei Kunstpreisen ausgezeichnet zu werden. Sie wußte gar nicht, was sie dazu sagen sollte.
Während ihrer zweiwöchigen Abwesenheit hatte sich ihre Ausstellung bezahlt gemacht. Was vorher ein Erfolg gewesen war, wurde nun ein Paukenschlag. Lisa war vollkommen überrascht. Berlin rief nach ihr.
Ein Journalist nannte sie die »bedeutendste Malerin der Gegenwart und der Vergangenheit« und stellte sie auf eine Stufe mit Beckmann und Klee. Max sorgte für gute Publicity, indem er sie im Kulturteil der Zeitungen, für die er arbeitete, in den Himmel lobte. Natürlich gab es auch kritische Urteile, und bissige Stimmen meinten, »Wassilijew dürfte überwunden sein«. Manchmal schimmerte er noch durch, aber die Landschaften und fließenden Übergänge kannten kein Vorbild und waren auch keiner eigentlichen Richtung zuzuordnen. Lisa wurde mit Attributen wie »metaphysisch«, »ätherisch« und »spirituell« überhäuft und war erstaunt, was manche Leute in ihre Arbeiten alles hineingeheimnißten.
Man schrieb aber auch über sie: »Skandalprinzessin verwandelt sich in Dornröschen!«
Man war an Provokation und Schockeffekte gewöhnt, aber Lisa zeigte Harmonie, Weichheit, fließende Formauflösung und Rückkehr zur Ästhetik. Auch Angstgefühle, Beklemmung und Aggressivität hatten sich sublimiert, die Explosion war der Verinnerlichung gewichen, fast schloß sich der Kreis, sie war jetzt da, wo sie mit siebzehn hatte sein wollen, ohne es zu wissen. Ihre Bilder schrien

keine Gefühle mehr in die Welt, sie sprachen leise und eindringlich, entzogen sich als Chiffren des Absoluten einer gegenständlichen Deutung.
»Frei nach Rorschach«, mußte Lisa in diesem Zusammenhang lesen – aber die schlechten Kritiken waren in der Minderheit. Sie konnte sich über Zynismus also getrost amüsieren.
Ihr neuer Eintritt ins Künstlerleben blieb freilich nicht ohne Folgen. Lisa bekam wieder Zugang zur Welt der Maler, der Bildhauer, der Literaten und Wahrheitssucher. Martin tauchte plötzlich wieder aus der Versenkung auf, und viele neue Namen drängten sich in Lisas Bekanntenkreis. Sie war vorsichtig mit ihren neuen Freunden. Jetzt war sie so etwas wie etabliert, aber sie wollte sich nicht benutzen lassen.
Trotzdem genoß sie die Wiederbegegnung mit der einst so vertrauten, geliebten und gehaßten Welt der Künstler und Lebenskünstler und freundete sich mit Leuten an, über die Netty und ihr bürgerlicher Clan nur den Kopf schüttelten. Rudolf hatte einmal zu ihr gesagt, sie habe einen Hang zu gestrandeten Existenzen. Nun, es zog sie tatsächlich in schmutzige, kleine Ateliers, Dachkammerbuden und Hinterhöfe. Es zog sie dorthin, weil hier Echtheit zu spüren war und Drang und wahnwitzige Hoffnung.
Als Mäzenin getarnt, saß sie mit jungen Künstlern und solchen, die es zwar zu grauer Melange, aber nicht zu Ruhm und Ehren gebracht hatten, zusammen im »Katzl«, einer feucht-fröhlichen Weinstube im neuen, alten Schwabing, wo ein Hauch von Früher spürbar wurde, wo man über die großen Zusammenhänge nachdachte und sich im Weltschmerz wohl fühlte, wo man aber auch lachte und fröhliche Feste feierte und sich bis zur Besinnungslosigkeit betrank, auf Tischen tanzte und Gläser an die Wand warf. Hier tat sich eine Welt mit eigenen Gesetzmäßigkeiten auf. Hier war man frei und dennoch nicht allein. Für so manchen Stammgast war das »Katzl« ein Zuhause wie für den Wiener das Kaffeehaus. Man kannte sich, alle Fremden, Neugierigen, Schaulustigen fielen auf.
Das »Katzl« wurde schnell zu einer Art Geheimtip. Wer Bohème-Luft schnuppern wollte – eine eigentliche Bohème gab es ja nicht mehr, die Grenzen lösten sich auf –, ging mal kurz ins »Katzl«, wo die Bilder der ansässigen und dort palavernden Maler an den Wänden hingen, wo es mittags ein »Kurzgericht« gab, das billig war und satt machte – meistens Gulasch oder Würstchen zu Sauerkraut –, wo der Wirt noch ein Original war, groß und hager mit auffallend weißem Haar und einem so starken Dialekt, das kein »Zuagroaster« ihn verstand, wo jeder versuchte, sich darzustellen und eine Rolle zu

spielen, und doch jeder das Maskenspiel durchschaute, wo man über die Welt von heute und von gestern und von morgen sprach und fachsimpelte und politisierte – und im Notfall anschreiben ließ.
Nachdem sich ihr Hausstand aufgelöst hatte, war Lisa allein gewesen. Ihre Hausgenossen hatte es in alle Himmelsrichtungen verschlagen, sie wußte nichts mehr von Elaine oder René, nur Martin war plötzlich wieder dagewesen, sie hatte ihn im »Katzl« getroffen und über ihn gleich viele neue Menschen kennengelernt, obwohl sie ja eigentlich nur aus Neugier und mit ein bißchen Sehnsucht nach alten Gefühlen hergekommen war.
Pauls Freunde, von Max einmal abgesehen, sagten ihr nicht viel; auch ihre Freundschaft mit Netty stand auf wackeligen Beinen und war eigentlich sehr oberflächlich. Mit Netty konnte man nur über Kleider, Schmuck, Klatsch und »Geschichten« reden; das war auch ganz nett, aber es genügte Lisa nicht. Und Paul... nun, Lisa versuchte, ihn nicht völlig zu vereinnahmen. Es schien ihm ganz recht zu sein,daß sie sich eigene Freunde suchte – wenn sie als Mäzenin auftrat, gab es nichts gegen ihren Umgang zu sagen.
Tatsächlich verhalf Lisa einigen »lahmen Enten« zu Publikationsmöglichkeiten im kleinen Rahmen oder stellte fremde Bilder neben die eigenen, so daß sie eher Käufer fanden. In ein paar Kunsthandlungen hingen ihre Bilder, und ab und zu gelang es ihr, dort auch die Werke ihrer Freunde unterzubringen. Sie sagte in Interviews Lobendes über befreundete Maler und schickte Talentsucher ins »Katzl«. Natürlich machte es ihr Spaß, ein paar Leute protegieren zu können, aber darum ging es ihr gar nicht. Sie wollte einfach die vertraute Luft atmen, Freunden begegnen, bei einer Flasche italienischen Rotweins schnell aufs Du kommen, Ungezwungenheit spüren, über ihre Arbeit sprechen, andere Gedanken dazu hören, vielleicht ein bißchen über früher plaudern, wenn sie Leuten vom »alten Stamm« begegnete, und mit den Jungen reden, die noch am Anfang standen.
Es war eine sehr gemischte Gesellschaft, die sich im »Katzl« einfand, an den kleinen Holztischen oder an der Theke saß, sich betrank, in Rage redete, still wurde, sich zu neuen Anläufen aufraffte und zwischen zwei Tränen in Gelächter ausbrach. Man fand hier Resignierte, alte Männer ohne Perspektive, aber auch junge Leute mit grauer, düsterer Weltsicht, man fand junge Frauen, die es aus Neugier oder Lebenssucht oder auf der Suche nach dem Besonderen hierher getrieben hatte, man fand junge Dichterinnen und Malerinnen, die noch alles vor sich oder bereits alles hinter sich hatten und an sich glaubten, wenn es auch sonst keiner tat. Man fand Abgeklärtheit und Übermut und Ehrgeiz und Sehnsucht und Zorn und Verzweiflung,

das ganze Leben schien sich hier zusammenzudrängen und seine Vielfalt spielen zu lassen. Trotz aller Verschiedenheit der Menschen gab es doch ein Verbundenheitsgefühl über alle Konkurrenz hinweg, ein Sichverstehen trotz manchmal harter, zornig geführter Auseinandersetzungen.
Ein freier, nie sich zufriedengebender Geist lag in der Luft, jenes besondere Prickeln war da, das Lisa immer nur in der Umgebung von Künstlern gespürt hatte, jene Atmosphäre von Spielleidenschaft und Galgenhumor mit ihrem ständigen Schwanken zwischen Depression und elitärem Hochmut.
Man philosophierte und analysierte, versuchte Grenzen zu überschreiten und kehrte doch wieder ins Banale zurück, zum Wein, zum Schnaps, zur Geschlechtlichkeit, und alles war eine große, in sich kreisende Bewegung.
Lisa kehrte zurück in ihre Geteiltheit. Wieder spaltete sie sich in zwei Welten auf. Weder die eine noch die andere hätte sie missen wollen. Sie wußte auch nicht, warum es so war, warum sie Polaritäten so sehr brauchte. Sie nahm es hin.
Schneider überredete sie dazu, mit ihrer so glanzvollen Ausstellung auf Wanderschaft zu gehen. Dazu hatte Lisa eigentlich keine rechte Lust, aber sie erkannte die Notwendigkeit, um ihren Namen im Gespräch zu halten und ihn aus München hinauszutragen. Doch das Wort »Berlin« lag ihr schwer im Magen.
»Man spricht in Berlin von Ihnen«, sagte Schneider. »Solange Ihr Name noch warm ist, müssen Sie hin, sich zeigen, sich der Presse stellen, Ihre Bilder sehen lassen. Berlin ist die Entscheidung, Lil. Entweder schaffen Sie den großen Durchbruch, oder Sie fallen durch. Wollen Sie auf die Krönung verzichten?«
Sicher, er hatte recht. Natürlich wollte sie den Durchbruch, wenn auch nicht um jeden Preis, aber die Chance lag vor ihr, sie brauchte nur zuzugreifen... Wenn nur Berlin keinen so negativen Beigeschmack gehabt hätte...
Schneider mahnte mit Termindruck und Zeitnot. Also gab sie ihre Zustimmung.
»Seien wir klug und taktisch geschickt«, meinte Schneider. »Wir sollten auch einige Ihrer älteren Radierungen und Gemälde mitnehmen. Wenn Sie Berlin erobern wollen, müssen Sie scharfe Geschütze auffahren. – Ihre neuen Sachen sind zu neutral, zu sanft, zu unerotisch, nicht aggressiv genug.«
Nun, Lisa ließ sich überreden. Wieso auch nicht? Sie bekannte sich zu ihrer Vergangenheit, an manchem Stück daraus hing sie. Ihre Blut-und-Trauma-Phase gehörte ebenso zu ihr wie alles andere, wie ihre

zarten Akte, wie ihre teilweise als Pornographie verdammten oder bejubelten Erotika, wie ihre surrealistischen Ekstasen.
Also ging die Reise nach Berlin in Vorbereitung. Schneider – der inzwischen recht gut an Lisa verdiente – nahm ihr alles Organisatorische ab.
Ausgerechnet Berlin... Hamburg, ja, oder sonst eine Stadt... Wie hatte Schneider gesagt? Berlin sei das Sprungbrett ins Ausland. Alle drängten sie nach Berlin. Paul sowieso. Paul war ihr eifrigster Protektor. Auch die Freunde aus dem »Katzl« rieten ihr größtenteils zu.
»Mach das«, hieß es von allen Seiten.
Nun denn! Noch hatte sie ja zwei Wochen Zeit.

Lisa säuberte ihren Pinsel.
Draußen herrschte Gewitterstimmung. Dunkle Wolkenfronten zogen über die Dachfenster. Zum Arbeiten war das Licht nicht mehr günstig. Während sie sich die Hände säuberte, dachte sie daran, daß sie mit Leclair vor dem Abschluß stand. Leclair, der ein renommiertes Kunsthaus in der Innenstadt führte, würde ihre Bilder ausstellen und verkaufen. Zuerst wollte sie aber noch mit Paul reden. Von Verträgen verstand sie nicht viel. Allerdings hatte Leclair einen recht guten Eindruck gemacht...
Lisa goß sich ein Glas halb voll mit Port und nahm einen tiefen, genüßlichen Schluck. Süß und samtig zerging der Wein auf ihrer Zunge.
Als es an der Tür klopfte, fuhr sie auf. Sie hatte gar keine Schritte auf der Treppe gehört.
»Ja!«
Max kam herein. »Lil!« rief er munter, ging zu ihr hin, umarmte und küßte sie und schaute sie dann aufmerksam an. »Grüß dich! – Phantastisch siehst du aus! Und immer noch so braun! Jetzt seid ihr seit einer Woche in München, und ich hab' dir noch immer nicht guten Tag gesagt.«
»Du wirst beschäftigt gewesen sein. Paul hat mir von deiner Deutschland-Reportage erzählt. – Ein Glas Port?«
»Gern!«
Als sie ein weiteres Glas holen ging, forderte sie ihn auf: »Setz dich doch!« Sie merkte, daß er ernst aussah und erst lächelte, als er mit ihr anstieß.
Schneller als vorhin trieben die Wolken jetzt über die Dachfenster.
»Ja, diese Reportage«, sagte Max. »Und dann waren noch ein paar fade Premieren. Typisch deutsch, trivial tiefsinnig und pseudophilosophisch. Ich hab' verrissen, was kam.«

Lisa lachte. »Das sieht dir ähnlich.«
»Tut es das?«
Scharf klang sie, diese Frage. Scharf und aggressiv. Verwundert über den Stimmungsumschwung, stellte Lisa ihr Glas ab.
»Nun ja, du hast recht«, milderte er den Angriff ab, »ich bin selten gnädig.«
Dann stand er auf und sah sich das Bild an, an dem sie noch bis vor fünf Minuten gepinselt hatte. Lisa beobachtete ihn neugierig.
»Ich sehe Rot«, meinte er leichthin und deutete auf den Farbstreifen Purpur, der sich mitten über die Leinwand zog und ihm, gleich einem unerwarteten Regenbogen, entgegenflammte.
»Ja, Rot.« Lisa lächelte. »Das mag ein Rückfall sein. Aber mir war heute sehr nach Rot zumute. Gefällt es dir?«
Max zuckte die Achseln. In ein Donnergrollen hinein erwiderte er: »Man könnte eine Menge hineinsehen. Trotzdem... nur Ausdruck, keine Aussage. Du hast schon bessere Sachen gemacht.«
»Aha.« Sie versuchte, ihre Verletztheit zu verbergen. Gleichmütig wie vorhin setzte Max hinzu: »Spielerei ohne Empfindung. Ein Farbspiel als Selbstzweck.«
»Du findest es leer und nichtssagend«, stellte Lisa kühl fest. – Was bezweckte er?
»Ich finde es herausfordernd, ohne daß es eine Alternative anbietet.«
Ihr Lächeln war ironisch. Es war Vinzenz' Lächeln.
»Soso«, sagte sie und trank ihr Glas leer.
Dämmerlicht verdunkelte den Raum. Viel konnte Max nicht mehr erkennen.
»Was immer ›es‹ auch sein mag, es wirkt immerhin erotisch«, gab er schließlich zu.
»Das ist es doch auch, oder?«
»Also doch ein Rückfall?«
Beide lachten, obwohl der Neckton sein Ziel verfehlt hatte. Ein langsam aufzuckender Blitz erhellte für Sekunden jeden Winkel des Ateliers. Weder Lisa noch Max fühlten sich wohl.
Vorsichtig und fast zögernd fragte Lisa: »Was ist los, Max?«
Er schaute auf. Als wollte er zu einem längeren Monolog ansetzen, schöpfte er Atem, meinte aber dann nur: »Ich frage mich seit einiger Zeit, wie das mit dir und Paul ist.«
»Was soll sein?«
Max gab ihr einen gereizten Blick. »Das frage ich dich!« fuhr er ungehalten auf.
Wieder donnerte es, laut, hart, bedrohlich. Erste Regentropfen schlugen gequält gegen die Scheiben.

»Und was willst du hören? Hat es damit zu tun, daß Paul mit mir nach Sylt gefahren ist?«
»Nicht nur.«
Eine tiefe Falte grub sich senkrecht in seine Stirn. Jetzt ging Feindseligkeit von ihm aus, doch es war keine kalt entschlossene Feindseligkeit, sondern verborgene Unsicherheit. Seine Augen verengten sich, die lässig-männliche Kruste wurde rissig, so, wie sie schon manchmal, bei weitaus unbedeutenderen Anlässen, rissig geworden war. Diesmal aber hatte Max Mühe, sie nicht bersten zu lassen. Trotz der Falte zwischen den Brauen sah er auf einmal sehr jung und verwundet aus. Die Herbheit seiner südländisch wirkenden Züge schien zu verschwimmen. Sich mit beiden Händen durchs Haar fahrend, stieß Max den Atem aus.
»Warum sagst du es mir nicht?« fragte er leise.
»Sagen? Was denn sagen?« Sanft berührte sie seinen Arm. »Du, Max!« Sie suchte seinen Blick, er jedoch wich ihren Augen aus.
»Ich hätte es mir denken können«, preßte er hervor.
»Was? Was denn?«
»Daß du dich einnebeln würdest. – Herrgott, Lil, tu doch nicht so ahnungslos! Was ist mit euch?«
Jetzt sah er sie an. Seine Augen glühten, doch es war eine schmerzgepeitschte, keine aggressive Wildheit in ihnen.
Wieder krachte ein Donnerschlag nieder. Immer lauter hagelten die Regentropfen gegen die Fensterscheiben und die Dachplatten.
»Wenn es das ist, was dich beunruhigt: Paul und ich schlafen nicht miteinander«, sagte Lisa.
Für den Bruchteil einer Sekunde hellte es sich in seinen Augen auf, aber dann schüttelte er den Kopf und winkte ab.
»Das allein... ich meine...« Er schwieg. Lange. Plötzlich lächelte er. »Entschuldige«, meinte er, wieder ganz gefaßt. »Ich bin übernächtigt und überreizt...«
Sie unterbrach ihn: »Was sagt Paul dazu?«
»Ich weiß nicht.«
»Ihr habt euch doch gestern gesehen.«
»Wir haben nicht darüber gesprochen. Gestern nicht und früher auch nicht.«
Lisa nickte. Sie wußte nicht, was sie sagen sollte.
»Vielleicht ist das Bild doch nicht so schlecht«, sagte Max nach einer langen Pause. Schon stand er auf, als wäre er nur vorbeigekommen, um ihr einen schönen Tag zu wünschen. »Mal sehen, was Berlin dazu zu sagen hat. Jetzt muß ich aber los. Lauter Termine. Bis bald.«

Kurz darauf fuhr Lisa nach Berlin. Beim Abschied gab es einen Mißton. Paul war ihr ausgewichen, als sie versucht hatte, mit ihm über Max zu reden, und hatte Arbeit vorgeschoben. Er hatte sich verweigert. Aber was hätte sie ihm auch sagen sollen? Wollte sie überhaupt etwas sagen?
Viel Unausgesprochenes blieb zurück. Lisa war mißgestimmt, fühlte sich nicht wohl und schluckte Baldriantabletten.
Berlin machte ihr angst. Alles ängstigte sie. Sie fühlte sich verlassen. Die Balance schien verloren.
Nun, wie verlief Berlin?
Es verlief genauso, wie es sich Lisa am wenigsten gewünscht hatte. Es gab keine Sensation, aber sie wurde auch nicht verrissen.
Man nahm sie zur Kenntnis, fand sie schick und nannte sie eine »Mode«. Das war ihr in München nie widerfahren! Ihre Ausstellung zählte zu den gesellschaftlichen Ereignissen ersten Ranges. Man hielt Lisa für emanzipiert und fragte sie über ihre »berüchtigte« Vergangenheit aus – und da Wassilijew, obwohl schon tot, in Berlin inzwischen Ruf und Namen hatte, war ihr sein Schatten wieder auf den Fersen. Ihre Rot-Phase erregte Aufsehen, das Publikum stürzte sich auf ihre Akte und ergötzte sich an dem Obszönen, das es zu sehen glaubte. Man wollte einen Skandal haben, kein Kunstereignis.
Sicher: Lisa hing irgendwie an ihrem schlechten Ruf. Die Rolle der Hure hatte noch immer Reiz. Daß ihr Leumund ihr jetzt in erster Linie schadete, machte sie dennoch ärgerlich. Mein Gott, das lag ja alles so weit zurück!
Man ließ sie nicht aus ihrer Haut. Es wurde viel von ihr und wenig von ihren Bildern gesprochen. Eine malende Frau, noch dazu erfolgreich – wie interessant! Eine Zeitung stellte sie tatsächlich als »frühere Geliebte Wassilijews« vor. Das war der Gipfel!
Ihr Protest nützte nichts.
Schneider redete ihr ein, alles werde wunderbar laufen, aber sie drohte mit Abreise.
Von Berlins sagenumwobenem, wildem Nachtleben sah sie überhaupt nichts. Nur etwas sah sie in Berlin: Irene.
Zuerst traute Lisa ihren Augen nicht, als zwei Frauen, beide wohl Anfang Vierzig, elegant gekleidet und mit kühler Miene durch die Halle schlenderten. Das konnte doch nicht... Doch! Es war Irene. Mit keinem Wort und keinem Lächeln gab sie jedoch zu verstehen, daß sie Lisa kannte, daß sie mit Lisa noch immer verschwägert war. Nur einmal schaute sie zu Lisa hinüber, sehr direkt, sehr klar, ohne mit der Wimper zu zucken. Lisa fühlte sich erkannt. Und dann geschah etwas Traumatisches. Irene lächelte. Sie lächelte nicht Lisa an, sondern leise und still in sich hinein.

»Da stehst du nun«, schien dieses Lächeln zu sagen, »und all deine Berühmtheit hilft dir nichts, du bist allein in dieser Stadt, die Rudolf vielleicht bald zum Reichskanzler machen wird, und hast verloren und mußt dich begaffen lassen wegen ein paar vulgärer Bilder.«
Lisa mußte sich abwenden. Einen Augenblick lang kam es ihr wirklich so vor, als habe sie gewußt, hier auf Irene zu treffen. Nun hatte ihre Intuition recht behalten. Und keine Gelassenheit...
Noch nachts, als sie im »Adlon« nicht einschlafen konnte, spürte sie Irenes sonderbares Siegerlächeln auf der Haut. Es hatte nicht gesagt: »Ich habe gewonnen.« Es hatte gesagt: »Du hast verloren.« Vielleicht hatte es auch gesagt: »Wir haben beide verloren, aber das macht nichts, denn in deiner Niederlage ist mein Triumph!«
Ob es Eva Mansky noch gab? Ob sie vielleicht sogar hier gewesen war, mitten unter den Neugierigen – ahnungslos?
Lisa wälzte sich im Bett von einer Seite auf die andere. Mein Gott, weshalb war sie nur nach Berlin gefahren!
Hätte sie wenigstens die Kraft gehabt, Irenes Lächeln standzuhalten! Wenn ihre Augen stark gewesen wären zu erwidern: »Aber ich stehe hier und habe mich wieder aufgerichtet, während du weiterhin nichts bist als Rudolfs Frau...« Ja, wenn sie ihre Niederlage nicht eingestanden hätte... So aber war die Katastrophe zurückgekommen, plötzlich, hart, höhnisch lachend, erbarmungslos.
Irene hatte nicht nur gelächelt, sondern auch bestechend gut ausgesehen, beneidenswert schmal in der Taille. Dazu die glatte Haut...
Wie üblich flüchtete sich Lisa in eine Überreaktion. Sie hinterließ Schneider einen Brief, in dem nur stand, sie habe sich nicht wohl gefühlt und sei abgereist, er werde schon für alles Weitere sorgen können, und setzte sich am frühen Morgen in den Zug. Fort! Nur fort von hier!
Schon als sie im Abteil saß, kam sie sich lächerlich vor. Die Landschaft glitt im matten Septemberlicht an ihr vorbei. Weil sie die ganze Nacht nicht geschlafen hatte, mußte sie gähnen. Plötzlich lachte sie. Wie verrückt! Das Labyrinth hatte sie wieder. Ewige Unentrinnbarkeit.
Je weiter sie sich von Berlin entfernte, desto leichter wurde es ihr. Nach Hause! Sie würde es Paul erzählen! Bloß schnell nach Hause!
Die Aussicht auf zu Hause. Sie mußte lächeln. Was war sie bloß für ein närrisches Kind!
Als sie München erreichte, suchte sie zuerst mitsamt ihrem Handgepäck das »Katzl« auf. Irgend etwas hielt sie zurück, sofort zu Paul zu gehen. Sie hatte Hunger und würde Gulasch mit Knödel essen.
»Mein Gott, die Lil!« rief ihr der »Katzl«-Wirt entgegen, und viele Köpfe wandten sich zur Tür.

»Das kann ja nicht wahr sein!« Martin kam ihr entgegen. Ein großes Hallo brach an. Das tat gut.
»Was willst du denn mit dem Gepäck?« wurde sie gefragt. Da lachte sie. »Ich bin geflohen!« gestand sie, umarmte Martin und Peter und Nina und Fürzchen und István und Gregor und den Wüstenwolf und Mäuschen und wurde ganz sentimental, lachte und weinte gleichzeitig und gab eine Runde fürs Lokal aus.
»Gebt mir etwas zu trinken!« rief sie, und dann erzählte sie, was alles passiert war, machte aus Lappalien Anekdoten, wurde lustig, sprach vom Tod, brach in Gelächter aus, während sie über die Liebe philosophierte – »Man versteht ihr Geheimnis nicht, wißt ihr, und sobald man es versteht, gibt es keine Liebe mehr!« –, wurde taoistisch – »Alles ist nichts, und nichts ist alles, das verstehe ich jetzt!« –, brachte alles durcheinander und fing sich erst wieder beim Gulasch. Gutmütig wurde ihre Geistesverwirrung durch den Kakao gezogen. Die Laune im »Katzl« war heute fröhlich, und Lisa, in die Flachsereien mit einbezogen, ließ sich anstecken.
»So«, meinte sie gegen sieben, »jetzt muß ich nach Hause.«
»Da wird er aber schauen, der Herr Gemahl!« wurde gefrotzelt. »Mach dich auf was gefaßt: Schließlich kommst du unerwartet!«
Lisa lachte, stand auf, nahm ihre Tasche und ließ sich ein Taxi rufen. Jetzt ein langes Bad mit viel Schaum und gleich ins Bett...
Als sie zu Hause ankam, wunderte sie sich, daß in der Küche kein Licht brannte. Sie schloß die Haustür auf und trat in die dunkle Halle. War denn niemand da? Hatte das ganze Personal frei? Am Montagabend war das Mädchen doch immer hier.
Lisa stellte ihr Gepäck ab, zog die Handschuhe aus und legte den Hut ab. Kurz schnupperte sie an ihrem Kostümärmel. Wirklich, ein heißes Bad tat not. Sie roch nach Wirtshaus: Fett, Knoblauch, Kraut und Rauch. Ein kleines Lächeln huschte über ihr Gesicht. Dann aber fiel ihr wieder die Stille im Haus auf. Noch während sie sich wunderte, hörte sie ein Geräusch.
Zuerst erschrak sie und dachte, es seien Einbrecher, aber dann dachte sie nichts mehr und ging ganz leise, auf weichen Sohlen, die Treppe hinauf. Sie spürte, daß etwas Sonderbares sein müsse, Angst hatte sie aber nicht. Sie ging wie benommen, fast in Trance.
Oben am Geländer stehend, verhielt sie den Schritt und lauschte in die Dunkelheit. Aus Pauls Schlafzimmer drangen leise Stimmen. Ohne sich über ihr Verhalten Rechenschaft abzulegen, ohne sich überhaupt bewußt zu sein, was sie tat, öffnete sie nahezu lautlos die Tür zu ihrem Schlafzimmer. Hier hörte sie die Geräusche deutlicher. Sie sah, daß die Verbindungstür, hinüber zu Pauls Schlafraum, halboffen stand.

Auf Zehenspitzen schlich sie über den Teppich. Max war bei Paul. Er sagte: »Langsam – ganz langsam.«
Eine Sekunde blieb Lisa stehen. Das Blut schoß ihr ins Gesicht. Jetzt war sie hellwach und wußte auch, daß sie Voyeuse spielte. Etwas, das nicht ihrem Willen unterlag, zwang sie zur Zwischentür.
Die Nachttischlampe in Pauls Zimmer brannte. Max und Paul waren nackt. Aufrecht knieten sie im Bett, küßten sich, waren zärtlich miteinander und genossen gegenseitig ihre Sinnlichkeit. Ganz langsam glitten die Hände des einen über den Körper des anderen. Der Anblick war schön – statuenhaft, griechisch.
Sie ließen sich Zeit, spielten lange miteinander und vermieden es, sich genital zu berühren, obwohl beide starke Erektionen hatten. Sie waren so miteinander beschäftigt, daß sie Lisas Anwesenheit nicht spürten.
Schließlich glitt Max' Mund an Pauls Brust entlang, langsam, unerträglich langsam. Paul ließ sich in die Kissen sinken, und Max nahm sein Geschlecht zwischen die Lippen.
Lisa biß sich in den Finger. Ihr war, als müsse ihr Atem doppelt so laut gehen wie sonst. Auch Paul atmete gepreßter.
Um sich nicht durch ihren Atem zu verraten, hielt sich Lisa die Hand vor den Mund. Sie hörte Max aufstöhnen.
»Komm«, flüsterte Max, beugte sich vor und stützte die Hände auf. Paul drang von hinten in ihn ein. Daran gewöhnt, leise sein zu müssen, stöhnte Max seine Lust ins Kissen.
Lisa wandte sich ab. Ihr war heiß. Das Herz schlug ihr laut. So leise wie möglich bewegte sie sich durch ihr Zimmer in den Flur hinaus. Dort blieb sie eine Weile wie benommen stehen. Sie entschied, daß es besser sei, so zu tun, als wäre sie noch gar nicht zurückgekommen.
Vorsichtig tastete sie sich durch die Dunkelheit wieder in die Halle hinunter, nahm ihr Gepäck, vergaß auch Hut und Handschuhe nicht, und verließ, so unerkannt, wie sie gekommen war, das Haus. Draußen lief sie zum nächsten Taxistand und ließ sich ins »Katzl« zurückfahren.
Die meisten waren noch da. Das Lokal war gerammelt voll. Dunstig und dick hing die rauchgeschwängerte Luft über den Tischen. Noch immer roch es nach Gulasch, Rauch und Kraut. Es war laut.
Lisa vertraute dem »Katzl«-Wirt ihre Tasche an und ging durch die Reihen, auf der Suche nach einem gutbekannten Gesicht.
Martin saß bei István, eng in eine Ecke gedrängt. István rauchte Pfeife und brummelte etwas von Revolution und Kulturpessimismus.
»Da bin ich wieder«, sagte Lisa.
»Na, so was!« Martin bedeutete den anderen am Tisch, sie sollten

Lisa Platz machen. Gehorsam zwängte sie sich zwischen Martin und Nina, von allen neugierig bestaunt.
»Ja, was ist denn da los?« schrie Fürzchen zu ihr herüber.
Lisa war blaß. Sie sah Martin bittend an. »Wo schläfst du zur Zeit?« wollte sie wissen.
»In meiner alten Bude, wieso?«
»Kann ich heute bei dir übernachten?«
Durch die Rauchschwaden hindurch sah er sie an, als hätte er sie nicht recht verstanden. »Wieso?« fragte er geistlos.
»Ich kann nicht heim. Vielmehr will ich nicht heim. Erst morgen früh. Ich kann's dir aber nicht erklären.«
Martin rief: »Einen Doppelten für Lil!«
Dann nickte er: »Gut, du kannst mitkommen. Ich besitze ein paar Decken und ein Sofa. Mit einem Badezimmer kann ich allerdings nicht dienen.«
Lisa lächelte. »Schon gut«, sagte sie und kippte den Doppelten, den man ihr brachte, schnell hinunter.

Lisa verließ Martin in den frühen Morgenstunden, als er noch schlief. Sie wollte keine Fragen beantworten müssen und hatte überhaupt keine Lust, zu reden. Geschlafen hatte sie allerdings wie eine Tote. Martin hatte ihr sein Bett überlassen. Sie fand das sehr nett von ihm und lächelte, als sie ihn zusammengerollt auf dem Sofa liegen sah.
Sie würde sich mal um ein besseres Quartier kümmern. Sah ja furchtbar aus! Risse im Verputz, Spinnweben, an denen er allerdings selbst schuld war, eiskaltes Wasser, schlecht möbliert...
Sie hinterließ keine Nachricht und ging schnell.
Es war ein komisches Gefühl, in aller Herrgottsfrühe auf der Straße zu stehen, zwischen Schrebergärten und Tanzdielen, deren Neonreklamen zu leuchten aufgehört hatten. Abfälle lagen auf der Straße, Zigarettenstummel, Taschentücher, Papierfetzen, Kunstrosen.
Lisa nahm die Trambahn. Den Rest des Wegs ging sie samt ihrer Tasche zu Fuß. Es wurde hell, doch die Sonne schien nicht. Milchigweiß dehnte sich der Himmel über München.
Als sie das Haus betrat, saß Paul bereits am Frühstückstisch. Allein. Er klopfte eben sein Morgenei auf. Neben ihm lag die aufgeschlagene Zeitung, an der seine Augen haftenblieben. Er war so in den Artikel vertieft, daß er zu ihr sagte: »Seien Sie so nett und bringen Sie mir noch ein Glas Orangensaft.«
Abwartend schaute Lisa ihn an. Sehr seriös sah er jetzt aus – im grauen Flanell. Sein Gesichtsausdruck war gesammelt und konzentriert. Und noch gestern abend...

Als keine Erwiderung auf die Saftbestellung kam, blickte er hoch. »Du?« fragte er überrascht. »Ist etwas passiert? Komm, setz dich! Was stehst du da an der Tür?«
Lisa kam ganz herein, ließ die Tasche fallen und setzte sich zu Paul an den Tisch.
»Ja, guten Morgen. Da bin ich.«
»Das sehe ich! Du wolltest doch erst in fünf Tagen zurück sein. Wieso hast du nicht angerufen? Ist etwas schiefgegangen?«
»Nein. Nein, nein. Es lief ganz gut.«
Paul zog die Brauen zusammen. Er spürte, daß sie nicht war wie sonst.
»Schneider braucht mich jetzt gar nicht mehr«, rechtfertigte sie ihre vorzeitige Rückkehr. »Und überhaupt, dieses Berlin! Ich wollte nach Hause.«
Paul lachte auf. »Du bist so eine«, sagte er und schüttelte den Kopf. Dann wollte er doch wissen: »Da war doch etwas, oder?«
»Ein Lächeln war da«, sagte sie.

Wieder einmal kam es Lisa vor, als würde sich alles ändern. Sie war oft im »Katzl« zu finden, nahm die Nachrichten aus Berlin relativ gleichgültig auf, kam zuweilen angetrunken nach Hause und nannte Netty in aller Öffentlichkeit eine »dumme Gans«.
Paul stellte sie deswegen zur Rede. Er schien böse. Sie hatte jedoch keine Lust zu langen Erklärungen.
»Weißt du, Lil«, sagte er recht kühl, »du solltest endlich deine Grenzen finden. Ist es zuviel verlangt, wenn ich dich bitte, im Rahmen des guten Geschmacks zu bleiben?«
»Wirst du jetzt patriarchisch?«
Gereizt und verständnislos zog Paul eine Braue hoch und meinte: »Wir sollten weiterreden, wenn du weniger aggressiv bist.«
Auf einmal war alles dissonant.
Paul reagierte nicht mehr mit zärtlicher Nachsicht. Er beschränkte sich beim Frühstückstisch auf kühle Konversation und war in seiner Höflichkeit nicht zu greifen.
Lisa konnte tun, was sie wollte, Paul blieb weit weg. Zu Auseinandersetzungen kam es nicht. Was war geschehen? Lisa wagte nicht, Paul zu fragen. Sie war verunsichert.
Instinktiv mied sie sein Schlafzimmer, vielleicht auch deshalb, weil sie ihn dort mit Max gesehen hatte. Sie lief nicht mehr nackt durch die oberen Räume, wenn sie Paul im Haus wußte, und verlegte sich beim Gespräch auf Gemeinplätze.
Auch die gemeinsamen Abende zu Hause wurden seltener. Jetzt saß

Paul wieder oft in seinem Arbeitszimmer, während sie ausging. Mit einer Clique junger Künstlerfreunde amüsierte sie sich in Nachtlokalen und Tanzdielen oder belebte Atelierfeste mit ihrer Gesellschaft. Dort zeigte sie sich dann von ihrer ausgelassensten, heitersten Seite – und war doch immer ein bißchen melancholisch, denn an die früheren Wahnmoching-Feste kam das alles nicht heran.
So fing sie wieder an zu flirten und verteilte Körbe. Es gab Verehrer. Sie schlug alle in den Wind. Noch immer war sie eine interessante Frau, noch immer war sie attraktiv – wenn auch nicht mehr makellos schön und nicht mehr allzu jung. Gerade deshalb, weil die Zeit davonlief, reizte sie das Spiel. So asexuell, wie Rudolf sie zurückgelassen hatte, fühlte sie sich längst nicht mehr, aber sie beließ es dennoch beim Reizen. Gutaussehende Männer mit breiten Schultern und schmalen Hüften fielen ihr auf, Flirts erregten sie. Nachts befriedigte sie sich selbst.
»Du bist eine ziemlich neurotische Person«, sagte Martin zu ihr. War sie neurotisch?
Nun, richtig wohl fühlte sie sich nicht. Gute Laune suggerierte sie sich. Sie arbeitete ohne Energie. Nichts sprudelte. Immer hatte sie Sehnsucht und wußte nicht, wonach.
Etwas mußte passieren! Und es geschah auch etwas. Lisa belauschte ein Gespräch zwischen Max und Paul. Im Spionieren fast schon geübt, merkte sie sofort, daß die Tür zum Arbeitszimmer nicht ganz im Schloß lag, als sie daran vorbeigehen wollte. Sie hörte Paul mit Max reden. Das Gespräch war intim und offensichtlich nicht für fremde Ohren bestimmt. Beide schienen vergessen zu haben, daß die Tür nur angelehnt war.
Leise schlich Lisa sich heran und drückte sich eng an die Wand. Durch den Spalt zwischen Tür und Rahmen konnte sie kaum etwas sehen. Nur ein schmaler Streifen der Bücherwand war zu erkennen.
Lisa hörte Paul sagen: »Wohl! Was heißt hier wohl? Natürlich nicht. Aber das ist eine Phase, die vorbeigehen wird. Das ist nun mal die Eigenschaft von Phasen.«
»Kannst du deine Ironie bitte lassen?« fuhr Max auf.
Eine Zeitlang war es still. Dann meinte Paul beruhigend und weich: »Du forcierst doch die Spannungen. Wieso läßt du den Dingen nicht ihren Lauf? Es dauert eben eine Zeit, bis sich die neuen Verhältnisse eingespielt haben. Wir wußten beide, daß es schwierig werden würde.«
»Du wolltest es nicht anders!«
»Zugegeben: Ich hatte unklare Vorstellungen.«
»Ach!« erregte sich Max. »Vorstellungen! Ich habe gleich zu dir

gesagt: Nimm eine, irgendeine, von mir aus die Vermeulen oder gar die Sandberg! Die Sandberg hätte damals gut zu uns gepaßt: eine hübsche, aber farblose Person, unkompliziert und ohne Allüren. Sie hätte den Luxus, den du ihr bietest, zu genießen gewußt und keine weiteren Ansprüche gestellt. Keinesfalls persönliche Ansprüche. Was willst du mit einer Frau, die dich fasziniert? Von vornherein habe ich dir gesagt: Mit Lil schaffst du dir nur Schwierigkeiten. Ob sie deinen Ruf auch nur im entferntesten aufpoliert hat, ist sehr zu bezweifeln. Aber dir gefällt ja alles, was sie macht! Lil hier, Lil da!«
Paul lachte. »Aber Max«, sagte er warm.
»Laß bloß diesen nachsichtigen Ton!«
Lisa hörte einen dumpfen Aufprall, als habe jemand mit der Faust auf den Tisch geschlagen.
»Mußt du Lil immer für alles verantwortlich machen?« fragte Paul.
»Du bist es doch, der dauernd von ihr spricht.«
»Meinst du, du bringst eine Sache aus der Welt, wenn du dauernd um sie herumdruckst? Ehe du sie geheiratet hast, meintest du, diese Ehe würde keine Bedeutung für dich gewinnen. Lil sei dir angenehm, das sei alles. Bei jedem anderen jungen Weibsbild hätte ich dir recht gegeben – aber du brauchtest ja eine exaltierte, exzentrische Künstlerin mit mehr Neurosen im Hirn als Haaren auf dem Kopf!«
»Ich finde nicht, daß es in deiner Kompetenz liegt, Lils Neurosen zu beurteilen. Deine pathologische Eifersucht ist auch nicht ganz gesund.« Pauls Stimme klang jetzt fest, bestimmt und fast ein wenig hart. »Und wenn du schon von Katja oder Luise sprichst: Bist du sicher, damals nicht eifersüchtig gewesen zu sein? Ich erinnere mich da an ganz andere Szenen. Du bist erst zufrieden, wenn andere Leute mir so zuwider geworden sind, daß es mir schwerfällt, ihnen einen guten Morgen zu wünschen.«
»Laß jetzt die alten Geschichten!«
»Sind es alte Geschichten, Max? Du hättest vor zwei Tagen dein Gesicht sehen sollen, als ich dir sagte, ich würde demnächst für ein paar Tage nach London reisen.«
»Ach, sprachst du von London? Ich dachte, von Hal Mansfield sei die Rede gewesen! Und was es mit Hal Mansfield auf sich hat, mußt du mir nicht erzählen.«
»Jetzt wühlst du in alten Geschichten.«
»Immer drehst du die Dinge, wie sie dir belieben!«
»Eigentlich solltest du inzwischen ein bißchen etwas über mich wissen. Wenn ich sage, ich besuche meinen Freund Hal, meine ich nicht meinen Liebhaber Hal. – Ich bin es leid, ständig irgendwelche Affairen dementieren zu müssen.«

»Du kannst nicht dementieren, mit Lil zwei Wochen auf Sylt gewesen zu sein.«
»Fängst du schon wieder damit an?«
»Wie herrlich sachlich du immer bist, wenn du von Gefühlen zu sprechen versuchst.«
Max war aufgestanden, hatte sich wieder gesetzt, war wieder aufgestanden und ging jetzt, mit stoßenden, unruhigen Schritten, im Zimmer herum. Lisa drückte sich enger gegen die Wand.
»Komm, setz dich«, sagte Paul. »Du machst mich nervös. – Außerdem weißt du genauso gut wie ich, daß es nur eine Frage der Zeit ist, bis Lil sich einen Liebhaber nimmt. Das dürfte die Lage beträchtlich entschärfen.«
»Und so lange spielst du die Krankenschwester oder was?«
Paul bemühte sich, ruhig zu bleiben. »Du bist unglaublich ungerecht, wenn es um Lil geht. Hast du sie nicht eine Zeitlang sehr geschätzt?«
»Faß mich nicht an! – Und laß deine Verteidigungsplädoyers.«
Nach einer längeren Stille räumte Max, etwas leiser, brummelig fast, ein: »Entschuldige. Vergessen wir's.«
Und dann ging die Tür auf. Lisa wurde kreideweiß vor Schreck. Mit zusammengezogenen Augenbrauen starrte Max sie an.
»Ach nein!« rief er dann laut und sarkastisch. »Die Dame lauscht schon an Türen! – Ich empfehle mich!«
Lisa konnte nichts sagen. Ihr Gesicht brannte. Rot wie lange nicht mehr, sah sie Max nach, der mit harten, schweren und zornigen Schritten durch die Halle zur Tür stampfte. Er stieß die Tür geräuschvoll auf und ebenso laut hinter sich zu. Lisa zuckte zweimal zusammen.
Als Paul mit ernst-gereiztem Gesicht aus dem Arbeitszimmer kam, rührte sie sich nicht vom Fleck. Wie ein schuldbewußtes Kind lehnte sie an der Wand und sah zu Boden.
»Soll das heißen, du hast spioniert?« fragte Paul ruhig.
Lisa schwieg, noch immer ganz erschrocken von der Plötzlichkeit, mit der Max die Tür aufgedrückt hatte.
Paul war zornig. Sie spürte es, ohne ihn anzusehen. Er hatte die Arme im Rücken verschränkt. Lisa wartete auf eine Art Strafgericht.
Aber Paul drehte sich einfach um und ging zur Treppe. Dort wandte er sich ihr noch einmal zu und mahnte sie, nicht zu vergessen, daß am Abend bei den Vosgeraus eine Gesellschaft stattfinde. Er gedenke, mit ihr hinzugehen, da bereits zugesagt sei.
Mit betont leichten, federnden Schritten ging er schließlich die Treppe hinauf.

Die Vosgeraus gaben eine kleine Party anläßlich der Promotion ihres Sohnes. Man blieb im kleinen Kreise. Ungefähr fünfzehn Personen waren eingeladen, lauter Leute, zu denen Lisa ein überaus laues Verhältnis hatte, und auch daß Katja kam, heiterte sie nicht auf.
Vor dem Umkleiden hatte Lisa zu Paul gesagt: »Ich will nicht hingehen. Sag doch, mir sei nicht wohl.«
Zwingend wie nie zuvor bestand Paul: »Keinesfalls, du kommst mit.«
So fügte sie sich und war etwas eingeschüchtert. Im Auto meinte sie fast trotzig: »Ich habe keine Lust.«
Paul sagte: »Das spielt keine Rolle.«
Wieso war er so kalt, statt sie zur Rede zu stellen? Lieber wäre es ihr gewesen, er hätte sie gründlich ausgescholten. Statt dessen: wortkarge Frostigkeit.
Ihre Unsicherheit ließ sie zornig werden.
»Du willst dein Repräsentierpüppchen vorzeigen, was? Erwarte bloß keine Schmierenkomödie von mir. Ich bin nicht in Stimmung. Und alle werden es merken.«
Paul schwieg dazu.
Später saß Lisa bei der Gastgeberin und plauderte mit ihr über Gartenarchitektur. Netty gab sich sehr charmant, und Paul hielt mit.
Am Arm ihres Verlobten war Katja Vermeulen erschienen. Ein kleiner Eklat. Jeder wußte von ihrer früheren »Liaison« mit Paul. Jetzt zeigte sie sich neben Klaus Eden, einem schwerblütigen Schriftsteller, der Nettys Bekanntenkreis nahestand. Von Netty fand man es ohnehin kühn, die Vermeulen eingeladen zu haben, aber man genoß auch die pikante Situation.
Katja war zwar mit Eden gekommen, flirtete aber dauernd mit dem jungen, frischpromovierten Vosgerau. Zu Paul war sie ausgesucht freundlich, suchte sogar dauernd seine Nähe. Die ungewöhnliche Situation wurde mit lockerem Geplauder überspielt. Lisas Schweigsamkeit fiel auf.
Jeder merkte, daß Lisa sich Mühe gab, Paul aus dem Weg zu gehen. Es schien zu kriseln. Alle fanden das äußerst interessant. Daß die kleine Gesellschaft jedoch im Lauf des Abends auf einen handfesten Eklat zusteuerte, dachte zu diesem Zeitpunkt noch niemand. Man saß in kleineren Gruppierungen im Salon herum, trank Sekt und Mixgetränke, nahm von den Imbißhappen, plauderte, gratulierte dem jungen Vosgerau zu seinem Doktor der Volkswirtschaft und schaukelte auf angenehm kleiner Fahrt der Mitternacht entgegen. Schließlich hatte Katja Vermeulen einen Schwips und erzählte unfeine Witze, worauf die Herren lachten und die Damen sich ansahen.

Netty stand bei Eden, Katja und Paul am Klavier. Neugierig schlug sie an: »Lil scheint es heute nicht besonders gut zu gehen. Blaß sieht sie aus. Ich denke schon seit Tagen, daß sie etwas mit sich herumträgt. Wir telefonierten nur kurz. Paul, findest du nicht auch, daß sie sich sonderbar benimmt? Kann ich ihr irgendwie helfen?«
Lisa saß bei Dr. Vosgerau und ließ sich, ohne zuzuhören, seine Zukunftspläne erklären. Ab und zu sagte sie »ja«, »nein«, »Oh, wirklich!« oder »Das ist ja ganz erstaunlich!«.
Paul blickte kurz zu ihr hinüber.
Ehe er Netty eine Erwiderung geben konnte, lachte Katja so schrill auf, daß alle auf sie aufmerksam wurden. Sie lehnte halb am Klavier, war sehr schlank, sehr feingliedrig und sehr gelbblond und wirkte, mit der langen Zigarettenspitze zwischen den behandschuhten Händen, außergewöhnlich mondän. Die Umstehenden warfen befremdete Blicke nach ihr. Genüßlich und verspielt nahm Katja einen Schluck aus ihrem Glas und sagte dann laut und vernehmlich: »Die liebe Lil wird wohl gemerkt haben, mit einem Schwulen verheiratet zu sein.« Und als wäre das nicht bereits mehr als genug, schaute sie Lisa an und fragte zynisch: »Nicht wahr, Frau Gregorian?«
Es war still im Salon der Vosgeraus. Man starrte auf Lisa, man starrte auf Paul.
Lisa stand auf. Sie lächelte. Vinzenz Holzgartners Schalk saß ihr in den Augen. Langsam, sich amüsiert in den Hüften wiegend, ging sie auf die kleine Gruppe um Paul und Katja zu und hakte sich bei Paul unter. Katjas Lächeln gefror.
»Sie machen gefährliche Scherze, liebes Fräulein Vermeulen«, meinte sie gelassen und gab Paul ein kleines, verliebtes Lächeln. »Finden Sie Ihre Rache nicht etwas geschmacklos? Von Ihnen stammen doch die Verleumdungs- und Drohbriefe, nicht wahr? Ich gebe Ihnen einen gutgemeinten Rat: Trauern Sie nicht der Vergangenheit nach. Einer Frau wie Ihnen hat auch die Zukunft noch etwas zu bieten.« Warm, verständnisvoll und offen sah sie Katja an. Dann wandte sie sich an Netty und meinte: »Deine neue Frisur steht dir ausgezeichnet. Bei welchem Friseur bist du gewesen...«

Am anderen Tag verschlief Lisa das Frühstück, und mittags kam Paul nicht nach Hause. Erst beim Abendessen sah sie in wieder. Da er Schneider mitbrachte, konnte sie nicht mit ihm reden.
Schneider sprach auf Lisa ein, erzählte von Rom und Paris und erntete ein gutes Dutzend »Jajas« als Antwort.
Als er gegangen war, nahm Paul mit Lisa noch einen Martini, ließ ein paar Bemerkungen über die Brecht-Kritik in der Zeitung fallen und

zog sich dann in sein Arbeitszimmer zurück. Lisa genehmigte sich einen zweiten Martini und noch einen weiteren und ärgerte sich, keinen Schwips zu bekommen. Sollte sie weggehen? Sie hatte nicht einmal Lust, im »Katzl« vorbeizuschauen, obwohl man sie dort sicher schon vermißte.

Lesen? Sie versuchte es, merkte aber, daß ihr zuviel im Kopf herumging, und konnte sich nicht konzentrieren. Eine Weile saß sie einfach bloß da und starrte an die Wand. Dann stand sie auf und ging zu Pauls Arbeitszimmer. Vor der Tür blieb sie stehen. Ganz wohl war ihr nicht. Sollte sie wirklich? Ach was! Warum denn nicht? Das Allerheiligste würde sie schon nicht entweihen.

Also klopfte sie, wartete aber nicht auf Antwort, sondern trat einfach ein. Da sie, die Klinke in der Hand, an der Tür stehenblieb, schaute Paul hoch.

»Komm nur rein«, sagte er.

Fast erleichtert schloß sie die Tür hinter sich und setzte sich auf die breite Couch, die sie immer an einen Psychiater denken ließ. Paul nahm keine Notiz von ihr. Er sah sie nur kurz an, etwas neugierig, auch etwas amüsiert, und schrieb dann weiter an seinem Brief. Lisa warf einen Blick an die Wand. Dort hing ein Akt von ihr – ein zarter, verspielter, weicher Akt, den sie vor vielleicht zehn oder zwölf Jahren gemalt und an Paul verkauft hatte...

Plötzlich sagte sie: »Max war da.«

»Heute?«

»Nein. Schon vor ein paar Tagen.«

»Aha«, meinte Paul, und seine Feder glitt weiter übers Papier. Schließlich wollte er doch wissen: »Was hat er denn gewollt?«

»Ach – das kann bis morgen warten. Ich bin müde.«

Erneut schaute er sie kurz an, hielt inne, zog die Brauen zusammen, schien zu denken und schrieb wieder weiter.

Sie war tatsächlich müde. Jetzt merkte sie es. Obwohl Paul weiterarbeitete, als wäre sie nicht da, hatte sie nicht den Eindruck, daß ihre Gegenwart ihm unangenehm war. Sie wurde dösig. Die Stille im Raum machte ihre Lider schwer. Nur dämmrig-schwach erreichte das Licht der Tischlampe die Couch. Irgendwann zog Lisa die Beine hoch, streckte sich aus und schlief ein.

Nur Pauls übers Papier gleitende Feder war zu hören. Ein paarmal sah er zu ihr herüber, doch sie rührte sich nicht mehr. Zusammengerollt wie ein Embryo, hatte sie sogar den Daumen im Mund. Als sie wieder erwachte, war Paul mit seinen Briefen fertig und klappte eben ein Manuskript auf. An diesem Geräusch wurde sie wach. Eine Weile blieb sie eingekuschelt liegen. Paul fragte: »Na, ausgeschlafen?«

Sie setzte sich auf und fuhr sich mit den Händen durchs Haar.
»Du hast vorhin von Max gesprochen«, kam es plötzlich von Paul. Er drehte sich zu ihr um. Der Stuhl quietschte dabei ein bißchen. Mit den Armen die angezogenen Beine umschlingend, bereute sie es, das Gespräch auf Max gebracht zu haben. Jetzt war nicht die Zeit, darüber zu reden. Nicht jetzt... morgen... Es würde sie aufregen, über Max zu sprechen, und dabei fühlte sie sich so wunderbar ruhig. Sie wollte diese Ruhe nicht loslassen. Paul war allerdings gewillt, den Faden aufzunehmen. »Was hat Max denn gewollt?«
»Mein Gott... er kam halt vorbei und besuchte mich oben, im Atelier. Wir haben uns unterhalten. Er war... er war etwas... ach, wozu darüber reden? Hat er dir selbst gestern nicht alles gesagt? Mehr weiß ich auch nicht.«
Um ihn nicht anschauen zu müssen, sah sie auf den Papierstapel, den Paul auf dem Schreibtisch vor sich liegen hatte – alles wohlgeordnet, versteht sich, die Schriftstücke einander im rechten Winkel zugeordnet. Wuchtig tat sich das Manuskript in der Mitte des Tischs auf.
»Was hast du denn da? Einen potentiellen Verkaufsschlager?«
»Was hast du ihm gesagt?«
»Ich? Ihm gesagt? Nicht viel. Hör mal, Paul, ich will jetzt nicht...«
»Ich halte es aber für wichtig. – Im übrigen fand ich es großartig, wie du dich gestern abend benommen hast. Ich hätte das nicht gedacht, nachdem du so verärgert warst.«
Lisa lächelte. »Du warst auf mich auch sehr ärgerlich.«
»Ja, das war ich. Sehr sogar. Das wundert dich doch nicht?«
»Nein. Natürlich nicht. Aber du wolltest ja anscheinend nichts mehr davon hören. Max hat mich neugierig gemacht, damals, als er urplötzlich im Atelier auftauchte. Er war eifersüchtig wie gestern. Und ich wußte nicht, was ich davon halten sollte.«
»Weißt du es jetzt?«
Lisa nickte. Ihr Herz schlug lauter als sonst. Diese Unterhaltung machte ihr angst. Am liebsten wäre sie aufgestanden und hinausgegangen. Pauls Augen im Schatten der Lampe hielten sie jedoch fest. Weil Paul schwieg, fuhr sie fort: »Natürlich erfuhr ich gestern nichts Neues. Aber jetzt gibt es kein Ausweichen mehr. Dabei hatte ich immer versucht, es wegzuschieben, Paul.«
»Was?«
Sie mußte schlucken. Es kam ihr vor, als stünde sie vor Gericht. Paul war eindringlich, bohrend und geradlinig. Er schien sie an einen Punkt führen zu wollen, der ihm wichtig war. Sie wehrte sich, doch er zog sie mit, indem er sie einfach anschaute.
Ja, was versuchte sie eigentlich wegzuschieben?

Sie senkte die Lider, ehe sie leise zugab: »Daß ich in dich verliebt bin.«
Dieses Bekenntnis löste eine Spannung und baute eine neue auf. Paul schwieg. Für Lisa war diese Stille unerträglich. Angriffslustig fuhr sie auf: »Ich wollte es nicht in den Raum stellen. Du wolltest es hören.«
»Ja«, sagte Paul. »Ich weiß.«
Ganz schnell, ihm fast ins Wort fallend, versicherte sie: »Keine Angst, ich habe es im Griff. Ich habe es recht gut im Griff.«
Paul lächelte. Er stand auf, um ein Fenster zu kippen. Dann setzte er sich wieder, mit über dem Magen gefalteten Händen. Sehr sachlich fragte er: »Hast du dir schon einmal überlegt, dir einen Liebhaber zu nehmen?«
Lisa biß sich auf die Unterlippe. Davon hatte er schon zu Max gesprochen. So, wie es ihr gestern nachmittag einen Stich gegeben hatte, gab es ihr heute wieder einen.
Zart wehte ein Windstoß herein und spielte in dem Stoß Papier. Paul beschwerte die Papiere mit einem Locher. Er wartete auf Antwort.
»Ich will keinen Liebhaber«, sagte Lisa trotzig.
Paul nickte in sich hinein. »Du fängst aber an, deine erotischen Phantasien auf mich zu übertragen, und das ist nicht gut. Schau, Lil, ich habe dir doch gesagt...«
»Paul – bitte!«
Schrill und abwehrend gellte ihre Stimme in seinen Ohren. In ihren Augen stand die Angst vor jedem weiteren Wort, das er sagen könnte. Paul beugte sich vor, griff ihr unters Kinn und hob ihren Kopf hoch, damit sie ihn ansehen mußte.
»Es ist dir doch ebenso klar wie mir, weshalb du nicht mehr neben mir schläfst, erschrickst, wenn ich in dein Schlafzimmer komme, und sofort etwas anziehst, verlegen wie eine Dreizehnjährige, wenn ich dich nackt überrasche. Ich bin für dich doch schon seit geraumer Zeit kein guter Freund mehr, sondern ein Mann. Dieses Bewußtsein soll sich nicht tiefer in dir verwurzeln. – Daß sich die Dinge in diese Richtung komplizieren könnten, habe ich nicht bedacht. Ich ging zu sehr von mir selber aus.«
Erneut mußte Lisa etwas hinunterschlucken. »Es tut mir leid, daß ich deine Pläne durcheinanderbringe«, murmelte sie in sich hinein und hielt die Augen gesenkt, denn da seine Hand noch immer ihr Kinn stützte, konnte sie den Kopf nicht abwenden.
»Aber Lil«, sagte Paul in jenem weich-nachsichtigen, liebevoll-väterlichen Ton, den er auch Max gegenüber gestern angeschlagen hatte.
Lisa entzog ihm ihren Kopf, und Paul lehnte sich im Sessel zurück.
»Vor vielleicht zehn Jahren«, hub er an, »habe ich zum letzten Mal

mit einer Frau geschlafen. Es hat mich Überwindung gekostet. Du weißt, daß ich schöne Frauen mag, ich merke auch, wenn eine Frau – wie du – sinnlich ist und eine erotische Ausstrahlung hat, und empfinde das durchaus als angenehm. Aber ich kann nichts Eigentliches damit anfangen. Ich nehme es zur Kenntnis, es gefällt mir, aber es lockt mich nicht. Heute muß ich mir meine Männlichkeit nicht mehr beweisen, indem ich mit einer Frau ins Bett gehe. Das Streben nach einem männlichen Selbstbewußtsein, nach einer männlichen Identität, war immer die einzige Motivation für mich, etwas mit einer Frau anzufangen. – Wie ich zugebe, habe ich die jeweiligen Damen mit meiner braven Pflichtübung jedesmal ziemlich enttäuscht.«
Sein Lächeln sah selbstironisch, aber auch selbstnachsichtig aus. Die Erinnerung an diese Zeit schien ihn zu belustigen.
»Und wie hast du denn dein männliches Selbstwertgefühl gefunden?«
»Ich habe dir einmal von einem Mann erzählt, der mein Leben sehr beeinflußt hat, nicht nur sexuell, sondern auch gedanklich – vielleicht vor allem sogar gedanklich. Er hat mich für viele Dinge wach gemacht, auch für meinen Hang zu Existenzfragen und philosophischen Überlegungen, in erster Linie aber für mich selbst. Ein Großteil seiner Saat ging jedoch, wie ich heute erkannt habe, erst relativ spät auf. Damals war ich... nun, verliebt! Was er mir an Gedanken mitgegeben hat, verstand ich nicht. Das klingt jetzt alles sehr abstrakt – und sehr nach mir. Dabei war es eine sehr konkrete Erfahrung. Weißt du, ich habe immer gewußt, daß es zu meiner Veranlagung nur eine vernünftige Einstellung gibt: Du bist homosexuell – na und? Aber ich brauchte ihn, diesen Mann, um diese Erkenntnis auch zu fühlen. Vorher war immer alles Kampf und Zweifel. Er hat mir geholfen, mich für Gewißheit und Konsequenz zu entscheiden.«
»Und die Frauen, die sich in dich verliebten – Katja Vermeulen?«
Paul lächelte. »Katja war nie in mich verliebt. Sie war nur enttäuscht, nicht Frau Gregorian zu werden. Ihre ›Rache‹, wie du es gestern abend sehr treffend bezeichnet hast, richtet sich weniger gegen mich als gegen ihre eigene Niederlage. Für sie war es eine Niederlage, nicht meine Frau zu werden. Und andere Frauen? Na ja.«
»Na ja? – Hör mal, du bist ein Mann, der auf Frauen wirkt. Du bist intelligent und hast Esprit, siehst blendend aus und...«
Abwehrend und lachend zugleich hob Paul die Hand. »Ich habe mich immer rechtzeitig distanziert.«
»Bei mir nicht.«
Paul schaute nachdenklich in ihr Gesicht. Ein neuer Windstoß zerrte an den Blättern auf seinem Schreibtisch. Jetzt stand er auf, um das Fenster wieder zu schließen.

»Vielleicht war ich neugierig«, sagte er langsam, versucht auch, jedes Wort sorgsam abzuwägen. »Ja, doch. Es hat mich interessiert zu erfahren, wie du bist und wer du bist und wie du mich siehst.«
Wieder sah Lisa den Akt an der Wand an. Purpurfarben und doch fast gravitationslos.
»Eine Spielerei also?«
»Teilweise.«
Lisa hatte das Gefühl, als habe man ihr ein Messer in den Bauch gestoßen. Sie erinnerte sich, dieses Gefühl zu kennen. Paul kam jetzt vom Fenster zurück und setzte sich wieder.
»Allerdings war ich unwach für die Entwicklung der Dinge. Erst als du an unserem letzten Abend auf Sylt mit mir schlafen wolltest, wurde mir bewußt, was passiert war.«
Lisa nickte. »Das will ich immer noch«, sagte sie.
Neugierig sah Paul sie an. Dann lachte er. »Du bist so eine«, meinte er schmunzelnd.
Doch Lisa war nicht nach Heiterkeit zumute. Er merkte es und wurde wieder ernst.
»Schau, Lil«, hub er erneut an, »wenn ich mit dir schlafen würde – wer weiß, vielleicht könnte ich es sogar –, wäre es für dich doch auch nicht gut. Du könntest es nicht einmal genießen, jedenfalls nicht, ohne dich zu belügen. Es würde weder mein Verhältnis zu Max noch meine Veranlagung ändern. Solange Erotik eine Sache ist, die mit uns beiden nichts zu tun hat, ersparen wir uns doch nur Probleme miteinander. Du bist eine recht besitzergreifende Person...«
»Das ist nicht wahr!«
»...und es wäre viel unangenehmer für dich, wenn ich jetzt mit dir schliefe und morgen zu Max führe.«
»Schon. Aber das Erotische ist jetzt einfach da. Zumindest in Gedanken.«
Sie spürte seinen nachdenklichen Blick, ohne seine Augen zu sehen. Von neuem wünschte sie sich, das Thema nicht angeschnitten zu haben. Gleichzeitig wußte sie, daß Paul, früher oder später, sowieso auf Klarheit drängen würde. Da sie nun schon bei der Sache waren, verlor sie auch die Rücksicht auf sich selbst. Nicht ganz ohne Masochismus fragte sie ihn: »Liebst du Max?«
Paul rieb sich mit dem Zeigefinger die Schläfe. »Du weißt ja, daß ich mich nicht gern in Worten wie ›Liebe‹ oder ›Haß‹ artikuliere, vielleicht weil diese Worte keine klar umrissene, absteckbare, faßbare Bedeutung haben. Das Unklare und Nebelhafte ist mir suspekt. Es nimmt mir die Übersicht, auf die es mir so sehr ankommt. Doch von deinem Wortverständnis aus wird es so sein, daß ich Max liebe. – Es

gefällt ihm übrigens auch nicht, daß ich in dieser Hinsicht so pedantisch und vorsichtig bin und jeden pathetischen Ausdruck meide. – Ich kenne Max jetzt seit ein paar Jahren. Die Zeit hat mein Gefühl für ihn verdichtet. Man wird sich vertraut.«
Lisa nickte. Sehr viel Verständnis legte sie in ihren Blick, obwohl das, was er sagte, tief in ihrem Innern weh tat. Weinen hätte sie können, doch das verbot sie sich. Jetzt keine emotionale Entgleisung! Seltsam. Immer wenn sie den Eindruck gewann, ihre Welt sei neu erstanden, brach sie schon wieder in sich zusammen.
Kühl suggerierte sie sich: Na komm schon, Lisa, du kanntest die Max-Geschichte, ehe davon gesprochen wurde! Jetzt hör auch zu! Wie die Dinge lagen, wußte sie meistens. Ausgesprochen erhielten sie eine andere Dimension.
»Erzähl mir von dir und Max!« forderte sie Paul auf. Jetzt war der Zeitpunkt gekommen, wo sie es sich anhören mußte.
Ihre Aufnahmebereitschaft schien Paul zu überraschen. Er begann zu erzählen: »Ich lernte Max über die Reitkinds kennen, die so entzückt von ihm waren, daß sie ihn am liebsten mit ihrer sauertöpfischen Tochter verheiratet hätten. Er war damals neu in München. Ich traf Max gelegentlich auf Gesellschaften. Sein Witz, sein scharfer, wenn auch stark emotional gefärbter Intellekt und vor allem seine Spontaneität – die mir so abgeht – gefielen mir schon, ehe ich wußte, was es mit Max auf sich hat. Da wir uns rasch näherkamen, sahen wir uns auch öfter. Die Atmosphäre zwischen uns verriet uns einander, ehe ein offenes Wort fiel, also bevor ich ihn fragte, weshalb er die Verlobung mit der kleinen Reitkind gelöst habe. ›Frauen haben keinen Reiz für mich‹, antwortete er damals.«
»Und dann?«
»Ach, weißt du, ich habe mich immer schwer damit getan, einen Mann zu finden, der mich geistig ebenso reizt wie sexuell, der in beiderlei Hinsicht auf meiner Linie liegt. Ich mag halbe Sachen nicht. In gewisser Weise ist Max faszinierend. Er ist impulsiv, hochfahrend, jähzornig und ungestüm und dann wieder verschlossen, unansprechbar und sarkastisch. Sein Gefühl beherrscht ihn mehr, als man glaubt. Auch wenn ich das nicht so recht zu verstehen geben kann – du weißt, ehe ich mich auf Sentiments einlasse, rette ich mich in Sachlichkeit –, mag ich all das an ihm. Manchmal aber gehen ihm die Zügel durch. Dann muß ich ihn bremsen. Viel mehr als ich leidet Max unter der Heimlichkeit unseres Verhältnisses, der Heimlichkeit seiner Neigungen überhaupt.«
Paul rieb sich wieder die Schläfe. Er hatte sich auf die linke Armlehne gestützt. Sein Gesicht sah dunkel aus im Schatten der Lampe. Lisa

konnte nicht erkennen, ob er nachdachte oder auf eine Erwiderung wartete.

Sie hatte die Wange auf die angezogenen Knie gelegt.

»Weiß es deine Mutter?«

»Mit Max?«

»Auch. Ich meine, weiß sie, daß du Männer Frauen vorziehst?«

Paul schüttelte den Kopf. »Nein. – Oder hast du den Eindruck, sie habe auch nur die entfernteste Ahnung?«

»Und was war vor Max?«

»Ein paar mehr oder weniger unglückliche Gefühlsverwirrungen, wie man sie mit zwanzig hat, seltsame Frauenbeziehungen, ein paar kurze, schamhafte Affairen... Es war eine Zeit der Richtungslosigkeit. Damals versuchte ich, Frauen etwas Begehrenswertes im erotischen Sinn abzugewinnen. Doch viel mehr zog es mich in dubiose Lokalitäten. Ein ›normales‹ Abenteuer zu finden ist ja nicht sonderlich schwierig, aber mit Schuld- und Angstgefühlen eine Männerliaison zu suchen ist eine ganz andere Sache. Die Kreise waren nicht immer die besten. Nun ja, ich geriet ins Schleudern. Außerdem ist es ja so: Sobald sich eine Geschichte festigt, noch dazu, wenn man bereits in einem gewissen Ruch steht, kommt Klatsch auf.«

»Und unter diesem Druck suchtest du dir dann eine Frau, von der du dir erhofftest, sie werde auf eigenen Beinen stehen und dir aus dem Wege gehen. Ich muß dich wohl sehr enttäuscht haben.«

Er beugte sich vor. Sein Gesicht tauchte in den Lichtkegel der Lampe ein. Ganz ruhig gab Lisa seinen forschenden Blick zurück.

Er sagte: »Ich dachte mir so eine Ehe – beziehungsloser. Neutraler. Ich ging davon aus, daß jeder ein vom anderen abgetrenntes Leben führen und man sich dennoch ›verstehen‹ würde. So war ich es von früheren ›Begleiterinnen‹ gewohnt. Es war jedesmal ein nahezu geschäftliches Arrangement mit schauspielerischen Einlagen. Als ich dich heiratete, hätte ich wissen müssen, daß du anders bist. Vielleicht wollte ich dich auch deshalb heiraten. Du mußt zugeben: Es ist interessant geworden.«

»Interessant!« Sein Lächeln, weich und nachsichtig, ging ihr durch alle Nerven.

»Du bist wirklich ein großes Kind«, sagte er sanft. Dann erhob er sich. »Jetzt ist es aber Zeit, ins Bett zu gehen. Bist du nicht müde?«

An der Tür wartete er auf sie.

»Du, Paul?«

»Ja.«

»Willst du Max nicht mal wieder zum Essen herbitten?«

Willst du Max nicht mal wieder zum Essen herbitten? Wie einfach das dahergesagt war.
Schon aus Höflichkeit nahm Max die Einladung an.
Doch jetzt litt die Atmosphäre immer unter einer sorgsam überspielten Spannung. Lisa wurde das Gefühl nicht los, daß Paul mit Neugier die Szenerie beobachtete. Er schien sich selbst aus dem Bild zu nehmen.
Und Max – nun, Max war immer höflich, ganz verdammt höflich! Allerdings ging er früher als gewöhnlich.
Lisa selbst stürzte sich in Arbeit. Die Ruhe ihrer Bilder löste sich wieder auf. Irenes Lächeln und Amalies haßblitzende Augen... Paul war kein Trost in dieser Zeit. Noch an Ausläufern der letzten Katastrophe leidend, schien Lisa auf einen neuen Zusammenbruch zuzutreiben.
Sie versuchte, Paul aus ihren Gedanken zu verbannen, ging mit Freunden aus, reiste mit Netty zwei Wochen an die Adria, engagierte sich für ihre Ausstellung, die mittlerweile in Leipzig angekommen war, reiste mit ihren Bildern durch halb Deutschland und füllte jede Stunde mit Tätigkeit.
Was sie unternahm, schien alles recht hektisch und überstürzt. Bloß nicht nachdenken!
Wenn sie sich selbst befriedigte, drängte sich immer Paul in ihre Phantasie.
Die Narbe an ihrer Wange verblaßte zusehends. Sie zeichnete, doch sie entstellte nicht mehr. Freilich nahm sie Lisa die sexuelle Spontaneität. Sie wußte, daß heute kein Lächeln mehr genügte, um einen Mann verrückt zu machen. Trotzdem hatte Paul recht. Sie brauchte einen Liebhaber. Warum auch nicht?
Früher, in ihrer wilden Zeit, hatte sie oft mehrere Liebhaber gleichzeitig gehabt. Was für eine Zeit mußte das gewesen sein! Unendlich weit weg schien sie jetzt und fast schon golden verklärt. Diese Jahre vor dem Krieg... Wie sehnte Lisa die schmetterlingshafte Leichtigkeit zurück!
Und doch: So ein Liebhaber...
Wenn sie die Männer, mit denen sie damals geschlafen hatte, innerlich Revue passieren ließ: daß sich diese Verhältnisse alle einfach und leicht irgendwie ergeben hatten, ohne den entschiedenen Vorsatz »Ich suche mir einen Liebhaber«!
Spielerin war sie gewesen. Nietzsche hatte seinen Zarathustra sagen lassen, der Mann suche in seinem Leben vor allem die Gefahr und das Spiel und beides finde er im Weib, dem gefährlichsten Spielzeug.
Auch Lisa hatte gern gespielt – mit Männern. Auch ein wenig mit der

Gefahr und mit sich selbst. Nie hatte sie etwas »anbrennen« lassen.
Dann war Fedor gekommen und hatte sie an den eigenen Abgrund geführt, und Rudolf hatte sie gezwungen, hinabzuspringen. Und alles war schwer geworden und dunkel und schwingend.
Die Lisa von früher war der Lil von heute nicht fremd geworden, aber sehr, sehr fern.
Nun, sie wurde eben älter. Sie sah es, wenn sie in den Spiegel schaute. Ach, das Altwerden!
Manchmal war ein schwer zu beschreibendes Gefühl von Lebendigkeit in Lisa, das aber kaum in Übermut endete, sondern in einem vormals nur ahnend empfundenen Genießen, in einem umfassenden, aber nicht übersprudelnden Augenblick, in einem klaren Gedanken und einem violetten Lächeln.
Eigentlich verlief ihr Leben jetzt ohne äußere Aufregung, ohne Existenznöte, ohne drückende Sorgen. Sie machte sich zwar Gedanken, ob sie eine eigene, ständig geöffnete Galerie bekommen würde, aber eine Sorge war das nicht.
Auch den letzten Verriß und den lautstarken Protest der Nationalsozialisten, die ihr »Entartung« vorwarfen, hatte sie überstanden. Sie konnte sich ganz sich selbst widmen. Für alles gab es Personal, Kinder waren nicht vorhanden, Paul steckte kaum Grenzen, sie konnte Stunden verträumen, nachdenken, Bücher lesen, lange ausschlafen, sich im Kino einen Film anschauen, Kaffeegesellschaften geben, Rosen schneiden…
Es war alles in Ordnung. Es ging ihr gut. Sie trug schicke Kleider, betrieb Aktstudien an Männern und trank Champagner.
Ja, wirklich, es ging ihr gut.
Wirklich…

Wolfram Nemnich war nicht unbedingt ein Mann mit verfeinerter Kultur – aber er war ein Mann.
Als er im Spätsommer des Jahres 1928 mit suchenden Augen durch den »Hirschgarten« schlenderte, zog er die Blicke der Umsitzenden auf sich. Er sah nicht gut aus und fiel auch sonst nicht auf. Die Nase saß ihm etwas schief im Gesicht, seine Augen standen zu eng beisammen, alles an ihm wirkte wie aus verschiedenen Personen zusammengewürfelt. Aber eine quälende Eindringlichkeit strömte von ihm aus und ließ Lisas Lächeln gefrieren.
Sein Blick war durchbohrend, kühl, entkleidend. Er ging durch die Bankreihen, an Lisa vorbei, und drehte sich nicht mehr nach ihr um.
Martin sagte: »He, Lil, hörst du nun zu oder nicht?«

»Ja, doch. Wie gesagt, ich habe lange mit Leclair verhandelt...«
Es ging um »ihr« Kunsthaus, ein zum Greifen nah gekommenes Ziel. Lisa war heute aber nicht mehr sehr konzentriert und fing jeden Satz zwei-, dreimal an. Wolfram Nemnichs Blick hatte sie unter die Haut getroffen.
Zwei Abende später tauchte der eindrucksvolle Fremde im »Katzl« auf. Er setzte sich, ohne mit jemandem zu sprechen, allein an einen Tisch und starrte Lisa an. So war sie Ewigkeiten nicht mehr beobachtet worden. Tatsächlich ging ihr Puls bald schneller.
Dennoch tat sie, als würde sie den Mann weder sehen noch beachten, und wurde schweigsamer in der Runde. Im »Katzl« war heute wenig los. Der Spätsommer verstreute seine laue Süßigkeit, es zog die Leute in die Isarauen, die Parkanlagen und die Heimgärten.
Wolfram Nemnich blieb allein an seinem Tisch. Er rauchte eine Zigarre nach der anderen, trank ein Weißbier und ließ die Augen kaum für eine Sekunde von Lisa. Er sprach sie jedoch nicht an. Irgendwann stand er auf, zahlte und ging.
Lisa merkte, daß hier ein Spiel begann. Das Spiel gefiel ihr.
Natürlich fiel es allen anderen auch auf, daß der geheimnisvolle Unbekannte ein Auge auf Lisa geworfen hatte. Man zog sie damit auf und lachte darüber.
Eines Nachmittags traf sie ihn vor Leclairs Auslage. Er stand da und sah sie an.
»Ich will Sie einladen«, sagte er eingangslos.
Lisa lachte. »Ich weiß ja nicht einmal, wer Sie sind.«
»Ich weiß, wer Sie sind. Das genügt.«
Lisas Augen funkelten. Auf diesen Tonfall verstand sie sich wie auf keinen anderen. Sie schwieg. Er schwieg. Die Spannung wuchs.
Es schien Regen zu geben. Der Himmel hatte sich verdüstert. Der Mann trug einen alten, zerknitterten Trenchcoat, der Hut saß ihm schief und verwegen und auch etwas schäbig im Gesicht.
»Ich erwarte Sie heute abend im Odeon«, sagte er, neigte kurz den Kopf und ließ Lisa stehen.
Daraufhin ließ sich Lisa das Haar kastanienbraun färben und in kurze Locken legen. Als sie so zum Kaffee erschien, sah Paul sie überrascht an.
»Ist die Eitelkeit mit dir durchgegangen?« fragte er sie.
Die Eitelkeit war völlig mit ihr durchgegangen. – Ach, hätte sie doch bloß noch die Taille von früher! Der Fremde schien jünger zu sein als sie, bestimmt fünf, sechs Jahre.
Sie verzichtete aufs Abendessen und sagte zu Paul, sie müsse sich umziehen.

»Du gehst groß aus?«
Lisa lachte. »Ja, das scheint so! – Bleibst du zu Hause?«
»Es wäre sinnvoll. Ich habe einiges nachzuarbeiten.«
»Dabei duftet es draußen so wunderbar nach Nachsommer. Da kann doch kein Mensch arbeiten!«
Vergnügt lief sie die Treppe hinauf und stand dann eine halbe Stunde vor dem geöffneten Kleiderschrank. Was anziehen? Frivol wollte sie aussehen! Also entschied sie sich für das schwarze Georgette-Kleid, das sie schlanker machte und viel Bein zeigte – ihre Beine waren noch immer sehr aufregend. Dann noch etwas Schmuck, ein Diadem, Amber-Parfum – fertig! Donnerwetter!
Viel zu früh kam sie herunter – aufgeregt wie ein Schulmädchen. Als sie das Wohnzimmer betrat, schaute ihr Paul interessiert entgegen.
»Da schau an«, sagte er anerkennend.
Lisa drehte sich um die eigene Achse.
»Gefalle ich dir?« fragte sie kokett.
»Du siehst sehr sündig aus. Was hast du vor?«
»Genau das, was du vermutest.«
Sie mixte sich einen Whisky-Soda und setzte sich dann zu Paul auf die Couch.
»Das muß aber ein toller Mann sein«, meinte Paul nicht ohne Amusement. »So gestrahlt hast du lange nicht mehr.«
»Ja? Ich frage mich bloß, ob ich auch noch strahle, wenn ich nach Hause komme.«
Dann sagte sie leise: »Ich wünschte, ich wäre zehn Jahre jünger. Manchmal, wenn ich mit Netty in einem Café sitze oder im ›Katzl‹ bin, schaue ich den jungen Mädchen zu, die alles, alles noch vor sich haben und so unverschämt jung und hübsch sind, und es tröstet mich nicht, das alles auch einmal gewesen zu sein. Jetzt will ich es sein, verstehst du: jetzt!«
»Ihr Frauen!«
»Lach nicht, ich spreche im Ernst. – Alles ist so kompliziert geworden.«
»Du machst es dir kompliziert. Warum genießt du nicht einfach, was du heute abend vor dir hast?«
Lisa schluckte. Plötzlich fühlte sie sich überhaupt nicht mehr wohl. Die Hochstimmung des Nachmittags verflog schnell.
»Wieso sagst du das?« fragte sie leise und leerte ihr Whiskyglas in einem Zug. Hätte sie sich doch nicht zu Paul gesetzt! Eigentlich hatte sie gar keine Lust mehr, zu dem Mann zu gehen, dessen Namen sie nicht wußte.
»Ich sage es, weil ich dir einen schönen und amüsanten Abend wünsche«, meinte Paul gelassen.

Hart stellte Lisa das Glas auf den Tisch.
»Ich will nicht mehr weggehen.«
»Natürlich willst du. Dein Gesicht verrät dich, Lil. Deine Augen und dein Mund sind noch nicht satt. Eine Zeitlang war dein Mund in Gefahr, hart und bitter zu werden. Er wurde es nicht. Gib dir nach.«
Lisa lächelte, aber sie dachte: Mein Gott, wieso gibst du mir nicht nach? Am liebsten hätte sie die Arme nach Paul ausgestreckt und sich an seine Schulter geflüchtet.
Noch lieber wäre es ihr gewesen, ihn mit heißen Lipppen küssen zu können, damit er fühle, wie unersättlich ihr Mund noch immer war...
Nichts davon tat sie. Sie stand auf, meinte, es sei Zeit für sie, und rief ihm an der Tür über die Schulter hinweg zu: »Wer weiß, vielleicht verliebe ich mich heute nacht.«

Die Hawaii-Blume schmeckte sehr süß und sehr exotisch. Man trank diesen Long-Drink aus einem kokosnußschalenförmigen Gefäß mit einem Halm.
Der Fremde hatte sich inzwischen als Wolfram Nemnich vorgestellt. Er gab vor, Schriftsteller zu sein.
Die Kapelle spielte dunkel-schwingende Jazzmusik, jenen weichrhythmischen Sound, der gerade über ganz Europa hinwegging. Die dämmrige Beleuchtung an der Bar schmeichelte Lisas Gesicht.
Wolfram Nemnich sprach nicht viel. Als sie ihn fragte, was er von ihren Bildern hielt, nachdem er ihr erzählt hatte, woher er ihren Namen kannte, sagte er unumwunden: »Ich beschäftige mich nicht mit Bildern. Unnützes Zeug. Bilder sind etwas für Leute, die mit sich selbst nichts anfangen können, also schauen sie auf Bilder. Oder malen. Ich habe keinerlei Achtung vor der Kunst.«
»Mir scheint, Sie haben sogar Verachtung dafür. Dabei schreiben Sie selbst.«
»Keine Kunst. Gelderwerb.«
»Aha.«
»Kunst ist eine Spielerei und lenkt vom Wesentlichen ab. Gewisse Kreise würden es wohl ›Sublimierung‹ nennen. Wozu etwas sublimieren? Alles Unfug.«
»Was ist für Sie denn das Wesentliche?«
Er schaute sie an, erstaunt über diese Frage, dann wieder durchdringend wie an jenem Nachmittag im »Hirschgarten«. Sein Blick stieß durch sie hindurch, daß es fast weh tat, und sie merkte, daß er blaue Augen hatte, ganz klare, helle blaue Augen.
»Das Wesentliche? Die Macht und das Spiel damit.«

»Haben Sie Macht?«
»Kommt darauf an.«
»Worauf?«
Er zuckte die Achseln.
Wie ein schönes, undressiertes Raubtier erschien er ihr. Sie beobachtete ihn, während er eine zweite Hawaii-Blume bestellte. Die Mischung dieses Gebräus machte sie schwindlig.
»Wollen Sie mich betrunken machen?« fragte sie ihn mit dunkellockendem Vibrato in der Stimme. Er lachte.
»Das habe ich nicht nötig. Und Sie auch nicht.«
Lisas Brauen sprangen hoch. »Was macht Sie so sicher?«
»Instinkt. Ich räume allerdings ein: Man muß Sie zu behandeln wissen. Sie brauchen eine harte Hand. Man muß streng mit Ihnen sein.«
Lisa wurde es heiß. Ganz heiß. Prickelnd wie Champagner durchdrang die Hitze ihren ganzen Körper.
»Sie scheinen sich auf Psychologie zu verstehen«, sagte sie und nahm den Trinkhalm der neuen Hawaii-Blume mit einer sehr erotisch wirkenden Zungenbewegung in den Mund.
»Ich habe nur einen Blick für Frauen. Als ich Sie zum ersten Mal sah, vor allem Ihre Augen, da wußte ich, wer Sie sind. Und was Sie wollen.«
»Eine kühne Behauptung.«
»Sie wußten ja auch alles über mich, als Sie mich zum ersten Mal sahen.« Und dann sagte er auch schon: »Wir gehen jetzt.«
»Wohin?« fragte sie unschuldsvoll.
»Zu mir. Ich gebe heute noch eine Party.«
Lisa lächelte. Gott sei Dank. Sie hatte ihr Pessar dabei.
»Gut«, sagte sie leise.
Entschlossen, seine Spielregeln zu akzeptieren, ließ sie sich von ihm ins nächste Taxi bugsieren. Schon im Wagen, als sie durch die dunkle, laue Nacht fuhren, spürte sie seine Gedanken – und er sicher auch die ihren. Sie sprachen nichts. Irgendwo hielt das Taxi. Wolfram Nemnich zahlte, stieg aus und half auch Lisa aus dem Wagen.
Die Gegend: Glasscherbenviertel.
Er stieß ein knarrendes Gartentor auf, das zu einem heruntergekommenen Haus führte.
»Was ist denn mit Ihrer Party?« fragte Lisa belustigt. »Ich sehe nirgendwo Licht.«
Da nahm er ihren Arm und ging mit ihr die Treppe zur Haustür hinauf. Zwischen den alten Bäumen im Garten leuchteten Straßenlaternen. Es war sehr ruhig hier.

Er hatte nun die Tür aufgestoßen.
»Wir werden eine Party feiern, Sie und ich. Einwände?«
»Nein.«
Sie folgte ihm die Treppe hinauf. Lange war sie nicht mehr so nervös gewesen. Er öffnete eine Tür und ließ sie eintreten. Als die Tür hinter ihr ins Schloß fiel, schrak sie zusammen. Jetzt war sie allein mit ihm. Sie standen in einem breiten Korridor. Durch ein großes Fenster fiel Licht von der Straße herein.
»Komm her«, sagte er, und seine Stimme klang angenehm tief und dunkel, der Ton erstickte jeden Widerstand im Keim. Sein Kuß war hart und fordernd. Als er seinen Mund von dem ihren löste, einen Arm fest um ihre Mitte geschlungen, warnte er sie: »Vorsicht, ich bin ein Barbar.«
Lisa lachte leise.
»Darum bin ich ja hier«, antwortete sie, und erneut war sein Mund über dem ihren. – Wie lange war sie nicht mehr geküßt worden? Seine harte, unnachgiebige Zunge spürte sie bis in den Schoß.
Mit dem Rücken an die Wand gedrückt, vor sich sein Gesicht im fahlen Licht der Straßenlaterne, ließ sie sich den Mantel ausziehen. Das Kleid riß er ihr vom Körper, daß die Nähte sprangen.
Ihr Büstenhalter fiel. Seine Hände umschlossen ihre Brüste. Er tat ihr weh. Lisas Atem wurde schneller, stockender. Sie war unglaublich erregt.
»Teufel, werde ich dich genießen!« hörte sie ihn sagen.
Seine Zähne gruben sich in ihr Fleisch, seine Hände fuhren unter ihren Rock, über die Rüschen ihrer Strapse und erforschten dann, tastend und fast sanft, ihre Schenkel und ihren Hintern. Lisa stöhnte.
»Sei still«, sagte er. »Noch hast du dich zu beherrschen.«
Lisa biß sich auf die Lippen. Alle Drähte drohten zu reißen. Der wilde, undressierte Mann mit den eindringlichen Augen warf sein Jackett ab und befreite sich von seinem Hemd. Sein nachgewachsener, stoppeliger Bart kratzte auf ihrer Haut. Unter seinem Biß schrie sie auf.
Mit kreisenden, weichen Bewegungen kam sie ihm entgegen und spürte seine Erektion. Kopflos, süchtig fast, wühlte sie sich seiner Härte entgegen, konnte sich nicht mehr beherrschen und ließ es einfach über sich hinwegströmen. Taumelnd fiel sie gegen ihn.
»Du wirst lernen, mir zu gehorchen«, sagte er streng. »Du kommst dann, wenn ich es dir sage, hörst du? Sonst werde ich dich strafen, du geiles, kleines Luder.«
»Dann bestraf mich!«
»Ich werde gleich damit anfangen.«

»Ja!«
»Soll ich dir weh tun? Ja? Magst du das?«
»Ja, ja bitte!«
»Und was noch?«
»So vögle mich doch endlich! Vögle mich!«
Er hob sie hoch und trug sie ins Schlafzimmer.
Das Haus lag im Schlaf, als Lisa zurückkam.
Auch im Arbeitszimmer brannte kein Licht mehr. Konnte es ja auch nicht. Es war drei Uhr morgens.
Lisa machte auch in der Halle kein Licht, sondern lehnte sich atemschöpfend gegen das Treppengeländer. Ruhig und gleichmäßig tickte die Standuhr aus ihrer Ecke hervor. Alles war vertraut.
Draußen fuhr ein Wagen vorbei und erhellte für Sekunden den Flur. Lisa ging nach oben. Sicher tastete sie sich durch die Dunkelheit. Überall die gleiche, kühle, wohltuende Ruhe. Ihre Schulter streifte die Blätter des Rhododendrons im Korridor. Das Geräusch erschien ihr laut in der Stille. Sie betrat ihr Badezimmer, zog sich aus, wusch sich, duschte sich gründlich mit viel Seife ab und versuchte dann, den Sex-Geruch aus ihren Haaren zu bürsten. Es half nichts. Die Haare rochen weiterhin nach Wolfram Nemnich. Sie legte die Bürste wieder weg und schlüpfte in ein frischduftendes, weißes Nachthemd. Im Spiegel sah sie sich an. Ja, sie war es. Wieder? Noch immer?
Fast lautlos huschte sie in ihr Schlafzimmer hinüber. Sie wollte Paul nicht wecken. Hoffentlich war er vom Geräusch des fließenden Wassers nicht aufgewacht.
In ihrem Schlafzimmer blieb sie einen Moment stehen und horchte in sich hinein. Doch dann ging sie zu Paul hinüber. Langsam und flach ging sein Atem. Das Zimmer roch nach Paul und Vertrautheit und Zuhause.
Paul schlief tief und fest. Lisa legte sich neben ihn. Vorsichtig zog sie die Decke über den Körper. Das Gleichmaß seiner Atemzüge machte sie schläfrig. Ob er auf sie gewartet hatte? Wie lange wohl?
Noch während sie diesen Gedanken dachte, schlief sie ein.

Neunzehntes Kapitel

Im Frühling 1929 erreichte Lisas Ausstellung Rom.
Das Ausland, von Frankreich abgesehen, reagierte ziemlich kühl auf Lisas Art zu malen, und auch Rom machte keine Ausnahme. Doch Lisa war entzückt. Sie ließ sich von italienischer Lebenslust anstecken und schrieb an Paul, daß sie sich nichts Wunderbareres vorstellen

könne, als von der Dachterrasse ihres Hotels am frühen Morgen über die Dächer Roms zu blicken und diese einzigartige, herrliche Atmosphäre einzuatmen.
»Was bei uns die Biergärten sind«, schrieb sie weiter, »sind hier die Straßencafés. Die Leute kommen miteinander ins Gespräch, erhitzen sich aneinander, streiten und versöhnen sich bei Espresso oder Chianti. Auch wenn sie laut sind, haben sie Charme, und was aussieht wie das Vorspiel zu einer Rauferei, ist in Wahrheit nur ein lebhaftes Gespräch – über Politik, Frauen oder auch nur über Spaghetti. Man ißt hier sehr gern! Die Leute lachen, essen, trinken, unterhalten sich und lassen den lieben Gott einen guten Mann sein.«
Ja, Rom! Am liebsten wäre sie gar nicht mehr nach Hause gefahren, aber dann bekam sie doch so etwas wie Heimweh, Sehnsucht nach dem »Katzl« und nach Paul.
Sie war ganz voll von neuen Eindrücken und Ideen und entschlossen, zu Hause wieder viel zu arbeiten.
Doch zu Hause hatte sich etwas geändert.
Sie merkte es Paul sofort an, als er sie vom Bahnhof abholte. Er lächelte und küßte sie auf die Wange, fragte, ob sie sich nun doch habe losreißen können, und rief einen Gepäckträger. Alles war, wie es hätte sein sollen, aber Lisa spürte, daß Paul sie zu täuschen versuchte.
Zuerst sagte sie sich, sie bilde sich das nur ein, das mache der Wechsel aus dem warmen, südlichen, temperamentvollen Italien ins laue, doch etwas kühlere München; Paul war nun mal kein wild gestikulierender *chiacchierone*. Aber nach zwei, drei Tagen war sie sich sicher, daß etwas nicht stimmte.
Paul hatte Karten für eine Theaterpremiere gekauft und verschenkte eine davon an Netty, damit sie mit Lisa hingehen könnte. Er habe keine Lust. Als er dann auch noch in Erwägung zog, ein Händel-Konzert aus dem Programm zu streichen, zog Lisa die Stirn in Falten.
Schließlich ging er doch ins Konzert, aber er schien überhaupt nichts zu hören und nicht einmal zu merken, daß er applaudierte. Ehe sie zu Bett gingen, ließ er fallen, daß er zur Zeit unruhig schlafe, womit er ihr zu verstehen gab, daß er sie nicht neben sich haben wollte. Daß er dann auch noch die Zwischentür zudrückte, erschreckte sie. Seit Ewigkeiten hatte er das nicht mehr getan... Was war nur los?
Natürlich fiel Lisa auf, daß von Max nicht mehr die Rede war. Max sah nicht vorbei, rief nicht einmal an und wurde von Paul nicht erwähnt. Paul blieb jede Nacht zu Hause, verbrachte aber den Großteil des Abends in seinem Arbeitszimmer. Als sie einmal hin-

einkam, um ihm zu sagen, daß Schneider angerufen habe und mit ihr eine neue Ausstellung zusammenstellen wolle, arbeitete er jedoch nicht, sondern saß einfach in seinem Drehstuhl und starrte auf den Tisch.
Irgendwann sagte er ihr dann, daß Max »nach Frankfurt gezogen« sei. Er habe »die lukrative Stellung bei der ›Allgemeinen‹« nun doch angenommen.
Lisa wußte, was das hieß: Max hatte Paul verlassen.
In den folgenden Tagen merkte sie schon, daß sie auf eine Depression zutrieb. Tatsächlich fühlte sie sich am Wochenende so lausig, daß sie Nettys Einladung zum Tennisspielen absagte. Am liebsten wäre sie nach Rom zurückgefahren. Was war denn nur? – Als Wolf anrief, legte sie einfach wieder auf. Zum Arbeiten hatte sie auch keine Lust. Die italienischen Eindrücke verblaßten schon, und sie hatte immer noch nichts damit angefangen.
Langsam begriff sie, was sie so zerdrückte: Paul litt wegen Max, er schloß sie aus, sie war jetzt nicht wichtig; das, was ihm wichtig war, hatte sich ihm entzogen.
Vielleicht hätte sie ihm zur Seite stehen sollen, so, wie er ihr in ähnlicher Situation geholfen hatte, aber sie konnte es nicht. Auf einmal war alle Eifersucht wieder da, stärker als je vorher. Das stille Arrangement der letzten Monate fiel in sich zusammen.
Lisa mußte daran denken, wie sie sich nach Rudolf gefühlt hatte, wie leer und halbverrückt und ohne Ziel. Und nun ging es Paul so – wegen Max. Vielleicht gab er ihr sogar die Schuld. Sicher wäre es ihm lieber gewesen, sie hätte ihn verlassen und Max wäre geblieben. Hatte er nicht gesagt, er liebe ihn? Sie hatte diesen Satz verdrängt, sie hatte dieses Bekenntnis aus ihren Gedanken gestrichen und es bewußt fehlübersetzt. In der Übersetzung hatte es einfach und schlicht geheißen: »Ich schlafe mit Max.« Das war einzusehen, das war zu akzeptieren, damit konnte man leben, auch wenn es Angenehmeres gab, als an die Szene mit Max und Paul im Schlafzimmer zu denken. Doch das andere, das, was sie nicht denken und wissen wollte, hatte plötzlich wieder Realität. Pauls Blick sagte es jeden Tag. Auch wenn sie nach Rom geflohen wäre, wäre es ihr gefolgt.
Es war für Lisa keineswegs eine Erleichterung, Max in Frankfurt, fern von Paul, zu wissen. Jetzt war er gegenwärtiger denn je. Pauls Gefühle drängten auf einmal an die Oberfläche. Manchmal hatte Lisa das Empfinden, Pauls Gedanken zu spüren, wenn er mit ihr am Tisch saß, und immer war Max in diesen Gedanken.
Das Schlimmste war, daß Paul nicht darüber sprach und sie es nicht über sich brachte, danach zu fragen. Paul war wie immer und doch

ganz anders. Alles wurde auf diese Weise irgendwie unfaßbar und nebelhaft und verdichtete sich trotzdem.
Würde sie denn nie Ruhe finden, würde es nie irgendein dauerndes, warmes Glück geben?
Es war keine wilde Verzweiflung, die diesmal über sie herfiel und alles in ihr wie ein Buschfeuer niederbrannte. Es war, als fresse sich eine ätzende Säure langsam in ihre Seele. Es gab keine innere Bewußtlosigkeit, alles blieb klar und überschaubar. Auch ohne »dunklen Mond« blieb sie ein Geschöpf Saturns. Es gab kein Lachen ohne eine Träne. Sie versuchte, obwohl es ihr unendlich schwer fiel, sich neu an Paul und seine Betrübnis heranzutasten, doch irgendwie ließ er es nicht zu. Sie wurde sogar »bemutternd«, weil sie grübelnd nach einer Möglichkeit suchte, den unsichtbaren Ring, den Paul um sich aufgebaut hatte, zu brechen. Doch ihre Bemühungen machten ihn im Höchstfall ärgerlich. Er wollte in Ruhe gelassen werden. Als sie ihn einmal fragte, ob sie ihm etwas zu trinken bringen solle, nachdem er alle ihre Angebote, es ihm schön zu machen, abgelehnt hatte, fuhr er auf und sagte scharf: »Kannst du nicht endlich aufhören, mir auf die Nerven zu gehen!«
Paul war keine cholerische Natur. Er schrie nie. Jetzt schrie er – und in was für einem Ton! Natürlich entschuldigte er sich hinterher und nahm wieder Beherrschung an, aber ihr gegenüber blieb er außerordentlich gereizt, was sie vor allem daran merkte, daß er ihr übertrieben höflich begegnete, was sie wiederum rasend machte. Wenn er sagte: »Ich hoffe, du hast gut geschlafen«, hätte sie ihn ohrfeigen mögen. Es interessierte ihn doch gar nicht, wie sie geschlafen hatte! Einmal wagte es Lisa, ihn zu fragen, ob er etwas von Max gehört habe, und hatte schon Angst, Paul könne ärgerlich werden, aber er entgegnete ganz gelassen, wenn auch mit gespannten Kiefern: »Ich nehme an, es geht ihm gut. Ich höre nichts mehr. Nun, er hat jetzt auch einen verantwortungsvollen Posten in der Redaktion. Es kommt viel auf ihn zu, aber er wird sich zu behaupten wissen. – Sei doch bitte so lieb und reich mir mal die Butter.«
Wieso spielte er Theater? Hatte sie vor ihm nicht ihre ganze Seele ausgezogen? War er wirklich nur ihr Über-Vater und sie sein kleines Mädchen, das zuwenig verstand? Vertraute nur sie ihm und er ihr nicht? Wußte er überhaupt, daß er sie quälte, oder ging das alles an ihm vorbei? Sah er nur die exaltierte Künstlerin in ihr? War sie so egozentriert? Glaubte er, sie würde nicht zuhören? – Was um alles in der Welt dachte er nur von ihr? Was dachte er überhaupt?
Sie betrank sich ein paarmal recht stark und wahrte nur nach außen Gleichgewicht. Paul fand sie einmal betrunken im Wohnzimmer,

lauthals einen Tango-Schlager plärrend und mit der Handfläche auf die Tischplatte klopfend. Sie lachte und weinte gleichzeitig, als er ihr Gelenk abfing, ließ sich schließlich von ihm ins Bett schicken. Am anderen Tag meinte er recht trocken, sie solle am Abend nüchtern sein, die Reitkinds hätten eingeladen.

Martin hatte sich in die Toskana abgesetzt, und auch das machte sie traurig. Es war überhaupt schrecklich, daß es niemanden gab, mit dem sie reden konnte. Sicherlich, sie hatte viele gute Bekannte in Schwabing, mit denen sie lachte und trank und philosophierte, aber keinem konnte sie sagen, was sie quälte. Keinem konnte sie sagen, daß ihr Mann einen anderen Mann liebte und sie eifersüchtig war und sich elend fühlte.

Paul sagte einmal zu ihr, sie solle sich doch endlich zusammennehmen, ehe sie sich ganz vergaß.

»Jaja«, gab sie zurück, müde und gereizt, und dachte, daß er ja nur Angst hatte, sie könne ihn verraten, wenn sie betrunken war und keine Kontrolle mehr über sich hatte.

Wolf Nemnich, der angebliche Literat, war noch immer ihr Liebhaber. Die Beziehung blieb anonym. Sie wußte kaum etwas von ihm, und er erfuhr wenig über sie. Nur sexuell blieb alles intensiv. Nur da gab es Vergessen. Wozu nur, fragte sie sich manchmal, hungerte sie nach Wolfs Grausamkeiten, wo der Rest des Daseins ihr grausam genug erschien?

Das Bach-Konzert war ekstatisch und wunderbar gewesen.

Paul sprach auf der Nachhausefahrt noch eine Zeitlang darüber, sehr intensiv, ganz so, als wäre er nur mit Bach beschäftigt, nur und ausschließlich, und auch Max wäre jetzt nicht da. Ein Konzert entspannte ihn immer sehr, es entriß ihn jedenfalls sich selbst. Lisa lauschte ihm geduldig, obwohl sie seine Erklärungen nicht verstand, so ergreifend ihr Bach auch erschien.

»Vielleicht hätten wir doch noch mit zu den Vosgeraus gehen sollen. Es ist noch gar nicht so spät«, meinte Lisa. – Im übrigen hatte der Katja-Zwischenfall kein Nachspiel gehabt. Eden hatte sich nach diesem Fauxpas von Katja getrennt, und seitdem wußte man nichts mehr von ihr. Was die Leute dachten, blieb im dunkeln.

»Nein«, sagte Paul, »das hätten wir nicht tun sollen. Man kann sich so einen Abend nicht mit blankem Gewäsch verderben oder verwässern lassen. Wieso versuchst du nicht, es in dir nachklingen zu lassen?«

Weil es mich aufgewühlt hat und ich dann nicht schlafen kann, wollte sie sagen, aber sie schwieg. Sie wäre wirklich noch gern auf ein Glas Wein mit zu den Vosgeraus gefahren, um »Gewäsch« zu hören.

Daheim meinte Paul zu ihrer Überraschung, sie solle doch noch einen Sherry mit ihm nehmen – seit sie dem Alkohol so sehr zusprach, hatte er kein solches Angebot mehr gemacht. Sie setzte sich also mit ihm ins Wohnzimmer, und es kam ihr vor, als wolle er ihr etwas sagen. Er sprach aber dann nur von den Nazis und der drohenden Diktatur.
»Du solltest das lassen, wirklich«, sagte Lisa impulsiv.
»Was? Was sollte ich lassen?«
Sein Gesicht sah müde aus. Es hatte mehr Falten als sonst. Oder hatte sie ihn schon lange nicht mehr richtig angeschaut, nicht mehr richtig anschauen können? Im Schein der Lampe, der sein Gesicht streifte, trat jede Rinne und Furche besonders deutlich hervor.
»Unterhaltungen als Decke zu benutzen. Du mußt mir nichts über die Nazis erzählen.«
Paul lächelte flüchtig.
»Ja«, sagte er dann. »Ich habe tatsächlich keine Lust, über die Nazis zu reden, obwohl sie mir im Magen liegen.«
»Warum tust du's dann?«
Paul zuckte die Achseln und nahm einen vorsichtigen Schluck aus seinem Sherry-Glas.
»Weil ich mit dir reden will. Über irgend etwas.«
»Wieso über ›irgend etwas‹? Wieso nicht darüber?«
Worüber, fragte er nicht. Er wußte, worauf sie hinauswollte. »Weil es für uns beide nicht angenehm wäre.«
»Ist das ein legitimer Grund?«
»Ein Fluchtweg.« Paul lächelte. Dann stellte er sein Glas weg und stand auf. »Komm. Gehen wir ins Bett. Ich bin wirklich erschöpft. Und du solltest auch mehr schlafen. Du hast Ringe unter den Augen, Lil.«
Sie folgte ihm zur Tür.
»Wenn ich früh zu Bett gehe, schlafe ich schlecht. Darum die Ringe. Das geht vorbei. Du bist es, der zuviel arbeitet.«
Paul nickte und ließ sie voraus die Treppe hinaufgehen, um hinter ihr das Licht zu löschen.
»Auch das gibt sich wieder«, sagte er.
Vor ihrer Badezimmertür blieb sie stehen.
»Du, Paul.«
»Hm?«
»Läßt du die Tür heute offen?«
»Wenn du willst.«
Lisa nickte, betrat dann das Badezimmer und besah sich im Spiegel die Ringe unter den Augen. Na fein. Als hätte sie drei Nächte nicht

geschlafen. Zu viel Alkohol, zu viel Traurigkeit, zu große Sehnsucht und zu wilder Sex.
Sie duschte, schminkte sich ab, bürstete sich die Zähne, dachte daran, wieder mal zum Zahnarzt zu müssen, schlüpfte in ihr Seidennachthemd und ging ins Schlafzimmer hinüber. Es war beruhigend: Die Tür zu Pauls Zimmer stand offen; ein Lichtstrahl fiel über die Schwelle.
»Wir sollten uns eine Katze zulegen«, sagte sie laut.
»Etwas zum Schmusen, hm?«
Lisa lächelte. Paul wollte an ihr vorbeigehen, um auf ihren Wecker sehen zu können, da seine Uhr stehengeblieben war, als sein Blick auf ihre nackten Schultern fiel. Das Nachtkleid gab viel Haut frei. Paul sah Striemen und Rötungen. Lisa, die zum Fenster hinausgesehen hatte, spürte seine Augen und drehte sich überrascht zu ihm um.
»Was ist?« fragte sie.
»Was ist denn das?« Er ließ einen Finger über die roten Streifen gleiten. »Wer hat dich denn so zugerichtet?«
»Er.«
»Dieser Wolf Soundso?«
Sie nickte verlegen und wich seinem Blick aus.
»Tut das nicht weh?«
Nervös lachte Lisa auf. »Jetzt nicht mehr.«
»Macht er das öfter?«
»Regelmäßig.«
»Das erregt dich?«
»Überrascht dich das?«
»Ein bißchen... und auch wieder nicht. Es ist etwas an dir, das Männer reizt, dich zu quälen.«
Lisa zuckte die Achseln und sah einen Moment wieder sehr kindlich aus.
»Mag sein«, sagte sie dann. »Wenn ich es mir überlege, bist du der erste, der mich nicht irgendwie quälen will.«
»Ich quäle dich manchmal auch – wenn auch auf anderer Ebene.«
Seine Finger glitten noch einmal, fast fasziniert von ihrer Entdeckung, langsam und sanft über die geröteten Striemen.
Lisa meinte: »Diesmal ist es vom Rohrstock.«
»Reicht es dir, geschlagen zu werden?«
»Nein... das ist eigentlich nur Beiwerk. Er schläft auch mit mir, aber er muß mir das Gefühl geben, mich zu beherrschen.«
Sie wußte jetzt nicht, ob sie von Wolf oder von Männern im allgemeinen sprach.
»Du bist wirklich eine Nummer.«

Sie war an Paul herangetreten und legte den Kopf an seine Schulter. Seine Nähe gab ihr das Gefühl der Vertrautheit. Bei ihm war sie zu Hause.
»Findest du das jetzt schlimm?« wollte sie wissen.
»Unsinn. – Willst du bei mir schlafen?«
Lisa lächelte. »Ja.«
Sie ging voraus. Wieder löschte Paul hinter ihr das Licht. Sie schlüpfte unter die Bettdecke, und Paul zog seinen Wecker auf. Lisa lächelte, er lächelte zurück.
Als er dann neben ihr lag, umfaßte sie seinen Arm. Jetzt war es wieder gut. Es war noch nicht alles wieder im Lot, aber sie hatte keine Angst mehr. Schließlich war sie daheim.
»Gute Nacht«, murmelte sie leise.
Eine Zeitlang war es still im Zimmer. Es kam ihr vor, als würde Paul schon schlafen.
»Wie kommst du denn zu dieser Neigung?« wollte er dann doch wissen.
»Keine Ahnung. Mein Lebensweg ist mit – mit dominanten Männern gepflastert. Es ging schon mit meinem ersten Mann an – und auch vorher hat mich so was fasziniert, wenn ein Mann mir das Gefühl gab, alles mit mir machen zu können, das muß so eine psychische Kraft sein, es ist nichts rein Körperliches. – Vielleicht wegen meinem Vater. Ich habe ihn sehr geliebt, ich fand ihn großartig. Ich sah zu ihm auf, lange. Irgendwie immer noch. Gegen seine Frau, dieses Luder, war er sehr hart. Er war überhaupt immer der Herr. Auch mir gegenüber. Er hat mich nie gezüchtigt oder so, aber es geschah immer sein Wille.«
»Aha«, sagte Paul und drückte ihren Arm. »Komm rüber, ewiges kleines Mädchen. Bei dir hat man immer das Gefühl, man müsse dich beschützen – vor allem vor dir selbst.«
Sie schlüpfte zu ihm unter die Decke. Das hatte sie vermißt. Jetzt gab sie sich einfach dem Gefühl hin, im Arm gehalten zu werden. Paul knipste die Nachttischlampe aus.
»Du bist mir so eine«, sagte er weich.

Im Sommer fuhren die Gregorians nach Sylt, dann nach Rimini, weil Sylt zwei Wochen im Regen gelegen hatte.
In Rimini blieb Lisa manchen Abend allein, aber eifersüchtig war sie eigentlich nicht. So, wie es war, schien es richtig zu sein. Paul erzählte viel, auch von Max. Da klang immer noch eine Menge nach.
Im Herbst hatte Paul plötzlich wieder einen Freund. Lisa mochte diesen gutaussehenden Schnösel mit den keck-schwarzen Locken von Anfang an nicht. Er war ihr zu gelackt und »überhaupt so überzüch-

tet wie Oscar Wilde«. Sie sprach von Michael Vabénne nur als »Sumpfblüte« oder »Puderpuff«. Sie wehrte sich gegen diesen neuen Eindringling und übersah ganz, daß Paul zu Michael Distanz wahrte. Michael hatte die aristokratische Noblesse eines altenglischen Dandys, aber einen sehr charmanten Witz und eine geistvolle Schlagfertigkeit. Dennoch war er ihr zu süßlich. Was fand Paul nur an diesem Menschen? – Wirklich, mit Max war er besser beraten gewesen.

Im Grunde reagierte nur Lisas Abwehrsystem. An sich hatte sie für skurrile Gestalten viel übrig, und wäre sie mit Michael nicht über Paul bekannt geworden, hätte sie ihn sicher amüsant gefunden. Sehr argwöhnisch beäugte Lisa diese neue Liaison. Riminis Strandjungen wären ihr als komfortablere Alternative erschienen, aber Paul war sichtlich anderer Meinung. Er pflegte seine Beziehung mit dem »Puderpuff« und ignorierte ihre Einwände. Einmal sagte er sehr kühl: »Das geht dich eigentlich gar nichts an, Lil.«

Nun ja – es ging sie »eigentlich« nichts an.

Immerhin brachte Paul die »Sumpfpflanze« nur sehr selten nach Hause mit. Er wurde nicht wie Max als Hausfreund geführt. Lisa machte aus ihrer Abneigung keinen Hehl, und Paul vermied es, die beiden in Gesellschaft miteinander zu konfrontieren – ganz im Vertrauen: Michael hatte auch für Lisa nichts übrig.

Im selben Herbst erfuhr Lisa, daß Wolf nicht nur mit ihr schlief. Eine Woche später – der Schock des Nicht-Genügens, so albern er auch sein mochte, wenn Lisa in ihre Vergangenheit zurückblickte, saß noch tief – stellte Wolf sie vor vollendete Tatsachen: Er ließ sich mit einer blutjungen Blondine sehen.

Damit war für Lisa die Affaire Wolf beendet, aber ihre Eitelkeit litt schwer. Sie tat sich keineswegs leicht mit dem Altern. Es war eine sehr grausame Ohrfeige für sie, daß sie einer so viel Jüngeren hatte Platz machen müssen.

Als sie Paul davon erzählte, lachte er gutmütig.

»Du bist nur gekränkt, Lil. Das geht vorbei. Sag mir lieber, wieso du dich nie in diesen Wilden verliebt hast.«

»Ich war in ihn verliebt.«

»Du warst fasziniert und erotisiert, aber niemals verliebt. Das hätte ich gemerkt.«

Sie war wirklich nie in Wolf verliebt gewesen. Das war sonderbar, sie merkte es selbst. Aber vielleicht war sie aus dem Alter heraus, sich in bloße Faszinationen und erotische Spannungen zu verlieben. Paul hatte über ihre düstere Stimmung gelacht und von Gekränktsein gesprochen. Aber war es für eine Frau in ihrem Alter nicht

besonders demütigend, verlassen zu werden? Paul konnte lachen. Ihn machten die grauen Strähnen im Haar attraktiv.
Lisa war keine junge Schönheit mehr – aber sie hatte ein Gesicht. Ihr Gesicht war so alt wie sie selbst. Sie hatte zu intensiv gelebt und gefühlt, um sich glatte, alterslose Züge zu bewahren. Ihr Gesicht erzählte Geschichten. Paul sagte einmal, es sei schön, in ihr Gesicht zu schauen, weil man niemals in eine Leere sah, sondern immer in Bilder. Die Augen sprachen, und der Mund gestand seine Vergangenheit. Wenn die Augen lachten und der Mund sich lächelnd wölbte, sah man die Lisa von früher; wenn die Augen ernst blieben und der Mund in der Geraden lag – immer noch sinnlich, aber härter konturiert –, schaute man in ein Leben, das Komödie und Tragödie zugleich gewesen war und sich doch noch nicht ausgelebt und erschöpft hatte. Und manchmal war in Lisas Gesicht eine tiefe, große, schöne Stille, die an die Abenddämmerung auf Sylt erinnerte: ruhig, weich, unendlich.
Die Narbe entstellte sie nicht. Sie gehörte irgendwie in ihr Gesicht, so sehr, daß Lisa längst nicht mehr daran dachte, sie einem Chirurgen anzuvertrauen.
Wolf tat ihr weh, aber er traf sie nicht im Innersten. Auch Michael nicht. Paul gab ihr nicht das Gefühl, als wäre Michael ein legitimer Nachfolger von Max. Paul verstand es überhaupt, ihr ein Gefühl zu geben. Er konnte sich zwar ganz extrem zurückziehen, vor allem dann, wenn er bewußte Abgrenzung suchte, er konnte sehr kühl sein, wenn er fand, sie verhalte sich zu exzentrisch, aber er konnte auch auf sie zugehen und hatte die Intuition für den richtigen Moment und die richtige Zeit.
Anderen Männern war Lisa immer nur oder in erster Linie in der Leidenschaft begegnet, in schrankenniederreißender Ekstase. Paul begegnete sie in der Ruhe und der Stille und der Nachdenklichkeit. Sie begegnete ihm beim Musikhören, im Gespräch, im Schweigen. Es war nie ein Aufeinanderprallen, nie eine Erschütterung, es war vielmehr ein Entgegengleiten und Ineinanderfließen, harmonisch, sanft, beruhigend.
Immer war das Gefühl da, sie könne sich auf Paul verlassen. Eine sonderbare Verbundenheit war gewachsen. Auch in Krisenphasen dachte Lisa nie an Scheidung oder Trennung, und sie war sich sicher, daß Paul das auch nicht tat. Er hatte sie geheiratet, weil er sie hatte heiraten wollen, und dazu stand er, auch wenn er mit den Schwierigkeiten, die nun auf ihn zukamen, nicht gerechnet hatte. Er hatte ja auch mit manchem anderen nicht gerechnet: mit Vertrautheit nicht und nicht mit zärtlichen Gefühlen, nicht mit tiefen Gesprächen und

nicht mit gemeinsamen Reisen. Er hatte nicht damit gerechnet, verheiratet zu sein, wenn er geheiratet hatte.
Lisa fragte ihn einmal, ob ihm denn nicht an Kindern gelegen sei – etwas, worauf ihr Bekanntenkreis ihn sowie auch sie hin und wieder diskret ansprach.
»Kinder?« fragte Paul. »Das ist ein ziemlich fremder Gedanke für mich.«
»Dabei würdest du dich auf den Umgang mit Kindern verstehen«, meinte Lisa.
»Ich? Wie kommst du denn darauf?«
»Du hast etwas Väterliches an dir, ich weiß auch nicht. Ich spüre das aber.«
»Man muß ja seine väterlichen Ambitionen nicht unbedingt auf Kinder werfen«, meinte Paul mit einem vielsagenden Lächeln.
Lisa blieb ernst. »Nicht nur – aber vielleicht auch.«
»Ich kann sehr gut ohne Kinder leben, Lil. Wenn ich welche hätte, würde ich natürlich anders reden, aber ich habe keine und werde auch nie welche haben. Wie ist das mit dir? Du konntest auf Kinder bisher doch auch ganz gut verzichten. Wenn ich mich nicht irre, bist du Mutter einer inzwischen halbwüchsigen Tochter, die du seit mehr als einem Jahrzehnt nicht mehr gesehen hast.«
In Lisa zuckte es. »Man sollte Kinder nur bekommen, wenn man sie haben will. Daß das einfach ›passieren‹ kann, ist wohl eine Fehleinrichtung der Natur. Ich war ein Kind, damals. Ich konnte nichts anfangen mit diesem schreienden, alles in mir beanspruchenden Etwas. Heute wäre das sicher anders. Ich habe mich beobachtet, Paul. Ich schaue auf der Straße Frauen nach, die einen Kinderwagen vor sich herschieben.«
»Aber du weißt, daß du keinen Kinderwagen schieben wirst.«
Lisa nickte.
»Ist das der Grund für Walter?«
»Walter?« fragte Lisa verwirrt.
Pauls amüsierter Blick verunsicherte sie, und sie fischte die Zitrone aus ihrem Mineralwasser. Sie saßen auf der Veranda im Nachsommerlicht des Sonntagnachmittags.
»Er ist in dich verliebt. Wie alt ist er eigentlich? Zwanzig?«
»Ich habe keine Ahnung, wie alt Walter Hansch ist. Es interessiert mich auch nicht.«
»Nein? Ich habe den Eindruck, es interessiert dich sogar sehr. Walter interessiert dich. Nicht so, wie dich dieser Wolf interessiert hat, aber auf einer anderen Ebene. Du weißt selbst sehr gut, daß er künstlerisch ein Kleckser ist, und trotzdem machst du ihm Mut und unterstützt ihn.«

»Er hat gute Anlagen!«
»Ach was. Sonntagsmalerei. Kunstakademie hin oder her, du weißt selbst, daß man Malen nicht studieren kann. Aber du siehst eine Menge in den jungen Mann hinein.«
»Und was schließt du daraus? Mütterliche Instinkte?«
»Genau das. Du läßt dich zwar nebenbei auch gern von ihm bewundern und auf den Sockel stellen, aber irgendwie ist es mit dir und dem jungen Hansch anders als mit anderen Frauen, die sich junge Liebhaber suchen.«
»Er ist nicht mein Liebhaber.«
»Was nicht ist, kann werden. Aber ich sagte ja: Es ist anders. Du siehst ihn auf eine Weise an, wie eine Mutter ihren Sohn ansieht, auf den sie stolz ist.«
»Aber Paul!«
»Warum wehrst du dich dagegen? Es wird gut so sein. Für ihn bist du die erste große Liebe, von der er in zwanzig Jahren noch reden wird – immerhin bist du Lil Holzgartner –, und für dich ist er ein Ventil für Beschützerinstinkte.«
»Ich war nie mütterlich. Nie!«
»Du tust, als wäre Mütterlichkeit ein Makel. Nimm diese Entwicklung doch einfach hin. Früher warst du nicht mütterlich, das ist wahr, aber du entwickelst dich eben weiter.«
»Weißt du, vielleicht wehre ich mich dagegen, weil alles Mutterhafte mich gedanklich zu Franziska zurückführt. Zu denken, daß ich eine Tochter habe, überrascht mich immer wieder. Und es erschreckt mich. Ich bin davongelaufen, damals. Und heute ist jeder Bezug dahin.«

Die späten Septembertage wurden noch einmal heiß. Schwüle verdichtete die Luft. Kein Wölkchen trübte den blauen Himmel, doch die Stimmung war gewittrig.
Paul kam vom Verlag nach Hause. Das Mädchen nahm ihm den Hut ab, und er fragte nach Lisa.
»Die gnädige Frau ist noch nicht zurückgekommen. Sie ging Tennis spielen.«
Paul nickte und wollte schon ins Wohnzimmer gehen, als das Mädchen schnell sagte: »Es ist jemand da für die gnädige Frau. Ich habe der jungen Dame gesagt, die gnädige Frau kann vielleicht erst spät zurückkommen, aber sie wollte warten. Sie sitzt im Wohnzimmer.«
Paul zog eine Braue hoch. »Wer?«
»Sie wollte ihren Namen nicht nennen. Es sei wichtig, hat sie gesagt.«
Paul zog die zweite Braue hoch, sagte »Danke« und ging ins Wohnzimmer. Die junge Dame stand an der zum Garten hinaus geöffneten

Verandatür. Sie war sehr groß und sehr schlank und trug ein gelbes, auffallendes Leinenkostüm, das die ungewöhnlich schönen Beine betonte. Das Kostüm war allerdings ein wenig altmodisch. Man trug diese Saison keine Faltenvolants.

Als sie Paul kommen hörte, drehte sie sich um. Von solchen Beinen empfangen, enttäuschte der erste Blick in ihr Gesicht. Es war markant, aber nicht weich, knabenhaft eckig und knochig. Doch im Mund traf Entschlossenheit auf bestürzende Sinnlichkeit. Der Mund war groß und sah aus wie eine Wunde mitten in dem weißen, schmalen Gesicht. Und dann waren da noch die schrägstehenden, violetten Augen, analytisch-kühl und unbestechlich. – Kein Zweifel: Dieses Gesicht hatte Reiz.

»Guten Tag«, sagte Paul höflich und wartete.

»Guten Tag«, sagte die junge Dame – ein halbes Mädchen noch und doch so unkindlich. Sie sah Paul neugierig, aber ohne ein Lächeln an. Schließlich fragte sie: »Sind Sie Herr Gregorian?«

»Ja.«

»Ich bin die Tochter Ihrer Frau.«

Das Wohnzimmer lag im Licht der Nachmittagssonne. Paul zog die Läden zu, um die Hitze nicht länger ins Haus zu ziehen.

»Darf ich Ihnen etwas zu trinken anbieten?« fragte er wie nebenbei.

Franziska sagte selbstbewußt: »Ja, einen Cognac bitte.«

Paul schmunzelte. »Sind Sie dafür nicht noch ein wenig zu jung?«

»Ich bin siebzehn. Das ist alt genug.«

Paul zuckte die Achseln. Er ließ ihr ihren Willen, von der Situation merkwürdig fasziniert, und brachte ihr ein Glas Cognac, nachdem sie sich gesetzt hatte.

»Ah«, sagte sie und nippte daran. »Hennessy.«

Paul schmunzelte wieder. »Sie kennen sich ja früh aus.«

Jetzt lachte das Mädchen. Das Gesicht veränderte sich, wurde ganz neu. Plötzlich hatte Franziska sehr viel Ähnlichkeit mit Lisa. Es war dasselbe Lachen aus denselben violetten Augen. Die Strenge verlor sich. Ein mädchenhafter, weicher Charme trat an ihre Stelle.

Franziska gestand: »Ich habe geraten. Ich dachte, hier sieht es aus, als würden die Leute Hennessy trinken. Meine Oma sagt immer, wenn sie von alten Zeiten schwärmt: ›Als wir noch Hennessy im Keller hatten...‹« Sie stellte das Glas auf den Tisch und sah Paul an.

Sonst saß Lisa immer an diesem Platz auf dem Sofa, ganz rechts nahe dem Lampenschirm, auf die Armlehne gestützt. Franziska sah in diesem Moment sehr lasziv aus. Sie hatte die Beine übereinandergeschlagen, sich deren Wirkung sehr bewußt; lässig zurückgelehnt musterte sie Paul.

Paul schwieg. Er war auf einmal sehr neugierig, was sie aus der Situation machen würde.
Franziska wurde das Schweigen bald unangenehm. Sie sagte: »Es ist schön bei Ihnen, wirklich. Ich komme von Neuherrenach, das ist, wie Sie vielleicht wissen, ein heruntergekommenes Landgut im Schwäbischen. Mein Vater ist da heraus. Es ist der langweiligste Ort der Welt.«
»Und jetzt wollen Sie mit der Langeweile Schluß machen?«
Franziska nahm das Glas wieder auf und drehte es in ihrer Hand, ehe sie wieder daran nippte. Ob ihr der Cognac scharf in der Kehle brannte, ließ sich nicht sagen.
»Ich finde es gut, daß Sie allein gekommen sind – daß ich nur Sie antreffe. Das Mädchen hat gesagt, Ihre Frau würde länger aus sein. Wir können uns ja solange unterhalten. Erzählen Sie mir doch von ihr.«
Ihre Souveränität, ob nun echt oder gespielt, gefiel ihm. Sie schien sich in der Rolle der »Frau von Welt« gut zu gefallen und sie auszukosten.
»Von Ihrer Mutter?«
»Von der, ja.«
»Wollen Sie mir nicht sagen, was Sie eigentlich hergeführt hat? Weiß man bei Ihnen zu Hause von Ihrem Ausflug?«
»Aber nein!« Franziska schien richtig erschrocken. »Die würden sofort Onkel Rudi verständigen. Das ist mein Vormund. Onkel Rudi würde mich sofort holen. Sie haben beschlossen, mir meine Mutter bis zu meiner Volljährigkeit zu verheimlichen. Dann, so sagen sie immer, könne ich machen, was ich wolle. Onkel Rudi – Sie kennen ihn sicher, das ist Rudolf Holzgartner, der Politiker – hält mich immer noch für ein Kind. Das tun sie alle. Sie kennen mich eben nicht.«
Paul lächelte, setzte sich nun ebenfalls und wartete, was sie noch erzählen würde.
»Ich weiß nichts über sie – über meine Mutter, wissen Sie. Oder kaum etwas. Sie muß weggegangen sein, als ich noch sehr klein war. Man spricht nicht darüber. Man spricht überhaupt über nichts, was wichtig ist, bei uns zu Hause. Sie sagen nur immer, wenn ich rebelliere: ›Du bist wie deine Mutter!‹ So viel ist klar: Das meinen die nicht positiv. – Ist sie wegen einem Mann weggegangen, damals? Mit Ihnen vielleicht?«
Ihre Offenheit war kindlich, ihr Blick war es nicht.
»Ich kenne Ihre Mutter schon seit langem. Wir sind aber erst ein paar Jahre verheiratet. Obwohl ich mit Ihrer Mutter bekannt bin, seit sie in

München lebt – das kann man fast sagen, ja –, war ich sicher nicht ihr Grund ›auszuwandern‹.«
»Aha.«
»Wenn Sie so wenig über Ihre Mutter wissen: Wie haben Sie dann hierher gefunden?«
Franziska lachte: »Ich wußte, daß sie jetzt Gregorian heißt. Solche ›Äußerlichkeiten‹ weiß man schon. Ich weiß auch, daß sie Malerin ist und berühmt. Bei uns ist das allerdings ein weiteres Negativum. ›Malerin‹ sagen sie, aber in was für einem Ton! – Wußten Sie, daß Ihre Frau früher Geld geschickt hat? Ich habe Briefe gefunden an meine Großmutter. Aber Oma hat alles wieder zurückgeschickt, das ließ sich herauslesen aus den paar Briefen, die ich fand; sie scheint der Auffassung zu sein, daß man einer Frau, die Mann und Kind verläßt, in jeder Hinsicht absagen muß. Es ist für sie ›schmutziges‹ Geld. – Sagen Sie, ist sie eigentlich so schön wie auf dem Hochzeitsbild mit meinem Vater?«
»Sie ist zwanzig Jahre älter – aber schön ist sie immer noch.«
»Sie sieht sehr unglücklich aus auf dem Hochzeitsfoto und sehr steif, aber unglaublich schön. – Und der Unfall?«
Abermals sprangen Pauls Brauen hoch. Er taxierte Franziska neugierig.
»Sie scheinen mehr zu wissen, als Sie zugeben wollen.«
»Ach, so Fetzen! Manchmal habe ich gelauscht. Da hört man so Sachen. – Nun?«
»Man sieht den Unfall noch, ja. Aber es ist nicht mehr schlimm.«
»Kinder haben Sie wohl nicht?«
»Nein.«
»Sie mag wohl keine, hm?«
»Wissen Sie, Franziska, wenn man zu früh ein Kind bekommt...«
»Ich verstehe! Ich mag Kinder auch nicht.«
Das kam schnell, pfeilartig atemlos.
»Das klingt nach Rechtfertigung«, meinte Paul kühl.
»Nach Rechtfertigung meiner Mutter? – Großer Gott!«
Franziska stellte das Glas ab und sah Paul herausfordernd an. »Ich habe keinen Grund, sie zu entschuldigen. Jetzt wollen Sie sicher wissen, was ich von meiner Mutter und deren Verhalten denke. Nun: Ich habe keine Gefühle für sie, keine guten und keine schlechten. Auf Neuherrenach hörte ich, wie man sie eine Schlampe nannte. So denkt man da. Es ist ja die Familie meines Vaters. Aber mein Vater war auch nicht besser, nicht daß Sie meinen.«
Paul saß zurückgelehnt im Sessel und beobachtete dieses merkwürdige Mädchen.

»Ich habe meinen Vater nie leiden können. Er war ein Flegel und ein Angeber. – Sehen Sie mich doch nicht so an! Wieso soll ich meinen Vater keinen Flegel nennen, wenn er doch einer war? Ich glaube, er hat nie bemerkt, daß ich da bin. Nur einmal hat er mir eine gelangt, ich weiß nicht mehr, weshalb, als ich noch klein war. Dazu hatte er kein Recht. Seitdem hasse ich ihn. Totgesoffen hat er sich. Gott sei Dank.«
Das klang sehr bitter und trotzdem auf einmal kindlich.
Franziska warf den Kopf provozierend in den Nacken, eine Bewegung, die an Lisa erinnerte. Paul saß da und wartete auf die Dinge, die da kommen würden. Er wollte sie reden lassen. Das Wesen dort auf dem Sofa kam ihm erstaunlich vor.
»Daß meine Mutter dem... meinem Vater weggelaufen ist, verstehe ich wirklich. Ich wäre auch gegangen. – Das heißt, ich hätte ihn gar nicht erst geheiratet. Warum hat sie ihn geheiratet, wissen Sie das, Herr Gregorian?«
Paul sagte ruhig: »Sie war schwanger.«
»Ja?«
»So hat sie es mir erzählt.«
»Ich habe aber keine Geschwister, und ich...«
»Sie hat das Kind verloren.« Paul kannte zwar inzwischen die näheren Umstände, wollte darauf aber trotz Franziskas fragenden Augen nicht eingehen.
»Dann hat sie diesen Menschen also umsonst geheiratet?«
»Nüchtern gesehen: Ja.«
»Und dann kam ich, und sie ging. Wie war ihr Leben, hier in München? Hat sie etwas daraus machen können?«
»Ich denke, das müssen Sie Ihre Mutter selbst fragen.«
»Wird sie ehrlich sein?«
»Ich denke schon.«
Er spürte jetzt Franziskas versteckte Nervosität.
»Wann kommt sie denn? Und wo ist sie? Was tut sie so?«
Paul lächelte. »Welche Frage zuerst? – Ich weiß nicht, wann sie kommt. Sie ist beim Tennisspielen. Wenn es ihr gefällt, kommt sie länger nicht, gefällt es ihr nicht, wird sie bald dasein.«
Er dachte daran, daß sie sicher auf Walter Hansch treffen würde, und dann war mit ihrem Kommen so schnell nicht zu rechnen.
»Sie tut noch immer, was ihr gefällt?«
»Meistens.«
»Das finde ich gut.«
»Das denke ich.«
Franziska schien die Verlassenheitsgefühle ihrer Kindheit verdrängt zu haben. Sie hatte ihren Vater gehaßt und ergriff nun Partei für ihre

Mutter. Sie weigerte sich, einzusehen, wie zwiespältig ihre wahren Gefühle für ihre Mutter waren, und leugnete darum grundsätzlich jedes Gefühl für Lisa. Auf dieser betont sachlich-neugierigen Ebene konnte sie sich relativ gefahrlos bewegen, die Mutter entschuldigen und jeder Zweischneidigkeit aus dem Wege gehen. Es war auszuhalten, den Vater rundum abzulehnen, die Mutter aber auch noch zu verdammen wöge zu schwer. Franziska kannte ihre Mutter nicht. Anonymität ließ sich stilisieren.
Auch Trotz mochte dabeisein. War sie nicht wie ihre Mutter? Mußte sie sich das nicht immer wieder anhören? Immer der Unterton: Wie deine Mutter! Nun denn, so war sie eben wie ihre Mutter. Doch wenn sie ihrer Mutter so ähnelte, konnte ihre Mutter nicht so verdammenswert sein. Eine unterschwellige Solidarität brach durch.
Franziska fragte, das Glas zwischen den Fingern: »Wie ist das, mit einer Frau wie meiner Mutter verheiratet zu sein?«
»Wie meinen Sie das?«
»Nun, sie ist Künstlerin. Ich mag ihre Bilder. Ich will Kunstgeschichte studieren. Nächstes Jahr mache ich Abitur. – Na, so was!«
Paul schaute sie überrascht an. Franziska lachte.
»Wissen Sie was? Ich wollte von Ihnen einiges über Ihre Frau erfahren – und dann reden wir in erster Linie von mir. Onkel Rudi ist auch so. Man redet über ihn – und schon ist man bei sich selber. Das ist Diplomatie, oder?«
»Ich höre Ihnen gern zu. Sie haben sehr viel Ausstrahlung.«
Franziska wurde rot. Ganz schulmädchenhaft rot. Sie senkte die Augen. Paul schmunzelte in sich hinein.
»Ich weiß immer noch nicht, wie meine Mutter ist«, beharrte Franziska schließlich.
»Das kann ich Ihnen nicht sagen. Das müssen Sie herausfinden.«
»Aber Sie kennen Sie doch. Sie sind doch mit ihr verheiratet. – Ist sie eher intellektuell oder eher... eher gefühlsbetont?«
»Sie ist intelligent, aber nicht intellektuell. Dazu hat sie einen zu direkten Bezug zum Leben. Allerdings hat sie einen raschen Verstand und eine etwas unterdrückte Neigung zur Philosophie. Sie lebt jedoch nicht mit dem Kopf, sondern nach ihrer Intuition. Deshalb malt sie. Sonst würde sie vielleicht schreiben oder anderswie kreativ werden, aber in der Malerei kann sie sich am besten und am direktesten ausdrücken. Sie denkt durchaus mit dem Gefühl.«
»Das tue ich nicht!« warf Franziska schnell ein. »Absolut nicht!«
Eine Pause trat ein. Paul wartete.
»Das klang, als ob Sie es schlecht finden, inneren Impulsen nachzugeben?« fragte er, als sie schwieg.

»Es – es macht unklar.«
Paul lachte. »Vielleicht. Schätzen Sie Klarheit?«
»Ja. Aber Sie auch.«
»Wie kommen Sie darauf?«
»Das merke ich eben.«
Sehr erstaunlich, dieses Geschöpf. Paul nickte lächelnd.
»Sind Sie – sind Sie gut verheiratet?« fragte Franziska.
»Ich denke doch.«
»Sind Ihre Antworten immer so knapp?«
»Sind Ihre Fragen immer so eindeutig?«
Wieder wurde Franziska rot. Sie sah weg. »Entschuldigung«, sagte sie leise.
Die Röte zog sich schnell aus ihrem Gesicht zurück. Ihr klarer Blick traf auf Paul. »Ich will ja nur wissen, ob meine Mutter – ob sie Sie liebt.«
»Ist das wichtig für Sie?«
»Ja. Es klärt eine prinzipielle Sache.«
»Sie fragen nach der Liebesfähigkeit Ihrer Mutter, nicht wahr?«
»Ja.« Wieder dieser herausfordernde, kühne Blick.
»Ich würde so weit gehen zu sagen, daß Ihre Mutter für die Liebe gelebt hat, und zwar nicht für die Liebe an der Oberfläche. Dazu ist sie zu intensiv. Genügt Ihnen diese Antwort?«
Franziska schien nachzudenken. Ihre Züge sahen gesammelt aus. Vorgebeugt strich sie sich über die brünetten Locken.
»Sie lieben meine Mutter sehr, nicht wahr?«
Paul wußte einen Augenblick tatsächlich nicht, was er auf diese überdirekte Frage antworten sollte. Ihre frappierend violetten Augen warteten geduldig. Paul sagte schlicht: »Ja.«
Franziska nickte. Sie schien in Gedanken.
»Jetzt hab' ich plötzlich Angst«, sagte sie.
Diese Art der Ehrlichkeit war nicht provokant, sonder entwaffnend.
»Waren Sie ohne Angst, als Sie herkamen?«
»Fast. Da wußte ich so wenig.«
»Sie werden Lil auch ganz schön durcheinanderbringen.«
»Glauben Sie?«
»Mit Sicherheit.«
Er hatte kaum ausgesprochen, als die Tür ging. Paul dachte noch: Hoffentlich kommt sie allein, als Lisa schon zur Tür hereinstürzte. Sehr lebhaft sah sie aus und auch etwas verschwitzt. Sie schien direkt vom Tennisplatz zu kommen, sie trug noch den weißen Dress.
»Du, Paul, stell dir vor…«, fing sie an und bemerkte dann Franziska. Sie stockte, wirkte verblüfft, lächelte dann und meinte: »Oh, entschuldige, ich wußte nicht, daß du Besuch hast.«

Das Haar hing ihr ins Gesicht. Sie schien etwas zu spüren. Ihre Augen klebten an Franziska und verrieten Verunsicherung. Auch Franziska hatte sich versteift. Sie schluckte und war noch blasser geworden, als sie ohnehin schon war.
»Willst du mich der jungen Dame nicht vorstellen?« fragte Lisa. Es zitterte ein bißchen um ihren Mund, obwohl sie die Stimme im Griff hatte. Diese Augen...
»Du rätst richtig«, sagte Paul ruhig. »Die junge Dame heißt Franziska.«

Beim Abendessen hätte ein Fremder geglaubt, eine ganz normale Familie vor sich zu haben. Jeder bemühte sich um Ausgleich und Ungezwungenheit. Man sprach viel über Allgemeines, Lisa redete mit Franziska über Mode und Kleider, von Kunst war die Rede, von Lisas Bildern und Franziskas Studienplänen, manchmal fiel Rudolfs Name, aber Lisa blieb ganz gelassen und unberührt, und zwischendurch erzählte Franziska von Neuherrenach und von Augsburg, wo sie ein Mädchengymnasium besuchte. So, wie sie allerdings aussah, hätte man sie niemals für eine Schülerin gehalten und auch nicht für siebzehn. Sie gestand sogar lachend, sich das Kleid vor ihrem Besuch in Reitfelden gekauft zu haben – der Putzmacherladen der Frau Kibitz sei jetzt ein Modehaus.
Nach dem Essen zog sich Paul, obwohl Lisa ihm einen hilfesuchenden Blick zuwarf, ins Arbeitszimmer zurück.
»Bleib du nur da«, sagte er zu Lisa. »Ich lass' für Franziska ein Zimmer herrichten.«
»Komm, setzen wir uns ins Wohnzimmer«, schlug Lisa ihrer Tochter vor. Die Fremdheit war wieder spürbar. Der Vermittler fehlte.
»Trinkst du ein Glas Wein mit mir?« fragte Lisa, und Franziska stimmte zu. Lisa klingelte nach dem Mädchen, und es entstanden unangenehme Pausen, bis der Wein dann kam und Lisa mit Franziska anstieß.
Franziska schwieg und schien zu warten. Schließlich sagte sie: »Er ist nett.«
»Mein Mann? Ja.«
»Er gibt mir das Gefühl, ein Gehirn zu haben und mich ernst zu nehmen.«
»Das darfst du dir als Ehre anrechnen. Paul ist recht kritisch und kann sehr ironisch werden.«
Es fiel Lisa schwer, Franziska in die Augen zu schauen. Beide hatten nicht viel essen können. Sie waren nervös und scheuten sogar davor zurück, sich abzutasten. Außerdem waren sie voneinander über-

rascht. Lisa hatte gewußt, eine Siebzehnjährige zur Tochter zu haben, aber doch immer an ein Kind gedacht. Viel an Franziska war Frau, nicht Kind oder Mädchen. Sie schien selbstbewußt, wortgewandt, klug und reif für ihr Alter. Außerdem hatte sie sich nie vorstellen können, wie Franziska aussah. Sie hatte sich ihre Tochter gefälliger und hübscher gedacht. Franziska war reizvoll und zwingend in ihrem Äußeren, aber nicht hübsch.
Franziska ihrerseits hatte sich ihre Mutter immer dunkler vorgestellt. Das Hochzeitsfoto ließ Lisas Haar dunkelbraun erscheinen. Jetzt war es gefärbt und hatte einen rötlichen Schimmer. Auch die Narbe war besser zu sehen, als sie geglaubt hatte.
Auf dem Hochzeitsfoto war Lisa knapp zwanzig. Man sah da durchaus einen Kontrast.
Im Zimmer war es still. Lisa versuchte, nicht nervös zu sein, und wurde es mehr und mehr, und Franziska wußte jetzt auch nicht mehr, was sie sagen sollte.
Schließlich meine Lisa: »Wir sind recht höflich miteinander. Du kannst mir ruhig sagen, was du sagen wolltest, als du herkamst.«
Sie merkte, daß sie zu Franziska wie zu einer erwachsenen Frau sprach, und erinnerte sich daran, daß sie es mit einem Schulmädchen zu tun hatte.
»Ich wußte nicht, was ich sagen würde – das heißt: Natürlich habe ich nachgedacht. Aber eigentlich wollte ich nur sehen, wie du lebst und wie du bist.«
»Keine Anklage?«
»Keine.« Das kam kühl und gemessen. Sie fuhr fort: »Zu Hause verstehen sie dich nicht. Sie verstehen nicht, wie man einfach alles hinter sich lassen und zu leben anfangen kann. Sie wissen gar nicht, was das heißt: leben. Ich könnte nicht so dahinleben wie Oma und Tante Cora, die ja jetzt Witwe ist. So eintönig. Jeden Tag dasselbe. Früher soll es ja noch recht lustig zugegangen sein. Manchmal redet Oma von den großen Ereignissen, von unserem Sommerball, der seit Jahren nicht mehr stattfindet, von Gesellschaften und Festen. Und nun liegt alles so öde da.«
»Seid ihr verschuldet?«
»Ich glaube schon. – Aber darum geht es nicht. Bei uns wird nicht gedacht. Es heißt immer: ›Seit eh und je wurde es so gehalten!‹ Und dann macht man es immer so. Nichts geht weiter. Man spart sich die Gedanken.«
»Aber du nicht.«
»Nein, ich nicht.«
»Worüber denkst du denn nach?«

»Über alles. Über mich. Und über dich. Es hatte doch wohl Bedeutung für mein Leben, daß du weggegangen bist. – Ich habe es deinen Mann schon gefragt: Glaubst du, du hast es richtig gemacht? Bist du glücklich geworden?«

»So pauschal kann ich darauf nicht antworten. Anders hätte ich nicht leben können – nicht mit unergriffenen Möglichkeiten vor Augen. Aber auch das hat wohl Sonnen- und Schattenseiten.«

»Onkel Rudis Worte.«

»Wieso?« fragte Lisa schnell. »Was sagt Onkel Rudi?«

»Nun ja, auch das. Daß das Leben Sonnen- und Schattenseiten hat. – Onkel Rudi ist der einzig vernünftige Mensch in der ganzen Familie. Weißt du, er kommt ab und zu vorbei, und ein paarmal war ich schon in Berlin. Berlin ist toll. Das heißt, es wäre toll, wenn ich frei sein könnte, aber immer ist da jemand, der mir Vorschriften macht. Auch Onkel Rudi. Ich mag ihn wirklich sehr, aber er ist halt recht spießig. Er ist mein Vormund, wie du sicher weißt.«

»Spricht er über mich?«

Franziska schien verwundert. »Hin und wieder. Beiläufiges. Er meint, du seist unglücklich geworden mit dem Leben, das du gewählt hast, aber er nimmt dich in Schutz.«

Dieses Schwein, dachte Lisa. Unglücklich! Warum wohl? »Onkel Rudi ist ein sehr intelligenter Mann, weißt du«, sagte sie laut, »aber vom Leben versteht er so wenig. Vom Glücklichsein versteht er eigentlich gar nichts. Ich habe ihn niemals wirklich glücklich erlebt.«

Franziska sah hoch, erstaunt und fragend.

»Ja«, sagte sie dann. »Das ist wahr. Das kommt daher, weil er nie im Augenblick lebt.«

Jetzt war es an Lisa, erstaunt auf Franziska zu blicken.

»Das stimmt«, sagte sie.

Eine Motte war durch die Ritzen der Läden geschlüpft. Sie flatterte an Lisa vorbei und tanzte dann um Franziska.

»Bereust du etwas?« wollte Franziska wissen.

»Manches.« Lisa dachte nach. »Aber man kann nur etwas bereuen, wenn man es vorher tut. Am ausweglosesten bereut man wohl all die ungelebten Träume. Du hast vorhin so leidenschaftlich vom Leben gesprochen. Das verstehe ich sehr gut. Reue über mich selbst? Ich konnte ja gar nicht anders! – Doch du warst das Opfer.«

Franziska winkte ab. »Opfer«, sagte sie abfällig. »Keine Theatralik bitte. Ich habe mich nicht beklagt.«

»Wieso nicht?«

Franziskas Augen verengten sich. Auf einmal trat Feindseligkeit an die Stelle von Nervosität.

»Ich bin nicht gekommen, weil ich verzweifelt nach meiner Mutter suche. Ich will nichts von dir, das sage ich dir gleich. Ich bin nicht hinter dir her und will keine Rechtfertigung oder Versöhnung oder was auch immer. Ich werde auch morgen wieder gehen. Ich wollte nur mit dir reden, nicht dir deine Selbstsucht vorwerfen. Ich brauche dich nicht. Ich habe nur ein Interesse daran, zu erfahren, was für eine Frau du bist. Eine Weile habe ich geschwankt, ob ich Kunst oder Psychologie studieren soll, mich aber dann für ein Studium der Kunstgeschichte entschieden. Jede Kunst ist psychologisch. – Was ich sagen will: Ich war neugierig. Und das ist alles.«
Franziska starrte trotzig in ihr Weinglas. Sie wirkte jetzt, nach ihrer klaren, entschiedenen Absage an Lisa, seltsam hilflos.
Lisa sagte: »Ich werde ein Telegramm nach Neuherrenach schicken, damit sie wissen, wo du bist. Du hast doch sicher nichts gesagt, oder?«
Franziska schüttelte den Kopf.
»Ich bin gleich zurück«, sagte Lisa und ging zum Telefon.

Am anderen Morgen saß Lisa allein mit Franziska beim Frühstück. Paul war bereits außer Haus. Lisa spürte, daß Franziska sich fremd fühlte, und Franziska merkte, daß Lisa es spürte.
»Du willst also heute noch zurückfahren«, sagte Lisa und biß ohne Bewußtsein in ihr Brötchen.
»Natürlich«, sagte Franziska. Es klang abweisender als beabsichtigt. Sie fügte hinzu: »Ich muß. Wegen der Schule.«
»Bist du gut?«
»Kommt darauf an. In Sprachen schon – und im Gestalten auch. Ich lerne schnell.«
»Was sagt deine Großmutter dazu, daß du studieren willst?«
»Sie ist natürlich dagegen. Für ein Mädchen, sagt sie, ist das nichts.«
»Aber du darfst?«
»Freilich. Onkel Rudi hat dafür gesorgt. Daß es Kunst sein muß, gefällt ihm gar nicht, ich weiß, aber... also, den Onkel Rudi, den kann ich um den Finger wickeln.« Franziska lächelte verspielt und ein wenig selbstverliebt.
»So? Früher hatte er noch Grundsätze.«
»Die hat er immer noch.«
Lisa stellte die Kaffeetasse ab. »Er hatte früher schon die Angewohnheit, Grundsätze zu brechen«, sagte sie dann hart und achtete nicht auf Franziskas verwirrten Augenaufschlag.
»Du hast keine Lust, ab und zu bei uns vorbeizuschauen?« fragte Lisa vorsichtig. Sie wußte nicht, wieso sie fragte. Eigentlich fühlte sie sich der ganzen Angelegenheit kaum gewachsen. Aber irgend etwas zwang

sie dazu, über ihren Schatten zu springen. Sie hatte die ganze Nacht nicht geschlafen. Paul war erst in den Morgenstunden heimgekommen. Sie hätte so dringend mit ihm reden müssen. Dieser elende Puderpuff...!

Franziska schwieg. Es schien in ihr zu wühlen. Zwischen zwei Schlucken Kaffee warf sie einen unsicheren Blick nach Lisa, die ebenso unsicher zurückschaute.

»Wo willst du denn studieren? – Ich meine, wenn du in München studieren willst – das ist kein Problem. Auch mit der Unterbringung nicht. Wenn du nicht hier wohnen willst, kann ich nach einem netten Zimmer für dich Ausschau halten.«

Franziska sagte schroff: »Ich weiß nicht.«

Beide schwiegen. Die helle Morgensonne, frühlingshaft trotz September, fiel über die weiße Tischdecke. In das Schweigen hinein hörte man das Klingeln der Türglocke. Das Mädchen öffnete. Stimmen.

»Oh«, sagte Franziska. Lisa wurde steif.

»Ein Herr Holzgartner«, meldete das Mädchen.

Um Gottes willen, konnte Lisa nur denken.

Franziska sagte: »Ach Gott.«

Und da kam Rudolf schon herein.

»Guten Morgen«, sagte er.

Lisa sagte auch: »Guten Morgen.«

Und Franziska erklärte schnell: »Ich weiß, du willst mich holen. Aber heute ist Sonntag. Und morgen wäre ich bestimmt in der Schule gewesen. Ich wäre heute noch nach Hause gefahren.«

Rudolf nickte: »Aber du hättest eine Nachricht hinterlassen können.« Und zu Lisa: »Sie hatte am Samstag frei, kam Freitag mittag nach Hause und war am Nachmittag schon verschwunden. Wir wußten nichts, bis dein Telegramm heute nacht kam. Es enthielt nichts. Klara rief mich an. Ich war sowieso in München. Ich wollte zwar heute abreisen, aber ich kann es nicht zulassen, daß Franziska einfach durchbrennt. – Ein kleines Hühnchen haben wir beide schon noch zu rupfen, mein Fräulein.«

Wie früher, wenn sie ihn länger nicht gesehen hatte, kam er ihr größer vor, als sie ihn in Erinnerung hatte. Er war noch ebenso schlank und schmal wie früher, asketisch nahezu. Der Haaransatz wich langsam zurück, das Haar war ganz grau geworden, vermischt mit braunen Strähnen. Sonst hatte er sich kaum verändert. Sein Gesicht war markant wie eh und je, doch die Furchen lagen tiefer. Der Mund war schmaler geworden. Was dachte er jetzt wohl über sie?

Sie erschrak, als er zu Franziska sagte: »Franzi, ich hätte mit deiner Mutter gern ein paar Minuten allein gesprochen.«

Franziska stand sofort auf. Rudolf schien eine Autorität für sie zu sein – ebenso, wie Vinzenz früher für Lisa Autorität gewesen war. Rudolf sah dem Mädchen nach, als es hinausging.
Kaum hatte sich die Tür hinter Franziska geschlossen, stand Lisa auf.
»Du hättest nicht kommen brauchen«, sagte sie. »Ein Anruf hätte genügt. Meinst du, ich will Franziska dazu verleiten, die Schule zu schwänzen?«
Rudolf zuckte die Achseln. »Entschuldige«, sagte er. »Ich wollte keineswegs ungelegen kommen. Aber ich wußte nicht, daß Franziska zurückfahren würde. Und ehrlich gesagt – es wäre mir lieber gewesen, sie hätte diese Exkursion bleibenlassen. Es hätte Zeit gehabt. Sie ist in einem schwierigen Alter.«
»Willst du nicht Platz nehmen? Darf ich dir etwas anbieten?«
»Nein – nein danke. Ich muß auch gleich wieder weg. Mein Zug geht in einer Stunde.«
»Aha.«
»Du weißt ja, ich muß immer da sein, wo ich gerade nicht bin.«
»Jetzt ist es ja bald soweit. Das Kanzleramt ist in greifbare Nähe gerückt. Du hast Brüning aus dem Feld geschlagen. Sie haben sich auf dich besonnen.«
Er nickte. »Noch ist nichts entschieden«, sagte er trotzdem.
»Nun, das Zentrum hat dich immerhin aufgestellt. Du wirst als nächster zum Zuge kommen, nehme ich an. Es wird schwierig werden, Rudolf.«
Rudolf hatte die Hände im Rücken gefaltet. Sein Blick war durchdringend. Sie hielt ihm nicht stand.
»Du bist sehr um Franziskas Fortkommen besorgt, nicht?« fing sie plötzlich an. Sie standen in den einander entgegengesetzten Zimmerecken. Ihr war, als stünde er auf der anderen Seite der Welt.
»Sie ist mein Mündel.«
»Ist es nur das? Du hast sie immer sehr gern gehabt.«
»Das stimmt. Ich begrüße es sehr, daß sie studieren will.«
»Auch, daß es Kunst sein wird?«
»Nun, sie ist deine Tochter.«
»Ach, ist das so? Siehst du mich in ihr?«
»Ein wenig.«
»Aber nur den Teil, der ungefährlich ist, ja?«
»Wie?«
»Ach, lassen wir das!«
Ärgerlich wollten ihre Augen ihn zurückstoßen, aber dann fiel sie in das helle, kristallene Blau seiner Iris, und plötzlich schien alles

wieder dazusein. Es floß einfach über sie hinweg. Auch Rudolf schien irritiert.
»Lisa«, sagte er, als hätte der alte Zauber dieser beiden Silben ihn nie losgelassen.
Obwohl sie schon fast am Fenster stand, trat sie noch einen Schritt zurück.
Kühler meinte er: »Es war sehr nobel von dir, zu schweigen und den ›Unfall‹ Unfall sein zu lassen.«
Lisa winkte ab. »Nobel? Wenn es mich nicht mich selbst gekostet hätte, dich zu vernichten, hätte ich es getan.«
Es schimmerte hell in seinen Augen auf. Obwohl er hörte, was sie sagte, war er noch immer damit beschäftigt, sie anzuschauen. Er merkte erst jetzt, daß er nicht allein wegen Franziska gekommen war. Er hätte wirklich anrufen können. Aber er hatte Lisa sehen wollen. Die Nachricht, Franziska sei bei Lisa, hatte alte Erinnerungen geweckt – und Neugier.
Lisa war gebräunt, ihr Teint nicht mehr so hell wir früher, sie schien viel an der Luft zu sein. Auch der Schrecken der Narbe war verblaßt. Wie alt war sie jetzt? Vierzig? Ihre Augen waren immer noch schön.
Rudolf räusperte sich.
Lisa sagte sehr leise, so daß er es kaum verstand: »Ich dachte, es sei vorbei. Das dachte ich wirklich. Aber siehe da: Ich hasse dich noch immer. Haß ist ein starkes Gefühl, weißt du, vielleicht das stärkste, das man haben kann.«
»Wir sollten jetzt nicht im Vergangenen rühren. Deshalb bin ich nicht gekommen.«
»Nein, deshalb nicht. Vielleicht nicht. Aber du wußtest doch, daß du in die Vergangenheit gehst, wenn du herkommst? Das wußtest du doch, oder?« Ihre Stimme war lauter geworden. »Aber wir können ja höflich miteinander sein. – Wie geht es deiner Frau? Sind die Kinder wohlauf? Hoffentlich hat sich Amalies Rheumaleiden gebessert!«
»Um Gottes willen, Lisa!«
»Verdammt!« schrie sie. Ihre Hand hatte sich zur Faust geballt. Dann zwang sie sich zur Ruhe. Sie lächelte sogar, als sie sagte: »Ich bin wieder sehr dramatisch, nicht wahr? Und du verstehst kein Wort.«
Rudolf trat an den Frühstückstisch. Es roch noch nach Semmeln und Kaffee und Honig. Er zog einen Stuhl unter dem Tisch heraus und setzte sich. Ihr war, als zwinge er sich dazu, sich der Situation zu stellen.
»Es liegt mir sehr viel an Franziska«, sagte er ernst. »Du magst recht haben: Ich sehe viel von dir in ihr. Manches vielleicht will ich in ihr nicht sehen. Sie steht mir nahe, ohne daß sie mir zu nahe kommen

kann. Sie ist ein Kind, und das wird sie für mich immer bleiben. Da ist keine Gefahr, keine Dunkelheit. Ich kann sie gern haben, ohne sie zu fürchten. Verstehst du das? Sie untergräbt meinen Willen nicht. Sie zwingt mich nicht zu Machtkämpfen. Die Machtkämpfe zwischen ihr und mir finden auf der Oberfläche statt, nicht in unbekannten Abgründen. Sie sind real, überschaubar, klar.«
»Was willst du damit sagen?«
»Ich will mich nicht rechtfertigen, Lisa. Du und ich – wir sind in unsere Geschichte zu gleichen Teilen verstrickt und an deren Ausgang – nun, ich will nicht sagen schuldig, aber dafür verantwortlich. Du hast es mir nie verziehen, wie ich dich verließ. Als ich dich verließ, war mir das klar. Es war viel Haß zwischen uns. Auch von meiner Seite aus. Ich mußte dir weh tun, je mehr, desto besser. Auf der primitiven Ebene, der körperlichen, ging es nicht. Das hättest du nie als wirklichen Schmerz empfunden. Also mußte ich dich anders treffen. Ich blicke erst heute durch diese Wirrnis der Gefühle. Damals war auch bei mir noch viel Instinkt.«
Lisa schlug mit der Faust auf den Tisch. »Halt den Mund! Ich will das nicht hören! Nichts mehr will ich hören. Vorbei! Vorbei! Vorbei!«
Rudolf blickte auf das Tischtuch.
Nach einer langen Pause hub Lisa ruhiger wieder an: »Es gab andere Momente. Das kannst du doch nicht leugnen. Es war nicht nur Kampf und Haß und Aggression. Ich erinnere mich noch gut an einen Winterabend im Schnee – nein, Nacht war es schon. Ich war ein Kind. Und später dann, als Lorenz umkam und du aus Berlin anreistest und wir am Sarg standen... und viel später noch, als du mich aus München, aus diesem elenden Zimmer, geholt hast und wir auf Reitenau auf der Veranda waren und ich sagte, etwas in dir – würde mich lieben. Ja, lieben!« Ihre Stimme war wieder laut geworden. Sie zwang sich dazu, sie zu dämpfen. »Da habe ich das gespürt. Und es war auch da. Ich habe es doch gespürt! Aber es wurde immer seltener. – Oder habe ich mir das alles nur eingebildet, Rudolf?«
Rudolf tat einen tiefen Atemzug. Er schüttelte langsam den Kopf. Endlich hob er die Augen und sah sie an. »Es stand offen. Alles.«
»Nie!«
»Wir hätten verzichten können.«
»Nie!«
»Es ist eine Hypothese«, gab Rudolf zu. »Hätten wir verzichtet, hätten wir nie aufgehört, einander – verfallen zu sein.«
»Jaja!« rief Lisa wild. »Ewiger Schwebezustand, ewige Vernebelung. Davon sprichst du doch. Sprich doch davon, daß du deine eigene

Gewöhnlichkeit nicht ertragen hast. Sprich davon, daß du gern über den Dingen gestanden hättest, statt dich in ihren Strudel reißen zu lassen! Pah: Hypothesen! Dein ganzes Leben ist eine Hypothese!«
Rudolf schüttelte den Kopf. Er sah sehr alt aus, viel älter als vorhin bei seinem plötzlichen Erscheinen. »Du warst nie eine Hypothese für mich.«
»Nein«, sagte Lisa. »Ich war eine entsetzliche Wirklichkeit.«
Etwas in Rudolf zuckte. Ein großer Schmerz – ja, Schmerz! – sah ihr aus seinen Augen entgegen.
»Ja«, gab er ihr dann recht. »Eine entsetzliche Wirklichkeit, das bist du wohl für mich gewesen. Und das hat gesiegt. Deine Leidenschaft war zersetzend, weil sie die meine nährte, die nie sein durfte, die immer verboten war. Aber du warst auch alles andere.«
Lisa schluckte. Sie blickte stur auf die kleine Vase mit den letzten Rosen, die auf dem Frühstückstisch stand. Ein Blütenblatt hatte sich gelöst und lag wie tot auf dem weißen Tischtuch.
Rudolf wiederholte leise: »Auch alles andere.«
Etwas Scharfes schnitt in Lisas Züge. »Ich sehe das anders«, sagte sie hart.
»Wie siehst du es?«
»Du hättest nur ja zu sagen brauchen, aber das konntest du nicht. Es war in dir, hörst du! Du hast es nur nie zugelassen. Alles, was sich deiner Kontrolle entzog, hast du auszumerzen versucht – vor allem mich.«
»Widerspreche ich? Ich habe immer nur einen Kampf um meine innere Freiheit, meine innere Ruhe, gegen dich geführt. Es hätte anders kommen können. Alles hätte anders kommen können, aber du wurdest du, und ich blieb ich.«
Lisa fuhr sich mit der Hand ins Haar und stieß rasch den Atem aus: »Ja! Ja! Ja! – Haß blieb übrig, und die Liebe blieb auf der Strecke.«
Wie bitter das klang. In Rudolfs Augen war noch immer ein ruhiger, ergebener, schicksalsmüder Schmerz.
»Weißt du«, sagte er langsam, »ich sehe erst heute, daß ich in einem Netz gefangen um Freiheit kämpfte. Freiheit! Im Grunde hatte ich immer nur die Illusion eines freien Willens, in Wahrheit blieb ich in mir gefesselt.«
Zynisch fragte Lisa: »Du willst damit doch nicht sagen, daß du plötzlich an so etwas wie Schicksal, wie Fügung glaubst?«
Rudolf nickte. »So etwas Ähnliches wollte ich sagen.«
Draußen im Sonnenlicht trieben die ersten gelben Blätter im Wind. Lisa sah hinaus. Sie hatte plötzlich grenzenlose Sehnsucht nach Reitenau, nach den Weizenfeldern in der Sonne, nach den Klatsch-

mohnblüten am Feldrand und dem schmalen Weg entlang des Flusses. Nach langen Jahren kam es ihr wieder so vor, als würde sie den Geruch nasser Gräser am Wasser atmen, und der Duft von Holunder stieg ihr ebenso in die Nase wie die Schweiß- und Stallausdünstung der Pferde und der Erdgeruch der Äcker. Ihr war, als brenne die Julisonne auf ihrem Rücken und um sie herum stünden die goldgelben Ähren der Erntezeit. Ganz weich wurde ihr bei dieser Erinnerung. Lisa zwang sich mit einem Ruck in die Gegenwart zurück.

»Jetzt hast du es ja fast geschafft«, meinte sie kühl. »Das war doch immer dein Ziel, nicht wahr: Seit Kriegsende wolltest du das Kanzleramt.«

»Ja, das wollte ich. Aber wie gesagt: Noch bin ich nicht Kanzler.«

Lisa lachte auf. »Keine Attitüden! Du wirst es werden.«

Obwohl er schwieg, merkte sie, daß auch er davon überzeugt war.

»Und?« wollte sie wissen.

Rudolf zuckte müde die Achseln. Seine Stirn furchte sich. »Jetzt willst du wissen, ob es sich gelohnt hat, ja?« Seine Augen waren klar, als er den Blick zu Lisa hob, klar, ernst und zweifelnd.

Seine Augen sagten ihr alles. Hier saß ein Mann, kurz vor dem Ziel seines Lebens, doch dieses Ziel würde eine neue Aufgabe sein, eine neue Anstrengung, ein neuer Kampf. Der Mann, der all das auf sich zukommen sah, war des Kampfes und der Aufgaben müde. Doch niemals würde er verzichten, niemals würde er den Fixpunkt seines Lebens preisgeben – er würde sogar Triumph fühlen, aber es mußte ein schaler Triumph sein.

Hatte es sich gelohnt? Es gab auf diese Frage keine Antwort.

Rudolf sagte: »Es tut mir leid.«

Lisa hätte auflachen mögen. Das Lachen blieb ihr in der Kehle stecken. Er sagte einfach: »Es tut mir leid.« Es tat ihm leid... »Weißt du eigentlich...«, setzte sie an, und die Stimme brach ihr fast.

»Natürlich!« fiel er ihr ins Wort, als fürchtete er sich vor dem, was sie sagen wollte. »Natürlich! Meinst du, nur du hast mir die Hölle gewünscht?« Und ganz leise: »Mein Gott.«

»Es war nie mehr wie vorher«, murmelte Lisa.

Rudolf sah hoch: »Nein. Es war nie mehr wie vorher.«

Einige Zeit war es still im Raum. Lisa wußte nicht, was sie empfand, als sie in Rudolfs Augen sah, und Rudolf wußte es vielleicht ebensowenig.

Es kostete sie alle Kraft, die sie fand, zu sagen: »Ich möchte, daß du jetzt gehst. Du kannst Franziska mitnehmen. Ich werde sie rufen. Setz sie in den nächsten Zug. Ich hoffe doch, es ist dir recht, wenn sie mich besuchen will?«

»Ist es dir recht?« Auch er war wieder sachlich geworden und erhob sich.
Lisa nickte. »Noch ist sie nicht meine Tochter, und noch bin ich nicht ihre Mutter, aber vielleicht – vielleicht nur – finden wir einen Weg. Es ist offen.«
Schnell ging sie hinaus, um Franziska zu rufen. Rudolf blickte ihr nach. Lisa... ewiges Violett in ihren Augen... und ein schwarzer Mond... vertraut und unendlich und fremd und fern... und nie Antwort, nur Schicksal. Unentrinnbares Schicksal.

Zwanzigstes Kapitel

Am Abend war Lisa mit Paul im »Figaro«. Man traf Bekannte, plauderte in der Pause, stieß an der Sektbar mit Walter Hansch an, Lisas jugendlichem Verehrer, der nur wegen ihr gekommen war und den ihre Geistesabwesenheit enttäuschte.
Der Abend ging gänzlich an Lisa vorbei. Wie durch einen Schleier hörte sie die Musik, lächelte, ohne es zu bemerken, ließ sich die Hand küssen, ohne es zu spüren, redete, ohne zu wissen, worüber, und lachte, wenn andere lachten.
Als sie zum Wagen gingen, sagte Paul, die Sängerin sei schlecht gewesen. Lisa stimmte ihm zu. Plötzlich sagte Paul: »Die Sängerin war hervorragend – du hast sie nur nicht gehört.«
Sonderbarerweise war ihr Pauls Eindringlichkeit heute unangenehm. Sie lächelte und schwieg. Die Nacht war lau. Es roch bereits nach welken Blättern, feiner Nebel feuchtete die Luft.
»Ich würde gern noch ein Stück zu Fuß gehen«, sagte Lisa. »Ich kann jetzt sowieso nicht schlafen.«
Paul ließ ihr den Willen.
Er fuhr mit ihr an die Peripherie der Stadt, in jene Kleinstadtatmosphäre, die sie einmal so geliebt hatte, und ging mit ihr durch feuchte, unbelebte Straßen. Lange sagte sie nichts. Und plötzlich drängte es aus ihr heraus: »Rudolf war da, um Franziska zu holen.«
»Ach, sie ging nicht von allein?«
»Sie wäre auch von allein gegangen. Er habe das nicht wissen können – sagte er.«
»Und?«
»Ich weiß nicht. Es hat mich verwirrt und aufgerissen. – Nach all den Jahren!«
Sie zog die Unterlippe zwischen die Zähne und griff fester um Pauls Arm.
»Wir waren höflich«, fuhr sie fort. »Jedenfalls haben wir uns höflich

verabschiedet. Aber wir haben uns nicht – versöhnt. Wird es denn je eine Aussöhnung geben?«
»Wieso fragst du mich? Es liegt an dir.« Es klang kühl. »Er hat dich vor Jahren verlassen.«
»Ja, das hat er.«
Die Schrebergärten lagen in dunstigem Licht. Es roch nach Erde und Tau, Septemberwelkheit und aromatischer Fäulnis. Kein Laut störte die Stille. Die Anwohner schienen zu schlafen. Man hörte nur Lisas und Pauls Schritte auf dem Pflasterboden.
»Es klang alles nach. Verstehst du? Ich mußte sofort an all das denken, was einmal war, und er... ach, Paul! Es hat so weh getan!«
»Kein Komma, ein Punkt. Was hättest du erwartet? – Was war deine stille Hoffnung, Lil?«
»Ich weiß nicht.«
Paul schwieg. Stumm setzte auch Lisa einen Fuß vor den anderen. Schließlich sagte sie: »Laß uns nach Hause fahren.«

Das war Ende September.
Der 24. Oktober 1929 brachte eine weltweite Katastrophe: Die Aktienkurse an der New Yorker Börse purzelten in tiefste Tiefen. Das war das Ende der wilden Expansion Anfang und Mitte der zwanziger Jahre: Die überreizte Wirtschaft brach zusammen, die Krise schwappte nach Europa über, in kürzester Zeit stand ein Heer von Arbeitslosen auf der Straße.
Paul sagte eines Morgens beim Frühstück: »Mir scheint, wir stehen vor einem Überlebenskampf.«
Lisa fragte nicht, ob er vom Gregorian-Verlag oder von der Weltwirtschaft sprach.
Die Weimarer Republik trieb ihrem Untergang entgegen. Die Regierung unter dem sozialdemokratischen Reichskanzler Müller, ohnehin schon brüchig, wurde von Haushaltsdefiziten in Milliardenhöhe belastet, jetzt zogen die USA, da selbst in einer konjunkturellen Talsohle, sich von den hohen Kapitalzufuhren an Deutschland zurück. Eine Säule der jungen Demokratie, Außenminister Stresemann, lebte nicht mehr. Die ersten Rufe nach den Radikalen – die ja alles »vorher schon gewußt« hatten – wurden laut.
Im »Katzl« wurde weitergefeiert. Keine Arbeit? Kein Geld? Na und? Genießt den Niedergang, der Aufschwung wird fürchterlich! Mehr Galgenhumor bitte, meine Herrschaften! Der Schieberhandel blühte wieder, schwarze Märkte schossen aus dem Boden, Zigaretten wurden das neue Zahlungsmittel, man hatte nichts, nur den Augenblick.
Lisa malte ein Bild, das sie »Jenseits der Zeit« nannte. Es zeigte eine

verfremdete Gewitterlandschaft mit fallenden Himmeln, darunter ein totenkopfgesichtiges, gespensterhaftes Wesen in einem morastigen Fluß, die Hände an die eingefallenen Wangen gelegt, die schmalen Lippen zu einem tonlosen Schrei geöffnet.
Das Bild wurde schnell berühmt. Überall hingen Lithographien und Adaptionen. Das Original wurde von einem fanatischen Rechtsradikalen während des Transports in Lisas Galerie mit Salzsäure beschüttet und zerstört.
Sie sah Paul in dieser Zeit sehr selten. Er hatte viel im Verlag zu tun. Was nur? fragte sich Lisa. Die Produktion war eingeschränkt worden. Über Weihnachten war er nicht zu Hause. Lisa wußte nicht einmal, wo er sich aufhielt. Vermutlich war er mit der »Sumpfblüte« in den Süden gefahren. Vorher hatte es zwischen Paul und Lisa Streit gegeben. Es war um Nichtigkeiten gegangen, um ihre hysterische Reaktion auf die Vernichtung ihres Bildes, ihre Egozentriertheit und sein mangelndes Interesse an ihren Arbeiten. Vielleicht war es auch um etwas anderes gegangen. Auslöser für die Auseinandersetzung – die erste lautstarke Debatte ihrer Ehe – war Lisas Betrunkenheit auf einer Party der Vosgeraus gewesen, wo sie allerhand Unsinn von sich gegeben und sich ziemlich danebenbenommen hatte. Paul hatte gesagt, er habe dafür absolut kein Verständnis. Sie solle endlich lernen, sich wie ein vernünftiger Mensch zu benehmen, wenn es ihr schon nicht gelinge, vernünftig zu werden.
Lisa war in keiner Weise fähig, auf diesen Vorwurf zu reagieren. Als sie sich entschuldigen wollte, erschien ihr Paul jedoch so unnahbar, daß sie es sein ließ. Sie fühlte sich schuldig, und sie wußte auch, daß Paul recht hatte, wenn er sie egozentriert nannte. Er hatte sehr deutlich gesagt: »Du frönst nur noch deinem Leidensbedürfnis. Auf die Dauer wird das unerträglich.«
Wurde sie unerträglich für ihn? War er deshalb ohne sie nach Alassio gereist?
Sie suchte Trost bei ihren Künstlerfreunden, wurde aber nicht glücklich dabei. Sie gestattete dem jungen »Sonntagsmaler«, der sie so bewunderte, ihr Liebhaber zu werden, aber auch das komplizierte eher, als es erleichterte.
Walter Hansch war sensibel genug zu merken, daß sie nicht in ihn verliebt war, und er tat alles, sie verliebt zu machen – was zwanzigjährigen Schwärmern eben so einfällt. Er brachte ihr Feldblumen, weil sie einmal gesagt hatte, sie liebe den Geruch von Erde und Gras, er versuchte, sich ihren künstlerischen Stil anzueignen, er nahm ihr Dinge ab, die sie nicht gern tat, er half ihr bei der Umgestaltung ihrer Galerie, er schrieb Gedichte auf sie... Lisa nahm das alles wie durch

Nebel wahr. Sie hatte ihn gern, diesen sanften Spinner, und sie sah bereits die Nonchalance in seinen Augen, die ihn in späteren Jahren zum Verführer stempeln würde, doch noch war er mehr Kind als Mann, verspielt, verschmust, unernst und trotzdem tief, nachgiebig, umgänglich, »pflegeleicht« und sehr, sehr lieb.
Er war sehr hübsch und sehr blond und sehr blauäugig, aber wenn sie ihn ein paar Tage nicht mehr gesehen hatte, verschwammen seine Züge vor ihren Augen, und sie wußte nicht mehr genau, wie er eigentlich aussah. Für ihr mangelndes Gefühl kam sie sich ein wenig schuldig vor, so daß sie Walter mit allerlei Kleinigkeiten »belohnte«. Auf seinen Wunsch besuchte sie mit ihm eine Theatervorstellung von »Fräulein Julie«, sie gab seinen Bildern eine Sonderstellung in ihrer Galerie – wo sie eigentlich gar nicht hineingehörten –, sie hörte sich geduldig seine Gedanken an und ließ sich seine Liebesbeweise gefallen.
Da sie sich als Frau von ihm zurückziehen wollte, glitt sie langsam in die Rolle der älteren Freundin, aber Walter wurde eifersüchtig, wenn er merkte, daß sie mit einem anderen Mann flirtete. Da sie ihn im »Katzl« eingeführt hatte, kam er oft dorthin und schränkte Lisas Bewegungsfreiheit ein, denn sie fühlte sich beobachtet und überwacht.
Ihr Versuch, Walter die Lage sanft und einfühlsam nahezubringen, schlug fehl. Sie wollte die Liaison beenden und sprach davon, daß sie immer seine Freundin und Vertraute sein wolle und er sich auf sie verlassen könne, aber er unterbrach sie mit brennenden Augen und drohte, sich vor den nächsten Zug zu werfen. Lisa mußte an Jenny und Lorenz denken und erschrak. Vielleicht würde die Zeit helfen. Vielleicht würde er sich bald in ein junges Mädchen verlieben, wenn sie ihn etwas auf Distanz hielt? Wie war sie denn gewesen in ihren Mädchenjahren? Schwankend, flatterhaft, unstet, wechselnd.
Lisa redete sich ein, sie fühle sich wohl und alles sei in Ordnung.
Der Winter ging, der Frühling kam.
Anfang März prophezeiten die Zeitungen noch den Sturz der Regierung Müller und die Regierungsübernahme des Zentrums durch Rudolf Holzgartner.
Lisa erwachte am 15. März mit einem unguten Gefühl aus schlechten Träumen. Sie blieb nicht liegen, obwohl sie morgens gern ein bißchen döste, weil die Träume dunkel in ihr nachhallten, sondern stand gleich auf, zog sich an und ging zum Frühstück hinunter. Sie frühstückte in letzter Zeit oft allein, wenn Paul schon aus dem Haus war, denn obwohl sie wieder sehr höflich miteinander umgingen, war die Atmosphäre noch etwas gespannt. Vor zwei Wochen war sie vierzig

geworden. Er hatte ihr Perlen geschenkt – Perlen, die aussahen wie Tränen.
Er sah hoch, als sie kam. »Oh, du bist schon auf. Guten Morgen«, sagte er.
Auch sie wünschte ihm einen guten Morgen, setzte sich zu ihm an den Tisch und ließ sich Kaffee, Orangensaft und Käse bringen. Paul wirkte sehr ernst. Lisa fühlte sich nicht nur unwohl, sie hatte plötzlich eine undefinierbare Angst.
»Ist etwas?« fragte sie zögernd.
Paul reichte ihr die zusammengefaltete Zeitung und sagte: »Hier, lies, aber erschrick nicht.«
Unsicher forschte sie zuerst in seinem Gesicht, las aber dann die Schlagzeile auf der ersten Seite:
»Zentrumsabgeordneter Holzgartner von Rechtsradikalem vor dem Reichstag erschossen.«
Lisa las den Artikel in aller Ruhe und sehr langsam. Ein unbekannter Fanatiker, der sich zur nationalsozialistischen Ideologie bekannte, von dem Hitler sich jedoch offiziell distanzierte und der kein Parteimitglied war, hatte es als »missionarischen Auftrag« angesehen, den »Mann der Mitte« – so die Zeitung – zu beseitigen, ehe er seine Vorstellungen würde verwirklichen können. Sie sagte ganz ruhig: »Sicher wird er auf Reitenau bestattet werden.«
»Glaubst du?«
»Bestimmt.«
»Fährst du zur Beerdigung?«
»Vielleicht.«

Die warme Mittagssonne fiel über den Grabstein, der schwarz im Licht glänzte.
Lisa war allein. Leise spielte der Wind in den Blumen auf dem Grab. Die Kränze waren bereits abgeräumt. Rudolf war vor zwei Monaten beerdigt worden. Jetzt schmückte ein großes Blumenbukett das Holzgartnersche Familiengrab im Reitfeldener Friedhof. Vor lauter Blumen konnte man die Grabinschrift kaum lesen.
Zwei alte Frauen standen eine Grabreihe hinter Lisa. Sie redeten leise und musterten die elegante Dame in Schwarz. Ob sie Lisa erkannten? Ob sie sich an die ledige Tochter des alten Reitenau-Bauern noch erinnerten? Mutmaßten sie nur? Lisa fühlte sich beobachtet.
Sie war dem Rummel der Beerdigung ausgewichen. Franziska war vor zwei Wochen in München gewesen und hatte von den vielen Fotografen, Journalisten, Schaulustigen und Prominenten erzählt, die dagewesen seien. Sogar Reichskanzler Brüning habe einen Kranz

geschickt. Der Friedhof sei ebenso wie die Kirche überfüllt gewesen. Morell habe schöne Wendungen gefunden.
Ja, Morell. Immer noch Morell... Die alten Sünden.
Lisa spürte auf einmal sehr viel Wehmut. Vielleicht war sie deshalb erst jetzt gekommen. Lange hatte sie überlegt, ob sie überhaupt kommen sollte. Das Früher schien wieder zum Greifen nah. Über Rudolfs Namen stand Vinzenz' Name auf dem Grabstein. Alte Gesichter tauchten vor Lisas innerem Auge auf. Lange hatte sie Lorenz nicht mehr so deutlich gesehen. Lange hatte sie nicht mehr an ihren ersten Tanz in der Silvesternacht gedacht, oben in ihrem Mädchenzimmer.
Auf einmal hörte sie Vinzenz wieder lachen, als stünde er hinter ihr: stämmig, breitschultrig, fest, mit klaren, durchdringenden Augen, die so viel wußten. Sie mußte an die Nachmittage auf den Feldern denken, Heugeruch stieg ihr in die Nase...
Nur an Jenny erinnerte sie sich kaum. Ihr Name auf dem Grab hatte sich ebenso verwaschen wie der von Lorenz. Wind und Regen hatten die Goldschrift aus den Buchstabenrinnen weggespült. Das Grab hatte sie vereint, die letzten Holzgartners. Nur Lisa war übriggeblieben. Ein sonderbares Gefühl.
Sicher, Rudolf hatte zwei Kinder hinterlassen. Doch das waren keine Holzgartners mehr. Seine Kinder hatten keinen Bezug mehr zu diesem Stück Land und dieser Erde und dem Wechsel der Jahreszeiten. Und Franziska? Franziska trug den Namen Landgraf, aber Vinzenz hätte seine Freude an ihr gehabt.
Aber sie, Lisa, war sicher die einzige, der Reitenau ein Heimatgefühl gab – immer noch. Sie war verwachsen mit diesem Haus und diesem Land und diesem Himmel, der überall blau und doch nirgendwo so vertraut leuchtete wie hier, wo die Reitach einen sanften Bogen führte. Ob die Verwalter Reitenaus hier heimisch geworden waren? Ob sie ahnten, welch stumme Geheimnisse die kleine Bibliothek mit den vergilbten Seiten in den Büchern barg? Still war die Zeit über die Bibliothek, den »Salon«, die Korridore, die Feldwege, den Fluß und die Felder hinweggegangen.
Lisa spürte nach langer, langer Zeit ihre eigene Erdverbundenheit wieder, ihre Verwurzelung und ihre Prägung. Reitenau war ihr Heimat gewesen – ihr und Rudolf. Wie hatte Rudolf Reitenau geliebt! Sogar in seinem Testament hatte er verfügt, hier begraben werden zu wollen.
Lisa lächelte.
Nur sie wußte, was Reitenau ihm gewesen war: die Stille, das Wohlgefühl, die Geborgenheit. Hier hatte er den unvergleichlichen

Geruch frischer Erde geatmet und den Weizen sich im Wind beugen sehen. Hier hatte er gelebt.
Unwillkürlich mußte sie an diese schicksalsschwere Gewitternacht denken, als er sich zum ersten Mal bewußt geworden war, sie zu begehren.
Wie nah, wie nah das jetzt war! Es kam ihr vor, als spüre sie ihr eigenes Leben von damals wieder. Und gleichzeitig schien es ihr, als wäre ihr das in einem anderen Jahrtausend geschehen. Dann dieser Nachmittag, als sie ihm in Sandalen bei Regenwetter nachgelaufen war, hinunter zum Bahnhof...
Wie Schmeißfliegen fielen die Erinnerungen über sie her. Sie ließ es einfach geschehen.
Die alten Frauen hatten sich abgewandt. Es mochte Interessanteres geben als eine schwarz gekleidete Vierzigerin am Grab ihres toten Geliebten. Die Zeit würde weitergehen, unbeirrbar, stoisch, gleichmäßig durch all ihre Wirren. Die Abwendung der beiden Alten schien zu sagen: Nichts währt; was heute von Belang ist, wird morgen vergessen sein. – Nichts würde übrigbleiben von einer verstohlenen, verbotenen Liebe unter einem schwarzen Mond.
Lisa stand in der prallen Sonne. Es war Ende Mai und heiß für die Jahreszeit. Sie roch die sanfte, eibenbittre Friedhofsausdünstung und spürte schwer die Vergangenheit in ihrem Innern. »Leb wohl«, sagte sie leise zu dem schwarzen Grabstein, den die Schatten des Kastanienbaums verdunkelten. Sie beugte sich nieder und spritzte Weihwasser in die Blumen, ehe sie sich jäh abwandte und den Weg zur Eisenpforte hinunterlief, die die Stätte der Toten von der Welt der Lebenden trennte.
Draußen atmete Lisa freier.
Sie ging nicht durch Reitfelden, sondern nahm den Feldweg außen herum. Allmählich gelangte sie zum Fluß. Die wenigen Leute, die ihr begegneten, schienen sich zu fragen: Ist sie's, oder ist sie's nicht?
Lisa spürte jetzt, wie heiß es war, und zog die Jacke aus. Laue Maiwinde trugen die Hitze über die Felder hinweg. Die jungstehenden, noch grünen Halme neigten sich anmutig im Wind. Libellen kamen vom Wasser her und surrten über den Feldweg, der seit Jahr und Tag hier entlangführte. Die ersten Mohnblumen leuchteten in den vom Wind gekämmten Feldern. Im Frühlingswind zitterte das Laub der Pappeln, Espen, Weiden und Buchen. Die Birken rauschten. Wie aus einem alten, urvertrauten Lied hörte sich das Summen der Bienen und das fröhliche Vogelgezwitscher in Lisas Ohren an.
Das war alles, was sie noch mit Rudolf teilte: die Liebe zu einem alten Feldweg, zu wogenden Ähren, zum Plätschern eines Flüßchens...

Ob er das leise Singen des Windes jetzt hören konnte? Ob er sah, wie blau sich der Himmel wölbte? Ob er sah, wie dunkel und frisch sich die Wälderfront gegen den hellen Himmel abhob? Was für dumme Gedanken!
Lisa mußte an viele andere Männer denken, die ihr eine Zeitlang etwas bedeutet hatten, die unvergessen waren, aber keinen Schmerz hinterließen. Doch auch der Gedanke an ihr Liebesgeständnis an Howard Summerhay und das Rauschen der Brandung in ihren Ohren, als James Burns sie geküßt hatte, stimmte sie heute wehmütig. Was war aus diesen vielen Menschen, denen sie begegnet war, geworden? Ob Sabine Roddweil noch ab und zu an ihre ehemalige Erzieherin dachte? Es war doch erstaunlich, mit wie vielen Menschen einen das Leben zusammenführte und von wie vielen es einen wieder trennte. Manchmal tat es weh, manchmal war es gleichgültig, und hin und wieder kam der Schmerz erst viel später. Es hatte oft weh getan, aber Rudolf hatte sie fast den Verstand gekostet.
Lisa war stehengeblieben. Sie sah eine schwarz gewandete, hohe, schmale Gestalt auf sich zukommen. Sie verharrte still und lächelte, als hätte sie nichts anderes erwartet, als hier, am Ufer des Flusses, der jetzt allein noch das Geheimnis kannte, Matthias Morell wiederzubegegnen.
»Hochwürden«, sagte sie grüßend.
Er war näher gekommen. Wie grau sein Haar geworden war! Wie ein Silberhelm glänzte es in der Sonne. Tiefe Falten furchten sich durch seine Züge, die einst alterslos schienen. Nur seine Augen waren noch ebenso hell und klar wie damals, und ihr wacher Blick hatte sich nicht verändert, nur vertieft. – Immer waren es die Augen, die die Menschen verrieten.
»Lisa«, sagte er warm und blieb ebenfalls stehen, um ihr die Hand zu reichen. »Mir war so, als würde ich heute jemandem begegnen, den ich lange nicht mehr gesehen habe. Sie sind also doch noch einmal gekommen.«
»Ich bin nicht zum erstenmal seit meiner damaligen – Flucht hier, Hochwürden. Wir sind uns damals nur nicht begegnet. Aber auch ich hatte das Gefühl, ich würde Sie noch einmal wiedersehen. Manchmal habe ich an Sie gedacht.«
Auch sie blieb beim »Sie«. Es gab auch keinen Grund, sich zu duzen. Irgendwie war es ihr eine Wohltat, in sein ruhiges Gesicht mit dem vertrauten Lächeln zu sehen. Sein Lächeln schloß noch immer den Augenblick und das ganze Leben in sich ein, doch schien es heute von einer Regung durchdrungen, die mehr war als Güte.
»Sie waren nicht auf der Beerdigung«, sagte Morell ohne Tadel.

»Nein. Ich wollte noch einmal mit ihm allein sein.«
Sie lächelte. Morell mußte sie nichts erklären. Wenn er manches auch nicht wußte, so verstand er doch alles. Hell lächelten seine Augen, und hell spielte die Sonne im Silber seines Haars. Man hörte die Reitach plätschern, jung, munter und jubilierend.
»Kommen Sie, gehen wir ein Stück«, sagte Morell.
Lisa nickte. Das Schweigen zwischen ihnen war nicht unangenehm. Es ließ die Vogelstimmen hören und den an einem Baumstamm klopfenden Specht.
Dann sagte Lisa doch: »Ich glaube, ich verstehe heute so manches, was Sie mir früher gesagt haben. Ich habe viele Fehler gemacht, wie immer man ›Fehler‹ auch definieren mag. Ihr Gott ist dennoch sehr streng, Hochwürden.«
»Ist es immer noch nur ›mein‹ Gott, Lisa?«
»Ich weiß nicht. Ich weiß nur, daß er viel verlangt.« Sie lächelte. »Jetzt sagen Sie mir sicher wieder, daß alles ein Weg ist und wir diesen Weg nach unserem Bewußtsein gehen.«
Morell hatte die Arme auf dem Rücken verschränkt.
»Sie wissen inzwischen selbst, daß es so ist, nicht wahr?« fragte er. »Je tiefer Ihr Bewußtsein für das Wesentliche wird, desto mehr verkleinert sich die Spanne zwischen Ursache und Wirkung. Sie erinnern sich? Natürlich ist dieses Bewußtsein eher intuitiv als rational.«
Lisa lächelte. »Sie sehen so glücklich aus. Ein besseres, ein philosophischeres Wort fällt mir im Augenblick leider nicht ein.«
»Ich bin noch immer auf demselben Weg.«
»Ist das alles?«
»Ja. Ich übe mich in der Kunst des Loslassens. Kein zwanghaftes Habenmüssen mehr. Dazu war es sicher notwendig, zuerst den vorhandenen Zwängen nicht auszuweichen. Alles hat seine Gesetzmäßigkeit.«
Lisa nickte.
»Also frei vom Allzuweltlichen?« fragte sie mit einem Lächeln.
Morell lächelte zurück. »Weitgehend.«
»Ich nicht.«
»Sondern?«
»Mitten im Strudel. Früher habe ich den Strudel nahezu herbeigefleht. Heute will ich ihm entrinnen. Das ist vielleicht ein Anfang.«
»Sie sind ein gutes Stück Weg gegangen, Lisa. Ihre Augen sind sehr klar.«
Lisa schwieg. Sie blickte zu Boden.
»Es ist mehr Klarheit in Ihnen, als Sie glauben. Und auch mehr Ruhe. Sie spüren Ihre Unruhe nur deutlicher und bewußter als früher.«

»Das ist ja fast ein Kompliment aus Ihrem Mund!«
»Nein, eine Wahrheit. – Aber flirtbereit sind Sie wie eh und je.«
Lisa lachte, und Morell lachte auch. Als sie wieder ernst wurde, fragte sie: »Gesetzmäßigkeiten? Sie sprechen immer von Gesetzmäßigkeiten. Welcher Gesetzmäßigkeit unterliegt Rudolfs Tod?«
Ihre Frage kam ohne Aufbegehren.
»Seltsam, daß die Menschen immer dann Sinnfragen stellen – und oft nur dann –, wenn der Tod anklopft. Als hätten sie nie begriffen, daß es keinen Tod gibt.«
»Für Sie nicht. – Aber immerhin kennen Sie eine ›ewige Verdammnis‹.«
»Nein, auch keine ewige Verdammnis.«
Lisa hob den Kopf. Sieh an, sieh an! Er war der alte Frevler und Ketzer geblieben.
»Keine Verdammnis?« fragte sie mit sanfter Ironie.
Morell schwieg, als müsse er darüber nachdenken, wie er ihr das erklären sollte.
Sie sagte schnell: »Nun, dann brauchen wir uns ja keine Sorgen mehr zu machen um unser Seelenheil. Es kommt ja ohnehin. Und Rudolf lebet nun in Freuden.«
Morell ließ ihren Zynismus gelassen über sich ergehen. »Ich habe Rudolf Holzgartner so gut wie überhaupt nicht gekannt«, sagte er. »Aber auch wenn ich ihn gekannt hätte, würde ich mir nicht anmaßen, über sein Leben im Jenseitigen zu mutmaßen. Sehen Sie, wir kommen von Gott – Ihnen gegenüber spreche ich allerdings lieber vom Absoluten – und müssen dorthin zurück. Wie, das ist unsere Entscheidung. Die Toten reisen weiter.«
»Und läutern sich?«
»Es gibt Rückschritte und Fortschritte. Im Fortschritt läutern sie sich. – Wissen Sie, ich glaube nicht, daß man mit der einfachen Dreiteilung Himmel, Fegefeuer, Hölle weit kommt. Jeder muß durch seine eigene, momentane Hölle. Aber es gibt ein Ziel, das man poetisch ›Paradies‹ nennen kann. ›Gottesnähe‹ ist besser, ›Einheit mit Gott‹ trifft den Kern. Es ist nichts Greifbares. Sie und Rudolf Holzgartner sind ebenso auf dem Weg dorthin wie ich und jeder andere. Je näher man dem Ziel ist, desto eindeutiger und straffer wird auch die Führung dorthin. Je näher ich der Erde bin, desto stärker wird die Gravitationskraft. Je mehr ich mich der Sonne nähere, desto intensiver fühle ich die Hitze.«
»Die Sonne verbrennt«, bemerkte Lisa trocken.
»Ja, sie verbrennt. Zum Beispiel unseren Egoismus.«
Lisa schüttelte den Kopf. »Sie sind doch ein ewiger Schulmeister! –

Aber sagen Sie: Sind Sie inzwischen bei buddhistischen Nirwana- und Wiedergeburtsvorstellungen angekommen?«
Wieder schien ihre Provokation an ihm vorbeizugehen. »Ich fühle mich keiner Institution mehr zugehörig, falls Sie darauf anspielen. – Nirwana? Nun, die Vorstellung eines Nirwana im Sinne von Ich-Auflösung deckt sich mit meinem Gottesbegriff. Wiedergeburt? Vielleicht. Vielleicht nicht. Ich spreche von der Wiedergeburt im körperlichen Sinne. Obwohl: Es wäre – sagen wir, es wäre logisch. Ein Erdenleben wird so lange wiederholt, bis es überflüssig wird, bis die Prüfungen bestanden sind, um es banal auszudrücken. Eine Neuinkarnation schließe ich nicht aus, eine Wiedergeburt im geistigen Sinn, eine immer weiter reichende Entpuppung aus äußeren, unfrei machenden Schalen, gilt für mich als Wahrheit.«
»Das würde heißen, daß Jenny sich umsonst umgebracht hat.«
»Umsonst nicht. Sie wird daraus lernen. Irgendwo geht sie jetzt ihren Weg weiter. – Wir müssen unterdessen lernen, mit unserer Mitverantwortung zu leben, und Sinn in ihr erkennen.«
»Mitschuld? Wie waren Ihre früheren Worte? Ist nicht jeder für sich allein verantwortlich?«
»Natürlich. Doch genauso richtig ist es, daß unsere Fehlhandlungen sowie unsere Fehlgedanken auf uns zurückfallen, unabhängig vom Schicksal des Betroffenen.«
»Was haben wir Jenny getan?«
»Ich habe zuviel zugelassen. Ob und was Sie Jenny getan haben, müssen Sie selbst wissen.«
Lisa zuckte die Achseln. Ihre Augen glitten über den Weizen, über den zärtlich der Wind wellte.
»Hochwürden?«
»Ja.«
»Von Ihrer ›geistlichen‹ Sicht aus gesehen: Ist Blutschande eine Sünde oder, wie Sie es eben nannten, eine Fehlhandlung?«
Sein sanfter Blick glitt über sie hinweg, zu den Weizenfeldern hinüber.
»Wissen Sie nicht? Vor Ihm sind alle Brüder und Schwestern.«
»Es ist also eine rein gesellschaftliche Sünde?«
»Das, was die Menschen unruhig macht, sind meistens gesellschaftliche ›Sünden‹.«
Als er Lisa aufatmen hörte, fragte er überrascht: »Nanu. Das hat Sie also bedrückt?«
»Mich nicht. Oder kaum. Dafür aber Rudolf. Ich dachte mir eben, daß wir ohne dieses von Ihnen jetzt wie nebenbei abgetane Gesellschaftstabu vielleicht zusammengefunden hätten, Rudolf und ich.«

»Sind Sie sich sicher, daß Sie zusammenfinden sollten?«
Sie kannte diese Art von Fragen, die sie immer zwangen, Gesagtes neu zu überdenken. Sie kannte Morells Fähigkeit, ganz leise an der Harfensaite zu zupfen.
»Sie meinen, Rudolf war nicht zufällig mein Bruder? – Ach, ich weiß gar nichts mehr. Nicht einmal, ob ich wirklich traure. Manchmal denke ich, es ist nur Sentimentalität.«
Am Ufer, zwischen Bäumen und im Licht schimmernden Strauchblättern, stand eine neu angebrachte Bank. Morell ließ sich darauf nieder. Eine hohe Esche warf Schatten über die Bank. Auch Lisa nahm Platz.
»Vielleicht hat es so sein sollen«, sagte sie. »Wäre ich glücklich geworden mit ihm? Oder er mit mir? Ach, wahrscheinlich nicht! Es wäre ein ewiges Strindberg-Drama geworden.«
Und dann sagte sie leise: »Ich bin wieder verheiratet. Mein Mann und ich sind auch sehr verschieden.«
Wie kam sie eigentlich dazu, Morell so viel preiszugeben? Ihr ganzes Leben lang hatte niemand sie so aus sich selbst herausgezogen wie er.
»Paul versteht mich«, sagte sie. »Ich weiß nicht, ob Rudolf mich je verstanden hat. Bei ihm war alles nur Kopf. Bei Paul sieht es auch so aus, als wäre er ein reiner Rationalist, aber ich glaube, das ist er nicht... nein, er ist es sicher nicht.«
Sie schwieg wieder. Eine tiefe Ruhe zog in sie ein. Es kam ihr vor, als wäre sie müde, aber sie war nur entspannt und still. Seit Ewigkeiten war es nicht mehr so still in ihr gewesen – und so klar.
»Manchmal habe ich große Sehnsucht«, gestand sie. »Es ist eine ganz unbestimmte, nur auf die Vergangenheit gerichtete Sehnsucht.« Sie sah Morell an und rang sich ein kleines Lächeln ab. »Was für gewöhnliche Problemchen, müssen Sie jetzt denken!«
»Die Suche nach sich selbst ist nie ein gewöhnliches Problem. Sie suchen sich in anderen Menschen. Glauben Sie nicht, daß es eine höhere, intensivere Art des Sicherkennens und Sichgeborgenfühlens gibt?«
Lisa deutete mit einer Handbewegung an, daß sie es nicht wußte.
»Geborgenheit«, meinte sie leise. »Das ist es wohl.«
Die Klarheit in ihr hielt an. Sie sagte: »Ich habe jetzt Sehnsucht.«
Morells spirituelles Lebensprogramm war nicht das ihre. Bei ihr war alles weltlicher. Sie suchte nicht nach Philosophien, nicht im Innersten. Da brauchte sie Wirklichkeit, die Wirklichkeit der Bilder, nicht die darunterliegende. Wie hieß es schon in der Bibel? Wer es fassen kann, der fasse. Sie hörte und verstand, aber sie faßte es nicht. Sie wollte gar nicht. Es zog sie zur Erde.

In den Birken zankten sich die Amseln. Sie sah hinauf, versonnen und stumm. So deutlich hatte sie selten Geräusche vernommen, Gerüche aufgesaugt, ohne nach ihnen zu schnuppern, Leben gespürt, ohne danach zu greifen. Sie wußte nicht, weshalb, aber auf einmal war sie glücklich; einfach nur glücklich.
»Ich habe Rudolf sehr geliebt – so geliebt, wie ich es eben vermag, besitzergreifend und uneinsichtig. Wie viele Arten der Liebe mag es wohl geben? – Aber jetzt, Hochwürden, jetzt ist nur eine melancholische Erinnerung geblieben, genährt von alter Leidenschaft und altem Haß. Und doch: Ich liebe ihn noch immer. Aber anders. Es ist ganz seltsam. Ich glaube, ich liebe ihn jetzt mehr als früher, aber ich will ihn nicht mehr besitzen. Ich bin nicht einmal wirklich traurig, daß er tot ist.«
Morell nickte.
Wie weich die Weizenhalme sich im Wind bogen! Und darüber der endlos blaue Himmel!
»Mein Gott«, sagte Lisa.
»Gott?« fragte Morell ironisch und lehnte sich zurück.
Lisa lachte auf. Ihre Augen strahlten.
»Mir kommt es jetzt vor, als könnte ich alles, alles lieben! Diesen Feldweg, den Klatschmohn, die Brennesseln am Wegrand, den Puderpuff, Amalie...! Ich bin ganz voll davon! Ich könnte weinen, so liebe ich auf einmal alles.«
Die Amseln in den Zweigen wurden stiller. Eine Katze huschte durch das Gebüsch.
»Ich sehe Reitenau, wie ich es noch nie gesehen habe, viel in mir hängt daran. Immer war es mir ein Traum von Heimat. – Und doch will ich jetzt nach Hause.«
»Dann gehen Sie nach Hause«, sagte Morell.
Lisa wandte sich ihm zu und sah ihn eine Weile an, als hätte sie nicht verstanden. Ein Windstoß wehte ihm das Haar aus dem Gesicht. Sie sah ihn lächeln, obwohl sein Mund ernst blieb.
»Sie haben recht. Ich fahre nach Hause. Ich fahre wirklich nach Hause.«
Sie erhob sich. Auch Morell stand auf. Lisa reichte ihm die Hand.
»Auf Wiedersehen, Hochwürden.«
»Leb wohl, Lisa.«
Sie lächelte noch einmal, wandte sich dann um und lief zum Feldweg zurück. Dort drehte sie sich noch einmal um. »Danke«, sagte sie.

Lisa erreichte München am späten Abend.
Eine nervöse Ungeduld war in ihren Gliedern. Sie hatte im Zug nichts

essen können, obwohl ihr Magen knurrte, da sie seit heute morgen nichts mehr gegessen hatte.

Nun war sie also nach all den Jahren, nachdem sie sich das Leben erobert und er sich der Stille anvertraut hatte, Morell wiederbegegnet, dem Weisen, Geistkraft suchenden Morell, ihrem alten Freund. Vielleicht hatte er sie heute wieder ein wenig gelenkt, vielleicht sogar, ohne es zu wollen.

Entgegengesetzte Wege waren sie gegangen, und doch waren sie einander wieder begegnet, intensiver als je vorher. Lisa empfand eine Regung tiefster Zärtlichkeit für den Mann, der nie ein Mann hatte sein wollen.

Aber noch während sie im Zug saß, überkroch sie ein Gefühl der Angst. Wovor? Sie war aufgeregt.

Als sie in München eintraf, nahm sie sich sofort ein Taxi und ließ sich nach Hause fahren.

München lag unter einem herzhaft-würzigen Vorsommerduft.

Überall roch es nach Lindenblüten, nach sprießenden Hecken und Biergartenmunterkeit.

Fast lautlos glitt das Taxi durch die Dunkelheit. Mit jedem Meter, den es sich der Gregorianschen Villa näherte, wuchs Lisas Beklommenheit. Sie hielt die Finger ineinander gefaltet und konnte sich kaum beherrschen, den Fahrer zur Eile anzuhalten.

Endlich da!

Als sie ausstieg, ließ sie zuviel Trinkgeld zurück und schlug die Tür hinter sich zu.

»Gnädige Frau!« rief ihr der Taxifahrer nach und reichte ihr die Handtasche durch die heruntergekurbelte Scheibe.

»Danke«, sagte Lisa, griff danach und lief die Treppen zum Eingangsportal hinauf. Sie sah Licht aus Pauls Arbeitszimmer. Sonst lag das Haus in Schlaf.

Fahrig suchte sie nach den Schlüsseln in der Handtasche und fand mit Mühe das Schloß. Kaum war die Tür auf, stürzte sie ins Haus und ließ die Tür hinter sich zufallen. In der Halle blieb sie eine Weile im Finstern stehen und befahl sich, ruhiger zu werden. Sie machte kein Licht. Im Dunkeln ging sie die Treppe hinauf.

Alles war vertraut. Sie stieß nicht gegen die Bodenvase, auch nicht gegen die Farne und Topfpflanzen oder den wuchernden Rhododendron. Überall war es still. Nur wenn draußen auf der Straße ein Wagen vorbeifuhr, hörte sie das Quietschen der Bremsen und ein sanftes Fahrgeräusch.

Im oberen Korridor angekommen, hielt sie inne, lehnte sich gegen die Wand, zwischen den Cézanne und den Gummibaum, und schöpfte Atem, als wäre sie eine lange Strecke gerannt.

Ein Spalt Licht fiel unter der Tür des Arbeitszimmers in den Flur hinaus. Ein ganz vertrauter Spalt Licht. Lisas Herz tat einen zusätzlichen Schlag. Der Lichtschein unter der Tür kam ihr vor wie ein Geschenk. Die Hand auf der Klinke, verharrte sie noch einen Moment, atmete nochmals tief durch und drückte dann die Tür auf.
Paul saß am Schreibtisch, nur vom Licht der Tischlampe umströmt. Es war ganz ruhig im Raum. Die Atmosphäre in seinem Arbeitszimmer war immer ruhig, gesammelt und diszipliniert.
Paul blickte hoch und sah sie an. Er bemerkte ihre geröteten Wangen und das suchende, helle Flackern in ihren Augen.
»Da bist du ja«, sagte er schließlich, als hätte er auf sie gewartet.
Lisa ließ langsam den Atem aus ihrer Nase. Da war sie. Sie lächelte. Es sah aus, als würde sie kleiner, als fiele etwas aus ihr heraus.
Paul nickte kaum merklich. Sein rechter Mundwinkel zog sich, fast etwas ironisch, in die Höhe. Dann wies er mit einem kurzen Blick auf die Papiere vor seinem Schreibtisch.
»Ich habe vor, den neuen Roman dieser Schwertschlag zu kaufen«, sagte er.
Lisa war ganz hereingekommen. Sie zog Jacke, Hut und Handschuhe aus und setzte sich auf die Couch.
»Ist er so gut?« fragte sie, glitt aus den Schuhen und zog die Beine hoch.
»Natürlich. Glück habe ich auch noch. Sie hatte mit ihrem bisherigen Verleger Differenzen.«
Lisa lächelte.
»Ja, manchmal hat man Glück. Und manchmal hat man Pech, steht millimeterbreit vor dem Ziel und erreicht es doch nicht.«
Paul wußte, wovon sie sprach: »Bedauerst du ihn?«
»Ja. Ein wenig. Ich weiß, wie das ist: etwas so sehr zu wollen, es fast zu haben und dann doch nicht zu erreichen. Aber vielleicht hat er jetzt kein Bewußtsein mehr dafür. – Du, ich bin Morell wiederbegegnet.«
»Wem?«
»Morell, dem Priester aus Reitfelden.«
»Dem Sündenpriester?« frotzelte Paul.
»Ja. Es war schön. Einfach nur schön.«
»Was habt ihr gesprochen?«
Lisa zuckte die Achseln und sah erstaunt aus.
»Sehr Gewichtiges, glaube ich. Aber ich weiß es nicht mehr. Ich weiß nur, daß ich einem vollkommen glücklichen Menschen begegnet bin, und das hat mich ganz weit gemacht. Weit und unendlich dankbar.«

Paul hatte sich zurückgelehnt. Etwas wie Neugier kennzeichnete seinen Gesichtsausdruck.
»Dankbar?« fragte er.
»Ja. Dankbar. Für alles. Das, was war, das, was ist, das, was kommen wird. Alles schien auf einmal gut und richtig und voller Frieden – und Sinn.« Lisa lächelte. »Rede ich dummes Zeug? Ich kann nicht ausdrücken, was ich meine, vielleicht kann ich es einmal malen.«
Paul nickte. Er sah sie an und sagte: »Du bist heute auf eine ganz neue Art schön.« Und dann: »Hast du etwas dagegen, wenn ich das Fenster öffne?«
Lisa schüttelte den Kopf. Paul stand auf und ging zum Fenster. Sie sah ihm zu, geduldig und ruhig. Die Aufregung war verflogen.
»Eine klare Nacht«, sagte er, blieb einen Moment am geöffneten Fenster stehen und kehrte dann zum Schreibtisch zurück.
Lisa sagte plötzlich: »Dich bedrückt etwas.«
Um ihre Vermutung fortzuwischen, lächelte er darüber hinweg. Aber dann sagte er doch: »Man muß kein Prophet sein, um zu sehen, daß die neuen Zeiten schwierig werden.«
»Wirtschaftlich? Politisch? Für uns?«
»Wirtschaftlich und politisch. Und für jeden. Ich habe Hitler heute im Radio gehört.«
»Und?«
Paul zuckte die Achseln. »Ein schlechtes Gefühl«, sagte er. »Brüning hält sich nicht lange. Er ist zu blaß für dieses tobende Jahrzehnt. Holzgartner war das letzte Bollwerk gegen die Radikalen.«
»Du glaubst…?«
»Ja, das glaube ich.«
Paul ließ den Bleistift durch seine Finger gleiten. Er sah sehr ernst aus.
»Und dann?« fragte sie.
Er hob die Schultern und ließ sie fallen. »Ich weiß nicht, was dann ist.«
»Ist das jetzt wichtig?«
Lisa legte den Kopf auf die hochgezogenen Knie und atmete die laue, fliederdurchtränkte Mailuft, die von Sommersehnsucht kündete.
Paul sah sie nachdenklich und etwas zärtlich an und lächelte schließlich.
»Es ist eines der Dinge, die wichtig sind«, sagte er.
Lisa lächelte zurück.
Sie wollte etwas sagen, aber irgendwie kam es ihr so vor, als sei das jetzt nicht notwendig.
Unten miaute eine Katze. Sonst war es still und dunkel.
Es roch nach Ginster, Flieder und Akazienblüten. Was für ein Duft.

Knaur

Romane von Johannes Mario Simmel

Von Johannes Mario Simmel sind außerdem bei Knaur erschienen:

Bis zur bitteren Neige (118)
Liebe ist nur ein Wort (145)
Lieb Vaterland magst ruhig sein (209)
Alle Menschen werden Brüder (262)
Und Jimmy ging zum Regenbogen (397)

(1393)

(1570)

Foto: Isolde Ohlbaum

(1731)

(2957)

Es muß nicht immer Kaviar sein (29)
Der Stoff aus dem die Träume sind (437)
Die Antwort kennt nur der Wind (481)
Niemand ist eine Insel (553)
Ein Autobus groß wie die Welt (643)
Meine Mutter darf es nie erfahren (649)
Hurra, wir leben noch (728)
Zweiundzwanzig Zentimeter Zärtlichkeit (819)
Wir heißen Euch hoffen (1058)
Die Erde bleibt noch lange jung (1158)

Knaur

Heitere Romane

(1260)

(1501)

(1632)

(2899)

(1637)

(2915)

Knaur

Romane von Daphne DuMaurier

(781)

(1006)

(1292)

(1742)

Weitere Romane von Daphne DuMaurier bei Knaur:

Plötzlich an jenem Abend (539)

Nächstes Jahr um diese Zeit (824)

Träum erst, wenn es dunkel ist (1070)

Die standhafte Lady (1150)

Des Königs General (1268)

Ich möchte nicht noch einmal jung sein (1381)